빨리요,
송아지가
나오려고 해요

DON'T TURN YOUR BACK IN THE BARN
By Dr. Dave Perrin

빨리요, 송아지가 나오려고 해요

닥터 데이비드 페린 지음 | 박상표 옮김

(주)고려원북스

감사의 말

여기 앉아 여러 해 동안 나를 도와준 모든 멋진 사람들에 대해 생각해보니, 나는 정말로 운이 좋았다는 생각이 듭니다. 내가 개업 중일 때, 그들은 나를 도우면서 밤낮으로 모든 시간을 나와 함께 일했습니다. 정말로 고마운 마음뿐입니다. 그들은 내가 힘든 일을 견딜 수 있게 해주었고, 내가 가지고 있던 자금이 바닥을 드러냈을 때도 계속할 수 있도록 해준 사람들입니다. 그들은 모두 번번이 내 고객이나 내게서 응당히 받아야 할 보답도 제대로 받지 못했습니다.

도리스 큐리, 셜리 쇼파, 린다 로스, 마거릿 로저스, 마거릿 버그, 페이스 클레이턴, 앨런 클레이턴, 도로시 메켄지, 헬렌 터너, 얀 호스넬, 시에라 윌슨, 린 혼슬리엔, 록산느 쉬말츠, 제니퍼 매카트니, 실라 레이놀즈, 카테리나 헤게로바, 레슬리 로렌츠, 딜라일라 밀른, 테리 매티슨, 레베카 허스크로프트, 그리고 애니 와일에게 감사드립니다.

개업 초기 몇 년 동안 고든과 루스 비치에게서 너무나 많은 도움을 받았습니다. 루스, 나를 당신의 가족처럼 대해주신 것에 대해 감사합니다. 내게 우정의 의미를 알게 해준 고든에 대한 기억은 여전히 생생하고 좋은 느낌으로 남아 있습니다.

이 책과 씨름하는 것은 동물병원을 개원할 때보다 더 어려운 일이었습니다. 그리고 다시 한 번 내가 이 일을 잘 해나갈 수 있도록 도와주고 격려해준 지지자들을 얻는 행운을 누렸습니다. 벳시 브라이얼리와 게리 카츠, 당신들이 보여준 편집에 대한 지칠 줄 모르는 노고에 감사합니다. 웬디 리들, 당신은 놀라운 아티스트일 뿐 아니라 멋진 사람입니다. 그리고 당신의 노력 덕분에 내 이야기가 세상의 빛을 볼 수 있게 되었습니다. 빌 블레이클리, 론 칼슨, 크리스토퍼 하트, 롭 맥러드, 그리고 브루노 쉬퍼, 당신들은 훌륭한 비평가가 돼주었고 당신들의 지적과 질문들을 통해 내 이야기가 모양을 갖출 수 있었습니다.

이 책은 논픽션입니다. 많은 등장인물들은 실재 인물들이며, 겉으로 드러나는 것만큼이나 개성이 넘치는 사람들입니다. 그들 대부분은 수년 동안 좋은 고객이었고 더할 나위 없는 최상의 친구들이었습니다. 몇몇 경우에는 그들의 신원을 보호하기 위해 이름을 바꾸고 세부 묘사를 변경했습니다.

나는 내 임무에 충실하다 보니 학예회와 가족 행사에 여러 차례 참석하지 못했습니다. 그 기간 동안 우리 가족은 나를 지지해주고 너그럽게 보아주었습니다. 루스, 존, 마셜, 고든, 그리고 앨리샤, 고맙습니다. 여러분 모두를 사랑합니다.

소개의 말

　처음에 나는 데이브 페린이 고용한 직원으로, 그후로는 동료로, 그리고 현재는 그의 첫 책의 독자로서 지금까지 그를 알아왔다. 그는 크레스턴 밸리에서 26년 동안 수의사로 일하면서 보여주었던 한결같은 마음으로 진정한 삶의 모험담을 기록으로 남겼다.

　『빨리요, 송아지가 나오려고 해요』는 1973년 이른 여름부터 쿠트네이의 멋진 가을과 끔찍한 겨울을 지나 봄을 기다리는 동안 신출내기 시골 수의사로서 지낸 그의 시절을 따라간다. 그의 이야기는 도전과 좌절, 그리고 커다란 보답으로 가득한 시골 수의사로서의 삶을 제대로 묘사하고 있다.

　독자들은 새끼고양이에서 암소에 이르는 모든 동물들과 함께하며 고된 일을 하는 수의사 페린의 승리와 좌절, 비애와 유머러스한 이야기를 발견하게 될 것이다. 수의학은 해를 거듭하며 발전해왔지만 동물과 상호작용하는 인간의 방법은 달라지지 않았다. 데이브가 들려주는 이야기는 애완동물이나 농장동물이 태어나고 병에 걸려 죽거나 기운을 차려 더욱 생기가 넘치고 생산력을 갖게 되는 동안 그로 인해 기뻐하고 괴로워하는 사람들에게 초점을 맞추고 있다.

미래의 수의사에게 이 책을 권한다. 동물을 보살펴본 경험이 있는 사람이라면 누구든지 이 책의 등장인물들이 두 발로 걷든지 네 발로 걷든지 상관없이 한없는 공감을 얻을 것이다. 혼란스러운 인생에 고민한다면 이 책을 읽음으로써 기쁨을 얻게 될 것이다.

데이브 페린은 글을 통하여 스스로의 약점을 드러내거나 감정 표현을 두려워하지 않는다. 하지만 각각의 이야기를 구성하는 요소에는 일과 아픈 동물들, 그리고 브리티시 컬럼비아 남동쪽 구석의 쿠트네이 강이 감싸고 있는 비옥하고 평평한 대지와 산에 대한 그의 열정이 흐르고 있다.

브리티시 컬럼비아의 크레스턴에서
닥터, 롭 맥러드

사랑스런
윌리엄

지면에는 굵은 활자체로 '교배용 수컷 사랑스런 윌리엄'이라고 쓰여 있었다. 그 바로 밑에는 보통의 필기체로 '순수 혈통의 누비아 염소 교배 가능, 교배 비용 50달러'라는 내용이었다.

지역 신문에 난 광고가 내 주의를 끌었다. 나는 미소를 지었다. 그 염소가 마을에서 번식용 수컷으로 쓸 수 있는 유일한 늙은 염소는 아닐지 몰라도 아마 50달러의 비용을 지불할 가치가 있는 유일한 녀석일 것이다.

나는 광고 문안을 짜고 광고를 내기 위해 크레스턴 밸리 지역 신문의 광고란을 살펴보고 있었다. 전화가 가설되면 그 신문에서 내 이름을 찾을 수 있도록 할 예정이었다.

"안녕하세요? 아무도 안 계신가요?"

"네, 잠시만 기다리세요." 나는 셔츠를 입고 문으로 향했다.

　　장지문을 열자 20대의 호리호리한 여자가 한 발짝 물러섰다. 그 여자는 몸에 꼭 끼는 청바지에 빨간 격자무늬 모직 재킷을 입고 낡아빠진 등산화를 신고 있었다. 폭포처럼 떨어지는 그녀의 어두운 갈색 머리는 명랑하고 총명한 것처럼 보이는 얼굴을 만들어주었다. 그녀는 자신만만했고 사무적인 분위기를 풍겼다.

　　"당신이 새로 오신 수의사인가요?"

　　"네, 저는 데이브 페린이라고 합니다."

　　"안녕하세요, 페린 선생님, 저는 진 멜바라고 해요." 그녀가 손을 내밀자, 특이한 향기가 섞여 났는데 그것은 내가 살던 시대의 히피들에게 인기가 있던 머스크 향과 아주 흐릿한 마늘 냄새였다. 그렇지만 그게 어쨌다는 거지?

　　"길 아래 사는 당신 이웃을 찾아갔어요. 그녀는 당신이 밸리에서 동물병원을 개업했다고 맥케이가 말해주었다고 하더군요."

　　"맞아요. 며칠 전에 도착했지만 아직 일이 제대로 진행되진 않았습니다."

　　"그렇군요, 우리도 여기가 새로운 곳이에요. 우리도 얼마 전에 프래이저 밸리에서 누비아 염소 떼를 데리고 여기로 이사 왔어요. 이 지역에 교배종 염소도 소개하고 우리 가축들도 팔고 싶답니다. 아직까지는 많은 사육농가들의 태도에 실망스러워요."

　　"왜 그러시죠?" 나는 정말로 다른 사육농가에 대한 얘기에 끼어들고 싶지 않았다. 아주 난처하게 될 수 있기 때문이다.

　　"저는 어떤 사육농가의 여자와 기생충 구제 프로그램에 대해 얘기하고 있었는데 그 여자는 한 달에 한 번 마늘을 쓴답니다. 마늘이 건강에 좋다고 생각하지만 저는 정기적인 기생충 구제 프로그램을 계속하고 있어요."

"멜바 부인, 저는 예방의학을 매우 지지하는 사람이고 당신 생각에 분명히 동의합니다."

"우리 염소들에게 기생충 구제를 해주실 수 있나요?"

"물론이죠. 오늘은 조금 늦었으니 내일 아침에 제가 찾아뵙는 것이 좋을 것 같습니다."

멜바 부인은 종이에 자기 집의 위치를 적어주었고, 나는 그녀가 픽업트럭을 향해 도로를 내려가는 것을 보았다. 나는 그녀가 돌아서 손을 흔드는 동안 미소를 지어 보였다. 진짜 고객을 맞게 된 거다!

집에 여기저기 널브러져 있는 잡다한 살림살이와 약품 상자를 뒤져보려고 자리를 잡고 앉았다.

'내가 왜 여기에 있는가?'라는 질문에 대한 답이 쉽게 떠오르지 않았다. 왜, 최상의 설비가 갖춰진 대학에서 7년을 보낸 후에 시설이라고는 오래된 통나무집과 겨우 약품과 수술도구가 전부인 마분지 상자를 가지고 브리티시 컬럼비아의 크레스턴에서 내 병원을 세우려는 생각을 했을까? 나는 전화에 내 자신을 묶어두지도 않고, 삶의 관점을 잃지도 않으려고 결심했다. 그런데 왜 24시간 동안 열중하지 않으면 성공하기 어려운 개인병원을 열려고 이렇게 결심하게 된 것일까?

크레스턴 밸리의 멋진 풍경 때문이었을까, 몇몇 시골 농부들과 전부터 알아온 관계 때문이었을까, 아니면 닥터 마링의 병원을 사기 위한 협상에서 실패했기 때문이었을까?

이유가 무엇—운명, 마법이나 내 고집스러움—이든지 나는 까짓것 모험을 해볼 준비가 되어 있었다!

부엌 창문 앞에 앉아 캐시 모건탈러 씨가 납품서에 기재해놓은 가격을 보며 약품을 분류하고 약병에 개별 가격을 표시해두었다. 약품명들이 온통 외국어라서 겨우 알아내서 약들이 어디에 쓰이는 것인지 알 수 있었다. 모든 약의 새로운 이름에 익숙해지려면 시간이 걸릴 것이다.

나는 어떤 제약회사와도 사전에 만들어놓은 유대관계가 없다는 사실에 걱정이 되었다. 제약회사마다 어떤 약을 생산하는지에 대한 개념도 없었고, 내가 필요한 물건들을 주문하려면 어디서 시작해야 하는지에 대한 생각도 없었다.

이러한 응급상황에서 와준 사람이 트레일 지역에 사는 닥터 모건탈러였다. 내 계획에 대해 의논하려고 그의 사무실에 들렀을 때 그는 전화번호와 물품 카탈로그를 건네주었다. 크레스턴으로 출발하려고 문을 나서려는데 그가 말했다. "말해줄 게 있는데 말이야, 내가 시작할 수 있는 자금을 자네에게 빌려줄 테니 기회가 닿으면 갚게나."

갑작스럽게 그를 따라서 부인 캐서린과 함께 경영하고 있는 그의 병원을 방문하게 되었다.

"비오탈(마취제)은 6내지 8그램이 필요할 거구, 말에게는 5그램짜리 한 세트가 필요할 걸세."

"아트로핀(마취 전에 근육을 이완하고 침이나 위장관액의 분비를 억제하기 위해 투여하는 약)하고 데메롤(진정제)도 조금 챙겨야죠." 캐서린이 옆에서 부추겼다. "그리고 아마도 아세프로마진(근육이완제)도 조금 필요할 거예요."

그렇게 해서 앞으로 일주일 동안 필요할 듯한 것들을 모두 가지고서

 빨리요, 송아지가 나오려고 해요

쿠트네이 동물병원에서 출발한 것은 어느 정도 시간이 흐른 후였다.

마지막 비타민 주사액 병에 표시를 하고 있을 때 새끼고양이들이 일을 방해했다. 고양이들은 곧 무너질 것 같은 오래된 세면대에 앉아 건물 이 끝에서 저 끝으로 자신들을 유인하고 있는 잡히지 않는 박쥐들을 더 이상 쫓지 않았다. 부모님 집에서 한 배의 새끼들 가운데 내가 골라온 두 마리의 장난기 어린 고양이들은 마지막 30분 동안 박쥐를 쫓으며 즐거운 시간을 보내고 지쳐버렸다. 이 건물은 수의사에게보다는 박쥐에게 더 잘 맞는 곳임을 인정해야 할 것 같았다.

가엾은 할머니가 한때는 그림 같았던 당신의 집 상태를 보신다면 아마 무덤에서 쓰러지실 것이다. 이 집에 사시던 조부모님을 마지막으로 방문했던 때를 회상해보았다. 두 분에게는 그날이 크레스턴 서부에서의 마지막 날이었다. 할아버지는 심한 고혈압으로 병원에 입원해 계셨는데 갑작스런 발작으로 영원히 무의식 상태가 되셨다. 가엾은 늙은 할머니는 육중한 몸을 지탱할 수 없으셔서 대기해놓은 차로 옮겨드렸다. 부모님께서는 할머니를 태우기에는 너무 비좁은 공간으로 털썩 앉혔다. 먼저 한쪽 다리를 억지로 밀어 넣고 그런 다음 다른 쪽 다리를 힘들여 밀어 넣을 때 할머니 눈에는 눈물이 그렁그렁하셨다.

할머니 삶의 한 부분이었고 결코 다시 찾아올 수 없는 곳에서 차문을 잠그는 동안 할머니는 냉정하게 창문을 바라보며 앉아 계셨다. 차가 출발하자 할머니는 몸을 돌려 당신 삶의 마지막 20년 동안 안식처가 되어주었던 통나무 오두막을 지그시 바라보았다. 나는 할머니가 다시는 두 눈으로 그곳을 바라볼 수 없다는 것을 알기에 단지 그분이 느끼는 것을 상상할 수 있었을 뿐이다. 8년이 흘러갔다. 그때 이후로 이 집은 계속해서 떠돌이 세입자들에게 남겨졌고 그들이 마지막으로 집을 비운 지도 1년이 넘게 지나버렸다.

비가 새는 지붕은 을씨년스러웠고, 벽지는 지붕과 벽에서 떨어져 달랑달랑 매달려 있었지만, 수많은 거미들은 거미줄 형태를 유지하기 위해서 거미줄 짜는 데 열중해 있었다.

마지막 세입자는 부엌의 수채통과 찬장의 이동 가능한 모든 것들을 가지고 가버렸다. 부모님한테서 요령껏 가져온 가구들로 공간을 메우기에는 역부족이었다.

새끼고양이들이 내 발 위에 있는 담요 상자에서 웅크리고 있었다. "너무 많이 먹었지, 그렇지 않니? 오늘은 이것으로 그만 해야겠다. 불을 켜는 게 좋을 것 같아. 그렇지 않으면 우리는 어둠과 한패가 되고 말 거야."

손에 랜턴과 성냥을 들고, 나는 거실 창문 앞에 있는 의자에 쓰러졌다. 램프에 펌프질을 한 후, 불을 막 켜려던 찰라 눈앞의 전경에 멈추고 말았다. 계곡이 마치 벽에 걸려 있는 그림처럼 평화롭고 매혹적으로 펼쳐져 있었다.

나는 지난 4년 동안 평평하고 광활한 초원의 풍광을 보며 거친 산의 광채를 끝없이 갈망하고 있었다. 마치 갑자기 과음하고픈 발작이 난 술주정뱅이처럼 이 멋진 자연의 그림을 마음껏 음미했다.

장지문을 열어젖히고 낡은 집 전체를 둘러 나 있는 베란다에 내려섰다. 멀찌감치 끝 쪽에서 두 다리를 벌리고 난간에 서서 쿠트네이의 길들여지지 않은 아름다움에 집중했다.

노란빛과 초록빛, 갈색빛의 평원이 휘돌아 감긴 산의 어두운 초록빛과 푸른빛에 섞여 들어갔다. 쿠트네이 강은 그 속의 풍부한 침적토 덩어리들로 크레스턴 고원을 창조하고 계곡의 남쪽에서 북쪽 끝까지 커다랗고 느린 S자의 곡선을 그리며 사라져가는 빛 속에서 마치 거울과 같이 반사하며 굽이쳐 흐르고 있었다.

평원을 가로질러 남에서 북으로 난 길은 마치 강의 길이를 따라 리본처럼 놓여 있었다. 그 길에 평행으로 흐르는 관개용 운하는 수직의 수로를 보내서 땅에 조각보 이불을 새겨놓았다. 풀을 뜯는 소가 점점이 있는 목장의 엷은 초록과 자주개자리 풀밭의 싱그러운 초록과 새로 땅을 갈아놓은 짙은 갈색과 싹트는 보리와 귀리의 초록 물이 든 갈색으로.

계곡을 가로질러 보다가 나는 우리 할아버지가 언덕 위에 있는 집에서 살아오신 20년 동안 그를 사로잡았던 것이 무엇인지를 알게 되었다. 밤마다 할아버지는 당신 앞에 펼쳐진 바로 이 광경을 바라보며 지금과 똑같은 베란다에서 흔들의자에 앉아 계셨다. 보라, 크레스턴과 에릭슨의 빛이 깜박거리는 때를. 보라, 평원 위와 육중한 톰슨 산 아래에 있는 전구가 감추어진 어둠 속에서 등대 불처럼 반짝이는 때를.

픽업트럭 한 대가 평원의 남쪽 끝에서 나타나더니 조심스럽게 개미 같은 모양새로 느릿느릿 북쪽으로 제 갈 길을 갔다. 그 트럭은 강의 남쪽 면에 있는 로저스 부두에서 멈추었다. 몇 분 정도 흐르니 승선을 기다리고 있는 차를 향해 남쪽 해변을 출발하여 물살을 가르는 페리의 불빛이 거울 같은 쿠트네이 강의 표면을 이그러뜨렸다.

멀리 개 짖는 소리에 길 아래 이웃의 목장에 있는 살찌고 늙은 거세된 말이 머리를 돌렸다. 그 소리가 별것 아님을 알고 말은 풀을 뜯기 위해 돌아왔다.

어둠이 산과 모든 계곡의 바닥과 멀리 뻗어 있는 강의 마지막 모습을 훔쳐갈 때까지 바라보았다. 평온함 속에서 개구리들이 개굴개굴 거리고, 귀뚜라미가 울어대며, 쏙독새가 부드럽게 사랑을 속삭이는 소리를 들이마시며 나는 그 자리에 꼼짝하지 않고 남아 있었다.

저녁의 냉기가 한참 동안 평온하던 시간을 깨뜨려버렸다. 두개골에서 시작된 오한으로 온몸이 빠르게 떨려왔다. 잠자리에 들 시간이었다. 거실에서 침실로 들어가는 동안 나는 허둥대고 있었다. 옷을 벗어던지고 슬리핑백에 기어 들어가서 어둠 속을 응시했다. 나는 내가 하고 있는 일에 대해 기분 좋은 느낌을 갖게 하는 것이 무엇인지 잘 모른다. 그렇지만 내 의지대로 시작하겠다는 생각이 올바른 결정이라는 확신이 들었다.

다음 날 아침, 그녀의 집 현관에서 멜바 부인을 만났다. 그녀는 긴장이 풀리고 들뜬 상태였다.

"좋은 아침이에요, 페린 선생님. 오늘 아침에 우리 아이들 모두를 만나게 될 거예요. 다 해서 여덟 마리랍니다." 그녀는 재미있는 농담에 반응하는 것처럼 만족스런 미소를 지었다. "여섯 마리는 염소구요. 한 마리는 고양이, 그리고 또 다른 녀석이 더 있지요."

내가 몸을 돌렸을 때 바로 셔틀랜드 시프도그 한 마리가 통나무 집 구석 주변으로 사라지는 모습이 보였다. 소개가 끝나자 나는 차 뒷자리로 가서 스테인리스 물통을 찾아왔다.

"여기에 더운 물 좀 넣어주실 수 있을까요, 멜바 부인?"

"물론이지요." 그녀는 힘차게 걸어가서 집 안으로 들어갔다. 그 시절의 초반기에 지어진 전형적인 집들처럼 그녀의 집도 애로우 크리크 지역에서 초기에 지어졌다. 도끼로 통나무를 잘라내어 각 귀퉁이마다 커다란 바위에 올려놓은 형태였다. 그 집이 몇 해에 걸쳐 자리 잡아 오는 동안 바닥의 통나무는 지면에서 올라오는 습기에 노출되어 썩어 있었다. 지붕을 이는 삼나무 널빤지는 많이 빠져나갔고 나머지 부분들도 조금씩 썩어 들어가고 있었다. 틈을 메운 모래와 회반죽의 커다란 덩어리들은 부서져나가고 진흙과 누더기가 그 자리를 대신하고 있었다. 아이비 넝쿨이 이 모든 것을 뒤덮어버렸다.

나는 송아지나 염소에게 액체 약물을 투여할 때 손쉽게 쓸 수 있는 일회용 주사기와 관장 튜브를 찾기 위해 차 트렁크를 뒤졌다. 그러고 나서 멜바 부인을 찾기 위해 낡고 지저분한 길을 성큼성큼 걸어 내려갔다.

그녀가 나타나지 않자 나는 뒤뜰의 바위에 자리를 잡고 앉았다. 이렇게 멋진 배경이라니! 두 산봉우리 사이에 있는 골짜기에 샌드위치가 되어 도로의 소음과 일상적인 사람들의 활동에서 격리되어 있었다. 주위에 있는 산이 감싸 돌았으며, 나무들은 울창했고, 바로 그 산꼭대기는 초록빛 세상이었다. 시계를 살짝 보았다. 멜바 부인은 물을 데우느라 시간을 보내고 있는 모양이었다.

"잘 돼가고 있나요?" 장지문을 두드리며 부인을 불러보았다.

"아, 네, 그럼요. 이 집에는 더운 물이 없어서 난로에 데울 때까지 기다려야 한답니다."

"괜찮습니다. 그냥 가지고 오세요. 염소들은 차가운 물을 먹어도 상관없을 겁니다."

그녀는 물통을 손에 쥐어들었다. "여기에 사는 것은 정말 특별해요. 염소들에게는 평화롭고 완벽한 곳이지만 단점도 있답니다. 더운 물이 나오지 않는 곳에서 사는 것은 생각보다 힘들더군요. 그리고 집에는 쥐새끼들이 기어다니고 있다니까요."

우리는 막대기들을 새로 잘라서 만든 임시방편으로 보이는 울타리가 있는 작고 기울어진 염소 우리로 걸어갔다. 울타리는 들어 올리기 전까진 벗겨지지 않았고 염소들이 그 안에서 바쁘게 돌아다니고 있었다.

내가 티아벤다졸(구충제) 가루를 물에 섞고 있는 모습을 멜바 부인이 주의 깊게 바라보았다. 염소 우리에 임시방편으로 막아놓은 막대를 통해서 그녀의 손에 코를 비벼대러 오는 염소 몇 마리를 보았다. 완벽하게 준비된 상태에서 아마도 이 녀석들이 오늘 만나게 될 기생충에 감염된 최소한의 염소들일 것이다.

"예쁘고 작은 아이는 리찌라고 하지요. 너는 내가 제일 좋아하는 애기야, 그렇지 귀염둥이?" 그녀는 귀가 늘어진 염소를 한껏 안아주었다. 멜바 부인은 아이에게 말하듯이 그 염소가 얼마나 예쁜지를 반복하며 매끄러운 머리를 쓰다듬어주었다.

리찌는 커다란 갈색 눈으로 돌아보며 멜바 부인의 관심 하나하나를 모두 빨아들였다. 이따금씩 리찌는 멜바 부인의 옷섶을 갉아먹기 위해 매부리코를 내밀었다.

"그래 네가 첫 번째로 하고 싶구나, 그렇지 리찌?" 나는 염소 우리 앞의 울타리 사이로 몸을 밀어 넣었다. 나는 염소 머리를 숙이게 하려고 리찌의 '엄마'가 도와주러 우리 안으로 들어올 때까지 이마를 계속 쓰다듬었다. 그 염소는 손길을 바라는 것처럼 먼저 소매를 잡아끌더니, 주머니를, 다음엔 바지가랑이를 잡아당기며 내 주위를 돌았다.

우리는 주의를 끌기 위해 여전히 리찌와 씨름하며 그 녀석을 구석으로 몰아세웠다. 무슨 일이 벌어지고 있는지 알아차리기 전에, 나는 튜브를 그 녀석의 콧구멍 속으로 밀어 넣었다. 그 녀석은 뒤로 돌아섰고 공포로 눈이 부풀었다. 염소는 마치 아이가 엄마를 찾으며 우는 듯 애처롭고 작은 울음소리를 내뱉었고, 다른 염소들도 겁을 먹었는지 저편 끝까지 흩어져가버렸다.

"괜찮아, 이쁜아." 멜바 부인이 달랬다. "엄마는 네게 해가 되는 일은 안 하는 걸 너도 알잖아. 이건 조금도 널 다치게 하지 않는단다. 이 친절한 아저씨가 너의 뱃속에 튜브를 집어넣을 때 그냥 단지 재밌게 느껴질 거야. 우리는 네 뱃속에 숨어 있는 더러운 놈들을 모조리 잡아 죽이려고 하는 거란다."

내가 리찌의 비강으로 튜브를 통과시켜서 인두 속으로 집어넣을 때, 녀석은 굳은 몸으로 앞쪽을 응시하고 있었다. 튜브를 앞뒤로 움직이며, 나는 끝 쪽을 위로 돌려 녀석이 삼킬 때까지 앞쪽으로 밀어 넣었다.

식도가 벌어지게 하려고 나는 튜브 속에 훅 하고 바람을 넣고 목구멍을 통과시켜 뱃속으로 밀어 넣었다. 티아벤다졸 가루가 뱃속에 들어간 후에 주사기 하나 가득 물을 넣어주었다. 바람을 불어 넣어 튜브 속을 비운 다음 빼냈다.

"얼마나 쉬운지 보렴, 리찌. 너에게 전혀 해가 되지 않았단다. 이제 그 더러운 벌레들은 죽게 될 거야. 그리고 너는 훨씬 더 좋아질 거란다." 멜바 부인이 계속해서 리찌를 달랬지만 염소의 눈은 그녀의 노력이 소용없다는 것을 보여주고 있었다. 우리가 놓아주었을 때, 그 녀석은 나머지 무리의 한복판으로 숨기 위해 허둥지둥 달려가버렸다.

남아 있는 네 마리의 가축을 붙잡아서 약을 먹이는 것은 리찌보다 더 힘들었다. 하지만 사소한 로데오를 벌인 뒤에야 마지막 녀석에게도 튜브를 집어넣을 수 있었다. 우리는 울타리 사이로 기어나왔다.

"멜바 부인, 당신이 기생충을 제거할 암컷 염소가 여섯 마리 있다고 말씀하신 것 같은데요?"

"페린 선생님, 제 말에 그리 신경 쓰지 않길 바랍니다만," 그녀가 못마땅한 목소리로 말했다. "우리 염소 사육사들은 사람들이 암컷 염소와 수컷 염소라고 말하면 염소에 대해 뭘 모르는 사람들이라고 생각하지요. 우리는 암염소를 부를 때 '예쁜이'라고 하고, 숫염소는 '멋쟁이'라고 부르는 것을 더 좋아하거든요."

"미안합니다, 멜바 부인. 그런데 당신이 기생충을 제거할 예쁜이들이 모두 여섯 마리라고 하지 않았나요?"

그녀의 웃음이 거의 사악해 보였다. 그것이 무지에 대해 인정함을 받아들이는 것인지, 아니면 다음에 이어질 사건에 대한 예고였는지 확신할 수 없었다.

"예쁜이들은 모두 끝났어요, 페린 선생님! 남아 있는 아이는 사랑스런 윌리엄뿐이랍니다."

"사랑스런 윌리엄이요?"

"네, 사랑스런 윌리엄은 우리 멋쟁이랍니다."

윌리엄이 살고 있는 통나무 오두막에 가까이 가자, 왜 내가 그동안 수많은 염소를 치료하는 데 그렇게 힘을 들이지 않아도 됐는지를 깨달았다. 안아주고 싶고, 손 대고 싶고, 사랑스러운 암컷 염소와 악취가 나고, 비위 상하고, 손댈 수 없는 수컷 염소는 전혀 별개의 문제였다.

젠장, 왜 내가 저 악명 높은 윌리엄을 치료해야 한다는 것을 알아채지 못했을까. 멜바 부인을 따라서 녀석의 우리에 갈 때 나는 발을 질질 끌었다.

가까이 다가가자 냄새가 심하게 났다. 울타리 앞의 막대 사이로 거대한 염소의 모양을 알아볼 수 있었다. 그 녀석의 끔직한 이마는 돌출된 매부리코까지 연결되어 있었다. 앞머리에는 털이 덥수룩했고 턱수염은 두껍고 기름기가 넘쳤다. 크고 늘어진 귀가 얼굴 양쪽에 달려 있었고 목은 널찍하고 근육질이었다. 귀엽고 순한 암컷 염소들과 윌리엄을 비교해보면, 그 녀석이 같은 종족의 일원이라는 것조차 의심스러웠다.

녀석의 작은 우리 앞에 서서 나는 눈을 감고 숨을 쉬는 데 집중했다. 네다섯 번의 시도 끝에 단숨에 녀석을 제압할 수 있게 되었다. 윌리엄은 윗입술을 말아 올리면서 우리에게 다가오려고 울타리를 등지며 버티고 있었다. 마치 우리의 관심이 부족해진 데 실망한 것처럼 녀석은 수컷 염소의 특징인 '발정기'라는 일상으로 돌아갔다. 녀석이 머리를 배 아래쪽으로 수그리고 먼저 턱수염에 오줌 줄기를 뿜어내더니 그런 다음에는 앞머리에 뿌려댔다. 그것도 모자라서 녀석은 머리털에 오줌을 마사지하기 위해 조심스럽게 가져가서 머리꼭지와 양쪽의 턱수염을 비벼댔다. 이제 흥분에 이르자 녀석은 발기가 되어 입과 턱수염에 사정을 하는 것이었다.

멜바 부인은 긴 한숨을 토해냈다. "발정기가 아닐 때는 정말 다루기 쉬운 아이인데, 윌리엄이 이럴 때면 손대기가 여간 어려운 게 아니에요. 저는 그때마다 절대 이 아이에게 등을 보이지 않는답니다."

그녀가 했던 말에 마침표를 찍기라도 하듯 윌리엄은 자신의 통나무 오두막으로 돌아와 장난감으로 매달아놓은 고무 타이어를 머리 뿔로 한 번 받고는 바로 올라타는 것이었다.

나는 내가 해야 할 의무를 다하기 위해 용기를 냈다. 어쨌든 내가 왜 이렇게 머뭇거리고 있는 거지? 만약 이 여자가 우리 안에 스컹크 한 마리를 두고 나에게 그 안에 들어가서 씨름하기를 원한다면 그렇게 해야 할 의무감을 느끼게 될까? 금메달이나 영광의 배지를 기다리고 있었던 것인가? 우리 안으로 기어 들어가려고 결심하고 나자 내 후각은 희미해졌고, 나는 입을 막으려는 욕구 없이 거의 정상적인 숨을 들이마실 수 있었다.

"제가 튜브를 넣자 마자 바로 손에 약을 올려주세요." 나는 티아벤다졸을 일회용 주사기에 뽑아 넣고 그것을 멍하니 바라보았다.

일을 해치우기로 결심한 나는 울타리를 밀어내고 윌리엄의 영토로 들어갔다. 공격적이기보다는 호기심에 찬 듯이 녀석은 내 팔꿈치에 이마를 마구 비벼댔다. 내가 한쪽으로 밀치자 녀석은 장난치듯이 작업복을 물어뜯었다.

필사적으로 윌리엄과 친밀해지는 것을 피하는 동안, 나는 역겨운 냄새가 옷과 피부에 베어들지 않게 하면서 녀석을 다룰 수 있을 만큼 단단하게 잡고 튜브를 집어넣는 것을 가능하게 할 수 있는 방법이 무엇인지 궁금했다. 작업복은 어쩔 수 없이 태워야만 했다.

계속해나가는 유일한 방법은 윌리엄의 목과 귀를 단단히 잡고 우리 뒤쪽으로 밀어붙이는 것이라고 결정했다. 나는 그에게로 다가갔고 녀석은 친절하게도 구석으로 물러났다. 지금 하지 않으면 기회는 없다. 녀석의 목을 움켜잡고 내 엉덩이로 놈의 어깨를 밀고 벽 쪽으로 붙였다.

윌리엄의 목은 엄청 컸지만 나는 녀석이 저항하지 않아서 다행이라고 생각했다. 녀석은 여전히 두려워하기보다는 더 큰 호기심을 보였다. 녀석은, 내가 그렇듯이, 다음에 내가 무엇을 할지 궁금해하고 있었다. 냄새가 너무 강해서 구역질이 날 지경이었다! 녀석은 어떻게 저런 악취에 살 수 있는 걸까?

"자, 멜바 부인, 튜브를 제게 주세요."

나는 멜바 부인이 우리 안에 들어오지도 않고, 그리고 사랑스런 윌리엄과 접촉하러 오지 않으면서 그 기구를 내게 주려면 쉽지 않으리라는 걸 예리하게 간파하고 있었다.

잔인한 여자는 내가 무슨 냄새를 맡든 개의치 않았다! 하지만 자신이 우리 안으로 들어오지 않고 밖에 남아 있을 만큼은 충분히 알고 있었다. 어떻게 나에게 이런 일을 해달라고 할 수 있었을까? 그 전까진 윌리엄의 기생충 제거를 해줄 만큼 어리석은 수의사를 찾지 못했음이 틀림없다.

그 여자는 염소 우리 맨 꼭대기 난간에서 팔을 뻗어 복부용 튜브를 전달해주려고 애를 쓰고 있었다. 나는 윌리엄을 붙잡고 있을 수 있는 상황에서 최대한 멀리 뻗어 손가락으로 튜브의 바로 맨 끄트머리를 잡았다. 그것을 물고 있으려고 튜브의 끝을 입에 가져오는 순간, 그만 튜브가 미끄러지면서 바닥에 떨어지고 말았다. 윌리엄을 벽에 대고 팔로 붙잡고 있는 상태에서 나는 튜브를 집어 들었다. 윌리엄이 움직인 것은 바로 그때였다.

"조심해요!" 멜바 부인이 날카로운 소리로 외쳤다. "윌리엄이 당신에게 올라타려고 해요!"

너무 늦은 경고였다. 윌리엄이 머리를 쳐들어서 내 손아귀에서 벗어나 앞으로 돌진해왔다. 앞다리가 아치를 그리며 내 등 뒤로 올라왔고 녀석의 가슴 무게 때문에 나는 무릎을 굽히고 말았다. 녀석은 앞으로 기울어지면서 내 얼굴을 땅으로 밀어버렸다. 녀석의 음경이 내 셔츠 칼라 밑으로 미끄러져 들어가서 목과 위쪽 등에 사정을 하자 축축한 느낌이 들었다. 나는 일어나려고 몸부림을 쳤지만 윌리엄이 그의 수염과 분비샘을 내 허리 부분에 문질러대는 통에 도무지 꼼짝할 수가 없었다.

녀석의 가슴팍에 손을 넣고 뒤쪽으로 내동댕이쳤다. 겁도 상실한 상태라 나는 더 이상 녀석의 냄새에 몸을 사리지 않았다. 네 다리로 기어 오르려 하자 나는 녀석을 구석으로 밀어버렸다.

"다치게 않게 해줘요!" 멜바 부인이 겁에 질려 우는 소리를 냈다. "오늘은 아마도 그 아이에게 구충제 먹이는 걸 포기해야 할 것 같아요."

"이 녀석을 그냥 놔두자구요? 절대 안 됩니다! 저 무서운 주사기를 가지고 이제 막 들어왔는데요!"

나는 튜브를 코 속으로 채워 넣고 목구멍을 통과시켰다. 녀석은 재빠르게 삼키더니 그것을 뱃속으로 보냈다. 상황이 심상치 않음을 감지한 것처럼 녀석은 꼼짝하지 않고 서서 똑바로 앞을 바라보고 있었다.

"주사기요, 멜바 부인!"

그녀는 울타리 난간을 기어올라 내가 그녀를 향해 잡고 있던 튜브의 끝 속으로 티아벤다졸을 채워주었다.

"물을 주세요, 멜바 부인!"

그녀는 허겁지겁 물을 가져와서 남아 있는 약을 사랑스런 윌리엄에게 흘려 넣어주었다. 튜브 속을 재빠르게 훅 한번 불어준 후, 코에서 튜브를 빼내고 녀석을 놓아주었다. 윌리엄은 머리를 흔들면서 우리로 돌아가서 입술을 말아 올리며 울타리 난간을 오르는 나를 바라보았다.

그때쯤 나는 평정을 되찾고 차로 가서 작업복을 벗었다. 멜바 부인이 물통과 일회용 주사기를 가지고 내 뒤에서 당황하여 종종거리며 달려왔다.

"괜찮으세요, 페린 선생님?"

괜찮냐구! 왜 내가 괜찮아야만 하지? 나는 항상 숫염소 냄새와 비슷한 냄새를 맡으며 다니는데 말이야. 내 등이 정액으로 젖어버리는 일도 자주 있는데.

"네, 멜바 부인, 저는 괜찮아요. 이제야 '수컷 염소보다 단단한 뿔'이라는 옛말이 어디서 유래했는지 알았습니다."

약간의 미소도 보이지 않고서 그녀가 대답했다. "멋쟁이에요, 페린 선생님. 윌리엄은 수컷 염소가 아니라 멋쟁이라구요!"

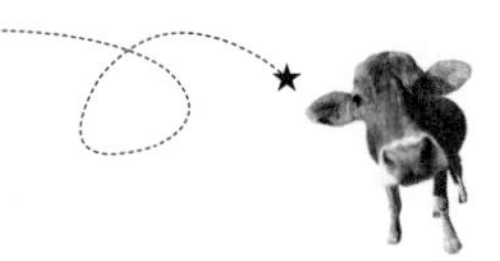

수리수리
마하수리

나는 오랜 시간 계속해서 앞으로 나의 미래가 어떻게 될지 생각하면서 희망도 가져보고, 꿈도 꾸면서 선명하고 별이 총총한 밤하늘을 바라보았다. 여러 차례, 가장 밝은 별을 바라보며 소망을 빌어보기도 했다.

마지막으로 나는 도시 외곽에 자리 잡은 제대로 된 콘크리트 건물을 그려보기 위해 눈을 감았다. 널찍한 대기실에는 접수 데스크와 창문 선반, 카운터 위에는 싱싱한 화초들로 가득 차 있다. 대기실에서 나오면 두 개의 편안한 진찰실이 있다. 수술등, 심전도계, 호흡마취기로 채워진 수술실은 온통 스테인리스 빛으로 번쩍이고 있다. 창문을 통해 들어오는 자연광과 채광으로 모든 시설들이 빛을 발하고 있다. 연구실은 병원의 중심부로, 모든 부서의 중앙에 있고, 카운터에는 현미경, 혈액검사기, 그리고 인큐베이터가 놓여 있다. 케널(사육장)이 있는 방은 2열로 널찍하다. 한 줄은 개를 위한 것이고, 다른 한 줄은 고양이를 위한 것이다.

병원 뒤쪽에는 큰 동물을 위한 설비가 있다. 이것은 물건을 내리는 투하장치로부터 동물을 좁은 길을 따라 옮겨 밀어 넣어 동물이 움직이지 않도록 제지하고 동물이나 다루는 사람 모두 위험하지 않도록 해주는 설비다. 중앙에는 이따금씩 말이나 황소를 수술해야 할 때 사용할 대형 수술대가 있다. 그 너머에는 수술 후 회복 중인 동물을 위한 쿠션을 대어놓은 방이 있다. 그 방의 벽과 바닥은 아주 좋은 스펀지 고무로 된 쿠션이 대어져 있어서 거기에 들어설 때면 나는 공중을 떠다니는 상상을 한다.

수리수리 마하수리……, 만약 이 주문의 나머지를 기억할 수만 있다면 아마도 나의 대모나 제페토의 푸른 요정이 내 앞에 나타나 마술 지팡이를 흔들어줄 텐데. 나는 이쪽에서 저쪽으로 전화기를 옮겨가며 카운터와 벽장을 세어보고 이 방 저 방을 걸어다니면서 모든 것을 분명하게 볼 수 있었다. 카운터에 멈춰서 나는 이 서랍 저 서랍의 환자 목록을 마음 내키는 대로 보았다.

눈을 떴을 때 나는 내 소유도 아닌 낡은 통나무집의 오래된 베란다 끝 난간에 걸터앉아 있었다. 여전히 내가 가지고 있는 힘은 없지만 지난 며칠 동안 상황은 꽤 나아졌다. 지역의 낙농업자와 소사육자들이 내가 병원을 내고 큰 동물에 대한 믿을 수 있는 서비스를 제공할 수 있도록 보조금을 제공하겠다는 확인을 해주었다. 낙농업자인 필 케믈 씨는 직접 임시 전화 응답 서비스를 해주겠다고 자원했다. 그리고 새로운 수의사가 마을에 왔으며 케믈을 통해서 연락할 수 있다는 말이 밸리에 퍼졌다.

　나는 비치 부동산을 방문하고 나서 울적함과 기분이 좋아지는 두 가지를 경험했다. 울적하게 하는 것은 모든 매매나 임대 목록이 내가 지불하고자 하는 가격보다 높았다는 것이다. 기분 좋은 일은 고든 비치 씨가 에릭슨에 있는 그의 집에 저녁 초대를 했고 그의 가족과 매우 즐거운 저녁을 보냈다는 것이다.

　우리가 식사를 끝내자 마자 전화기가 울렸다. 루스는 평상시의 통명스러운 목소리로 응답했다. "비치 부동산의 루스입니다. 네, 네, 알겠습니다. 실은 그 사람이 지금 여기 있는데요." 수화기를 들고서 그녀가 미소를 지었다. "당신 전화입니다, 수의사 선생님."

　"전화 바꿨습니다." 뜻밖의 전화에 나는 얼떨떨했다.

　"페린 선생님," 여자 목소리였다. "퇴근 후에 당신을 귀찮게 해드려서 죄송합니다만, 고든 씨가 당신이 마을에 계시다고 해서요. 우리 개가 지금 차에 치였습니다. 녀석은 굉장히 명랑하고 잘 걸었는데 세게 부딪힌 뒤로는 온통 피투성이가 돼버렸답니다. 뒷다리가 부러졌고 앞다리에서 큼지막한 피부 덩어리가 떨어져나왔는데 제가 보기엔 상처 난 뒷다리가 정말 심각해 보이는데요. 제가 슬쩍 봤는데도 대번에 알겠더라구요."

　"개의 잇몸을 좀 봐주실 수 있으세요?"

　"입에는 아무 문제가 없다구요!" 내 바보 같은 질문에 그녀가 깜짝 놀랐다. "피가 나는 곳은 녀석의 다리라니까요."

　"알고 있어요. 제가 원하는 것은 개의 잇몸 색깔이 좋고 분홍빛인지 아니면 창백하게 변했는지 체크해달라는 겁니다. 그 녀석이 실제로 피를 얼마나 많이 흘렸는지 알아보는 방법이거든요."

"아, 그럼 잠깐만 기다려보세요. 가서 보고 올게요."

그녀가 잠시 후에 돌아왔다. "모두 거무스름한데요! 나쁜 건가요?"

"입 안에 더 위쪽이나 안쪽을 보세요. 검은색은 단지 색소가 묻은 겁니다. 양쪽을 모두 보면 잇몸이 검지 않은 곳에 아마 점이 있을 겁니다. 그러면 하얗게 되도록 거기를 눌러서 분홍색으로 돌아오는 데 얼마나 걸리는지 보세요."

그녀가 전화를 내려놓고 개에게 돌아가기를 기다렸다. "맞아요. 개의 입 뒤쪽에 약간 분홍빛이 나는 곳이 있네요. 그리고 잇몸을 눌렀을 때 바로 분홍색으로 돌아오는데요."

"좋아요. 그건 개가 쇼크에 빠지지 않았다는 거구요. 내부에는 출혈이 없는 것 같군요."

"오, 잘됐네요. 오셔서 개를 봐주실 수 있나요?"

"지금 바로 가보겠습니다. 어떻게 가면 되는지 알려주시겠어요? 그런데 성함이 어떻게 되나요?"

"제 이름은 뎁 앤슨이에요. 하이웨이 캐빈 3단지에 살고 있어요. 오시는 데 얼마나 걸릴까요?"

"10분 안에는 도착할 것 같군요."

나는 테이블로 돌아왔다. 고든은 대화를 듣고서 미소를 짓고 있었다. 마치 자기 소유가 아닌 주 도로의 반을 방금 매도한 것처럼.

루스를 보고 히죽히죽 웃으며 그가 말했다. "뎁이 확실히 시간을 허비하지 않았어. 오늘 아침에 그녀와 함께 커피를 마시는데 마을에 새로 온 키 큰 수의사를 함정에 빠뜨려야겠다고 말하더군. 벌써 그렇게 한 것 같아 보이는구만."

"그만해요, 고든." 루스가 끼어들었다. "단지 데이브를 만나려고 그녀가 자신의 개를 차에 치이게 하지는 않았다구요."

"젠장 그러진 않았지! 오늘 아침에 그녀는 개를 데리고 있지도 않았다구. 길쭉하게 큰 수의사를 골탕 먹일 수 있게 밖에 나가서 개 한 마리를 구해오려고 한다고 말하더군."

"당신을 놀린 거예요." 루스가 대꾸했다. "어떤 사람도 누군가를 만나려고 일부러 그렇게 문제를 만들지는 않는다구요. 아마 그 여자가 농담을 한 걸 거예요!"

"오늘밤에, 그 여자가 신기하게도 다친 개를 갖게 됐는데 말이야! 무슨 증거가 더 필요하지? 뎁은 아주 단호한 여자라구. 그녀는 키가 6피트는 넘고 자기보다 키 큰 남자들은 만나지도 않는다니까."

"개에게 정말로 이상이 있는지 가보는 게 좋겠는데요, 고든. 같이 가실 겁니까? 아마도 제게 보호자가 필요할 것 같은데요."

"나는 가지 않는 편이 좋을 것 같구만." 고든은 무표정한 표정을 지었다. "자네는 그 여자가 제정신이 아닐 때를 본 적이 없을걸세."

"그와 같이 가요, 여보." 루스가 끼어들었다. "당신이 겁을 줘서 가엾은 남자가 침이 마르도록 만들었잖아요."

몇 분 지나지 않아, 하이웨이 캐빈 가게 앞에 내 폭스바겐을 주차시켰다.

"집은 이 건물 아래층 뒤쪽으로 돌아가면 있다네." 고든이 나섰다. "지금 뎁이 이쪽으로 오고 있는걸." 그는 우리를 맞으러 언덕을 오르고 있는 키가 크고 듬직한 여자를 가리켰다. "저 여자 옷 끝내주지 않아?"

"안녕, 고든." 좀더 가까워지자 그녀가 소리쳤다. "당신이 함께 오는 줄 알았더라면 당신 둘에게 어울리는 티켓을 팔 수 있었을 텐데 말이에요. 폭스바겐에서 기어나오는 크레스턴에서 가장 키 큰 두 멋쟁이를 구경할 수 있는 티켓 말이에요!"

"아마 거기에는 뎁 당신의 티켓도 많을걸요, 뭘." 고든은 심술궂은 웃음을 지으며 맞받아쳤다.

그녀는 마치 대꾸를 하듯이 입을 벌렸으나 그만두고 그 대신에 차가까이 걸어와서 나에게 인사를 했다. "난 뎁 앤슨이에요, 페린 선생님." 그녀는 손을 뻗어 내 손을 쥐고 힘차게 흔들었다.

"만나서 반가워요. 그 강아지와는 어떻게 만나게 되었나요?"

"그 녀석은 정말 대단하답니다. 동네를 막 떠나려고 하는데 그 녀석이 내 눈에 딱 띄었지 뭐예요. 난 녀석과 친해지려고 산책을 갔죠. 그런데 녀석이 내 앞에서 차에 뛰어들고 말았답니다. 운전사는 도저히 피할 겨를도 없었는데 녀석을 차로 친 것을 뭐라고 나무랄 순 없지만 그는 차를 멈추지 않더라구요. 마치 아무 일도 일어나지 않았던 것처럼 그냥 차를 몰고 가버리더라구요. 내가 그를 따끔하게 혼내줬어야 하는 건데! 그런 일이 일어났는데 그냥 뺑소니 쳐버리는 걸 상상하실 수 있겠어요?"

난 머리를 흔들고는 떼를 지어 모여 있는 소년들을 향해 몸을 돌렸다. 소년들은 자그마한 통나무 오두막 앞을 빙빙 맴돌고 있었다. 그들이 맴돌고 있는 원의 한가운데엔 축 늘어진 귀를 지닌 커다란 황갈색 개 한 마리가 누워 있었다. 녀석의 골격이나 얼굴 생김새는 도베르만처럼 보이긴 했지만 길고 거친 털을 보니 순종은 아닌 것 같았다.

"어디 좀 보자. 그래도 아주 나빠 보이지는 않는걸." 난 몸을 아래로 구부리고선 녀석의 귀를 살짝 구부려보았다. “제가 좀 살펴볼 동안 머리를 좀 붙잡고 계셨으면 좋겠네요, 뎁.”

“이 녀석 이름은 테오라고 해요.” 그녀는 무릎으로 개를 꽉 붙잡으면서 내게 이름을 알려주었다. 테오는 마치 발을 흔들고 싶어 하는 것처럼 왼쪽 앞발을 들고는 주책없이 이를 드러내 웃으면서 까불거렸다.

“자, 조금만 가만히 있어봐.” 나는 테오의 다리를 들어서 피부가 떨어져나간 넓은 부위를 샅샅이 훑어보았다. “이쪽 다리는 도로에 질질 끌렸던 것 같아 보이네요. 꿰맬 피부가 한 조각도 남아 있지 않군요. 안타깝지만 이쪽 다리에는 붕대를 감아주는 것 말고 해줄 수 있는 것이 별로 없는 것 같네요.”

“치료가 될 수 있겠어요? 살점이 이렇게 크게 떨어져나갔는데요. 영원히 치료가 안 될 것 같아 보이는걸요.”

“아마 치료는 될 것 같아 보이는데요. 다만 피부 이식수술을 해야 할 것 같고, 붕대를 꽤 많이 갈아줘야 할 것 같습니다.”

“오~.” 그녀는 약간 짓궂은 웃음을 머금은 채 고든을 힐끗 쳐다보았다. 갑자기 그녀의 얼굴 표정이 조금 심각해지는가 싶더니, “그럼 치료비가 꽤 비싸겠군요?”라고 물었다.

“상처 난 나머지 부위를 좀더 살펴보도록 하죠.” 나는 녀석의 뒷다리를 들어서 넓적다리 부위의 쫙 벌어진 상처를 검사했다. “아직 혈액이 공급되는 부분만 손상되지 않았다면 여기 상처를 덮을 만한 피부는 충분히 있을 것 같군요.”

“그래서 어떻게 보시나요?”

“치유될 시간이 충분할지 잘 모르겠어요. 피부가 모두 손실된 부위에 새살이 돋아나는 데 시간이 걸릴 것은 분명하지만, 만일 부인이 인내심을 가지고 녀석을 치료한다면 아마도 치유가 될 것 같습니다. 앞다리에 흉터가 꽤 남아 있을 것 같은데요. 그 자리엔 털이 나지 않기 때문에 얼룩진 것처럼 보이겠네요.”

“좋아요. 지금 상황에서 당신이 할 수 있는 최선을 다해주길 바라요. 나는 당신의 지시를 따르도록 하겠습니다.”

“알겠습니다.” 나는 팔을 구부려 개를 감싸안고 조심스럽게 다리를 들어 올렸다. 뎁은 그녀의 오두막에서 담요를 가져와서 내 차 좌석 위에다 깔아놓았다. 고든이 좌석을 앞으로 잡아당기자, 나는 테오를 한쪽으로 눕혀서 차에 실었다.

간신히 좁은 길을 빠져나왔을 때 고든이 우스갯소리를 했다.

“자네도 봤지. 그녀는 정말로 날카로운 발톱으로 자네를 등 뒤에서 할퀴려고 했다니깐. 테오가 앞으로도 오랫동안 치료를 받아야 한다고 자네가 말했을 때 그녀의 눈에 불꽃이 튀었던 것을 자네도 봤잖아.”

“고든, 당신이 지나치게 과장해서 상상했다는 생각이 드는데요. 그녀는 단지 자신의 개를 돌봐주기를 원했을 뿐이라구요.”

“어처구니가 없구만! 뎁의 호르몬이 내 상상력보다 더 과도하게 작용하고 있다구. 앞으로 두고 보면 안다니까.”

날이 어둑어둑해질 무렵, 우리는 할아버지의 집 앞에 차를 세웠다. 나는 뒤쪽 베란다로 들어가는 문을 열어두었다.

“제가 테오를 차에서 데려올 테니 문이 닫히지 않도록 좀 해주겠어요?”

나는 담요로 테오를 둘둘 감싼 다음에 머리를 내 어깨로 단단히 떠받치면서 팔로 녀석을 들어 올렸다. 녀석은 뒷다리가 아래로 당겨지자 낑 낑거렸지만 내가 차에서 꺼냈을 때는 저항할 수조차 없는 상태였다. 고 든은 바깥문을 열기 위해 급히 뛰어가서 베란다 안으로 급하게 몇 발짝 걸어가더니 멈춰 섰다. 그는 라이터를 켠 다음 부엌문의 손잡이를 찾기 위해 이리저리 더듬거렸다. 나는 그를 따라 어두컴컴한 실내로 들어가 서 식탁이 틀림없다고 생각되는 자리에 테오를 눕혔다.

"제가 수술을 할 수 있도록 실내등의 스위치를 찾아볼 동안 당신은 이리 와서 테오가 흔들리지 않게 붙잡아주겠어요?"

고든은 어두컴컴한 방을 지나 식탁을 향해 더듬거리며 걸어가더니 멋쩍은 웃음을 지었다.

나는 침실에서 재빨리 손전등을 찾아 돌아왔다. 여러 번 손전등의 스위치를 올렸다 내렸다 해보기도 하고, 다 쓴 건전지들을 끼웠다 뺐 다 해보았다. 그러자 손전등에서는 자그마한 쉿 소리가 나면서 잠깐 동안 불이 깜빡거리다가 말았다. 방을 이리저리 살펴본 고든의 얼굴에 는 도저히 믿기지 않는다는 표정이 역력했다.

"정말 믿을 수가 없네. 도대체 어떻게 이런 곳에 살게 된 거야?"

"여긴 우리 할아버지 집이었어요. 지금은 숙모네 집이지만요. 어디 선가 시작은 해야겠고, 게다가 뭐 가격도 적당했고 그래서 여기로 왔 어요."

"그야말로 딱 적당한 곳이군!"

나는 낄낄 웃었다. "박쥐가 나올까봐 무서운 건 아니죠?"

"뭐, 박쥐를 특별히 무서워하진 않지만 그렇다고 그리 좋아하는 동 물도 아니라네."

“음, 어쨌든 이 개를 빨리 치료하는 게 좋을 것 같은데요.” 나는 양동이에서 물을 몇 바가지 퍼서 바로 옆에 놓여 있는 플라스틱 세숫대야에 옮겨 담았다. 구석에 있는 박스에서 수술할 때 사용할 소독약 한 병을 찾아낸 다음에 세숫대야에 콸콸 쏟아 부었다. 그리고 주사기를 찾아낸 후에 먼저 진정을 시키기 위해 아세프로마진과 아트로핀을 뽑았다.

“이 녀석에게 마취제를 놓기 전에 이 두 약을 섞어서 주사할 거예요. 이 주사를 맞고 나면 진정이 되면서 침 흘리는 것도 멈추게 될 거예요.”

고든은 내가 혼합액을 주사하는 것을 지켜보면서 고개를 끄떡였다.

“자, 그러면 상처를 좀더 자세히 살펴보도록 하죠. 제가 약간 더 편하게 살펴볼 수 있게끔 평평하게 붙잡고 있어줘야 하는데 할 수 있겠죠?”

테오는 고든이 힘을 다해 붙잡으려 하자 살짝 발버둥치며 저항했다. 이마에 주름을 짓더니, 애처로운 소리를 내며 낑낑거렸다. 큰 갈색 눈에는 뭔가를 예감하는 빛이 서려 있는 것 같았다.

“착하지. 우린 너를 해치려고 그러는 게 아니야. 자, 지금부터 긴장을 풀고 편하게 쉬고 있으면 돼.”

나는 고든을 바라보았다. 그의 이마엔 땀이 송골송골 맺혀 있었다. 이마에 걸쳐 있는 한 움큼의 머리카락이 흠뻑 젖어 피부에 착 달라붙어 있었다. 그의 눈은 개의 사타구니를 응시하고 있었는데, 오른쪽 뒷다리의 안쪽 부분에 있는 피부는 마치 칼로 도려낸 것처럼 깔끔하게 떨어져나가버렸다. 내 손바닥보다 더 크게 피부가 너덜거리고 그 밑에 생살이 드러나 있는 것을 보자 입을 딱 벌리고 말았다.

"해부학 수업시간을 위해 피부를 벗겨낸 것 같은 생각이 들 정도네요. 그렇죠? 대학 다닐 때 본 적이 있는 그 어떤 표본보다도 해부가 잘 돼 있는 것 같아 보이네요. 여기 붙어 있는 이 근육은 치골근이라고 부르는데 이 근육의 밑바닥으로 대퇴동맥과 대퇴정맥이라는 두 혈관이 지나가고 있어요. 아마 자세히 살펴보면 맥박이 뛰는 것이 보일 겁니다. 그게 바로 동맥이지요. 이것이 대퇴근 안쪽에 있는 박근이고, 여기는 내전근이구요."

"자네가 이 모든 부위를 알고 있다니 기쁘기 그지없군. 이걸 다시 원래대로 붙일 수 있을까?"

"우리 둘이 잘 해낼 수 있을 거라고 봐요. 그렇게 생각하지 않으세요?"

나는 이 상자 저 상자를 뒤져서 이제 곧 시작할 작업에 필요한 것들을 모았다. 증류수 20밀리리터를 뽑아서 마취제가 들어 있는 약병에 주입했다. 약병을 세게 흔들자 가루약은 녹아서 노르스름하고 투명한 액체로 바뀌었다. 주사기를 꺼내 주사약 20밀리리터를 뽑아 테오 곁에 있는 탁자에 올려놓은 다음에 좀더 밝게 보이도록 손전등의 위치를 바꾸었다. 나는 테오의 멀쩡한 다리를 붙잡아 정맥에 피가 흐르지 못하도록 차단했다. 그러고는 알코올로 문지른 녀석의 다리 표면에서 요측피부정맥의 윤곽을 쉽게 찾을 수 있을 때까지 탁탁 소리가 나도록 두드렸다.

"고든, 잠깐만 어깨로 테오의 머리를 받쳐주세요. 간혹 가다 몸부림을 치는 수가 있거든요."

나는 주사바늘을 정맥 방향으로 향하도록 붙잡고는 로프 같은 구조의 혈관 속으로 바늘을 찔러 넣었다. 주사기 피스톤을 뒤쪽으로 살짝 잡아당기자, 검붉은 정맥피가 마취주사약 용액 속으로 펑펑 솟아나왔다.

"좋았어!"

압박했던 정맥을 피가 흐르도록 풀어준 다음에 왼손을 살그머니 빼서 다리를 단단히 붙잡았다. 이어서 주사액의 절반을 빠르게 밀어 넣었다.

"이 약이 작용하려면 얼마나 걸릴 것 같은가, 데이브?"

마치 이 말에 대답이라도 하는 듯이 테오는 다리가 축 늘어지고, 눈도 감기고, 크게 하품까지 했다.

"이런 세상에! 이렇게 빨리 작용하다니 믿을 수가 없어."

"이제는 녀석을 떠받치고 있지 않아도 괜찮아요." 손가락으로 테오의 눈 가장자리를 건드리자 더디게 눈꺼풀을 깜빡거리는 반응을 보였다. 턱의 긴장 상태를 확인해보기 위해 녀석의 입을 벌려서 입 속을 살펴보았다. 테오는 다시 한 번 하품을 했고, 분홍색 혀가 길게 삐죽 나왔으며 진주색의 이빨이 드러났다. 나는 천천히 마취제를 더 주사하고, 녀석의 긴장상태를 다시 점검한 다음 나머지 주사약을 주사했다.

마취제를 더 뽑기 위해 주삿바늘을 다시 연결하고 나서 테오의 앞다리에 주사기를 반창고로 붙였다. 테오가 완전히 축 늘어져버릴 때쯤 돼서야 녀석의 몸을 반대편으로 돌릴 수 있게 되었고, 다친 다리가 더 잘 보이도록 하기 위해서 다치지 않은 반대편 다리를 들어 올렸다.

"고든, 이쪽 다리를 붙잡고 있어주겠어요?"

뿌우우우우웅…… 뿌우우우우우.

"우와! 썩은 냄새가 엄청 나는걸." 고든은 코를 붙잡고는 숨을 헐떡거리며 녀석의 다리를 잡았다. 그는 커다란 금붕어마냥 입을 벌렸다 닫았다 하면서 팔을 있는 대로 뒤로 벌리는 것이었다. "마취제를 놓으면 항상 이렇게 방귀를 뀌게 되나?"

"그렇지는 않지만 마취제가 근육들을 이완시키기는 하죠. 만일 일단 방귀가 나오게 되면 어떻게 할 수 있는 방법은 없어요."

뿌우우우우우웅…… 뿌우우우우우우우웅.

"이봐, 이놈이 이렇게 방귀를 계속 뀌어댄다면 아마 새로운 엉덩이를 만들어줘야 할지도 모르겠는걸."

"빨리 끝낼 테니, 잠깐만 더 다리를 붙들고 있어주세요."

외과용 소독약을 드러난 상처 부위에 부으면서 나는 피부의 귀퉁이를 잡아당기고 피부 조직의 아랫부분을 살펴보았다.

"부상을 입었을 때 들러붙은 돌 부스러기들을 보라구. 어떻게 이 부스러기들을 씻어낼 수 있겠나?"

"상처의 대부분은 그리 나쁘지는 않은 것 같은데요. 단지 이쪽 가장자리 쪽으로 파편들이 좀 많은 것뿐이에요."

나는 대야에 깨끗한 물을 부었다. 불순물을 다 제거한 후에 피부에 닿은 조직에서 부분적으로 분리해서 남겨둔 부분을 벗겨냈다. 그 다음에 돌 부스러기들이 깊숙이 박혀 있는 피하조직을 발라냈다.

"꼭 그럴 필요까지 없는 거 아냐?"

"아니요. 저는 기계적으로 일하는 걸 싫어해서요. 모든 것을 너무 정확하게 꼭 맞도록 해야 하는 것 말이에요. 만약 당신이 외과 수술을 집도한다면 당신도 상당히 많은 피하조직을 발라낼 것이고, 피부를 서로 맞추어 수술을 마무리할 겁니다. 의심스러우면 과감히 내던져버려야 해요. 그렇지 않으면 둘 중의 하나도 가지지 못하게 되니까요."

나는 계속해서 상처 부위의 가장자리를 발라냈고, 생명력이 없어 보이는 조직들을 모두 제거해냈다. 서로 마주보는 곳의 피부 가장자리를 잡아당겨서 한 바늘을 꿰매는 방식으로, 잡아당기는 힘을 최소화하면서 상처 부위를 닫을 수 있었다. 나는 끝이 뾰쪽한 겸자 두 개를 피부 아래로 넣어 상처의 가장자리에서 7.6센티미터가량 이동해 천막을 만드는 것처럼 겸자를 위로 들어 올려 피부 안쪽을 쿡 찔렀다. 수술용 칼을 이용해 겸자를 쿡 찌른 피부 부위를 베어냈다.

"자네가 구멍을 더 만들어주지 않아도 이 개는 충분히 많은 구멍이 있다고 생각하지 않나?"

"이렇게 피부 밑에 굴을 만들 듯이 많이 파내서 배액이 빠져나오도록 배액관을 연결해놓아야 해요. 그렇지 않으면 꿰맨 자리가 풀리게 하거나 상처가 아무는 것을 방해하는 체액들이 많이 쌓이게 되거든요."

고든은 펜로즈 배액관이 들어 있는 꾸러미를 열었고 나는 긴 고무관을 꺼냈다. 피부를 꼭 찌르고 있던 겸자를 벌려서 배액관을 붙잡고 그것을 쭉 잡아당긴 다음에 한 바늘을 꿰매서 피부에 고정시켰다.

"이봐, 자네 환자가 도망가고 말겠어!"

테오는 다리를 움직거리려고 버둥거렸다. "마취제를 좀더 놓아야겠어요." 나는 3밀리리터의 마취제를 개의 정맥에 천천히 주사했다. 잠깐 동안 수술을 멈추면서 저항력을 나타내는 표시인 턱의 긴장 상태를 확인했다. "다시 좀 잡아줘야겠어요." 나는 마취제 1밀리리터를 추가로 주사한 후, 반창고를 떼어내고 주삿바늘을 뽑았다. 다시 손을 씻고 돌아와서 처음에 위치를 정해두었던 곳을 봉합사로 꿰맸다. 수술을 다 마치고 나자 상처 부위가 깔끔하게 덮였고 바늘로 꿰맨 자리도 고르고 평평해졌다. "고슴도치하고 한판 한 것 같구만." 고든은 재치 있는 농담을 던졌다.

"이제 어떻게 할 건가. 덥에게 한 바늘당 얼마씩이나 받을 셈이야?"

뿌우우웅…… 뿌우우우우우우우웅.

"오 이런, 또 방귀야. 수술이 거의 다 끝나서 정말 다행이군! 더 이상은 정말 참을 수가 없다구!"

"엄청 지독한 냄새라는 걸 저도 인정해요. 차를 타고 오는 길 내내 저는 이 지독한 냄새가 당신한테서 나는 줄로만 생각하고 있었거든요."

"흠!" 고든은 코웃음을 쳤다.

"이제 앞다리를 살펴보도록 하죠." 나는 테오의 앞발을 앞뒤로 촉진하며 비정상적인 운동이나 삐걱거리는 감각이 느껴지는가를 검사했다. "엄청나게 혹사당한 다리가 부러지지 않을 수 있다는 사실이 놀라운데요. 이 피부들을 좀 보세요. 질질 끌려갔는데도 내부 구조에 손상을 전혀 입지 않았어요."

테오의 앞다리 전체를 비눗물이 가득 든 대야에 담근 채, 나는 상처를 박박 문질러 닦으며 오물과 털을 다 씻어냈다. 고든이 손전등을 더 가까이 비추었을 때, 나는 가장 최악의 돌 부스러기를 집어내고 항생제 연고를 듬뿍 바른 후에 그곳에 붕대를 감았다.

다른 주사기와 바늘을 찾아내기 위해 상자들을 모두 뒤진 후에, 나는 손전등을 들고서 문으로 나아갔다.

"어딜 가는 거야?"

"지하실에 내려가서 페니실린을 좀 가져와야겠어요. 차갑게 보관해야 하는 약들은 모두 지하창고에 두었거든요.”

고든에게 테오를 맡겨놓고 나는 덜컥거리는 계단을 조심스럽게 내려왔다. 삐거덕 소리가 나는 계단의 발판에 발걸음을 내딛을 때마다 계단 천장의 들보에 머리를 부딪치지 않기 위해 몸을 숙였다. 내가 지나갈 때마다 거미들이 바쁘게 움직였고, 얼굴에 거미줄이 달라붙는 것을 피하기 위해 계속해서 헛된 노력을 해야만 했다. 나는 선반에 있는 병을 손에 쥐고 계단을 걸어서 위로 올라갔다.

“데이브, 이 낡은 집은 괴물 영화 촬영장으로 사용해야 할 것 같아!” 고든은 넌더리가 난 표정으로 내가 셔츠에 묻어 있는 거미줄을 떼어내는 것을 쳐다보았다. “우리가 제대로 일할 수 있는 장소를 물색해주겠네. 여기는 정말 엉망이라니까!”

테오는 벌써 깨어나기 시작했고 내가 주사를 놓자 뒷다리를 움직이더니 머리를 들어 주위를 둘러보려고 했다. 녀석은 정신을 집중하려고 했지만 포기하고 이내 잠에 빠져들었다.

나는 손전등을 들고 비어 있는 침대를 찾아 헤맸다. 마루에 오래된 침낭을 펼치고 뎁의 담요를 그 위에 덮어주었다. 아직 정리되지 않은 옷으로 가득 찬 상자들을 다시 잘 놓고 개를 가두어둘 수 있도록 울타리를 만들어 깔개를 깔고는 조금이나마 가축 우리와 같이 꾸며놓고 나서 그 한가운데에 테오를 눕혔다.

“자, 애야. 일어나렴.” 나는 녀석의 가슴팍을 몇 차례 연거푸 두드렸다. “이제 모두 다 끝났어. 걱정 마. 착하지.”

테오는 몸을 이리저리 굴리며 머리를 들고는 비틀비틀 거리며 일어서려고 애쓰고 있었다. 불안정하게 이쪽저쪽으로 움직이며 모든 노력을 다 기울이다 지친 것처럼 보였다. 깊은 숨을 몰아쉬며 앞발에 감은 붕대에 머리를 기댄 채 털썩 넘어지더니 곧이어 깊은 잠에 빠져버렸다.

"됐어요, 고든. 우리가 떠나도 될 만큼 안전해 보이는 것 같군요. 이제 당신을 집까지 태워다 줄 수 있겠어요." 나는 손전등을 들고서 차까지 걸어갔다.

"데이브, 자네가 동물병원을 개원하기 위해서는 남들이 보기에 흉하지 않은 장소를 찾아봐야만 할 것 같네. 자네가 다른 것들을 정리할 동안 여기에 머무르는 것을 이해할 수는 있지만 곧바로 떠나야 하네."

에릭슨으로 가는 길 내내, 고든은 좀더 나은 곳을 찾아보는 것에 대해 귀에 못이 박히도록 얘기했다. 고든이 얘기한 곳은 시내 중심가와 사람들 눈에 잘 띄는 크레스턴이었다. 가는 길에 얘기를 듣고는 집으로 돌아오는 길에 그 생각으로 마음을 졸였다. 그가 옳으며, 나는 그것을 알고 있었다. 좀더 열심히 찾아봐야 할 것 같았다!

다시 하늘이 맑아졌고 별들이 이번주 초에 그랬던 것처럼 밝게 빛나고 있었다. 언젠가 내 눈길을 사로잡았던 번쩍거리는 별을 찾기 위해서 머리를 뒤로 기울여보았다. 그 별은 내 소망을 틀림없이 인정해줄 것이고, 이렇게 평판이 좋지 않은 환경에서 나를 구원해줄 것이다.

하늘은 여전히 산들바람의 자취도 찾아볼 수 없을 정도로 고요했다. 귀뚜라미들은 쉬지도 않고 떠들썩하게 울어댔다. 개구리들은 물에서 나오려고 부지런히 움직이고 있었다. 숲속에서 부엉이가 부엉, 부엉, 부엉 하고 우는 소리가 멀리까지 들려왔고, 머리 위로는 밤에 우는 쏙독새의 구슬픈 소리가 그치지 않고 들려왔다. 모두 고요한 정적의 소리다. 시골에서 자란 사람이라면 이런 소리를 사랑하긴 하지만 어느

새 인식조차 못하게 된다. 나는 풀밭에 등을 대고 누워서 미처 알지 못했던 이 많은 자연의 은인들을 헤아려보았다. 왜 예전에는 오늘밤처럼 밤이 온통 하늘을 지배하고 있을 때 그것을 알아내는 것이 그토록 힘들었을까?

나는 테오의 상태를 점검하기 위해 비틀거리며 집으로 들어갔다. 녀석은 편안한 자세로 온몸을 쭉 뻗고 누워 있었으며 부드럽고 고르게 숨을 쉬고 있었다. 눈에 불빛을 비추자 녀석은 머리를 잠시 들었다가는 곧바로 한숨을 쉬고는 다시 잠이 들었다.

다음 날 아침에 녀석을 점검해보기 위해 도착했을 때, 테오는 자신의 발로 스스로 일어서서는 비틀거리며 방 안을 이리저리 돌아다니고 있었다. 녀석은 발을 절뚝거리며 내게로 와서는 쭉 내민 내 손에다 자신의 코를 밀어젖히며 앞으로 나아가려고 했다. 녀석이 자신의 엉덩이 부분을 뒤에서 앞으로 이쪽에서 저쪽으로 들이밀면서 하도 꼬리를 세차게 흔드는 바람에 마치 녀석의 몸 전체가 흔들리는 것처럼 보였다.

"그래그래, 테오. 너도 잘 잤지! 오늘 아침에는 아주 원기가 왕성하고 명랑해 보이는구나."

녀석은 뭔가 먹을 것을 찾아서 이 상자 저 상자를 코로 거칠게 밀치면서 부엌을 온통 휘젓고 다녔다.

"요 녀석이 주변을 다 뒤져놓았네. 알려줄 게 있는데 그건 내게 별로 재미없는 일이라구!"

나는 귀퉁이에 놓여 있는 상자들 가운데 하나를 뒤져서 커다란 강아지용 캔 한 개를 찾아냈다. 숟가락으로 한 무더기를 듬뿍 퍼서 먹을 것을 간절하게 원하는 녀석 앞에 놓아두었고, 녀석이 마치 마파람에 게 눈 감추듯이 한번에 음식을 꿀꺽 삼키는 모습을 지켜보았다. 캔에 남아 있는 음식들을 다 덜어주었는데도 녀석은 빈 숟가락을 연신 핥아댔다. 테오는 계속해서 희망을 가지고 응시하면서 틀림없이 캔 속에 뭔가 먹을 것이 더 남아 있을 것이라고 확신했다. 더 나오는 것이 없는데도 녀석은 계속해서 어정어정 기웃거리며 이리저리 돌아다니고 있었다.

나는 테오에게 씌울 개 목걸이에 나일론 줄을 길이에 맞게 밀어 넣은 다음, 목둘레에 맞게 줄을 단단히 묶었다.

"얘야, 이제 오줌 싸러 가자."

녀석은 문을 돌진해서 햇빛이 비추는 바깥으로 나갔다. 나를 차 있는 곳까지 끌고 가더니, 녀석은 상처가 난 뒷다리를 힘차게 들어 올리고는 타이어 바퀴에 철벅철벅 소리가 나도록 오줌을 갈겨댔다. 녀석은 뒤뜰에 있는 모든 장소에 소변을 보고는 시냇가로 가서 오랫동안 기분 좋게 물을 들이마셨다. 그후 녀석은 싸돌아다니고 싶은 곳을 몸짓으로 표시하더니 잠깐 동안 그곳을 마음대로 돌아다녔다.

"이 정도면 충분히 됐지, 테오. 이제 네 엄마에게 돌아갈 때가 된 것 같다."

테오를 차의 뒷좌석에 올라타도록 다독거렸다. "최대한 빨리 네 담요를 가지고 돌아올게." 나는 녀석에게 신선한 공기를 쐬어주기 위해 자동차 창문을 아래로 조금 밀어내렸다. 그런 다음에 차문을 닫고 집으로 걸어갔다. 아침을 때울 수 있는 무엇인가를 찾기 위해 부엌을 샅샅이 뒤지면서 내 마음은 이 찬장 안에 음식으로 가득 차 있었던 날들로 갑자기 되돌아갔다. 할머니가 살아 계셨을 때는 항아리가 넘칠 정도로 모든 종류의 맛있는 통조림용 음식으로 가득했다. 나는 강낭콩,

완두콩, 사탕무, 미나리, 아스파라거스, 토마토, 송어, 닭고기를 떠올렸다.

할머니가 계셨다면 통조림용 닭고기를 담아두는 크고 좋은 항아리에서 무엇인가를 찾으려고 노력하지 않아도 됐을 것이다. 나는 뚜껑이 펑 하고 열려서 물컹한 젤리와 부드럽고 연한 다리나 넓적다리를 포크로 콕 찌르는 것을 상상해보았다. 상상만으로도 입 속에는 군침이 가득 고였다!

봉지에 남아 있는 통밀로 만든 빵을 발견하고는 재빨리 곰팡이가 핀 흔적이 없는지 대강 살펴보았다. 뚜렷하게 보이는 곰팡이는 없었기에 딱딱해진 빵 껍질을 충분히 덮어서 바를 수 있도록 땅콩버터 단지의 바닥과 측면까지 박박 긁었다. 빵을 접어 한 입을 물면서 뎁의 담요가 놓여 있는 곳을 향해 걸어갔다. 나는 최소한의 식욕조차도 채우지 못하는 아침식사를 멍하니 우적우적 씹으면서 차 문을 잠그기 위해 그리고 내가 마지막으로 베어 문 샌드위치 조각에서 테오의 털 한 올을 골라내기 위해 멈추었다. 차로 걸어가서 좌석에 담요를 던져 넣기 위해 자동차 뒷문을 열었다.

등골이 묘연해지고 오싹해졌다. 나는 좌석을 앞으로 세차게 밀쳤다. 테오가 온데간데없이 사라져버린 것이었다!

"맙소사!" 도대체 무슨 일이 일어난 것일까? 어떻게 테오처럼 깁스를 한 덩치 큰 개가 저렇게 조금 열린 창문 틈을 빠져나와 밖으로 기어나갈 수 있었을까? 나는 망연자실한 채로 되돌아와서 반쯤 열린 창문을 살펴보았다. 이건 불가능한 일이야! 녀석이 압착기로 짜내듯이 이곳을 빠져나갈 수는 없는 노릇이라구!

　나는 재빨리 마당 주위를 찾아보았고 잡초가 우거진 곳 주변을 샅샅이 뒤졌다. 이곳은 예전에 할아버지와 할머니께서 정원을 가꾸었던 곳이다. 녀석이 아주 멀리 가지는 못했을 게야! 나는 북쪽으로 방향을 틀어 집 밖으로 난 길에 윤곽이 희미하게 난 발자국을 쫓아가다가 멈춰 섰다.

　"테오야! 테오야! 어디 있니, 이 몹쓸 녀석아! 테오야! 도대체 어디로 간 거야? 테오야! 테－오－야!"

　나는 집으로 돌아왔다. 이런 젠장! 어쩌면 난 자재도구만 챙겨서 여기를 떠나야 할지도 모른다. 나는 항상 대부분의 사람들과 달라야만 했다. 나머지 동급생들은 모두 떠나갔고, 안정적으로 동물병원을 개업해서 일했다. 왜 나는 그렇게 하지 못하는 거지?

　"테오야! 테오야!"

　나는 도망친 환자의 어렴풋한 자취라도 볼 수 있을까 하는 마음에 지평선을 살펴보면서 차도를 따라 거침없이 걸어 내려갔다.

　"테오야!"

　엄청난 공포의 물결이 덮쳐왔고 나는 갑자기 기운이 빠져 터벅터벅 걸어갔다. 이웃인 비와 프레드 맥케이가 살고 있는 집 울타리 입구에 다다랐을 때는 거의 녹초가 되서 숨을 헐떡거렸다. 나는 비틀거리며 현관으로 들어서서 문을 쾅쾅 두드렸다. 비가 문을 왈칵 열었다. "아니, 데이브, 도대체 무슨 일이에요? 마치 귀신이라도 본 것 같아 보이는군요."

　"귀신을 본 것보다 더 심각한 문제가 발생했어요! 어제 저녁에 도베르만 종의 덩치가 큰 개를 집으로 데리고 와서 수술을 했는데 오늘 아침에 녀석을 차에다 두고는 잠깐 몇 초 동안 떠나 있었답니다. 잠시 후 돌아와보니 녀석이 차문을 뛰어나가서 사라져버리고 없지 뭡니까. 두 다리에 부상을 입었으니 아마 이 근처 어딘가를 뛰어다니고 있을 거예요. 혹시 녀석을 보거든 큰 소리로 저를 좀 불러주시겠어요?"

"꼭 그러겠습니다. 만일 내가 녀석을 발견하면 당신이 알아볼 수 있도록 신발이나 재킷 같은 것을 던져놓도록 하지요."

"고마워요, 비. 정말 감사드립니다. 아마 당신은 이 상황을 이해하지 못하시겠죠? 제가 처음으로 수술을 맡은 부상 당한 개였는데 이 녀석이 저를 버리고 도망가고 말았어요!"

"알았어요, 멀리 도망가진 못했을 것입니다. 녀석의 이름이 뭔가요?"

"테오라고 불러요. 하지만 불러도 나타나지 않을 겁니다."

"제가 한번 나가볼게요, 데이브. 그리고 프레드에게 고함을 쳐서 알려서 녀석을 감시하고 있으라고 말할게요. 프레드는 소떼를 몰아오려고 외출했거든요."

"정말 고마워요, 비!" 나는 벌써 길을 절반이나 거슬러 올라갔다. "저는 할아버지의 옛 정원으로 가보려고 해요. 혹시 녀석에 대해 어떤 것이라고 발견하시면…… 테오! 테오-!"

녀석의 자취를 전혀 찾을 수 없었기에 정원의 모퉁이에 있는 덤불을 재빨리 지나쳐갔다.

"테-오-!"

도로 건너편 쪽에서 비의 목소리가 메아리처럼 들려왔다. "테오! 테-오-! 이리 온, 테오! 어딨니, 테오야."

"테오! 이런 맙소사!" 길을 헤매면서 덤불 숲속을 자세히 들여다보았건만 나는 땅바닥은 전혀 신경을 쓰지 않았다. 내가 이 사실을 알았을 때, 내 발목은 진흙탕 속에 푹 빠져 있었다.

"오, 맙소사! 어떻게 내가 이런 진흙탕 속에 다 빠지게 되었지?"

그후로 몇 시간 동안 나는 포복하듯이 덤불 속을 헤쳐나가며 소리쳐 부르고, 저주를 퍼붓기도 하고, 기도도 하고, 울부짖기도 했다. 집으로 몸을 질질 끌면서 되돌아가서 잔디밭에 털썩 주저앉았을 때 나는 패배를 인정할 준비가 되어 있었다. 비의 목소리는 마침내 점점 가늘어져 사라져갔고 그 자리엔 불길한 침묵이 대신했다.

두 눈에서는 눈물이 마구 흘러내렸고 내 가슴속에는 깊은 절망의 끔찍한 느낌이 밀려 들어왔다. 어떻게 내가 이런 상황을 만들어버렸을까? 어떻게 내가 이렇게도 멍청한 짓을 하고 말았을까?

나는 오랫동안 아침 하늘의 푸르스름한 여명을 응시하면서 드러누워 있었다. 눈물도 완전히 멈췄고 내 가슴을 꽉 움켜쥐고 있던 마음의 족쇄도 조금씩 풀리기 시작했다. 내 마음속에 달라붙어 있던 끔찍스러운 공포 영화 같았던 영사기가 마침내 돌아가는 것을 멈추었고, 나는 등골이 오싹할 정도로 무시무시한 고요함에 사로잡혔다.

어렸을 때 나는 카지노에 있었던 우리 집 잔디밭에 혼자 누워서 내가 꾸며낸 게임을 하곤 했다. 눈꺼풀을 깜빡거리지 않고 빈 하늘을 집중해서 응시하고 있을 때면 얼마 후 수백만 개의 레이더 스크린에 나타나는 깜빡거리는 불빛들이 푸르른 하늘을 휙휙 지나가는 것을 볼 수 있었다. 그것들은 한곳에서 다른 곳으로 소용돌이를 치고 쏜살같이 날아가고, 건너뛰면서, 춤을 추듯이 자신들의 자취를 남기며 하늘을 가로질러갔으며, 둥그런 호를 이루며 내 상상력을 꿰뚫고 지나갔다.

그 게임의 속임수는 레이더 스크린에 나타나는 깜빡거리는 불빛들을 볼 수 있을 때까지 주의를 집중하는 것이 아니라, 최대로 가능한 시간 동안 그것들 가운데 한 가지에 초점을 맞추는 것이다. 나는 잠시 동안 게임을 하곤 했는데 내 눈이 불타서 눈물이 나게 만들기 위해서 오랫동안 하나의 장면을 쳐다보고 있었다. 내가 막 굴복하기 시작해서 눈을 깜빡거리는 순간, 마음속으로 주문을 외우기 시작했다. 수리수리 마하수리…….

라이플 총 소리처럼 쉰 소리를 내는 프레드의 목소리가 들여왔다. "저리로 가, 이런 아무짝에도 쓸모없는 녀석아! 이런 몹쓸 놈아, 닭 잡아 죽이는 사냥개 녀석!"

나는 벌떡 일어서서 프레드가 소리를 치는 방향으로 달렸다. 그건 틀림없이 테오였다! 녀석은 꽁지가 빠지도록 도로를 전속력으로 질주하고 있었다. 그렇게 녀석은 오랫동안 행방불명되었던 친구처럼 내게로 달려왔다. 마치 내가 자신을 쫓고 있는 마귀에게서 자신을 보호해 줄 것이라고 확신하는 것 같았다. 그리고 주둥이 주변에 증거로 묻어 있는 닭털을 없애기 위한 것인 양 자신의 입술을 마구 핥으면서 내 다리 뒤로 숨었다가 프레드가 있는 쪽으로 나 있는 길을 되돌아서 자세히 살펴보는 것이었다.

"오, 하느님, 정말 감사합니다." 테오의 뒤편을 따라 늘어져 있는 플라스틱 줄에 손이 가까이에 닿자 나는 신음하듯이 중얼거렸다. "감사합니다!"

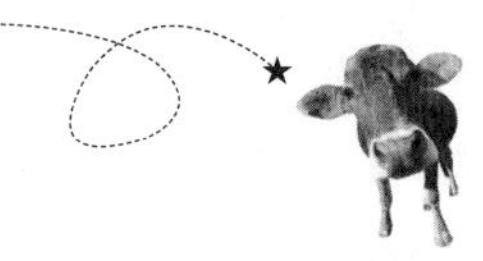

야속한
페리 호

내가 도착했을 때 딕 두머는 젖소 우리에서 얼굴을 붉으락푸르락거리며 안절부절못하고 있었다. 정기적으로 실시하는 캐니언 농장의 가축 검진 약속에 몇 분 정도 늦었을 뿐인데, 딕은 마치 몇 시간 동안 그를 기다리게 한 것처럼 행동하고 있었다.

"새끼 암소가 큰일 났어요."

"무슨 일이죠?" 나는 작업복을 흔들어 펼쳐서 가랑이 속으로 발을 집어넣었다.

"내가 소를 처음 보았을 때는 단지 어딘가 조금 불편해 보였어요. 일어났다가 앉았다가 하면서 가끔 배를 차고 그랬는데 몇 분 전에 다시 거기에 가보니 녀석은 일어서지도 못하더라구요."

"태어난 지 얼마나 됐죠?"

"8주에서 10주 정도 지났을 거예요. 그 녀석의 어미 소는 벌써 하루에 110파운드도 넘는 우유를 짜내고 있답니다."

딕이 초조한 얼굴로 발을 질질 끌며 우리 쪽으로 걸어가고 있을 때 나는 고무장화를 꺼내 신었다. 자동차의 계기판에 있는 청진기와 재떨이 위에 있는 체온계를 잡아 꺼내서 그를 따라 젖소 우리 안으로 들어갔다.

"송아지들이 설사로 고생한 적이 있나요?"

"전혀 없는데요. 우리 목장에서 일하는 알렉스가 워낙 잘 돌보고 있거든요. 한 달 동안 아픈 녀석이 없었는걸요."

딕은 송아지 헛간으로 돌아 들어갔고 나도 그를 뒤따라 짚으로 말끔하게 엮은 울타리를 내려갔다.

"그러면 이 송아지는 잘 지내고 있었나요?"

"네, 오늘 아침까지만 해도 우리 목장에서 제일 건강한 놈이었답니다. 지난밤에도 제가 먹이를 주었는데 모든 걸 먹어치우고 더 먹을 것을 찾았는걸요. 오늘 아침에는 잘 모르겠는데요. 그렇지만 알렉스가 나처럼 송아지들을 잘 살피고 있고 혹시라도 그 송아지가 젖을 먹지 않았다면 뭔가 얘기를 해주었을 겁니다."

송아지들이 있는 앞쪽의 통로를 걸어 내려가는데 녀석들이 껑충거리며 놀고 있었다. 몇 마리가 앞쪽의 지붕 널빤지 사이로 머리를 내밀고는 또 다른 먹이를 기대하며 울음소리를 냈다.

"시간이 지날수록 더 나빠지는 것처럼 보여요!" 딕이 울타리에서부터 두 번째 우리 앞에서 멈춰 서서 슬퍼하고 있었다.

그 송아지는 코가 꽉 막힌 채로 옆구리 쪽으로 배를 깔고 누워 있었다. 털가죽은 거칠고 털끝이 곤두서 있었다. 호흡은 빠르고 힘들어 보였는데 날숨이 끝날 때마다 그르렁거리는 소리가 났다.

"소화불량이 있었던 적은 없었나요?" 울타리 앞의 먹이 선반에 놓여 있는 손대지 않은 싱싱하고 푸른 자주개자리 건초를 바라보며 물었다. "송아지는 틀림없이 뱃속이 꽉 차 있는 것 같아 보이는데요."

"아닙니다. 저희는 한 달 동안 한결같이 두 번째 벤 건초를 먹여왔고 아무 문제도 없었는걸요."

나는 울타리 벽을 타고 올라가서 손을 뻗어 송아지 몸을 만져보았다. 녀석은 내가 나타났음을 알아채는 어떠한 기척도 없이 그냥 힘없이 누워 있었다. 체온계를 녀석의 항문을 통해 직장 안에 넣어보았다. 털 주위에 조금 붙어 있는 분비물을 제외하고는 꼬리 앞부분은 건조하고 깨끗해 보였다.

"설사 때문에 문제가 생긴 것 같아 보이진 않네요."

송아지의 목을 곧게 쭉 펴서 얼굴을 살펴보았다. 귀는 애처롭게 축 늘어져 있고, 눈은 머리 쪽으로 깊게 푹 들어가 있었다. 안구를 둘러싸고 있는 분홍빛 세 번째 눈꺼풀 조직도 드러나 있었다.

"눈을 좀 보세요! 이 송아지는 아주 심한 탈수증에 빠져 있군요."

송아지의 입을 벌려서 안쪽을 재빠르게 보고 나서 머리를 다시 제자리로 놓아주었다. 목구멍 깊은 곳에서 신음소리가 한번 나더니 울부짖어보려고 안간힘을 썼지만 역부족이었다.

"입 안이 얼음장처럼 차갑군요." 나는 체온계를 가져왔다.

"음, 37.5도인데요. 정상 체온에서 1도 반이나 낮습니다."

송아지의 등 위에 난 털을 움켜쥐고 녀석을 뒤쪽 구석에서 외양간의 앞쪽으로 옮겨놓았다. 녀석은 혼자 일어서려는 노력을 전혀 하지 않았으며 내가 내려놓자 짚더미 위로 쓰러져버렸다. 숨을 쉴 때마다 그렁거리며 주변을 돌다가 머리를 옆구리에 깊숙이 파묻는 것이었다.

"거의 저승 문턱을 넘어가고 있는 것 같은데." 나는 중얼거렸다.

"당신은 모를 거예요!" 딕이 신음소리를 냈다. "그놈은 북미대륙에서 가장 뛰어난 황소의 씨를 받아서 우리 농장 최고의 암소에게 수태시켜서 태어난 놈이랍니다. 난 녀석에게 엄청난 희망을 걸고 있다구요."

뒷주머니에서 청진기를 꺼내들고 급하게 뛰고 있는 송아지의 심장 박동 소리에 귀를 기울였다.

"폐렴 때문에 송아지가 이렇게 빨리 쓰러질 수 있나요?"

"가끔은 그럴 수도 있지만 제 생각에는 가슴 부위에 문제가 있는 것 같지는 않군요. 제가 보기에는 어딘가에 장폐색이 있는 것 같습니다. 그리고 그렁거리는 것은 그 통증 때문이구요."

배 부위로 옮겨와서 살펴보면서 나는 체계적으로 청진기를 옮겨 소리를 듣고, 그런 다음 팽창된 창자를 찾으려고 손가락으로 쳐보았다. 텅 비고 높은 소리가 두드림에 응답해왔다.

"여기 아래 부분에 가스가 많이 몰려 있습니다. 어떤 형태로든 장들이 서로 염전되어 있는 게 확실합니다."

양손과 청진기를 송아지의 배 아랫부분에 대고 재빠르게 위아래로 움직이면서 말 그대로 녀석의 복부를 흔들어댔다. 굉장히 떨렁거리는 소리와 질퍽거리는 소리가 울려나왔다. 마치 거의 비어 있는 그릇에 담긴 물이 연달아 튀는 듯한 소리 같았다.

"세상에!" 딕이 외쳤다. "그러지 말아요. 여기 위쪽에서도 들을 수 있어요. 그래서 농부들이 알아듣기 쉬운 말로 염전이 뭔가요?"

"장은 내장의 다양한 부분에 부채꼴 모양으로 펼쳐 있는 관들과 함께 장간막이라고 불리는 구조에 의해 떠받쳐져 있는데요. 때로는 그게 꼬여서 혈액의 흐름과 복부의 내용물의 이동을 방해하는 겁니다."

"그럼 송아지를 어떻게 해야 하나요? 녀석을 잃고 싶진 않아요."

"상태를 봤을 때 가능성이 별로 없긴 하지만 만약 살리고 싶다면 수술을 하는 편이 좋을 것 같군요."

"그럼 무엇이 필요하죠?"

"송아지를 여기서 옮겨놔야 해요. 불빛이 더 밝은 장소가 있나요? 젖소 우리는 어떤가요?"

"빛이라면 가장 좋은 곳이 푸줏간이랍니다. 제가 가서 트랙터와 옮길 것을 가져올게요. 송아지를 버킷(기중기 끝에 흙이나 모래 따위를 퍼올리는 통)에 넣어서 그곳으로 옮길 수 있을 겁니다."

푸줏간에 내려놓을 때쯤, 송아지는 풀이 더 죽어 있었다. 딕이 녀석 곁에 앉았고, 나는 송아지의 경정맥 부분에 있는 털을 깎아냈다. 검고 흰 털이 깎여 바닥에 덩어리져 떨어지고 부드러운 피부 아래로 분홍빛과 회색빛의 모자이크 무늬가 남았다.

"손가락으로 여기를 누르고 계세요." 송아지 목 주름에 딕이 손가락을 누르고 있을 위치를 가리켜주었다.

나는 알코올이 흡수된 거즈를 그의 손가락 쪽을 향해 힘차게 문질렀다. 혈관이 잘 보이지는 않았지만 건강한 송아지와 마찬가지로 거기에 있었다. 하지만 나는 혈관을 알아볼 수 있었다. 계속 되풀이해가며 그의 손가락 쪽을 쳐서 누르고 있는 곳 뒤쪽으로 압력이 생기도록 했다. 나는 카테터(정맥에 주사하기 위해 삽입하는 관. 겉에는 끝이 무디고 둥근 형태의 고무관이 있으며 속에는 날카로운 쇠바늘이 있다)의 껍질을 벗겨서 열고 혈관이었으면 하는 주름진 곳에 찔러 넣었다. 간단했다!

"손가락을 조금 더 길게 잡고 계세요. 혈관에 찔러 넣은 것 같군요."

나는 검고, 푸른 기가 도는 붉은 피가 나올 때까지 카테터의 뒤에 있는 플라스틱 부분을 천천히 열었다. 혈관에 그것을 찔러놓고 수액이 흐를 수 있도록 앞쪽으로 밀었다. 꽂혀 있는 카테터 주위를 테이프 조각으로 감싸고 피부에 봉합해놓았다.

송아지는 한쪽 옆으로 조용히 누워 천천히 규칙적으로 그렁거리는 소리에 맞춰서 숨을 쉬고 있었다. 내가 가위 방향으로 몸을 돌려서 배와 옆구리에서부터 털을 벗기기 시작할 때도 아무런 반응을 나타내지 않았다.

"수술할 때 송아지를 이렇게 잠을 자게 놓아둘 건가요?"

"전신 마취를 할 상태가 아닙니다. 강도 높은 경막외 마취를 하고 뒷다리를 마비시켜서 절개할 때 고통을 느끼지 않도록 국부 차단법을 이용할 겁니다."

나는 수술을 하기 위해 국부 차단을 하려고 준비하고 있을 때서야 비로소 수술도구들을 가져오지 않았다는 걸 알게 되었다. 전날 밤 집에 갔을 때 수술도구들을 소독하고 포장해서 압력솥에 넣어두었다. 나는 그것들을 가지고 나와서 카운터에 놓아둔 것이 기억났다. 몇 가지 가능성 가운데 무엇을 선택할지 혼자서 중얼거리고 난 후에 딕을 향하여 돌아섰다.

"모르고 계셨겠지만 수술도구들을 가지러 웨스트 크레스턴에 다녀와야 합니다."

나는 정맥주사로 들어가는 수액의 속도를 천천히 흐르도록 해놓고 선 자동차로 달려갔다. 캐니언 다리까지 시원하게 달렸다. 그랜마 모제스에 도착할 때까진 아주 좋은 속도를 유지할 수 있었다. 그런데 그곳에 도착하고 보니 시속 35마일의 속도 제한을 지키느라 세 대의 차가 나이 든 여자 차 뒤에 밀려 있었다. 에릭슨 뒷길에 닿을 때까지 투덜거리면서 그 차를 뒤따라갔다. 그다음부터는 지름길을 이용했기 때문에 교통 혼잡을 피할 수 있었고, 곧이어 선착장까지 자갈길을 따라 곧장 달려갔다.

그때 행운의 여신이 내게 미소 짓고 있었다. 쿠트네이 강 위쪽의 언덕 꼭대기에 도착했더니 배가 기다리고 있었다. 기관사가 배 위에서 손을 흔들었다. 50대 후반에 회색 머리카락의 호리호리한 남자였다. 그는 늘 배 주변을 조사하는 데 몰두해 있는 것처럼 보였고, 나는 그가 내게 배를 타도록 친절을 베풀어준다고 느꼈다. 내가 비탈길을 내려가 갑판에 오르자 그는 무뚝뚝하게 고개를 끄덕여 인사했다. 배의 꼬리방향 벽 쪽의 공간에 닻을 들어서 채워놓을 때, 금속제 바닥에 체인이 부딪혀 덜컹거리는 소리가 들렸다. 채 1분도 지나지 않아 모터의 회전 속도가 빨라졌다. 물 아래에 잠겨 있던 닻줄은 팽팽하게 당겨지면서 우리를 따라 몰아치며 들려왔다.

의자를 등지고 빠져나와서 먼 강둑이 점점 가까워지는 것을 바라보았다. 닻줄이 마치 먹이를 쫓는 뱀처럼 물속을 가르고 있었다. 반대편 강가에 도착하자 기관사는 엔진을 천천히 회전시켰다. 그는 나를 지나쳐 걸어가서 앞쪽의 닻을 내렸다. 감사의 인사를 하고 차를 타고 배에서 내려 비탈길을 올라갔다.

 빨리요, 송아지가 나오려고 해요

오래 걸리지 않아 집에 도착했고 수술도구들을 집어 들고 차를 운전하여 선착장으로 돌아왔다. 제방의 꼭대기에 도착해서 나는 내 등을 토닥였다. 제대로 일이 진행되고 있는 거야. 어쨌든 바로 수술하는 것보다 수술을 시작하기 전에 조금이라도 탈수상태가 회복되는 것이 송아지에게는 아마 최선일지도 몰라. 그냥 일이 진행되는 그대로 받아들이는 것을 배우는 것도 필요해. 결국 이것은 단지 사소한 불편일 뿐이고 아마 내 인내심에 해를 끼치진 않을 거라구.

"이런," 정류장에 차를 대며 중얼거렸다. "내 행운이 바닥을 드러냈나보군."

이번에는 배가 반대편에 정박해 있었다.

인내심을 발휘해보기로 마음먹고 머리를 의자 뒤로 기댔다. 기관사가 틀림없이 나를 봤으니 곧 돌아올 터였다. 눈을 감고 긴 숨을 들이마셨다. 차창을 통해 쏟아지는 태양의 온기를 즐겼다. 아름다운 날이었고 이 평화로운 풍경을 즐기지 말아야 할 이유가 없었다.

강을 뚫어지도록 내려다보다가 잠시 동안 송아지에 대해 잊어버렸다. 얼마나 아름다운 마을인가. 조만간 눈 모자를 뽐내게 될 장엄한 산을 통과하여 거대한 강이 굽이쳐 흘러갔다. 해마다 이맘때가 되면 쿠트네이 강은 한 폭의 맑고 푸른 수채화였다. 늦여름의 초록빛과 노란빛이 조용하고 고요한 강물에 아름다운 선을 그려놓았다. 풍경이 모두 보이는 이곳에서 내려다보면 강은 물결 한 점 없이 잔잔했다.

마음이 점차 절박한 일로 돌아왔다. 수의과대학에 재학하던 동안 장이 뒤틀린 동물을 많이 보지 못했다. 기억할 수 있는 건 두 번이었고 두 케이스 모두 죽어버렸다. 이런 형태의 장폐색에서 중요한 것이 시간인데, 두 케이스의 경우 모두 그랬다. 한 케이스는 우유부단한 농부가 송아지를 데려오는 데 너무 늑장을 부렸기 때문이고, 다른 하나는 부들부들 떠는 임상수의사가 절개를 하는 것에 확신을 가지지 못했기 때문이다. 나는 즉각적으로 충분한 조치를 취하지 못하는 바람에 내 환자가 죽는 것을 보고 싶지 않았다.

왜 이렇게 오래 걸리는 걸까? 갑자기 시간이 흘러가는 것에 집중하고 있는 나를 발견했다. 당신이 급히 가고자 할 때 몇 분은 마치 몇 시간처럼 느껴진다. 하지만 이것은 우스운 일이다.

차에서 나와 강 건너에 움직이지 않고 있는 배를 자세히 보았다. 왜 시동을 걸지 않는 거지? 기관사가 뒤쪽에 있는 것일까?

그는 선실 뒤에 있는 엔진의 덮개 위에 누워 있었다. 틀림없이 잠이 든 건 아닐 것이다. 배의 엔진이 돌아가고 있는지 들어보기 위해 귀를 긴장시켰다. 내가 찾아낼 수 있는 소리는 저 멀리 로저스의 농장에서 작업하고 있는 트랙터의 덜커덩거리는 소리뿐이었다.

"이봐요!" 큰 소리로 고함을 쳐보았다. "거기요!"

강 건너에서는 아무런 움직임의 기세가 없었다. 뭔가 잘못됐음이 확실했다. 아마도 그는 상당한 부상을 입었을지도 모른다! 로저스 농장에 가서 건너편에 전화를 하자고 혼잣말을 하고 있을 때 그가 움직이는 것을 보았다. 그의 손이 무심코 몸 쪽에서 얼굴 쪽으로 허공을 휘저었다. 한 번 더 그랬다. 다시 팔이 움직였다.

"제기랄!" 나는 약이 올랐다. "햇빛 속에 드러누워서 빌어먹을 점심을 먹고 있다니!"

경적 위에 기대 섰다. 자동차의 후드 아래에서 나오는 애처로운 소

 빨리요, 송아지가 나오려고 해요

리는 가장 좋은 때에도 내 기분을 악화시켰다. 하지만 오늘은 나를 성나게 만들었다. 도대체 그놈의 독일 사람들은 자동차에 저런 경적을 달 때 무슨 생각을 한 거야?

선착장으로 달려가며 나는 펄쩍펄쩍 뛰고 손을 흔들고 목청이 터지라고 소리를 질렀다. 깊은 숨을 쉬고 난 다음, 멈춰 서서 강 건너편을 째려보았다. 다시 움직임이 있었다. 규칙적인 오른팔의 움직임이었다.

"이런, 송아지가 죽어가고 있는데 저 작자는 햇볕 속에서 늘어지게 누워 잔뜩 처먹기만 하고 있다니!"

그다음 10분은 기억이 잘 나지 않는다. 비탈진 둑을 달려서 올라갔다가 내려왔다가 하면서 고함치고 욕하고 팔을 흔들었기 때문에 완전히 얼간이처럼 보였을 것이다. 기관사는 강 건너편의 목소리가 닿을 거리에서 그런 상황이 벌어진 것을 알고 있다는 기척을 단 한 번도 보여주지 않았다. 단 한 번도 햇볕 아래서 자리를 움직였다는 신호도 보이지 않았다.

자포자기해서 왔던 길로 방향을 되돌렸다. 계곡 북쪽 끄트머리에 더 이상 사용하지 못하는 폐함들을 거두어들일 우회도로가 거의 완성되고 있었고, 나는 어쩌면 통과할 수 있을지도 모른다고 생각했다. 북쪽으로 차를 몰아서 산의 모서리를 따라 달린 끝에 인부들이 점심을 먹으려고 일을 쉬고 있을 때 작업부지에 도착했다. 발파한 바위로 덮인 커다란 언덕이 산의 앞쪽 면을 따라서 쌓아올려져 있고, 그 꼭대기에는 트럭 한 대분의 흙이 담겨지고 있었다. 나는 계략을 써서 마치 그 도로가 여행을 하도록 열려 있는 것처럼 자갈무더기와 쉬고 있는 기계들 사이를 인부들에게 손을 흔들며 지나갔다.

우여곡절 끝에 캐니언 농장으로 돌아왔고 여전히 내가 겪은 시련에 약이 바짝 올라 있었다. 딕의 아내인 마리가 송아지 옆의 의자에 앉아 있었다. 날씬한 몸매에 멋진 금발인 그녀는 농부에게 어울리지 않은 옷차림을 하고 있었다.

"어떻게 돼가고 있나요?" 문을 지나 비틀비틀 들어가며 물었다.

"잘 모르겠지만 분명한 건 송아지가 살기를 바라는 것처럼 보이지 않는다는 거예요."

가엾은 작은 짐승은 아까보다 더 팽창된 배에 맞서서 또 다른 호흡을 끌어내기 위해 버둥거리고 있었다. 수액이 아직도 잘 흘러 들어가고 있는지 확인하기 위해 점적 챔버(정맥주사 세트 윗부분에 볼록 튀어나온 관)를 재빠르게 조사한 후에, 주사기에 국소마취제 리도카인을 채워서 작업복 주머니에 집어넣었다.

털을 밀어내고 문지르는 동안 송아지는 무심히 누워 있었다. 심지어 마취제를 주사하는 데도 반응조차 하지 않았다.

"저기에 있는 바늘들을 보니까," 마리가 몸서리쳤다. "송아지 배를 가르려고 준비하시는 게 맞군요. 축사에 달려가서 딕을 데리고 올게요. 선생님이 돌아오셨다는 것을 남편이 아직 모르고 있는 것 같아요. 수술할 때 그가 여기에 있는 게 좋겠어요."

마지막 문지르기를 끝내고 수술도구들을 펼쳐놓았다.

딕이 문으로 급히 뛰어 들어왔다. "이제 시작할 준비가 됐습니까?" 그의 얼굴 표정을 보니 처리해야 할 다른 일들이 산더미처럼 쌓여 있는 것 같았다.

"한두 시간 안에 이 일을 모두 끝낼 수 있을 것 같나요? 만약 그렇지 않으면 알렉스를 불러 도움을 받는 게 좋을 것 같은데요.”

“문제없습니다. 저에게 이 비누를 조금 주시면 손을 문질러 씻을 겁니다.” 그에게 소독약 병을 건네주고 손을 펼쳤다.

두 번째로 비누 거품 내기를 마치고 마지막으로 손을 내밀었을 때 딕이 말했다. “이봐요, 사람들이 선생님에 대해 말하는 것을 제 눈앞에서 확실히 보게 됐군요. 사람들은 선생님이 소를 절개하는 데보다는 손 씻는 데 더 많은 시간을 쓴다더군요.”

“그 얘기를 들으니 반갑군요! 저는 사후 부검이나 종양을 절개하는 것보다 손을 세척하는 데 더 많은 시간을 들이지요. 그게 부족해서 동물들을 세균감염으로 죽게 하는 것보다 제 씻는 습관에 대해 농부들한테 얘기를 듣는 편이 오히려 더 좋은데요.”

“그래요, 선생님 말씀이 맞는 것 같군요. 오해하지 마시고 씻고 싶은 만큼 많이 씻으세요.”

수술복을 입은 후 장갑을 끼고서 송아지의 가죽을 겸자로 죄고 분홍빛 살점을 한 줄로 절개해 녀석의 몸 아래까지 드러내놓았다. 그 아래의 근육층을 통과해 절개해 들어갔다. 마지막으로 복막이라고 불리는 반투명 층에 다다랐을 때, 겸자로 그곳을 집어올려서 메스로 찔러 절개했다. 그러고 나서 가위로 절개 부위를 양쪽 방향으로 넓게 벌려놓았다. 절개를 하자 가스로 팽창된 장 다발이 부글부글 끓어 넘쳤다.

“왜 선생님이 거기를 메스로 세게 치지 않았는지 알겠군요.”

창자를 가능한 한 많이 오그라뜨려서 장갑 낀 손으로 송아지의 등뼈 바닥에 위아래로 미끄러지게 했다. 송아지가 고통으로 신음하며 빠르게 숨쉬기 시작했고 숨 쉬는 소리가 어느 때보다 커졌다.

"거기가 상처가 난 곳이구나. 그렇지, 아가야?" 장간막의 시작점에 손을 쓸어보았다. 딱딱한 띠 조직과 맥박이 뛰는 혈관이 느껴졌다. "창자의 이 부분이 어떻게 가스로 가득 차서 전부 검게 변해버렸는지 보시겠어요? 장이 꼬인 곳으로 내려가는 창백한 부분이 보일 겁니다. 약간의 혈액이라면 여기를 통과할 수도 있지만 되돌아갈 수는 없지요."

딕은 한눈 팔지 않고 더 잘 보이는 곳을 찾기 위해 주변을 왔다갔다 했다. 마리는 그녀가 서 있는 곳에서 진행 과정을 보는 것에 만족하는 것처럼 보였다.

최대로 팽창된 부분을 골라서 장의 벽에 바늘을 찔러 넣었더니 그 끝에서 가스가 '쉬익' 하는 소리를 내며 나왔다.

"이런, 악취라니," 딕이 몸을 피했다. "정말 고약하군."

바늘을 다른 곳에 찔러서 바람을 빼내고 나서 5분 후에 장의 압력이 극적으로 줄어들었다. 마침내 덩어리를 잡고 그것을 시계반대 방향으로 돌려놓았다.

"보셨죠?" 장이 정상적인 자리로 돌아오자 나는 자못 만족스러웠다. "꼬여 있었던 저 부푼 부분을 봤나요?" 장의 색깔이 밝아지고 연분홍색으로 변하자 등줄기를 타고 오르는 흥분이 느껴졌다. 배 밖으로 그 고리들을 여전히 잡아 올려둔 채로 바늘로 조직을 찔러댔다. 구멍 난 곳에서 서서히 피가 흘러나왔다.

"굉장한 소식이에요!" 나는 활짝 웃으며 쌓여 있던 울혈 지점을 가리켰다. "확실히 장이 아직 살아 있는 것 같군요. 우리가 송아지의 쇼크를 치료해주는 한, 녀석은 싸울 수 있는 기회를 갖게 되는 겁니다."

딕이 몇 가지 봉합도구를 펼쳐주었고, 나는 송아지의 복벽을 덮어서 닫는 자질구레한 일을 시작했다. 먼저 각각의 봉합할 자리를 잡아준 후, 바늘땀을 단단하게 죄기 전에 창자를 송아지 배에 다시 밀어 넣어주었다.

"그걸 모두 송아지 뱃속으로 도로 넣으려는 거 맞나요?"

"궁금하시군요, 그렇죠? 이 부분이 없으면 송아지는 살아갈 수 없지요."

"이제 수선할 게 있으면 어디로 가져와야 하는지 알겠네요." 절개한 부위의 밑에 마지막 봉합을 했을 때, 딕이 농담을 했다. "선생님은 굉장한 재봉사군요!"

송아지가 회복할 것처럼 보이지만 위험한 상태를 벗어나려면 오래 걸릴 것이다. 그르렁거리는 소리가 확실히 줄어들었지만 숨은 가빠지고 가늘어졌고 눈은 여전히 퀭했다.

푸줏간 커팅룸 바닥의 구석에 짚으로 잠자리를 깔고 테이블과 몇 개의 상자로 잘 자리를 잡아 우리를 만들어주었다.

"오늘 나머지 시간 동안 수액이 흐르도록 해놓고, 밤에 쓸 수액팩 하나를 남겨두고 가겠습니다. 송아지에게 예방 차원으로 항생제를 놔주고 내일 좀더 가져오지요."

하루 동안 일어났던 감정의 동요를 생각하며 두머 목장을 빠져나왔다. 어떻게 그렇게 멀쩡했던 아침이 단번에 오싹한 꼭대기로 올라갔다가 창자가 뒤틀리는 듯한 골짜기가 가득한 롤러코스터 타기로 돌변할 수 있는지 놀랍기만 했다. 아직도 롤러코스터의 꼭대기에서 갖게 되는 공포감이 느껴졌고 낮은 곳에서 내장이 울렁거리는 느낌도 여전했다. 앞으로 수의 임상에서 얼마나 자주 그런 일이 일어날는지.

교대로 한 농부에서 그 다음 농부로 뒤늦은 약속을 따라잡고 전화를 살피느라 남은 하루가 빈틈없이 꽉 채워졌다.

늦은 오후에 폭풍이 불어와서 계곡은 어둠에 감싸였고 구름이 낮게 깔렸다. 처음에 억수같이 내리던 비가 지나가고 이제 끊임없이 내리는 이슬비가 계속 내렸다.

뒷마당에 차를 대고 엔진을 껐을 때는 10시가 넘은 시간이었다. 불을 끄고, 머리를 뒤로 기대서 깊게 숨을 쉬었다. 혼자 앉아 차의 지붕에 부드럽게 떨어지는 빗소리를 들으니 이상하게 편안한 느낌이 들었다. 다음 숨을 언제 쉴까 하는 정도의 사소한 생각을 하며 어둠 속을 응시하고 있었다. 그러고는 몸에 오한이 느껴져 랜턴을 찾아 안으로 들어갔다.

집은 어두웠고 아무런 매력도 찾아볼 수 없었다. 빈약한 식량이 들어 있는 상자 속에 불을 비추고 전혀 흥미가 당기지 않는 것을 하나 찾아냈다. 유리병에 외롭게 있는 피클 하나를 꺼내어 멍하니 우적우적 씹어 먹었다. 마지막 한 입을 급히 입 안으로 집어넣고 침대에 쓰러져 슬리핑백을 끌어당겨 덮었다.

눈을 감자 그날의 장면들이 슬라이드처럼 내 앞에서 지나갔다. 기운이 빠진 가엾은 송아지의 배를 가르고 장으로 들어가서 바늘로 꿰매고, 바늘 끝에서 가스가 터져 나오는 소리를 들었다. 비틀린 장을 바로잡고 막 봉합을 시작하려고 할 때 송아지가 나를 공격해왔다. 수술도구들은 아직 바깥의 차 속에 있었다! 아침에 거기에 둘 때처럼 더럽고 피투성이인 채로!

제기랄! 오늘만은 정말 도구들을 닦고 콜맨 난로로 소독하는 일을

하고 싶지 않았다. 마지못해서 수술상자를 꺼내오기 위해 침대의 따듯
함을 포기해야 했다. 그날 밤엔 아주 작은 바람의 흔적조차 없었다. 유
일하게 나는 소리라고는 주변에 있는 잔디와 나무 위에 비가 내려앉으
며 희미하게 후두둑거리는 소리뿐이었다. 고요함을 음미하려고 잠시
동안 멈춰 섰다. 홀로 그곳에 서서 꼼짝 않고 비가 내 얼굴 위에 부드
럽게 내려앉는 느낌을 느껴보기 위해.

나는 이곳을 사랑하고 계곡의 전경을 사랑하고 고요한 밤의 평화와
안온함을 사랑한다. 하지만 이것들이 이뤄질 수 없는 것임을 잘 알고
있다. 가을이 깊어가고 어김없이 겨울이 올 것이다. 공기에서 느껴지
는 에이는 듯한 추위는 무엇이 다가오고 있는지를 경고해주었다. 곧
이 집에 머무는 것이 불가능해질 것이다. 예전에 여기에 있어본 적도
거의 없는 데다가 추위가 들이닥칠 생각을 하면 이 외로운 집은 정말
견디기 힘든 곳이다. 그런 생각을 하게 되는 게 싫은 만큼 나는 또 다
른 어떤 곳, 어딘가 마을과 가까운 곳을 찾아야만 했다.

송아지의 모습이 머릿속에 비춰질 때 나는 압력솥에 수술도구들을
내려놓았다. 딕에게 어떻게 돼가고 있는지 알아보기 위해 전화를 하려
는 생각을 했지만 시계를 힐끗 보고 그보다 더 나은 생각을 했다. 늦은
시간이었고 낙농업자들은 그런 밤 시간에는 집중력이 떨어지는 경향
이 있었다.

다음 날 아침에 일이 기분 좋게 전개되는 것 같았다. 집을 나서기 전
에 몇 통의 전화가 걸려왔지만 응급을 요하는 전화는 없었다. 두머 목
장에서 어제 시작하지 않았던 건강검진을 하는 데 시간을 보냈다.

침대에서 일어나 나오면서부터 어제 수술했던 가엾은 작은 짐승 생

각이 맴돌았다.

1분 동안 아무것도 잘못된 일이 없는 것처럼 목장을 가로질러 내닫고 있는 송아지를 그려보았다. 그런 다음, 현실로 내 자신을 잡아 끌어와서 그곳에 배가 부푼 채로 두 다리를 허공에 두고 누워 있는 녀석을 보았다. 두머 목장에 가까워질수록 송아지 치료가 잘되지 않았다는 사실을 알게 됐을 때를 대비해서 더욱 마음을 굳게 먹었다. 앞일에 대해 최선의 노력을 다해놓고도 정당해 보이지 않는 것 때문에 실패하는 경우도 종종 있는 법이다.

푸줏간 앞에 차를 세워놓고 재빠르게 주변을 살펴보았다. 주위에는 아무도 없는 것 같았다. 안쪽에는 수술할 때 나온 부스러기들이 말끔하게 치워져 있었지만 송아지를 뉘었던 구석에는 아직 짚이 덮여 있었다. 가리개로 만들어두었던 상자들이 여기저기 흩어져 있었고 응고 된 혈액 덩어리가 바닥에 그대로 있었다.

그곳은 송아지가 죽은 곳이 틀림없어, 나는 물끄러미 바라보았다. 상자들이 주변에 내동댕이쳐진 상태를 봐서는 송아지가 죽은 것을 알게 된 딕이 정말 화가 났음이 분명했다. 주변 어디에서도 그의 트럭을 보지 못했기 때문에 그가 사체를 버리러 급히 달려갔다는 생각이 들었다.

나는 풀이 죽어서 외양간을 정처 없이 돌아다녔다. 나는 절대로 짐승이 죽는 것을 즐기지 않았고, 그들의 목숨이 위험에 처해 있을 때는 더 기분이 좋지 않았다. 알렉스나 딕이 주위에 있는지 보려고 젖소 우리를 통과해서 외양간으로 들어가보았다. 암소들이 자신들의 영역에 누가 침입했는지 보려고 머리를 돌리자 문설주에서 나는 금속성의 날카로운 소리와 덜커덩거리는 소리가 마치 나를 환영해주는 것 같았다.

“여보세요! 여기 누구 없어요?”

아무도 대답하지 않았다. 딕이 송아지를 옮겨다 놓았다는 희박한 가능성에 기대어 송아지 우리를 돌아다녔지만 우리 안은 텅 비어 있었다. 우리에서 돌아오는 도중에 그가 부르는 소리를 들었다.

“이봐요! 거기 계신가요?”

모퉁이에서 그를 만났다. 분명히 당황하고 있었고 얼굴은 못마땅한 표정으로 굳어 있었다.

“어제 맥주 찌꺼기를 실어오지 못해서 암소들이 정말 풀이 죽었지요.” 그가 툴툴거렸다. “그 사람들이 이 픽업트럭으로 거의 500파운드를 빠뜨렸지 뭐예요.”

송아지가 죽은 것에 대해 불편한 대화를 나누려니 걱정이 되었다. 비록 송아지를 살리기 위해 내가 그밖의 어떤 것을 더 했어야 하는지는 생각나지 않았지만, 나는 여전히 송아지의 죽음에 대해 책임을 느끼고 있었다. 아마도 만약에 내가 수술도구를 가지고 갔더라면 그 시간이 다른 차이를 만들었을지도 모를 일이었다.

“자, 송아지를 한번 보고 싶지 않나요?” 일상적인 톤으로 딕이 물었다.

“네, 물론이지요.” 결과가 다르게 나오길 바라며 조용히 발을 끌며 따라갔다. 목장의 건강검진을 시작하기 전에 사체를 거둬내는 것이 아마도 최선일 터였다.

외양간의 모퉁이를 돌아가자 그곳에 송아지가 있었다. 예상했던 것처럼 죽어서 누워 있는 게 아니라 건물의 벽면을 따라 난 푸른 잔디를 뜯어먹고 있지 않은가! 가까이 다가가자 송아지가 얼굴을 돌리더니 우리가 있는 방향으로 발을 옮겼다. 녀석은 오른쪽 부분의 가죽이 벗겨지고 옆구리가 움푹 들어간 채로 좀 까칠해 보였지만 밤새 호전된 것이 아주 놀라웠다.

송아지의 눈이 모든 얘기를 해주었다. 어제 눈이 퀭하니 들어가 있던 곳이 오늘은 눈꺼풀과 눈으로 완벽히 들어맞아 있었다. 어제는 눈이 고통으로 채워져 있었는데 오늘은 밝게 빛나고 신중하게 보였다.

"선생님, 고통스러웠던 일이 끝나서 정말 기분 좋군요." 딕이 중얼거렸다. "어제 5시쯤에 수액을 바꿔줄 때 송아지가 뒷발을 조금씩 움직이기 시작했고 머리를 지탱하고 있었답니다. 장이 정말로 활동을 했나봐요. 배에서 꾸르륵거리는 소리가 나는 걸 들었는데 벌써 큰 덩어리 몇 개를 먹어치웠답니다. 지난밤 10시쯤에 여기 와봤더니 녀석이 거기서 아주 조용히 누워 있더라구요."

"오늘 아침 5시 15분 전에 다시 와보니 송아지가 방 한가운데로 나와 있었어요! 이 방의 반이나 넘는 곳에 상자들을 모두 넘어뜨려놓았더라구요. 그래서 제가 녀석의 목에 있는 튜브를 모두 잘라내고 여기서 꺼내다가 아직 푸른 풀들이 남아 있는 곳에 데려다놓았지요."

다시 풀을 뜯어먹기 시작하는 송아지를 물끄러미 바라보았다. 녀석이 정말로 살아 있다! 지금 당장 보기로는 무사히 회복됐다는 것을 의심하지 않아도 될 것 같았다. 누가 감히 이렇게 되리라고 예상이나 했겠는가?

이 일을 해나가는 동안 계속해서 나는 내가 한 치료에 대해 대가를 받는 다른 방법들이 많이 있다고 생각했다. 그후로 오랫동안 그 송아지에게 수술을 해주고 받은 대가에 대해 잊고 지냈다. 하지만 그날 아침의 일이 잘 풀려 얻었던 만족감은 절대로 잊을 수 없을 것이다.

가엾은
티키

차가 있는 곳으로 가고 있는데 에블린 허포드가 집에서 달려나왔다.

"어떤 여자가 아픈 고양이에 대해 전화를 했는데요. 선생님이 여기 계신 줄을 어떻게 알았는지 잘은 모르겠지만 얘기를 하고 싶어 하는데요. 목소리가 좀 걱정스러운 듯하던데."

"고마워요, 에블린. 제가 받아볼게요."

전화기에서 들려오는 소리는 풍부하고 감상적인 목소리였다. 엘스페스 맥세브니 부인이 스코틀랜드 사투리로 계속 얘기했기 때문에 나는 오로지 목소리를 놓치지 않으려고 집중하고 있었다. "페린 선생님, 제가 어제 점심시간에 길에서 루스 비치와 얘기를 나누고 있었는데요. 선생님이 지난밤에 저녁식사를 하러 그 집에 있었고 오늘 아침에는 허포드 씨 집에 갈 거라고 말해주더군요."

"그러셨군요, 네." 사람들이 어떻게 내가 있는 곳을 추적할 수 있는지 놀라웠다.

"허포드 부인이 당신에게 아픈 고양이가 있다고 말해주던데요."

"그래요…… 우리 귀여운 티키랍니다. 그 가엾고 작은 것이 우리가 보는 앞에서 점점 쇠약해지고 있다구요. 어떻게 손을 쓸 방법이 없는 것 같아요."

"그러면 이런 상태가 얼마나 계속됐나요, 맥세브니 부인?"

"몇 달 동안 계속 그랬어요, 맞아요. 제가 여러 번 살펴봤는데도 뭐가 잘못됐는지 알 수가 없어요."

"고양이의 증상이 정확히 어떤데요? 토하거나 설사를 한 적이 있나요?"

"녀석의 대변에 가끔 문제가 있었어요. 그렇지만 지속되지는 않았는데요. 요즘에는 꿈쩍이지도 않아요. 하지만 그것도 놀라운 일은 아니에요. 도통 먹지를 않으니. 너무 약해진 데다가 거의 돌아다니지도 못하고 있어요."

"만약 고양이 진료를 원하신다면 지금 바로 잠깐 들러보겠습니다."

맥세브니 씨 집의 약도를 가지고 크레스턴 동쪽에 있는 과수원 마을인 에릭슨을 향해 출발했다. 배를 탈 수 있는 비탈에 도착했을 때는 이미 배가 떠난 뒤였다. 100피트나 앞으로 나가 있었다. 강의 북쪽 기슭 방향으로 끌려가면서 강물을 가르고 있는 닻줄을 보았다. 자동차와 픽업트럭이 배에 실려 있었고 건너편에는 곡식을 실은 트럭 한 대가 기다리고 있었다.

기관사를 알아보려고 목을 길게 뺐었다. 지난주에 나를 무시했던 사람과 같은 사람임이 확실했다. 그가 운전할 때 배를 타는 것은 바보 같은 짓이라고 느꼈다. 나는 여전히 그의 목을 비틀어서 내 앞에 세우고 싶었고, 비록 내 불끈하는 성미를 목격했는지는 모르지만 그가 내 등 뒤에서 낄낄거리고 있다는 느낌을 떨쳐버릴 수가 없었다.

라디오에서 그룹 아메리카의 '이름 없는 말'이라는 노래가 끝나고 블랙 사바스의 굉장한 헤비메탈 음악이 연주되기 시작했다. 나는 시동을 끄고 이어지는 적막감을 맞이했다. 햇빛이 희미하게 강을 비추고 있었다. 물수리 한 마리가 수면 위에 급히 내려앉았다. 새가 발톱으로 물을 치자 섬광이 일어나는 것이 보였다. 그런 다음 강둑에 있는 나무로 천천히 날개를 퍼덕이며 날아가는 새의 발톱에 물고기가 매달려 있는 것을 감상에 젖어 바라보았다.

닻줄이 다시 한 번 들어 올려졌다. 배의 후미에 있는 상자에서 물이 뿜어져나왔고 잔물결이 양쪽으로 일어났다. 배가 돌아오고 있는 중이었다.

배가 마치 강에 사는 다른 서투른 동물처럼 육지에 닿을 때까지 물속을 허우적거리며 나아갔다. 오래된 배로 오르는 경사면이 내려지고 기관사가 갑판 앞을 어슬렁거리며 걸어가더니 앞쪽의 쇠사슬을 낮게 드리웠다. 곡식을 실은 트럭이 급히 앞으로 기울더니 경사면을 천천히 올라와서 육지에 내렸다. 배는 눈에 띄도록 부표를 표시해놓았다. 농장을 운영하는 밥 로저스가 선착장 건너편에서 환하게 웃으며 트럭 창문 밖으로 손을 흔들었다.

나는 답례로 손을 흔들고 경사면을 운전해 내려가 갑판 위로 올라탔다. 기관사는 내가 그의 옆을 지나갈 때 목을 끄덕이며 인사했다. 그가 쇠사슬을 들어 올려 제자리에 두자 덜커덩 소리가 났다. 선실로 들어갈 때 백미러로 그를 바라보았다. 얼굴에 능글맞은 웃음을 짓고 있는 것 같았다.

가파른 경사면을 운전해 올라가서 새로 돋아나는 보리밭을 통과해 곧 정처 없이 달렸다. 크레스턴을 지나 크랜브룩을 향해 동쪽으로 갔다. 몇 분 안 돼서 갑자기 꺾이는 지점인 체커판 모퉁이 같은 곳에 도착해서 하스킨의 서부 쪽으로 차를 돌렸다. 저것이 맥세브니 씨의 집이겠지. 집의 벽면은 갈색 칠을 한 나무로 되어 있었다. 그들이 카마이클의 집 아래층에서 산다고 엘스페스가 말해주었다. 그곳이어야 맞다. 그루트의 농장은 길 건너 오른편에 있었다. 30대 초반의 명랑한 표정을 한 여자가 문을 열어주었다. 긴 갈색 머리를 얼굴에서부터 뒤로 잡아 묶었고 인상적인 푸른 눈에는 금속테 안경을 쓰고 있었다.

"이런, 키가 크신 분이군요?" 그녀의 음악소리와 같은 스코틀랜드의 경쾌한 말소리가 듣기 좋았고, 문득 내 억양이 그녀에게 어떻게 들릴지 궁금해졌다. "우리 남편인 짐도 키가 큰 사람이라고 생각했는데. 거의 6피트하고 6인치거든요." 그녀가 손을 뻗어 단단하게 악수를 했다. "제가 엘스페스 맥세브니예요."

"데이브 페린입니다." 나는 냉장고 위쪽에 팔을 짚고 신발을 벗었다. 냉장고를 기대는 장소로 사용하는 것을 보고 엘스페스가 킥킥거렸다.

"어찌됐든 키가 몇인가요?"

"6피트 11인치입니다."

건강해 보이는 샴 고양이 한 마리가 내 다리를 돌며 관심을 끌어보려고 애를 썼다. 나에게 몸을 비비면서 샴 고양이 특유의 강렬한 푸른 눈을 이쪽에서 저쪽으로 굴리며 나를 올려다보았다.

"그애는 시바예요. 스코틀랜드에서 우리랑 함께 왔답니다. 던펌린에서 샀어요."

"정말요? 스코틀랜드의 샴 고양이는 전에 본 적이 없는데요. 비행기를 타고 데리고 왔나요?"

"오, 아니에요. '캐나다의 여왕'이라는 유람선을 타고 우리와 같이 왔어요. 가죽 끈으로 매어두는 훈련을 받은 놈이라서 갑판 위에 데려가 산책도 했는걸요. 선상에서 고기도 구해 먹였지요. 우리보다 더 잘 먹는답니다."

"이 녀석, 응석받이로구나!" 고양이를 들어 올렸다. 녀석이 열심히 그르렁거리며 머리를 내 손에 비벼댔다.

"그애가 가족 역할을 톡톡히 하고 있답니다. 시바에게 친구를 만들어주려고 올가 에드워즈 씨에게서 티키를 데려왔는데요. 그 작은 새끼고양이가 시바의 사랑을 얻으려고 애쓰는 모습을 보면 정말 재미있어요. 몇 주 동안 애쓰다가 결국 사랑을 얻게 되었지요. 새끼고양이가 시바의 관심을 얻으려고 뒤쫓아 뛰어다녔어요. 시바는 처음에는 당황했는데 결국에는 양보하고 가장 좋은 친구가 됐어요. 티키는 공짜로 얻은 첫 번째 고양이랍니다. 다른 놈들은 모두 한 뭉치씩이나 돈을 지불했는데 말이지요.

부엌 모퉁이에 있는 고양이 집 쪽으로 방향을 돌리자 그녀의 말에 갑자기 슬픔이 배어들었다. "우리는 가엾은 작은 티키에게서 거의 희망을 거뒀어요." 엘스페스를 따라 방을 가로질러 가니 기운 없어 보이는 녀석이 내 발 앞에 누워 있었다. 나는 무릎을 꿇고 고정돼 있는 고양이 집 문의 걸쇠를 따기 위해 씨름했다.

"고양이가 포기하고 잠들어 저세상으로 가기를 바라고 있어요. 선생님도 알겠지만, 제가 길렀던 모든 애완동물들은 자연사 한 적이 없어요. 항상 안락사를 시켜야 했답니다. 정말 힘든 일이었어요." 그녀가 눈에 고인 눈물을 닦아내려고 안경을 벗었다.

티키는 정말 끔찍한 상태였다. 옅은 색의 털은 기름에 절어 있었고 생기도 전혀 없었다. 근육은 다 소모되었고 얼굴과 엉덩이, 그리고 등뼈가 돌출돼 있었다. 살포시 녀석을 고양이 집에서 옮겨 부엌 테이블에 올려놓았다. 고양이가 눈을 떴다. 초점을 맞추려고 애쓰는 것처럼 밝고 푸른 눈을 마구 깜박거렸다. 녀석이 처량하게 가르랑거리며 울자, 엘스페스 부인이 애써 눈길을 외면했다. 눈물이 두 뺨을 타고 하염없이 흘러내렸다.

"잘했어. 착하지, 티키." 나는 작은 소리로 읊조렸다.

"티키는 정말이지 많이 움직이는 녀석이었어요." 그녀는 뼈가 앙상한 티키의 몸을 사랑스런 손길로 쓰다듬어주었다. "항상 약간 작은 몸이었지만 생기가 가득했고 말썽도 피웠지요. 녀석이 커튼을 타고 오르려는 것을 말리느라 애를 먹은 적도 있어요. 티키는 새끼고양이인데도 굉장히 사냥을 잘했는데 끊임없이 쥐나 새들을 물어왔답니다."

"그러면 상태가 아주 조금씩 나빠졌나요?"

"전에는 항상 활동적이었어요. 처음에 뭐가 잘못됐는지 알아챌 수가 없었어요. 그냥 조금 좋지 않아 보였거든요! 건강진단을 하러 데려갔는데 의사선생님도 이상한 점을 발견할 수 없었어요. 그는 티키가 분명히 기생충에 감염됐을 거라고 했지만 구충제를 먹였는데도 별 차이가 없더군요."

체온계를 직장에 넣자 티키가 움찔거렸다. 녀석의 몸에 이상한 부스럼이나 혹이 있는지 찾아보려고 촉진을 해보았지만 별다른 것을 찾아낼 수 없었다. 입술하고 잇몸은 창백했다.

목덜미 살을 움켜잡고 녀석을 집 안으로 집어넣었다. 그랬더니 살가죽이 도로 들어가지 않고 마치 삐져나온 것처럼 남아 있었다.

"지독한 탈수상태입니다."

"억지로 수분을 먹이려고 했지만 안 먹으려고 하더라구요. 티키가 저를 보고 '그냥 절 고통에서 꺼내주세요, 엄마'라고 말하는 것 같았어요. 짐승들도 알고 있는 것 같아요, 그렇죠?"

체온계를 빼내서 눈금을 읽으려고 불빛에 돌려보았다. 섭씨 37도라니! 정상 체온에서 1도하고도 반이나 낮았다.

"엘스페스 부인, 티키를 검사해본 적이 있다고 하셨는데 혈액검사는 했나요? 제가 보기에는 빈혈이 있는 것 같은데요."

"아뇨, 혈액검사는 한 적이 없는데요. 제가 임상병리사라서 티키가 만약 어디가 아픈지를 알았다면 그 전에 언젠가 안락사를 시켰을 거예요. 뭐가 잘못돼서 그런지 모르는 상태로 포기하기는 정말 괴로운 일이에요."

"티키의 상태가 얼마나 안 좋은지 말씀드리지 않을 수가 없군요, 엘스페스 부인. 지금 녀석은 매우 심한 탈수와 빈혈 증세가 있어요. 혈액을 뽑아서 고양이에게 무슨 일이 일어나고 있는지를 찾아낼 수 있나 한번 알아봅시다. 만일 적혈구의 재생 징후가 있다면 녀석은 살 기회를 얻을 수도 있어요. 하지만 만일 녀석이 회복하려고 노력한다는 아무런 증거도 없고 먼저 생성된 적혈구를 배출해버린다면 아마도 안락사 시키는 것이 최선일 겁니다."

"그렇게 해야겠어요. 제 마음 한쪽은 티키를 고통에서 끝내주길 바라고 있어요. 또 다른 쪽은 희망이 있다고 계속 얘기해요. 우리가 뭔가 놓친 부분이 있을 거라구요!"

거즈에 알코올을 적시고 그녀에게 내가 녀석의 앞다리를 문질러 정맥이 드러나게 할 수 있도록 고양이를 붙잡고 불빛이 위에서 비추도록 했다. 주삿바늘을 피부 속으로 집어넣어서 주사기 안에 천천히 물 같은 핑크빛 액체를 채웠다. 혈액이라고 생각하기도 힘든 상태였다.

"오, 이런!" 그녀는 주사기에서 혈액이 응고되는 것을 방지해주는 연한 자주색 뚜껑이 있는 튜브 속으로 혈액 샘플이 똑똑 떨어지는 모습을 공포에 질려 바라보았다.

"웨스트 크레스턴으로 지금 달려가서 완전한 혈액검사를 하겠습니다. 이 샘플을 보기만 해도 뭔가 크게 잘못됐다는 것을 말씀드릴 수밖에 없군요."

엘스페스 부인은 내가 손가락으로 회전시키고 있는 튜브에 여전히 집중하고 있었다. 그녀는 티키를 집어 올려서 가슴에 껴안고 앞뒤로 흔들어주었다. 녀석은 천천히 일어나서 그녀의 가슴에 기대는 것 말고는 아무것도 못하고 생기 없이 그녀의 팔에 누워 있었다.

"검사 결과가 나오면 바로 연락드리겠습니다. 엘스페스 부인."

그녀가 고개를 끄덕였다. 눈물이 계속해서 얼굴을 타고 흘러내렸다. 돌아보지 않고 출발했다. 제기랄! 이 일을 하다 보면 어떤 때는 마음이 갈기갈기 찢어질 때가 있다.

혈액 샘플을 적절하게 검사할 수 있는 방법이 무엇일까 생각하며 집에 도착했다. 임상병리학은 대학에서 마지막 해 내내 자신 있는 분야였다. 티키의 병에 대한 답은 옅은 자주색 뚜껑이 달린 튜브 어딘가에서 찾아낼 수 있을 것이다.

대학을 떠나오기 전에 가져왔던 물건들이 담긴 상자를 뒤져보았다. 혈액 계산기로 혈구 전체의 세포수를 세어보고, 오염 상태로 각각의 세포를 평가하는 두 가지를 해보면 실마리를 얻을 수 있을 것이다. 렌즈의 배율을 맞춰줘야만 하는 현미경이라는 사실이 큰 장애가 되었다. 현미경은 기본적으로 빛의 굴절 작용으로 작동하는데, 내가 갖고 있는 광원은 전구였다. 나무상자에서 현미경을 꺼내 부엌 테이블에 올려놓았다. 어떤 방법으로든 현미경 재물대 아래로 빛을 밀어 넣을 수만 있다면 틀림없이 검사하는 데 필요한 빛을 충분히 얻을 수 있을 터였다.

유리로 된 헤마토크릿(혈액 속의 혈구에 대한 용적률 측정에 사용하는 가느다란 유리관) 튜브를 들고 그 안으로 흘러 들어가는 핑크빛 혈액을 바라보았다. 이 샘플의 색깔을 도저히 믿을 수가 없었다. 여기엔 뭔가 설명이 있어야만 했다.

튜브 끝을 현미경 슬라이드에 닿게 하자 액체가 유리표면 위로 흘러내렸다. 또 다른 슬라이드에 한 방울을 쳐내어 엄지손톱 모양의 도말 표본을 만들어놓았다. 그것을 공기 중에 흔들어 건조시켜서 얼룩을 만들었다. 그 슬라이드를 종이 수건에 놓고 말리면서도 현미경을 이용할 방법을 찾아내보려고 계속 매달렸다.

현미경 아래쪽에서 광원을 꺼내서 재물대 위로 빛이 비치도록 하려고 빛의 위치를 잡느라 애를 쓰고 있었다. 어느 위치로 잡든지 슬라이드를 비출 충분한 빛을 얻을 수가 없었다. 렌즈를 통과해서 빛을 반사

해주는 거울이 달린 옛날 현미경이 있었으면 했다.

　어쩌면 이 현미경을 개조할 수 있을지도 모른다. 난 거울을 찾기 위해 상자와 옷가방을 부지런히 뒤져보았다. 벽에 걸려 있는 커다란 거울 말고는 다른 거울은 아무것도 없었다. 거울을 바라보았다. 재물대 밑의 모퉁이에 끼워 넣을 수 있는 방법이 없었다. 거울이 너무 컸기 때문이다.

　벽에서 거울을 떼어 뒷면에 있는 두꺼운 마분지를 뜯어냈다. 어쨌든 작은 모서리도 남기지 않고 다 뜯어냈다. 거울 주변을 수건으로 감싸고 집게로 수건을 덮은 거울을 꽉 잡고 있었다. 작은 조각이 만들어지도록 몇 분 동안, 이것을 옮길 방법에 대해 곰곰이 생각해보았다. 수의과대학 7년 동안의 불운이 이제 다시 시작된다는 생각은 결코 기분 좋은 게 아니었다.

　딱 하고 거울이 깨졌다. "이런!" 난 그것보다 좀더 큰 조각을 원했는데. 작은 조각을 보고 손가락 끝으로 집어들고는 어깨를 으쓱했다. 그걸로 해보기로 결정했다. 은색의 거울조각을 재물대 아래에 대놓고 그곳을 향해 빛을 비추었다. 가능할 것 같았다. 약간의 빛이 보였다.

　현미경을 밖의 잔디밭에 놓고 슬라이드를 가지러 안으로 다시 달려 들어왔다. 가져온 슬라이드를 재물대 위에 밀어 넣고 햇빛이 들어오는 범위를 맞추며 돌려보았다. 그런 다음 그 아래에 은빛 거울조각을 댔다. 낮은 배율 렌즈의 초점을 맞추었더니 기쁘게도 세포를 관찰할 수 있었다. 작동되고 있었다.

　렌즈를 돌려 중간 배율로 맞추면서 슬라이드를 관찰해보았다. 이런 세상에! 보이는 전부가 푸른 색깔로 변해 있었다. 포유동물의 적혈구는 산소를 운반하기 위해서 조류나 파충류의 적혈구보다 더 고도로 진화되어 있다. 더 많은 헤모글로빈을 세포에 밀어 넣기 위해 핵이 떨어져나가기 때문이다. 정상적일 때 핵이 있는 세포를 보려면 슬라이드를 잘 살펴봐야 한다. 티키의 세포 거의 대부분에는 핵이 있었다. 닭의 혈액이라고 생각할 수도 있을 정도로 말이다!

나는 슬라이드 중앙에 기름 한 방울을 떨어뜨리고 나서 세포의 최대 해상도를 얻기 위해 고배율 렌즈를 돌렸다. 충분한 빛이 통과해 비출 때까지 은빛 거울조각을 만지작거렸다. 현미경으로 보이는 모든 곳에 커다란 보라색 핵들이 있었고 초기 임파구처럼 보였다. 의심할 여지없이 가엾은 티키는 정말 슬픈 상황에 놓여 있었다. 백혈병이었다!

슬라이드를 돌려가며 세포의 형태를 조사해보았다. 틀림이 없었다! 그 세포들은 일련의 임파구들이었다. 그리고 슬프게 보이는 적혈구들이었다! 보이는 것 몇 개는 병들었고 구멍이 뚫려 있었다. 절망적이었다.

불쌍한 티키. 불쌍한 엘스페스 부인!

내 고객에게 전화를 걸었다. "미안합니다, 엘스페스 부인. 의심할 여지가 없군요. 자주 있는 상황은 아니지만 티키가 왜 그렇게 나쁜 상태였는지 확실히 알았습니다."

"이리 오셔서 녀석을 데려가주시겠어요? 짐하고 제가 얘기를 해봤는데 고양이에게 저희가 해줄 수 있는 게 아무것도 없다면 선생님이 안락사 해주시는 것이 좋을 것 같아요. 그렇게 잘 놀고 귀여운 고양이였는데 더 이상 이런 모습을 볼 수가 없어요."

티키를 데리러 도착했을 때, 엘스페스 부인은 혼자였다. 눈이 벌게져 있었고 정말 지쳐 보였다. "고양이 집이랑 다 가져가세요. 저희에게는 더 이상 필요가 없답니다. 안락사 말고 티키가 그냥 잠이 들어 저세상으로 갈 수는 없을까요?”

“이 일로 얼마나 힘들어하는지 상상할 수 있습니다, 엘스페스 부인. 티키를 안락사 해야 하는 저 자신이 싫지만 그게 고양이를 위해 최선이라고 생각합니다.” 나는 고양이 집에 누워 있는 불쌍한 녀석을 바라보고 다시 녀석을 그리도 사랑했던 마음 따뜻한 여인을 바라보았다.

“남편 짐에게 집에 있다가 당신에게 티키를 건네주라고 했지만 소용이 없었어요. 이런 시간이 오는 것을 견딜 수 없었던 거예요. 그 사람은 낚시 가서 물고기도 잡아 올리고 생선 머리를 내동댕이칠 수도 있어요. 그렇지만 그건 다른 거래요.”

“도움이 되지 못해 죄송합니다, 엘스페스 부인.”

“아니에요, 페린 선생님, 저희 둘 모두에게 더할 수 없는 평온을 주셨어요. 티키는 고통에서 벗어날 거구, 저도 결국 녀석을 도와줄 수 있는 것이 더 이상 없다는 것을 알게 됐거든요.”

공동 전화선
블루스

내가 비록 남보다 특별히 인내심이 있는 사람이라고는 말할 수 없지만, 누군가가 공동 전화선에서 잡담 끝내기를 기다리는 것은 그야말로 견디기 힘든 고통이며 괴로움이다. 오늘, 이웃 사람이 마침내 전화 통화를 끝내고 나자 기다렸던 그 시간들이 영원같이 느껴졌고 내 인내심은 닳아서 바닥을 드러냈다. 요즘 같은 시대에는 믿기 어렵겠지만 그때는 개인전화가 없었기 때문에 웨스트 크레스턴에서는 공동 전화선만이 연락할 수 있는 유일한 방법이었다.

'통화 중!'이라고 떠들어대는 소리 대신에 마침내 다행히도 통화 연결음이 들렸고 케믈 씨를 통해 내게 들어온 메시지를 확인해볼 수 있었다. 번 피터슨 씨가 전화해왔다. 새로 사온 송아지 몇 마리가 결막염에 걸렸는데 어떤 조치를 해야 할지 알고 싶다는 내용이었다. 번은 크레스턴 시내 아래쪽 하이웨이 21번지에서 작은 가축사육장을 운영하고 있었다. 소 사육농가 모임에서 잠깐 만났는데 그의 농장에 들러줄 기회를 고대하며 기다리고 있었다.

전화를 걸자 먼저 그의 아내는 그가 상태 안 좋은 송아지 몇 마리를 치료하러 나갔다는 말해주었다. 그리고 남편이 내 전화를 받으러 몇 분 안에 돌아올 것이고 송아지 문제를 해결하고 싶어 안달이 났다고 전해주었다.

기다리면서 살라미 소시지를 넣은 샌드위치를 만들었다. 어제 저녁 마지막으로 크레스턴 밸리 소비조합을 돌아다녔다. 본 고장에서 나는 식료품을 교환하기 위한 곳이었다. 샌드위치 하나를 다 먹고 이제 두 개째다. 시계를 보았다. 피터슨 부인과 통화한 지 30분이나 지난 상태였고 그녀가 남편을 찾아오는 데 그렇게 오래 걸릴 거라고 생각되지 않았다.

퍼뜩 이런 생각이 들자 전화기를 집어들었다. 물론 어김없이 다시 통화 중이었다! 이번에는 알아들을 수 없는 소리와 함께 윙윙거리는 소리가 들렸다. 설마 이 전화선을 나눠 쓸 가족이 또 있는 건 아니겠지. 도대체 뭔 일이 이렇담. 너무 일을 많이 해서 전화가 계속 통화 중인 게 아니라 단지 통화를 너무 좋아하는 이웃 때문에 이 꼴이라니.

5분 동안 규칙적인 간격으로 전화를 체크하고 난 후, 화가 나서 통화 중인 여자를 처리했다. 이제 자유로워졌다. 누군가가 전화를 끊도록 훼방을 놓기는 싫지만 어쩔 수 없지 않은가? 첫 번째 벨이 울리자 번 씨가 받았다. 화가 났음이 분명했다.

"당신하고 통화하는 것을 포기하고 송아지를 돌보러 가려던 참이었소." 그가 씩씩거렸다. "5분마다 매번 전화를 걸어봤지만 당신 전화가 계속 통화 중이더란 말이오!”

“죄송하게 됐습니다만, 제가 여기서 나가는 공동 전화선을 쓰고 있어서 그냥 연결이 될 때까지 노력해보는 수밖에 없답니다. 그런데 송아지들이 결막염에 걸렸다고 하던데 맞나요?”

“아, 그래요! 이런 일이 없었는데 말이요. 녀석들을 트럭에서 내리던 날 한 놈이 시작했소이다. 오른쪽 눈에 눈물이 고이고 눈이 반쯤 감겨 버렸소. 여기까지 오는 동안 트럭에 부딪혀서 그런 줄만 알았는데 다음 날이 되자 양쪽 눈이 모두 감기고 송아지 몇 마리에게 더 문제가 생겼단 말이오. 그놈들 가운데 지금 여덟 마리를 보정틀(임신 감정이나 질병 치료, 거세 시에 손쉽게 소를 고정시키는 틀)로 데리고 가서 처치를 해보려고 하고 있는데, 처음 그놈은 전보다 더 나빠진 것 같구려.”

“소들의 머리를 고정시켜놓고 눈을 열어서 증상이 어떤지 좀더 자세히 보셨나요?”

“그래요, 녀석들에게 약을 뿌리기 전에 그렇게 해봤는데 그러고 났더니 절대로 눈을 뜨려고 하지 않는 거요.”

“결막염 치료제 말고 또 다른 것을 한 건 없나요?”

“내가 할 수 있는 일이 또 뭐가 있는지 모르겠소. 그래서 당신에게 도와달라고 전화한 거 아니요!”

“송아지들을 치료하기 전 모습이 어땠습니까? 눈의 바로 중앙에 작고 하얀 점이 있지 않았나요? 당신이 오랫동안 치료했던 녀석의 눈 중앙에 혹시 분홍색 티눈 같은 게 생기지 않았나요?”

“정말 그래요. 내가 말한 첫 번째 송아지가 이제 완전히 앞을 못 보는데 두 눈에 당신이 말한 것처럼 티눈이 나 있소.”

"파리들은 어떤가요? 매년 이맘때의 정상 상태보다 나빴나요?"

"네…… 네, 다른 때보다 상태가 안 좋은 것 같소. 근데 그게 이것과 무슨 관련이 있는 것 같소?"

"네, 분명히 병이 전염되는 것과 관련이 있습니다. 하지만 아마도 짐을 싣고 오는 중에 첫 케이스가 옮겨 들어온 것 같군요."

"어떻게 하면 좋겠소? 그것들을 돌보느라고 죽을 지경이고 매일 새로운 케이스가 생기고 있단 말이요."

"제가 그곳에 가기 전에 송아지들을 보정틀에 넣어두는 것이 어떨까요? 눈 주위 아래에 주사를 놔줘야겠어요. 그게 제가 할 수 있는 최선의 방법이……."

"데이브! 데이브!" 숨이 넘어가는 목소리가 전화기 너머에서 들려왔다. "블레이즈란 놈이요! 목장 배수구 도랑에 거꾸로 처박혀 있어요!"

윙윙거리는 소리가 분명히 비의 목소리였다.

"거기에 내려갔는데 블레이즈가 등으로 도리깨질 하며 나오려고 버둥거리고 있더라구요! 몸부림을 치니까 자기 몸에 상처가 날 수밖에 없다니까요. 머리는 벌써 많이 깨진 것 같아요. 프레드는 시내 나가서 없고 이 녀석을 어떻게 해야 할지 모르겠어요! 와서 좀 도와줄 수 있나요?"

"송아지들을 안에 가둬두세요, 번 씨." 내가 작은 소리로 말했다. "가능한 한 빨리 갈게요."

"오, 번 씨, 당신이군요!" 비가 큰 소리로 말했다. "대화 중인데 이렇게 끼어들어서 미안해요. 하지만 어찌해야 할지 몰라서."

수화기를 덜컥 내려놓고 서둘러 집 밖으로 나와 차 안을 뒤졌다. 올가미 밧줄과 말에게 던질 때 쓰려고 산 25피트 1인치 길이의 면소재 루프를 움켜쥐었다. 고리로 만들어 어깨에 두르고, 도로 아래쪽으로 달려 내려갔다. 그 길에 도착했는데 비는 어디에도 보이지 않았다. 그녀를 좀 아는데 아마 아직도 전화를 붙잡고 번 씨에게 사과하고 있을 터였다. 목장을 통과해서 배수구 도랑이 보일 때까지 도로를 따라 아래쪽으로 달렸다. 프레드는 샘물이 흐르는 동안 땅에 물이 흘러 들어가도록 평지를 가로지르는 도랑을 파놓았다.

철조망 울타리를 딛고 넘어가서 도랑을 따라 둔덕에 도착할 때까지 뛰어가다 그 말을 발견했다. 발은 허공을 향해 떠 있고 등뼈는 도랑에 처박혀서 완전히 꼼짝도 못하고 누워 있었다. 머리는 뒤로 돌아가 있고 도랑 깊이로 들어가서 거의 눈에 보이지 않을 지경이었다. 그곳에 도착했을 때, 말이 죽은 게 아닌지 궁금할 정도였다. 더 가까이 다가가자 말의 가슴팍이 급격히 팽창했다가 수축하는 게 보였다.

말머리에서 약간 떨어져서 도랑 쪽으로 올라가 말이 머리나 발로 가격해서 부상당하지 않을 정도의 거리까지 앞으로 기어가서 살펴보았다. 녀석은 내리막 쪽을 향해 있었는데 머리가 다른 곳보다 약간 더 깊은 도랑의 일부분에 박혀 있었다. 말의 콧날이 흐르는 물에 깨끗하게 씻긴 커다란 돌 위에 얹혀 있었다. 그 커다란 돌은 블레이즈가 머리를 돌려대고 계속 들이받아서 이제 피와 진흙으로 덮여버렸다.

주둥이 안쪽의 깊은 상처 부위에서 피가 스며 나왔다. 눈은 부풀어 있었고 부분적으로 움푹 들어가 있었다. 콧등에 찰과상을 입었고 이마에서 많은 털과 피부 표면층이 문질러져 떨어져나왔다. 털가죽은 땀으로 절어서 평상시에는 회색빛이던 것이 지금은 반질거리는 검은색이 되어버렸다. 뒷다리 사이에는 거품투성이의 땀이 차 있었다.

조금씩 앞쪽으로 이동하면서 녀석의 머리를 오른손으로 밀어 올리고 왼손으로는 녀석의 이마 아래에 있는 커다란 돌을 들어 올렸다. 그 돌은 쉽게 굴러 나왔지만 내가 개입하자 블레이즈가 심한 저항을 해댔다. 이마를 무시무시하게 털썩 땅에 박고는 앞발 끝을 마구 휘두르며 내 어깨를 쳐서 나는 그만 뒤쪽으로 나뒹굴고 말았다.

몸을 일으키고서 내가 얼마나 심각한 부상을 입을 뻔했는지 깨닫게 되자 별안간 식은땀이 났다. 어리석게도 말이 발로 찰 수 있는 범위 안에 들어갔는데 상처 없이 나오게 되어 다행이었다.

도랑에서 기어나오자 프레드와 비가 목장을 가로질러 달려오고 있었다.

"내가 내려오고 있을 때 프레드가 막 올라왔어요!" 비가 숨을 헐떡였다. "이런, 말이 어떻게 저런 지경에 빠지게 됐을까요?"

"말머리 밑에 뭔가를 두어서 더 이상 부상을 입지 않도록 해야 해요!" 나는 그들이 가까이 오자 큰 소리로 말했다. "만일 말머리를 조금만 더 높게 위로 세워서 목을 가눌 수 있게만 한다면 틀림없이 녀석은 스스로 뒤집어 올라올 수 있을 겁니다. 건초더미나 밀짚 그리고 담요가 있으면 좋을 것 같은데요."

프레드가 외양간으로 달려가자 나는 말을 일으켜 세우기 위해 블레이즈의 다리에 로프를 묶었다. 말은 수차례에 걸쳐 발작을 일으켰고 말발굽들이 사방으로 심하게 충돌했다. 내 행동과는 별로 관련이 없이 녀석의 발작은 불시에 일어났다. 프레드가 밀짚 한 단과 안장 덮개를 가지고 도착했을 때쯤, 나는 말의 다리에 로프를 단단히 고정시켰다.

블레이즈의 머리 밑에 밀짚을 넣을 수 있는 만큼 많이 채워 넣고 안장 덮개로 덮었다. 마치 신호를 받은 것처럼 말은 발을 마구 차고 휘둘러댔다. 루프를 옆으로 잡아당겨서 말이 확 하고 움직이도록 했다. 버둥대다 지치자 녀석이 옆으로 누웠는데 가슴이 위아래로 벌렁거렸고 콧구멍이 너울거렸다.

몇 분 동안 그 자세로 쉬게 해준 다음, 프레드가 녀석 옆에 무릎을 꿇고 재빨리 고삐를 낚아챘다. 나는 발에 있는 루프를 풀어주고 말을 진정시키기 위해 숨을 쉬게끔 기다려주었다.

손을 펴서 말의 엉덩이를 찰싹 치자 녀석이 혼자 일어서려고 발버둥 쳤다. 프레드가 고삐 자루를 힘껏 끌어당기자 나는 녀석의 꼬리를 잡아당겼다. 필사적으로 오르내리면서 말은 자기 발을 몸 아래쪽에 두고 지면 쪽으로 몇 번 불규칙한 걸음을 걸었다. 몸의 모든 근육이 떨리고 있었고, 녀석은 그곳에 서서 몸을 앞뒤로 흔들어댔다. 꼭 술에 취한 뱃사람처럼 앞쪽으로 이상하게 걸었고 가끔씩 옆으로 걷기도 했다. 10분이 지나자 나는 겁도 없이 잡고 있던 말의 꼬리를 놓고 녀석이 자기 힘으로 걸어나가도록 해주었다.

블레이즈는 보기에도 너무 비참한 상태였다. 주둥이는 겨우 땅에서 몇 인치밖에 떨어져 있지 않았고 마치 헤비급 권투 시합에서 진 것 같은 모습이었다.

말의 눈을 한번에 한쪽씩 들어 열어보면서 심하게 다친 곳을 찾아보았다. 눈꺼풀 가장자리에 진흙이 묻은 곳 옆으로 작은 상처가 있었다. 이마는 벗겨져서 조직에서 분비물이 흐르고, 작은 상처에서는 아직도 피가 나왔다.

“실제로 꿰매줘야 할 곳은 없는데요. 하지만 눈에 넣을 약을 좀 드리도록 하지요.”

집으로 오는 내내 수의사의 일이 항상 이토록 예측할 수 없는 것일까 궁금했다. 페니실린 한 병과 부타졸리딘(해열 · 진통 · 소염제의 상품명) 주사액, 그리고 안약 연고를 가지고 돌아왔다.

“이 약이 말 근육에 경련이 나지 않도록 도와줄 겁니다.” 녀석의 경정맥에 주사 바늘을 꽂고 천천히 노르스름한 액체를 주사했다. “또 당분간 매일 말에게 페니실린 한 방씩을 주어야 합니다, 프레드 씨. 찰과상을 입은 부위들은 꿰맬 수도 없는 데다가 조심하지 않으면 모든 부위로 감염될 수도 있어요.”

안약 연고를 어떻게 바르는지 보여준 다음에 블레이즈의 고삐 자루를 놓고 녀석을 풀어주었다. 일처리가 잘 된 것 같았다. 집으로 돌아와서 베란다로 가는 계단을 오르고 있을 때 번 피터슨 씨가 다시 머리에 떠올랐다. 그가 조바심치기 전에 도착해서 송아지들을 우리에서 꺼내야 할 것이 걱정이 되었다.

씻고, 옷을 갈아입고 나서 내가 가고 있다는 것을 알려주는 전화를 해야겠다고 생각했다.

수화기를 집어들고 다이얼을 돌리고 있을 때 그 목소리가 들려왔다. 낯익은 이웃의 목소리는 비였다. “……그리고 도랑에 말이 거꾸로 처박혀 있었어요. 미안해요! 통화 중이에요!”

도리스

　"이런, 여기는 지금 사는 장소보다 더 상태가 안 좋은 곳인데요." 고든이 그의 차를 캐니언 거리 남쪽 끝에 있는 무너져가는 회색 건물 앞에 대고 있을 때 내가 불평을 늘어놓았다.

　"이 건물이 자네에게 최선이 아니라는 것에는 동의하지만 바로 지금 사용할 수 있고 자네 돈에 맞출 수 있는 곳은 이 마을에서 내가 알기로는 이곳이 유일하다네. 자, 안에 들어가서 한번 보자구. 보는 데는 돈 드는 게 아니니까."

　"진심이에요? 전 이미 충격을 받은 상태라구요!" 낡고 임시로 된 건물의 정면을 유심히 보았는데 벽면에서 커다란 페인트 조각이 벗겨져 나와 있었다.

　"거너 라슨 씨의 사진관이 있던 곳이야." 고든이 건물 모서리에 기대고 서 있는 쭈글쭈글한 노인 곁으로 걸어갔다. 그는 토착 인디언으로 살기 어려워 마을에 나타난 것이었다. 몸은 구부정했고 옷은 헝클어지고 빗질하지 않은 머리는 눈처럼 하얬다. 얼굴에는 비스듬하게 흉터가 나 있고, 왼쪽 눈이 흉터 난 피부 조직 때문에 오그라들어 있었다.

"안녕하세요, 조지." 고든이 노인에게 아는 척을 하고 난 후, 입구가 두 개인 골방의 오른쪽 문을 열었다.

"저기 하나는 앤서니가 하는 이발소라네." 그가 건물의 반을 가리켰고 거기에는 유리창문 앞에 가로질러서 '이발소'라고 페인트로 써져 있었다. 조지가 몸을 돌려서 눈을 동그랗게 뜨고 우리를 본 후, 느릿느릿 거리로 걸어 내려갔다.

"조심해." 고든이 부서진 문지방 바닥을 피하려고 큰 걸음을 떼었다. "이건 집주인이 지난주에 고쳐준다고 약속했다네."

고든의 안내를 따라 칸막이벽으로 잘라 나뉜 작은 방에 들어갔다. 벽의 안쪽에는 캐비닛이 튀어나와 있는데 바닥의 쓸 수 있는 공간을 3피트나 더 차지하고 있었다. 허리를 구부려 유리 손잡이를 잡아당겨보았다. 바닥의 걸쇠가 풀리기 전에 문의 꼭대기 부분이 2, 3인치 튀어나왔다.

"30년 전에 이 건물을 지을 때 돈을 전혀 들이지 않았나보군요."

"제법인데." 내가 그리 잘 알게 된 데 대해 고든이 장난꾸러기처럼 능글맞게 웃으며 놀려댔다. "자네가 본 것 가운데 가장 넌더리나는 색깔 아닌가? 왜 사람들은 벽지에 이렇게 물 빠진 녹색을 칠하고 붉은 카펫과 매치해놓는 건지 모르겠다니까."

"저건 실제 벽지 같지 않은데요. 더 가까이 가서 보면 지붕에 바르는 종이를 벽에 붙인 게 보일 겁니다."

손톱으로 거기를 긁어보았다. "확실히 맞아요. 여기 뒤쪽에는 무엇이 있는 거죠?" 나는 틀어박혀 있는 작은 방으로 문을 지나 걸어 들어갔다.

"거너 씨가 사진 현상을 하던 곳이라네."

벽을 따라 손으로 더듬으며 전등 스위치를 찾았다. "여기 어딘가에 불이 있어야 하는데요. 전깃불이 전혀 없는 — 아무리 암실일지라도 — 방을 갖고 있는 사람은 없다구요."

"어딘가에 하나 있는 건 분명하다네. 하지만 내가 한 말에 농장을 걸지는 못하지."

"화장실은 어딘가요?"

"암실 문 밖에 하나 있지. 이발소하고 같이 쓰고 있다네."

"저기 어두운 공간 어딘가에 또 다른 문이 있다는 건가요? 찾을 수가 없는데요."

"음, 거기 뒤로 미로가 있고 믿을 수 없겠지만, 아파트로 올라가는 계단하고 창고로 가는 다른 문과 휴게실이 있지."

"그 방이 얼마나 엉망일지는 상상이 가는데요. 만약 이 지저분한 곳이랑 비슷한 상황이라면 말이에요."

암실로 돌아와 저쪽 벽에 가서 손으로 주변을 더듬어 마침내 문 손잡이를 찾아냈다. 낡은 문을 하나하나 더듬어가며 뒤쪽 방으로 조금씩 나아갔다.

"오 이런, 고든, 소방 시설 검사관이 이곳을 검사하러 오긴 했나요?"

"만약 그랬다면 내가 자네에게 임대해주려고 애쓰고 있진 않았겠지."

우리가 지금 들어온 이 건물의 일부는 분명히 원래 건물에 더해서 기대어 지은 것이었다. 나는 걸음을 옮길 때마다 더 몸을 구부리면서 조심스럽게 방으로 들어가보았다.

"여기는 자네 키만 한 사람을 염두에 두지 않고 설계한 것이 분명하군 그래."

"전혀 염두에 두지 않았군요." 나는 투덜거렸다.

그의 머리가 위쪽 전구에 닿자 팔을 뻗어 쇠줄을 당기고 불을 켰다.

"아까 다른 방에서도 전기 스위치를 찾는 데 그렇게 애먹은 이유가 이거였나보군. 아마도 거기 어딘가에 천장에 매달려 있는 줄이 있었을 거야."

그 방은 두께 2인치에 폭 4인치의 재목을 댄 구조였는데 그것을 떼내려 했다든가 어떤 방법으로든 외벽 안을 대놓은 노출된 널빤지에 페인트칠이라도 해볼 생각을 전혀 안 했던 것 같은 모양새였다.

"여기 뒤쪽에 화장실이 있다고 하신 것 같은데요."

"거기 있지." 고든은 건물에 기대어 지어진 곳 저만치 끝을 가리켰고 그곳은 천장이 바닥으로부터 간신히 4피트 떨어진 곳이었다.

"저를 놀리려는 거군요! 제가 어떻게 저 문을 통과할 수 있을 거라고 생각하지죠?"

"정말로 확신할 수는 없지. 하지만 그 문을 통과하려고 결심하게 되면 내게 알려주게나. 그 장면을 구경할 티켓을 원하는 사람 몇 명은 생각해낼 수 있다네."

머리를 여전히 더 앞으로 수그리고, 나는 안쪽으로 문을 밀어 열고 줄을 잡아당겨 불을 켰다.

"이 왕좌에 오르려면 내 장롱 서랍을 여기에 떨어뜨려놓아야겠군요.

그러면 바로, 저 바보 같은 백열전구가 내 머리를 탁 치겠죠."

우리는 뒤에 있는 낡아빠진 문들을 하나씩 닫으며 말없이 건물 앞으로 돌아 나왔다. 밖으로 나오기 전부터 나는 기운이 빠져버렸다. 건물의 모든 시설을 쓸 만하게 고치려면 너무 많은 시간이 걸릴 것 같은 데다가 고객이 느낄 병원에 대한 이미지에 대한 걱정으로 고심했다. 이곳으로 옮기는 것이 내 이미지를 개선하는 데 아무런 도움이 되지 않을 터였고 마지막 5분은 내 마음을 거의 바꿔놓지 못했다.

"정말로 이렇게 허접한 곳에 사람들이 누군가를 찾아와서 자기들의 애완동물을 남겨두고 가는 것을 두려워하지 않을 거라고 생각하세요?"

"누군가는 아마도 두려워하겠지. 하지만 자네라면 가능할 것 같은데. 몇 가지 이유로 해서 많은 사람들이 자네가 괜찮은 사람이라고 생각하는 것 같더군. 자네는 사람들을 기쁘게 해줄 거고 충분히 바쁠 거고 이 건물에 오래 있지 않아도 될걸세. 내가 보기에 자네는 이곳 수리에 필요한 벽지와 페인트에 놀란 것일 뿐이라구."

"이 낡은 곳에서 즐거워지려면 벽지와 페인트가 굉장히 많이 필요할까봐 걱정됩니다."

"접수직원은 어떻게 할 건가?" 비치 부동산의 주차장에 들어설 때 고든이 물었다.

"사실 해야 할 생각들이 너무 많아서 아직 그 생각은 못해봤는데요. 피하기 힘든 문제는 가능하면 미뤄두고 있는 중이거든요. 단지 제 자신에 대해 걱정할 때는 굶어죽지 않을 정도만 벌면 된다는 생각인데. 만약에 직원에게 충분한 월급을 주기 위한 돈도 벌어야 한다면 그건 또 다른 얘기가 된다구요."

"일단 자네가 더 알려지게 되고 사람들이 마을 전체에 전화하지 않고도 자네에게 갈 수 있게 되면 자네가 다룰 수 있는 것보다 더 많은 일들을 해야 할걸세. 자네 일을 관리해주고, 일도 두려워하지 않고 이것저것 묻지 않고 바쁘게 해나갈 유능한 누군가가 필요할 거란 말이지."

"누군가를 염두에 두고 하시는 말씀처럼 들리는데요. 일자리 소개도 하시나요?"

"설마." 음흉한 미소가 슬며시 그의 얼굴에 떠올랐다. "하지만 그렇다네."

"누군데요?"

"그 여자의 이름은 도리스 커리라네. 남편은 몇 달 전에 죽었지. 몇 년 동안 인공 신장을 단 채 살아왔고 그 여자가 그걸 관리했지. 그래서 피를 봐도 전혀 무서워하지 않는다네."

"그 여자가 일하고 싶어 하는지 어떻게 알죠?"

"요전 날 잡담을 하고 있었는데 일을 찾고 있다는 말을 하더군. 어디 다른 데서 일자리를 찾기 전에 당장 말해보는 게 좋을 거야."

"모르겠어요. 직원을 구할 준비가 된 건지 확신이 없어요."

"지금 당장 그렇게 하라고 밀어붙이는 건 아니야. 그렇더라도 자네는 이걸 인정해야 해. 자네가 모든 걸 다하면 효과적으로 일을 할 수가 없다구. 도리스같이 유능한 직원과 함께 시내의 사무실에서 일하면 두 배는 더 해낼 수 있는 데다가 시간에 그렇게 쫓긴다는 기분도 들지 않을 거야."

"당신 말이 맞을지도 모르죠. 그래요, 당신 말이 맞을지도 몰라요."

"그러면 오늘 저녁에 그 여자를 만나보겠나? 자네가 원한다면 거기에 데리고 가서 소개해주겠네.”

“생각 좀 해볼게요. 지금은 일이 너무 빨리 진행되는 것 같군요.”

“그럼, 어떻게 할지 나중에 알려주게나. 도리스를 고용하는 일은 별일 아니야. 만약 이곳을 6개월간만이라도 임대할 생각이 있다면 당장 시작하도록 해주겠네.”

곰곰이 생각하며 메시지를 확인하려고 전화를 걸어보았다. 아마 지금이 옮겨야 할 때인지도 몰라. 케믈 씨가 내 전화를 맡아 처리해주는 것에 지쳐 있음이 확실했다. 결국 그 사람들은 단지 나를 도와주려고 하는 고객일 뿐이었다. 근무 중일 때나 쉴 때나 조수가 필요하다는 건 의문의 여지가 없었다. 그리고 긴 하루가 끝나갈 때쯤에 다음 날 아침에 쓸 기구 소독을 미리 생각하다 보면 지쳐서 고향 생각이 나기도 했다. 고든 말이 옳았다. 뭔가 대가를 치러야 했다!

“워너 베이어 씨네 고양이가 다리가 부러졌대요. 목소리가 안 좋았는데 지금 바로 와서 봐주시길 원하던데요. 전화를 간신히 끊더라구요. 그 사람 사무실에서 전화를 기다리고 있어요.”

“고마워요, 다나.”

곧 전화기 너머 매우 걱정스러운 베이어 씨의 목소리를 들었다.

“번거롭게 해서 죄송하지만 이렇게 지독한 상황은 전에 본 적이 없어요! 다리는 붙어 있지만 뼈가 밖으로 튀어나왔고 전부 진흙투성이랍니다.”

“상처 부위가 바로 난 건가요, 아니면 그 상태로 좀 지난 건가요?”

“이 상태로 좀 지난 것 같아요. 끔찍하답니다. 뭔가 큰일이 있었던 게 분명해요.”

그의 농장을 찾아가는 길을 알아낸 후, 나는 고든에게 전화했다.

“아까 말했던 그 여자와 오늘 저녁에 만날 수 있도록 시간을 잡아주실 수 있죠? 확실히 진료를 도와줄 사람이 필요하게 될 것 같아요. 노먼 허즈번드 씨에게도 전화해서 그의 건물을 임대할 거라고 말해주세요.”

“알겠네. 내가 다 알아봐주지.”

베이어 씨가 길을 잘 가르쳐주어서 그의 가금 농장을 찾는 데는 아무런 문제가 없었다. 에릭슨 지역의 후방도로를 돌아서 베이어 씨네 집 근처 좁은 길로 들어섰다. 도로를 따라 내려가려니 강렬한 냄새가 코끝을 찔렀다. 마당에 차를 대고 있는데 키가 크고 호리호리한 20대의 남자와 마주쳤다. 그는 헛간 입구 가까운 곳에 동상처럼 뻣뻣이 서 있었다.

“제가 워너 베이어입니다. 이 녀석이 앨버트구요.”

이 사람이 진짜 베이어라는 데 조금 놀랐다. 그가 자신을 소개하기 전까지는 사실, 일하는 사람인 줄 알았다. 나보다 더 어렸기 때문이다.

“안녕하세요, 워너 씨. 데이브 페린이라고 합니다.”

“어제 그 일이 일어났어요.” 워너는 자신의 팔에 꼭 껴안은 검은색의 헝클어진 실뭉치 같은 것을 지그시 바라보며 말했다. “앨버트는 정말 작고 사랑스러운 녀석이랍니다. 제 주위라면 어디든지 따라다니지요. 1톤 트럭을 타고 앞마당에서 일을 하고 있었고 앨버트는 트럭에 앉아 있었어요. 녀석을 쫓아버리고 나서 상자를 내리려고 트럭 뒤로 갔는데 바로 그때 앨버트가 트럭으로 다시 뛰어 올라왔나봐요. 상자가 고양이 발에 떨어졌는데…… 비명소리를 내며 바로 발을 빼더라구요. 녀석이 바로 뛰어내렸는데…… 바로 몇 분 전에 다시 녀석을 발견했어요.”

“고양이가 몇 살이나 됐습니까?”

손가락으로 고양이의 머리를 부드럽게 토닥거려주었다. 앨버트는 한쪽 눈만 살짝 뜨더니 내 움직임을 흥미 없이 바라보다가 금세 눈을 감아버렸다.

“4개월 됐어요. 전혀 이 녀석답지가 않아요. 녀석은 항상 쉬지 않고 움직이는 기계였답니다.”

“뒷다리로 조금이라도 움직이는 걸 보셨나요?”

“네, 커다란 팬 장치 아래서 기어 나오는 걸 봤어요.”

내가 살펴보자 새끼고양이는 미동도 없이 누워 있었다. 머리와 가슴의 떨림으로 보니 가까스로 미약하게 그르렁거리고 있는 것 같았다. 꼬리 바닥 쪽에 꽤 큰 상처가 있었는데 잠깐 동안 척추가 골절된 게 아닌지 궁금했다. 꼬리를 눌러봤더니 녀석이 불쾌함을 피하려고 몸을 빼려고 하는 것을 느낄 수 있었다.

다치지 않은 앞다리 하나는 상태가 좋았고 발톱이 몇 개 부러지고 발바닥 살점이 떨어져 나간 것을 제외하면 그다지 큰 상처는 없어 보였다. 다리를 부드럽게 구부려봤을 때 고통을 느끼지 않았고 상처 없는 발가락을 단단히 꼬집어봤더니 정상적으로 움츠리는 반사작용을 보였다. 뒷다리를 촉진해보니 불편해하는 것 같지는 않았다.

“아픈 다리를 더 잘 볼 수 있게 여기저기 위치를 좀 바꿔봅시다.”

고양이를 팔에 안은 채 조심스럽게 돌리면서 워너 씨가 걱정스러운 눈길을 보내더니 눈앞의 시야를 응시했다. 앨버트의 오른쪽 앞다리가 들쭉날쭉하게 잘린 뼈와 힘줄로 엉켜 있었다. 다리는 여러 방향으로 골절이 있었고 다리 위쪽 부분의 피부가 거의 다 벗겨져 있었다. 무릎은 탈골이 돼서 발에서 떨어져 나와 뻣뻣하고 말라버린 피부조직에 달랑달랑 붙어 있었다. 앞다리 뼈는 부러져서 어깨 부근을 찌르고 있었다. 새끼고양이가 좀더 편한 자세를 위해서 몸무게를 이동시키려고 움직이자 피부가 갈라진 사이로 뼈의 끝 부분이 드러났다가 다시 다리 위쪽 근육 밑으로 파묻혔다. 털과 곡식 쪼가리들이 드러난 살 부위에 마구 달라붙어 있었다.

"고양이를 살릴 수 있을까요?"

"녀석을 살릴 수 있을 겁니다. 하지만 저 다리에 대해서는 확실하게 희망을 갖기가 어렵군요."

입술을 말아 올려서 색깔을 체크해보았다. 잇몸은 창백했지만 여전히 핑크색을 유지하고 있었다. 목덜미의 살을 잡아서 위로 잡아당겼다가 놓아보았다. 볼록하게 당긴 상태를 유지하다가 아주 천천히 당겨진 부분이 납작해졌다.

"탈수 상태입니다. 수술하기 전에 수액을 좀 놔줘야겠어요."

워너가 서둘렀다. "이 새끼고양이를 좋아하긴 하지만 녀석은 그냥 농장 고양이랍니다. 만약 치료하는 데 정말 돈이 많이 든다면 차라리 안락사를 시켜주세요."

"염두에 두겠습니다. 녀석을 올려놓고 치료할 카운터나 책상이 있나요? 이 고양이는 혈관이 작아서 아주 꽉 잡고 계셔야 합니다."

"제 사무실에 책상이 하나 있어요."

차에서 필요한 수술도구들을 챙겨와서 워너를 따라 사무실로 사용되고 있는 작은 방으로 들어갔다. 발에서 무릎으로 털을 깎아나가는 동안 앨버트는 얌전하게 워너 씨의 손 안에 누워 있었다. 이렇게 작은 새끼고양이에게 정맥주사를 놓으려니 긴장이 되었다.

고양이를 움켜잡고 무릎 위쪽에서 알코올을 묻힌 면봉으로 앞발을 막 문질러 내려왔다. 작고 확연히 드러나는 푸르스름한 혈관이 앞다리의 안쪽에서 구불구불 나타나더니 무릎의 내 손가락 밑으로 사라졌다. 눈을 감고서 장치를 설치하고 점적액이 천천히 같은 속도로 흘러 들어가는 모습을 상상했다. 이건 단지 수도관 부설 같은 간단한 일이야.

카테터를 살갗에 꽂아 앞으로 밀어 넣었다. 잘된 것 같았다. 들어간 게 확실해! 금속 바늘을 떼자 혈액이 카테터에 스며 나왔다. "할렐루야!"

워너 씨가 새끼고양이를 가슴에 안고 있을 때 항생제를 주사해주었다. 내 차 뒷좌석에 있는 고양이용 이동장 안에 앨버트를 내려놓자 그가 걱정 어린 눈으로 바라보았다.

클럽 카페에서 마지막으로 중국 음식을 먹고 나니 6시가 넘었다. 6시 30분에 에릭슨에 있는 고든 집에서 그를 만나기로 했는데 그 생각에 벌써부터 긴장감이 느껴졌다. 그 여자가 내 일에 적당하지 않으면 뭐라고 말하지? 한 줄짜리 장황한 설명이 여러 가지 떠올랐다. '미안하지만, 당신은 확실히 제가 고용하려는 사람이 아니군요', '좋은 기회가 아니에요!', '저는 아직 누구를 고용할 준비가 안 됐습니다. 하지만 준비되면 연락드리지요', 아니면 아마 '제가 다른 사람들과 몇 건의 미팅이 잡혀 있으니까 그 사람들을 만나본 후에 연락드리지요.'

차로 돌아와서 앨버트를 살짝 보았다. 녀석은 담요 위에 몸을 웅크리고는 부러진 다리를 아래에 깔고 머리를 뒷다리의 구부러진 곳에다 밀어 넣고 있었다. 늘 놀라운 것이 동물들은 어떻게 부상당한 사지를 그렇게 빨리 몸 아래에 깔고 있느냐는 것이다. 세상 사람들에게 괜찮아요! 나는 아무렇지도 않다구요. 어딘가에서 먹을 것을 좀 찾아주세요라고 표현하고 있는 것일까? 아니면 고통을 억누르면서 다친 사지 위에 누워 있는 묘책이라도 있단 말인가?

이유가 뭐라 해도 엉망이 된 살덩어리를 깔고 누워 있다는 것을 모자란 내 머리로는 상상할 수가 없다. 고양이는 좀더 밝아 보였다. 뭔가 더 원하는 게 있다는 듯이 그르렁거리며 내 손바닥에 머리를 눌러 댔다. 녀석 목덜미의 살을 한 줌 집어 들어 올렸다가 놓았더니 평상시 상태로 돌아갔다.

"이게 바로 우리가 보고 싶은 결과란다, 앨버트. 기분이 좀 나아졌지, 그렇지?"

나는 비치 부동산으로 가는 길로 들어섰고 아직도 그 여자에게 마음에 들지 않으면 뭐라고 말해야 할지 연습 중이었다. 분명히 다시는 이런 상황에 빠지지 말아야지! 지금부터는 어떤 인터뷰도 내 공간에서 할 거야. 고든이 보이지 않아서 노크를 해보았다. 부엌에서 바쁘게 일하던 루스가 나와 맞이해주었다.

"들어오셔서 디저트 좀 드세요. 고든은 거실에서 뉴스를 보는 중이랍니다."

고든이 바다표범처럼 기지개 켜는 것을 보았는데 카펫이 있는 바닥에 널찍한 배를 대고 가슴에는 굉장히 빵빵한 쿠션을 안고 있었다. 그가 누워 있는 곳 앞쪽 바닥에 생크림이 발린 트라이플(포도주에 담근 카스테라류) 케이크가 담긴 큰 그릇이 놓여 있었다.

"아, 수의사 선생께서 오셨네! 저녁식사 시간에 딱 맞춰 오셨군."

"아니요, 됐습니다. 배불러요. 매씨梅氏의 식당에서 중국음식을 방금 먹고 와서 더 이상 먹을 수가 없어요."

"그래도 분명히 디저트가 들어갈 배는 있을 거예요." 루스가 고집했고, 케이크 한 접시를 내밀면서 고든의 케이크에 얹은 높이만큼이나 크림을 덮어주었다. 뉴스의 초점은 매일 저녁 똑같았다. 닉슨과 워터게이트 사건을 충분히 해먹지 못했나보다! 그의 목을 조르고 풀어주려 들지를 않았다.

"그 여자가 순조롭게 일을 하려고 할 거라고 확신하세요?" 차에 타면서 내가 물었다.

"커리 여사? 아 그럼, 걱정하지 말게나. 그 여자는 진짜 군인 같은 사람이지. 자네가 필요로 하는 바로 그런 사람이라구."

나는 마치 예정된 결혼식에서 나머지 생을 같이 보내게 될 여자를 보기 위해 기다리고 있는 신랑 같은 기분이었다.

고든이 집에서 반 마일 떨어진 위쪽에 위치한 그 여자의 집을 가리키며 "저곳이 바로 커리 여사의 집이라네. 하얀색 벽이 있는 집 말이야." 고든이 유쾌한 목소리로 말하자 나는 더욱 긴장되었다.

웃음거리가 된 남학생이 된 기분으로 그를 따라 걸어 올라갔다. 그가 초인종을 눌렀다. 나는 발밑만 바라보며 그의 뒤에서 긴장한 채 서 있었다.

그녀는 50대 중반으로 키가 크며 회색 머리의 아주 맵시 있어 보이는 여자였다. 차림새가 말끔해 보였는데 머리 모양을 보니 방금 미용실에 갔다 온 것 같았다.

오 이런, 내가 뭔 일에 빠져든 거지? 이 여자는 감화원의 사감으로도 통과할 수 있을 것 같아 보였다. 아마도 회계사 사무실의 접수대에는 어울리겠지만 동물병원에서 개들과 씨름하는 것은 상상할 수가 없었다.

"들어오세요." 그녀가 정성껏 맞이해주었다.

"도리스, 이 사람은 데이브 페린 선생이오, 마을에 새로 온 수의사지요. 데이브, 이쪽은 내 친구, 도리스 커리라네."

"만나서 반가워요, 페린 선생님." 도리스는 긴장하고 있었다. 그 여자가 손을 내밀었을 때 나는 단단한 손아귀에 깜짝 놀랐다.

"저도 만나서 반갑습니다, 도리스." 나는 거짓말을 하고 있었다. 내가 원하는 것은 오직 거기서 나가는 거였다!

"들어오셔서 앉으세요." 그녀가 안내하며 거실을 보여주는데 정돈되어 있었고 그녀만큼이나 잘 꾸며져 있었다.

"먹을 걸 좀 드릴까요, 커피나 뭐 다른?"

"아니요, 괜찮습니다." 내가 대답했다. "루스가 준 트라이플 케이크 한 조각을 먹었더니 배가 꽉 찼네요."

"자네야 그렇지, 페린 선생." 고든이 투덜거렸다. "나는 커피를 마시겠소."

고든에게 줄 커피를 가지고 도리스가 돌아왔다. 컵이 놓인 쟁반 바로 옆에는 크림 그릇과 설탕 그릇, 그리고 초콜릿 칩 쿠키가 놓여 있었다.

고든이 미소를 지었다. 오른손에 커피 잔을 들고 왼손으로는 쿠키 몇 개를 집어 들었다. "여기 있는 쿠키는 커피에 따라 나온 세트일 뿐이라구." 그가 히죽히죽 웃었다. "페린 선생은 확실히 요놈들에게 관심이 없는 것 같군 그래.”

모두 초조한 상태로 싱글거리고 나자 방에는 정적이 흘렀고 도리스와 고든이 뭔가 기대하듯이 나를 쳐다보았다.

“크레스턴에는 얼마나 오래 사셨나요, 도리스?”

“제가 한 살 반이었을 때 부모님께서 온타리오에 있는 우드스턱에서 여기로 이사 오셨지요. 그 뒤로는 여기서 쭉 살았답니다.”

“그때 모두들 농장에서 일했나요? 아니면 다른 일을 해본 경험이 있나요?”

도리스는 미소를 짓고 있었는데 얘기를 해나가는 동안 목소리에는 경건함이 묻어 있었다. “저는 스튜와 같이 학교에 다녔어요. 우리는 1941년에 결혼했지요. 길에서 조금 위쪽에 있는 작은 집에 살았는데 집주인이 월세를 10달러로 올리자 여기에 집을 지었어요. 스튜는 1945년에 공군을 제대한 후에 아버지에게서 이 농장을 샀답니다. 그이는 전쟁에서 부상을 당해서 술폰아미드(항균제)로 치료를 받았어요. 그로 인해 만성 신장염에 걸렸고 그렇게 20여 년을 살았는데 결국 투석을 하게 됐지요.”

도리스가 말을 멈추고 눈물을 흘렸다. 깊은 숨을 쉬고 나서 이야기를 계속했다. “저는 아주 평범한 주부였고 농부였고 세 아이들의 엄마였죠. 나중에는 스튜를 돌보는 데 시간을 보냈지요. 처음에는 투석 후유증으로 갈피를 잡을 수가 없었어요. 병원에서 가정 치료를 제안해서 제가 신장 전문가 과정을 이수받았고 이 집에서 치료를 시작했답니다.”

도리스가 잠깐 멈추더니 창문을 바라보았다. “3월에 스튜가 죽었지요.”

　　그 여자의 말을 듣고 있자니 내가 그녀를 고용하는 것에 대해 미리 결심하고 있던 생각들이 사라지기 시작했다. 도리스는 쉽지 않은 삶을 살아왔고 가족을 돌보고 이 농장을 운영하는 데 꼭 매여 있었던 것이다. 아마도 그녀가 아내이자 엄마로서 했던 것과 같이 내게도 열심히 일하는 훌륭한 직원이 돼줄 것이었다.

　　"그러면 언제부터 일을 시작하실 수 있나요?" 거북스런 적막을 깨며 내가 물었다.

　　"글쎄요, 지금 바로 시작하는 데 걸릴 건 없는데요." 그녀의 목소리에 놀라움과 기쁨이 엿보였다. "이제 울적하게 집 안을 돌아다니는 건 그만하고 제 인생을 다시 시작할 때가 된 것 같아요."

　　"좋아요, 오늘밤이나 낼 아침부터 시작할 수 있겠어요?"

　　"뭐라고 하셨나요?"

　　"오늘이 토요일 저녁이란 건 압니다만, 아주 급하게 해야 할 수술이 생겼어요. 앞다리가 심하게 부러진 새끼고양이인데 안됐지만 그 다리를 절단해야 할 것 같습니다."

　　"오," 도리스가 고든에게 난처한 표정을 지어 보였다. "아침에 교회에 갈 생각이었는데 그렇지만 오늘 저녁에는 일을 시작할 수 있을 것 같아요."

　　"좋아요, 한번 같이 해보자구요." 나는 천천히 소파에서 일어났다. "만약에 당신이 수술하는 걸 꺼리지 않고 또 이 집의 마룻바닥을 매일 깨끗이 닦아놓지 않아도 된다면 우리 병원 일에 잘 맞을 것 같은데요. 처음에 얼마나 바쁘게 될지는 잘 모르겠어요. 아마 파트타임으로 일하게 될 것 같군요. 여유가 좀 생긴다면 뜨개질 할 거리를 가지고 와도 될 겁니다.”

난 도리스를 고용하겠다는 결정에 이상하게 마음이 편안해졌다. 그 여자의 외모는 나를 안심하게 만들었다. 그 여자와 함께 일하기로 한 것은 잘한 선택 같았다.

“마을에 수술할 준비가 아직 아무것도 안 돼 있어요. 하지만 당신이 웨스트 크레스턴에 차로 가도 된다면 거기서 수술을 하도록 하죠.”

“여기서 할 순 없을까요?” 도리스가 제안했다.

고든이 ‘거봐, 내가 말한 대로지’라는 표정으로 나를 쏘아보았다.

“물론 가능하지요. 당신만 좋다면요. 저기 카운터에서 바로 할 수 있겠군요.”

“네, 선생님도 아시다시피 싱크대도 있고 스튜를 투석하던 방에는 모든 것이 준비되어 있어요. 거긴 어떨까요?”

“좋은 생각인데요.”

고든의 차로 다시 갔다가 앨버트를 데리고 돌아왔을 때쯤, 도리스는 카운터를 완전히 깨끗하게 해놓았다.

“이제 뭘 해야 할지 생각이 나질 않네요. 옛날 서부 영화 같으면 물을 끓이고 침대 시트를 찢어서 붕대를 만들 텐데요.”

“솔직히 말하자면 뭘 해야 할지 모르는 사람은 당신만이 아니랍니다! 저도 절단수술은 이번이 처음이구요. 그냥 약물 마취제만 가지고 이런 큰 수술을 하는 것도 처음입니다. 수의과대학에서는 이런 고양이를 기관 내 삽입하는 튜브와 가스 마취 기계 없이 수술하는 방법에 대해 가르쳐주지 않아요.”

“오 이런,” 도리스가 순한 미소를 지으며 자신의 손을 비틀었다. “굉장한 저녁이 될 것 같군요, 그렇죠?"

"제 말이 위로가 될지 모르지만 제가 하는 거의 모든 수술은 새로운 영역을 개척하는 겁니다. 일이 얼마나 잘돼왔는지 정말 놀라워요."

"그 말을 들으니 안심이 되네요."

도리스가 행주를 집어들어 이미 깨끗하게 번쩍이는 카운터를 닦아대기 시작했고 나는 차로 달려가서 마취도구와 수술도구를 챙겨 돌아왔다.

"우선 먼저 앨버트를 마취하기 전에 투약을 해야겠어요."

"오, 이런," 고양이의 상처를 보자 도리스가 신음소리를 냈다. "왜 절단해야 하는지 알 만하군요. 상처가 정말 심하네요!"

확실히 앨버트는 아까보다 더 나아졌고 카운터에 올려놓자 꼬리 윗부분의 상처 부위를 핥으려고 고개를 뒤로 돌렸다.

"착하지, 앨버트." 녀석의 뒷다리를 잡고 주사를 놓았다.

"왜 고양이가 전혀 못 느끼죠! 계속 핥고만 있으니."

펜토탈(전신 마취제의 상품명) 병에 식염수를 넣어 묽게 희석했다. 3리터를 꺼내 또 한 번 희석시켜서 카운터에 올려놓았다. 테이블 끄트머리에 도구들을 올려놓고 도리스에게 그것을 넘쳐 흘리지 않게 열고 오염시키지 않도록 하는 방법을 가르쳐주었다. 장갑과 멸균된 천도 비슷한 방식으로 열도록 설명해주었다.

"어쨌든 이것이 살균한 수술 부위는 아니더라도 우리가 더 깨끗이 할수록 감염될 기회는 더 줄어들게 되는 겁니다. 뼈를 수술할 때는 굉장히 조심해야 합니다. 감염된 뼈를 다루는 일보다 더 역겨운 일은 아마 그리 많지 않을 겁니다."

"펜토탈을 주사하기 전에 진정작용이 될 수 있는 모든 걸 할 겁니다. 그렇게 하면 우리가 사용해야 할 마취제의 상당량을 줄일 수 있거든요. 앨버트에게 덜 위험하게 될 겁니다."

조심스럽게 고양이를 돌려놓아서 부러진 다리가 위에 오도록 했다. 이번엔 녀석이 가만히 누워 있었다. 상처 입은 부위의 말라버린 가장자리에 수술을 위한 소제를 하면서 약간의 부스러기들을 부드럽게 털어내고 상처 주위에 난 털을 비누로 문질러주었다. 살짝 굴곡진 부분에 양날로 된 면도 칼날을 구부려서 꼬리의 상처 난 양쪽 가장자리까지 털을 아래로 깎아 내려왔다.

"면도날을 그렇게 쓰는 사람은 처음 봤어요." 도리스가 말했다.

"이 기술은 넬슨 출신 크록솔 박사한테서 배웠어요. 이렇게 하면 상처 가장자리를 깨끗하게 해줄 뿐 아니라 털이 모두 면도날에 달라붙기 때문에 쉽게 제거할 수 있게 되지요. 만약에 이 걸 가위로 하게 되면 상처 부위에 온통 털 조각이 묻어버려서 거의 집어낼 수 없게 되거든요."

몇 분 지나지 않아 고양이의 꼬리 윗부분과 오른쪽 어깨 부분의 털이 벗겨졌다. 싱크대 바로 옆에 고양이를 놓고 따뜻한 물을 틀어서 상처 부위의 부스러기를 집어내고 거즈로 닦아냈다.

"도리스, 내가 말할 때마다 비누 거품을 좀 품어주겠어요?"

그녀는 매우 흥미로운 듯 상처 난 곳을 세척하는 것에 집중해 있었다.

"저기 뭔가가 뼈 끝부분을 막고 삐죽 나와 있는데요. 네, 바로 그겁니다. 찾았군요."

나는 뼈의 깊은 곳 아래쪽으로부터 길고 희끄무레한 것을 잡아 빼내 불빛에 비춰보았다.

“이런, 그게 뭐죠?”

“새의 깃털이군요.” 가까이서 자세히 본 후 말해주었다. “주인이 닭
장에 있는 팬 아래서 이 녀석을 찾아냈다고 하더니만.”

“그 모습을 상상해보세요, 가없은 것.”

“마취하지 않은 상태에서 해야 할 건 거의 다 한 것 같습니다.”

상처 가장자리에 떨어지지 않고 꽉 붙어 있던 부스러기 몇 개를 힘
껏 집어냈다. 앨버트는 안정된 상태로 잘 견뎌냈지만 이제 수술도구를
써야 할 때가 되고 말았다.

“첫 번째 주사를 놓을 겁니다, 도리스. 하지만 내가 문지른 후에 만
약 녀석에게 마취가 더 필요하게 되면 당신이 주사를 놓아야 해요. 그
래서 이 약을 아주 묽게 해놨어요. 그렇게 하면 잘못될 확률을 줄여줄
수 있거든요. 그리고 녀석에게 약을 지나치게 많이 주사할 일도 줄일
수 있어요. 약을 천천히 그리고 한번에 조금씩 주사해야 된다는 걸 명
심하세요.”

나는 천천히 그리고 신중하게 펜토탈을 주사했다. 앨버트가 입을 꽉
다물더니 턱을 느슨하게 벌렸다. 몸이 풀어졌다. 조금 기다렸다가 뒷
발의 발가락을 꽉 눌러보았다. 반응은 없었지만 분명히 불쾌한 것을
느꼈고 움직임도 가능해 보였다.

고양이의 턱을 억지로 열고 혀를 잡아빼보았다. 입은 말랐고 끈적임
도 없이 깨끗했으며 색은 먼저보다 더 핑크빛이 돌았다. 호흡은 규칙
적이었다. 조금 더 펜토탈을 놓아주었다. 잠시 기다리면서 다시 한 번
발가락을 눌러보았다. 아무런 반응도 없었다.

“도리스, 제가 절개하려는 부위를 좀 문질러주겠어요? 이 감염된 부

스러기들을 될 수 있으면 많이 없앤 다음, 좀더 청결한 상태로 만들어 주려고 하거든요."

그녀가 고양이 발을 움켜잡은 다음, 마치 평생 동안 그 일만 해온 것처럼 문질러대기 시작했다. "이 찌꺼기들을 얼마나 세게 밀어내야 되나요? 이거 정말 덩어리로 뭉쳐지는데요?"

"녀석은 당신이 하는 걸 전혀 느끼지 못해요. 당신이 하고 있는 것들이 다 절단수술이 끝나고 나면 사라지게 되거든요. 그러니까 수술부위의 털을 말끔하게 깎는 데 최선을 다해주세요. 설사 손톱으로 벗겨내야 한다고 하더라도 상관없어요."

도리스는 조금도 망설이지 않고 번갈아가며 불그스름한 갈색 비누를 품고 부스러기들을 문질러대면서 그 일을 계속했다. 그 과정을 곁눈질로 지켜보면서 조심스럽게 수술 꾸러미를 열었다.

"도리스, 이 기구들을 손으로 만지면 안 된다는 걸 꼭 기억해두세요. 뭔가에 손을 뻗어서 그걸 저에게 건네주려는 경우가 굉장히 많아요. 대부분의 수술에서는 수술도구 쪽으로 몸을 굽히는 것까지도 피하려고 애쓴답니다. 감염된 상처를 치료하는 경우가 아닌 일상적인 과정에서도 저는 마스크와 모자를 쓰지요. 하지만 당신이 자신의 상처 부위에서 새털을 빼낼 때는 살균하고 수술하는 것을 잊어도 괜찮아요."

"제가 문지른 게 어때요?"

"이제 거의 다 된 것 같은데요. 다리를 조금만 더 위로 올려서 바로 아래를 문질러주겠어요? 그 아래 피부를 지나 절개를 할 거거든요."

도리스가 문지르기를 끝내자 나는 장갑과 수술용 멸균 천 꾸러미를 꺼냈다. 그것들을 카운터에 놓고 바로 옆에 흡수성 봉합사 캣거트(동물의 창자로 만든 봉합사로 몸속에서 녹아 없어짐)와 인조 봉합사를 놓았다.

마지막으로 앨버트의 발을 꾹 눌러보았다. 장갑을 끼고 수술도구들을 펼쳐놓아서 한눈에 볼 수 있게 해놓았다. 수술용 멸균 천을 펴서 털이 있는 앨버트의 위쪽 몸을 덮었다. 아래쪽 다리의 잘라져 남아 있는 부위를 감싸서 더 이상 접촉이 되지 않도록 했고 다리를 안쪽으로 구부려서 골절된 앞다리 뼈 끝부분을 노출시켜놓았다. 더 가까이 가서 살펴보니 뼈는 다리 위로 꽤 멀리 올라가며 세로로 골절돼 있었다. 골절된 뼛조각들이 아직 붙어 있긴 하지만 매우 불안해 보였다.

“여기 위의 뼈를 절단할 겁니다.” 도리스에게 골절된 선을 보여주기 위해 위쪽 다리뼈 끝을 살짝 흔들어주었다.

더 잘 보려고 그녀가 가까이 다가왔다. “거기 위를 다 잘라낼 건가요?” 노출된 피부조직을 보고도 전혀 곤란해하지 않으면서 물었다.

“아니요, 근육을 아주 조금 더 길게 남겨놓고 뼈 끝부분에 접어 겹쳐서 절주(사지의 절단 후에 남아 있는 부분)에 쿠션 역할을 해주도록 할 겁니다.”

골절된 뼛조각을 구부렸더니 남아 있는 뼈에서 끝이 날카롭고 들쑥날쑥한 채로 쉽게 부러져 나왔다. 핀셋으로 계속해서 뼈의 절주가 무뎌질 때까지 작은 조각들을 잘라냈다.

“거기 아래 맥박이 뛰고 있는 혈관이 보이나요? 그것이 상박동맥이란 겁니다. 그리고 저것이 정맥이고 여기 있는 작고 흰 줄이 요골신경이라는 거죠.”

“잘 정돈돼 있네요.”

“보통 굵기의 흡수성 봉합사 꾸러미가 필요해요, 도리스……. 금색 꾸러미에 들어 있어요.” 내가 재촉했다. “두 겹 사이에 손가락을 밀어 넣고 내가 안에 있는 꾸러미를 손으로 잡을 때까지 뒤로 접어 젖혀주세요.”

봉합도구를 막 잡아빼서 꼬임을 팽팽하게 하기 위해 내 손가락 사이로 통과시켰다. 뼛조각을 덮기 위해 필요한 근육조직의 길이를 어림잡고, 동맥과 정맥 아래에서 근육 부분을 지나 바늘을 통과시켜서 조심스럽게 그것들을 묶어놓았다. 이 과정을 반복하면서 다른 봉합사를 반 인치 더 아래에 묶어두고 그 사이의 혈관들을 잘랐다. 곡이 진 가위로 한 번에 근육 하나씩을 분리시켜 절단했다.

“왜 피가 더 흘러나오지 않는 건가요? 피가 여기저기 뿜어져 나올 줄 알았는데.”

“근육 조직을 실제로 잘라보면 피가 얼마나 적게 나오는지 놀랍지요. 보통 중요한 혈관만 건드리지 않으면 피가 그리 많이 스며 나오지는 않거든요.”

“놀랐어요.”

“피가 나오는 곳이 한 곳 있는데요.” 나는 정맥을 가리키고 그곳을 묶어두었다.

이제 다리 밑 부분을 붙어 있게 해주고 있는 것은 아래에 있는 피부가 전부였다. 가능한 한 길게 남겨놓고 붙어 있는 피부를 잘 다듬어 떼어내서 절단된 다리 옆에 던져두었다. 뼈의 끝부분 아래 근육을 접어서 제자리에 봉합했다.

“괜찮다면 다른 봉합사를 좀 주겠어요, 도리스.”

나는 카운터 위에 있는 베타파일(봉합사)을 가리켰다. “덮개를 연 다음, 봉합사를 잡고 똑바로 위로 잡아당겨요.”

도리스는 내가 가르쳐준 대로 실패에서 몇 인치를 잡아 빼자 나는 그 것을 잡아서 그녀의 손가락 끝 아래쪽 부분을 잘랐다. 다시 몇 피트를 잡아 빼서 잘라 바늘에 꿰었다. 노출된 근육조직을 피부로 덮고 남는 부분을 손질해서 잘라버리고 나서 그 부위를 함께 고정시켜놓았다.

"녀석이 방금 귀를 씰룩거렸어요." 도리스가 나섰다. "마취제를 좀 더 놓아야 할까요?"

"아니에요, 몇 분이면 다 될 겁니다. 타이밍이 거의 완벽한데요."

절주의 상처를 봉합하고 나자 앨버트가 진짜로 회복되기 시작했다. 먼저 미약하게 앞다리를 몇 번 움직이더니 그러고 나서 뒷다리를 움직 였다. 장갑을 벗으면서 내 얼굴에도 미소가 번져옴을 느낄 수 있었다. 앨버트는 잘 회복될 거야. 그리고 도리스도 더 나아질 테지!

이사

"오 세상에." 작고 어두침침한 방을 둘러보던 도리스가 투덜거렸다.
"헐값으로 내놓은 이 엉망이 된 집에 대해 얘기를 좀 해보세요!"
"정말 심란하죠? 조금이라도 희망이 있어 보이나요?"

도리스는 한마디도 하지 않고 방 가운데로 걸어 나가서 외롭게 깜박거리고 있는 전등불 아래 멈추어 섰다. 벽과 천장은 나름대로 멋을 부려 지붕을 이는 재료로 덮여 있었고, 규격화된 녹색 페인트가 칠해져 있었다.

벽지 표면은 주름이 져 있었는데 풀칠된 곳에 붙어서 물결 모양으로 부풀어 올라 있었다. 안과 바깥쪽의 카패트는 불그스름한 갈색이었는데 특가로 판매되는 케첩을 연상시켰고 카펫에는 부스러기들이 널려 있었고 비행기가 이착륙 할 때 지시받는 지정 비행 코스 모양으로 지저분하게 얼룩져 있었다.

“당신도 알겠지만,” 도리스가 말을 꺼냈다. “여기는 수십 년 전에 거너 라슨 사진관을 하고 있을 때 수십 번을 왔던 곳이에요. 하지만 그땐 이렇게 지저분한 곳이라는 느낌을 전혀 받지 않았는데. 여기서 많은 시간을 지낼 생각을 가지고 보니까 그 당시와는 정말 하늘과 땅 차이로 느껴지는군요. 필름 한 통 사러 들렀을 때는 전혀 생각지도 못했어요.”

“뭔가 여길 변신시킬 만한 기발한 생각 좀 없나요?”

“글쎄요, 스튜와 제가 에릭슨에 있는 우리의 첫 번째 집으로 이사 왔을 때 그 집 벽도 이거랑 똑같이 너저분한 걸로 되어 있었는데 벽지를 새로 발라봤어요. 그렇게 하니까 많은 결점들이 숨겨지더라구요.” 방 이쪽 구석에서 다른 곳으로 시선을 옮기던 도리스의 눈이 반짝였다. 그녀는 물건을 왕창 사들이려고 막 쇼핑을 떠나는 여자의 표정이었다. 그리고 내 귀에는 이미 쇼핑카트의 바퀴 소리가 들리는 것 같았다.

방을 쭉 둘러보며 나는 그만두고 도망치고 싶은 굉장한 충동과 싸우고 있었다. 결국 양쪽 모두 득점을 얻지 못한 게임이었다. 지금 당장 내가 이 마을에서 사라져버린다면 겨우 몇 명만 아는 일이니 괜찮지 않을까…….

도리스가 내 생각의 고리를 잘라버렸다. “어쩌면 크레스턴 철물점에 내려가서 벽지를 골라올 수 있을 거예요. 바로 며칠 전에 거기에 갔는데 새로운 디자인의 벽지를 가져다 놓은 걸 봤거든요. 저의 집 침실에 하려고 몇 가지 봐두었는데 아직 결정을 못했죠.”

크레스턴 철물점은 잭 반즈와 그의 두 아들인 몰리와 밥이 운영하고 있었는데 시에서 품질을 보증 받은 믿을 만한 가게였다. 가게는 지난

20년 동안 이용해왔던 오래된 콘크리트 건물에 자리 잡고 있었고 놋쇠 나사못부터 거실의 소파까지 모든 종류를 취급했다. 이 사무실과의 거리는 겨우 반 블록 정도밖에 되지 않았다. 도리스의 말을 듣고 나자 내 머릿속에는 그 가게까지 가는 길에 있는 보도블록의 낡은 무늬가 떠올랐다.

한 시간도 지나지 않아서 도리스와 나는 자루걸레, 양동이와 청소용구 같은 물건들을 잔뜩 실은 밥의 뒤를 따라서 함께 돌아왔다.

"발밑을 조심해요." 밥이 문턱에 가까이 오자 내가 주의를 주었다. "이 건물 주인이 바닥을 교체할 널빤지를 조금 갖고 있을 거예요."

밥은 이 초라하고 오래된 건물의 지나간 영광을 음미하려는 듯 뒤로 물러나 서 있었다.

"얼마 안 있으면 페인트 세일기간에 들어갈 예정입니다." 밥은 임시로 덧대어놓은 건물 앞쪽에서 벗겨져 말려 나온 커다란 회색 페인트 쪼가리들을 바라보며 생각에 잠겼다.

"아마 몇 갤런은 필요할 것 같은데요."

"염두에 두겠습니다." 그가 들고 온 짐을 내려서 구석에 던져놓았다.

"자, 도리스, 여기 잠깐 혼자 남아 있어야겠는데요. 5분 안에 은행에 가봐야 할 약속이 되어 있어서요." 도리스가 난감한 표정으로 바라보았다. 어디서부터 손을 봐야 할지 정말 답이 안 나오는 상황이었으니!

내 생각을 정리하면서 몇 분 동안 은행 건물 밖에 서 있었다. 이제까지 나는 정말로 병원을 열기 위한 재정적인 문제에 별로 마음을 쏟지 않았다. 내가 현금으로 지불할 수 있었던 얼마 안 되는 지출 외에는, 내가 내놓을 수 있는 유일한 다른 것은 그동안 내가 지내온 시간뿐이었다. 지금 내 경력을 볼 때 거기에 많은 가치를 매기기에는 여전히 그리 쉽지 않은 상황이었다. 결국 초라한 대학생이었던 때가 그렇게 오래전 일이 아닌 데다 사람들은 자신의 가치를 스스로 알게 마련이다. 돈을 빌리면 모든 것이 크게 바뀔 것이었다.

휑뎅그렁한 방을 걸어 들어가자 내가 다른 사람들 눈에 띄고 있다는 느낌이 들었고 그곳에는 오른쪽 편을 따라 은행원들이 열심히 일을 하고 있었고 고객들이 길게 줄을 서서 기다리고 있었다. 모든 사람들이 고객 데스크로 다가가고 있는 키 크고 호리호리한 새로 온 사람을 응시하고 있음이 분명했다. 지점장의 비서가 고맙게도 나를 알아보고 가운데에 불투명 유리가 끼워진 오크나무로 된 문까지 안내해주었다. 문의 폭을 가로질러서 지점장 T.M. 홀이라고 스텐실이 돼 있었다. 그녀가 노크를 했고 곧 문이 열렸다.

내가 들어갔을 때 지점장은 전화 통화를 하고 있었다. 모든 세계가 그가 행하는 규칙에 맞춰야 할 것 같은 호전적인 외모에 마르고 흰 머리칼의 대머리인 남자였다. 거기에서 나는 몇 분 동안 서 있었는데 마치 고등학교로 돌아가서 교장선생님 앞에 서 있는 것 같은 기분이 들었다. 그가 잠깐 나를 보더니 금속테 안경을 벗어서 그것을 든 손을 뻗어 나에게 의자를 가리켜주었다. 마치 내가 거기 없다는 듯이 그는 전화 통화를 계속해댔다.

해야 할 얘기를 연습해보느라 마음속이 소용돌이 치고 있었다. 구입해야 할 물건들 옆에 실제로 숫자를 적을 수 있게 내 계획을 종이에 적어놓을 생각을 미처 하지 못했다. 지난 며칠 동안 사무실을 열기 위해 필요한 대부분의 물건들을 주문했기 때문에 숫자는 확실하게 알고 있었다.

"무엇을 도와드릴까요, 젊은이?" 전화를 내려놓으며 그가 물었다.

그는 책상에서 짧은 다리를 빼내면서 삐쩍 마른 몸이 완전히 덮이는 회전의자에 등을 기댔다. 안경을 코 위로 턱 내려놓더니 그걸 통해 나를 빤히 들여다보았다. 목소리의 톤과 '젊은이'라고 강조했던 그 단어가 나를 불편하게 만들어버렸다.

"저는 데이브 페린이라고 합니다." 나는 서둘러 말하기 시작했다. "마을에서 동물병원을 시작하는 데 필요한 돈을 대출받고 싶습니다. 제 계획이 아직 면밀히 검토된 건 아니지만 새 차와 몇 가지 갖춰야 할 장비, 그리고 약간의 기본 도구들이 필요합니다."

"그렇다면 페린 씨, 은행에 제공할 담보에 대한 계획은 어떻게 하고 있나요?" 그는 나를 편하게 해주려는 시도는 무엇이든지 절대로 하지 않았다. 자신을 소개하려는 수고도 하지 않았다는 것에 놀랐다.

"대출금의 많은 부분은 차를 사는 데 필요한 것이고 그 차에 대해서는 은행에서 유치권을 가지고 있다고 보는데요." 내가 말을 꺼냈다. "그리고 나머지 돈은 장비를 위한 것인데 만약 필요시에는 은행에서 매매할 수도 있습니다. 지난 7년 동안 저는 학생이었고 그렇기 때문에 담보로 제시할 만한 재산이 없다는 것을 아실 텐데요."

"대학 학위도 담보 대상이 될지 모르겠네요, 페린 씨." 그가 사무적으로 대답했다.

"보세요, 만약 제가 수천 달러어치의 장비를 위해 공상 같은 제안을 가지고 여기에 왔다면 당신이 제 성공의 가능성에 대해 의문을 가질 수도 있다고 봅니다. 하지만 저는 조그맣게 시작하는 것에 대해 얘기하고 있는 겁니다. 저는 전문가이고 이미 미래를 위해서 많은 시간과 돈을 투자했습니다. 그리고 성공하기 위한 계획도 많습니다. 대출 이자를 감당할 액수보다 많은 현금 흐름을 충분히 갖고 있기도 하구요. 게다가 저는 낭비하면서 사는 사람이 아닙니다.”

“미안합니다, 페린 씨.” 스스로 만족스러운 미소를 지으며 그가 말했다. “저희 은행은 고객님의 대출에 대해 희망을 드릴 준비가 안 돼 있습니다. 개인적으로 대학 학위에 대해 많은 가치를 둘 수 없어 유감입니다.”

“그럼, 짧지만 즐거웠습니다!” 나는 두 발로 단숨에 의자에서 일어났다. “당신한테 한마디 해줄 말이 있는데 만약 당신이 세상에 남은 마지막 은행원이라도 나는 여기 와서 당신과 거래하지 않을 겁니다.”

내가 문을 나오자 그가 조용히 덧붙였다. “당신과 만나 즐거웠습니다. 페린 씨.”

나는 돌아서서 그가 잘난 체하듯 웃고 있는 것을 보았다. 오만한 눈이 아까와 똑같은 멍청한 안경 너머로 나를 자세히 들여다보고 있었다.

“이봐요, 홀 씨. 이것이 의사 페린이 당신에게 주는 겁니다.”

나는 문을 꽝 닫아버렸다. 입구 쪽으로 반 발짝 내딛자마자 와장창하는 요란한 소리가 났다. 나왔던 쪽으로 몸을 돌리자, 오크나무 문에는 불투명 유리판이 사라졌고 홀 씨가 여전히 금속테 안경 뒤에서 보고 있었지만 더 이상 웃고 있는 모습이 아니었다.

쿵쿵거리며 은행에서 걸어 나오는데 그곳에 있던 모든 눈이 나의 뒷모습에 주목하고 있었다. 얼굴이 모욕감으로 달아오르고 심장이 쿵쾅거리는 채로 비치 부동산이 있는 블록으로 걸어갔다. 고든과 루스에게 그 얘기를 하려고 앉았는데도 여전히 화가 치밀어 올랐다.

"이런, 진작에 거기 가지 말라고 말해줬어야 했는데……." 고든이 불쑥 말을 꺼내며 애정이 담긴 웃음을 지었다. "여기는 크레스턴이고, 자네의 적인 은행이 거기에 있다고 말이야!"

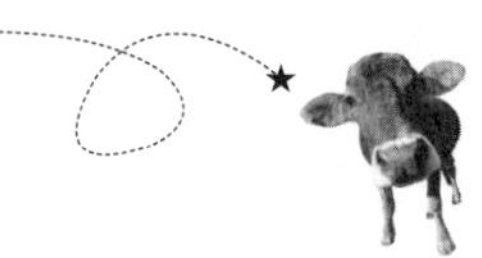

야크의
곡마단이 되다

파팅턴 젖소 농장에서 오전 내내 젖소의 직장 촉진을 거의 끝마치고 있을 때쯤 전화가 걸려왔다. 사무실에는 아직 전화국에서 전화 가설을 해주지 않은 상태였다. 내가 있는 위치를 알아낼 때까지 어떤 농부한 테서 또 다른 농부로 연결해서 온 전화였기 때문에 지금 걸려온 전화는 거의 기적적인 것이었다.

"당신 전화예요, 데이브." 압축기에서 나는 높은 소리를 제치고 진이 소리쳤다.

"페린 선생님, 야크에 사는 레너드예요. 우리 집에 작은 말이 하나 있는데 다쳤답니다. 애들이 바닥에 누워 있는 걸 발견했는데 온몸이 목에 감는 굴레 밧줄로 묶여 있었어요. 일으키려고 하니까 다리가 우스꽝스럽게 불쑥 나와 있더라구요. 그 발로는 걷지도 못하고 그냥 다치지 않은 다리로 주변을 껑충거리고만 있어요."

"다리가 틀어진 위치가 어디쯤인가요? 위쪽인가요, 아래쪽인가요?"

나는 골절된 다리 부분이 어디인지 떠올려보려고 애썼다.

"반쯤 위쪽이요. 가운데에 무릎이 굽혀지는 곳 가까이요."

"무릎 근처인가요?"

"아마 그런 것 같은데 말이 불편한 부분이 어딘지 잘 모르겠어요. 지금 와줄 수 없나요?"

"금방 여기서 출발할 겁니다. 여기 일이 거의 끝나가거든요."

레너드 부인한테서 길 안내를 들은 후, 파팅턴 농장으로 다시 돌아와서 암소의 자궁 감염 치료를 했다.

나는 크레스턴의 많은 낙농업자들이 가축을 위해 정기적인 질병 예방 프로그램을 기꺼이 받아들이고 있다는 사실이 정말 기뻤다. 한 달을 기본 주기로 해서 농부들은 최근에 새끼를 낳았거나, 임신한 지 35일이 넘었거나, 또는 여러 마리를 임신하고 있는 암소들을 골라냈다. 나는 그 녀석들의 직장에 장갑 낀 손을 집어넣고 조사해서 어떤 이상이나 임신의 징후가 있는지를 알아보려고 녀석들의 산도를 체크해보았다. 병이 있거나 기대에 못 미치는 녀석들도 검사 대상이었다.

이것의 목표는 문제점을 조기에 발견해서 소가 잘 성장하도록 해주고 규칙적인 기본 주기로 새끼를 낳을 수 있도록 그 가능성을 높여주는 것이었다. 이렇게 하면 소가 일생 동안 생산하는 우유의 양을 늘릴 수 있는 반면에 우유를 생산하는 데 드는 비용은 줄일 수가 있었다.

모든 소들의 예방 프로그램이 끝날 때쯤 자궁 감염이 발견된 암소들에게는 항생제를 주입시켜주었다. 마지막 소의 질 부위를 문지르면서 녀석의 꼬리를 한쪽으로 치우고 외음부를 지나 자궁경부에 주입용 피펫 끝 부분을 집어넣었다. 나머지 손을 직장 안으로 밀어 넣자 외양간 바닥으로 분변이 뿜어져 나왔다. 한번 분변이 나오고 나자 직장 벽이 장갑처럼 조여졌다. 이때 바로 아래에 있는 자궁경부를 손으로 잡을 수 있었고, 피펫으로 이곳을 요리조리 헤치며 자궁까지 나아갔다.

"좋아요, 진." 나는 피펫 끝 부분을 잡고 그녀가 테트라사이클린 항생제를 주사기 가득 흘려 넣을 수 있게 해주었다. "오늘은 이만 해야겠군요."

"고마워요, 데이브. 다음 달이 되기 전에는 당신을 볼 일이 없으면 좋겠어요."

야크로 운전해가는 30분 동안 나는 말의 정형외과적인 분야에 대해 몇 차례 안 되는 경험을 회상해보았다. 수의과대학에 들어갔을 때 나는 오로지 말에 대한 공부만 하고 싶게 될 거라고 생각했다. 처음 2년이 지나고 나서 내 마음은 점점 바뀌어갔다. 관찰해서 얻은 경험을 통해 말이란 동물이 내가 치료해야 할 다른 종들 가운데 가장 호전적인 환자라는 것을 확신하게 되었다. 이 녀석들은 부상으로 자신들이 아무것도 할 수 없게 되면 인내심을 완전히 잃어버렸고 그 원인을 알아내기란 정말 어려운 일이었다.

새스커툰에 있는 서부 수의약학대학 3학년이었을 때 일어났던 사건을 돌이켜 생각해보았다. 순종 암 망아지의 오른쪽 뒷다리 경골을 지난 중간 부분이 부러졌고 내가 현장에 도착했을 때는 래리 크레이머 교수가 그 다리를 고치기 위해 어려운 수술을 막 끝낸 상태였다. 부러진 뼈를 연결하는 금속판으로 조심스럽게 연결해놓은 골절 부위의 수술 전후 엑스레이 사진을 보면서 교수의 얼굴에 염려의 빛이 돌았다.

연결판으로 골절의 양쪽 끝에 일련의 나사를 써서 꼼꼼하고 안전하게 해두어서 어떤 정형외과의도 만족할 만한 수술이었다.

여섯 명의 다른 학생들과 방사선 사진을 잘 살펴보면서 나는 이렇게 굉장한 기술을 이뤄낸 전문가들의 일부라는 생각에 뿌듯했다. 정말이지 자랑스러웠다!

회복실 문틈으로 들여다보니 그 암 망아지는 수술 후 처음으로 움직이려 하고 있었다. 흉골에 자신의 몸을 지지해서 일으킬 수 있게 되자 보고 있던 사람들은 기대감으로 잠잠해졌다. 몇 분 지나지 않아 녀석이 자신의 발로 일어설 것이고 우리 모두는 치료 결과가 이 결정적인 시도를 가능하게 해줄 것인지 아닌지를 알게 될 터였다.

녀석이 일어서려고 준비하는 것이 확실해지자 수련의 두 명이 위험을 무릅쓰고 회복실의 스펀지로 덮인 바닥표면을 밟고 들어가서 도와줄 준비를 하고 있었다. 갑자기 녀석이 비틀거리더니 몸무게의 많은 부분을 정상인 뒷다리에 두고 가만히 서 있었다. 5분이 지나고 모든 게 좋아보였다.

암 망아지가 이번에는 부상당한 다리로 서보려고 결심한 듯 보였다. 이상한 모양으로 몸이 흔들리기 시작했고 정상인 다리에서 부상당한 다리 쪽으로 몸무게가 이동하고 있었다. 몸무게의 일부분을 옮기고 나서 거의 다 돼가는 것 같았다. 마침내 녀석은 정상인 다리를 땅에서 6인치 정도 들고 서 있었다. 치료받은 다리가 이 시도를 잘 버티고 있는 것 같았다. 그러고는 우리가 놀라서 바라보고 있는데 녀석의 다리가 부러지고 망아지는 바닥에 쓰러져버렸다. 부상은 더 이상 손을 쓸 수 없게 돼버렸고 결국 암 망아지는 안락사 되고 말았다.

그 다리는 다음 날 오후에 병리학 순회가 있는 동안 전시되었다. 두 개의 뼈 말단 부위가 여전히 뒤틀린 연결판에 고정되어 수술 전후 엑스레이 사진이 끼워진 뷰 박스 옆에 놓였다.

종잇조각에 메모해놓은 방향을 따라 주유소를 지나고 다리를 건너 야크 마을로 운전해 갔다. 강을 건너자 바로, 오래된 미루나무 작은 숲 가운데에 레너드 부인이 설명했던 하얀 집이 있었다. 물막이 판자를 대서 지은 오래된 건물이었다. 예전에 한번 삼나무 널빤지로 지붕을 댄 적이 있었지만, 지금은 타르 종이에서부터 잘라서 납작하게 편 기름통까지 한 줄로 세워 지붕에 덧대어져 있었다. 벽면에 칠해진 하얀색 페인트는 갈라지고 벗겨져서 그 밑에 먼저 칠했던 회색이 드러나 있었다.

집까지 이어지는 좁은 길에는 돌덩이들이 치워져 있었지만 그 주변은 엄청 많은 돌덩이들이 널려 있었다. 돌이 좀 성기게 있는 바위언덕마다 자동차가 주차되어 있었다. 어떤 차는 바퀴 위에, 어떤 차는 지붕 위에, 또 다른 차들은 측면에 돌덩이들이 있었다. 그곳 어디에 있는 차도 달릴 수 있는 조건이 안 돼 보였다.

집 앞에 차를 대자 레너드 부인이 나타났다. 그녀는 40대의 나이에 명랑한 표정을 하고 있었다.

"그 조랑말은 목장에 있답니다." 강둑에 있는 돌무더기 쪽으로 나를 안내하며 그녀가 말했다.

과연 목장은 목장이었다! 내 머리만 한 돌이 발부리에 채이고 1톤은 족히 나갈 무게의 돌들 주위를 돌아 걸어갔다. 레너드 씨의 '목장'은 겨우 썰물 때 드러나는 모이 강의 바닥이었던 것이다.

강 가까이에 다가가니 여섯 명의 아이들에게 둘러싸여 있는 조랑말이 보였다. 거기서 멀지 않은 곳의 바위 위에 앉아 있는 뚱뚱하고 회색 머리를 한 남자가 레너드 씨인 것 같았다. 침대 시트의 낡은 부분으로 만든 어깨 붕대에 오른팔이 걸쳐 있었다.

"저 녀석은 조랑말의 왕자랍니다." 레너드 부인이 말했다. "애들은 녀석 없이는 아무것도 할 수 없지요. 오늘 아침 9시에 여기에 데리고 나올 때는 괜찮았는데 아이들이 녀석을 데리러 와보니 부러진 다리는 몸에 깔려 있고 주위에는 밧줄이 감겨서 쓰러져 있는 것을 발견했어요. 엉킨 밧줄을 풀어줬지만 다리는 그냥 거기에 붙어 있긴 한데 달랑달랑 우스꽝스럽게 매달려 있었어요. 녀석이 좋아질 거라고 기대하고 있는데 만약 그렇지 않으면 아이들이 좀 실망할 거예요."

"전기톱이란 말이야!" 우리가 들을 수 있는 거리에 있자 그가 소리쳤다.

"뭐라구요?"

"전기 톱이라구!" 그가 흥분해서 다시 외쳤다. "내 인대가 빌어먹을 전기톱에 잘렸단 말이야. 나도 일하려고 돌아왔는데 겨우 이틀째 되는 날에 말이야. 아직도 이 빌어먹을 손가락을 움직일 수가 없다구." 그가 내 얼굴 앞에 팔을 들이대며 움직이지 않는 손가락을 보여주었다.

"내가 첫 번째로 다쳤는데 이제 저놈의 망아지새끼라니!" 레너드 씨는 걸어가면서 머리를 흔들더니 발뒤꿈치를 돌렸다. "제기랄, 다음에는 뭔 일이 일어날지 궁금하지 않소. 당신도 알다시피 항상 세 가지가 같이 오는 법이니까."

말의 다리를 살펴보기 위해 몸을 굽히자 레너드 부인과 아이들이 가까이 몰려와서 그 장면을 놓치지 않으려고 용을 쓰고 있었다. 레너드 씨는 뒤쪽에 서서 내가 하고 있는 일이 안중에 없는 듯이 부목을 댄 그의 팔에 대해 지루하게 지껄여댔다.

늘어진 다리 끝을 천천히 솜씨 있게 만져보니 문제는 골절된 것이 아니라 경골의 발목뼈 부분 관절이 탈구된 것이었다.

예상했던 결과가 완전히 빗나갔다. 전혀 생각하지 못했던 거였다! 이런 비슷한 상황을 본 적도 들은 적도 없었다, 하지만 그럼에도 불구하고 여기 이렇게 벌어진 것이다.

현재 나의 경력으로 볼 때 환자 다루는 솜씨는(아니면 말 다루는 솜씨에 대해 말해야 한다면) 고작 어린아이 수준밖에 되지 않았다. 후천적으로 숙련된 재능이란 것은 신뢰감에 마음을 열게 되고 모든 사람들이 -환자, 고객, 그리고 의사가- 더욱 편안하게 느끼도록 해주는 실체 없는 그 무엇이다.

"문제는 탈구입니다. 조랑말의 무릎에 밧줄이 감겨 있었던 것 같습니다. 그런 다음 옆으로 넘어졌구요. 뼈가 부러진 게 아니라 뼈들을 같이 연결하고 있는 인대가 파열됐습니다. 그것들이 서로 떨어져 나와서 안 좋은 상태로 겹쳐 있습니다."

이제는 모든 가족이 내 어깨 너머로 열심히 들여다보고 있었다. 아무도 말을 하거나 질문하는 사람이 없자 나는 계속했다. "여기가 관절인데 무릎에서 대부분의 움직임이 일어나는 곳이어서 여기에 관절염이 있으면 굉장히 위험합니다!"

아무도 말이 없었다. 곧 부득이하게 말을 해야 한다는 의무감을 느끼며 얘기를 다시 시작했다. "여기 탈구된 곳을 치료하는 것이 가능하다고 해도 이 조랑말은 관절염으로 죽게 될 것이고 올라 탈 수도 없게 된다는 것은 자명한 사실입니다.”

침묵이 흘렀다. 젠장, 누구든 뭐라도 얘기할 수 있을 텐데 질문이라도 하라구. 그 사람들은 모두 그냥 덜렁거리는 조랑말의 다리만 쳐다보고 있는 것이었다. 아무도 내 팔꿈치 쪽에서 자리를 비키지 않았다. 어찌할 수 없는 좌절감이 나를 엄습했다. 결국 나는 처음부터 이 조랑말을 안락사 시켜야 할 것을 알고 있었다. 분명히 이 사람들은 내가 치료하기를 기대하지 않는다구! 레너드 부인과 전화 통화할 때 아마도 내가 해줄 수 있는 게 많지 않을 거라고 얘기해주지 않았던가? 왜 아무도 무슨 얘기든 하지 않는 거지?

나는 여전히 또 다른 방법으로 시도해보았다. “안됐지만 조랑말을 잠재워야 될 것 같군요.”

다시 이전에 받았던 것과 같은 무감각한 시선들과 마주쳤다. 나는 재촉하듯 레너드 부인에게 단도직입적으로 말했다. “제게 바라는 게 그거죠? 녀석을 잠재우길 바라는 거죠?”

조금의 감정 표현도 없이 그녀는 고개를 끄덕이며 간단하게 “좋아요”라고 대답했다.

그녀가 아무런 감정도 없다는 것에 —모두가 아무런 감정도 없다는 것에— 당혹해하며 나는 돌들을 제치고 차로 갔다. 주사기 상자를 찾아서 60밀리리터 사이즈의 주사기에 14게이지의 바늘을 꽂아 넣었다, 그리고 나서 그 속에 안락사 용액을 가득 주입했다. 약솜을 알코올에 흠뻑 적신 후에 나는 그들이 있는 곳으로 힘들게 돌아왔다.

가까이 가보니 내가 주위에 없을 때는 가족들이 더 수다스러워진다는 것을 알게 됐다. 내가 내린 진단 결과에 대해 얘기를 하고 있었던 것 같았다. 하지만 어느 누구도 자신들의 발 앞에서 그들의 조랑말이 곧 안락사 된다는 것에 대해 조금도 마음 아파하는 것 같지 않았다.

"아이들을 집으로 돌려보내는 게 낫지 않을까요?" 분명히 조랑말에 대해 아이들이 어떤 감정들을 품고 있을 거라는 생각으로 레너드 부인에게 물었다.

그녀는 자신의 질문으로 대답을 대신했다, "애들이 선생님에게 방해가 되진 않을 거예요, 그렇죠?"

이것으로 아이들이 남아 있어도 된다는 허락으로 여기며 녀석들에게 좀더 뒤로 서 있으라고 부탁하고, 말의 목 아랫부분의 경정맥을 차단한 후에 알코올을 적신 약솜으로 문질렀다.

정맥에 주사 바늘을 넣으려고 할 찰나에 레너드 부인이 말했다. "녀석이 잠들어 있는 동안 프랙클에게 어떤 치료를 해주실 건가요?"

레너드 부인과 내가 같은 내용의 말을 하고 있었던 게 아님을 깨닫게 되자 등줄기를 타고 오한이 올라왔다. 내가 주사하려고 했던 약이 프랙클을 죽일 거라는 생각을 아무도 전혀 하지 않고 있었던 것이다.

뒤로 물러서서 레너드 부인을 돌아보았다. "제가 제안한 것을 정확하게 이해하지 못하셨군요. 제가 말한 뜻은 조랑말이 정상적인 생활을 하기가 거의 불가능하니까 영원히 잠재워야 한다는 거 였습니다. 죽여야 한다는 말입니다!"

"죽인다구요?"

내가 고개를 끄덕이자 가족 모두가 일제히 울음을 터뜨렸다. 한 아이도 울지 않는 녀석이 없었다. 레너드 부인은 머리를 조랑말의 갈기에 기대고 걷잡을 수 없이 눈물을 흘렸다. 생각다 못해 내 처지를 변호하고 도움을 받으려고 레너드 씨를 돌아보았다.

"제가 노력하더라도 다리를 고칠 수 있는 방법이 있을 것 같지 않은데요." 나는 더듬거렸다.

아무런 소용이 없었다. 레너드 씨는 가족들과 화음을 맞춰가며 울고 있었다. 만약 내게 주님께서 가장 미천한 짐승에게 주시는 감각이 있었더라면 이 사람들이 내 제안에 담긴 지혜를 이해할 때까지 차분히 듣고 그런 다음 그 괴로운 임무를 처리할 수 있었을 텐데.

나는 계속 얘기했다. "만약에라도 제가 그 다리를 원래 상태로 돌려놓을 수 있다 하더라도 녀석이 정상적인 생활을 하기란 거의 불가능합니다. 이 조랑말이 나머지 삶을 기어 다니거나 절뚝거리며 사는 것을 보고 싶지는 않으시겠죠?"

잠깐 다시 멈춰서 누군가가 나서서 상황을 좀더 쉽게 만들어주기를 원했다. 내 어깨에 얹어진 그들의 슬픔에 대한 책임감을 가져갈 무슨 말을 말이다. 하지만 그런 일은 일어나지 않았다. 하나가 흐느껴 울면 모두가 덩달아 울었다.

그들이 우는 것이 잘못된 게 아님을 나 자신에게나 그 사람들에게 알게 하려고 나는 계속 중얼거리며 말했다. "우리가 해볼 수 있는 유일한 방법이 하나 있긴 한데 말을 마취시켜서 다리가 얼마나 원래대로 잘 돌아오나 지켜보는 겁니다. 하지만 영원히 제자리로 돌아오지 않을 수도 있습니다."

그 방법이 먹혀들었다! 내가 종일토록 한 말을 아무도 단 한마디도 안 듣는 것 같았는데 모두가 일제히 울음을 멈췄고 레너드 부인이 이렇게 말했다. "좋아요."

좋다구! 뭐가 좋단 말인가? 도대체 내가 지금 무슨 일을 저지른 거지? 레너드 부인은 왜 하필 내가 어물쩍 넘기려고 한 말에 주의를 집중해서 그 특별한 순간을 끄집어내고 만 거지?

"어디서 하길 원하세요?" 레너드 부인이 물었다. "말을 집으로 데려갈까요? 제 생각에는 말이 그 정도 거리는 걸을 수 있을 것 같은데요."

일이 재빠르게 연달아 일어나서 어리둥절해하며 나는 얼떨결에 고개를 끄덕이고 말았다. 안락사나 별반 다를 것 없는 상황을 준비해야 했기 때문에 이 조그만 기적을 만드는 데 필요한 재료들을 가지러 사무실에 가야 했다.

마을로 오는 내내 내 속에서는 책망하는 목소리가 들려왔다. 이것은 멍청한 짓이야. 내가 다리를 잘 돌려놓게 된다 하더라도 그 빌어먹을 다리가 처음처럼 돌아오지는 않을 거라구. 관절에 엄청난 변형이 와서 영원히 절름발이가 될 거란 말이야. 게다가 분명히 레너드 씨 네가 그 말에게 들어갈 치료비를 줄 수 있을 것 같지도 않아. 그 사람들이 사는 형편을 보아 하니 수입에 맞춰 생활한 지가 이미 오래전 일인 것 같았다.

크레스턴에 돌아왔을 때, 도리스는 아직도 뒷방에서 쓰레기 쪼가리들을 치워내고 있었다. 한 손에는 말썽인 전구를, 다른 한 손엔 걸레를 들고 이리저리 다니면서 카운터를 반들반들하게 해놓았다. 이전보다 더 나아진 것을 보니 그녀가 한가하게 뜨개질 할 시간을 거의 갖지 못한 게 분명해 보였다.

"전깃불 스위치가 개수대 아래 있는 건 찾아냈는데 불을 켜는 방법은 도저히 알 수가 없네요."

감춰진 전깃불 스위치의 미스터리는 내버려둔 채 나는 내게 닥친 문제에 집중하고 있었다. 클라크 코트에서 온 제약회사 외판원이 두고 간 글리세롤 구아코트라고 하는 근육 완화제 한 꾸러미를 바삐 준비했다.

거의 곡예를 하듯이 플라스틱 약통을 앞뒤로 해가며 오염의 가능성을 최소한으로 줄이면서 가느다란 식염수 병의 주둥이 안으로 가루 설탕 같은 물질을 집어넣었다.

병의 좁다란 주둥이 부분으로 약을 집어넣는 것과 넣은 약을 액체로 용해시키는 것은 별개의 문제였다. 그 병을 잡고서 팔이 얼얼해질 때까지 흔들어댔지만 쌓여 있는 침전물은 1인치 반에서 겨우 반 인치만 줄어들었다. 비틀고 흔들어도 보고, 불에 쬐어도 보고, 성이 나서 욕지거리를 해봐도 그 약을 녹이는 데는 아무런 소용이 없었다.

식염수를 쓰는 게 살균된 물에 놓이는 것보다 더 잘 용해되지 않음이 확실하자, 나는 병에 있던 혼합물을 버리고 두 번째 근육 완화제 팩을 열고 유일하게 가지고 있던 증류수 한 병에 넣기 시작했다. 글리세롤 구아코트를 가방에서 꺼내 병에 옮겨 담는 것이 처음에 했던 것보다 잘 안 됐고, 실망스럽게도 바닥에 가라앉은 덩어리와 침전물이 증류수 병에 섞을 때가 식염수 병에 섞을 때보다 용해되지도 않았다.

"도리스! 이리 와서 내가 나머지 필요한 것들을 찾아올 때까지 이 빌어먹을 병을 좀 흔들어주겠어요?"

도리스는 현명하게도 이 소동에서 가능한 한 멀리 떨어져 있었고 상당히 마음 내키지 않아 하면서 걸레를 내려놓았다. 그 침전물을 그녀에게 흔들도록 남겨두고, 나는 바쁘게 상자를 뒤져 '마술 같은 무릎치료' 행사를 하는 데 필요한 1회 분량의 약들을 꺼냈다.

머릿속에서 전체적으로 한번 연습을 해보면 기술을 익히는 데 도움이 아주 많이 될뿐더러 더 자세하게 그려볼수록 뭔가 중대한 것을 잊을 염려가 줄어드는 것 같았다. 먼저 근육이완제, 이미 차 안에 아세프로마진을 넣어두었다. 바이오탈 2그램을 침전물에 혼합하면 말을 쓰러뜨릴 수 있다. 나는 바이오탈 두 병을 골판지 상자에 담고 다시 치료 장면을 그려보았다. 말은 이제 땅에 나자빠졌다. 밧줄로 발목을 걸고 잡아당겨서 녀석의 엉덩이에 고정시킨 후, 줄다리기를 하거나 발쪽으로 가서 녀석의 발을 잡아 폈다.

체인블록(도르래, 톱니바퀴, 사슬 따위를 결합하여 무거운 물건을 달아 올리는 기계)의 형상과 함께 고든의 모습이 떠올랐다. 분명히 그는 가까운 데서 그것을 구할 수 있는 방법을 알고 있을 터였다.

좋아, 말의 다리가 고쳐져서 제자리로 돌아왔다. 다리에 천을 덧대어 감싸고 이제 깁스를 대려고 했다. 깁스용 천 가방과 벨록(깁스의 상표명) 한 박스를 상자에 넣었다.

"고든이 체인블록을 구해올 수 있는지 알아보러 갈게요, 도리스!" 그녀는 아직도 뒷방에 남아서 침전물 병을 힘차게 흔들고 있었다.

한 시간 후에, 야크로 가는 내 차의 조수석에는 고든이 타고는 발밑에 체인블록을 놓고 있었고, 뒷좌석의 상자 옆엔 도리스가 타고 있었다.

"도리스, 글리세롤 구아코트 병을 데워서 녹여주다니 정말 기뻐요. 그게 아니었으면 저는 정말 궁지에 빠질 뻔했다구요."

고든과 도리스에게 말에게 어떤 일이 일어났는지 설명해주면서 가니 시간이 재빨리 흘러갔다. 그것이 얼마나 어려운 케이스가 될 것 같은지, 말이란 것이 얼마나 성가신 환자인지를 말이다. 다리가 부러진 암 망아지 얘기가 끝나자 야크에 진입했다. 작은 다리를 건너자 등줄기가 떨리는 장면과 마주치고 말았다. 나는 길 옆에 차를 세우고 두 손 안에 머리를 묻었다. 온몸이 마치 눈보라가 날리는 대평원에 갑자기 벌거벗겨진 채로 던져진 것처럼 떨려왔다.

"주여⋯⋯," 고든이 웅얼거렸다. "마을 사람 모두 여기 모여 있다니⋯⋯."

정말로 마을 전체였다! 도로는 차들로 꽉 막혀 있었다. 사람들이 마당으로 들어오고 나가고 있었다. 차 한 대가 서더니 두 여자가 샌드위치가 든 접시와 다른 물건들을 가지고 내렸다.

"저 사람들은 이 일을 잔인한 축제로 만들어버렸군요." 나는 투덜거렸다. "저 안에 들어갈 방법이 없는데요. 이건 정말이지 웃기는 일이라구요!"

"그래도 해야 해요!" 도리스가 불쑥 끼어들었다. "아픈 조랑말은 어떻게 하냐구요?"

"나는 어떻게 합니까? 여기저기 바보 같은 사람들이 뛰어다니는데 치료를 할 수는 없다구요. 나는 저기에 가서 모든 사람들 앞에서 처음으로 말을 마취하기로 되어 있단 말입니다." 거의 눈물이 나올 것 같았다.

내가 말을 처음으로 마취한다는 말을 듣고 내 일행 두 명은 낙담하여 서로 걱정스러운 눈빛을 주고받고 있었다.

달아나려는 생각을 더 심각하게 해보기도 전에, 레너드 씨가 미친 듯이 왼쪽 팔을 흔들며 집 앞 도로에 나타나버렸다.

"비켜요! 비켜! 수의사가 왔어요!"

숨을 깊이 쉬고, 그가 차들과 구경꾼들 사이를 정리해놓은 좁은 길을 따라 운전해 들어가서 조랑말 옆에 멈췄다. 프랙클은 다친 다리를 제외하고 멀쩡한 세 다리로 서 있었는데, 아이들이 말의 머리와 목을 껴안고 있었다.

레너드 씨를 향해 힘껏 비난하는 눈길을 날려주었다. 저 늙은 멍청이의 목을 비틀어주고 싶었다. 무슨 권리로 이 수술을 서커스의 여흥거리로 만들어버렸단 말인가? 지금 내게 가장 필요 없는 것이 이렇게 많은 관객이란 걸 모른단 말인가.

내가 노려보는 것이 레너드 씨에게는 아무런 효과가 없었다. 그는 야크에 있는 모든 사람들을 위해 쇼를 준비했고 잠시라도 스포트라이트에서 사라지려 들지 않았다.

"뭐 필요한 거 없소, 선생?" 그가 물었다. "말을 어디에 놓고 할 거요?"

어디에 두고 하다니? 아마도 다른 신참내기 수의사들이 그의 첫 번째 말을 마취하고 싶어 하는 곳이면 좋겠지. 이 많은 바위와 사람들과 낡은 차들과 1마일쯤 떨어진 곳쯤 말이야. 수의과대학에 쿠션이 있는 회복실 바닥은 어떻구, 래리 크레이머 교수가 내 팔꿈치 뒤쪽에 같이 앉아 계시다면?

"집 주변에 바위가 없는 곳이 있을까요?" 마침내 그에게 물어보았다.

"없을 것 같소만."

"좋아요, 그러면 한 군데를 치워보죠." 나는 허리를 구부려서 낡은 차의 범퍼 끝을 들어 올렸다.

레너드 씨와 함께 부지런히 앞마당을 치우는 일을 감독하며 30분이 흘렀다. 말의 주변에서 가로와 세로로 각각 스무 발자국씩 되는 부분에 있는 돌덩이들을 거의 치워내고 나니 더 이상 늦출 수가 없었다.

"내가 마취를 할 수 있도록 프랭클을 몇 발작 더 앞으로 옮겨주세요."

내가 다가가자 아이들이 흩어졌고 내 손에 있던 커다란 주사기에 아이들의 눈이 집중되었다. "좋아요, 여러분, 이제 뒤로 물러나주세요. 프랭클을 재울 시간입니다. 고든, 내가 마취하는 동안 말의 머리를 붙잡고 있을 수 있죠?"

내 친구는 자신의 역할이 구경꾼에서 참여자로 바뀐 것을 알고 깜짝 놀라는 것처럼 보였고 도리스와 근심스러운 미소를 주고받았다. 그는 한 발자국 다가서서 고삐자루를 쥐었다.

"단단히 잡고 마지막까지 녀석의 무게를 지탱하고 있어야 해요."

나는 고삐를 잡고 있는 고든의 손을 바로 잡아주고 난 다음, 알코올 솜으로 경정맥을 두드렸다. "녀석이 마취돼서 쓰러지면 다친 쪽을 위로 가게 해야 한다는 것을 기억하세요."

나는 숨을 깊이 들이쉬고서 정맥에 바늘을 찔러 넣고, 맑은 액체 속으로 피가 한 번 분출돼 나올 때까지 주사기를 뒤로 빼냈다. 그런 다음 내용물을 한번에 빠르고 부드럽게 주사했다.

프랭클은 몇 초 동안 어리둥절한 표정으로 서 있다가 밧줄에 등을 대고 기대더니 바닥에 쓰러졌다. 녀석이 쓰러질 때, 이제는 나를 완전히 둘러싸버린 구경꾼들 속에서 웅성거림이 들려왔다.

"너, 저거 봤어?"

"조랑말이 괜찮겠지? 저 사람이 말을 잠들게 하는 것 좀 보라구!"

프랭클은 완벽한 자세로 쓰러졌다. 다친 발은 위로 향하고 있고, 바늘이 꽂힌 채로 목과 땅 바닥으로 핏방울이 천천히 뚝뚝 떨어지고 있었다. 말은 거의 1분 동안 쓰러져 있었고 아직도 숨을 쉬지 않고 있었다. 말의 심장이 뛰고 있고 숨을 쉴 거라는 것을 증명해주는 흉부의 지속적이고 규칙적인 떨림을 보았다.

"제발, 이 못된 녀석 같으니라구, 숨쉰다!" 나는 속으로 중얼거렸다. "아, 것 보라구!"

숨을 깊이 쉬었다. 길고, 필사적이고 거의 드라마틱한 숨이었다. 이제는 좀더 확신을 가지고, 정맥주사용 튜브에 바람을 넣어 훅 불어서 아직 경정맥에서 튀어나와 있는 바늘까지 글리세롤 구아코트 액을 연결해 넣어주었다.

첫 번째 숨을 뒤이어서 두 번째, 세 번째, 그리고 네 번째 숨도 규칙적이었다. 근육이완제가 꾸준한 속도로 흘러 들어가게 해놓고 고든에게 병을 건네주었다.

"고든, 이 속도로 반이 들어가게 해주세요. 그런 다음 멈추세요. 더 필요할 때 알려줄게요."

나는 1인치 두께의 면 밧줄 두 다발을 말의 허벅지 윗부분에 감고 가까이에 있는 포플러 나무에 밧줄 끝을 묶었다. 두 번째 밧줄을 가지고 구절(말굽의 뒤쪽 위에 덥수룩한 털이 난 부위) 위와 아래의 중간에 밧줄을 매어두었다.

고정해놓을 곳이 하나 더 필요해서 구경꾼들을 향해 소리를 질렀다. "바퀴가 넷 달린 푸른색 픽업트럭이 누구 겁니까?"

군중들 가장자리에 있던 몸집이 큰 남자가 대답했다. "내 거요."

"트럭을 여기서 뒤로 빼서 반대 방향으로 잡아당길 수 있도록 해주시겠어요?" 나는 계속해서 밧줄을 펴서 체인블록 한쪽 끝의 고리에 걸었다.

그 트럭 운전수는 구경꾼들과 같은 방향에서 돌덩이들 사이를 잘 헤치고 나와 조랑말의 다리로부터 8피트 정도 거리 뒤로 차를 댔다.

"그 정도면 좋습니다!" 체인블록의 다른 고리를 트럭의 U자형 고리에 연결해놓고 소리쳤다.

그 남자는 차에서 뛰어내려서 장치들을 움켜잡고 준비가 됐다는 것을 알려주었다.

"밧줄을 판판하게 펴주세요." 내가 지시해주자 그는 체인이 덜걱거리면서 움직이도록 했다. 고든에게 내가 작은 소리로 말했다, "남아 있는 약의 반을 저 사람에게 주사해줘야 할 것 같은데요. 이 일을 별로 하고 싶어 하지 않는 것 같네요."

구경꾼들이 점점 가까이 다가왔다. 새로 고용한 조수가 결심한 듯했고, 내 지시를 기다리며 체인 위에 그의 손을 올려놓고 있었다.

"좋아요, 좀더 팽팽하게 해주세요."

다리 끝부분의 조임이 점점 더 커지자, 조랑말은 트럭 방향의 진흙탕에 미끄러져 넘어졌고 녀석은 사타구니의 밧줄에 꼭 메어 있었다.

"잠깐 잡고 있어요!" 다리는 이제 바이올린 줄처럼 팽팽해졌고, 조랑말은 포플러 나무와 픽업트럭 사이에 매달려 있었다. 놀랍게도, 발목뼈의 경골 부분과 가운데 발목뼈가 아직도 거의 3인치 정도 겹쳐 있었다.

"조금만 더요."

다리에 걸린 압력이 엄청나서 다리 가운데 묶어둔 밧줄에 접해 있는 피부가 팽팽하게 당겨지고 핏기는 사라져서 하얗게 되어버렸다. 수축된 다리 근육이 그런 힘을 견뎌낼 수 있다는 게 믿기 어려웠다. 나는 두 발로 버티고 서서 원래 휘어진 상태로 돌려놓으려고 애쓰며 무릎을 뒤로 잡아당겼다.

"아직 좀더요." 나는 숨을 멈추고 무릎 반대쪽으로 몸을 당겼다. 목 뒤쪽에서 땀방울이 흘러내리는 것이 느껴졌다.

"거의 다 됐어요, 거의 다." 관절 끝이 거의 맞춰졌다. "조금만 더."

그가 다시 한 번 더 압력을 늘렸다, 하지만 갑자기 트럭이 앞으로 미끄러지는 바람에 느슨해지고 말았다.

"도르래를 끌어 올릴 수가 없어요!" 실제로 그는 체인블록 바로 위쪽에 달려 있는 고리 자체를 잡고 있었다.

"좋아요, 줄을 놓았다가 다시 한 번 해보는 게 좋겠어요. 트럭을 앞으로 조금 뺀 다음에 각도를 좀더 벌려서 세워주세요."

그는 좁은 범위에서 트럭을 앞뒤로 기술 좋게 빼냈다. 만약에 지금 차가 미끄러진다면 온통 바위투성이인 옆쪽으로 거의 넘어갈 것이었다.

다리를 다시 잡아 늘려 4, 5분 동안 일정한 압력을 유지하면서 멈춰서 무릎이 구부러지도록 힘을 가했다.

"다시요." 한 손으로 다리를 잡고 있는 동안 다른 손등으로 이마의 땀을 닦아냈다. 체인이 달가닥거리면서 감기고 말의 몸은 잡아당겨지고, 그 장면은 중세시대의 고문 모습 같았다. 지금 다리가 두 동강이 난다 해도 놀랄 일이 아니었다.

"다시 한 번 더요."

이번에 내가 다시 끌어당기자 다리에서 병마개 뽑는 소리가 나면서 제자리로 미끄러져 들어왔다.

"와, 저것 좀 봐요!" 군중들 사이에서 소리가 들려왔다. "난 될 거라고 생각도 못했는데.”

“나도 그랬어요.” 내가 나직하게 말했다.

나는 신중하게 관절의 바깥 부분을 매만졌다. “압력을 좀 풀어주세요.”

트럭 운전수가 체인블록의 압력을 늦추자 나는 녀석의 다리에 묶여 있던 밧줄을 풀고 조심스럽게 무릎의 관절을 구부려보았다.

“놀랍군.” 다리가 자유롭게 구부러졌고, 우두둑 소리나 마찰로 삐걱거리는 소리도 나지 않았다. 정말로 고정이 된 것 같았다. “병에 남아 있는 약을 말에게 좀더 주세요, 고든!”

나는 조랑말의 머리를 가리켰다. “녀석의 눈이 씰룩거리고 있어요. 마취가 끝날 시간이 얼마 남아 있지 않다구요.”

고든이 남아 있던 근육이완제를 흘려 넣자 나는 차에서 깁스 재료들을 가지고 왔고 레너드 부인에게 따듯한 물을 부탁했다.

메리야스 천의 치수를 재서 무릎 위쪽까지 잘 덮이는 길이로 만들어두었다. 이것을 조랑말의 발굽에 펼쳐서 팽팽하게 잡아당기며 안에 깁스용 패딩을 대고 무릎 위까지 올려 감았다. 나는 이것을 너무 많이 감지 않으려고 조심했는데, 대학 시절 의학실습을 할 때 맨 처음 배웠던 것이 생각났기 때문이다. 깁스를 할 때 다리에 패딩을 너무 많이 대놓으면, 개가 실제로 열두 걸음도 걷기 전에 깁스에서 발이 빠져나오게 되는 것이다.

“도리스!” 나는 마지막 깁스 패딩을 대고 있었다. “레너드 부인이 물을 어떻게 하고 있는지 가서 보고 오세요. 아마도 잊어버린 것 같은데요!”

도리스가 레너드 부인을 찾아보러 가자, 조랑말이 처음으로 움직이려 하고 있었다. 단지 앞다리에 경련이 있을 뿐 별로 걱정할 일은 아니었다. 하지만 시간이 얼마 남지 않았다는 것이 문제였다. 도리스를 찾으러 갈까 생각하고 있을 때, 그녀가 스테인리스 물통에 더운 물을 가득 담아 가지고 나타났다.

"너무 늦어서 미안해요. 여기는 물이 나오는 곳이 없어서 레너드 부인이 물을 얻으러 이웃집까지 갔다 와야 했거든요."

나는 벨록 한 롤을 더운 물에 집어넣은 다음, 남아 있는 물기를 없애기 위해 여러 번 짜냈다. 그러고 나서 다리에 둥그런 모양으로 돌려가며 깁스를 대기 시작했다.

내가 문제를 미처 깨닫기도 전에 상자 안의 깁스 재료가 반밖에 남아 있지 않았다. 커다란 개에게 쓸 만큼의 깁스도 넉넉하게 남아 있지 않았는데, 더군다나 덩치가 더 큰 말은 결코 생각할 수도 없었다!

"도리스! 시내에 있는 병원에 가서 깁스 재료를 좀 얻어올 수 있는지 알아봐줄래요? 이 치료를 잘 끝내려면 적어도 한 상자가 더 필요하거든요."

"제가 태우고 갈게요." 푸른 트럭의 주인이 말했다. 그들은 차에 올라탔고 고든이 구경꾼들을 헤치고 차가 갈 수 있게 길을 열어주었다.

"뭐 때문이요? 뭐 때문에 늦어지는 겁니까?" 신경을 거슬리는 붉은색 머리의 남자가 구경꾼들 틈에서 뛰어나와 이 쇼를 지연시키고 있는 것이 무엇인지 알아보려고 했다.

나는 이를 꽉 다물고 무시하려고 애를 썼다. 다시 "뭔 일입니까?" 라고 묻자 바로 쌀쌀맞게 대답해주었다. "깁스 재료가 다 떨어졌다구요!"

"우리 집에 깁스가 많이 있는데 말이요."

"이것은 그냥 단순한 깁스가 아니라구요! 이건 특별한 깁스 재료예요. 분명히 당신 집엔 없을 겁니다."

"있다니까 그러네!" 그가 큰 길 쪽으로 방향을 바꾸어 갔다. 깁스 재료는 그가 돌아올 때쯤 이미 얇지만 구부러지기 쉬운 형태로 굳어 있었다.

"여기 있소이다. 댁이 가지고 있던 거랑 같은 거요!" 그가 내 발밑에 상자를 내려놓았다.

"댁이 더 필요하다면 집에 하나 더 있소."

이걸로 충분했다. 벨록 그린으로 특별히 빠른 응고제품이다. 내가 방금 사용했던 것과 정확히 같은 제품이었다. 조랑말이 깁스 재료가 든 상자를 보려는 것처럼 머리를 들고 앉으려고 했다.

"자, 이 녀석아, 아직 완전히 끝난 게 아니란다." 나는 조랑말의 몸통에 올라타서 고삐를 쥐고 목 위로 무릎을 꿇고 앉아 녀석의 머리를 지면을 향해 오른쪽 방향으로 잡고 있었다.

"이렇게 잡고 있어주세요, 고든. 이 녀석을 일으킬 때까지 적어도 15분 정도가 더 필요할 것 같아요."

고든은 고삐를 잡고 프랙클의 목을 타고 앉아 녀석을 지면에 단단하게 고정시켰다.

"말이 앞다리로 받으려고 하면 뒤로 좀더 물러나세요. 만약 버둥거리면 녀석의 머리를 그냥 당신 쪽으로 잡아 올려서 좀더 세게 뒤로 젖히세요."

조랑말은 무엇이 자신에게 유리한지 알고 있는 것처럼 얌전하게 있었다. 녀석이 다시 움직이기 시작할 때쯤에는 깁스 처치도 되었고 잘 굳어가고 있는 상태였다. 이번에는, 녀석을 주저앉히기보다는 몸통 아래쪽의 두 다리를 접고 앉을 수 있는 자세로 해놓고 녀석을 받쳐주었다.

"도대체 저 깁스 재료를 어디에 쓰려고 가지고 계셨나요, 스티브?" 생각지도 않게 벨록 상자를 가져온 남자에게 고든이 물어보았다.

"바로 쓸 수 있게 약을 넉넉히 챙겨두라." 그의 사무적인 대답이었다. "몇 년 전에 다리가 부러진 일이 있었는데 우리 약품이 다 떨어졌더란 말이지. 돈이 꽤나 들었지! 깁스하는 데 돈을 거의 강탈당하는 것 같았다네. 만약에 또다시 어디가 부러지면 나는 직접 고칠 거라구. 그래서 미리미리 사다놨다네."

도리스가 또 하나의 깁스 재료를 가지고 도착할 때쯤, 레너드 씨네 마당은 축제의 장 같은 분위기가 되어 있었다. 유희가 절정에 치닫고 있었다. 케이크, 쿠키, 그리고 충분한 먹을거리들이 식탁에 차려졌다.

"이 미치광이가 운전하는 차를 타고 죽을 뻔했다구요. 근데 선생님은 내가 가져온 깁스 재료가 필요치도 않나보군요!" 도리스가 거의 울 것 같은 표정으로 말했다. 그녀는 괴로운 상황을 참고 있었던 것 같았다. 정상적으로 단정하게 있었던 머리 모양이 바람에 날려서 이마 앞으로 흘러내려 있었다. 얼굴에는 핏기가 없었다. 벨록 상자를 움켜쥐고 있던 손은 몸통에 붙어 축 늘어져 있었다.

"미안해요, 도리스. 그렇지만 녀석을 보세요." 그녀에게 레너드 씨 아이들이 모여 있는 집 옆으로 데려가서 말이 앉아 풀을 뜯어 먹고 있는 모습을 보여주었다.

"회복이 잘되고 있는 것 같군요."

"내가 얼마나 고생했는지 알기나 하나!" 그녀는 차 위에 들고 있었던 상자들을 내려던졌다. 그 푸른 트럭에서 내려서 몇 분 동안은 도리스의 상태가 가관이 아니었다. 도구들이 다 치워졌을 때쯤 돼서야 그녀가 시내에 다녀왔던 얘기는 사그라들었다.

"그 사람처럼 차를 모는 살면서 다시는 볼 수 없을 거예요. 눈에 보이는 차는 다 추월을 했다구요. 데이브 선생님은 아직도 분명히 그 사람 차의 대시보드(차의 운전석 앞부분의 오디오, 에어컨 등의 조절 장치가 있는 곳)에 찍혀 있는 내 지문을 찾아낼 수 있을 거라구요."

"뭐라도 좀 먹읍시다. 배가 고프군요."

레너드 부인이 케이크를 한 조각 가져다주었다. 흰 설탕 옷이 두껍게 솜털같이 뿌려진 초콜릿 케이크였고 그것을 보자 입 안에 침이 고였다.

"설탕을 지금 막 뿌려왔어요." 그녀가 웃으며 말했다.

"말은 괜찮아지겠지요, 페린 선생님?"

"그럴 거라고 생각합니다, 레너드 부인." 나는 케이크를 한 입 베어 물고 입에 문 채로 계속 얘기했다. "하지만 시간이 지나야 확실히 알 수 있을 겁니다."

"부인과 따님 좀 도와드릴게요." 도리스가 말한 후 레너드 부인을 따라 부엌으로 들어갔다.

고든과 내가 샌드위치를 다 먹어치우고 레너드 부인의 케이크 한 조각을 더 먹으려고 하는 찰나에 도리스가 부엌에서 뒷걸음 쳐 뛰어나왔다. 그녀의 얼굴이 한 번 더 창백해지더니 다시 마음의 평정을 잃고 말았다.

"먹지 말아요." 입 안으로 케이크를 반쯤 넣고 있는 고든에게 말했다.

"부엌이 어떤 상태인지 믿지 못할 거예요! 그걸 직접 봐야 해요. 지금까지 살아오면서 그런 부엌은 본 적이 없다구요." 그녀는 입을 막고 구역질을 참고 있었다. 고든을 팔로 꽉 잡고서 부엌으로 끌고 갔다.

레너드 부인이 접시 하나 가득 쿠키를 담아 가지고 부엌을 나가자, 도리스가 겪은 일이 무엇인지 부엌에 들어가서 잠깐 들여다보니 모든 것을 알 수 있었다. 임시로 설치된 조리대의 한쪽 끝에는 남아 있는 음식이 널려 있었고 다른 곳에는 더러운 접시들이 쌓여 있었다. 테이블과 조리대 상판은 겹겹이 쌓인 더러운 때로 덮여 있었다. 조리대의 구석에 스푼의 끝이 보였는데, 수 년 동안 쌓이고 쌓인 더러움이 삐져나와 있었다.

"고고학자가 좋아할 장면이네요."

"그렇지." 고든이 대답했다. "해마다 이 시간에 저녁으로 뭘 먹었는지 저 겹겹이 쌓인 층을 발굴해보면 알아낼 수 있겠어."

아직 손에 케이크를 든 채로, 고든과 나는 도리스를 따라 밖으로 나왔다.

"몸에 병이 날 것 같은데요." 그녀가 부랴부랴 구석으로 가더니 말했다.

"요 녀석들." 나는 고든에게 축배의 의미로 케이크 접시를 위로 들고 그 케이크에게 선전포고를 했다.

"이것들이 자네를 쳐다보고 있구만." 그가 게걸스럽게 한 조각을 먹어치웠다.

"맛있는 케이크인데요." 내가 대답했다. "정말 맛있는 케이크예요!"

새로운
도전

　며칠 밤에 걸쳐 벽지를 바르고 페인트칠을 했다. 그랬더니 이 황량하고 작은 방에도 놀랄 만한 효과가 나타났고 그런대로 병원의 형태도 갖춰가고 있었다.

　도리스와 회색빛이 도는 흰 바탕에 검은 벨벳 느낌이 나는 벽지에 대해 논쟁을 했지만 그녀가 고집을 세웠다. 이제 공사를 다 해놓은 이상, 나는 더 적당한 눈가림용 벽지를 찾아낼 수 없을 거라는 걸 인정해야만 했다.

　어느 날 도리스와 내가 어두운 방에서 벽지를 바르고 있을 때 고든과 루스가 와보더니 다음 날 고든이 새 형광등을 네 개나 설치해주었다. 부동산 중개인으로서, 그는 재주가 많은 사람이었다.

　그는 또 시내에 있는 다른 은행의 매니저를 소개해줬고, 몇 분 안 걸려서 이미 도착하기 시작한 병원 설비들을 승인해주는 융자를 받게 되었다. 전화를 가설하는 것도 웨스트 크레스턴보다 이 도시에서 더 빨리 진행되었고, 이렇게 설치된 전화는 도리스의 시간을 독점하기 시작하고 있었다. 우리는 호흡 마취기와 수술대가 도착하기 전까지 응급 수술의 예약을 미루고 있었는데, 이제 기계가 다 도착해서 거세수술과 자궁적출수술로 그날의 예약을 채워나가기 시작했다.

도리스에게 아무런 얘기도 하지 않았지만, 처음 몇 주 동안 개의 자궁적출수술이 예약되지 않은 것을 보고 놀랍기도 하고 안심이 되기도 했다. 왜냐하면 자궁적출수술은 자주 이뤄지는 수술이었지만, 대부분의 사람들은 그 수술이 아주 쉽게 진행되는 그저 간단히 잘라버리면 되는 것으로 오해하고 있었다. 그와 반대로, 그 수술은 다른 많은 수술들보다 훨씬 더 복잡한 과정이었다. 단지 대부분의 수의사들이 자궁적출수술을 많이 한다는 것 때문에 사람들은 흔한 수술로 여기는 것 같았다.

수의과대학에서 고양이 자궁적출수술을 해봤다. 하지만 나는 개의 자궁적출수술을 위한 마취사로서의 역할을 맡고 있었다. 나의 파트너가 수술용 개의 배에서 자궁을 찾기 위해 어렵게 주변을 헤집고 있을 때, 나는 호흡 마취기의 바람 주머니가 팽창되고 수축되는 것을 지켜보고만 있었다. 그러니 내가 여기서 처음하게 되는 자궁적출수술은 새로운 영역으로 커다란 발자국을 떼어놓는 또 하나의 사건일 수밖에!

처음 며칠 동안, 도리스와 나는 옆 가게에서 무슨 일이 일어나고 있는지에 많은 관심을 가지고 너무 몰두해 있었다. 그런데 시간이 지나감에 따라 뭔가 이상한 점을 알아채기 시작했다. 이발사 앤서니 씨의 가게 문을 통해 사람들의 왕래가 계속 이어졌지만 실제로 옆을 지나가 보거나 그가 이발을 하고 있는 모습을 본 적이 드물었다.

"도대체 이 냄새가 뭐죠?" 농장에 왕진을 갔다 온 어느 날 오후에 도리스가 물었다. "오늘 하루 종일 이 냄새를 맡았다구요. 한 시간 전에 화장실에 갔다 왔는데 거기에 이 냄새가 굉장히 심해서 거의 입을 막고 있었다니까요!"

"우린 정말이지 세대 차이가 나는 것 같군요. 안 그런가요, 도리스? 저쪽 가게에서 누가 뻐끔거리는 게 틀림없어요."

"무슨 말이에요?"

"그건 담배의 별종, 마리화나 냄새라구요!"

"이런!"

"바로 몇 분 전까지 도리스 근처에 손님이 없었길 바라요. 그 사람들은 당신이 저 뒤에서 고객들이랑 담배를 피웠다고 생각할 테니까요."

"바로 전까지 아무도 오지 않았어요." 그녀가 걱정했다, "하지만 사람들이 우리가 그런 쓰레기 같은 걸 피웠다고 생각하면 어떡하죠? 확실한 거예요?"

얼마 동안 그녀는 리졸(소독제의 상표명) 깡통을 들고 주위를 돌아다니며 뿌려야 할 만한 곳엔 모두 뿌려댔다.

도리스와 나는 서로를 쳐다보고 나서 빤히 바라보았다.

"저 지독한 소음은 뭐죠?" 내가 물었다.

우리는 고양이 거세수술을 준비하고 있었다. 방금 도리스에게 고양이의 고환에서 털을 잡아 뜯는 방법을 보여주었고 수술 부위의 마지막 세척을 끝냈을 때 윙윙대는 소리가 들렸다. 처음에는 무슨 소음인지 분간하기가 힘들었다. 그러나 결국 우리 둘은 의견 일치를 보았다. 아코디언 소리가 분명했다!

"믿기지가 않는군요." 나는 테이블에 장갑을 벗어 올려놓았다. "이발소 앤서니 씨가 아코디언 연주를 배우고 있나봐요."

거세수술을 끝내고 고양이가 깨어나기를 기다렸다. 벽을 통해 들리는 깽깽거리는 소리가 나를 괴롭혀대기 시작했다. 소리의 변화도 거의 없는 것 같았다.

"분명히 음정을 맞추려는 노력도 안 하는 것 같네요. 아직 악보가 두 페이지도 안 넘어갔지만 다 같은 음을 연주하는 것 같군요!"

"제가 듣기에도 그래요." 도리스가 맞장구를 쳤다.

"여기 일은 나 혼자 할 수 있으니까 당신은 살금살금 나가서 앤서니 씨 가게 창문을 엿봐서 무슨 일이 벌어지고 있는지 보고 오세요."

도리스는 거짓으로 충격 받은 표정을 지어보였다. "이웃을 염탐하는 것은 제 일의 목록에 없는 부분인데요!"

"마리화나를 피우는 것도 목록에 없는 건데 하루 종일 피워댔잖아요!"

내가 놀려대자 도리스는 씩씩거리며 화난 것을 감추려고 실험실로 가버렸다. 아직도 그 뒷방에 불을 켜기 위해 전선을 연장해서 쓰고 있었는데 나는 그녀가 거기에 오래 있지 않을 거라는 것을 알고 있었다.

"건물 주인이 언제나 이 방에 불을 켤 수 있게 해준다는 거죠?" 그녀는 투덜거렸다. "이 전깃줄을 사방에 끌고 다니는 건 정말이지 우스꽝스러워요."

"그 방에도 전기 스위치가 하나 있긴 하죠. 당신이 믿을지 모르지만 천장에 달린 커다랗고 얇은 철판 아래에 있다구요. 분명히 위층에 세 살던 사람이 욕조의 물을 흘러넘치게 해서 거너 라슨 씨의 사진관 설비 몇 개를 망쳐놨는데, 수도배관공이 그 해결책으로 당신 머리 위에 있는 저 커다란 아연도금 된 판을 해놓은 거라구요."

"저를 놀리려는 거군요."

몇 분 지나지 않아 도리스는 재킷을 입고 돌아왔다. "전화 오면 좀 받아주실 수 있죠?" 부탁이라기보다는 명령조에 가까웠다. "아래에 내려가서 탈취제를 좀더 사와야겠어요."

고양이는 호흡 마취기를 뗐고 주변을 돌아다니려고 했다. 녀석은 앞발로 힘없이 걷는 몸짓을 해댔고 호흡이 더 빨라졌다.

"앤서니 씨가 어찌하고 있나 건너편 가게 문에 가보고 싶은 걸 참기 힘들다는 사실을 난 알지요." 나는 웃으면서 고양이의 혀를 잡아당기고 튜브를 제거해주었다. "저만큼 궁금할걸요."

"놀리지 말아요! 나는 엿보기나 하는 관음증 환자가 아니라구요."

고양이를 안정시키려고 철장 문을 열자마자 도리스가 별안간 사무실로 들어왔다.

"그 작자가 애들한테 악기 레슨을 해주고 있는 것 같았어요." 문턱을 넘기도 전에 도리스가 불쑥 말해버렸다. "거기에 여남은 명쯤 되는 사내애들이 둘러앉아 있고 앤서니 씨가 애들에게 건반 연주법을 가르쳐주고 있더라구요."

정말로 앤서니 씨는 음악 수업을 하고 있었다. 이어지는 몇 주 동안 우리는 가능한 모든 깽깽거리는 소리와 인간이 만든 악기에서 날 수 있는 모든 울부짖음을 들어야 했다. 앤서니 씨가 실제로 악기 연주법을 알고 있는지를 증명해주는 어떤 소리도 우린 듣지 못했다. 하지만 그렇다고 해서 그가 다른 사람들을 가르치려는 노력은 멈추지 않았다.

병원에서의 일처리는 점점 나아져가고 있었다. 무례하고 놀랄 만한 사건도 없었고, 나는 몇몇 과정은 충분히 해봐서 사실 그것들은 점점 일상적인 일이 돼가고 있었다. 사람들이 어떻게 우리 병원의 보잘것없는 환경을 받아들이는지와 그저 조금만 수고를 했을 뿐인데도 어떻게 그렇게 고마워하는지 의아스러웠다. 어느 날 문 닫을 시간쯤에, 나는 대기실에서 보이지 않게 수술실을 가려두려고 커튼을 치고 있었다.

"아, 그런데……." 도리스가 뒷방에서 불렀다. "제가 내일 오후에 개 자궁적출수술 예약을 잡아놨어요. 수술하는 데 시간이 얼마나 걸리는지 몰라서 3시로 해놨어요. 이제부터 그 수술을 아침에 하는 게 좋으세요, 아니면 그냥 시간이 빌 때에 맞춰 수술을 잡아놓는 게 나을까요?"

나는 맘이 가라앉았다. 조만간 자궁적출수술을 접수하게 되리라는 걸 알고 있었지만 내일보다는 나중이라는 말이 차라리 듣기 좋은데! 의자에 올라서서 태연한 척하며 천장에 나사못 하나를 박기 시작했다. 숨을 깊이 쉬자 심장 박동이 거의 정상으로 돌아왔다.

"맥스 스나이더 씨가 전화했는데," 도리스가 계속했다. "그 집 개가 3주 전에 새끼들을 낳았대요. 그 사람은 새끼들이 태어나자마자 모두 물에 빠뜨려 죽이고 다시는 어미 개가 임신하지 않게 하고 싶다더라구요."

"어미 개가 어떤 종인지 얘기하던가요?" 나는 그 경과가 너무 걱정스러워서 스나이더 씨가 강아지들을 처리하기 위해 선택한 혐오스러운 방식에 대해서는 한마디 말도 하지 못했다.

"우리 집 바로 윗길에 살아요. 그 어미 개가 항상 과수원에 있는 걸 봤는데 그을린 색깔을 한 사냥개예요. 지방이 좀 많이 붙어 있죠."

지방이 좀 많이 붙어 있다는 말은 조심스럽게 한 말이었다! 실제 스나이더 씨의 골든리트리버인 맨디는 살이 디룩디룩 쪄 있었다. 수술 테이블에 불룩하게 누워 있었는데 갤러기보다는 차라리 한 마리의 바다표범 같았다.

수술 부위의 털을 가위질하고 깎아내는 데 평상시보다 더 많은 시간이 걸렸다. 사실 나는 시간을 좀더 벌기 위해 그러고 있었던 거다. 마침내 나는 수술을 해치우려고 마음을 다잡았다. 수술 부위의 준비가 다 되었고, 수술용 덮개도 제자리에 놓여 있고, 외과용 메스자루에는 칼날도 끼워져 있었다. 메스를 절개할 부위의 맨앞에 두었다.

만약 우리가 벽에 난 구멍을 통해 그를 몰래 엿보고 있었다면 앤서니 씨는 연주가 더 나아질 시간을 가질 수 없었을 거다! 내가 막 절개를 시작하려고 하자, 그쪽에서 가장 기운을 빼는 호른 소리가 강하게 들려왔다.

"오, 안 돼!" 음조가 바뀌자 도리스는 괴로워했다. "누군가가 음계를 연습하고 있나봐요."

피부를 통과해서 피하조직 안으로 절개해가면서 우리를 고문하고 있는 것이 트롬본인지, 트럼펫인지, 아니면 호른인지 오락가락하며 농담을 했다. 마침내 우리는 트롬본이라고 결론을 내렸을 때, 개에게서 첫 출혈이 발생했다.

"이런, 아직 배까지 가지도 않았는데 이 출혈 좀 봐." 맨디 배에 있는 깊은 지방층을 간신히 통과하자, 마치 지뢰밭의 위장폭탄처럼 놓여 있는 내장이 앞으로 나가는 것을 방해했다. 근육층에 있는 마지막 내장을 잡아매고 맨디의 배로 진행해가고 있을 때쯤, 앤서니 씨의 학생들은 음계 연습을 끝내고 두 번째 합창곡인 '반짝, 반짝, 작은 별'을 연습했다.

"이것 좀 봐요, 도리스! 이 개는 내가 수술대에서 봤던 가장 뚱뚱한 갤러구요."

"이 녀석을 보니 다이어트를 시작하고 싶어지네요." 개의 복부에서 부풀어 나온 지방 덩어리를 둘러보며 도리스가 말했다.

맨디의 복강 오른쪽 아래로 손가락을 집어넣어서 자궁으로 가는 길을 알아내기에 알맞은 뭔가를 계속 찾아보았다. 내가 잡아끌었을 때 당겨지는 힘이 있는 곳에 자궁이 있다는 확신이 들었을 때 바로, 갑자기 핑크빛의 둥글고 작은 덩어리가 위로 튀어나왔는데 방광이었다. 옆 가게에 있는 학생들이 고통스러운 마지막 곡을 연주하려고 했고 그 곡은 내가 듣기로는 '성조기여 영원하라'라는 미국의 국가였다.

"제기랄!" 나는 오른발을 쭉 뻗어서 벽을 네다섯 번 걷어찼다. 도리스는 꼼짝하지 않았고 얼굴에는 두려운 표정이 역력했는데, 조금 있다가 그녀는 조용히 앞으로 가서 문을 잠갔다.

'성조기여 영원하라'가 갑자기 끝나고 무시무시한 적막이 사무실을 엄습했다. 이제 신경 쓰이는 소음이라고는 밖에서 차들이 지나가는 소리와 맨디가 숨을 쉴 때 호흡 마취기의 밸브에서 규칙적으로 나는 딸깍거리는 소리뿐이었다.

수술 부위의 절개 횟수가 서너 번으로 늘어났다. 맨디의 복부에 있던 모든 장기들이 수술 천 위에 드러나고 오래지 않아 마침내 기름바다에서 떠다니고 있는 핑크빛 자궁을 찾아냈다.

이때 장갑이 지방성분 때문에 미끄럽고 번들거려서 조직들을 잡고 있는 게 무척 힘이 들었다. 수술 노트와 교본에는 이 수술과정이 상세히 나와 있었다. 자궁을 따라가서 그것의 말단인 난소를 단단하게 잡고 콩팥의 높이로 몸에 붙어 있는 난소의 인대를 잡아당겨 파열시킨다.

그냥 보기에는 다 그럴듯한 얘기지만, 맨디의 경우에는 모든 장기구조가 지방 덩어리로 뒤덮여 있다는 게 문제였다. 기름덩이 속에 깊게 묻혀버린 단단하고 불규칙한 조직이 느껴졌다. 그것을 난소라고 생각하고 손으로 쥐고 잡아당겼다. 교본에는 부드럽게 잡아당기라고 나와 있었다. 부드럽게 잡아당기려고 할 때 왜 늘 세게 잡아당기게 되는지 궁금했다.

부드럽게 잡아당기는 일은 두꺼운 종이 수건을 찢을 때나 신발을 신을 때 아주 자주 일어난다. 물론 구두끈을 단단하게 맨 신발 말이다! 난소 조직이 마침내 갑자기 터지며 파열되자 도리스의 눈이 번득였다. 내가 힘들게 난소를 들어 올려 배 밖으로 꺼내자 그녀가 주의 깊게 보고 있었다. 그녀는 관심이 있다는 것을 숨기려고 재빠르게 맨디의 혀 색깔을 체크했다.

"저 지방 덩어리 좀 봐요." 나는 잡아매야 할 동맥과 정맥들을 오늘 해가 있는 동안 어떻게 찾아낼지 상상하며 불만스럽게 얘기했다.

손이 떨려왔다. 나는 이처럼 극적으로 난소를 파열시키는 것이 개에게 영구적인 손상을 주지 않고 이뤄질 수 있다는 사실에 놀랐다. 스펀지를 손에 쥐고 혈관들이 드러나도록 하기 위해 기름을 닦아냈다. 장갑이 이제 기름으로 너무 미끄러워져서 난소를 잡고 있기가 너무나 힘들었다.

아코디언 레슨이 시작되고 있을 때 막 정맥을 찾아냈다.

"말이 된다고 생각해요?" 내 심정을 알아달라는 뜻으로 도리스를 흘끔 보았다. "수술 중에 이런 일이 일상적으로 벌어진다는 게 말이나 되는 얘기냐구요?"

도리스는 양 손바닥을 보이며 어깨를 으쓱하더니 눈을 굴렸다. 아코디언 레슨도 다른 연주처럼 똑같이 깽깽거리며 계속됐다. 나는 이 녀석들이 아코디언을 이리저리 비틀어서 음조를 무시하며 점점 더 큰 소리를 내고 있다는 걸 알았다.

신경을 다른 데로 돌리기 위해 일에 집중해서 거즈를 앞뒤로 움직여가며 지방을 걷어내고 동맥과 정맥만 남겨놓았다. 겸자로 그 혈관들을 잡아맸다. 그런 다음, 나머지 부분을 잘라내고 겸자로 그곳을 잡고 출혈이 있나 지켜보았다. 묶인 부분을 부드럽게 천천히 풀고 자궁을 매달고 있는 인대판을 뜯어내기 시작했다. 혈관 몇 개는 최근에 임신한 이유로 정상보다 커져 있었는데 나는 이 혈관들을 따라가면서 묶어놓았다.

반대편에서 같은 과정을 반복하고 있을 때, 도리스가 신경과민 상태에 빠져버렸다. 벽을 뚫고 들어오는 깽깽거리는 악기소리에다가 새로 나타난 혈관에서 갑자기 출혈이 날 때마다 내가 해대는 악담 때문에 그녀는 집중하기가 여간 어려운 게 아니었을 것이다.

자궁의 남는 부분을 정리하고 배를 닫는 일은 비교적 무사히 지나갔고, 수술이 끝나갈 무렵 우리는 긴장이 거의 풀어졌다. 지옥 같은 수술이 거의 다 끝났다! 맨디는 잘 회복되고 있었고 어질러진 것들은 도리스가 자리를 뜰 무렵 깨끗하게 치워졌다.

"제가 없어도 괜찮겠어요. 데이브 선생님? 미안하지만 급하게 화장실에 가야겠는데." 그녀의 몸이 걷잡을 수 없이 떨리고 있었다. "마지막 시간까지 참고 있었어요."

"그럼요, 저는 괜찮아요."

그녀는 작업복을 벗어던지고 뒷문으로 황급히 나갔다. 나는 지금 그녀가 굉장히 급한 상태라는 걸 알고 있다. 왜냐하면 화장실이 어둡고 좁은 통로를 지나 있어서 우리는 되도록 참을 수 있을 때까지 버티고 있었던 것이다. 도리스는 화장실을 이발소와 나눠 쓰는 것을 싫어했는데 그 이유는 아무도 그녀가 바라는 만큼 깨끗하게 쓰지 않았기 때문인 것 같았다.

나는 맨디의 몸을 반대편으로 돌려서 갈비뼈 부분을 툭툭 몇 번 쳐보았다. 녀석은 이제 몸을 떨더니 힘없이 침을 삼키려고 했다. 개장의 문을 열고 녀석을 내려놓으려고 하는데 도리스의 소리가 들렸다.

그녀의 비명이 날카로웠다! 그녀가 있는 쪽을 향해 몸을 돌렸지만 맨디가 갑자기 머리를 들어 올리려고 해서 재빨리 아까 자리로 되돌아와야 했다. 테이블로 급하게 돌아와서 개를 바닥에 내려놓았다. 녀석은 기관 내 삽입된 튜브 때문에 기침을 하고 입이 막혀 있었는데 그것을 빼내자 날카로운 소리로 킹킹거렸다. 어수선한 소음과 문이 꽝 닫히는 소리가 들렸다. 나는 때마침 도리스가 가는 방향에서 비켜서서 그녀가 뒷방으로 들어가는 것을 보았다. 그녀는 문을 잠그기 위해 빗장을 제자리에 밀어 넣으려고 애를 쓰고 있었다.

"오, 하느님!" 그녀는 날카로운 소리로 말했다.

그녀는 발작하듯 떨면서 몸을 마구 흔들어댔다. 평상시의 그녀의 모습은 완전히 망가져버렸다. 머리는 헝클어지고, 접어 올린 블라우스 소맷단은 풀어졌고, 안경은 코끝에 아슬아슬하게 매달려 있었다.

"세상에나 이런 일이!" 그녀는 간신히 말을 내뱉었다. "세상에나 이런 일이!"

"무슨 일이에요, 도리스? 무슨 일이 있었어요?"

"그 사람이 거기 있었어요! 그 사람이 화장실에 있었다구요!"

그녀는 옷과 머리를 매만지는 동안 아무 말도 하지 않았다. 겨우 진정됐고 이제 더 이상 떨지도 않았다. 안경을 벗어서 티슈로 닦았다.

"그 사람이 화장실에 있었어요." 그녀가 좀더 침착하게 다시 말하기 시작했다. "거기에는 불이 켜 있지 않았어요. 그래서 나는 단 1초도 생각하지 않았다구요. 고양이를 흔들어주기에도 좁은 저 망할 놈에 화장실에서 오래 있고 싶지는 않았으니까요. 치마 단추를 풀고 화장실 문을 밀고 들어가서 막 불을 켰는데 그 사람이 변기 위에 앉아 있었어요."

"아니, 저런! 누구였는데요?"

"저쪽 구석에 늘 서성거리고 있던 흰 머리를 한 조지란 남자였다구요. 왜 눈이 한쪽밖에 없는 인디언 있잖아요."

"그 사람이 뭘 하고 있었는데요?"

"아무것두요. 그냥 거기 앉아 있더라구요."

"당신이 소리 지르니까 뭐라던가요?" 도리스는 내가 활짝 미소를 지어 보이는 것을 알아채지 못한 것 같았다.

“그 사람은 ‘미안해요, 아가씨’라고 하더군요.” 그녀는 아주 미세한 미소를 머금고 대답했다.

그날 이후부터 나는 도리스가 기분 나쁜 일이 있거나 우울해할 때마다 그녀의 좋은 성품을 되돌려주려고 이렇게 말해주었다. “미안해요, 아가씨!”

난 바람둥이가
아니라구

오늘은 무척 힘든 날이 될 것 같았다. 일을 잘 해내지 못한다거나 특별히 다루기 어려워 보이는 케이스 때문만은 아니었다. 문제는 사람들이 모두 같은 시간대에 약속을 잡고 싶어 한다는 것이었다.

상황이 정말 복잡하게 된 것은 렌츠 씨가 전화로 그가 4시에 일을 마치자마자 치코를 보러 와주길 원한다고 했을 때였다. 이번 주에는 병원에 올 수 있는 시간이 전혀 없는 데다 치코도 상태가 별로라는 것이었다.

그 개는 아침에 흥분을 해서 렌츠 부인이 막 미용실에 가려고 하는데 하얀색 거실 카펫 위를 가로질러 엉덩이를 질질 끌며 가더라는 것이었다. 그 카페트는 겨우 2주 전에 깔아놓았던 터라, 엘비라는 카펫에 남겨진 그 냄새 나고 혈흔이 남은 분비물에 전혀 감동하지 않았다. 사실 그녀는 남편이 일하는 중에 전화해서 치코를 오늘 치료해달라고

 빨리요, 송아지가 나오려고 해요

제안했는데, 만약 그렇게 하지 않으면 자신과 치코는 간이차고에서 자야 된다는 거였다.

오후에 이미 농장에 왕진 예약으로 차 있었다는 사실이 어려운 문제였다. 트솔럼 목장에서 가축 예방 프로그램을 끝내고 사무실로 돌아와 보니, 도리스는 스케줄을 맞추는 데 매달려 있었다. 그녀는 과수원 주인이 동물병원 접수원보다 더 좋은 점이 많다는 것을 알아가고 있는 중인 것 같았다. 오늘은 어느 누구도 만족하기가 쉽지 않은 날이다. 그녀의 상사인 나를 포함해서 말이다.

"이 예약들 가운데 어떤 것도 생사가 달린 문제는 아닌 것 같은데 말이에요." 그날 예약된 일정표를 훑어보면서 나는 불만 섞인 목소리로 말했다. "다시 정리해서 모두 원하는 시간에 맞춰주고 다들 기분 좋게 해줍시다."

"하지만……." 도리스가 더듬거렸다. "모든 사람들이 저마다 오후에 약속을 잡겠다고 고집을 부린다구요."

"그러니까 설득을 잘 해야죠. 아침에 남는 시간 동안 아무것도 안 하고 빈둥거리다가 오후 내내 정신없이 돌아다니고 싶진 않거든요. 만약 몇 개를 다른 시간으로 바꿔놓지 않는다면, 저녁 내내 일도 못하고 모든 사람들의 예약 스케줄을 맞추고 있게 될지도 모른다구요."

"좋아요." 도리스가 단념하듯 말했다. "메이블 스턴에게 전화해서 약속을 바꿀 수 있는지 알아볼게요. 그 여자는 맨 마지막 시간에 예약을 잡아달라고 강력하게 얘기했는데, 선생님이 일을 너무 늦기 전에 끝마치고 싶어 한다고 말하고 아침 시간이 어떻겠냐고 제안했어요. 5, 6시까지는 안 된다고 하는데 결국에 제가 4시로 얘기해놨거든요."

　도리스가 전화 통화로 바쁠 때, 나는 작업복을 벗고 몸을 닦아냈다. 접수대에 돌아왔을 때도 그녀는 여전히 수화기를 들고 있었다.

　"사람들을 이해할 수가 없어요." 머리를 저으며 그녀가 말했다. "오늘 아침에 메이블하고 통화할 때는 선생님이 저녁에 최대한 늦게 와줘야 한다고 아주 단호하게 말했거든요. 지금 전화를 걸어보니까 그녀의 남편 짐은 선생님이 지금 바로 와줬으면 좋겠다고 하는군요. 지금은 치료를 도와줄 수 있는데 만약 나중에 오면 도와줄 수 없다면서."

　"당신이 지금 한 말은 이유가 안 돼요, 도리스. 기억해두세요, 고객이 항상 옳다는 걸요."

　그렇지만 도리스 말도 일리가 있었다! 사람들은 이상하게, 비합리적인 행동을 하고, 반응도 종잡을 수가 없다. 수의사 자격증을 딴 후에 나는 가끔 수의과 학생들이 심리학이나 인간관계 수업을 더 많이 듣는 것이 상당히 도움이 된다고 생각했다. 괴로웠던 수학과 물리화학 수업 대신에 인간 정신의 기능에 대한 통찰력을 얻게 해주는 그런 수업을 바꿔 듣고 싶었다. 또한 점성술 수업을 하나나 두 과목 정도 추가해서 인간이 느끼는 강박을 더 잘 이해할 수 있게 하는 것도 의미가 있을 것 같았다. 사람들이 항상 동시에 같은 것을 원하는 것이 사실이기 때문에 어쩌면 별을 보고 운수를 점쳐봄으로써 우리 일을 가장 멋지게 해내려고 할 때 앞일을 예언해볼 수도 있을 테니까 말이다.

　나는 작업복을 입고 스턴 농장으로 향했다. 조금이라도 운이 따른다면 이 왕진을 무사히 마치고 점심 먹을 시간이 충분해져 사무실로 돌아올 수 있게 될 터였다. 차를 세우고 있을 때, 짐 스턴이 건초를 실은 트럭에 마지막 짐을 던져 올리는 장면을 보았다. 차는 가축우리 옆에 세워두었다.

차 안에 있는 상자들을 들춰서 이번 케이스에 필요한 것들을 함께 모아놓았다. 도리스가 젖소의 증세에 대해 좀 애매하게 "그냥 좋은 상태는 아니다"라고 얘기했기 때문에 뭘 준비할 수가 없었다. 짐이 픽업 트럭의 뒷문에서 뛰어내렸다. 그는 키가 크고, 마른 남자로 40대 초반으로 보였다. 머리 뒤로 잘 눌러 쓴 낡은 카우보이 모자 밑으로 대머리가 빛나고 있었다. 이틀 자란 까칠한 수염이 세월을 넘어 주름살이 진 그의 얼굴을 꾸며주고 있었다.

"짐 스턴이오." 닳아빠진 가죽 장갑을 벗고 손을 내밀며 그가 인사했다. "기억 못하겠지만 비육업자들 모임에서 선생이 임신한 젖소를 돌보는 방법에 대해 얘기할 때 한 번 만난 적이 있소."

"다시 만나서 반갑습니다." 나는 대답했다. 그의 손아귀는 단단했고 손은 따듯하고 땀에 젖어 있었다.

"로지에게 무슨 일이 일어났건지 정확히 모르겠소." 그는 외양간으로 향하는 길로 내려가면서 불만스럽게 얘기했다. "내 마누라는 젖소에게 뭔가 문제가 생겼다고 생각하는 것 같소만, 당신네 직원하고 전화 통화를 하고 나서 녀석을 보니 그냥 멀쩡해 보였단 말이요. 왕진을 취소하려고 전화를 다시 걸었는데 선생은 벌써 떠나고 없었소. 어쨌든 여기 오셨으니 녀석을 한번 보도록 하시오."

짐의 걸음은 빠르고 과감했지만, 그가 신고 있는 카우보이 부츠 뒷굽에 달린 박차와 다리에 매어 있는 줄을 보면 그 거리를 말을 타고 가는 것이 더 빠르지 않을까 하는 생각이 들었다. 그가 외양간의 울타리가 쳐진 우리 안으로 문을 밀고 들어가자 나도 그를 따라 들어갔다.

젖소 두 마리가 우리 끝에서 코를 맞대고 서 있었다. 한 마리는 쇼트혼(뿔이 짧은 소) 잡종처럼 보였고 더 작은 소가 저지(젖소의 한 품종)였다. 소들은 조용히 눈을 반쯤 감고 서서 행복하게 아침 햇빛을 빨아들이고 있었다. 내가 보고 있자 녀석들은 차례로 삼킨 것을 게워내서 되새김질 했다. 만족스럽게 씹더니 다시 삼켰다. 두 마리 모두 우리가 전혀 방해되지 않는 것 같았고 짐이 그 녀석들 사이에 들어가서 저지를 내 쪽으로 구분시켜놓자 움직이는 것을 귀찮아하기까지 했다.

"여기 이 녀석이 로지오." 내 쪽으로 소를 몰면서 그가 설명해주었다. "메이블은 이 녀석이 다 돼서 우유도 줄었다고 주장하는데 내가 보기엔 이상이 없단 말이오."

짐이 소의 옆구리를 철썩 때리고 외양간 쪽으로 몰고 갈 때 로지를 관찰하고 있었다. 녀석은 주춤거렸지만 그것은 분명히 느린 게 아니라, 몸에 쇠붙이를 메고 있어서 움직이기 힘들기 때문이었다. 무리에서 떨어지지 않으려는 졸린 소의 침착하고 느릿한 움직임이었다. 사실 로지는 우유 포장 상자에 나오는 캐릭터로 포즈를 취하기에도 충분히 적합해 보였다. 좀 도도해 보이긴 했지만 몸매도 좋았고 토실토실하고 살이 잘 붙어 있었다. 젖은 좋은 모양을 하고 있었고 풍만했으며 털은 매끄럽고 광택이 흘렀다.

로지가 막 외양간 문에 도착했을 때, 우리 문이 열리자 메이블이 걸어 들어왔다. 전에 그 여자를 소개받은 적은 없었지만, 농부들의 무도회에서 짐과 춤을 추고 있던 모습을 본 적이 있는데 늘씬하고 다리가 긴 거무스름한 피부를 보니 그 여자라는 걸 알 수 있었다. 그때 나는 그들이 조금 안 어울리는 커플 같다고 생각했던 게 기억났다. 메이블은 남편보다 더 젊었고 농부의 아내로 보이지는 않았다.

"여유를 가져요, 짐! 로지가 당신을 그다지 좋아하지 않는 걸 알잖아요. 페린 선생님을 위해 녀석을 화나게 만들면 안 된다구요."

"로지는 화나지 않았다구!" 짐이 쌀쌀맞게 말을 받았다. "게다가 도대체 이 녀석이 날 싫어 한다는 걸 당신이 어떻게 알아?"

로지는 외양간을 어슬렁거리더니 벽에서 가장 가까운 칸막이 기둥쪽으로 갔다. 녀석은 먹이를 찾으려고 여물통에 대고 코를 킁킁거렸다. 그러고는 아무것도 찾지 못하자 뒤로 물러나더니 우리를 돌아보았다.

"이리 와라, 로지." 짐이 혼잣말을 했다. 그는 그 작은 소의 뒤로 다가가서 뒷다리 쪽을 세게 쓰다듬었다. 로지는 홈통을 빠져나와 앞으로 걸어가서 그가 먹이를 가져다주는지 보려고 머리를 돌렸다. 짐은 커피깡통에 젖소 먹이를 가득 담아서 여물통에 부어주었다. 녀석이 앞쪽으로 움직이자 그는 칸막이 기둥을 닫아놓았다. 로지는 갇혀 있게 된 것에 전혀 신경 쓰지 않는 것 같아 보였다. 그냥 긴 혀로 곡식을 게걸스럽게 핥아먹었다.

짐은 머리를 마구 저었다. "젠장, 이놈은 아무 데도 이상이 없단 말이오." 그는 이렇게 말하고 나서 네모 모양의 삽을 손에 쥐고 거름을 긁어 모아놓고 홈통에 있는 볏짚을 풀어 넣은 다음 거름더미가 있는 밖으로 옮겨놓았다.

메이블은 외양간 문에 기대서서 삽을 들고 돌아오는 남편을 노려보았다. "소의 상태가 안 좋다고 내가 말했잖아요. 오늘 아침에 젖이 나오지 않았어요. 그리고 나는 당신이 수의사에게 보여주는 것에 너무 인색하게 굴어서 우리 젖소가 더 나빠지는 걸 보고 싶지 않다구요."

짐의 얼굴이 붉어졌다. "건초를 마저 실어와야겠소." 그가 발을 돌려 문을 박차고 나갔다.

"제 남편은 육우를 돌보는 것에만 너무 익숙해서 로지 같은 젖소가 얼마나 연약한지 느끼지도 못한다니까요."

"그럼요, 젖소는 육우와 다른 점이 좀 있죠." 그녀의 말에 맞장구를 쳐주었다. "확실히 그래요."

짐이 가고 나자 메이블의 표현이 상당히 부드러워졌다. 그녀는 미소를 지으며 내게 몇 발자국 가까이 다가왔다.

"로지가 새로 젖이 나오게 된 지 오래되었나요?" 내가 물었다. "오늘 아침에 발정이 난 적이 있는 것 같나요? 그러면 확실히 우유 생산량이 많이 떨어지거든요."

"아닐 거예요. 임신한 지 서너 달 된 걸로 알고 있어요."

"녀석한테서 소변을 좀 받아올 수 있는지 가보고 오겠습니다." 주머니에서 빈 주사기를 꺼냈다. "부인이 말한 것과 비슷한 케톤증이 있는데 갑자기 젖소의 우유 생산량을 감소시키는 원인이 될 수 있습니다."

로지의 꼬리 아래로 손을 뻗어서 손을 위아래로 가볍게 원을 그리며 질의 아래 부분을 문질렀다. 녀석은 명령에 복종하는 것처럼 먹이 중에 남아 있는 곡식 몇 알을 찾는 것을 그만두고 맑고 누런 오줌을 누었다. 잠시 기다리다가 주사기 반쯤 되는 샘플을 채취했다.

"이런, 하지만 당신은 손가락을 아주 잘 다루시네요." 메이블이 매력적인 미소를 날리며 만족하듯 말했다.

별안간 온몸으로 돌진해오는 공포의 물결에 나는 그만 얼굴이 붉어졌다. 그녀가 한 말을 못 들은 것처럼 가장하고서 나는 케톤증을 테스

 빨리요, 송아지가 나오려고 해요

트해보는 정제약을 가지고 와서 외양간의 꼭대기 난간 위에 올려놓았
다. 정제약에 소변을 부은 후에 주의 깊게 지켜보았다. 테스트 결과는
음성으로 바로 나왔지만, 나는 얼굴의 붉은 기가 가실 때까지 몸을 돌
리지 않으려고 늑장을 부리고 있었다.

갑자기 꼬마 녀석이 외양간으로 뛰어 들어오더니 큰 소리로 외쳤다.
"엄마, 지미 형이 내 말고삐를 갖고 안 줘요!"

"치프를 타려고 그러는데 고삐가 있어야 한단 말이에요!" 형은 동생
을 막으려고 소리를 질러댔다.

"너희 둘 다 입 다물지 못해!" 메이블이 애들에게 고함을 쳤다. "엄
마 바쁜 거 안 보여? 수의사 선생님이 지금 로지를 봐주고 계시니까
저쪽으로 나가서 놀아라."

"감사합니다, 하느님." 나는 조그맣게 속삭였다. 날 구해줄 기병대
가 도착했어!

체온계를 꺼내서 로지의 직장 안으로 넣었다. 청진기를 손에 쥐고
가만히 들어보았다. 나는 이 상황에서도 위 속에서 반추할 때 건초가
서로 부딪는 꾸르륵거리는 소리에 집중할 수 있다는 것에 감사했다.
메이블이 지미와 그의 동생에게 밖에 나가 놀도록 만들어놨을 때서야
나는 도움의 손길을 얻게 되었다.

"얘들아, 이 소리 좀 한번 들어볼래?" 메이블이 아이들을 문 밖으로
밀어내고 있을 때 내가 제안했다.

"네, 제가 먼저 들어볼래요!" 형이 엄마를 밀치더니 큰 소리로 말했
다. 청진기를 지미의 귀에 대주었다. 꿀꺽거리고 꾸르륵거리는 소리가
들리자 아이의 눈이 커졌다. 아이는 자기 쪽으로 엄마가 싫은 표정을

지어 보이고 있다는 것을 완전히 잊어버리고 있었다. 동생이 그 다음 차례로 보고 듣고 난 후에, 나는 계속해서 진찰을 하고 있었다. 로지의 심장 박동은 정상이었다. 무릎을 들어 소의 배 쪽을 반복해서 건드려 보았지만 어느 부위도 통증은 없어 보였다. 녀석들의 관심을 사로잡고 나니 둘은 내가 하고 있는 것들을 보려고 안달이 났고 엄마가 나가라 는 것을 거절하자 나는 내심 고마웠다. 체온계를 빼냈다.

"로지의 체온이 나왔습니다. 38.5도로 정확히 정상입니다."

소의 젖을 촉진해보았지만 이상한 점을 찾아낼 수 없었다. 양쪽 젖꼭 지에서 각각 우유를 짜내서 유선염 검사도구 안에 채우고 테스트 약물 을 더했다. 우유는 완벽하게 정상이었고 결과는 음성으로 나왔다.

그런 다음, 촉진용 관을 잡고 윤활제를 묻히고 나서 소의 직장에 밀 어 넣었다. 결장의 말단 부분에 있던 분변을 닦아내고 복부를 촉진해 보았다. 로지는 임신 4개월로 모든 것이 다 완벽하게 정상이었다.

"그런데," 장갑을 벗겨내며 중얼거렸다. "소에게 이상한 점이 없는 데요. 로지가 실제로 임신한 상태니까 발정기는 아닌 것 같습니다."

나는 감사하며 문 쪽으로 걸어가서 밀어 열었다. 외양간 영역에서 벗어나게 되자 맘이 푹 놓였다. 목장의 출입문을 지나 서둘러서 나왔 다. 차에 거의 다다랐는데 메이블이 따라왔다.

"로지에게 어떻게 해줘야 하나요?" 차의 좌석에 잡동사니들을 들어 놓고 있는데 그녀가 물었다.

"그냥 잘 관찰해보는 게 좋겠는데요. 혹시 조금이라도 안 좋아지면 전화를 주십시오. 그러면 다시 한 번 보러 오겠습니다. 제가 놓친 부 분이 있을 가능성도 있지만 제 생각에는 그렇지 않을 거라고 생각합니다.”

“이봐요, 오늘밤에 시간이 좀 날 것 같은데요.” 그녀가 말했다.

“죄송한데 뭐라고 하셨죠?”

“오늘 저녁에 시간 있다구요! 애들은 제 여동생 집에 갈 거예요. 짐은 오늘 오후에 앨버타에 갈 건데 이틀 동안 돌아오지 않을 거예요. 그리고 저는 외로이 혼자 집에 있을 거구요.”

귀가 달아오르는 것 같았고 얼굴이 다시 한 번 새빨개지는 걸 느꼈다.

“음, 저는 분명히 부인이 혼자만의 시간을 즐기실 수 있을 거라 생각합니다.” 나는 더듬거렸다. “늘 주변에 아이들이 있다가 하룻밤이라도 혼자 있게 되면 정말 기쁠 겁니다.”

나는 얼른 차에 차고 시동을 걸었다. 앞마당을 빠져나왔을 때 뒤를 보니 스턴 부인이 실망한 얼굴을 하고 있었고 외양간에서 그녀와 있으려고 달려오는 아이들의 물결이 보였다.

시내로 돌아와서 주문한 샌드위치가 오길 기다리며 아까 만난 사람에 대해 곰곰이 생각해 보았다. 사람들과 부대끼며 느끼는 스트레스가 평소보다 더 힘들게 느껴질 때는 사무실을 벗어나서 밖에서 식사를 하고 싶어진다. 음식을 가져다주거나 건너편 테이블에 앉은 사람들은 가끔 내게 무료로 진찰을 요구하는 것이 사실이다. 아무튼 나는 개의치 않는다. 그들은 사무실에서 카운터 너머 내게 얘기할 때와 같은 방식으로 내 시간을 독점하려 하지는 않기 때문이다.

오늘 아침 스턴 씨 농장에서의 내 방식이 다소 당황스럽게 느껴졌다. 나는 결코 연애를 즐기는 남자는 아니었지만 스턴 부인이 테이블 건너편에서 은근한 눈길을 보내고 나를 유혹해서 움찔하게 만들었을

때 내 얼굴이 얼마나 빨개졌는지 한번 생각해보았다. 분명히 식당에
있는 사람들은 내 귀가 벌겋게 달아오르는 것을 봤을 것이다.

"샌드위치 나왔어요, 페린 선생님." 내 앞에 샌드위치 접시를 내려
놓으며 여종업원이 말했다. 넬은 키가 크고 날씬했으며 명랑한 얼굴에
원만한 성격의 아가씨였다. 그녀는 영국식 승마를 좋아했고 모든 테이
블을 한눈에 살펴볼 수 있는 곳에서 자주 나와 가까이 자리를 잡고 말
을 훈련시키면서 겪는 우여곡절을 얘기했다. 평상시에는 그 대화를 즐
겼지만 오늘은 그냥 혼자 있고 싶었다.

"고마워요." 나는 웅얼거리듯 말했다. 대화를 피하려고 그녀에게서
시선을 돌렸다. 그녀는 주저하면서 몇 걸음 오더니 내가 대화에 끼워
주길 기다리고 있는 눈치였다. 결국 그녀는 가버렸고 다른 테이블로
가서 그릇에 설탕을 채워 넣기 시작했다.

작은 육우 목장을 경영하는 사람 둘을 보느라 오후 일과 내내 바빴
다. 오늘 같은 날은 밖으로 나가 일하게 돼서 기뻤다. 뭔가 즐겁게 일
을 하고 실제로 거기에 대한 대가를 받게 되니 말이다. 작은 규모의 가
축을 생산하는 사람들과 같이 일을 하면 재밌는 일이 종종 있었다. 그
사람들은 치료비에 대해 덜 따지고 내가 주는 정보에 더 고마워하는
경향이 있기 때문이었다. 나는 4시가 되기 바로 전에 돌아왔고 치코를
진찰하기 전에 몸을 씻을 시간은 충분했다.

게리 렌츠와 그의 개는 제 시간에 도착했다. 항상 그랬듯이 렌츠 부
부는 우리에게 《수의사 경제》라는 잡지 기사에 나온, 가게를 유지해주
는 단골손님으로 오른 그런 사람들이었다. 우리 고객의 15 내지 20퍼
센트를 구성하지만 영업 수입의 65 내지 70퍼센트를 차지하고 있는 사

람들 말이다. 이는 그들이 중요하지 않은 일들로 잠깐 들러서가 아니라, 중요한 일이 있으면 거의 지나치지 않고 다른 데를 찾아보거나 자신들이 직접 처리하려고 하기보다는 항상 해결하기 위해 우리 병원을 찾아왔기 때문이다.

게리와 치코는 거의 떨어질 수 없는 사이였다. 게리의 차로 알고 있는 푸른색 GMC 픽업트럭을 볼 때마다 항상 옆자리에 앉아서 밖을 내다보고 있는 귀가 커다랗고 축 늘어진 친구의 머리를 꼭 보게 되었다. 치코는 누런색의 래브라도였다. 품종에 비해 큰 편이지만 우리 병원에서 가장 친근하고 천방지축인 개였다. 동물병원에 가까워지면 다른 개들은 길 반대편 쪽으로 주인을 끄는데, 치코는 들어오고 싶어 안달이 나서 인사하려는 듯이 항상 병원 문을 뛰어 들어왔다.

평소처럼 오늘도 활기 넘치는 모습으로 들어왔다. 게리는 개 줄을 잡은 팔을 완전히 다 뻗고 있었고 문기둥에 사슬이 달그락 스치면서 치코가 안으로 뛰어들었다. 녀석은 위로 펄쩍 뛰지 못하게 목을 조이고 있는 개 줄에는 전혀 안중에도 없이 껑충 뛰어서 내 가슴에 안기더니 얼굴을 마구 핥아대는 것이었다.

"치코야, 제발." 게리가 저지했다. "너 지금 여기가 어딘지 몰라? 제가 길렀던 개 가운데 동물병원에 오는 걸 좋아하는 놈은 얘가 유일할 겁니다. 차에서 내려서 올 때부터 저를 끌더라니까요! 앨버타에서 살 때 있었던 마지막 개는 정말 대단했어요. 어디 이상이 있을 때마다 그 녀석을 들고 옮겨왔어야 했거든요."

치코는 모든 사람에게 달려들어 아는 체할 때까지 계속 주위를 뛰어다녔다. 도리스의 손을 핥고 나서 그녀의 신발에 코를 대고 킁킁거리며 냄새를 맡더니 주인 발밑에 자리를 잡고 앉았다.

"이제, 오늘은 이만하고 끝났으니 다행이네요. 선생은 믿기 어렵겠지만 치코는 제가 길렀던 다른 개들처럼 말을 잘 듣는데 여기만 오면 그렇지가 않네요. 저도 이해가 잘 안 되지만 말입니다."

"그런데 엄마에게 말썽을 피웠다고 들었는데, 치코." 내 말에 대답이라도 하듯이 녀석의 눈이 커지더니 마구 꼬리를 쳤다.

"선생도 그렇게 생각하겠지만," 게리가 주춤거리며 말했다. "엘비라는 조금도 치코의 행동을 즐거워하지 않아요. 카펫 색으로 흰색은 바보 같은 색이라고 말했는데도 아내는 항상 그 색을 좋아한다니까요."

"약간의 핏기가 보였다고 하셨죠?"

"내가 집에 갔을 때는 이미 엘비라가 카펫을 청소해놓은 상태였지만 핏기가 좀 묻어 있었다고 하더라구요."

"이 일이 있기 전에 녀석이 바닥에 엉덩이를 질질 끌고 다니는 것을 보신 적이 있나요?"

"예, 공원에 나갔을 때 가끔 그런 행동을 하던걸요. 실은, 어제 두 번 그러더군요. 그래서 선생에게 기생충을 구제해달라고 전화하려고 했어요."

"좋아, 치코, 어디 한번 보자꾸나."

치코는 껑충 뛰더니 진찰실로 나를 따라 들어왔고 그 뒤로 게리가 발을 끌며 들어왔다. 개를 재빨리 몇 번 토닥여주고 나서 팔로 녀석의 가슴 부위와 뒷다리를 감싸안고 테이블 위로 옮겨놓았다.

"페린 선생, 치코를 그렇게 올려놓을 수 있어서 기분이 좋은데요." 게리가 끽끽거리며 말했다. "녀석을 그 위로 옮겨놓을 수 없을 거라고 확신하고 있었거든요!"

치코의 꼬리를 들어 올리고 체온계를 집어넣었다. 녀석은 킹킹거리면서 머리를 돌리고 뒤쪽을 핥으려는 듯 혀를 축 늘어뜨렸다.

"녀석이 싫어하는 것 같군요." 게리가 걱정스러운 목소리로 말하며 바라보았다.

"왜 그런지 알 수 있습니다." 직장의 오른쪽과 바로 아래에 축축하고 염증이 난 부위를 좀더 가까이 보았다. "항문분비선 가운데 하나에 종양이 생긴 것 같습니다. 체온도 조금씩 오르고 있구요." 체온계를 불빛에 비춰 들고 주의해서 보았다.

고무장갑에 손을 밀어 넣고 손가락을 직장 안으로 천천히 넣었다. 치코가 앞다리를 일으키더니 도망가려고 버둥거렸다.

"미안해 치코, 불편한 거 알아."

왼쪽에 있는 항문선을 살펴보고 분비선 끝에 있는 구멍을 통해 소량의 물질을 짜냈다. 오른쪽에는 돌같이 딱딱하고 만지면 분명히 고통스러운 호두만 한 커다란 부위가 만져졌다. 살짝 눌러보니 직장 바로 안쪽에서 핏기가 있는 물 같은 액체가 흘러나왔고 염증이 있는 피부 표면에 물기 있는 붉은 물질이 드러났다. 치코는 테이블에 일어서서 머리를 돌려 항문 주변을 핥으려고 애썼다.

"괜찮아, 치코. 괜찮아." 도리스와 게리가 녀석을 테이블에 붙잡아 놓으려고 안간힘을 썼다. "이제 힘든 건 다 끝났단다. 오른쪽 항문선이 아주 심하게 감염돼서 종양이 생기고 있는 중입니다. 지금 바로 항생제 치료에 들어갈 겁니다. 그리고 다행히 종양은 제거될 수 있습니다. 가끔, 적절히 치료되지 않거나 재발이 될 경우에는 외과적인 수술로 제거해야 합니다. 그래도 당분간은 제가 온습포를 어떻게 붙이는지 보여드릴 테니 그대로 하시기 바랍니다. 녀석이 뒤쪽을 핥으려고 할 경우에만 처음 하루나 이틀 동안은 집에서 덮개를 씌워줘야 할 겁니다.”

상처 부위 주변의 털을 깎고 부드럽게 닦아냈다. 게리에게 습포를 붙이는 방법을 보여주고 난 후에 치코에게 항생제 주사를 놓아주었다. 도리스는 알약을 세어 봉투에 넣었다. 게리와 그의 개는 집으로 향했다.

“그러면 이걸로 오늘 일이 끝난 것 같은데.” 나는 피곤이 느껴져서 쉬려고 막 신발을 신으려 했다.

“이런,” 도리스가 끼어들며 말했다. “아직 퇴근하시면 안 돼요. 가봐야 할 농장이 하나 더 남았어요.”

“뭐라구요? 왜 좀더 일찍 말해주지 않았어요? 집에 가길 고대하고 있었는데.”

“말할 기회가 전혀 없었어요.” 도리스가 움츠러들며 대답했다.

나는 일정표의 이름이 적힌 페이지를 말없이 노려보며 서 있었다.

“메이블 스턴이 전화했는데 당신이 보고 온 젖소의 상태가 아주 나빠졌대요.”

“도리스, 오늘밤엔 절대로 거기 다시 갈 수는 없어요. 당신은 그런 상황을 한 번도 본 일이 없을 거라구요. 못 믿겠지만 오늘 아침에 거기 갔을 때 메이블이 나를 유혹했다구요.”

“이봐요, 데이브.” 도리스가 엄마 같은 말투로 건조하게 말했다. “고든의 말을 너무 많이 들었나보군요. 시내의 여자 가운데 절반이 곧 당신에게 달려온다고 생각하게 될 것 같군요!”

“도리스, 정말이에요! 만약 그 집 애들이 오늘 한 것처럼 나타나지 않는다면 외양간에서 옷을 입은 채로 도망 나오지 못하게 될 거라구요.”

“오, 그만해요! 스턴 부인이 그런 행동을 할 타입이라고 전혀 생각도 안 해봤어요.”

“글쎄요, 몇 년 전까지만 해도 그러지 않을 수도 있었겠지만 지금은 애들에게 묶여 있는 데다가 남편은 세상에서 가장 로맨틱한 남자로 보이진 않던데요.”

“잘 봤네요.”

“한번 생각해보세요. 그녀가 오늘밤 가능한 한 저보고 늦게 와달라고 고집했다고 당신이 오늘 아침에 말하지 않았어요? 그게 말이 된다고 생각해요? 남편이 있을 때 아픈 소를 다루는 것이 그녀에게 더 편할 텐데 말이에요. 그는 당신이 오늘 아침에 전화했을 때 시간을 미루지도 않았잖아요. 그는 바로 오라고 했어요, 그렇죠?”

“맞아요, 그 사람이 그렇게 말했어요. 생각해보니까 당신이 오늘밤에 와야 한다고 그녀가 고집을 피우더라구요.”

“그 이유는 그녀가 모든 걸 계획했기 때문이라구요. 내가 도망 나오기 전에 그녀가 마지막으로 한 말이, 남편이 오늘 오후에 앨버타에 가는데 이틀 동안 돌아오지 않는다는 거예요.”

“하지만 집에 애들이 있는데 다른 남자를 끌어들이려고 하지는 않았을 거예요.” 도리스가 내 이론에 허점을 쳤다고 확신하며 주장했다.

“그 부분은 당신이 맞아요! 그래서 그녀가 오늘밤에 애들을 자기 여동생 집에 보내서 집에 혼자 있게 됐다고 말했다구요.”

“오, 세상에!” 도리스의 얼굴에 장난꾸러기 같은 웃음이 번졌다. “그녀는 이번 일에 마지막 세심한 부분까지 계획했군요.”

“정말 마지막 부분까지죠! 나는 철장에 갇힌 동물 같아요. 그녀가 매력적이지 않다거나 그런 것이 아니라 유부녀와 그런 일에 엮이고 싶지 않다구요. 수의사가 그런 상황에서 진흙탕에 빠지게 된다는 얘길 들었어요. 농부들이 자기 아내들 주위에 내가 올까봐 걱정하는 일은 없었으면 좋겠어요. 그런 일이 있게 되면 신용을 얻기가 어렵게 되니까요.”

“이제 그러면 어떻게 할 거예요? 만약 그 젖소가 정말 아프고 당신이 왕진을 거절한다면요?”

“그런 일이 일어날 확률이 많다고 생각하지는 않지만 당신 말도 옳아요. 내가 뭔가를 놓쳤을 수도 있어요.”

“그녀에게 전화해서 당신이 못 간다고 말해줄까요?”

“아니요,” 나는 다시 미소를 지었다. “갈 겁니다. 하지만 당신과 같이 가야겠어요.”

“바보 같은 소리 말아요. 중간에 저를 끼워 넣으려고 하지 말라구요. 게다가 저는 오늘밤 볼링 치러 가기로 했어요.”

“볼링장에 몇 시까지 가야 하는데요?”

도리스는 한숨을 쉬었다. “8시죠.”

“우리 거래합시다. 당신이 같이 가서 내가 소를 보고 있는 동안 내 보호자가 되어주면 매씨의 레스토랑에 가서 중국요리를 사겠어요. 전에 들어본 적 없는 조건의 윈-윈 거래가 되지 않을까 싶은데요. 당신은 저녁을 얻어먹게 되고 나는 강간당하지 않게 되고 말이에요.”

“직업 설명서에는 눈꼽만큼도 보호자 역할을 하라는 내용은 없었는데요.” 도리스는 억지로 웃음을 참고 있었다. “하지만 아마도 가보는 게 좋을 것 같군요. 재밌을 것 같네요!”

　도리스는 메이블 스턴에게 전화해서 내가 5시 넘어서 바로 가겠다고
말했다. 우리가 사무실을 나설 때쯤의 시간이 6시 15분 전이었다.

　"당신도 알지요, 데이브 선생님." 도리스가 설교하기 시작했다. "이
따금씩 당신이 엄청 늑장 부리는 사람이라는 걸요. 거의 한 시간쯤 전
에 여기서 나갈 수 있었는데 말이에요. 선생님이 한 시간 늑장 부려도
아무것도 바뀌지 않는다구요. 기다렸다 한번 보라구요. 우리가 거기
에 도착할 거고 그 소는 병에 걸리고 당신은 지금 이 모든 시간을 허비
하며 야단법석을 떤 것에 대해 바보같이 느끼게 될 거예요. 게다가 당
신이 더 오랜 동안 시간을 허비하고 돌아다닌다면 볼링장에 가기 전에
중국음식 먹으러 갈 시간도 없을 거라구요."

　"네, 어머니," 나는 깔깔 웃었다. "어머니가 항상 옳아요."

　우리는 스턴 농장까지 남아 있는 길을 말없이 운전해갔다. 어쩌면
내가 아무것도 아닌 일을 커다란 이슈로 만들고 있는지도 몰랐다. 도
리스가 옳았고 내가 모든 걸 상상하고 있다는 생각이 들기 시작했다.
지금 나에게 위안이 될 게 조금이라도 있다면 이런 단계에서 우리의
관계를 바탕으로 도리스에게 사태에 대해 의논할 텐데, 그녀 앞에서
나는 완전히 바보가 되는 게 익숙해져가고 있었다.

　집 앞에 차를 대고 문을 두드렸다.

　"도리스," 아주 작게 속삭였다. "그녀가 당신을 볼 수 있게 나와 있
어요."

　나는 그녀에게 차에서 나오라고 미친 사람처럼 마구 몸짓을 해댔고 움
직이라는 신호를 언제 보낼지 알아보려고 부엌 창문을 들여다보았다.

　"도리스, 젠장, 어서 나와요!"

문을 두 번 두드리고 세 번째까지 두드리고 나서 긴장이 풀어지기 시작했고 메이블이 집 안에 없다는 걸 알았다. 차에서 여기로 나와 문을 두드렸더니 두려움에 침이 말라버렸다. 도대체 내가 기대한 게 뭐지? 그녀가 알몸으로 문 앞에 날아오는 것이었나? 양치기 지팡이를 문 사이로 찔러서 나를 집 안으로 잡아당겨 걷어차고 비명을 지르도록 하는 것이었나?

마음이 놓였다. 메이블이 로지와 같이 있는 게 틀림없을 것이고 젠장, 나는 그 젖소의 아픈 부위 어딘가를 놓친 게 분명했다. 나는 거의 차 속으로 튕겨 들어갔다.

"그녀가 외양간으로 나간 것 같아요." 도리스에게 순순히 인정했다. "당신 말이 맞는 것 같군요. 정말로 소에게 뭔가 문제가 있는 거 같아요."

바로 외양간으로 차를 몰고 가서 엔진을 껐다. 차에서 내리려는데 도리스의 헐떡거리는 소리가 들렸다.

"오, 맙소사! 그녀가 속삭였다.

외양간 구석에서 메이블이 나타났다. 천천히 그리고 신중하게, 마치 그녀는 패션모델이 된 것처럼 내 차 문 쪽으로 걸어왔다. 그녀는 속이 훤히 들여다보이는 진한 핑크색 네글리제 하나만을 차려입고 있었다. 양말도, 신발도, 속옷도 입지 않았다. 아무것도! 바닥에 마치 카펫이라도 깔려 있는 것처럼 아주 우아하게 맨발로 걸어오는 것이었다. 얼굴은 나른한 표정으로 매혹적이게—그렇다, 섹시하게—나를 향해 슬슬 걸어오고 있는 것이었다.

몇 걸음 남겨두고 그녀가 도리스를 보고 말았다. 그 전까지 그녀는 자신을 보고 있던 나만 쳐다보고 있었다. 그녀는 비명을 꾹 참으려고 손을 입에 갖다 대고는 바로 돌아서 집으로 달아나버렸다. 도리스와 나는 출발하기 전에 차 안에서 몇 분 동안 말없이 앉아 있었다.

"불쌍한 사람." 찻길로 운전해 내려오는데 도리스가 혼잣말을 했다.

"자, 도리스, 우리 밝은 면만 보자구요. 어쨌든 저녁식사 시간을 많이 갖게 됐잖아요."

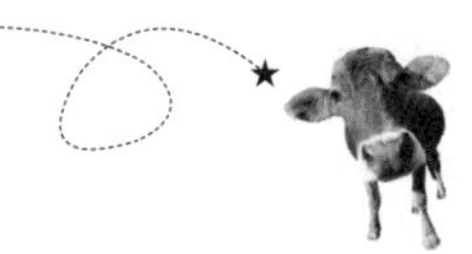

해변에서
생긴 일

"데이브, 내가 여기 일주일 동안 있어봤더니 너는 하루 종일 쉬지 않고 일만 하더구나! 여기서 벗어나서 뭔가 재밌는 일을 하면서 변화를 좀 갖지 그러니?"

어린 시절을 같이 지내며 내가 좀더 부지런하게 살도록 북돋아주려고 노력하셨던 분에게서 이런 말이 나오니 좀 이상했다. 아버지는 내 사무실이 자리 잡도록 많은 도움을 주셨고 농장 왕진이 잘 돼가는 것을 매우 자랑스럽게 여기고 계셨다.

일요일 아침 일찍, 아버지는 방금 마지막 전화선을 모아 전화기 뒤쪽으로 꼬아 이어놓으셨다. 전날 저녁에 고객 한 사람이 정말로 내 성미를 건드린 일이 있었다. 사람들은 대부분 내가 사무실에서 일하는 시간 외에는 방해를 하지 않으려고 한다. 하지만 아무 생각 없는 사람이 몇 명 있었다. 막 잠이 들려는데 전화기가 울렸다. 한 무리의 사람들이 파티에서 개를 '중성화 수술' 하는 데 얼마가 드는지에 대해 논쟁이 붙었던 것이다. 맥스는 자기가 밤늦게 물어보려고 전화해도 내가 싫은 내색을 하지 않는다는 걸 알고 있었다. 전화를 너무 거칠게 끊어서 벽에서 선이 빠져나와 여러 가닥으로 갈라져버리고 말았다.

잠을 푹 잘 수 없었다. 지난 몇 달 동안 나는 밤낮으로 일했고 그 여파가 슬슬 나타나기 시작하고 있었다. 그날 밤의 절반은 그런 바보 같은 질문 때문에 잠을 깼다는 것에 화가 나 있었고 나머지 반은 전화기가 더 이상 되지 않아서 혹시 응급 전화를 놓치지 않을까 걱정하느라고 다 보내버렸다. 결국엔 침대에서 나와 드라이버를 찾아서 전화기를 분해하기 시작했다. 한밤중에 벌어진 이상한 행동 때문에 아버지가 깨셨고 어쩔 수 없이 전화기를 임시로 고치는 일을 떠맡으시게 되고 말았다.

"너 자신만을 위한 시간을 좀 가져야 할 것 같구나, 데이브."

"말씀하시는 걸 보니 분명히 뭔가 염두에 두고 계신 것 같은데요!"

"그래, 레이필드 부부가 오늘 호수에 가서 같이 지내자고 초대했잖아." 아버지는 단호하게 말씀하셨다. "기억하지?"

금요일에 마지막으로 걸었던 전화는 레이필드에게 한 전화였는데, 그 부부는 와서 같이 햄버거나 먹자며 우리를 초대했다. 데이비드 레이필드는 내가 동물병원을 개원할 때와 거의 같은 시기에 유리가게를 열었다. 그래서 우리는 작은 지역에서 새로운 일을 시작하는 어려움에 대해 서로 걱정해주는 처지였다. 저녁을 먹는 내내 그는 아직 사업의 결과를 즐길 만큼 충분한 시간이 없다고 툴툴댔다. 저녁 시간 대부분 그의 말에 동감하며 머리를 끄덕였다.

레이필드는 특히 최근에 산 새 보트에 열중해 있었는데 이번 주에 그와 이자벨이 배를 타고 얼마나 재미있게 놀지에 대해 입에 거품을 물며 얘기를 해댔다.

그가 한 마지막 말이 내 마음을 사로잡았다. "만약 자네가 조금이라도 자신을 벗어나서 일상을 탈출하겠다는 마음이 생긴다면 우리랑 마운튼 쇼어스 리조트에서 지내보자구."

아침식사를 끝냈다. 전화기는 잘 고쳐졌고 작동도 되고 있었다. 하지만 고맙게도 울리지 않고 조용했다.

"그럼 그 호수로 드라이브나 가요." 몇 시간 동안 여길 벗어나려는 결정을 하고 나니 이상하게도 힘이 나는 것 같은 느낌이 들었다. "응답기에다가 오늘 저녁 늦게까지 여기 없을 거라고 말해놓을게요."

9시경에 우리는 윈델을 지나 쿠트네이 강 쪽을 향해 가고 있었다. 탈출하기에 이보다 더 좋은 아침을 찾아낼 수 없을 것 같은 멋진 날이었다. 하늘은 파랗고 구름 한 점 없었다. 해는 벌써 산꼭대기로 슬금슬금 떠올라 가로수를 통과해서 자동차 유리창을 반짝이고 있었다. 햇빛은 따뜻했고 온기가 가까이 느껴졌다. 창문을 내리고 시원하고 상큼한 공기를 음미했다. CBC(캐나다 방송국) 라디오를 켜보니 워터게이트 사건에서 리처드 닉슨이 취한 행동이 탄핵 사항인지 아닌지에 대해 패널들의 토론이 진행되고 있었다.

"저 뉴스만 들으면 이제 진절머리가 난다." 아버지는 불만스런 투로 얘기하셨다. "저 얘기를 다시 또 들어야 되는 거냐? 정치 하는 사람들은 정부에 있는 내내 국민을 속여왔지. 그리고 그 사람들은 이 사건도 뭔가 새로운 일인 것처럼 떠들어대고 있다구."

"네, 알아요. 그 사건이 일어난 자체가 빅뉴스가 아니라, 그렇게 잡힐 만큼 멍청하다는 게 오히려 빅뉴스죠."

크레스턴 지역 방송국으로 다이얼을 돌리니 '타이 어 옐로우 리본 라운드 올드 오크 트리' 노래가 한창 흐르고 있는 중이었다. 아버지는 좌석에 기대고 앉으셔서 존 덴버가 감상적인 목소리로 부르는 '로키 마운튼 하이'를 편히 듣고 계셨다.

쿠트네이 강을 따라 크레스턴에서 나루터로 가는 길은 장관이라는 표현으로밖에 묘사할 수 없는데, 오늘은 그 아름다운 경치에 사무실 업무를 탈출했다는 데서 오는 도취감이 더해졌다. 나는 주위를 둘러싼 신비로운 풍경의 장대함에 사로잡혀서 일상적으로 지나쳐온 마을을 마치 생전 처음 보는 것처럼 둘러보고 있었다. 크레스턴 평원에 펼쳐진 초지가 끝나는 곳으로 차를 몰았다. 아스팔트가 굽어지는 길을 따라가면서 덕 호수의 습지와 쿠트네이 강의 배수로를 지그시 바라보았다. 새들을 보호하기 위해 만들어놓은 구역으로 물새들이 날아가며 강의 표면과 바로 위의 공기를 흐뜨려놓았다. 오리 한 쌍과 거위 한 쌍이 다정하게 물위를 맴돌고 있었다. 호수 쪽을 한번 보았다. 나팔 소리를 내며 우는 백조 한 쌍이 느릿하게 날개를 퍼덕이며 크레스턴 벨리 쪽으로 날아가고 있었다.

더 멀리 북쪽으로 눈길을 돌려보니 바위가 있는 해안과 쿠트네이 강의 깊고 푸른 물가 부근의 습지에선 물풀과 부들이 줄을 지어 자라나고 있었다. 바위 해변은 높은 바위 제방과 간간히 삐져나온 모래사장과 멋진 조화를 이루었고 바위투성이 땅에 뿌리를 박으려고 애쓰고 있는 소나무와 전나무, 그리고 낙엽송이 바위 틈 여기저기를 잠식해 들어가고 있었다.

저 멀리 뻗어나간 호수를 거친 산들이 감싸듯 둘러싸고 있었다. 늦은 여름인데도 하얀 눈 모자가 산꼭대기를 장식하고 있었다.

우리가 마운튼 쇼어스 리조트에 도착했을 때, 데이비드와 이자벨은 막 부두를 떠나고 있는 중이었다. 데이비드가 주저하면서 커다란 보트를 부두에서 후진시키고 있을 때, 이자벨은 수영복과 구명조끼를 차려입고 정신없이 노를 휘저으면서 옆에 있는 보트를 밀어내고 있었다. 그녀의 걱정스런 표정이 우리를 보자 미소로 바뀌었다. 우리에게 손을 흔들고 나서 그녀가 데이비드에게 뭐라고 소리를 치자, 그가 우리를 향해 몸을 돌려 마지못해 미소를 날렸다. 데이비드가 엔진의 속도를 늦추자 보트는 부두와 옆에 있는 선박 사이에서 위험하게 흔들거렸다. 그가 감속판을 한번 세게 치자 보트는 앞으로 튕겨나가더니 조금 세게 부두에 부딪혔다. 이자벨이 내가 잡을 수 있도록 노를 내밀어서 보트의 선체와 이어지도록 애를 쓰고 있었다.

"아직 배를 대는 게 서툴러요." 그녀가 엔진의 소음 너머로 소리를 질러 말했다. "이 배는 우리가 지불한 돈보다 조금 더 애를 먹이는 것 같아요!"

"그래도 멋진걸요." 나는 노를 움켜잡고 부두 쪽으로 보트를 당겼다. "이런 크기의 보트에 75마력 모터가 두 개나 달린 건 본 적이 없는데요."

"이 보트를 우리에게 판 사람은 수상 스키 타는 데 사용했다고 하더군." 데이비드가 외쳤다. "앞으로도 쭉 그렇게 사용할 거라구!"

이자벨의 얼굴 표정이 정말 그렇게 되리라는 걸 말해주었다. 아마도 그녀가 바랐던 것보다 더 빨리 되는 듯했지만 말이다. 부두 건너편에서 내가 보트를 붙잡고 있는 동안 아버지가 옆쪽을 타고 올라오셔서 뒷좌석에 자리를 잡고 앉으셨다. 나는 안으로 뛰어 들어와 부두에서 보트를 밀어냈다. 데이비드가 후진 스위치를 몇 번 당기자 보트는 앞으로 움직이더니 주위의 배들을 뒤로하고 부드럽게 펼쳐진 물 위를 달려 나갔다.

"할렐루야." 이자벨이 중얼거렸다. "이 배를 부두에 넣고 빼는 게 너무 힘들어요."

데이비드가 엔진을 열어놓자, 우리는 정말로 물살을 가로질러 반대쪽 바위 해변 쪽으로 나아갔다. 바람이 얼굴을 스치고 지나갈 때, 파도가 이는 호수의 수면과 선체가 부딪히면서 쿵쿵거리는 소리가 들려왔다.

"자네 수상 스키 한번 타고 싶지 않나?" 달리고 있는 엔진 소리 너머로 데이비드가 소리쳤다.

"전에 겨우 한번 해본 적밖에 없는데요." 그의 옆자리에 옮겨 앉으며 대답했다. "그런 데다 사람들이 저를 물 위로 일으켜 세우지도 못했어요."

"그 사람들은 분명 자네를 충분히 끌어올릴 힘이 없어서 그랬을 거야." 데이비드는 코웃음을 쳤다. "이 보트로 하면 같은 문제가 일어나지 않을 거라는 걸 내가 보장하지!"

"나중에 한번 해보죠." 나는 확실하게 의욕이 부족하다는 것을 보여주었다. "실제로 스키를 타고 물 위에 서면 좋을 것 같긴 하네요."

이 말을 듣더니, 데이비드는 감속판의 속력을 늦추고 보트를 정지시키기 위해 해안 쪽으로 향했다.

"수상 스키를 타고 싶다는 말을 하지 말았어야 했어요, 페린." 이자벨이 뒤늦게 경고를 해주었다. "그는 수상 스키에 끌어들일 누군가를 찾느라 혈안이 돼 있었다구요!"

5분이 채 안 돼서 나는 호수 가운데에서 허우적대고 있었다. 아버지는 견인줄을 풀고 있고 데이비드는 보트의 속력을 천천히 내며 내게서 멀어지고 있는 장면이 보였다. 별 수 없이 줄을 잡았다. 손아귀에서 견인줄이 홱 빠져 나가버리기를 여러 번, 하지만 물속에서 빠져나오려고 발버둥치며 애를 썼더니 결국 배가 지나간 자리를 따라서 힘들이지 않고 스키를 탈 수 있게 되었다. 내가 얼마나 잘 타고 있는지에 대해 자축하느라고 정신이 없을 무렵, 데이비드가 뭐라고 얘기하면서 손으로 동그라미를 그리고 있는 것을 보았다. 그가 첫 번째 회전을 할 때 내게 문제가 생긴 걸 알게 되었다. 조금도 속도를 줄이지 않고 그는 재빠르게 물 위에 난 둥근 원의 바깥으로 나를 내동댕이쳤다. 갑자기 가속이 붙어서 나는 그만 배가 지나간 자리를 벗어나 출렁이는 물속으로 뛰어들고 말았던 것이다. 타고 있던 스키가 물에 세게 부딪히자 나는 로프 끝을 잡고 매달렸고 생각나는 것이라고는 얼마나 고통을 덜 받으며 넘어지냐는 것뿐이었다. 나는 첫 번째 회전에서 살아남았고 다시 한 번 배가 지나간 흔적 위로 올라섰다. 데이비드가 보트를 반대 방향으로 돌리자 나는 오히려 재밌을 거라는 생각까지 하는 수준이 되었다.

오 안 돼, 다 틀렸어! 나는 배가 지나간 자리에 쿵 하고 떨어져서 반대쪽 물결 속으로 빠져버렸다. 보트는 아직도 더 속력을 내고 있었고 나는 스키 아래에서 물결이 일렁이고 있는 모습을 공포에 질려 바라보

 빨리요, 송아지가 나오려고 해요

았다. 이자벨과 아버지가 데이비드에게 소리치는 게 보였지만, 그는 이 수상 스키 타기를 아주 끔찍하게 만들어버리려고 작정한 듯 보였다. 로프를 잡고 있던 팔에 통증이 왔고 무릎은 물결에 부딪혀서 덜덜 떨렸다. 더 이상 이러고 있을 수 없다고 생각했을 때는, 완전히 원 모양의 물결 가장자리에 있었다! 실제로 아직 넘어진 건 아니었다. 그냥 로프를 놓았을 뿐이었다. 로프를 당기던 힘이 갑자기 사라지자 나는 그만 뒤로 미끄러져 넘어갔고 다리를 뻗은 채로 물에 부딪혀버렸다. 발에서 스키가 벗겨지고 몸이 물에 떨어지면서 받은 충격이 전해져왔다. 다리는 마치 불에 덴 듯했고 뱃속에서는 차가운 물이 마구 들어가자 고통스런 아우성이 들려왔다.

몇 분 동안 떠 있다가 보트를 발견할 수 있었다. 잠깐 동안 나는 장이 파열되는 줄 알았다. 통증이 같은 강도로 계속되었다. 하지만 몇 분이 지나자 고통은 사라졌고, 살아남게 될 거라는 걸 알았다. 오직 내가 생각할 수 있는 건, 물속에서 빠져나와 보트에 오르는 것과 어떻게 비쩍 마른 레이필드의 목을 비틀어줄까 하는 두 가지뿐이었다.

"내가 근처에 갈 때 로프를 잡아!" 모터 소리 너머로 데이비드가 소리쳤다.

"난 할 만큼 했어요! 10갤런이나 되는 물을 먹었단 말이에요. 하루치를 다 해치웠다구요!"

"아, 그렇구만!" 데이비드가 조롱하듯 말했다. "겨우 살짝 넘어진 것 가지고 죽겠다고 말하는 건 아니겠지. 자네가 해변까지 갈 수 있는 유일한 방법은 스키를 타고 가는 것뿐이야. 겁쟁이는 태워주지 않는다구!"

스키 줄이 첫 번째로 내 옆을 지나갈 때 나는 참을성 있게 구명조끼 안에서 몸을 뒤로 기댔다. 그는 계속 회전을 했고 양쪽의 힘이 팽팽해짐이 확실해졌다. 마침내 나는 줄을 붙잡고 다시 한 번 도약하기 위해서 몸을 일으켰다.

줄은 팽팽히 당겨졌고 보트는 앞으로 달려 나갔다. 무릎을 구부렸다. 거의 됐다. 나는 커다란 물기둥을 일으키며 단단하게 매달려서 발버둥 치며 일어섰다. 이제 데이비드의 의도를 알아챘다. 한 번 더 해서 나를 다시 곤두박질치게 만들려는 것이었다. 배가 지나간 자리를 유지하고 있는 한은 문제없을 터였다. 나는 우리가 출발했던 곳이고 그가 이제 그만 진정이 돼서 배를 대주기를 바라는 반대편 해변 쪽을 주목했다. 보트가 그곳에 거의 도착했고 나는 내가 얼마나 잘 해냈는지에 대해 기뻐하고 있었다. 그때 그가 다시 엔진에 시동을 걸었다.

"레이필드, 이 나쁜 사람 같으니라구!"

보트가 만들어놓은 둥근 물결의 끝에 가까이 왔을 때 나는 갑자기 속도가 빨라짐을 느꼈다. 스키가 물결 위에서 출렁였다. 다리가 흔들렸다. 계속 똑바로 서 있으려고 애를 쓰면서 두 다리를 앞뒤로 움직이는데 균형을 잡기가 너무 힘이 들었다. 곧 죽을 것 같았다. 좀 전에 물을 잔뜩 마시고 내장을 관장한 기억이 아직도 생생하게 남아 있었다. 다시 한 번 엉덩방아를 찧는 것밖에 다른 도리가 없었다!

발밑으로 급히 흘러가는 물살을 바라보았다. 내 유일한 바람은 최소한의 고통을 받으며 여기서 나가는 것이었다. 오래 기다릴 시간이 없었다. 내가 갈팡질팡하고 있는 동안, 스키는 넘실대는 물결 속에 묻혀버렸고 다리가 양쪽으로 벌어졌다. 견인줄을 단단히 잡아끌고 얼굴부터 먼저 넘어져야겠다고 결심했다. 손에서 줄이 빠져나갔고 물살에 거칠고 세게 부딪힌 기억이 났다. 숨이 턱 막히고 온몸 구석구석에 물이 침투해오는 느낌이 기억났고 물 위에 갑자기 튀어 올라왔을 때 숨을 쉬려고 푸푸거리며 재채기를 해댄 기억도 났다. 콧등 위로 뭔가 똑똑 떨어지고 있는 기분이 들었는데 손으로 훔쳐보니 붉은 피가 묻어 나왔다.

그들이 탄 보트가 회전하면서 내 주위로 가까이 다가왔다. 표정을 보니 내가 다시 배에 오르는 걸 거절 당할 것 같지는 않았다. 머리에 통증이 심했고 어깨는 마치 누군가가 양쪽으로 찢어놓는 듯했다.

마치 꿈을 꾸고 있는 것처럼 나는 조금 멀리 떨어져 있는 스키 쪽으로 헤엄쳐갔다. 비록 물속에 기다리고 있는 것이 불편하긴 했지만 모든 것이 제대로 돌아가는 듯했다. 얼굴과 가슴 위로 계속 피가 흘러 내렸다. 조심스럽게 피가 나는 부위를 더듬어보니 왼쪽 눈썹 위 어딘가에 상처가 난 게 확실했다. 흩어져 있던 스키를 모아왔을 때쯤, 데이비드가 능숙하게 보트를 가까이 붙이며 나를 태우려고 했다. 아버지가 줄사다리를 던져주셔서 손톱으로 줄을 꽉 잡고 올라와서 반대편에 털썩 누웠다. 모두가 내 얼굴에서 흘러내려 배 주름에 고이고 있는 피를 지켜보고 있었다.

"얼마나 안 좋은 상태죠?" 더 자세히 보려고 내게 몸을 기울이고 계신 아버지에게 물었다.

"더 나빠질 것 같은데 하지만 몇 바늘만 꿰매면 될 것 같구나."

이자벨이 던져준 수건으로 얼굴을 단단히 누르고 누웠다. 데이비드가 힘겹게 보트를 부두에 대고 있을 때쯤, 나는 좀더 의기양양한 기분이 들었고 흘러내리던 피도 이제 몇 방울로 줄어들었다.

그를 쏘아보았다. 그는 내게 희미한 미소를 보이더니 바삐 보트를 묶었다. "당신은 저기서 나를 거의 죽일 뻔했다구요. 아마 장난으로 그랬을 거라고 생각하지만요."

"그럼, 재밌게 하려고 그랬지! 자네도 신나 보이던데."

"네, 물론이죠! 엉덩이 위로 누가 트럭을 몰고 지나간 것 같고 머리는 깨질 듯했죠."

"그런 증상에 딱 맞는 치료법을 알고 있지!" 그가 당당하게 말했다. "자네는 캠핑카로 가서 독한 럼주 몇 잔을 마셔야 한다구."

차로 돌아와서 백미러를 위로 밀어 올렸다. 아버지 말씀이 맞았다. 얼굴의 상처는 봉합을 해야 할 상태였다. 차 안을 잠깐 뒤져서 찾고자 하는 것들을 발견했다. 길쭉하고 곧은 바늘과 실크 봉합사였다. 알코올로 손을 닦아낸 후에 수술도구를 열었다.

숨을 깊이 쉬고 나서 거울을 통해 자세히 보면서 먼저 상처의 아랫부분부터 바늘을 통과시켜 봉합하고 그런 다음 위쪽을 끝냈다. 눈에 눈물이 고였고 상처에서 다시 한 번 피가 뚝뚝 떨어졌다. 지금 하고 있는 모습이 전혀 보이지 않는 상태에서 나는 상처의 끝부분을 서로 같이 잡고 실크 봉합사로 매듭 지어놓았다.

"오, 데이브!" 이자벨이 모퉁이를 돌아 나오면서 비명을 질렀다.

"당신 눈에 매달려 있는 게 뭐예요?"

"그냥 상처를 봉합하는 도구예요. 아직 잘라내지 않아서 그래요."

"지금 당신이 직접 꿰맸단 말을 하는 거예요? 믿을 수가 없어요!"

"하지만 누군가는 해야 하는데 내가 하는 게 차라리 나으니까요."

세 바늘을 더 꿰매자 상처는 봉합됐고 비록 눈물과 땀은 좀 흘렸지만 불편을 최소화하면서 무사히 끝마쳤다. 남아 있는 오후시간과 이른 저녁의 즐거운 한때를 럼주와 콜라를 마시고, 스낵을 먹고 카드놀이를 하며 보냈다. 저녁시간이 끝나갈 무렵이 되자 나는 술을 그만 마시고 정신을 차리려고 오랜 동안 있었지만 나머지 사람들처럼 금방 술이 깨지 않았다! 그렇게 아버지와 내가 레이필드의 리조트를 떠나 우리 동네로 출발한 때는 한밤이 지난 후였다.

머리는 아직도 지끈거렸지만 여전히 기분은 좋았다. 집에 오는 내내 베개를 베고 눕는다면 얼마나 좋을까라는 것 외에는 아무것도 생각할 수 없었다. 베개 커버의 온기를 거의 느낄 수 있을 것 같았다.

갑자기 뒤에서 불빛이 번쩍였다. "오 이런! 하필 이런 때!"

차를 세우고 모든 걸 포기하고 앉아 있었다. 차의 앞유리 바람막이 건너편에서 경찰차의 빨간 불이 간간이 번쩍이고 있었다. 경찰차의 문이 열리고 전에 본 적이 없는 젊은 경찰관이 우리 쪽으로 슬슬 걸어오고 있는 걸 보자 가슴이 방망이질 치기 시작했다. 갑자기 힘이 빠졌다. 목요일자 신문의 머리기사가 보였다. '지역 수의사 음주운전으로 고발되다.'

아버지를 건너다 보며 나는 머리를 흔들고 나서 창문을 내렸다. 경찰은 키가 크고 마른 체형이었다. 거의 보이지 않을 정도로 짧게 난 수염이 그가 신참이란 걸 나타내주고 있었다.

"당신이 페린 선생님이죠, 맞습니까?"

"네." 침울한 소리로 대답했다. 나는 그의 혀가 나불거리는 걸 바라보며 그의 윗입술을 장식하고 있는 밝은 금발 수염 끝을 멍청하게 감상하고 있었다.

"약간 응급 상황이 발생한 것 같아서 당신을 찾느라 수소문하고 다녔습니다. 크레스턴 벨리 병원에 치과의사가 아픈 개를 데리고 있습니다. 그 사람이 약간 소동을 피우고 있는데 가서서 도와주실 수 있나요?"

"네, 그럼요. 당연히 가야죠! 만약 그 사람이 저를 만나고 싶어 한다면 지금 바로 제 사무실로 출발하겠습니다."

"좋습니다, 그러면 그에게 바로 내려오라고 전하겠습니다. 병원 사람들이 이 소리를 들으면 기뻐할 겁니다." 그는 미소를 짓고 머리 뒤쪽으로 모자를 살짝 들어 올려 인사하더니 차로 돌아갔다.

"하느님 감사합니다." 나는 중얼거렸다. "오늘 하루를 끝맺는 적당한 마무리 아닌가요?"

"그렇구나, 어디 적당하다뿐이냐?" 아버지가 맞장구를 치셨다.

우리가 동물병원에 도착했을 때 사무실 옆 보도에 한 남자가 기다리고 있었다.

"페린 선생이오?"

"네, 맞아요. 개에게 문제가 생겼다고 들었는데요."

"오, 하느님 고맙습니다. 결국 당신을 찾아냈소." 그는 감정이 북받쳐서 거의 울 것 같았다. "제시가 정말 많이 아프다오. 게다가 시간이 갈수록 더 나빠지고 있소. 나는 몬태나의 미줄라에서 온 워커라는 의사요. 쿠트네이로 시골 경치를 보러가는 길에 여기를 한번 돌아보고 있었소. 제시는 괜찮았는데 넬슨에 도착하자 이상한 행동을 하기 시작했소. 지난 몇 시간 동안 녀석은 점점 나빠지고 있소. 당신도 찾을 수 없고 마을에 다른 수의사도 없기에 병원에 가서 녀석을 진찰해줄 사람

 빨리요, 송아지가 나오려고 해요

을 찾아봤소. 아무도 기꺼이 나서서 봐주려고 하지 않았지만 말이오.”

“녀석을 한번 봅시다.” 나는 사무실 앞에 주차되어 있는 신형 링컨 콘티넨탈 차로 가보았다.

워커 씨는 뒷문으로 잽싸게 가서 문을 세차게 열었다. 거기에 독일산 짧은 털을 가진 늙은 포인터 한 마리가 길게 누워 있었다. 녀석은 목을 길게 빼고 숨을 헐떡이고 있었다.

“아까부터 한 시간 동안 저렇게 숨을 쉬고 있소. 녀석이 많이 아픈 거 같은데 도움을 청할 데가 아무 데도 없었소.”

“많이 불편하구나. 그렇지, 제시?” 녀석의 머리를 토닥여주었다. 개의 머리는 나이가 들어서 대부분 완전히 희어져 있었다. 녀석은 주둥이를 살짝 들어 올리더니 백내장이 낀 눈으로 주인을 보려고 애를 쓰다가 더 편한 자세를 하기 위해 몸을 움직였다.

“처음에는, 제시의 심장에 문제가 있는 게 아닐까 생각했는데 몇 시간 전부터 배가 점점 부풀어오르기 시작했소.”

“토하려고 하지는 않았나요?” 심하게 팽창된 녀석의 복부를 천천히 어루만져주었다.

“몇 번 구역질을 했소. 하지만 아무것도 토해내지는 않았다오.”

“이렇게 팽창된 적은 처음이죠, 그렇죠? 평상시에는 배가 아주 날씬하지요?”

“아, 그래요. 사실 녀석의 엉덩이 때문에 살을 좀 빼려고 하고 있었소. 어느 쪽인가 하면, 최근에는 녀석의 몸무게를 유지하는 게 조금 힘이 들었다오.”

제시를 들어 올려서 몸에 대고 흔들어 얼러주었다. 녀석은 내가 들어 올리자 갑자기 으르렁거렸고 진찰대 위에 내려놓을 때까지 계속 숨을 쉴 때마다 으르렁거렸다.

개는 주인을 찾으려고 필사적으로 주변을 살펴보며 오른쪽으로 돌려고 발버둥을 쳐댔다. 워커 씨가 손으로 녀석의 콧등을 어루만지면서 규칙적이고 편안한 음성으로 낮게 속삭여주었다.

"착하지, 제시. 착하지. 의사 선생님이 지금 널 고쳐주시려는 거란다. 우리 착한 녀석."

개의 직장 안으로 체온계를 밀어 넣고 입 안의 색깔을 확인하기 위해 입술을 들어 올려보았다. 혈액순환이 잘 되고 있는지 보려고 잇몸을 눌러보니 점막이 차갑고 너무 창백해 보여서 더 가까이 살펴봐야 했다.

"제시는 지난 몇 년 동안 아주 힘든 시간을 보냈소. 엉덩이에 기력이 점점 빠져서 돌아다니기도 힘들어 한다오. 우리 수의사 선생이 통증을 줄여주려고 부타졸리딘을 투여했지만 앨리스가 세상을 떠난 후로는 다시는 옛날처럼 지내지 못한다오."

워커 씨의 목소리에는 과거 그 시절의 흔적이 묻어나왔고 아득히 먼 일을 생각하는 표정으로 그는 말을 이어나갔다. "내 아내가 멀리 떠난 이후로는 우리 둘 다 예전과 같지 않다오."

내가 손으로 배를 쓸어내리자 제시는 또 한 번 으르렁거렸다. 그리고는 길고 괴로운 신음소리를 내뱉어서 그만 주인의 눈에 눈물이 그렁거리게 만들었다.

"오, 정말 많이 아픈가보오." 눈물 흘리는 모습을 내게 보이지 않으려고 그가 얼굴을 돌렸다. "오, 제시야, 가엾은 녀석."

제시의 복부가 바위처럼 단단했다. 배의 볼록한 부분을 손가락으로 눌러봤더니 압력이 굉장히 커진 기관에서 울려나오는 소리가 들렸다. 불빛 쪽으로 체온계를 들어 올려서 눈금을 읽기 위해 돌려보았다. 정상보다 거의 1도 정도 낮은 37.6도였다.

"워커 씨, 제시에게 위염전이 일어난 것 같은데요. 이건 젊은 개에게도 아주 힘든 상황입니다. 제시와 같은 나이의 개에게는 그 예후가 아주 위험하거든요! 좀더 빨리 진찰하지 못하게 된 건 제 불찰입니다. 분명히 몇 시간 전에 녀석을 수술할 수 있도록 여기 왔어야 했는데."

늙은 개의 심각한 몸 상태와 다른 여러 가지 문제가 있는 걸로 봤을 때, 워커 씨가 안락사를 고려하고 있다는 건 거의 틀림없는 일이었다. 제시는 아마도 좋은 환경에서도 한 해나 두 해 정도도 더 살지 못할 것 같아 보였다.

"그러면 치료시기가 좋지 않다고 생각한다는 거요, 페린 선생?" 그의 눈에 눈물이 가득 고였고 입술 끝이 떨리고 있었다.

"너무 나쁜 쪽으로만 생각하고 싶진 않지만 비장을 포함해서 여러 경우의 위염전 케이스를 볼 때, 몇몇 경우에서는 부득이 하게 절제를 해야 하는 상황이 있습니다."

"그러면 선생은 제시가 그렇게까지 해야 하는 상황이라고 생각하시오?"

"지금 그런 건 아닙니다. 만약 녀석에게 정맥 수액을 투여하고 쇼크를 잘 처리하면 치료해볼 기회를 잡을 수도 있을지 모릅니다. 마음속으로 모든 가능성을 가늠해보고 수술이 믿어볼 만한지 결정을 하실 거라 생각합니다."

워커 씨는 제시의 털 위로 계속 눈물을 떨어뜨리며 몇 분 동안 녀석을 바라보았다. 마침내 오랜 시간인 듯 여겨졌던 시간이 끝나고 난 후, 그는 나에게로 돌아서서 겨우 들릴 만한 목소리로 말했다. "페린 선생, 나를 위해서 모든 진상을 바르게 알려주기 바라오. 만약에 녀석이 당신의 갤러면 당신은 어떻게 할 거요?"

"먼저 고려해봐야 할 것은 남아 있는 몇 개월 동안 살아갈 녀석의 삶의 질입니다. 녀석에게 백내장이 있는 것 같은데 별로 좋아 보이지 않는군요. 녀석에게 관절염이 있어서 걷기가 불편하다고 했지요? 항상 주변을 느릿느릿 돌아다니죠? 녀석이 좋아져서 삶을 즐길 수 있을까요? 아니면 그저 하루하루를 힘들게 보내게 될까요? 만약에 녀석보다는 당신을 위해서 살려둘 거라면 녀석을 잠들게 하는 게 최선이라는 생각이 드는군요. 만약 녀석이 행복할 거라고 생각한다면 투자의 관점에서 이 문제를 봐야 할 겁니다. 분명히 수술에는 돈이 들 것이고 당신이 들인 돈의 가치를 얻길 바라게 되겠지요. 녀석은 통증과 괴로움을 참아내야 하고 그에 대한 보상을 바라게 될 겁니다. 수술이 잘되리라는 보장을 받기 위해 확실히 당신과 제시 모두에게 충분히 멋진 보답이 되어야 합니다."

"그렇다면 내 질문에 대답을 한 것 같소! 제시는 지난 몇 년 동안 한층 더 나빠졌다오. 거기에 대해서는 의문의 여지가 없소. 하지만 녀석은 아직까지도 정말로 잘 지내고 있소. 솔직히 말하자면 아침에 출발할 때부터 녀석이 아픈 걸 알았소. 우리가 같이 살 수 없다면 아무런 의미가 없소. 녀석은 정말 거의 모든 부분에서 행복을 주는 개라오. 페린 선생, 내 얘기를 좀 하자면 난 늙었고 혼자서 살고 있소. 제시는 내 유일한 동반

자요. 우리는 커다란 집에서 살고 있고 쓸 수 있는 것보다 더 많은 돈을 벌었소. 녀석에게 할 수 있는 최선을 다해주시오. 제시가 유능한 선생을 만났다는 건 알고 있소. 그리고 녀석의 병이 낫지 않는다 해도 당신을 비난하지 않을 거요. 우리 한번 노력해봅시다!”

“그러면 시작하는 게 좋겠군요.” 나는 실제로 느꼈던 것보다 더 많은 열의를 가지고 대답했다.

정맥주사를 놓고 나서 도리스에게 전화를 걸 때가 새벽 2시 30분이었다. 눈을 감은 채로 전화번호를 돌렸다. 그리고 벽에 등을 기댔다. 머리가 지끈거려왔다. 내가 지금 막 하려는 수술도 그리고 분명히 내가 수술을 끝내기 전에 날이 새는 것도 모두 내가 원하는 것은 아니었다.

“도리스, 당신에게 이러기는 싫은데,” 그녀가 기운 없는 목소리로 여보세요라고 하자 나는 말을 꺼냈다. “수술이 필요한 늙은 개가 있어요. 여기 와서 좀 도와줘야겠어요.”

“물론 가야죠.” 그녀는 머뭇거리며 대답했다. “제가 샤워하고 갈 시간은 있겠죠?”

“어쨌든 조금이라도 빨리 녀석을 안정시켜야겠는데 내 생각엔 지금 이 아침에 일을 시작하기 전에 샤워를 할 수 있는 유일한 기회일 것 같은데요.”

“다행이군요! 하지만 아주 단잠을 자고 있었는데.”

바쁘게 주변을 돌아다니며 수술 준비를 하는 동안 제시의 상태가 계속 나빠졌다. 워커 씨는 녀석의 옆에 앉아 있었다. 얼굴은 실의에 차 있었고 그의 몸짓이 좌절을 말하고 있었다. 두 눈은 너무 울어서 초점을 잃고 벌게져 있었다. 어깨는 굽어서 매우 지친 노인 같아 보였다.

내가 녀석의 잇몸을 살펴보자 그는 기대감을 가지고 나를 바라보았다.

나는 그의 눈을 똑바로 보고 머리를 저었다. "상태가 좋아 보이지 않는군요. 마취를 하기 전에 수액과 스테로이드 주사가 혈액순환을 좀 좋게 해주길 바랐는데."

제시의 복부가 부풀어오른 위를 더욱 팽팽하게 덮고 있었다. 그런데 복부 말단까지도 팽창이 되고 있는 듯했다. 나는 녀석의 옆구리에서부터 털을 밀어내기 시작했다. 녀석은 가위 소리도 알아듣지 못하고 누워 있었다.

병원 출입문이 열리고 대기실에서 도리스와 아버지가 인사를 나누느라 조그맣게 얘기하는 소리가 들려왔다. 도리스가 들어와서 휴지통을 들고 바닥에 떨어진 제시의 털을 모으기 시작했다. 워커 씨는 자신을 소개하고 그녀의 잠을 깨운 것에 대해 넘치도록 사과했다.

"도리스, 왼쪽 옆구리의 이 부위를 좀 문질러줄래요? 피가 흘러나오는지 보기 위해 바늘로 여기를 한번 찔러보려고 해요."

"뭘 찾고 있는 거요?" 내가 바늘을 복강에 바로 찔러 넣는 것을 보자 워커 씨의 얼굴이 굳어졌다.

"내부에 출혈이 있을까 해서 그랬습니다. 가스뿐 아니라 액체로 완전히 빵빵해졌어요, 게다가 혈색도 제가 바라던 대로 나아지지 않고 있어요."

주사기의 피스톤을 뒤로 잡아 빼자 주사기 안으로 빠르게 피가 채워졌다.

워커 씨의 목소리가 떨렸다. 눈은 주사기에 고정된 채로였다. "저건 뭘 의미하는 거요?"

"아마도 비장이 뒤틀리는 바람에 너무 팽창이 심해져서 파열이 되었고 배 안에 피가 새나오기 시작한 것 같군요. 거기까지 빨리 들어가봐야 합니다. 어쩌면 절단을 해야 할 것 같군요."

나는 그 노인이 인내심의 한계에 도달한 것을 볼 수 있었다. 제시의 머리를 쓰다듬는 그의 손이 떨렸다.

"워커 씨, 제 생각에는 주무실 숙소를 찾아보는 게 좋을 것 같은데요." 나는 도리스에게 손짓으로 워커 씨가 제시의 머리 위에 얹은 손을 거두도록 했다. "오늘 충분히 애쓰셨어요. 만약 도움이 더 필요하게 되면 저희 아버지도 계시니까 걱정마시구요."

그는 마지막으로 제시를 쓰다듬은 다음, 대기실을 지나 비틀거리며 사라졌다.

"숙소에 체크인 하자 마자 저희에게 전화해주세요!" 그의 뒤에 대고 소리쳤다. "문제가 더 생겼을 경우를 대비해서 연락할 전화번호를 알아두려고 하거든요."

제시는 상태가 너무 안 좋아져서 자신의 믿음직스러운 주인이 떠나는 것조차 모르고 있었다. 녀석을 위해서 뭔가 과감한 변화를 만들어내지 않는다면 우리 모두는 곧 치료를 중단하고 잠을 잘 수 있게 될지도 모를 상황이었다.

"도리스, 수혈 팩을 가져다 줬으면 좋겠는데요. 아버지! 아버지는 타고난 수의사처럼 보여요."

다시 한 번 문지른 후에 혈액을 팩에 모으기 위해 복부 벽을 통과해서 바늘을 찔러 넣었다. 그러고는 경정맥에서 혈액을 뽑아낼 때보다 훨씬 빠른 속도로 팩이 채워져가는 것을 넋을 잃고 바라보았다.

위염전 치료법에 대해 나와 있는 책들을 보면 하나같이 위의 압력을 최대한 빨리 감소시키는 것이 중요하다는 내용이 강조되어 있었다. 내가 압력을 경감시키고 싶은 만큼이나 현재 상태에서 제시를 마취하는 것은 안락사의 또 다른 형식이 될 수도 있다는 확신이 들었다.

자포자기하는 심정으로 나는 구멍을 내서 가스를 좀 빼내기로 결정했다. 제시의 옆구리에서 가장 많이 부풀어오른 곳에 바늘을 찔렀다. 가스가 가득 찬 중심 부분에서 쉬익 하는 소리와 함께 가스가 새어나왔고, 늙은 개의 옆구리의 압력이 점차적으로 줄어들었다. 처음에는 겉모습에 약간의 변화가 있었지만 압력이 감소하면서 녀석의 숨 쉬는 힘이 더 줄어들고 있었다.

수혈 팩은 전에 본 적 없는 빠른 속도로 채워졌고, 혈액응고제와 섞이도록 하려고 도리스가 앞뒤로 흔들자 빵빵하게 부풀어 오른 베갯잇 모양으로 변했다.

"바보 같은 질문으로 들릴 거라는 건 알지만," 도리스가 말을 꺼냈다. "이 피들이 다 어디서 나오는 거죠?"

"복강에서 나오는 거예요. 비장에서 흘러나오는 건데 혈액순환 시스템이 관여하는 한은 거의 영향을 받지는 않아요. 복부의 느낌으로 봤을 때는 이런 팩 몇 개는 더 채울 것 같은데요."

"그러면 피를 그냥 이렇게 빼내는 게 무슨 도움이 되나요? 아직도 개에게는 영향이 없는 건가요, 그렇죠?"

"만약 그걸 도로 넣어주지 않는다면 영향을 받을 거예요. 하지만 수혈로 다시 녀석의 몸에 돌려줄 겁니다."

"배에서 저렇게 마구 빼내는데도 아직 괜찮다는 말이에요?" 도리스

 빨리요, 송아지가 나오려고 해요

는 자신이 손에 들고 있는 혈액 팩을 경외심으로 바라보았다.

"물론이에요. 이 혈액처럼 깨끗하다면요. 혈액 투여 세트에는 어떤 응혈이라도 제거해주는 필터가 있어요. 그리고 녀석의 혈액을 다시 쓰면 기증자로부터 수혈 받은 혈액을 서로 맞추는 데서 오는 부작용을 피할 수 있게 되는 거죠."

"놀라워요." 도리스가 곰곰이 생각하더니 말했다. "자신의 혈액을 다시 되돌려 받는다니 정말 깔끔한데요!"

한 시간도 안 되어 제시의 복부에서 두 번째 혈액 팩을 얻었고, 첫 번째 수혈로 건강한 혈액을 녀석에게 투여했다. 비록 위의 압력이 다시 커졌지만 혈색이 눈에 띄게 좋아졌고 마취를 할 수 있는 기회가 온 것 같아 희망적인 느낌이 들었다.

"수혈 팩이 이제 더 이상 없는데요, 데이브." 도리스는 초조해하며 안경을 벗어서 닦고 있었다. "수혈을 좀더 해야 되지 않나요?"

"피가 새어나오는 상황을 보니 수혈 팩을 좀더 얻을 수 있나 알아봐야 할 것 같은데요. 병원 간호부에 전화해서 여기에 맞는 수혈 팩 몇 개를 더 얻을 수 있는지 알아봐주세요. 마지막 한 팩 때문에 녀석을 잃게 되는 건 싫거든요."

도리스가 차를 몰아 병원으로 가는 동안 나는 사전처방으로 아트로핀과 데메롤을 녀석에게 주사했고 두 번째 혈액 팩을 투여하기 시작했다. 추가 혈액 몇 개를 더 가지고 도리스가 도착했을 때쯤, 아버지와 나는 제시의 주둥이에 유도 마스크를 씌우고 몸을 길게 펴놓았다. 아무런 반항 없이 녀석은 잠에 빠져들었고 이제는 코를 깊이 골고 있었다. 개에게 관을 삽입하고 호흡 마취기와 연결했다.

위 내 급식 튜브를 기관 내 튜브 너머에 있는 식도 쪽으로 밀어 넣었다. 튜브는 심장 괄약근에 도달할 때까지는 쉽게 미끄러져 들어갔지만, 이내 딱딱한 뭔가에 부딪혔는지 멈춰버렸다. 일정하게 압력을 유지하면서 튜브를 더 밑으로 보내서 마침내 가스가 흘러나올 때까지 계속 밀어 넣었다.

"도리스, 우리가 절개할 곳이 바로 여기예요." 나는 갈비뼈의 가장자리를 따라서 가상으로 그은 선을 가리켰다. "오른쪽 면도 절개해야 될지 모를 상황을 대비해서 양쪽 면을 모두 준비해야겠어요."

"그렇게 절개하는 것은 좀 이상하지 않나요? 보통 때처럼 가운데를 자르는 것이 더 낫지 않을까요?"

"교과서에는 늑골 옆을 노출시키는 것이 더 좋다고 적혀 있어요. 이번이 처음으로 하는 위염전 수술이니만큼 교과서에 나온 대로 하는 게 좋을 것 같아요."

"이해가 잘 되지 않는데요. 가운데를 절개하면 항상 찾으려는 부위를 쉽게 찾을 수 있었잖아요."

피부 아래층에 수술용 천을 부착시키기 위해 집게로 집는 동안 도리스의 말이 뇌리에서 떠나지 않았다. 외과수술에서는 사전연습이 무척 중요하다. 막 수술해 들어간 부위가 익숙하도록 느끼게 해주고 모든 장기가 제자리에 있다는 확신을 가지는 데 꼭 필요하기 때문이다.

세 번째 채혈을 하려고 할 때, 마지막 남은 피 한 방울이 제시의 정맥으로 들어갔다. 다른 혈액으로 교체하는 동안 녀석의 복부에서 혈액이 마구 흘러나왔다. 그때쯤 나는 수술해야 할 부위의 준비를 모두 끝마쳤다. 도리스는 수혈 팩에 피를 모으는 것을 거의 마무리하고 있었다.

"도리스, 여기 복부가 피로 가득 찰 것 같은데요. 가능하면 이 피를 허비하지 않고 모을 수 있게끔 60밀리리터짜리 주사기 하나만 건네주겠어요."

얼마 후 도리스의 충고에 귀를 기울여야만 했다는 생각이 들었다. 나는 절개를 시작하기 전에 이 부위의 근육층이 가운데보다 훨씬 더 두껍다는 사실을 알게 됐다. 그러나 어떤 방식으로 복부에 접근할 수 있을 것인가를 충분히 생각할 겨를이 없었다. 내가 공황상태에 빠질 정도로 후회를 하기 시작한 것은 마지막 층을 절개하고 엄청난 피로 가득 찬 커다란 웅덩이 외에는 아무것도 볼 수 없게 된 이후였다. 수술용 장갑을 낀 손으로 오른쪽 편을 절개했던 절개선을 따라서 미끄러져 내려가봤다. 위 내 급식 튜브의 끝부분이 감지되었고, 부풀어오른 비장을 나타내주는 엄청난 덩어리를 느낄 수 있었다. 적당히 힘을 가해 엄청나게 큰 비장을 끌어당기면서 절개선이 있는 곳까지 어떻게든 움직여보려고 애를 써보았다. 비장이 너무 부어올라서 움직일 수 없었다.

오른쪽 편의 흉곽을 노출시키기 위해서 측면에 있는 수술포를 옮겨 놓고 마찬가지로 그 부위를 절개했다.

"오 이런, 세상에! 저 피 좀 보세요!" 도리스가 신음소리를 내며 말했다.

왼쪽 절개선의 가장자리를 따라서 끊임없이 피가 흘러나와서 누워 있는 개의 옆면을 타고 내려와 마룻바닥으로 떨어지는 것이 보였다. 내 가운의 앞부분과 신발의 윗부분은 빨간 피로 흠뻑 젖어 있었다.

"확실히 상태가 악화되고 있어요." 나는 중얼거렸다. "이 녀석이 오래 버티기 힘들 것 같은데요.”

재빨리 복부의 근육을 한 겹씩 잘라 들어갔다. 그러고는 복부 내부가 다 드러나도록 모든 부분들을 뒤로 젖혀놓았다.

“자, 이제 모든 것을 확실히 볼 수 있겠구나.” 아버지가 말씀하셨다.

복막강은 피로 가득 찬 웅덩이가 되었고, 정상 크기보다 네다섯 배가 부풀어오른 비장은 잘 익은 멜론처럼 볼록한 표면의 가운데가 갈라져 있었다. 피는 계속해서 상처의 깊숙한 곳으로부터 샘물처럼 새어나왔다.

위와 비장을 움켜쥐고 뒤틀림을 바로잡기 위해 그것들을 돌려보았다. 혈액을 공급해주는 굵은 혈관들이 비장의 앞과 뒤에서 심장 박동에 따라 고동치고 있었다. 얼마나 많은 피가 흘러나오고 있는지 볼 수 있게 됐으니 그것을 멈추게 하기 위해서는 새로운 위기의식을 가지고 마음을 단단히 먹어야 했다. 비장의 바닥에서 시작돼서 위를 둘러싸고 있는 지방층으로 사라진 부채꼴 모양의 기관들을 겸자로 죄고 있는 동안 내 손이 떨려왔다.

“저 주사기 뚜껑 좀 열어줄래요, 도리스?” 내 목소리와 근육이 긴장되었다. “최대한 이 혈액들을 모두 살려내야 해요.”

위의 뒤쪽에 작은 웅덩이 같은 곳을 만들어서 주사기 끝을 그 바닥에 대고 여러 번 반복해서 주사기를 채워나갔다. 도리스는 혈액 팩의 위쪽 끝을 잡고 내가 그 살균이 된 바닥 끝부분에 닿을 수 있게 대주는 식으로 그 팩을 열고 있었다. 주사기가 채워질 때마다 바늘을 연결해서 혈액 팩 속으로 비워 넣었다. 팩이 엄청나게 포식한 모기처럼 보일 때까지 계속했다.

"뱃속에 남아 있는 피는 모두 어떻게 할 건가요? 그걸로 뭘 해야 하는 건 아니겠죠?"

"우리가 녀석의 단기 필요량에 충분히 맞도록 혈액의 공급을 유지해주는 동안에 녀석이 스스로 저 많은 혈액을 재생시켜서 다시 몸속으로 순환시킬 수 있어야 해요. 그냥 흘러나오게 놔둡시다. 결국 이걸 다 하고 나서도 우리가 녀석을 잃고 싶어 하지 않다는 건 확실하잖아요!"

왜 전화는 항상 모든 손이 바쁠 때까지 기다렸다 오는 것처럼 느껴지는지 알 수 없는 노릇이지만 어쨌든 항상 그렇다. 도리스와 아버지가 혈액 팩들을 교체하려고 하자 전화가 울리기 시작하더니 도리스가 결국 뛰어가서 받을 때까지 계속 울려댔다.

분명히 워커 씨였다. 도리스가 그에게 무슨 일이 일어났는지 하나하나 설명을 해주었다. 가엾은 늙은 남자가 모텔 방에 앉아 제시를 걱정하고 있는 모습이 그려졌다. 하지만 시간은 자꾸 흘러가고 나는 치료를 계속해야만 했다.

"봉합도구가 좀 필요한데요, 도리스!"

그녀는 전화를 재빨리 끊고 서둘러서 주머니에 있는 덱슨(흡수성 봉합사)을 찾아냈다. 한 번에 하나씩 혈관들을 묶었다. 정맥의 크기는 충분히 위압적이었는데 특히 뒤틀림 때문에 부풀어올라서 더욱 그랬다. 하지만 비장 동맥은 뭔가 더 조심해야 할 것이 있었다. 주위 조직에 봉합실을 고정시키는 데 특별히 조심해가면서 첫 번째 봉합자리에서 대략 4분의 1인치 아래쪽에 두 번째 봉합을 해두었다.

"대동맥이 박동하는 걸 좀 봐요." 나는 혈관을 느슨하게 해놓고 제시의 심장 박동에 따라 혈관이 뛰는 모습을 바라보았다.

"세상에, 봤어요." 도리스가 놀라움으로 낮게 중얼거렸다.

"저 비장 안에 혈액 팩이 있는 게 틀림없나 보구나." 혈관들을 잘라내자 아버지가 지적하며 말씀하셨다.

"쉽게 말하면 비장은 몸에서 혈액을 저장하는 기관이에요. 그리고 이건 정상 용량을 넘어서 뻗어 있는 상태구요. 제시의 혈색은 어때요?" 비장에 붙어 있는 마지막 장간막을 떼어내서 개수대로 옮겨놓았다.

"제시의 잇몸 색은 핑크빛이고 아직도 수혈할 수 있는 혈액 팩이 많이 남았어요."

"지난 주말에 받아서 새로 챙겨둔 기관 내 튜브 하나만 집어와서 좀 열어줄래요, 부탁해요!" 내가 소리쳤다. "그리고 제가 빨리 읽어볼 수 있게 수술 교본을 좀 펴줘요."

책에는 비장절제술 후에 염전이 쉽게 재발될 수 있기 때문에 위와 복벽 사이에 들러붙을 수 있는 것을 만들어서 위가 정상 위치에 있도록 고정시킬 필요가 있다고 나와 있었다.

"저 튜브는 어디에 필요한 거지?" 아버지가 도리스에게 낮은 목소리로 물었다. 그녀가 어깨를 으쓱이며 눈썹을 들어 올려 보였다.

"위에 구멍을 만들어서 복벽에 단단하게 끌어 붙여놓으려고 임시로 풍선처럼 바람을 불어 넣는 거예요. 튜브 주위에 일단 아문 자국이 충분히 만들어지면 그곳의 가스를 빼고 튜브를 간단하게 잡아 뺄 거예요."

"그러면 녀석의 위에 큰 구멍이 남게 되지 않나요?" 끔찍한 생각을 해내서인지 그녀의 목소리가 조금 의심스러워하는 듯했다.

"네, 밖으로 조그만 배수 공간이 남겨지지만 튜브를 제거하고 나서 며칠 안에 새 살이 돋아날 거예요."

교본에 있는 순서를 서너 차례 읽고 나니 마침내 익숙해졌다. 여느 때처럼 그 교본의 내용들은 상식이 돼버렸고 각 기관들이 어디에 있는지 관찰해보니 저절로 가장 최적의 위치에 자리 잡아 눈앞에 나타났다. 튜브를 배 밖으로 빼내고자 하는 곳에 작은 구멍을 내려고 커다란 핀셋을 근육막 속으로 집어넣고 그 위를 덮고 있는 피부를 절개했다. 공간을 좀더 크게 만든 다음, 그 속으로 튜브를 잡아끌었다. 위에 구멍을 만들었기 때문에 카테터를 장치해놓았다.

기관 내 튜브의 끝에 바람을 불어 넣고 잡아 꺼냈다. 위는 복벽 사이에 단단하게 끼워졌다. 나는 튜브 바깥 주변의 봉합을 끝내고 수술이 잘된 것에 만족했다. 교본의 저자가 얼마나 복잡하게 표현해놨는지, 사실 그 내용이 실제로 얼마나 간단한 건지 놀라웠다.

"이제 좀 편히 쉴 수 있겠네요!" 제시는 계속해서 숨을 쉬고 있고 안정돼 보였다. 수술이 정말 잘 끝났다는 게 거의 믿어지지 않았다! "이제 우리가 해야 할 건 수술 부위를 닫고 일을 끝내는 거라구요."

문제가 생긴 걸 알아차린 때는 복막과 피부판 끝의 직선 모양의 배 근육과 흉골의 기저를 통과하는 첫 봉합을 하고 난 후였다.

덱슨 봉합사를 풀어서 매듭을 묶으려고 하는데 족히 3인치나 되는 부분이 서로 일치하지 않는다는 것을 알게 되었다.

"오, 안 돼!" 입에서 괴로운 신음이 흘러나왔다. "이 근육들이 얼마나 수축됐는지 보라구요!" 장갑을 낀 손으로 근육판의 끝부분을 잡고 모을 수 있는 모든 힘을 가해서 제시의 머리 방향으로 잡아당겨보았다. 그리고 그 상태로 한동안 잡고 있었다. 너무 힘을 쓰다 보니 손에 통증이 왔다. 다시 매듭 있는 쪽으로 돌아와서 근육 끝부분을 서로 나란히 맞닿게 놓으려고 했지만 여전히 두 근육판을 묶기에는 2인치가 짧았다.

"젠장!" 핀셋이 수술실 벽으로 팅겨져 나가자 나는 그만 큰 소리를 내고 말았다. 갑자기 피곤이 몰려왔다. 머리가 지끈거리는 고통이 느껴졌고 뒷목이 뻣뻣해짐을 느꼈다. 뒤로 한 발자국 물러서서 숨을 깊게 들이쉬고 강도 높은 집중을 하는 동안 근육에 몰렸던 긴장을 풀어보려고 머리를 이리저리 움직여보았다.

"어떻게 근육들이 저렇게 짧아질 수 있는 거죠?" 도리스가 뒤숭숭한 적막을 깨며 말했다.

"지난번에 고양이 다리에 뼈를 박아 넣을 때 얼마나 세게 잡아당겼는지 기억나요? 두 개의 뼈 양 끝을 하나로 모으려고 얼마나 당겼는지 말이에요. 같은 일이 벌어진 거라구요. 근육에 일정 시간 동안 긴장이 일어나면 수축으로 짧아지게 되요. 어떻게 해결할 방법이 있는지 찾아봐야겠어요. 당신과 아버지가 뒷다리를 풀고 녀석의 등 아래 끝부분을 위쪽으로 향하게 해줄 수 있겠어요?" 녀석을 앞으로 구부려주면 제가 등을 하나로 모을 수 있을 것 같은데요. 아버지와 도리스가 제시의 몸을 U자 모양으로 구부리고 있을 때 나는 봉합실을 짧게 줄여서 근육 양쪽 끝을 옆으로 나란히 오도록 했다.

"조금 더 높게요." 나는 중얼거리듯이 말했다. "제가 몇 바늘 더 봉합하는 동안 그렇게 잡고 계세요."

도리스와 아버지가 힘에 부쳐 투덜대는 동안, 나는 겨우겨우 한 땀씩 꿰매나갔고 근육 끝부분들이 서로 맞붙게 잡아당겼다.

"개를 바닥에 내려놓으면 안 될까요?" 도리스의 얼굴이 벌겋게 달아

 빨리요, 송아지가 나오려고 해요

올랐다. 힘을 계속 쓰고 있어서 도리스의 팔이 후들거렸다.

"네, 나머지 부분은 혼자서 끝낼 수 있어요."

나머지 부분은 아주 간단한 것이었고 마침내 모든 걸 끝내고 나니 제시의 배 앞부분에 말발굽 같은 모양으로 가로로 길게 봉합선이 생겼다.

도리스가 수술도구들을 씻고 있는 동안 나는 워커 씨에게 전화를 했다. 전화벨이 한 번 울리자 그가 전화를 받았고, 나는 그가 잠을 자기는 한 건지 궁금했다.

"여보세요! 여보세요!"

"네, 워커 씨, 수술이 끝났습니다. 그리고 제시는 기대 이상으로 잘 견디고 있구요."

"출혈은 제어가 됐소? 피가 멈췄냔 말이오."

"네, 출혈은 멎었고 매우 안정된 상태입니다. 대체로 수술은 잘된 것 같군요."

"가서 녀석을 볼 수 있겠소? 녀석이 깨었을 때 옆에 있어주고 싶소."

수술방의 상태 때문에 나는 망설였다. "치울 시간을 몇 분 주신다면 괜찮을 것 같은데요."

"도리스! 도리스! 여기 좀 치워야겠어요. 워커 씨가 오고 있다구요."

내 입에서 이 말이 나오고 나서 청소용 양동이가 채워지자 마자 그가 갑자기 들이닥쳤다.

"오, 세상에!" 그의 목소리가 어두웠다. "저 피가 모두 우리 제시 몸에서 나온 거요?"

"네, 안됐지만 그렇습니다. 녀석의 배에 피가 가득 찼습니다. 목숨을 구하고 혈액을 다시 사용할 수 있게 돼서 정말 다행이었어요.”

워커 씨는 마치 머릿속에 그 장면을 넣어두었다가 후손에게 전해주기라도 할 것처럼 천천히 그리고 오랫동안 수술실을 둘러보았다. 수술실은 마치 볼품없이 꾸며진 도살장 같은 모습이었다. 도리스가 청소기로 붉은빛의 목욕물 같은 것을 빨아들였다. 수술대에는 온통 피가 묻어 있었고 아래로 흘러내려 바닥에 고여서 굳은 진흙같이 돼버렸다. 피로 흠뻑 젖은 수술용 천이 구석에 있는 세탁바구니에 쌓여 있었다. 바닥에는 이쪽 끝에서 저쪽 끝까지 붉은 자국들이 나 있었고 한 벌의 붉은 발자국이 방을 가로질러서 접수대 쪽으로 나 있었다.

수술실을 보기 흉하지 않을 정도로 만드는 데 거의 한 시간이 걸렸다. 그때가 8시 30분이었고 벌써 오늘의 첫 손님이 도착했다. 워커 씨는 제시가 있는 개장 앞의 의자에 앉아 있었다. 그는 녀석이 숨을 쉴 때마다 내는 울음소리에 반응하며 손으로 녀석의 머리를 잡고 계속해서 단조롭고 낮은 목소리로 달래주고 있었다.

“통증이 많이 심한 거요? 이런 식으로 불만을 나타내는 녀석이 아닌데.”

가엾은 제시의 배가 지금 어떤 느낌일지 생각해보았다. 도리스와 아버지는 허공에 개의 다리를 잡고 있고 나는 배의 근육들을 당기고 있는 모습을 상상해보니 ‘아니요’라고 말하기가 망설여졌다.

도리스는 개장 쪽으로 질질 끌려가고 있는 반항아인 누런 래브라도와 씨름 중이었다. 이 녀석은 제시가 아픔을 호소하는 울음소리를 듣고, 수술실의 냄새를 맡더니 발을 꼿꼿이 세우고 주인한테로 가려고 버둥거렸다. 도리스는 지쳐서 자포자기한 상태로 나를 보았다. 내가 가서 녀석을 팔로 안았다.

"앞장서라, 맥더프." 나는 농담을 했다. "나를 위해 개장을 열어주면 어떻겠니?"

아버지는 마지막까지 남은 더러운 빨랫감을 세탁기에 집어넣었다. 도리스가 잽싸게 개장을 열자, 나는 때를 잘 맞춰오지 못한 불행한 방문객을 안으로 밀어 넣었다. 그 녀석은 몹시 흥분해서 빠져나갈 구멍을 찾고 있었고, 슬픔에 잠겨서 울부짖으면서 개장 바닥을 긁어대기 시작했다. 우리는 동시에 웃음보가 터지고 말았다. 결코 오늘밤의 일들을 잊어버리지 못하리라!

"아버지, 이제 즐거운 하루의 일과도 다 끝난 것 같네요."

아버지는 입을 벌리고, 찬찬히 고개를 흔들면서 세탁기에 빨랫감을 집어넣기 위해 발길을 돌렸다. 도리스는 한숨을 깊게 쉬고는 남은 일을 처리하기 위해 접수대로 가서 다른 환자들을 데려왔다. 새로운 하루가 밝아오기 시작했고, 그냥 헤쳐 나가는 수밖에 다른 방도가 없었다.

제시는 계속해서 기적적인 회복을 보이고 있었다. 이틀이 지나고, 집에 도착하면 담당 수의사에게 보이라고 워커 씨에게 알려주면서 제시를 퇴원시켰다. 제시의 담당 수의사는 워커 씨와 오랜 친구 사이였다. 둘은 아주 가깝게 연락하고 지내기 때문에 그 수의사는 녀석의 경과를 잘 알고 있었다.

그날 오후에 녀석을 신형 링컨 콘티넨탈 차에 옮겨주었다. 워커 씨는 지역의 목수에게 차 안에 부속공간을 만들어달라고 해서 앞자리 뒤의 전체 공간을 제시를 위한 침대로 만들 수 있도록 해두었다. 좌석을 포함해서 전체 면은 그의 소중한 개를 좀더 편안하게 태우려고 그가 얼마 전에 구입한 쿠션으로 덮여 있었다.

열흘 후에 제시의 수의사에게서 전화가 걸려왔다.

"페린 선생, 당신이 최근에 치료한 개, 제시 워커의 경과를 새로 알려주려고 전화했습니다. 녀석의 복부에서 기관 내 튜브를 방금 뽑아냈는데 얼마나 건강해 보이는지 믿을 수가 없군요."

"잘됐군요! 워커 씨와 제시가 여기 있는 동안 우리는 아주 깊은 인상을 받았습니다. 그들이 잘 지낸다고 하니 정말 기쁘군요."

"할 말이 좀 있는데 나를 구식이라고 생각할지 모르지만 말입니다."

"왜 그러시죠?"

"당신이 위를 고정할 때 쓴 기술에 대해 나는 전혀 들은 적이 없습니다. 그리고 절개를 그렇게 하는 사람도 분명히 본 적 없구요."

"네, 만약 도움이 되신다면, 그 수술법은 《북아메리카의 수의 임상》이라는 실험안내서에 있는 내용입니다. 그리고 저는 분명히 다시는 그런 방법으로 접근하지 않을 겁니다. 수술 부위를 다시 봉합하는 데 너무 힘든 시간을 보냈으니까요!"

우리 둘은 껄껄 웃었고 전화를 막 끊으려 하자 그가 다시 말을 꺼냈다.

"어떻게 말을 꺼내야 될지 모르겠는데 당신이 받은 치료비를 물어봐도 될까요?"

얼굴이 확 붉어지고 심장 박동이 빨라졌다. 내게 있어서 진료비는 항상 민감한 문제였고 누군가가 내가 해준 서비스가 청구된 진료비만큼의 가치가 없다고 알려줄 때 나는 방어적으로 되는 경향이 있었다.

"워커 씨가 진료비 때문에 기분이 안 좋으신가요? 녀석을 치료하느라 우리 세 명은 밤을 새서 일했고, 가능한 한 합리적인 진료비를 청구하려고 노력했는데요.”

“페린 선생, 이건 정말 내가 관여할 일이 아닌 것 같은데.” 그가 말 꺼내기를 주저했다. “만약에 우리가 전화상으로 좋은 신뢰감이 만들어 지지 않았다면 아마 말하지 않았을 겁니다만, 랄프는 내 절친한 친구 고 내게 이 말을 해달라고 하더군요.”

“랄프는 30년 넘게 치과병원을 운영해왔고 나는 그곳을 25년 동안 다녔습니다. 제시의 쿠션 가격이 당신이 제시를 치료하고 청구한 금액 보다 38달러나 더 청구돼왔는데 당신이 이 사실을 알아야 한다고 생각 하더군요.”

“무슨 말씀이신지.” 나는 믿어지지가 않아서 턱이 벌어졌다. “제가 충분한 금액을 청구하지 않았다는 뜻인가요?”

“말하자면 만약에 여기서 그 수술을 했다면 그는 서너 배는 더 지불 했어야 했다는 겁니다. 랄프는 당신이 너무 적은 금액을 청구해서 놀 랐지만 그렇게 얘기해서 당신을 모욕하고 싶어 하진 않았습니다.”

둘 다 무슨 말을 덧붙여야 할지 몰라서 한동안 침묵이 흘렀다. 마침 내 그가 이렇게 얘기하며 끝을 맺었다. “내 환자와 고객을 그렇게 잘 돌봐줘서 정말 고맙습니다. 당신의 서비스 덕분에 모두들 그 어느 때 보다 행복해하고 있답니다.”

전화를 끊고 나서도 나는 한참 동안 다이얼 신호음을 듣고 있었다. 그 이후로 나는 그런 상황에서의 유일한 해결책은 호탕하게 웃는 것이 란 걸 배웠다. 하지만 아무리 생각해도 그 상황에서는 미소를 짓는 것 조차 그리 쉬운 일은 아니었다.

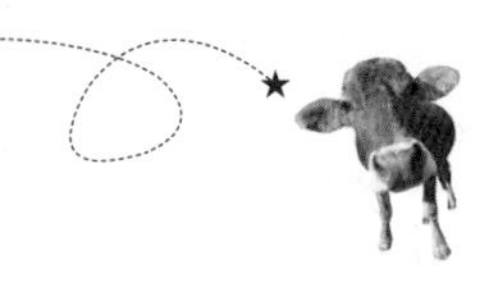

아이들

임시로 덧댄 건물 정면 위로 상체를 구부리고 있었더니 배가 얼얼하고 아팠다. 간판은 썩어 있었다. 못도 여기저기 삐져나와 있었다. 못이 몇 번이나 갈비뼈 부위를 찌르려고 해서 움찔거리며 뒤로 물러났다. 입고 있던 셔츠는 금세 더러워졌고 여기저기 난 구멍으로 벌집이 되어 버렸다.

큼지막하게 떨어져서 말려나온 회색 페인트 마지막 부분을 문질러 닦아내려고 열심히 가장자리 쪽으로 갔다. 내겐 너무 힘든 일이었다. 조금 후에 흰색 페인트를 칠할 수 있게 되었다. 도리스는 계속해서 내게 새로 페인트를 칠하고 벽지를 바르면 많은 결점들이 감춰질 거라고 말했고, 나도 이 볼썽사나운 건물을 빨리 손보지 않고서는 견딜 수가 없었다. 여기 있은 지 두 달이 되었지만 아직도 간판을 걸 용기가 나지 않았다.

“저 좀 도와주세요, 아저씨!”

깜짝 놀라 아래를 내려다보았다. 나는 마지막 모서리 부분에 벽토를 칠하려고 너무 몰두하는 바람에 아래 길가에서 무슨 일이 일어나고 있는지 모르고 있었다. 소년이 피가 덕지덕지 묻은 채로 서 있었다. 그애의 팔에 안겨 있는 개는 거의 죽은 것 같아 보였다.

“당장 거기로 내려갈게! 사다리에서 내려갈 시간을 좀 다오.”

나는 타르가 발린 울퉁불퉁한 지붕 위로 긁개를 던져두고 건물 아래로 내려가게 되어 있는 구멍으로 몸을 밀어 넣었다. 재빠르게 사다리에서 내려와서 사무실까지 계단을 달려 내려왔다.

“우리 부츠가 차에 치었어요! 우리는 퀸 농장 근처에 있었는데 어떤 남자가 얘를 치고 갔어요. 멈추지도 않고 그냥 지나가버렸어요!” 팔에 흐느적거리는 개를 안고 있는 순진한 얼굴을 보고는 병원으로 서둘러 데리고 들어갔다. 개의 몸 밑으로 팔을 슬쩍 집어넣었더니 소년은 마지못해 개를 건네주었다.

“퀸 농장에서 사람들이 아저씨가 수의사라고 얘기해줬어요. 얘는 지금 죽는 거예요?”

소년의 강렬하고 푸른 눈이 강아지 몸을 손으로 살피고 있는 나를 뚫어지게 바라보았다. 이곳저곳이 상처투성이였다. 녀석의 오른쪽 귀가 반쯤 찢겨져 머리에서 떨어져 나와 있었다. 오른쪽 허벅지 위쪽은 짧아져서 괴상한 모양으로 달려 있었고 꼬리는 살가죽에 매달려 있었다. 상처 부위와 콧구멍에서는 피가 계속해서 흘러나오고 있었다. 숨쉴 때마다 매번 가슴이 들썩거렸다.

“잘 모르겠구나, 애야. 최선을 다해봐야지.” 나는 잽싸게 정맥 주사도구들을 모아놓고 개의 앞다리 털을 제거했다. 두 개 정맥에 카테터를 찔러 넣었다. 피가 천천히 흘러나오자 수액을 연결시켜놓았다. 산소를 틀고 부츠의 코에 마스크를 씌웠다.

"저는 돈이 하나도 없어요, 아저씨." 젖은 눈으로 빤히 바라보는 소년의 모습이 강렬했다. 그는 제 나이보다 더 성숙한 목소리로 말했다.

"아저씨가 해주시는 치료비를 드릴 방법이 없단 말이에요."

"뭔가 다른 방법이 있겠지."

"우리는 돈이 없어요. 엄마는 부츠를 하나도 안 좋아해요. 많이 화내실 거예요."

눈물이 소년의 볼을 타고 흘러내렸다. 소년은 물끄러미 친구의 죽어가는 몸을 바라보고 있었다. 그는 후들후들 떨더니 얼굴을 돌리고 팔로 눈물을 훔치는 것이었다.

부츠의 잇몸이 허옇게 변해 있었다. 만년필 모양의 손전등을 쥐고 눈을 살펴보았다. 오른쪽 눈동자는 핀 끝만큼 작은데 왼쪽은 원래 크기보다 열 배나 커져 있었다.

"왜 이런 거예요? 왜 한쪽이 다른 쪽보다 저렇게 커진 거죠?"

"머리를 다친 것 같은데 그리고 뇌가 부풀어오른 것 같구나. 눈동자가 저렇게 되면 한쪽 뇌가 다른 한쪽보다 압력이 커졌다는 의미거든."

나는 솔루델타 코르테프라는 강한 스테로이드제 병을 손에 쥐고 고무마개를 눌러서 멸균수를 흰색가루에 섞은 다음 낮은 그릇에 담아놓았다. 주사기에 이 액체를 빨아들여서 천천히 정맥주사 장치 입구를 통해 주사했다.

"뇌진탕 같은 건가요?"

“그렇단다. 부츠는 뇌진탕이고, 지금 쇼크 상태란다.”

머리에 찢어진 상처 부위를 닦아내고 상처 주위의 털을 제거하는 동안 개는 반응이 느린 상태로 누워 있었다. 내가 근육층을 닫고 피부 가죽을 봉합하고 있을 때 녀석은 바르르 떨면서 울음소리를 내기 시작했다.

“개가 저 통증을 느끼나요?” 질문은 사실적이었고 소년의 잘생긴 얼굴은 무표정했다.

“녀석은 지금 어디에 있는지 모르고 있단다. 확실히 말해줄 수는 없지만 아직 아무런 통증도 못 느끼는 것 같구나.”

계속해서 부츠의 상처 부위 털을 깎아내고 문지르고 닦아냈다. 한 시간이 지나고 나니 녀석의 잇몸에 핑크빛이 돌기 시작했다. 우는 소리는 좀더 일정해졌고 가끔 의식적으로 애쓰고 있음을 알려주는 움직임이 보였다. 나머지 오후시간을 수술대에서 부츠와 씨름을 하며 보냈다. 또 하루의 일요일이 진료기록부 속으로 사라져가고 있었다.

“저, 엄마한테 굉장히 혼날 거예요. 엄마는 부츠를 싫어해요. 계속 갖다 없애라고 얘기하세요. 그렇지만 부츠는 제 친구예요. 그애에게 무슨 일이 일어나게 내버려둘 수는 없어요.”

“부츠를 위해서 우리는 최선을 다할 거란다. 하지만 정상적으로 돌아올 거라는 보장은 해줄 수 없다는 건 알았으면 좋겠구나. 녀석이 회복되는 동안 여기에 둬야 할 것 같다, 그리고 만약에 머리 상태가 좋아진다면 부러진 다리를 치료하는 수술을 해야 할 거야.”

“엄마한테 말하지 않을 거죠, 그렇죠?”

“네 엄마가 계속 모르게 할 수 있을까? 네가 개를 데려가지 않으면 엄마가 눈치 채실 텐데.”

“아니에요, 안 그럴 거예요. 아저씨가 말하지만 않으면요! 엄마는 뭘 잘 알아채시지 못하세요. 그냥 제가 엄마한테서 떨어져 있으면 괜찮을 거예요.”

소년에게 더 묻고 싶었지만 그의 눈을 보니 짧게 끝내는 게 나을 것 같았다. 어색한 침묵이 계속되었다.

“여기에 오래 살았니?”

“우리는 여기에 지난주에 왔어요. 엄마와 앤디가 캘거리에 있는 바의 어떤 남자와 얘기하고 있었는데 여기에 있는 과수원에서 과일을 따면 돈을 많이 벌 수 있다는 걸 알아냈어요.”

“일이 힘들었니?”

“아직 시작도 안 했어요. 엄마가 복지기관에 갔는데 우리가 살 곳을 찾을 돈을 줬대요. 그렇지만 엄마는 계속 과수원 일을 곧 할 거라고 말씀하셨어요.”

강아지가 조심스럽게 오른쪽 앞발을 움직였다. 뭔가 할 얘기를 찾으면서 소년과 나의 눈이 마주쳤다.

“내 이름은 데이브 페린이란다.”

“전 브라이언 갤러거예요.” 소년이 머뭇거리면서 손을 내밀어 악수를 했다. 그러고는 미소를 짓더니 부츠에게로 시선을 돌렸다.

소년은 오후 내내 내 옆에 남아 있었고 이른 저녁시간까지 계속 그랬다. 브라이언이 하는 수 없이 작별인사를 해야 할 때쯤에는 부츠의 모습이 더 안정돼 보였고 양쪽 눈동자도 거의 같은 크기로 돌아왔다. 긴 하루였다. 개장에 잠자리를 만들어 녀석을 눕히고 나서 뭐 좀 먹으려고 아래층으로 내려갔다. 나는 완전히 브라이언에게 몰두해 있었다. 그애는 꽤 괜찮은 녀석 같았다. 이렇게 슬픈 일이 소년을 얼마나 힘들게 만들었을까?

부츠를 마지막으로 살펴본 때가 자정이 지난 시간이었다. 정맥주사는 잘 들어가고 있었다. 수액이 들어 있는 팩을 바꿔주고 스테로이드제를 한 방 더 주사했다. 지금쯤이면 의식이 돌아오기를 바랐는데 간헐적으로 낑낑거리고 발을 움쩍거리긴 했지만 녀석은 여전히 사투를 벌이고 있었다. 나는 기적이 일어나기를 바랐다.

잠을 자려고 침대에 누웠더니 마음이 갈피를 못 잡고 복잡해졌다. 어둠 속을 응시한 채 누워 있으려니 새로 입원한 강아지의 울음소리가 들려왔다. 화살 모양으로 가끔 깜박거리는 시티 센터 모텔의 방향 표시장치에서 어쩌다 한 번씩 독특한 소음이 났다. 도로를 이리저리 달리는 계속되는 차들의 행렬 속에서 자동차 엔진이 움직이는 소리와 타이어가 끼익 하고 서는 소리가 들려왔다. 병원 앞 길바닥의 움푹 패인 곳을 살짝 치고 지나가는 덜커덩거리는 금속성의 소리도 났다. 술에 취한 한 무리의 사람들이 크레스턴 호텔의 정면 계단에서 뒤쪽에 있는 주차장으로 가면서 와자지껄 떠들어댔다.

나는 2주일 전에 시내로 이사 왔다. 나보다 먼저 이 건물에 세를 들어 살던 남자 두 명이 소란한 파티를 하고 난 후에 난장판을 만들어놓고 이곳을 나가버렸다. 나는 웨스트 크레스턴의 고독이 그리웠지만 여기로 옮겨오는 것이 일하기에 더 실리적이라는 걸 알고 있다. 머지않아 난 이 건물 전체를 쓰게 될 것이다. 앤서니는 이발소를 그만두고 모든 시간을 음악을 가르치는 데 쏟아붓기로 결심했다. 그는 집에서 작

업을 할 예정이었고 벌써 이발소의 짐들을 빼내고 있었다. 난 방 하나
가 더 필요해서 더 이상 기다릴 수 없는 상태였다. 지금까지 어떻게 변
통해왔는지 모를 정도였다.

5시 15분에 전화벨 소리를 듣고 잠을 깼다. 허브 허포드 씨였다. 트
솔럼 농장의 젖소가 젖몸살로 쓰러졌다는 것이었다. 나는 바지를 입고
아래층으로 서둘러 내려갔다. 브라이언이 마음속에 떠올랐다. 긴 금발
머리, 반짝이는 푸른 눈, 온화하고 순진한 표정까지. 소년의 개가 살아
있을까? 의식이 돌아왔을까?

불을 켤 새도 없었다. 급히 개장을 열고 어두침침한 내부를 들여다
보았다. 부츠는 가슴을 바닥에 댄 채 앉아 있었고 머리는 맥없이 처져
있었다.

녀석은 살아 있었다. 나는 의기양양해졌다! 대기실로 뛰어가서 불을
켜고 재빨리 돌아와서 내 환자를 더 자세히 살펴보았다. 두 눈은 부어
서 거의 감겨 있었고 보이는 거라고는 붉게 충혈된 흰자위뿐이었다.

나는 손뼉을 쳤다. "부츠! 부츠! 이리 온, 부츠!" 녀석이 나를 알아봤
을까? 나를 볼 수 있을까? 알 수가 없었다.

사무실에 돌아온 때가 9시쯤이었다. 허포드 씨네 젖소는 경과가 좋
았고 반시간 동안 발에 칼슘을 맞고 있었다. 그가 저녁식사에 초대했
고 아내 이브는 젖소들을 먹이며 내게도 저녁을 대접해주었다.

개장 건너편에 브라이언이 앉아 있는 것을 보았다. 소년은 그의 개에
게 쉴 새 없이 장난스럽게 들릴까 말까 한 소리로 웅얼거리고 있었다.

"제가 여기 와보니 저 아이가 문 밖에서 기다리고 있더라구요." 도
리스가 낮게 속삭였다. "내내 쉬지 않고 개에게 뭐라고 말하고 있었

어요."

"안녕, 브라이언. 오늘 아침은 어떤 것 같니?"

"얘가 저를 알아봐요, 근데 너무 슬퍼 보여요."

"너를 알아보는구나. 녀석이 슬퍼 보이니? 그쪽으로 가서 한번 불러 보렴."

브라이언은 개장 끝 쪽으로 갔다. "부츠, 이리 와봐, 부츠."

개의 상처 부위 살이 미세하게 씰룩거렸다. 몸을 돌아보지도 못하고 얼굴 표정도 아무 변화가 없었지만 꼬리만은 움찔했다.

브라이언은 하루 종일 병원에 머물러 있었는데 개의 옆을 떠난다 해도 겨우 녀석의 발밑을 벗어나지 않을 정도였다. 나는 농장에 왕진을 가기 전에 잠깐 동안 부츠를 살펴보았다. 녀석의 상태는 안정되어 있었다. 하지만 여전히 기운이 나 보이지는 않았다. 5시가 되기 바로 전이었는데 도리스는 퇴근 준비를 하고 있었다.

"브라이언, 무슨 말을 해줘야 할지 모르겠다. 그냥 좀 기다리면서 지켜봐야 할 것 같구나. 부츠는 조금씩 좋아지고 있지만 앞으로 어떻게 될지는 잘 모르겠구나."

오늘은 소년이 꽤 애처로워 보였다. 그애를 꼭 안아주고 싶었다. 모든 게 다 잘될 거라고 말이다. 그의 개는 낫게 될 거라고, 가족도 모두 잘 지내게 될 거라고, 그의 인생이 안락한 삶이 될 거라고……

차를 몰고 앨리스 사이딩 목장으로 갔더니 거기에는 기생충 구제와 백신예방 접종을 받게 하기 위해서 웨인 케른이 작은 무리의 말들을 한 줄로 세워놓고 있었다. 근처에 사는 10대 소녀들 가운데 말을 가진 애들도 다 모여든 것 같았다.

7시가 넘어서 일이 끝났다. 해가 지려면 두 시간 정도가 더 지나야
했고 나는 건물 외벽을 흰색 페인트로 칠해놓고 싶어졌다. 일주일 전
에 재료들을 사다놓고 페인트 롤러와 붓들을 넘어다닐 때마다 페인트
칠을 해놓으면 병원이 얼마나 더 산뜻해질까 하는 생각을 했다.

아직 병원까지 한 블록이 남아 있었는데 건물 앞에 기대 서 있는 남
자를 발견했다. 처음에는 늙은 조지인 줄 알았는데 가까이 다가가 보
니 브라이언이었다.

"부츠를 봐도 돼요?" 소년은 자기의 모든 삶이 이 건물 안에 있다는
듯이 정신이 팔린 표정이었다.

"물론이란다, 브라이언. 자, 들어와라. 난 페인트칠 좀 할 건데 괜찮
지? 오늘 저녁에 시작해놓으려고 하거든."

"제가 도와드릴까요? 부츠를 치료하기 위해 해주신 걸 모두 갚으려
면 제가 할 수 있는 게 더 있나요?" 그가 날 애처로운 눈으로 바라보았
다. 눈물을 참으려고 애쓰고 있었다.

"엄마가 부츠가 아픈 걸 알게 됐어요. 바에 일하러 갈 때 제가 여기
있는 걸 보셨어요. 제게 다 말하게 하셨어요. 엄마가 이만저만 화가 나
신 게 아니에요! 여기 와서 부츠를 안락사 시키도록 하시겠데요."

"부츠에게 가보렴. 다 보고 난 후에 이리 올라와서 날 좀 도와다오."

브라이언이 작업에 합류할 때쯤 나는 손이 닿을 수 있는 한 아래쪽까
지 2인치 너비의 널빤지에 페인트칠을 끝마쳤다. 깨끗하고 광이 나는 모
습을 보니 흥분이 되었다! 낡고 오래된 회색빛과의 대비라니.

내가 칠 도구를 하나 더 준비하는 동안 브라이언은 롤러를 건네받아
서 지면 쪽으로 내려갔다. 두 개의 롤러의 길이를 연장해서 우린 빌딩

전체를 모두 칠했다. 브라이언과 작업하는 동안 녀석이 꽤 수다스럽다는 것에 놀랐다. 그에게 존이라는 형이 있다는 걸 알게 됐다. 그애 엄마는 온종일 술을 마시기 전까지는 정말 좋은 사람이었다고 했다. 아버지가 누구인지는 모르지만 그건 문제가 되지 않는다고 했다.

소년은 캘거리 거리에서 알게 된 비둘기에 대한 얘기를 계속했다. 그는 자신에게 아무런 도움도 되지 않는 새에 대해서 애정을 가지고 얘기를 하고 있었다. 부츠가 그 새를 어떻게 먹는지 설명하는 데서 소년은 우물쭈물하며 말문이 막혀버렸다. 하지만 먹을 게 아무것도 없었기 때문에 개의 잘못만은 아니었다.

소년은 자기와 형이 어떻게 탄산음료수 병을 모으는지 얘기해주었다. 쓰레기 깡통들 사이에서 돈을 주고도 살 수 있을 만큼 상태가 좋은 음식을 찾아낼 수 있는 장소를 어떻게 알아내는지도 얘기했다. 크레스턴도 좋은 곳이기는 하지만 생활이 어렵다고 했다. 그곳에서 생활하는 요령을 배우려면 그와 존에게는 시간이 필요했다.

어둠이 내린 후에야 나는 롤러를 빼고 모든 도구들을 치워놓는 일을 끝마쳤다. 병원 정문 앞에서 브라이언을 보내면서 도와줘서 고맙다고 얘기했다. 그애는 안절부절못하고 있었다. 그래서 난 뭔가 녀석에게 문제가 있나 생각했다. 그애는 막 떠나려고 하다가 불쑥 말을 꺼냈다.

"내일 우리 형하고 같이 와도 돼요?"

"그럼, 문제없지."

소년의 얼굴에 미소가 환하게 번지더니 길 쪽으로 달려 내려갔다. "내일 올게요!"

아침에 도리스가 병원 문을 열 때 그애들은 거기 있었다. "너희들 왔구나!” 그녀는 내가 자고 있는 위층을 향해 큰 소리로 얘기했다. 나는 침대에 누워 있었고 방금 욕조에서 나온 상태였다. 아직 부츠를 살펴보지도 못했다. 혹시 개가 밤새 죽어서 브라이언이 맨 처음으로 그 걸 발견하게 되면 어쩌지? 나는 옷을 재빠르게 걸쳐 입고 아래층으로 달려 내려갔다.

“얘가 저를 알아봐요, 데이브 아저씨!”

두 소년은 열려 있는 개장 주위에 몰려들었다. 개가 믿어지지 않게 소년의 손가락을 핥자 브라이언의 얼굴이 환해졌다.

“저는 존이에요.” 키 크고 마른 소년이 벌떡 일어서서 손을 내밀었다. “부츠를 도와줘서 고맙습니다.” 그애의 머리도 금발이었지만 동생보다 색이 더 짙었고 긴 곱슬머리였다. 닮은 구석도 있었지만—커다랗고 푸른 눈 같은 데는 그랬지만—둘이 형제라는 걸 알아맞추기는 거의 불가능했다.

존의 미소가 조금씩 사라지더니 수줍은 표정이 되었다. “제가 여기 와도 되는 거죠? 집에서는 아무것도 할 수 없었어요.”

“네가 와도 아무 상관없단다, 존. 너희들 아침 밥 먹었니?”

조금도 망설이지 않고 존이 대답했다, “네, 벌써 먹고 왔어요!” 브라이언이 형에게 묘한 표정을 짓더니 돌아와 부츠에게 장난을 쳐댔다. 목장의 건강검진 약속에 가기 전에 두 아이들에게 페인트칠을 하도록 했다. 그들은 환상적인 짝이었다. 둘이서 같이 일도 잘해냈고 쉴 새 없이 농담 따먹기도 했다. 그애들은 형제이기도 했지만 그보다 먼저 좋은 친구 사이였다.

검진을 마치고 돌아왔을 때 건물 정면에 첫 번째로 해놓은 페인트칠을 보고 나는 기분 좋게 깜짝 놀랐다. 존은 벽면에 떨어져 나온 페인트를 벗겨내느라고 바빴다.

"정말 잘해놓았구나. 얘들아! 뭐 좀 먹지 않겠니?"

브라이언의 눈이 커지더니 막 대답하려고 하는데 존이 가로막았다. "우린 배고프지 않아요. 아침에 많이 먹고 왔거든요."

나는 브라이언의 실망스런 표정을 보았다. 소년은 배가 고팠고 형이 아무리 부인해도 사실이 바뀔 수는 없었다.

"자, 점심 좀 만들어볼까."

토요일에 협동조합에 들러 물건들을 잔뜩 사다 놓아서 냉장고에 이것저것들로 가득 있었다. 나는 살라미 소시지와 양상추로 샌드위치를 만들어서 접시에 담아 테이블 가운데에 내려놓았다.

"덤벼라, 얘들아!"

그애들에게 먹으라고 재촉하는 것도 이번이 마지막이었다. 그날 이후로 쭉, 냉장고에 물건을 간수하는 게 점점 더 어려워져버렸다. 부츠는 하루가 다르게 회복되었고 주말쯤에는 확실히 다 나아졌다. 브라이언의 엄마가 여기 와서 방해를 한 적도 없었다. 내가 부츠의 치료를 계속해주지 않을 이유가 없었다.

페인트가 다 떨어져서 소년들은 며칠 동안 작업을 쉬게 되었다. 나는 리스터 지역에 있는 젖소 몇 마리의 임신 테스트를 하러 가는 길이었다. 아직 시내를 벗어나지 못했고 16번가를 달리고 있었다. 시민 아파트 옆을 지나는데 보도 위에서 불길이 활활 타오르고 두 소년이 그 앞에 서 있는 게 보였다. 좀 이상하다고 생각했지만 나는 그들 가운데 한 소년이 옆으로 몸을 돌릴 때까지 계속 지켜보고 있었다. 그애는 바로 존이었다!

나는 후진해서 도로에 차를 세워두고 둘에게로 발을 쿵쿵거리며 걸어갔다.

"너희들 도대체 지금 무슨 짓을 하고 있는 거야? 여기는 시내야. 보도 가운데서 불을 피우면 안 된다구."

나는 발로 차서 불길을 흐트러뜨리고 불이 더 이상 옮겨붙지 않도록 쓸어내려고 풀밭 쪽으로 마른 조각들을 전부 내던졌다.

"지금 하고 있는 짓이 뭔지나 알고들 있는 거야? 저 깡통들이 제대로 열을 받았으면 너희들 앞에서 폭발했을지도 모른다구!"

두 녀석은 움츠러들었고 나는 좀더 세련되게 행동할걸 하는 생각을 했다. 존이 멋쩍은 듯 어깨를 으쓱했다. "죄송해요, 우리는 그냥 콩을 좀 익혀 먹으려고 그랬어요."

"무슨 말이니? 콩을 익혀 먹는다고? 시내에서 이렇게 길거리에 불을 지피면 안 되는 거야. 너희들 어디서 사니? 왜 집에서 요리를 하지 않고?"

"저흰 여기 살아요. 바로 저기가 우리 집이에요. 최고죠." 존이 수줍게 보도 끝 쪽에 열린 문을 가리켰다. 나는 어두운 아파트 건물로 들어가 전기 스위치를 더듬어 찾았다.

"여기는 전기가 들어오지 않아요. 그래서 불을 피워 요리를 하는 거예요."

나는 당황스런 눈길로 그애들을 쳐다보았다.

"정말이니? 여기 산다고 날 속이고 있는 건 아니겠지?"

"우리가 자는 데는 바로 저쪽이에요." 존이 구석에 구겨져 있는 슬리

 빨리요, 송아지가 나오려고 해요

핑백을 가리켰다.

"엄마는 어디 계시니?"

"술집이 문을 열어서 엄마하고 앤디 아저씨는 한 시간 전에 거기 갔어요."

나는 의심스러워서 집 주변을 돌아보았다. 자는 방에는 열려 있는 옷가방이 어지럽게 흩어져 있었고 옷들이 여기저기 나뒹굴었다. 세상에, 그 꼴이라니. 누구든 이렇게 살고 있는 모습을 보고 싶지는 않았다. 브라이언과 존이라면 더군다나!

"너희 엄마랑 살고 있는 남자가 일은 하고 있니? 뭘 할 줄 아는 게 있어?"

"앤디 아저씨는 매번 목수가 되는 얘기를 했어요." 존이 나서서 말했다. "하지만 우리가 알고 있기로는 한 번도 그런 비슷한 일을 한 적도 없어요. 지도도 읽지 못하는데요. 여기로 오는 도중에 레블스토크에서 결국 들통나버리고 말았어요."

나는 겁이 나서 움찔했다. 마음속에는 소년들을 위해 뭔가 방도를 찾으려는 생각이 계속해서 일어났다. 아마도 내가 이 남자에게 직업을 찾아준다면 가족 모두가 경제적으로 자립하게 될 수 있을지도 모른다. 어쩌면 이 사람들 모두에게 뭔가 전환점이 필요한지도 모른다. 진짜로 이 남자가 목수가 된다면 크레스턴에서 잘 살 수 있을 것이다.

내가 지금 뭐하고 있는 거지? 이건 정말 나하고는 상관없는 일인데. 나는 이 일로 하루 종일 마음을 졸였고 결국 결심했다. 내 뒤로 크레스턴 호텔의 문이 닫혔다. 주변을 둘러본 후에 나는 천천히 바 쪽으로 걸어갔다. 한낮이어서 술을 마시는 곳에는 손님이 거의 없었다. 술에 취한 사람이 구석에 앉아 혼잣말을 하고 있었다. 벌목꾼들로 보이는 작업복을 입은 여섯 명의 남자들이 문 옆의 테이블에 모여 앉아 있었다. 당구 큐대를 손에 든 젊은 남자가 동료가 공을 헛치는 것을 보고 야유를 보냈다.

갤러거 부인을 찾는 건 어렵지 않았다. 그 여자는 벽에 등을 기댄 채 저쪽 구석에 홀로 앉아 있었다. 꽉 끼는 검은 바지와 노란 블라우스를 입고 있었다. 눈은 반쯤 감은 채로 혼자 중얼거리고 있었다. 머리는 앞쪽으로 기울어져 있었는데 머리 위쪽에 올린 금발 가발이 꼬아져 내려와서 얼굴 한쪽을 덮었다. 그 아래쪽으로 새까만 머리 한 가닥이 삐죽 나와 있었다. 왜 중년 여자들은 희뜩희뜩한 머리가 몇 가닥 생기는 것을 받아들이지 못하는 것일까?

나는 아직도 내가 뭘 하고 있는지 의아해하면서 테이블 쪽으로 발걸음을 옮겼다. 화장실 문이 휙 하고 열리더니 내가 찾고 있던 남자가 걸어 나왔다. 그는 작고 땅딸막했는데 아마도 60대 초반쯤 되어 보였다. 건들거리며 복도를 성큼성큼 걸어오면서 의자 몇 개를 비켜 지나가더니 그 여자 옆에 앉았다. 옷차림새는 부스스하고 새치가 섞여 있는 검은 머리는 기름기가 덕지덕지했고 헝클어져 있었다.

"당신이 앤디 씨인가요?"

"그렇소이다. 무슨 일이요?"

"저는 길 건너편에 있는 수의사인데요. 당신이 목수 일을 한다고 브라이언과 존이 말해주더군요. 일을 좀 하실 생각이 있나 해서요?"

나의 본능은 지금 하는 이것이 현명하지 못한 행동이라고 말하고 있었다. 앤디의 모든 것이 내 마음을 옆길로 새도록 만들어버렸다. 그의 외모, 몸짓, 굼뜬 행동이 모두 그랬다. 만약 내가 뭔가 좋은 결과를 바란다면 그 사람을 절대 쓰지 않을 거였지만 소년들을 위해서는 어쩔 수 없었다. 분명히 앤디의 주머니에 돈이 좀 들어가면 가족들의 상황도 좀더 나아질 터였다.

그가 일하는 첫날, 나는 내가 없는 동안 일이 얼마나 잘 되고 있는지 보려고 몹시 궁금한 마음에 주차장에서 서둘러 나왔다. 문이 열리고 문턱을 막 넘어섰다. 불은 켜 있지 않았다. 내부 공기가 연기로 탁해져 있었다!

"이런, 지독한 연긴데요!"

"정말 지독해요!"

연기 사이로 도리스의 실루엣이 보였다.

"대체 여기 무슨 일이 난 거예요?"

"선생님이 고용한 저 멍청한 이가 벽에 구멍을 뚫는다고 체인 동력 톱을 빌려왔어요. 제게 연필을 찾으러 왔더군요. 기구들을 정돈해놓으려고 뒷방에 갔는데 그 사람이 벽지 위에다 선을 그리고 있었어요. 몇 분 후에 톱질을 시작했어요. 제가 보는 앞이라 겁을 먹었더라구요!"

"그랬겠죠!"

"전깃불이 나가기 바로 전에 저는 나와버렸어요. 그 작자가 전기선을 건드린 것 같아요. 왜냐하면 여기저기에 불꽃이 튀었거든요!"

"그 늙고 바보 같은 사람은 어디 갔나요?"

"손전등을 좀 얻어와서 일을 마저 끝내야겠다며 크레스턴 철물점에 간다고 하던데요."

"대단하군요!" 나는 눈을 감고 쓴 공기를 깊이 들이마셨다. 이건 내가 생각했던 것 이상이었다. 목수로서의 그의 기술을 의심은 했지만 그래도 이건 정말 우스꽝스러운 상황이었다. 그 남자는 기본적인 상식도 없는 사람이었다!

"도대체 어디서 그런 작자를 데려왔어요? 그 사람이 오늘 아침에 여기 와서 해머가 있느냐고 묻더라구요. 어떤 목수이기에 해머도 가지고 다니지 않는 거죠? 철물점에 하나 얻으러 가더니 몇 분이 지나고, 몰리한테서 전화가 왔는데 그 사람이 여기서 일하냐고 묻더군요. 연장하고 작업재료 한 뭉치 값을 당신 앞으로 달아놓았으면 하던데요."

"그래서 몰리한테 뭐라고 했어요?"

"뭐라고 해야 할지 모르겠더라구요. 만약에 당신이 그걸 동의하지 않으면 그 작자의 임금에서 언제든지 그 액수만큼 제할 수 있을 거란 생각이 들었어요."

"잘했어요!"

"전깃불이 나가고 나서 고든에게 전화를 걸려고 했어요. 그런데 전화도 고장이 났더라구요. 고든의 사무실에 내려가기 전에 일을 이렇게 만들어논 그 작자를 기다리고 있던 중이었어요. 전화국에도 전화를 해놓아야 될까요?"

오 이런, 지금 막 고든의 목소리가 들리는 것 같았다. 친구 엘든 슐츠와 함께 이 보수공사를 도와주려고 일렬로 집합해 있는 모습이었다. 이 일의 결과는 절대로 듣고 싶지 않았다! 내가 세상을 구해보겠다던 정신이 어떤 사태를 만들어놓았는지.

"아마도 내가 고든에게 내려가서 이 난장판을 한번 와서 봐줄 수 있는지 물어봐야겠어요."

 빨리요, 송아지가 나오려고 해요

"그럴 시간 없어요. 앤디가 벽에 구멍을 뚫기 바로 전에 알프레드 빈스 씨한테서 전화가 왔어요. 선생님이 와서 봐줬으면 하는 젖소가 있대요. 그 소가 닷새 전에 새끼를 낳았는데 상태가 좋지 않은가 봐요."

"그가 다른 말은 않던가요?"

"젖소가 먹이를 먹지 않아서 몸무게가 줄고 있대요. 오늘 아침에는 우유양이 1갤런도 안 나왔다고 하던데요."

잽싸게 차로 향했다. 나는 앤디가 돌아왔을 때 여기에 있고 싶지 않았고 고든이 도착했을 때는 더더욱 이곳에 있고 싶은 맘이 안 들었다. 이번 일에 대해 나를 심하게 나무라겠지? 왜 항상 그 사람이 옳은 거지?

나는 어슬렁거리듯 21번 국도를 남쪽으로 달리고 있었다. 톱질에서 난 연기 냄새가 옷에 잔뜩 베어서 창문을 열고 신선한 공기를 쏘였다. 날씨는 따뜻했고 살갗에 닿는 바람의 느낌이 좋았다.

가는 길에 미국 국경 쪽에 있는 인디언 보호시설을 통과해 지나갔다. 아래쪽으로 살짝 뻗어나간 평원에는 곡식들이 벌써 초록에서 누런색으로 바뀌어 있었다. 남쪽으로 좀더 아래쪽에는 물 밑 흙을 훑는 준설배가 습지 바닥을 훑고 지나간 자리에 개흙 언덕과 부들만이 남아 있었다. 물새 보호단체는 습지를 넓혀가면서 하늘이 물새 떼로 덮이게 하려고 열심히 활동을 계속하고 있었다.

접경지대의 교차지역인 라이커츠에 도착해서 작은 호수를 지나 동쪽으로 차를 돌렸다. 그런 후에 허스크로프트와 리스터에 있는 연안의 단구지대를 올라갔다. 알프레드와 힐다 빈스는 여기 산 지 얼마 안 되는 독일인 부부였다. 농장은 비록 오래되고 시설도 빈약했지만 그들은 젖소를 잘 돌보고 있었다. 가끔 나는 만약 내가 소로 다시 태어나야 한다면 힐다와 알프레드가 나를 돌보도록 하면 좋을 거라고 생각했다.

젖소의 위에 염전증세가 있다는 것을 알게 됐는데도 난 실망하지 않았다. 병원에 내가 없는 것에 대해 좋은 핑곗거리가 되기 때문이었다. 수술을 진행하는 동안 병원에서 무슨 일이 벌어지고 있을지 계속 생각했다. 전기톱을 들고 있는 어떤 바보 같은 주정뱅이를 내가 고용했다는 것을 고든이 알게 됐을 때 내가 그 자리에 있지 않게 돼서 기분 좋았다. 그는 경쟁이 쓸모없어지게 되면 인내심을 거의 잃어버리는 사람이었다.

어쨌든 앤디가 그렇게 서투른 사람이란 걸 내가 어떻게 알았겠냔 말인가? 그가 올해의 주목받는 인물로 밝혀질지도 모를 일이었다. 그가 평생 동안 목수 일을 해왔다고 말하지 않았던가 말이다.

한 사람이라도 분별 있는 사람이 있다면 철물점에 바로 뛰어 들어가서 그 늙은 사내를 그 자리에서 해고했을 텐데. 그가 이런 곤경에 빠질 정도로 멍청하다면 그 다음엔 어떤 일을 저질렀을까? 고든은 날 죽이려고 할 것이다. 만약 그가 하지 않는다면 도리스가 하겠지.

병원 쪽으로 걸어 올라가는데 길거리가 조용했다. 체인 동력톱 소리가 반겨주리라고 내심 반쯤은 기대했다. 천천히 손잡이를 돌려 안쪽으로 문을 밀어보았다. 불은 켜져 있었다. 뒷방으로 걸어 들어가서 카운터에 수술도구가 들어 있는 상자를 올려놓았다. 톱질 냄새가 약하게 나는 것 외에는 다른 흔적은 찾을 수 없었고 뚫어놓은 벽을 통해 앤서니의 가게가 보였다.

나는 대담하게 새로운 경계를 넘어가봤다. 도리스가 뒷방에서 벽을 문질러 닦고 있었다. "앤디는 어디 있어요?"

"한 30분쯤 전에 점심 먹으러 갔어요."

"그 사람이 결국 벽에 구멍을 뚫었네요."

"고든이 같이 하지 않았으면 아직도 그러고 있었을걸요. 앤디가 톱질을 다시 시작하려고 하자 마자 고든이 왔어요. 그가 야단법석을 떨고 나서 소형 전기톱을 가지러 집에 갔어요. 그 바보 같은 늙은 작자는 그냥 거기 서서 고든이 전기톱으로 자르는 것을 보고 있었어요."

나는 몸서리가 쳐졌다. 얘기의 결말을 더 이상 듣고 싶지 않았다.

"고든은 잠깐 전기를 충전하러 갔어요. 당신이 위스키 한 병을 빚졌다고 하던데요. 꼭 글렌피딕을 사야 된다고 당신에게 다짐 받아두라고 하던데요. 싼 위스키는 안 된다고 하면서."

첫날 어떻게 앤디가 하는 걸 참아냈는지 나도 알 수가 없었다. 나는 계속해서 그것이 소년들에게 좋은 일이라고 생각했다. 그는 봐주기 힘들 정도로 느려터졌고 사무실로 일하러 오는 것보다 술집으로 가는 것이 더 우선인 적도 종종 있었다. 그가 진료를 방해하는 것도 참아내야 했다. 내가 손님에게 질문을 하는 순간에 톱질이나 망치질을 시작하는 듯했다. 정말로 나를 우울하게 만드는 것은 손님들이 그를 보는 눈길이었다. 분명히 그들은 앤디가 어떤 동굴에서 기어 나왔는지에 대해 궁금해하는 것 같았다.

마침내 통로가 만들어졌고 대기실의 긴 의자도 설치되었다. 내가 고용한 일꾼은 데이비드 레이필드가 만들어준 커다란 유리 어항을 넣기 위해 창문에 프레임을 만드느라 애를 먹고 있었다. 난 그가 같은 면을 세 번이나 자르는 것을 보았다. 매번 자를 때마다 잘 들어맞는지 보기 위해서 제자리에 대보는 것이었다. 처음 두 번은 너무 길었다. 이번에는 4분의 1인치가 짧았다! 그는 각 끝 부분에 똑같은 틈새를 남겨두고 그 판을 제자리에 끼워 넣었다.

앤디에게는 안쪽 모서리에 틀을 끼워 맞추는 것이 정말로 골치 아픈 일이었다. 몇 분 동안 구석 쪽을 지켜보고 있더니 한 조각을 잘라내려고 뒤로 물러났다. 톱질을 막 하려다가 그는 멈칫거리더니 창문 쪽으로 다시 돌아왔다. 팔 높이만큼 엄지손가락을 올리고 다른 손 엄지손가락과 집게손가락을 표시도구로 이용한 다음, 뒷방으로 돌아가서 이렇게 잰 수치를 틀에 옮겼다. 연필로 긁어 표시를 하고 잘라내기 위해 자리를 잡다가 다시 주저했다. 그는 마치 눈썹 뒤쪽에 새겨져 있는 청사진을 응시하는 것처럼 눈을 감았다. 그러고는 다시 한 번 앞쪽으로 돌아왔다. 또다시 마치 정확한 치수를 재려는 듯 엄지손가락을 이리저리 움직였다.

나는 1초도 더 지켜볼 수 없었다. "애들을 한번 살펴보고 올게요, 도리스!" 나는 지붕으로 놓인 사다리를 올라갔다. 그 소년들은 일주일 동안 매일매일 일했고 페인트칠을 몇 번 겹쳐 해놓은 건물은 정말 놀랍도록 변해 있었다.

페인트 공들의 모습을 보자 웃음이 터져 나왔다. 존이 깜짝 놀라 몸을 돌렸다. 그애의 얼굴에는 긴 금발 머리카락에 달라붙었던 페인트가 묻어 있었다. 팔과 배는 하얗게 변해 있었다.

"도대체 어떻게 했기에 네 등 뒤에 하얀 줄이 그어져 있는 거냐?"

소년의 얼굴에 함박웃음이 피었다. 브라이언은 보란 듯이 우쭐댔고, 아직도 롤러에 페인트가 뚝뚝 떨어지고 있었다. 그애의 얼굴에 묻어 있는 미소와 페인트가 모든 걸 말해주었다. 어느 모로 보나 존과 막상

막하로 지저분했다. 누가 이 싸움에서 이겼는지 알아내기가 정말 어려운 지경이었다!

부츠는 놀라울 정도로 잘 회복이 되고 있었다. 영원히 쓸 수 없는 부분은 깐닥거리고 있는 꼬리뿐이었다. 머리에 입은 외상이 회복되고 있는 것이 분명해졌기 때문에 나는 녀석의 부러진 넓적다리를 치료했다. 수술은 별 탈 없이 끝났고 사흘 후에 녀석을 퇴원시킬 쯤에는 다쳤던 다리로 절름거리며 걷게 되었다.

부츠를 집으로 데려가게 되자 소년들은 몹시 좋아했다. 나는 구석 쪽에 서서 그애들이 시야에서 사라질 때까지 바라보았다. 브라이언이 개를 팔에 안고 있어서 내 위치에서 볼 수 있는 거라고는 계속해서 흔들어대는 녀석의 뭉툭한 꼬리뿐이었다.

다음 날 새벽 3시에 부엌문을 두드리는 소리에 놀라 잠을 깼다. 도대체 누구지? 나는 바지를 주워 입었다.

"경찰이 우리를 쫓아와요!" 내가 문을 열기도 전에 브라이언이 유리문을 통해 소리를 질렀다. 거실로 아이들을 데리고 들어왔는데 바닥에 주저앉는 것이었다. 브라이언이 부츠를 카펫 위에 앉혔다.

"이게 다 무슨 일이니? 처음부터 얘기해봐라."

"내가 엄마를 밀었어요!" 브라이언이 말문을 터뜨렸다. "엄마가 부츠를 해치려고 해서 제가 못하게 하려고 했어요."

"네가 누굴, 너희 엄마를 밀었다구? 엄마는 괜찮은 거니?"

"모르겠어요. 엄마는 너무 술에 취해서 우리에게 막 소리를 계속 질러댔어요. 저희가 엄마를 밀었다고 어떻게 경찰에 신고를 할 수 있어요!"

　브라이언이 말하는 동안 존은 커다란 눈을 하고 서 있었다. 언제나 브라이언의 보호자인 형이 불쑥 끼어들며 말했다. "동생은 엄마를 밀치지 않았어요. 정말 안 그랬어요. 엄마가 그냥 정신이 나간 거예요. 엄마가 그렇게 나쁜 적은 없었어요. 그냥 계속 소리만 질러댔어요! 아마 옆집에서 경찰에 전화를 한 것 같아요. 경찰차가 불을 번쩍거리며 섰어요. 우리는 도망쳐 나왔고 경찰차가 뒤따라왔는데 제재소 마당에 있는 통나무 더미 안에 숨어 있어서 우릴 놓쳤어요. 저희 집으로 다시 돌아간 것 같아요."

　"저는 엄마를 다치게 하려고 한 게 아니에요! 정말로, 아니라구요."

　"진정해라, 애들아. 다 잘 될 거야. 경찰이 너희들을 잡아가진 않을 거야. 내가 사회복지과에 아는 사람이 있단다. 너희들에 대해서 이미 얘기해놨어. 그 사람에게 전화를 좀 해봐야겠다. 진정해라. 그냥 편히 있어."

　남는 방에 아이들을 재우고 복지과에 근무하는 켄에게 계속 전화를 해보았다. 몇 분 지나지 않아서 연방경찰로부터 전화가 왔다. 소년들을 잘 보호하고 있으라는 요청이었다. 갤러기 부인은 병원에 입원하게 되었지만 술에 취하고 정신이 혼미한 것과는 별개로 그녀에게 약간의 이상이 있었다.

　소년들은 양부모의 집에서 살 수 있도록 준비가 되는 일주일 동안 나와 함께 있었다. 아이들은 그들의 엄마를 다시는 만나지 않았다.

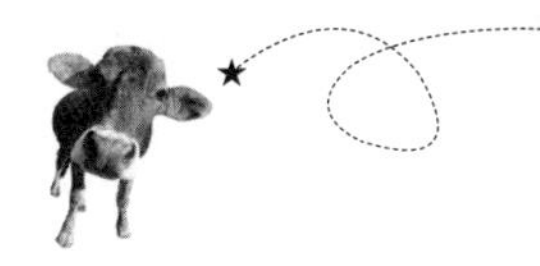

새끼돼지야
미안해

처음 몇 달을 지내는 동안 도리스가 병원을 위해서 훌륭한 사절 역할을 톡톡히 한다는 것을 알게 됐다. 그녀는 시내에 사는 거의 대부분의 사람들을 알았고, 우물쭈물하지 않고 곧바로 결론을 잘 내렸으며 내가 대하기 어려워하는 많은 고객들도 잘 다루었다.

그럼에도 불구하고 바로 지금, 그녀의 얼굴 표정을 보니 몹시 애를 먹고 있는 것 같았다. 몇 분 전에 전화를 받았는데 안녕하세요라는 인사말을 하거나 여기가 크레스턴 동물병원이라는 것을 알리는 건 그만두더라도 아직까지 한마디도 꺼내지 못하고 있었다.

"아무래도 선생님이 이 남자를 맡는 게 나을 것 같아요." 그녀는 얼굴이 벌개져서 팔을 길게 뻗어 내게 수화기를 건네주었다. "돼지에게 무슨 문제가 있나봐요."

"페린입니다."

"안녕하쇼, 의사 양반! 잘 지내쇼?" 목소리가 깊고 우렁찼다.

"네, 고맙습니다." 나는 인사부터 정신이 멍한 채로 대답했다. 도리스가 꼼짝 않고 나의 얼굴 표정에 주목하고 있었다.

"음, 그렇다니 다행이오. 난 지금 대단히 좋지 않다우! 이 빌어먹을 돼지새끼가 항문이 없지 뭐요."

바로 그때, 내 동창생과 통화하고 있는 게 아닌가라는 확신이 들었다. 의심할 여지도 없었다! 단지 그게 누구인지만 알아내면 되는 문제였다. 카니의 말투처럼 들렸지만 그가 그런 목소리를 흉내 낼 것 같지는 않았다. 내가 확실히 지적해낼 수 없는 뭔가가 있었다. 웨트슈타인일까? 그 녀석도 비슷한 목소리이긴 한데, 이 목소리와 똑같이 낼 방법은 없을 것이다.

"듣고 있는 거요, 의사 양반?"

"네, 네, 말씀하세요."

"당신이 어떻게 해볼 방법이 있겠수? 이 쪼그맣고 불쌍한 놈이 풍선처럼 빵빵해진 데다가 어미 젖도 안 빨고 있다니깐. 태양등 아래서 혼자 쓰러져서 떨고 있다우."

"손님이 살펴봤을 때 항문이 없는 게 확실한 거죠?" 이젠 헷갈리기 시작했다. 이건 농담이 분명하다. 하지만 잠깐 동안 맞춰줄 수도 있을 것 같았다.

"그렇수다. 확실하다우! 저놈의 뒤가 완전히 매끈하다니까. 게다가 꼬랑지 주변에 똥을 눈 흔적이 전혀 없다니까는."

도리스는 이 미스터리한 상황에 대해 말해주기를 기다리며 여전히 나를 지켜보고 있었다.

나는 눈썹을 치켜올리고 어깨를 으쓱해 보였다.

"그래서 댁이 한번 와서 볼 거요, 아니면 그냥 밖에 데리고 나가서 머리를 쳐서 보내버리는 게 낫겠수?"

"괜찮으시다면 전화 거신 분이 누구신지 여쭤봐도 될까요?"

"나요? 베르나 레벳이라고 하는데 마을 남쪽에서 돼지농장을 한다우."

"그럼 한 배에서 태어난 새끼 가운데 문제가 있는 녀석은 단지 그 녀석뿐인가요?" 나는 여전히 누군가에게 놀림을 당하고 있는 것처럼 반신반의했다.

"맞수다, 다른 놈들은 멀쩡하다우. 다 한 줄로 서서 어미 젖을 빨고 있는데 빌어먹을 저 불쌍한 놈만 똥을 못 누고 있으니!"

"그렇군요. 일단 녀석을 따뜻하게 감싸서 데리고 오세요. 오시기 전에 따뜻한 물병을 같이 넣어 오시구요. 녀석에게 한기가 들면 안 되거든요."

"도대체 누구예요?" 전화를 끊자마자 도리스가 물었다. "내 평생 그렇게 짧은 시간에 그렇게 험한 말은 처음이에요!"

"그 여자 이름이 베르나 레벳이라고 하던데요." 일정표에 메모를 하면서 말했다. "새끼돼지를 데리고 오고 있어요."

"베르나라고 하셨어요? 내가 들었던 목소리가 여자일 리가 없어요!"

"나도 잠깐 동안 그런 줄 알았지만, 실제 여자가 확실하다구요!"

나는 캐비닛 위에 놓여 있는 서류에 메모를 하기 시작했다. 어느 때든 그 새끼돼지가 올 수 있다는 걸 도리스에게 알려주자 마자 바로 문이 빼꼼히 열리더니 베르나가 성큼성큼 들어왔다.

나는 전화로 통화했던 여자의 모습을 형상화해보려고 애를 썼다. 정확한 이미지를 생각해낼 순 없었지만 지금 들어오는 사람은 그다지 놀라움을 주는 외모는 아니었다. 둥근 얼굴에 머리는 중간 길이로 잘라서 헤어밴드로 뒤쪽으로 넘긴 모습을 한 여자였다. 보통의 몸매와 키를 가졌지만, 실제보다 더 땅딸막해 보이는 옷을 입고 있었다. 여름치고는 시원한 날씨였는데도 그녀는 늦가을이나 이른 겨울에 오히려 잘 어울릴 만한 옷차림을 하고 있었다.

붉은색의 두꺼운 플란넬 셔츠는 헐렁하게 허리까지 내려왔고 제 치수보다 몇 사이즈는 더 큰 회색 모직 바지를 살짝 덮고 있었다. 발에는 거름투성이 돼지우리에서 여러 번 신은 것처럼 보이는 검은 고무장화를 신고 있었다. 옷차림은 깔끔한 편이었지만 그녀에게서 풍겨 나오는 냄새로 볼 때 방금 돼지우리에서 나온 것 같았다.

"자, 돼지 새끼 여기 있수다!" 베르나가 종이상자를 도리스에게 건네며 말했다. "어쨌든 불쌍한 놈이오. 젠장, 난 짐승들이 이렇게 고통 받는 걸 보고 싶지 않다구."

도리스는 주저했지만 팔을 내밀어서 그 상자 꾸러미를 받았다. 그녀는 조심스럽게 안쪽을 들여다보려고 덮여 있던 담요를 들어 올렸다.

"와, 정말 귀엽지 않아요?" 도리스는 상자 안에서 몸을 떨며 누워 있는 배가 볼록한 녀석을 보며 낮은 목소리로 말했다. "몇 살이에요?"

"태어난 지 겨우 하루 지났수다." 베르나가 대답했다.

"테이블 위에 올려놓자구요, 도리스. 그럼 처음엔 젖을 빠는 데 문제가 없었나요, 레벳 부인?"

"이런 젠장, 그렇다니까! 태어나자마자 나머지 녀석들과 같이 어미

품으로 달려들었다우. 배가 빵빵해져서 혼자 떨어져 나오기 전까지는
전혀 몰랐다니까."

상자가 있는 쪽으로 다가가서 돼지의 복부 아래쪽으로 손가락을 넣
어보았다. 녀석은 정말로 뱃속이 팽창된 상태였고 겉모습을 보니 많이
불편해 보였다. 상자에서 녀석을 꺼내자 애처롭게 꿀꿀거렸다. 몇 번
걷는 몸짓을 하더니 눈을 감고 더 이상 저항도 하지 않았다.

"새끼돼지가 추위를 타는군요." 녀석의 몸에서 오한이 느껴져왔다.
배를 천천히 눌러보면서 나는 항문 괄약근 부분에 부풀어 오른 징후가
있는지 살펴보았다.

"몇 번이나 봤는데 결장의 말단부와 직장에는 이상이 없는데 항문
괄약근이 닫혀 있네요. 절개를 하면 쉽게 바로잡을 수 있는데 직장이
있을 것 같은 위치에 절개를 해서 새로 만든 출구를 통해 배설물이 나
오도록 하면 쉽게 바로잡을 수 있습니다."

"거기가 직장이라는 걸 어떻게 구분해낼 수 있는 거요?"

"이런 경우에는, 대체로 직장이 부풀어 있습니다. 그러면 우리가 해
야 할 건 항문이 있는지 확인하기 위해 안으로 바늘을 찔러보는 거지
요. 만약 항문이 있는 게 확인되면 그때 절개를 하면 됩니다."

"그래서 부푼 곳을 못 찾았다는 거요?"

"아니요. 녀석에게 제대로 된 직장이 있는 것 같지는 않습니다. 직장
이 있어야 할 곳에 가끔씩, 아주 작은 줄 모양의 살점 부분이 나와 있
는데 아주 단단하고 가운데에도 빈 공간이 없습니다."

"그게 무슨 뜻이요? 그럼 그냥 밖에 데리고 나가서 없애버려야 한다
는 거요?"

외모는 우락부락하고 말투도 거칠었지만 자신의 동물을 다루는 걸 보면 그녀가 부드러운 마음을 가진 사람이라는 걸 알 수 있었다. 이 새끼돼지는 그녀에게 회계장부에 적혀 있는 숫자 그 이상의 의미를 갖고 있는 게 분명해 보였다. 베르나는 부드러운 얼굴 표정으로 그 돼지를 내려다보았고 내키지는 않았지만 녀석을 멀리 보내려는 생각을 하고 있다는 것을 알 수 있었다.

"이제 솔직히 말씀드리면, 만약에 부인이 새끼돼지의 값어치와 수술비를 비교해본다면 그렇게 하는 것이 가장 현실적인 해결책일 겁니다. 하지만…… 지금 저희가 해드릴 게 아무것도 없군요. 게다가 만약 제가 인공항문형성술을 할 수 있다 해도 아마도 보기에 우스울 겁니다."

"좀 쉽게 말하면 그 인공항문형성술이란 게 뭔 소리요?"

"일종에 항문을 만드는 수술인데 엉덩이 대신에 배 아래쪽에 항문이 나오게 하는 겁니다."

"그걸 할 수 있단 말이요?"

"네, 실제로 그 수술을 하게 되면 돼지 값보다 더 많은 치료비가 나옵니다. 하지만 전에 그 수술을 해본 적은 없지만 한 번 해보고 싶군요!"

베르나가 감격한 목소리로 우렁차게 말했다. "어디 저 작고 불쌍한 놈에게 기회를 한번 줘보슈!"

"좋습니다."

"그럼 여기 두고 가겠수다." 문이 거의 닫히는가 했는데 다시 열리더니 베르나 부인이 한 번 더 나타났다.

"저기, 좀 거시기한 얘기지만," 그녀는 얼굴이 거의 두 쪽으로 나눠질 정도로 웃음보를 터뜨리며 놀리듯 말했다. "세상에 항문들이 그렇게 많은데 또 하나 만들어내느라 당신이 꽤 애를 먹을 것 같수다!"

그때부터 난 베르나 부인이 나와 잘 지낼 수 있는 고객이라는 걸 알게 되었다. 때로는 험악하고 시끄러웠지만 그녀에게 자신이 기르는 동물들이 소중하다는 것과 그녀가 그들에게 최선을 다한다는 것은 전혀 의심할 여지가 없는 일이었다.

아침 일찍 집으로 돌아간 환자에게 쓰고 남은 포도당 링겔이 있었다. 나는 투약 세트를 새것으로 바꾸고 바로 쓸 수 있도록 걸어두었다.

"새끼돼지들은 나이를 몇 살 더 먹을 때까지는 몸의 포도당 수치와 체온을 조절하는 데 상당히 어려움을 겪지요." 도리스에게 조언해주었다. "녀석이 마취되자 마자 이 포도당 수액을 한 방울씩 떨어지게 해서 수술하는 동안 안정이 되도록 할 겁니다."

"호기심에서 물어보는 건데, 이렇게 작은 새끼돼지의 값어치가 돈으로 따지면 얼마나 될까요?"

"만약 이 돼지가 건강하고 항문에도 문제가 없다면 아마 25달러나 30달러쯤 가겠는데요."

"와, 그러면 당신에게 일확천금을 가져다주는 녀석이네요. 몸값보다 치료비가 훨씬 비싸니 말이에요. 그렇지 않아요?"

"네, 그런 셈이죠!"

나는 마취용 마스크를 새끼돼지의 코에 씌웠다. 녀석은 몇 초 동안 저항을 하다가 마지못해 할로탄과 아산화질소가 혼합된 마취제를 들이마셨다. 마침내, 한 숨 또 한 숨을 들이마셨다.

오래 걸리지 않아, 녀석의 숨소리가 규칙적으로 변했고 편안한 잠에 빠져들었다. 새끼돼지의 몸을 똑바로 잡은 상태에서 도리스가 녀석의 입을 열고 가능한 한 혀를 길게 앞쪽으로 잡아당겼다. 몇 번의 시도 끝에 오그라든 인두를 지나 튜브를 통과시켜서 기관 아래까지 밀어 넣었다. 수술용 받침대 아래와 주변에 뜨거운 물이 담긴 병을 두어서 돼지의 체온이 떨어지지 않도록 했다.

"여기 건너편 쪽을 손가락으로 꽉 잡아요." 나는 돼지 귀의 뿌리 쪽을 단단하게 접어 잡으면서 지시했다.

거즈에 알코올을 묻히고는, 오른쪽 귀의 끝부분과 나머지 부분을 따라 힘껏 문질러서 수액을 주사할 수 있는 유일한 접근 방법인 검푸른 정맥 망이 드러나도록 했다.

"단단히 잡고 있어요. 새끼돼지들은 늘 실제보다 더 커 보이는데 만약에 한번 놓쳐버리면 완전히 망쳐버리게 되요."

내가 피부를 지나 정맥에 카테터를 밀어 넣는 동안 도리스는 일정한 힘을 유지하며 돼지를 잡아주었다. 기관 내 튜브를 연결하고 수액이 한 방울씩 떨어지도록 해두었다.

"좋아요, 이젠 놔도 돼요."

도리스가 잡고 있던 손을 놓았고 수액이 관을 통해 한 방울 한 방울 떨어져 들어가기 시작했다. 돼지의 등이 아래로 가도록 돌려놓은 다음에 수술을 준비했다. 녀석의 다리를 수술대의 네 코너 쪽으로 잡아당겨서 도리스가 배를 문지르고 있을 때 나는 각각 제자리에 묶어놓았다. 손을 씻고 수술장갑을 꼈다.

새끼돼지의 옆구리를 수술용 천으로 덮어 가린 후에, 녀석의 살가죽을 지나 그 아래의 근육층까지 배를 세로로 절개했다. 창자의 가스 압력이 빵빵했다. 복벽 부분을 관통하지 않고 창자에 구멍이 나지 않게 조심해야 했다. 배의 맨 아래쪽 부분까지 절개해 들어간 다음에 찔러서 작은 구멍을 만들고 거기에 가위 끝부분을 집어넣었다. 가위를 머리 쪽을 향해서 앞쪽으로 밀며 근육층을 양쪽으로 갈라서 가스가 가득 찬 루프 모양의 창자가 절개 부분을 통해서 밀려나와 둘러싸고 있는 덮개 위로 오도록 했다.

내장들을 옆으로 치워놓고 직장을 찾아보았다. 내가 찾은 거라고는 연필심 크기만 한 핑크색 줄 모양의 조직뿐이었다. 그것은 앞쪽으로 뻗어나가서 둘러싸고 있는 가스가 가득 찬 내장 속으로 사라져버렸다. 끈기 있게 그것을 따라가서 결국 결장과 같은 위치에 있는 한 부분을 찾아냈는데 그곳의 내장은 원래 사이즈보다 몇 배나 부풀어 있었다.

"여길 좀 봐요, 도리스! 복부 내장이 어디에서 시작되고 있는지 한번 보라구요, 이것 봐요, 여기 있죠?"

"와, 대단한데요." 도리스가 더 가까이 보려고 애를 썼다. "여기를 잘라낼 건가요?"

"가능한 한 이 부분에 가깝게 잘라낼 거예요."

나는 내장에 견인력을 가해서 체벽 쪽으로 천천히 잡아당겼다. "조금 더 이쪽인 것 같은데요." 나는 좀더 위쪽에 결장 말단부가 복벽 쪽으로 쉽게 끌어 올려지는 위치를 가리켰다. 새끼돼지의 체벽을 통과해서 핀셋을 집어넣고 피부를 절개한 후, 핀셋의 끝부분을 벌려서 구멍을 넓혔다.

"결장 말단부를 거기로 빼내려고 하는 거예요?" 구멍을 넓혀서 결장 말단부의 너비만큼 만들어놓자 도리스가 놀란 눈으로 바라보았다.

"맞아요. 앞쪽으로 충분히 멀찌감치 빼놓아서 변이 뒷다리에 묻지 않게 하고, 또 충분히 아래쪽으로 해서 변이 옆구리로 흐르지 않도록 해놔야 해요.”

혈액공급이 방해되지 않도록 잘라낼 곳과 최소한의 장의 기능을 할 수 있도록 분리해놓을 곳이 확인될 때까지 나는 줄곧 체벽과 결장 부위를 살피며 진행해나갔다. 새끼돼지의 옆구리 안쪽 공간으로 지혈용 겸자를 통과시켜서 결장을 가로질러 압박했다. 먼저 죄어놓은 겸자 근처에 또 하나를 죄어놓고, 둘 사이를 잘라서 결장의 잘린 한쪽 끝 부분을 몸 바깥으로 잡아 빼놓았다. 모든 관들을 조심해서 묶어놓고, 기능을 하지 못하는 직장의 딱딱한 부분은 잘라내버렸다.

드디어 내장 끝부분으로부터 핀셋을 옮겨와서 밖에 나온 결장을 쫙 펴놓고 주변의 피부에 봉합했다. 그러는 동안 가스가 꼴꼴 소리를 내며 새어나왔고 분변이 녀석의 옆구리로 흘러나와 수술 테이블에 떨어졌다.

수술장갑을 바꿔 끼고 새끼돼지의 배를 닫기 시작했다. 가스가 가득 찬 장을 밀어 넣고 봉합하는 과정이 천천히 이뤄졌다. 수술대에 묶여 있는 새끼돼지를 풀어놓을 때가 5시를 넘긴 시간이었다.

“중국요리 먹는 게 어때요, 도리스? 배가 고파서 지금은 아무것도 요리하고 싶은 생각이 안 나는데요.”

“좋은 생각이에요. 저도 요리하고 싶지 않네요!”

30분도 안 지나서 새끼돼지는 일어나서 움직였다. 계속해서 가스와 담황색의 분변이 나오면서 불렀던 배 모양이 놀라운 속도로 줄어드는 걸 보니 녀석의 회복이 잘되리라는 확신이 들었다.

“베르나 부인에게 전화해서 수술이 잘됐다는 걸 알려줘야겠어요. 그런 다음 저녁 먹으러 나갑시다."

"여보세요." 어린 남자의 목소리가 들려왔다.

"여보세요, 엄마랑 통화할 수 있겠니?"

"엄마!" 그애가 큰 소리로 불렀다. "와서 전화 받으세요."

"여보슈!" 오늘 아침의 대화로 잘 기억하고 있는 우렁찬 목소리였다.

"데이브 페린입니다. 새끼돼지의 수술이 잘됐고 아주 잘 회복되고 있다는 걸 말씀드리려고 전화했습니다."

"잘됐수. 의사 양반, 당신이구만! 그러면 그 불쌍한 놈이 괜찮아진다는 거요? 멋진 소식이야. 녀석을 땅에 묻지 않아도 돼서 기분이 좋구랴!"

"아직 안심할 단계는 아닙니다만 지금 당장 보기로는 낼 아침에는 엄마에게 돌아갈 수 있을 것 같은데요."

"음, 대단하구만. 그 수술을 하겠다고 맘먹은 것도 그렇고 또 댁들이 그걸 해냈다는 게 진짜 놀랍수다. 좋은 소식을 들려줘서 고맙수. 낼 아침에 맨 먼저 녀석을 데리러 갈 거요."

얼마나 기분 좋은 상황인지. 나는 수의학계의 사절이 된 듯한 기분으로 전화를 끊었다! 비록 경제적으로 정당하다고는 볼 수 없는 일이었지만 전력을 다해 노력한 것이 분명 값어치가 있었다.

"자, 도리스, 밥 먹으러 가자구요." 나는 그녀를 따라 문을 나섰다. "당신도 알겠지만, 이번과 같은 경우에 내가 이 직업을 정말 잘 선택했다는 생각이 들어요. 어쩌면 새끼돼지에게 그 수술을 해줄 정도의 가치만큼이나 나도 이 수술을 하느라 비용을 들였겠지만, 병원 홍보 차원에서 쓸 수도 있는 유용한 비용이었어요."

"당신 말이 맞을 거예요. 레벳 부인은 당신이 친해지고 싶어 하는 타입의 사람으로 보여요!"

보도를 반쯤 내려왔을 때 나는 새끼돼지의 건너편에 그냥 뜨거운 물병만 두고 온 것에 대해 걱정이 되기 시작했다.

길 가운데서 멈춰 섰다. "도리스, 다시 돌아가서 새끼돼지가 따뜻하게 있도록 뭘 좀 설치해두고 오는 게 좋겠어요. 갓 태어난 돼지는 체온 저하증에 걸리기가 정말 쉬워요. 바로 전에 마취를 했기 때문에 더 위험하다구요!"

도리스는 마지못해 병원 쪽으로 방향을 돌렸고 우리는 녀석을 따뜻하게 해주는 가장 좋은 방법이 무엇일까에 대해 의견을 주고받으며 걸어왔다.

"어미돼지 품을 떠났는데 어떻게 따뜻하게 만들어줄 수 있어요?"도리스가 물었다.

"바닥을 따뜻하게 해주는 방법부터 난로를 틀어주는 것까지 여러 방법이 있는데 레벳 부인은 아마 돼지 위쪽으로 태양등을 매달아놨을 거예요. 너무 뜨겁거나 너무 추워지면 새끼돼지들이 그 등 밑에서 이리저리 다닐 수 있게요."

"그럼, 그 새끼돼지 위에 백열전구를 달아놓으면 어때요? 같은 역할을 해주지 않을까요?"

병원에 도착했을 때쯤, 나는 40와트짜리 책상용 램프가 적당할 거라고 결정했다. 전기 연장선을 새끼돼지가 있는 철장까지 늘려서 설치하는 게 문제였다. 나는 종이상자 바닥에 모직 담요를 깔고서 꿈쩍거리는 녀석을 옮겨다 놓고 휠 수 있는 램프의 머리 부분을 종이상자 위쪽

언저리 위치까지 내렸다.

"잘된 것 같네요, 도리스. 어쩌면 그냥 두어도 녀석이 괜찮았을 것 같긴 하지만 이렇게 해두니까 더 맘이 놓이네요."

클럽 카페에서 한 저녁식사는 만족스러웠다. 식사가 나올 때마다 도리스는 다 먹어버렸고 나도 어쩔 수 없이 남아 있는 튀긴 쌀밥과 새콤달콤한 돼지고기요리를 다 먹어치웠다. 거의 두 시간쯤 지난 후에 우리는 병원으로 돌아왔다. 둘 다 엄청 배가 불러서 병원을 서둘러 청소하려는 생각도 전혀 들지 않았다. 우리는 대기실의 벤치에 털썩 몸을 내던지듯 앉았다.

"매씨 부부는 중국음식을 널리 전파시키는 방법을 확실히 알고 있는 것 같아요." 나는 벽에 기대서 고개를 뒤로 젖히고 배를 톡톡 가볍게 두드리면서 중얼거렸다. "너무 잔뜩 먹어서 앞으로 일주일 동안은 밥을 안 먹어도 될 것 같다는 생각이 드는데요."

"저도 그래요." 도리스가 맞장구를 쳤다. "이제 잠만 자면 더할 나위 없겠어요."

평온한 휴식에서 벗어나야겠다고 마음먹었을 때는 이미 늦었다. 나는 수술실을 이곳저곳 둘러보았고, 아무 생각 없이 외과수술용 개장의 문을 열고, 박스 안에 있는 새끼돼지가 괜찮은지 살펴보려고 허리를 구부렸다.

"큰일 났어요! 도리스, 새끼돼지가 죽었어요!"

나는 내 눈을 믿을 수가 없었다. 겨우 몇 시간 전만 하더라도 그렇게 사랑스러웠던 전리품이 빳빳하게 굳어서 널빤지처럼 누워 있었다. 이젠 도저히 수술에서 얻은 전리품이라고 볼 수 없었다.

"도대체 무슨 일이 일어난 거예요? 우리가 나갈 때까지만 하더라도 아주 좋은 상태였잖아요."

"내가 애를 죽인 거예요!" 나는 망연자실해진 느낌이었다.

"바보 같은 소리하지 마세요. 당신은 여기 있지도 않았잖아요. 새끼돼지를 살리기 위해 할 수 있는 모든 일을 다 했잖아요."

"맞아요. 나는 여기에 있지 않았어요. 바로 내가 여기에 있지 않았기 때문에 새끼돼지가 죽고 만 거예요! 내가 녀석을 죽게 한 거예요, 도리스! 새끼돼지를 저기 빌어먹을 종이상자에다 방치해뒀기 때문에 뜨거운 열기에서 벗어날 수 없었던 거예요. 새끼돼지 스스로 얼마나 체온을 조절할 수 없는지 내가 누누이 말해왔는데. 그렇게 말해놓고도 내가 자리를 비웠으니 이 불쌍한 녀석을 내가 죽인 셈이라구요! 나는 친절하게도 이 녀석을 죽게 하려고 거리를 되돌아 달려왔던 거라구요."

우리는 몇 분 동안 서로를 바라보며 우두커니 서 있었다. 어떻게 이 우스꽝스러운 상황을 말로 설명할 수 있을까? 어떻게 이 상황을 거꾸로 돌아가도록 만들어서 이렇게 애처로운 작은 살덩이로 남은 육신에 생명의 숨결을 다시 불어넣을 수 있을까?

"내가 이 불쌍한 녀석에게 할 수 있는 게 아무것도 없다는 사실이 도저히 믿겨지지 않아요." 나는 죽음을 슬퍼하며 조그마한 동물의 유해를 들어 올려서 수술대에 얹어놓았다.

"난 내 죄를 용서받기 위해서라면 어떤 고통이라도 받을 준비가 되어 있어요. 레벳 부인에게 자초지종을 설명하기 위해 어떻게 해야 좋을까요?"

전화기를 들고 번호를 누르며 숨을 죽였다. 도리스의 얼굴에 서려있는 근심 섞인 표정은 내게 용기를 북돋아주지 못했다. 나는 레벳 부인에게 설명을 해야 한다는 바로 그 생각 때문에 공포로 등골이 오싹해지고 말았다. 어쩔 수 없는 운명을 우물쭈물 지연시키는 것은 일을 더 어렵게 만들 터였다.

레벳 부인이 호된 질책과 욕설을 퍼붓는 상황을 상상해보았다. 전화벨 소리가 네다섯 번 울리자 나는 전화를 확 끊어버릴까 스스로에게 물어보았다. 바로 그때 아까 그 사내아이 같은 목소리가 들려왔다.

"여보세요."

"여보세요," 나는 말문을 열었다. "엄마 계시니?"

"엄마! 네, 잠깐만 기다리세요. 주무시려고 했어요."

바로 그때 나는 수화기를 귀에서 멀리 떼어놓았다.

"엄마! 전화 왔어요. 아까 그 수의사인 것 같아요."

"여보슈." 두려워하고 있던 걸걸한 목소리가 들려왔다.

"네, 레벳 부인, 좀 안 좋은 소식을 전해드리게 되어 유감이지만 돼지가 그만 죽었습니다."

"아니 이런, 젠장……, 좌우간! 댁이 그 녀석에게 그렇게 애를 쓰고 나서 녀석이 얼마나 잘 커가는지 보려고 기대하고 있었는데."

"저도 그랬습니다, 레벳 부인."

그녀는 새끼돼지가 복잡한 수술이라도 받고 나서 죽어서 그걸로 만족하는 듯했고 잠시 동안 나는 아무 말도 하고 싶지가 않았다.

"안됐지만 제가 어리석은 짓을 했습니다. 저녁을 먹으러 나가면서 새끼돼지의 몸이 차가워지지 않도록 하려고 머리 위에 백열전구를 남겨뒀는데, 너무 뜨거운 곳에 노출되어 그만 죽어버렸습니다. 그 전구에서 떨

어져서 충분히 공간을 남겨뒀어야 했는데, 그 작은 전구에서 녀석에게
문제가 될 정도로 많은 열이 나올지는 생각지도 못했습니다."

긴 침묵이 흘렀고, 나는 피할 수 없는 분노의 폭발을 기다리고 있었
다. 내 어리석음을 항변할 방법이 전혀 없었고 무지에 대한 해명으로
물러설 수밖에 다른 도리가 없었다!

"에구 불쌍한 새끼," 그녀는 조용히 중얼거렸다. "정말 너무 안됐어!"

"정말 죄송합니다, 레벳 부인. 다시 한 번 치료할 수 있다면 좋을
텐데."

다시 침묵이 계속되었다. 덧붙일 현명한 말이 생각나지 않았다.

"의사 양반, 애썼수. 내가 밖으로 데리고 나가서 머리를 쳐 죽이는
것보다 제길 이게 훨씬 더 나은 방법인 것 같수다."

술독에
빠진 날

"엑스레이 장비 좀 사야겠어요, 도리스! 이 기계 없인 도저히 진료를 계속할 방법이 없어요! 머핏의 골반 뼈가 부러진 데다가, 왼쪽 뒷다리에도 뭔가 이상이 있는 게 분명해요. 무릎 아래쪽을 살짝만 눌러도 빠져나가려고 깩깩 소리를 지르고 몸부림을 쳐요."

"녀석을 어떻게 하실 거예요? 모리스 부인이 몇 분 전에 전화했는데 언제 그 녀석을 집으로 데리고 갈 수 있을지 궁금해하던데요."

"굉장하지 않아요? 자신의 애완견에게 필요하다면 얼마든지 기꺼이 지불하려는 고객이 있고, 내가 할 수 있는 건 어디가 이상한지만 찾아내면 되잖아요. 경골에 문제가 있는 게 분명하긴 하지만 혹시라도 꼭 필요한 게 아니라면 부목을 대주고 싶진 않아요."

"모리스 부인에게 뭐라고 얘기해요?"

"엑스레이 찍으러 머핏을 넬슨 병원에 데리고 간다고 하세요! 돌아오는 즉시 제가 전화를 걸도록 하지요. 휴 크록솔이 언제든지 필요하면 오라고 얘기했는데, 그에게 지금 바로 전화를 해봐야겠어요."

샐모-크레스턴 간 고속도로를 따라가는 여행은 1년 내내 어느 때를 막론하고 숨막히도록 넋을 잃고 바라볼 만한 경험을 선사하지만, 지금처럼 완전히 불타오른 가을빛은 그야말로 장관이었다. 써미트 크리크 지역과 경계를 이루고 있는 골짜기에 늘어선 포플러나무와 자작나무는 여기저기서 주홍빛과 누르스름한 빛의 잎사귀를 뽐내고 있었다. 노랗게 물든 낙엽송과 푸릇한 가문비나무며 삼나무, 소나무, 그리고 전나무가 어우러져 멋들어진 색을 만들어놓았다. 고개를 더 높이 올라가면, 산은 점점 더 가팔라지고 바위의 모습들이 더욱 선명하게 드러났다. 여기저기에 추락의 위험이 도사리고 있었고, 고속도로의 가장자리에 가끔씩 들쑥날쑥한 나무 꼭대기들이 삐죽 뻗어 나와 있는 모습도 보였다.

경사가 가팔라졌기에 나는 낮은 기어로 변속을 했다. 머핏은 물끄러미 차창 밖을 바라보며 앉아 있었다. 포드사의 선더버드가 우리 차를 따라잡더니 우리를 남겨두고 쏜살같이 멀리 사라져갔다. 머핏은 질주하는 차를 보려고 몸을 돌리더니 시야에서 사라져버릴 때까지 물끄러미 바라보았다. 우리는 목재를 싣고 가는 화물트럭을 따라잡았다. 그 차는 건포도처럼 짙고 시커먼 매연을 내뿜으면서, 경사가 가파른 비탈길을 느릿느릿 올라갔다. 나는 주행차로의 방향을 바꾸고는 바닥까지 급히 가속페달을 밟아 정상을 향해 달렸다. 커다란 트럭 몇 대가 써미트 호수 인근에 있는 공간이 여유로운 주차장에 있었고, 운전기사들은 타이어와 브레이크를 점검하기 위해 자동차 주변을 두리번거리며 걸어 다니고 있었다.

오르막길 꼭대기에 도달하는 순간 자동차 가속기를 급속하게 밟았다가, 반대편 내리막길에서는 페달을 멈추고 타성으로 달려 내려갔다. 내가 미처 알기도 전에, 속도계가 시속 70마일을 넘어서고 있어서 브레이크를 밟았다.

반마일 앞에는 화물트럭이 나무 조각들을 가득 싣고서 천천히 산을 내려가고 있었는데, 브레이크를 밟을 때마다 계속 덜커덩거리는 소리를 냈다. 나는 코너를 돌 때까지 천천히 서행한 다음에, 추월하기 위해 반대편 차선으로 방향을 확 바꾸었다.

샐모 지역까지 절반쯤 가고 있을 때였다. 완만하게 휘어지는 커브를 돌고 있을 때, 도로의 모퉁이 근처에서 무언가가 움직이고 있다는 사실을 알아챘다. 나는 속도를 줄여 천천히 가면서 가장 바깥 차선으로 자동차를 움직였다. 커다란 고리 모양의 뿔이 달린 돌산양 한 마리가 고속도로를 향해 깡충 뛰어내리더니 차 앞에서 어슬렁어슬렁 걷고 있었다. 어깨 아래로는 몇 마리의 양들이 내가 지나가기를 기다리면서 머뭇거리며 멈춰 서 있었다. 나는 차를 완전히 멈추고 양들이 풀을 한 입 가득 잡아채서 뜯어먹는 광경을 지켜보았다. 양들은 내가 있는 방향으로 힐끗 눈길을 주더니 태연하고도 흡족한 듯이 우적우적 풀을 씹어댔다.

샐모 마을을 통과한 후에, 나는 넬슨으로 가는 꾸불꾸불 휘어진 고속도로를 달렸다. 휴의 동물병원은 시내의 북쪽 끄트머리에 있었는데, 내가 들어왔던 바로 그 고속도로에 있었다. 병원 문은 잠겨 있었고, 대기실의 유리창에는 '닫혔음'이라고 적힌 푯말이 눈에 띄도록 걸려 있었다. 나는 세차게 문을 두드렸다.

30대 초반의 우람하고 체격이 좋은 남자가 문을 향해 성큼성큼 걸어
오더니 출입문의 빗장을 풀어주었다.

"허허, 잘 찾아오셨군요. 그렇죠?" 그의 목소리는 대담하고 거리낌
이 없었으며, 영국식 억양에서는 거의 서정시 같은 운율이 풍겼다. "내
가 이미 엑스레이 장치를 모두 조정해놓았어요. 그저 녀석을 안으로
데리고 들어오기만 하면 됩니다."

우리는 커다란 감광판을 이용하여 머핏의 복부에서 발까지 후미 부
분 전체에 대한 엑스레이 촬영을 했다. 휴가 현상액 통에서 정착액이
담긴 통으로 필름을 옮길 때, 금속 덮개가 철거덕 하고 닫히며 덜컹덜
컹 하는 소리가 암실에서 울려 나왔다.

"녀석의 왼쪽 뒷다리에 뭔가 이상이 있는 게 틀림없어요." 내가 문
밖에서 큰 소리로 얘기했다. "제가 그쪽을 만졌을 때, 녀석이 확실히
불편하게 여겼거든요. 제가 추정하기로는 뼈 한쪽은 부러지고 다른 쪽
은 구부러진 약목골절 같던데요."

"그럴 것 같군요. 이제 곧 알게 되겠죠. 그런데 페린 선생은 트레일
지역 출신인가요? 피트의 병원을 방문하게 된 것도 그 때문이죠?"

"맞아요. 난 트레일에서 태어나서 카지노라고 불리는 작은 마을에
서 자랐어요. 피트는 제가 고등학교를 졸업하던 해에 임상을 시작했
지요."

"나도 피트와 함께 말들의 거세수술 때문에 처음으로 그 지역을 다
녀온 적이 있는데." 휴가 말했다. "카지노 지역은 강이 흐르는 반대편
산에 위치하고 있지요, 그렇죠?"

"네, 맞아요. 우리 아버지와 몇몇 친구들이 40대에 동업을 시작했지요. 그분들은 옛날 벌목 도로의 끄트머리에 있는 땅을 구입해서 건물을 짓기 시작했답니다."

"내가 보기엔 좀 고립된 곳 같더군요. 내가 알기로 피트는 겨울에 그 지역 밖으로 나오는 것을 싫어했지요. 그곳은 기어 올라가다 보면 마지막에는 사람을 큰 대자로 뻗게 만드는 지옥 같은 곳이지요."

"결코 그렇지 않아요! 우리는 그 언덕에서 터보건 썰매를 타고 내려오는 것을 즐겼는데, 눈길이 반들반들 해지도록 만들어서 버스가 그리로 올라오지 못하도록 만들었어요. 학교를 빼먹는 아주 좋은 방법이었죠."

휴는 어슬렁거리며 걸어 나왔고, 그의 손에는 엑스레이 필름이 흔들흔들 매달려 있었다. "음, 당신이 맞았네요!" 그는 뷰 박스에 불을 켜서 필름을 올려놓고 흘긋 보았다. 골절이 경골릉에서 아래쪽 방향으로 쭉 연달아서 나아가고 있군요. 다행히 변위가 일어난 것 같아 보이지는 않는데요." 그는 아래로 내려 배에서 등 방향으로 살펴보았고, 필름을 위로 치켜 들어올려 측면 방향으로 살펴보았다.

"토머스 부목을 해주면 깔끔하게 붙을 것 같은데요." 내 의견을 말했다. "다른 쪽에서 배에서 등 방향의 필름 영상을 살펴볼까요. 저쪽 골반 뼈는 수술로 복구를 해줘야 할 만큼 나빠 보이지는 않죠?"

휴는 다른 엑스레이 필름을 집어 들었다. 장골의 오른쪽 골간을 따라 뼈에 금이 가 있었다. 톱날 모양으로 깔쭉깔쭉한 선이 보였으며, 그곳이 뒤로 밀려나게 되어 치골과 분리되어 있었다.

"지랄 맞게도 상처가 났군요." 휴는 주의를 기울여 관찰했다. "하지만 몇 주 지나고 나면, 마치 새 뼈처럼 깔끔하게 붙겠는걸요.”

“이제, 어림짐작했던 것들을 확실히 알게 됐군요. 우리 병원에도 장비들을 갖춰야겠어요. 제가 중고품을 수배해서 공급하는 몇몇 도매업자들에게 연락을 해놓은 적이 있는데요. 아직까지 제게 적당한 가격대의 기계를 찾아내지 못했다고 하더군요.”

“저 기계들도 그렇게 구한 겁니다. 이 기계는 넬슨 병원에서 가져 온 건데 기계들이 처분되었을 때 아주 우연히 여기로 오게 되었지요.”

나는 머핏을 품안에 끌어안고서 출입구로 향했다.

“집에 들렀다 가요.” 휴가 말했다. “우리 어머니 패트 여사께서 당신과 저녁식사를 함께 하기를 바라고 있어요.”

나는 곧바로 돌아갈 계획이었으나 총각으로 지내다 보니, 집에서 요리한 식사를 대접하겠다는 제의를 거절한 적이 거의 없었다.

“저야 좋지요.” 나는 머핏을 밖으로 데리고 나가서 잔디밭에 녀석을 눕혀놓고 손으로 배 아랫부분을 붙들어주었다. 녀석은 몇 분 동안 오른쪽 뒷다리로 서툴게 중심을 잡다가 얼마 후 오줌을 싸기 위해 아주 조심스럽게 땅에 엎드렸다. 녀석을 차의 뒷좌석에 앉혀두는 동안, 휴는 자신의 차바퀴 뒤에서 기다리고 있었다.

그를 뒤쫓아서 쿠트네이 강의 서쪽에 자리 잡은 그림같이 아름다운 오래된 도시 넬슨으로 향했다. 나는 큰 도로에 줄줄이 서 있는 우아한 석조건축이 있는 풍경을 기대하고 있었다. 그러나 우리가 시내로 들어가기 전에 휴는 캐슬가를 향해 서쪽으로 방향을 바꾸었다.

고속도로는 쿠트네이 강의 바위로 된 언덕길을 따라 몇 마일 동안 계속 이어졌다. 태그엄에서 다리를 건너갔는데, 휴가 높다란 바위 절벽을 향해 오른쪽으로 방향을 틀더니, 아주 지저분한 도로를 향해 방향을 바꾸었다. 그가 커다란 전나무들이 있는 곳으로 차를 몰고 가자, 나는 그가 지나간 자국을 따라서 급히 방향을 바꾸었다. 풀과 나무들 사이로 맑고 푸른 강물이 보였다. 나는 강 쪽으로 튀어나온 바위지역을 가로지른 풍경을 감상하며 천천히 운전해 갔다. 그런데 앞에 가던 휴가 마치 폭탄이 터진 것처럼 어디론가 사라져버렸다.

나는 좁은 도로로 꾸물꾸물 이어지는 먼지 나는 길을 향해 계속해서 나아갔다. 점차로 길이 좁아져서 속도를 늦추었다. 엄청나게 큰 전나무 사이로 억지로 차를 몰고 들어갔다. 도로 가장자리에 놓인 바위들을 요리저리 피하기도 하다가 멈춰 섰다. 틀림없이 이 길로 휴가 차를 몰고 가지는 않았을 거야! 풍경을 보느라고 내가 분기점을 놓친 것은 아닐까? 그럴 리가 없어.

기어를 중립으로 놓은 채, 차를 천천히 몰았다. 길모퉁이에서 바위 덩어리들이 운전석으로 굴러 떨어지지나 않을까 하는 두려움이 엄습해왔다. 도로 방향이 왼쪽으로 심하게 틀어져 있어서 후진을 해야 했다. 게다가 강을 향해서 차를 몰아야 했다. 코너를 빠져나가자 마자 오솔길은 엄청나게 폭이 좁아졌다. 거기에는 강 아래 6미터 깊이로 떨어진 빈틈을 채우기 위해 톱으로 거칠게 켠 2×12 크기의 나무판이 놓여져 있었다.

나는 아주 조심스럽게 차문을 열었다. 차문이 바위의 표면에 꽝 하고 부딪혔다. 나는 그 틈을 빠져나오기 위해 발로 문을 밀었다. 길모퉁이로 걸어가면서 나는 이 상황이 믿겨지지 않아 머리를 절레절레 흔들었다. 둑은 거의 수직으로 절벽이 된 채 남아 있는 강 쪽으로 허물어져 있었다. 나는 위험을 무릅쓰고 받침대 위로 올라가서 위아래로 발을 굴러 뛰어보았다. 몇 개의 들보들이 나무 버팀목을 지탱하기 위해 아래에 놓아둔 바위에 박혀서 꿈쩍도 하지 않았다. 그것들은 겉으로 보기에 충분히 견고해 보이더니 갑자기 뚝 하고 떨어지는 것이었다!

나는 운전석으로 돌아가기 위해 조수석을 통해 자동차 계기판 위를 기어 올라갔다. 깊게 숨을 쉬고는 기어 변속 스틱을 밀어서 기어를 저속으로 놓고 클러치를 밟았다. 받침대 위로 앞바퀴가 올라갔고, 엔진을 저속으로 공전시켜서 그곳을 무사히 건너갔다.

코너를 돌아 넓게 펼쳐진 초원으로 접어들었다. 미루나무 수풀을 통과하여 헛간 앞마당으로 가는 진입로에 들어서니 우람한 체격의 체서피크 리트리버 한 마리와 잭 러셀 테리어 한 쌍이 갑자기 나타났다. 테리어 두 마리가 미친 듯이 짖어대면서 자동차의 양쪽 측면으로 달려들었다. 나는 녀석들이 충실하게 내 존재를 알리느라 쏜살같이 내 앞을 왔다갔다 하며 돌진하는 모습을 불안한 마음으로 바라보았다. 머핏도 두려운 양 낑낑거리면서 긴장한 채 차창 밖을 살짝 엿보았다. 길은 강에서 멀어지면서 완만하게 꺾어지더니, 크록솔의 집 앞에서 갑자기 끊겼다. 시골풍의 석조 건물이 강을 아래로 내려다보면서 초원 위에 우뚝 서 있었다. 그림엽서 속에나 나올 만한 아름다운 집이었다.

"이번에도 잘 찾아왔군요. 그렇죠?" 휴는 엉덩이에 손을 얹은 채, 장난기 어린 얼굴로 이를 드러내고 웃으면서 부엌 문 앞에 서 있었다. "그런데 왜 이렇게 늦게 왔어요? 강에 가서 당신을 끌어 올리려고 막 출발하려던 참이었는데."

"왜 제가 늦었냐구요? 제 딴에는 길을 잘못 들어선 게 거의 틀림없다고 생각하고 있었죠. 그런데 왔던 길을 되돌아가고 싶지는 않더군요. 제 정신을 가진 사람이라면 이렇게 도로의 막다른 끄트머리에 살고 있지는 않을 겁니다!"

"그래, 당신 말이 옳아요." 우리들의 등 뒤에서 목소리가 들여왔다.

"오, 안녕하세요. 패트! 당신을 몰라봤어요. 제가 저 도로 때문에 정신이 좀 팔려 있었거든요. 오는 내내 저 강물이 얼마나 차가울까라는 생각뿐이었답니다."

"그 말이 맞을 거요. 나는 저 끔찍한 받침대 위를 운전할 때마다 강물 속으로 처박히는 무서운 생각이 든다니까. 하지만 당신은 내 아들 휴이를 잘 알잖수!"

패트는 우아한 자태를 지닌 늘씬하고 빈틈이 없는 여인이었다. 그녀가 말하는 경쾌한 리듬의 영국식 억양을 들으면서 나는 항상 대농원의 저택에 사는 귀부인의 모습을 상상했다. 그러나 오늘 그녀는 헐렁헐렁한 면 셔츠와 낡아빠진 검은색 고무 부츠에 바지자락을 느슨하게 쑤셔 넣은 청바지를 입고 있었다.

"저 도로가 바로 우리가 이곳 부동산을 기꺼이 구입할 수 있었던 유일한 이유라고 할 수 있지요." 휴가 기분 좋은 목소리로 말했다. "모든 사람들이 강 건너편에서 이곳을 보고는 반하지만 부동산 업자들조차도 여기로 건너와보려고 하지는 않는답니다."

"왜 그런지 충분히 알 만하군요." 그 도로를 다시 돌아보자 본능적으로 몸이 바르르 떨려왔다.

"그런데 저녁밥은 준비되었나요, 어머니?" 휴가 물었다.

"아직 안 됐어! 이제 막 암소 젖을 짜주고, 송아지 먹이를 주고 돌아왔거든. 저 늙은 암양이 오늘밤 유난히 절룩거리는 것이 영 안 좋아 보여서 녀석을 좀더 지켜보는 것이 낫겠다 싶더라. 닭들도 역시 자물쇠를 채워줘야 하구. 더 이상 닭들을 잃어버리고 싶지 않구나. 넌더리나는 스컹크들이 요즈음 밤마다 닭들을 잡아먹으려고 호시탐탐 기회를 엿보고 있단다.”

“음, 그러면 엄마는 일을 마저 보시구요. 데이브와 저는 알아서 재빨리 맥주 한잔 찾아 먹을게요.”

나는 머리를 숙여 부엌으로 들어갔다.

“편히 앉아요.” 휴는 길쭉한 식탁의 상석에 있는 의자를 가리키고는 냉장고 문을 열었다. “이런 세상에!” 그는 무릎을 구부리고 앉아 냉장고 선반의 바닥을 샅샅이 뒤지면서 실망스런 투로 말했다. “겨우 한 병밖에 안 남아 있네.”

“괜찮아요, 휴이. 전 오늘밤 차를 운전해 집으로 돌아가야 하니까 술을 마시지 않는 것이 더 나을 것 같은데요.”

그가 유리컵을 쿵 하고 내려놓더니 거무스름한 에일 맥주를 컵에 절반가량 따랐다. 그러고는 식탁을 가로질러 내게 맥주를 내밀었다.

“아직까지 이 캐나다산 에일을 쫓아올 맥주가 없지요. 하지만 아직 맛에 비해 어울리는 병을 찾아내지 못했다는 생각이 들어요.”

나는 고개를 끄덕이며 내 잔에 담겨 있는 맥주를 조금씩 홀짝거렸다. 휴는 맥주병을 뒤로 기울여 처음 따라내고 남아 있던 부분을 거의 다 마셔버렸다.

“그래, 거기서 일을 직접 다 준비하고 있는 건가요?”

“네, 어떤 날은 내가 정말로 무슨 일을 하고 있는 건가 하는 생각이

들 때도 있는데요. 하지만 대체로 모든 일이 아주 잘 되고 있는 것 같습니다."

"당신도 알다시피, 고향으로 돌아오는 일은 거의 드문 일이지요. 이미 주변에 오랫동안 자리 잡고 있는 개업의들이 있기 때문에 다른 사람에게 양보할 여지가 거의 없어요. 게다가 나처럼 영국에서 대학을 졸업한 신참들은 요령을 터득하고 충분한 경험을 쌓기 위해서 누군가의 밑으로 들어가 일을 배울 필요가 있거든요. 내가 대학을 졸업했을 때는 동물학대방지협회 등 여러 문제와 관련이 있었기 때문에 결코 살아 있는 개를 수술할 기회를 얻지 못했지요."

"저는 참 운이 좋았던 것 같아요. 새스커툰을 졸업하고 나서 상당히 많은 임상 경험을 쌓을 수 있었거든요. 앨버타에서 눈코 뜰 새 없이 바쁜 임상실습 3년차를 보낸 후에 일자리를 갖게 되었죠. 세인트 폴에서 조지 보스니악과 함께 일을 했지요. 그는 아주 훌륭한 수의사였어요. 그해 여름이 끝날 때까지 저는 그야말로 임상의 진수를 맛볼 수 있었죠."

"당신은 3년차가 끝난 후 곧바로 신참으로 그곳에 들어갔나봐요. 그가 당신에게 흥미진진한 사례들을 진료하도록 해주던가요?"

"그렇지는 않았죠." 나는 싱글싱글 웃었다. "제가 그곳에 들어갔을 때, 조지는 수개월 동안 혼자서만 진료를 하고 있었기 때문에 제게 여러 가지 일을 시켰죠. 아마 제가 훨씬 더 유능한 수의사가 되기를 바랐기 때문에 그러셨던 거라고 믿고 있어요. 처음엔 그에게 물건을 가져다주기도 하고 청소도 했는데, 그해 여름이 지나가자 꽤 바빠져서 제 손이 더러워질 기회가 더 많아졌지요. 설사를 하는 송아지들에게 수없이 정맥주사를 놓아주었고, 탈장 증상을 보인 엄청나게 많은 돼지들을 회복시켜주었고, 몇몇 소가 새끼를 낳는 것을 보살펴주었답니다. 저는 엄청난 일들이 벌어졌던 그곳에서의 첫날 아침을 아직도 기억하고 있지요. 그의 병원 바깥에는 차량들이 줄지어 서 있었는데, 그 블록까지 가는 길까지 차가 쭉 늘어서 있었죠. 저는 그가 처리해야할 작업 분량에 엄청나게 놀랐어요. 아직 새끼를 한 번도 낳아보지 못한 어린 암소들이 죽 늘어서 앉아 용을 쓰고 있는 데다가, 어미 소들은 송아지를 낳으려고 하고 있고, 이쪽에는 질이 탈장된 소들이 몰려 있었고, 저쪽에는 직장이 탈장된 소들이 있었죠. 병들어 아픈 송아지들은 가까스로 숨을 헐떡이고 있었구요. 게다가 여러 마리의 돼지들까지 덤으로 널브러져 있었죠. 저는 그날 아침 이전까지 결코 조지를 만나본 적이 없었어요. 젊은 암소의 궁둥이 끝에 튀어나온 엄청나게 큰 핏덩어리와 씨름을 하고 있는 그의 뒷모습을 우연히 보게 되었죠. 저로서는 그가 어떻게 그날 그 일들을 모두 다 해냈는지 도무지 알 수가 없었죠. 한 건의 진료가 끝나면 다음 건을 진료하는 방식이었는데 마침내 제일 마지막 고객의 자동차가 돌아가고 전화 상담 요청에 답변을 해줄 때까지 끈질기게 일을 하더군요."

휴는 내가 말을 할 때마다 고개를 끄덕거리면서 잔에 남아 있던 맥주를 다 마셨다. "봄철이 되면 엄청나게 많은 수의사들이 저기 대초원 위에서 아주 혹독한 일들을 겪게 되지요."

"그래요, 맞아요. 바로 그 이유 때문에 저는 브리티시 컬럼비아로 돌아오기로 결심했답니다. 조지와 같은 수의사가 되는 것은 풋내기에게는 환상적인 경험이었어요. 그는 동물 주인과 아픈 환자들을 다루는 수완이 정말 좋았고, 결코 흥분하여 화를 내는 모습을 보여준 적도 없었죠. 제가 생각하기에 저에게 가장 큰 영향을 준 것은 아마도 그가 동물 진료에 헌신하는 모습과 자기 자신을 위해 약간의 시간을 가지려는 욕망 사이의 싸움을 지켜보는 것이었지 않나 싶어요."

"네, 그렇겠네요! 당신이 여러 해 동안 임상에 종사하면서 경험했던 괴로운 경험에 대해 잠시 얘기해줄래요?"

휴는 테이블에 놓인 텅 빈 맥주병을 갈망하는 눈빛으로 바라보았다. 그는 의자를 뒤로 밀어내고 일어나서 찬장을 열더니 싱크대 아래에 놓여 있던 커다란 술병을 세게 끌어당겼다.

"당신을 위해 대접할 게 있는데." 그는 이를 드러내고 싱긋 웃으면서 위압적으로 술병을 쿵 하고 내려놓았다.

"맙소사, 그게 뭐예요?"

"다 마셔요." 그가 내 잔에 남아 있는 에일 맥주를 쭉 들이키라고 손짓했다.

"머리에 꼭지가 돌도록 술에 취할 수도 있지만 오늘밤은 아닌 것 같아요. 저는 더 이상 마시지 않는 게 좋을 것 같은데요."

"하지만 이 술은 72년산 포도주 플럼 72예요." 휴는 마치 특별한 고급 포도주를 설명하는 것처럼 혀를 굴렸다.

잔에 담겨 있는 술을 다 비우고, 색깔이 흐릿하고 갈색을 띤 노란색 침전물이 커다란 맥주잔에 쏟아져 들어오자 나는 그만 움찔했다.

그가 커다란 잔에 술이 넘칠 만큼 가득 채웠다.

"와! 아예 저를 나가떨어지게 만들려고 작정했군요!"

"젠장! 어머니가 저녁식사를 챙겨주실 때쯤이면 다 해독이 될 거라구요. 게다가 이 술은 담근 지 1년도 채 안 된 겁니다. 이제 막 발효가 되기 시작했어요.”

나는 술잔을 자세히 들여다보았다. 잡다한 부스러기들이 파편처럼 자그마한 소용돌이 속에서 여전히 빙빙 돌고 있었다. 분명히 유리잔 안에 제법 큰 알갱이가 갑자기 아래로 가라앉는 게 보였지만 와인 색깔이 너무 탁해서 찾아내기가 힘들었다.

“난 어머니를 위해 바비큐 판이나 데워놓아야겠어요.” 휴는 자신의 술잔을 가지고 문 쪽으로 나가면서 투덜거렸다.

“그 술로 불을 붙일 작정인가요?”

“이런 나쁜 캐나다인 같으니, 당신네 나라 사람들은 훌륭한 술의 진가를 전혀 인정하질 않는다니까요.”

휴가 분주하게 움직이는 동안 나는 방 안을 이리저리 둘러보았다. 방 안을 자세히 둘러보다보니 여기저기에 그의 개성이 드러나 있었다. 유행에 뒤처진 고풍스런 주방에는 한쪽 벽을 따라서 장식장이 놓여 있었다. 안으로 깊숙이 들어간 창문에는 화초가 있고, 그 앞에는 싱크대가 놓여 있었다. 부엌이 달린 거실이 있었는데, 2층으로 올라가는 계단이 설치되어 있었다. 돌로 만든 벽난로 주변에는 등을 기댈 수 있는 등받이와 팔걸이가 있는 소파 하나, 속을 너무 많이 채워 넣은 안락의자 두 개가 놓여 있었는데 이것들이 바깥쪽 벽의 상당 부분을 차지하고 있었다.

“나는 이렇게 천장이 높은 집을 좋아해요.” 그가 건물 바깥에서 안으로 들어와 어슬렁거리며 걸어 다니고 있을 때 내가 말했다.

“나는 늘 고풍스러운 장소를 유난히 좋아했죠. 이곳은 내게 영국에 있는 고향집의 많은 것들을 떠올리게 해줍니다."

휴는 자리에 앉았다. 그는 옆에 있는 의자에 다리를 쭉 뻗어 올려놓고는 포도주 잔을 움켜쥐었다. "이 술, 정말 맛이 아주 좋아요." 그는 포도주를 조금씩 음미하며 한 모금 마시고 나서 무표정한 얼굴을 계속 유지했다. "아직까지 여과기로 다 걸러내지 못했나요?" 그는 허풍을 떨며 포도주 잔을 불빛을 향해 들어 올렸다.

"아주 주방용 체를 가지고 샅샅이 걸러내주시는 것이 어떨까요?"

나는 커다랗게 떠다니는 덩어리가 자두 조각이기를 바라면서 잔을 들여다보았다.

휴는 낄낄거리며 웃고는, 등을 기댄 채 또 다른 술을 통에서 따랐다.

"그런데 당신은 원래 그렇게 여러 면에서 뛰어났나요?"

"무슨 뜻이죠?"

"글쎄요. 나는 학교를 졸업하자마자 첫날부터 임상개업을 시작하려고 하는 사람을 상상할 수가 없거든요. 피트는 당신이 동급생 가운데 3등인가 4등인가로 졸업했다고 그러더군요."

"그건 제가 머리가 좋아서 그랬다기보다는 공부에 투자한 시간이 더 많았기 때문이죠. 대학 당국에서 자정을 기해서 도서관 문을 닫기로 결정했을 때, 제가 동급생들의 서명을 받아내서 대학 측에 항의서한을 제출했던 기억이 나네요. 당시에는 공부에 몰두할 시간이 충분한 것 같지 않았거든요."

"어쨌든 당신은 내게 골치 아픈 타입 같은 인상을 주지는 않는군요. 내 동창생들도 역시나 책벌레들이 꽤 많이 있었지만, 난 스포츠와 맥주 파티로 많은 시간을 보내고 싶었지요."

"아마도 전 이 일을 중요하게 생각하는 바보였던 것 같아요." 나는 술잔을 들어서 입으로 가져가 입술을 적셨다. 톡 쏘는 맛의 씁쓰레한 술이 혀에 있는 미뢰를 따라 퍼져 나가자 얼굴이 찌푸려졌다. 잘도 넘어가는군!

"올해 나이가 몇 살인가요?"

"6월에 스물다섯이 되었습니다."

"음, 그 나이에 수의사 자격증을 딴 사람이라면 누구든지 분명 시간을 마구 허비하지는 않았을 것 같군요."

"언제나 전 수의사가 될 거라는 걸 알고 있었죠. 언제 그런 결심을 했는지는 기억할 수 없지만 항상 그것을 알고 있었답니다. 제가 희망하는 대학교에 들어갈 수 있을 거라고 생각하는 사람은 많지 않았어요. 더군다나 졸업까지 할 거라고 생각했던 사람은 아예 없었죠. 학교에 다니기 시작했을 때부터, 저는 늘 다른 사람을 쫓아가느라 정신이 없었거든요. 저는 초등학교 시절에는 늘상 읽기 보충 학습반에서 보냈어요. 그래서 학습부진아의 대표주자로 낙인찍히는 것이 어떤 거라는 걸 잘 알고 있어요."

휴는 술잔을 양 손으로 안 듯이 들고 조용하게 앉았다. 그는 혹시 술 맨 위층에 떠다니는 자두 조각이 있는지 자세히 들여다보면서 술잔을 천천히 빙글빙글 돌렸다.

"중학교 수학시간은 그야말로 끔찍했지요. 사냥개처럼 온통 수학에 열중했는데도 불구하고 9학년 수학시험에 낙제를 하고 말았어요. 아버지께서는 저를 도와주려고 무진장 애를 쓰셨죠. 아버지는 제게 엄청나게 좌절하셔서 큰 소리로 야단을 치기도 하셨고, 탁자를 주먹으로 꽝꽝 치기도 하셨죠. 물론 책상이 부서지지는 않았지만 말이에요. 사람들은 제게 차라리 진학을 위한 교육을 받느니 직업교육을 받는 것이 어떠냐는 충고를 하기도 했죠.”

공작새 한 마리가 바깥에서 꿱꿱 소리를 질렀고, 테리어 종의 개들 중 한 마리가 날카롭게 짖어댔다. 나는 창문을 흘끗 쳐다보았다. 어느새 내 마음은 고등학교 상담 선생님과 면담을 했던 시절로 거슬러 올라가고 있었다. 선생님은 상담실에서 내가 대학에 들어갈 인물이 되지 못한다며 똑 부러지고도 명쾌하게 말씀하셨다. 그리고 우리 부모님께도 내가 직업을 배울 수 있는 제련소에서 견습생으로 일하도록 해야 한다고 강조하셨다.

아버지께서 선생님에게 고래고래 소리를 질렀던 사실이 기억났다. “하지만 우리 애는 수의사가 되고 싶어 한다구요! 우리 애는 어떤 직업에 대해 알 수 있는 나이 때부터 줄곧 수의사가 되기를 원했습니다. 만약 내가 애의 앞길을 가로막는다면 아마 나는 벼락을 맞을 겁니다. 저는 애에게 그런 공장에서 지옥 같은 인생을 살아가라는 가혹한 형벌을 내리지는 않을 겁니다!”

상담 선생님은 내 학업성적을 빤히 쳐다보며 고개를 절레절레 흔들면서 면담을 마쳤다. 선생님은 내가 계속해서 학업성적을 따기 위해 악전고투를 벌일 수 있도록 동의해주셨고, 상당한 말다툼을 벌인 끝에 내가 1년 동안 한꺼번에 9학년과 10학년 수학을 모두 공부할 수 있게끔 합의를 해주셨다.

나는 술잔을 들어서 한 모금 들이켰다. 내 과거로의 여행은 휴가 끼어드는 바람에 거기서 끝나고 말았다.

"대학에 들어가기 위해서 고등학교 때 엄청나게 열심히 공부했나보
군요."

"아, 그럼요. 하지만 제게 모든 일들이 마냥 쉽게만 흘러갔던 것은
결코 아니었어요. 다른 친구들을 따라잡으려고 이를 악물고 죽도록 공
부를 했죠. 저는 엄청 끈질긴 구석이 있는 놈이었어요. 전 절대로 실
패하지 않겠다고 결심했죠. 졸업할 때가 됐을 때, 제 학점은 C$^+$와 B까
지 올라가게 됐지요. 당시 제게 일어났던 최고의 일은 세계 최대의 아
연광산업체인 코민코에서 그해 여름 동안 일을 했던 겁니다. 제가 무
엇인가 좀더 나은 일을 원하고 있다는 것을 알아내는 데는 오랜 시간
이 걸리지 않았어요. 섭씨 35도의 날씨에 모래에 표면처리를 하는 장
치의 비어 있는 큰 통을 향해 낮은 포복으로 기어가기도 했고, 화물 열
차에 화학비료 포대를 싣기도 했는데 결국 나는 학교 공부를 더 열심
히 해야겠다는 다짐을 굳게 할 수 있었죠. 저는 소도시 캐슬가에 있는
2년제 공립대학 셀커크 칼리지를 몇 년 동안 다녔죠. 만약 제가 받은
수학, 물리학, 화학 점수를 빼고 본다면, 제 성적이 그리 최악은 아니
었다구요. 전 그야말로 그 과목들을 가까스로 통과하기 위해 악전고
투를 했답니다. 그 과목들은 제게 정신적 고통이라는 말의 새로운 정
의를 가르쳐주었다고나 할까요. 제겐 그 과목들을 공부하면서 보낸 매
순간순간이 치를 떨 만큼 싫은 기억이랍니다!"

"코민코 회사에서 그해 여름 동안 줄곧 일했나요?"

"아뇨. 그 일이 마음에 내키지 않았거든요. 프린스 조지의 북쪽 앤잭
강에 있는 벌목 회사에 일자리를 얻었죠. 그 회사는 관목 숲에 있었는
데 목재를 야적하는 일은 제련소의 자욱한 먼지와 더러움 속에서 일하

는 것과 비교할 때 꽤 매력적인 일이었죠. 두 곳 모두 돈을 쓸 일이 거의 없는 곳이어서 이듬해 대학등록금을 저축하는 데는 아무런 문제가 없었어요.”

“그럼 셀커크 칼리지에서 곧바로 수의과대학으로 들어가게 되었나요?”

“아뇨. 수의대에 지원을 했지만 제겐 어림 반푼 어치도 없는 일이었어요. 결국 브리티시 컬럼비아 대학교를 1년 동안 다니게 되었죠. 감히 말씀드리자면, 그곳 생활은 조그만 시골 소년에게는 일종의 놀라운 경험이었답니다. 거긴 수많은 인파와 차량 때문에 서 있기도 힘들 지경이었어요. 가장 나쁜 점은 제 동물들과 만날 수 없게 됐다는 거였죠. 전 정말로 제 말들이 그리웠어요. 게다가 제가 기억할 수 있는 한, 저는 그 전까지 개와 고양이 없이 지낸 적이 전혀 없었거든요. 그럼에도 불구하고 제게는 학문적으로 좋은 한 해였어요. 전 정말이지 재미있고 흥미로운 수업들을 들을 수 있었어요. 그해부터 줄곧 동급생 가운데 상위 3분의 1 내에 들어가는 성적을 유지하는 일이 비교적 쉬워 보였죠.”

부엌문이 갑자기 열렸고, 패트가 꽝 소리를 내며 들어왔다. 그녀의 팔에는 양동이가 있었고, 그 뒤로는 모두 세 마리의 개들이 아주 가깝게 졸졸 따라다니고 있었다. 체서피크 리트리버가 문지방을 넘어선 순간, 잭 러셀 테리어가 깽깽거리며 몹시 사납게 녀석을 공격하는 바람에 나는 깜짝 놀랐다. 녀석은 껑충 뛰어서 아래턱으로 커다란 덩치의 개를 움켜잡았다. 녀석은 거기에 달랑달랑 매달려서 꼭 시계추처럼 흔들거리고 있었다.

“제러미, 당장 그만두지 못해!” 패트가 큰 소리로 야단을 쳤다. “좀 나아지려면 똑바로 행동해야지! 듀크가 마음만 먹으면 네 녀석쯤은 한입에 먹어버릴 수도 있다구.”

듀크가 집 밖으로 되돌아 나가고 나서야 자그마한 흰색 테리어는 앙다문 입을 풀었다.

“허허, 요놈은 범 무서운 줄 모르는 하룻강아지로군.” 녀석은 거들먹거리며 부엌으로 걸어 들어갔다. 머리를 높게 치켜들었으며, 배는 마룻바닥에 거의 닿을 듯 말 듯한 모습을 하고는 술집의 싸움꾼처럼 자신감에 넘쳐 거들먹거리듯 걸어갔다.

“이 녀석은 자기 영역에 속하지 않는 것이라고 생각하면 거의 죽기 살기로 덤벼들지요.” 휴는 확신에 차서 얘기했다. “게다가 저 불쌍한 늙은 듀크를 집 근처에도 속하지 않는다고 여기는 것 같다니까요.”

제러미는 휴의 다리에 자신의 앞발을 쭉 뻗었다. 그가 몸을 구부려 양팔로 자신의 무릎을 둥글게 해주었더니 녀석은 공처럼 몸을 웅크리고는 이내 잠에 빠져들었다.

“저 불쌍한 늙은 녀석 발이 다시 부어올랐겠네.” 패트가 안타까워했다. “녀석에게 물이라도 한 잔 가져다주고, 마구간에 딸린 작은 목장에 있도록 해야겠어. 물린 곳에 구멍이 난 것 같진 않지만 틀림없이 상처가 났을 거야.”

휴가 포도주 한 잔을 또 마셨다. “아마 마구간에 데려다 놓고 상처가 낫는지 좀 지켜봐야 할 거예요. 어머니, 또 거기다 온 정성을 다 들이실 건 아니죠?”

“휴이야, 상처가 보기보다 더 나빠 보이지?”

“상처는 시간이 지나면 차츰 좋아질 거예요.” 휴가 강조했다. “조금

깨물렸을 뿐인걸요."

패트는 부엌의 찬장을 뒤적거렸다. 주전자와 냄비가 스토브 위에서 김을 내뿜으며 덜걱덜걱 움직였다. 그녀는 양동이에 가득 채웠던 신선한 채소들을 싱크대에 부어놓고, 깨끗이 씻기 시작했다.

"그 다음에 브리티시 컬럼비아 대학교 이후엔 어떤 일들이 있었나요?" 휴가 이어서 물었다.

"수의과대학에 입학 허가를 얻기 위한 경쟁이 아주 치열했어요. 셀커크 컬리지에서 보잘것없었던 성적은 제 등수에 전혀 도움이 되지 못했죠. 온타리오에서 일자리를 구하기 위해 길을 가던 중이었는데, 면접 일정이 잡힐까 하는 기대에 부풀어 새스커툰에 잠깐 들렀죠. 면접 약속을 잡은 것은 아니었지만, 전 이 일이 제게 기회를 가져다주는 데 도움이 될지도 모른다고 생각했어요. 접수원이 몇 통의 전화를 걸더니, 그 주의 남은 기간 동안 입학심사위원회에서 저를 만날 시간이 있는 사람은 어느 누구도 없다고 얘기해주더군요. 제가 막 떠나려고 할 때, 기품이 있어 보이는 신사 한 분이 제게 수의과대학에서 공부하고 싶은지 물어보더군요. 그분은 제가 접수원에게 얘기하는 것을 우연히 들었나봐요. 저는 그분에게 제가 기억을 해낼 수 있는 이전부터 오랫동안 수의사가 되기를 원했고, 언젠간 수의대에 들어갈 거라고 말씀드렸죠. 그분은 '자네는 분명히 그렇게 할 거라는 확신이 드는군. 자네는 분명히 그렇게 할 수 있을 게야. 난 래리 스미스라고 하네' 하고 말씀하시더군요. 그분은 제게 악수를 하고는 마치 그 건물의 관리를 담당하는 부서 직원인 양 그냥 지나가는 말로 '내 방에 잠깐 들러보겠나?'라고 얘기하시더군요. 그분이 문을 가로질러 '래리 스미스 박사―학생처장'이라고 볼드체로 인쇄한 문패가 달려 있는 방문을 열었을 때, 저는 놀라서 꽤 움츠러들었죠. 그분과 제 희망과 경험에 대해 담소를 나누었어요. 나중에 알기로 그분은 서스캐처원 대학교 총장님이 병원 시설을 시찰하러 왔을 때 직접 안내해주려고 총장님을 기다리고 계셨던 거예요. 제가 그 사실을 채 알기도 전에, 저는 안내자가 된 학생처장님과 총장님, 그리고 사모님 일행에 섞여 호위를 받으며 대학을 둘러보게 되었죠."

"그런 행운이 일어나다니," 패트가 말했다. "만약에 휴이가 학생처장이었으면 당신은 분명히 그런 대접을 받지 못했을 거요. 그렇지 않은가, 도련님?"

"아주 악담을 하세요." 휴가 시무룩한 목소리로 얘기했다.

"제가 합격자 명단에 없다는 사실을 알게 되었을 때, 전 노스 베이 근처 숲속의 캠프에 있었죠. 브리티시 컬럼비아에 할당된 인원이 다섯 명에 불과했는데, 결과적으로 제가 그 안에 들어가지 못했다는 사실이 밝혀졌어요. 학교 당국은 제가 대기자 명단에 있다고 말해주더군요. 대기자 명단에 들어갔기 때문에 만일 다른 지원자가 학교를 그만둘 경우에 제게 연락을 해줄 거라는 거였죠. 전 그 말을 듣고 전혀 무리한 희망을 걸지 않았어요."

"그래서 그후에 어떻게 됐나요?" 패트가 주방의 조리대에 등을 기댄 채 질문했다.

"한동안 의기소침해서 풀이 죽어 있었죠. 하지만 그 일이 그리 놀라운 일은 아니었어요. 전 끝까지 맹렬하게 싸워나가야 하며, 그 다음 해에는 입학허가를 충분히 얻을 수 있을 정도로 평균 학점을 끌어올려야 한다는 생각을 하며 그 여름을 보냈지요. 8월이 끝나갈 무렵, 부모님께서 수의과대학에서 제게 보낸 편지를 받았다는 연락을 해왔어요. 누군가가 등록을 포기했고, 대기 입학자였던 제가 선발된 거죠. 전 온타리오에서 곰 프로젝트 계약을 일주일 내에 서둘러서 매듭짓고, 학기가 시작되기 전에 새스커툰에 도착했지요.”

“엄청나게 운이 좋았군요!”

“수의대에 들어가게 되어 전 완전히 흥분한 상태였어요. 래리 스미스 학생처장님께서 많은 도움을 주셨다고 확신했죠. 비록 제가 입학자격을 얻은 60명의 동급생 가운데 꼴찌였다는 사실에 조금은 불안했지만요. 저는 살아남기 위해서 다른 모든 학생들보다도 더 열심히 공부를 해야만 한다고 다짐했어요.”

패트는 빙그레 미소를 지으며, 의자에 앉기 위해 식탁으로 옮겨갔다. 그녀는 의자를 끌어당기려고 했으나 의자는 꿈쩍도 하지 않았다. 그녀가 식탁보를 들어 올리면서 바닥을 자세히 들여다보았다.

“수지, 냉큼 비키지 못해! 난 여기에 앉고 싶거든.”

제러미의 짝인 수지가 마지못해서 마룻바닥으로 뛰어내려 발을 질질 끌며 걸어갔다. 녀석은 패트를 원망하는 눈빛으로 쳐다보고는 거실을 어슬렁거렸다. 수지는 스툴이 놓여 있는 쪽으로 발걸음을 옮기더니 소파 위로 뛰어 올라갔다. 녀석은 소파를 길이 방향으로 쭉 걸어가더니 등받이가 높은 의자로 깡충 뛰어올라 수차례 빙글빙글 돌고 나서 비난하는 듯한 눈초리로 패트를 쳐다보았다. 그러고는 바닥에 누워, 코를 꼬리 밑으로 파묻고는 웅크리고 잠을 자는 것이었다.

“수의대에 입학한 첫날 저는 그야말로 엄청난 충격을 받았어요. 저는 브리티시 컬럼비아 대학에서처럼 수업에 관한 오리엔테이션이 있으리라고 예상하고 있었거든요. 저는 빈둥빈둥 시간을 보내면서 필기구나 노트도 없이 1학년의 수업 장소로 지정된 교실에 도착했던 것 같아요. 어떤 종류의 오리엔테이션 강의나 학교 시설에 대한 소개가 있지 않을까라는 기대를 하고 있었죠. 호로비츠 교수의 육안해부학 강의에 몰두하고 있는 제 자신을 발견했을 때, 얼마나 얼떨떨했던지. 교수님이 '우리는 이미 2주나 뒤처져 있다. 그래서 좀더 서두르는 게 좋겠다'고 말씀하셨어요. 전체적인 관점에서 모든 수업을 배치하신 거죠. 저는 대학에 머무르는 내내 그 말을 확실하게 이해하게 됐죠. 전 항상 제가 다른 사람들보다 2주나 뒤처져 있는 것처럼 느꼈어요. 특히 첫해가 아주 힘들었는데 그 모든 이론을 완전히 이해할 때까지 그리고 실제로 실무 경험을 통해서 무엇인가를 얻을 수 있을 때까지 기다릴 수가 없었어요. 수의대는 집에서 멀었지만 집처럼 편안한 곳이 되었어요. 포르말린 연기 때문에 입마개를 하고 시체를 해부하기 위해 해부학 실험실에서 실습을 하지 않은 경우엔, 그날 수업시간에 배웠던 내용을 완전히 이해하기 위해 도서관에서 공부를 했어요. 강의 내용이 심화되는 것을 알게 되자, 전력투구를 다해 해부학을 공부했고, 다른 과목들도 그랬어요. 그러나 결국 살아남았고, 마침내 자신감이 붙게 되었죠."

"무엇 때문에 그 모든 것들을 참고 견딘 거요?" 패트는 화로 위에 다른 냄비를 올려놓았다. "원 세상에 그렇게 해서 직업을 갖게 된 거예요?"

나는 포도주 한 잔을 꿀꺽꿀꺽 마셨다. "저는 온타리오 대학교와 브리티시 컬럼비아 대학교 사이의 교환학생 프로그램에 지원했어요. 결국 이 프로그램은 취소되긴 했지만, 제 지원서가 어찌어찌해서 온타리오 주의 노스 베이에 있는 어느 생물학자의 책상 위까지 가까스로 올라갈 수 있게 됐죠. 마이크 부스는 맥코넬 호수 유역의 흑곰 프로젝트에서 현지조사를 수행할 학생을 찾고 있었어요. 그는 제 키가 2미터도 넘고, 몸무게가 106킬로그램이라는 사실에 관심을 가졌고, 저를 고용했지요. 온타리오 주에서 가장 아름다운 지역에서 일하는 것은 환상적인 직업이었어요. 첫해에는 덫을 놓아 곰을 잡아서 인식표를 부착했어요. 몸무게를 재는 등 온갖 치수를 측정했어요. 저는 곰의 서식지와 식습관에 관한 자료를 수집하기 위하여 그 지역을 샅샅이 뒤지면서 도보 여행을 했지요. 저는 그 일을 아주 좋아했고, 마이크는 멋진 상사였어요. 결과를 얻는 동안 우리가 빈둥거리지 않는다는 사실을 알았기에 그는 기꺼이 우리를 혼자 있도록 내버려두었죠."

"당신은 술을 놓고 제사를 지낼 셈이군요." 휴가 다른 큰 컵에 술을 따르면서 투덜거렸다.

"천천히 계속해서 마셔야 익사하지 않고 여기를 떠날 수 있을 것 같은데요." 나는 그를 달래기 위해 잔을 비웠다. "술을 더 많이 마실 형편이 못 돼요. 저는 이 술맛을 충분히 봤거든요."

"데이브, 당신은 무엇 때문에 수의사가 되기를 원했던 거요?" 패트가 질문했다. "휴이처럼 농장에서 태어난 건가?"

"그렇지는 않아요. 아버지는 시골에 3에이커 정도의 땅이 있기는 했지만 그렇다고 농장이라고 부를 정도는 아니었죠. 여섯 살인가 일곱 살 때부터, 제게 그런 질문을 하셨다면 전 수의사가 될 거라고 대답했을 겁니다. 어렸을 적 기억을 떠올려보면 저는 거의 항상 강아지나 고양이를 꼭 껴안고 놀았고, 다른 동물들에게도 관심이 많았어요. 저를 단념시킨 것은 아무것도 없었어요. 전 어렸을 때 몸이 약해서 시도 때도 없이 코를 훌쩍거렸고, 기침을 했어요. 어머니와 아버지가 모두 엄청난 골초셨거든요. 제 기억으로는 아주 어린 나이 때부터 담배 연기에 질렸는데, 그것 때문에 제 건강이 안 좋았던 거죠. 6학년 때, 증상이 아주 심하게 악화되었어요. 학교에 가면 기침이 나고 코에서 콧물이 질질 흘러나와 항상 집에 있어야 했어요. 한 주는 상황이 아주 나빠져서 얼굴이 부풀어 올랐어요. 눈이 부어서 잠겼죠. 엄마는 저를 의사 선생님께 데리고 갔어요. 의사 선생님은 엄마를 밖에서 기다리게 하고는 오랜 시간 동안 제게 질문을 하며 타박상의 징후를 주의 깊게 조사했지요. 지나고 나서 생각하니, 아마도 신체적 학대의 가능성을 염두에 두고 감별진단을 하려고 했던 것 같아요. 결국 저는 집 먼지, 담배 연기, 그리고 다양한 잡초들에 과민반응이 있는 것으로 밝혀졌어요. 무엇보다도 나쁜 것은 제가 고양이나 개, 소, 말에 심한 알레르기 반응을 보였다는 거죠. 우리 부모님은 앞으로 더 이상 집에서 동물을 기를 수 없다는 판결을 내렸지만, 정작 당신들은 증기 기관처럼 담배를 계속 피워댔어요.”

“그리고 나서도 그 담배 피는 습관이 없어지지 않았지요?” 패트가 생각에 잠겨서 말했다. “사람들은 담배를 피우는 것을 아주 당연하게 여기곤 해요. 그들은 가족이 간접흡연으로 그 모든 담배연기를 들여 마셔야 한다는 사실을 결코 염두에 두지 않거든.”

“물론 의사 선생님도 그것에 대해 별로 신경을 쓰려 들지 않는 것 같더군요. 전 항상 제 고양이와 함께 침대 위에서 몸을 웅크리고 잠이 들곤 했죠. 의사 선생님은 제가 동물과 같이 지내면 안 된다고 단호하게 말씀하셨어요. 저는 의사 선생님께 제가 수의사가 될 수 있는지에 대해 알아보는 게 어려운 일이냐고 질문했죠. 그는 정말로 바보 같은 짓이라고 생각했을 거예요. 선생님은 웃으면서 제가 직업을 선택하기 위해 깊이 생각할 시간이 많다고 하셨어요. 저는 다른 생각을 가지고 있었죠. 저는 반드시 그 알레르기 반응을 극복할 거라고 생각했어요. 검사 결과를 보면 고양이에게서 가장 심한 알레르기 반응이 나왔더군요. 그래서 저는 밖에서 제 고양이를 만지작거리며 더 많은 시간을 보냈어요. 침실 창문에 사다리를 받쳐놓았는데, 부모님이 발견하지 못하도록 문을 걸어두고, 밤 시간에 고양이가 사다리를 타고 올라오도록 해서 만났죠. 증상이 조금씩 약해져서 집 안에서 동물을 만지지 못하게 하는 건 일단 보류되었죠.”

“바베큐 판에 스테이크를 좀 얹어두는 게 낫겠지 휴이야.” 패트가 제안했다. “내가 다른 재료들은 다 준비해놓았단다.”

“살짝 덜 익히는 거 괜찮죠?”

“예, 전 아주 좋아요.”

“스테이크가 잘 익기를 기대하마.” 패트는 냄비 뚜껑을 들어 올리고, 포크로 감자를 찔러보았다. “새끼를 낳지 못하는 암소 고기라우. 이제 갓 잡았는데 우리도 아직 먹어보지 못했거든.” 그녀가 샐러드용 채소를 잘게 써는 일을 막 끝내자 휴가 타원형의 큰 접시에 김이 모락모락 나는 고기를 가득 채워서 돌아왔다. 부엌에서 조금씩 저녁식사를 위한 음식 냄새로 가득해지자, 차츰차츰 허기가 느껴지는 것 같았다.

"어머니, 그깟 토끼 요리에 너무 많은 시간을 허비하지 마세요." 그가 깔깔 웃으며 말했다. "여기도 엄청나게 음식이 많은데요."

"누가 이걸 다 먹죠?" 내가 물었다. "군대에서도 먹을 만큼 음식을 너무 많이 준비하셨네요."

"아직 휴이가 먹는 모습을 분명히 못 본 게 확실하군요." 패트가 낄낄거리며 웃었다. "게다가 당신도 지금 꽤나 배가 고프기 시작했을 거요."

휴는 엄청나게 큰 티본 스테이크 한 조각을 내 앞에 있는 납작하고 둥근 접시에 내려놓았다. 고기는 접시를 완전히 다 덮고도 양쪽 밖으로 삐져나왔다. 접시 밖으로 삐죽 튀어나와 있는 부분에서 고기즙이 뚝뚝 떨어져서 식탁보에 얼룩이 지고 있었다.

"이 정도면 우리 세 명이 모두 먹기에도 충분한 것 같은데요, 휴이. 다른 고기가 더 남아 있는 건 아니겠죠?"

"글쎄요, 저쪽에 무슨 고기들이 남아 있을까요? 어쨌든 남은 건 토끼 고기뿐이겠는걸요." 그는 내 것과 같은 크기의 스테이크를 자신의 둥근 접시에 옮겨놓고, 패트 앞에 놓여 있는 접시에도 고기를 올려두었다.

"얼른 먹어요." 그가 거의 명령조로 말했다. "고기를 식도록 놔두는 것은 정말 어리석은 짓이라구요."

그가 비곗덩어리를 썰어서 군침을 흘리고 있던 제러미에게 던져주었다. 녀석은 너무 급하게 먹느라 고기 맛을 느낀다는 건 거의 불가능해 보였다. 수지도 귀를 쫑긋 세우고 빠른 걸음으로 부엌으로 뛰어 들어왔다. 녀석은 휴 옆에 있는 의자 위로 뛰어 올라와서는 식탁의 모퉁이에 닿을 때까지 길쭉한 코를 쭉 내밀었다.

"그래 네 녀석도 고기가 필요한 거야?" 휴는 스테이크의 다른 쪽 가장자리에서 잘라낸 고기 조각을 던져주며 녀석을 놀려댔다.

나는 스테이크를 격렬하게 먹어치우기 시작했다.

"그런데 어머니, 이 암소는 초원에 있을 때보다 여기에서 더 쓸모가 많은데요. 아주 훌륭한 스테이크예요!"

"두말하면 잔소리죠." 나는 한 입 가득 꿀꺽 삼키고는, 뒤이어서 포도주를 단숨에 들이켰다. "댁에서 담근 이 술은 맛이 정말 기막히네요."

"이제야 좋은 술맛을 볼 수 있을 만큼 발전했나보군요." 그가 조리대에 있는 술병을 들고 와 내 잔을 채워주었다.

"어머니, 한 잔 더 드셔야겠죠?" 대답을 기다리기도 전에, 그는 그녀의 잔에도 역시 술을 따랐다.

패트는 한 모금 찔끔 마시고는 무의식중에 나오는 떨림을 참았다. "데이브, 학창시절에 농구도 했나요?"

"아뇨. 지금도 농구를 잘하고 싶긴 한데, 전 어렸을 때도 늘 어설펐죠. 시내에서 7마일이나 떨어진 곳에 살았기 때문에 방과 후에 무엇을 하기도 좀 어려웠어요. 아버지께서도 그리 스포츠를 좋아하지 않으셨고, 저도 실습이 끝난 후에 집까지 걸어오는 것을 별로 좋아하지 않았거든요."

"그것 참 안됐군요." 휴는 스테이크를 한 입 가득 삼키고 나서 등을 기대더니, 요란스러울 정도로 거리낌 없이 트림을 내뱉었다. "만일 당신이 NBA 프로농구 선수가 되었다면, 그 양반도 마음을 바꾸셨을 텐데. 거기 선수들은 어마어마한 돈을 벌잖아요."

“맞아요. 저도 그렇게 생각해요. 단지 시대가 다르고, 사고방식이 달랐을 뿐이죠. 아버지는 불경기를 가까스로 버텨냈던 분이고, 꼭 필요한 것이 아니면 새로운 기회를 잡는 데 신경을 쓸 겨를이 없으셨던 것 같아요.”

“데이브, 부친께서는 어떤 일을 하셨나요?” 패트가 물었다.

“트레일에 살았던 사람들처럼 제련공이셨죠. 아버지는 올해 쉰 살이 되셨어요. 지금은 기계 설치 기술자로 일하고 계시지만, 그때까진 노동자로 일하며 보내셨죠.”

“그럼 부친께선 아직도 무척 정정하시겠네?”

“비교적 그런 편이시죠. 몇 차례 납중독이 된 적이 있으셨는데, 연세가 들어감에 따라 그것이 건강에 어떤 영향을 줄지는 하느님만 알고 계시겠죠. 제가 어린아이였을 때, 아버지는 척추 때문에 아주 힘겨운 시절을 보내셨는데, 결국에는 수술을 받게 되셨죠. 제가 여덟 살인가 아홉 살 때 학교에서 집에 돌아오는 길에 아버지가 길 한가운데 쓰러져 계셨던 적이 있었어요. 아버지는 통증이 너무 심해서 더 이상 걸을 수가 없었어요. 이웃 사람들이 아버지를 병원에 데리고 갔어요. 아버지는 외과수술을 하기 위해 배에 실려 밴쿠버로 떠나기 전 일주일 동안 견인장치를 착용하고 계셨죠.”

“모친은 어때요, 데이브. 건강하신가요?”

“예, 실제로 어머니는 젊으셨을 때보다 훨씬 더 나아 보이세요. 어머니께서는 저를 낳고 곧바로 소아마비에 걸리셨다가 몇 년이 지나서야 정상으로 회복되셨거든요. 제가 학교에 다니는 동안에는 줄곧 조금씩 병색이 있어 보였어요.”

휴는 뼈다귀를 제러미에게 던져주고 나서, 접시에서 또 다른 스테이
크를 하나 더 집어 들었다. 과연 그에게 감자와 샐러드를 먹을 배가 남
아 있을까 하는 내 우려는 방금 그 장면과 함께 말끔히 사라져버렸다.

등을 기댄 채, 휴는 다시 트림을 했고, 수지가 목이 빠져라 기다리
고 있는 비곗덩어리 하나를 불에 구웠다. 식탁 귀퉁이에 있던 녀석의
코가 몇 뼘이나 가까이 다가오더니 기대에 부풀어 군침을 흘리고 있
었다.

"그럼 형제나 자매는 몇이나 돼나요?" 패트가 물어보았다.

"누나가 둘 있는데요. 큰누나는 트레일에 살고 있고, 작은누나는 동
부로 돌아가 살고 있어요. 제 온갖 뒤치다꺼리를 다 해주셨죠. 작은 누
나 오드리는 저보다 다섯 살 위구요. 큰누나 케이는 무려 여덟 살이나
더 많아요."

"그럼 당신은 말썽꾸러기 외아들이었겠군요!"

"큰누나가 항상 제게 그렇게 말했죠. 누나는 부모님께서 생계를 꾸
리시느라 무척 힘들어하실 무렵에 자랐고, 그땐 집안 사정도 엄청나게
어려웠어요. 누나는 자신은 착한 딸이었고, 작은누나와 저를 잘 돌봐
주었다고 주장하죠. 누나가 약간 허풍이 있긴 해도 아마 그 말이 맞을
거예요."

"내 생각에도 집안의 첫째 아이는 아마도 조금은 손해 보고 살았을
것 같아." 패트도 수긍했다.

"큰누나가 아홉 살인가 열 살 때, 어머니가 소아마비에 걸리셨어요.
아빠는 일하시랴 병원 다니시랴 정신없이 바쁘셨는데, 저는 아빠가 어
떻게 그걸 다 해내셨는지 모르겠어요. 큰누나를 보살펴줄 사람이 없었

기 때문에 누나는 야생마처럼 엄청 거칠게 자랐어요. 결국은 폴리 숙모가 도와주려고 집에 오셨는데, 큰누나는 별로 좋아하지 않았죠. 폴리 숙모는 지금도 큰누나가 샌드위치에 지렁이를 채워 넣어서 얼마나 오랫동안 그녀의 정신을 빼놓았는지 얘기하시곤 하죠. 가엾은 숙모님! 숙모는 샌드위치를 한 입 먹은 자리에서 지렁이 한 마리가 꿈틀거리며 기어 나올 때면 질겁을 하셨죠.”

“큰누나도 꽤 별난 성격이었나봐요.” 패트는 낄낄거리며 웃었다.

나는 포도주 한 잔을 맛있게 마시고 나서, 스테이크를 잘라내기 위해 자리로 돌아갔다.

“어린 시절의 추억들을 떠올려보면 참 재미있어요. 전 어렸을 때 아버지께서 우리를 때렸는지는 기억할 수 없지만, 우리는 분명히 매를 두려워하며 살았어요. 제가 기억할 수 있는 한 아버지는 결코 칼집에 접어 넣는 면도칼을 쓰신 적은 없으셨지만, 늘 가죽으로 만든 오래된 칼집을 가지고 계셨고, 부엌에서 가장 잘 보이는 장소에 못을 박아 그것을 걸어두었죠. 아버지는 저희를 혼내실 때마다 그 가죽 칼집으로 걸어가서 큰 소리로 고함을 치기만 하면 됐죠. 그러면 희한하게도 모든 일이 아빠가 원하는 대로 되었죠. 그 가죽 칼집이 갑자기 어디론가 사라져버린 것이 항상 미스터리였죠. 어느 날, 그 자리에서 칼집을 더 이상 볼 수가 없었어요. 몇 년이 지나고 나서 아버지께서 굴뚝 청소를 하다가 새까맣게 탄 칼집의 잔해를 발견하셨어요. 우린 모두 큰누나의 짓임을 알고 있었어요. 누나는 지붕 위로 기어 올라가서 굴뚝 속으로 그것을 떨어뜨렸는데, 그 나중에 집을 떠날 때까지 결코 그 사실을 인정하지 않았죠.”

"어머니, 디저트는 뭐예요?" 휴는 자신이 먹던 티본 스테이크를 수지에게 던져주고, 배 위에 손을 올려놓은 채 벽에다 등을 기댔다. 수지는 제러미가 어디쯤에 있는지 자세히 살피고는, 자신의 전리품을 가지고 거실 끄트머리에 있는 귀퉁이로 숨어들었다. "한 잔 쭉 들이켜요, 페린. 술은 많이 있으니깐."

포도주는 마시면 마실수록 목구멍으로 넘기기가 훨씬 쉬워진다는 사실을 인정해야만 했다. 난 또 한 잔을 맛있게 다 비웠고, 잔이 듬뿍 채워져 있는 것을 거의 알아채지도 못했다. 패트가 자리에서 일어나 냄비 집게를 움켜잡았다. 그녀는 오븐 손잡이를 열어서 엄청나게 맛깔스러워 보이는 사과 파이를 꺼냈다.

"군침이 돌도록 맛있어 보이는걸." 휴는 파이를 보고 기운을 되찾았다. 파이 껍질에 얹혀 있는 토핑 틈 사이에서 액즙이 아직도 지글지글 소리를 내고 있었다. 휴가 조리대로 잽싸게 다가갔다.

겨우 몇 초 전만 해도, 난 더 이상 한 입도 먹을 수 없다고 생각했다. 하지만 커다란 파이 조각 위에서 바닐라 아이스크림 덩어리가 천천히 녹아내리는 것을 보자, 내 생각이 그렇게 간단한 문제가 아니라는 걸 깨달았다.

"어떻게 병원을 개업할 장소로 크레스턴을 꼽았죠?" 휴는 포크 하나 가득 파이와 아이스크림을 솜씨 좋게 떠서 입속으로 가져갔다. "크레스턴은 아름다운 고장이고, 들어가서 살기에 그야말로 환상적인 곳이라는 생각은 들어요. 하지만 규모가 작은 데다 키스 말링이 이미 터를 확실히 다져놓은 곳이잖아요."

그의 질문에 대답을 하기 전에 나는 몇 분 동안 포크를 만지작거렸다. 포크를 파이껍질 안으로 찔러 넣고는, 파이 부스러기가 부서지고 액즙이 접시 위로 스며 나오는 모양을 가만히 보았다. 나는 약간의 아이스크림을 파이 위쪽에 모아 올린 다음에, 한 숟갈 퍼 올려서 입 속에 집어넣었다. 입 안에서 이리저리 굴리면서 애플파이의 풍미와 아이스크림의 달콤함을 음미했다.

"제가 두 살인가 세 살 되던 때에 조부모님께서 은퇴하시고 나서 크레스턴으로 오셨죠. 해마다 여름이면 우리 가족은 할아버지 댁에서 몇 주 동안 일을 거들었죠. 그 시절의 정겨운 기억 때문에 크레스턴을 선택하게 된 것과 밀접한 관련이 있지 않나 싶네요. 세인트 폴에서 여름방학 아르바이트 일을 끝내고 나서 카지노에 있는 고향으로 짧은 여행을 다녀왔어요. 차를 몰고 그 골짜기로 들어서자마자, 저는 키스 말링의 병원 앞에서 급히 차를 세우고, 넌지시 분위기를 살펴봤죠. 정말로 일자리를 구하기 시작한 건 아니었지만, 조지와 함께 있었던 시간 동안 제가 시골에서 살기를 원하고 있다는 확신을 갖게 됐거든요. 직접 많은 동물들을 기를 수 있는 조그마한 농장을 갖고 싶었어요. 나중에 알고 봤더니, 키스는 건강이 좋지 않은 상황이었고, 병원을 팔려고 고민 중이었죠. 그가 하던 병원은 제가 차를 멈추고 볼 만큼 꽤 행복해 보였어요. 그가 하루 일과를 끝마칠 때까지 저는 그 병원 근처를 배회하고 있었죠. 그 병원 근처에 오래 머무를수록 저는 어떻게 해서든지 그 병원을 인수해야겠다는 확신이 커졌어요. 처음에는 그것이 그냥 멋진 생각에 불과했어요. 부모님께 그 일에 대해 말씀드렸지만 승낙을 받아내지 못했죠. 아버지는 아직 대학도 졸업하지 못한 녀석에게는 그 일이 다소 의욕에 넘치는 짓이라고 생각하셨구요. 어린 시절 물건들로 가득한 제 방에서 깨어 있는 채로 누워 있던 게 기억나요. 거기에서는 꿈꿀 수 있는 게 너무 많아 보였죠. 단지 오르기에 너무 높은 산처럼 보이긴 했지만 말예요.”

“내가 알기로는 영국에서라면 틀림없이 졸업도 하기 전에 개업은 불가능했을 겁니다.” 휴가 생각에 잠겨서 말했다. “우리 동급생 가운데 어느 누구도 그런 생각은 해봤던 사람이 없었어요.”

나는 앉아서 손에 들려 있는 술잔을 물끄러미 바라보았다. 시간이 갈수록 점점 초점을 잃어가고 있었다. 거무스름한 술을 들여다보며 지나간 날들을 회상해보았다. 나는 대학으로 되돌아간 이후에도 크레스턴에서 일하겠다는 관점에서 모든 것을 보고 있었다. 무엇보다 중점을 둔 것은 젖소에 대해서 더 많이 배우는 것이었다. 왜냐하면 그곳의 주요한 산업이었기 때문이다. 나는 항상 키스의 병원을 인수할 방안에 대해 궁리해보고 있었다. 학기 중에 여러 차례 그에게 전화를 걸었을 뿐더러, 우리가 계약을 마무리할 수 있을지 알아보기 위해 크리스마스 휴가 동안 그와 만나는 일정을 조정하기도 했다.

“이봐요, 데이브! 도대체 그 뒤로 말링의 병원은 어떻게 된 건데요?” 휴가 다그쳐 물었다.

“아, 미안해요. 전 키스와 여러 차례 대화를 나누었고, 병원 매입 가격에 대해 대체적인 계산을 했다고 생각했어요. 저는 낙농협회와 육우협회의 대표들을 둘 다 만나보았죠. 제가 실제로 조만간 발을 들여놓게 될 농장에서 직접 실습해볼 재료들을 얻게 됐다는 사실에 정말로 흥분했죠. 졸업할 때까지 키스와의 협상은 계속되기도, 중단되기도 했어요. 그때까지 그는 건강을 되찾게 되었고, 그래서 팔고자 하는 의욕도 그만 사라지고 말았죠. 거래가 성사되지 않을 게 분명해지자, 저는 크레스턴에 살면서 일하겠다는 생각을 버릴 수밖에 없었어요.”

나는 잔에 남아 있던 술을 마저 비우고 숨을 깊게 들이쉬었다. 그리고 꺼억 하고 기분 좋은 트림을 했다. 포크를 가지고는 도저히 퍼먹을 수 없을 만큼 얕게 고여 있는 우유를 빼고는 아무것도 남아 있지 않게 될 때까지 파이와 아이스크림을 만지작거리고만 있었다.

“엄청나게 많이 먹었어요, 패트!”

나는 뱃속이 더부룩한 느낌이 들어서 몸을 이리저리 움직이다가 좀 편히 있으려고 의자에 등을 기댔다. 휴가 술병을 들더니 거절할 틈도 주지 않고 내 잔에 맥주를 채워놓았다.

“그렇게 계속 채워주시면 운전은커녕 집까지 걸어가기도 힘들겠는데요.” 문 쪽으로 걸어가려고 일어섰는데 머리가 빙글빙글 돌고 현기증이 났다. 도저히 운전할 수 있는 상태가 아니었다.

“쭉 들이켜요! 이 좋은 술들을 죄다 쓰레기통에다 버릴 순 없잖소.”

“벌써 꽤 취한 것 같은데요! 더 이상 마시면 안 되겠어요.” 나는 도저히 믿어지지 않았다. 내가 이렇게 취하다니! “참 우습네요. 이 술이 그렇게 독할 거라고 생각하지 못했어요.”

“아무래도 하룻밤 묵고 가는 것이 더 나을 것 같은 생각이 드네요, 데이브 양반.” 패트가 싱글싱글 웃으며 말했다. 귀에서 온기가 느껴졌다. 분명히 얼굴에도 발그레하게 홍조가 올라와 있을 것 같았다. “결국, 세 잔을 마신 거군요.”

“전 오늘밤에 돌아갈 작정이었거든요.” 나는 코멘소리를 냈다. “이 개 주인은 녀석을 오늘밤이나 내일 아침 일찍 데려갔으면 했는데. 아무래도 전화를 해서 급한 일이 생긴 건 아닌지 확실히 확인해두는 것이 나을 것 같아요.”

나중에 안 일이지만, 모리스 부인에게서는 전화 한 통이 걸려왔을 뿐이었다. 그녀는 내일 아침에 자기에게 전화를 해달라는 메시지를 남겼다.

“아무래도 자고 가는 게 좋을 것 같네요. 그래도 머핏은 좀 살펴보고 와야겠어요. 아마 소변 볼 때도 된 것 같고 배도 고픈 상태일걸요.”

그 조그만 개는 눈 깜짝 할 사이에 강아지용 캔 사료를 절반이나 먹어치웠다. 휴가 이런 때를 대비해서 집에 가지고 있던 이동용 개장에 녀석을 곧바로 넣어놓았다.

그는 한 손으로는 술잔을 들고 다른 손으로 집에서 담근 술 단지를 움켜쥐고는 거실로 갔다. “편하게 마셔요.” 그는 앉은 자국이 남는 속을 잔뜩 채워 넣은 커다란 의자에 몸을 쿵 하고 내던지더니, 쉽게 손이 닿을 수 있는 곳에 술 단지를 놓아두었다. 나는 벽난로 가까이에 있는 등받이가 높은 구식 소파에 앉았다. 그리고 포도주 한 잔을 더 비우면서 소파에 등을 기대고 숨을 한 모금 깊이 들이쉬었다.

“그래, 당신이 기대했던 것만큼 바쁜가요?” 휴는 발판을 조금 더 가까이 끌어당겨서 발을 올려놓으며 말했다.

“제가 항상 분주한 것처럼 보이긴 하죠.” 술기운 때문에 혀를 움직이기가 조금 더 힘들어졌다는 느낌이 들었다. “하지만 제가 바쁜 것과 월말 수금과의 상관관계가 그리 많다고 볼 순 없답니다.”

“맞아요, 실제는 다르더군요. 그래도 당신이 진료한 것을 실제 비용대로 청구하는 것에 점점 익숙해질 겁니다. 하지만 그게 쉬운 일도 아니고 하루 종일 진료하면서 계산대 너머로 해주는 모든 조언까지 대가를 받는 일도 그리 간단치만은 않은 일이지만요.”

“제 조언에 대한 비용 청구가 어렵다는 것을 저도 알아요. 어떤 날에는, 가령 제가 몇 달러어치라도 약품을 팔지 못하면 전혀 남는 것이 없는 경우도 있죠.”

“큰 동물 진료를 상당히 많이 하고 있는 편이죠? 우리 아버지는 잉글랜드로 돌아가셔서 아직까지 젖소 농장을 운영하고 계시는데, 난 어느 정도는 젖소들과 함께 일할 수 있는 그런 기회가 있었으면 하는 생각이에요.”

“네, 젖소들과 함께 일하는 건 정말 좋아요. 내가 녀석들의 상태를 개선시키는 데 도움이 되었을 때는 정말로 녀석들에게 무엇인가를 제공해줄 수 있어 기분이 좋더군요. 이미 몇몇 농장에서는 좋은 효과도 나타나고 있어요. 아직 제가 어리고 경험이 없다고 생각하는 사람들도 조금 있지만요.”

수지가 스툴에서 소파 가장자리로 뛰어올랐다. 녀석은 내 무릎을 지나 팔로 올라와서 등 뒤로 폴짝 뛰었다. 그리고 천천히 한 바퀴 돌더니 나를 무관심하게 쳐다보고는 늘어지게 하품을 하고 다리를 쭉 뻗는 것이었다. 그러고는 몇 분도 채 지나지 않아 잠이 들었는데, 머리는 베개를 벤 것처럼 뒤로 하고, 다리는 공중을 향해 뻗은 모습이었다.

그날 밤 나머지 일들은 필름이 끊겨 기억이 나지 않는다. 휴가 마침내 고개를 꾸벅꾸벅거릴 때쯤에 우리의 대화는 점점 더 어긋나기 시작했다. 휴가 맨 꼭대기 층에 있는 방으로 나를 안내했던 기억이 흐릿하게 떠오른다. 벽들이 내 주위를 천천히 돌고 있었고 나는 어느새 잠이 들었다.

공작새의 울음소리에 잠이 깼을 때, 멀리서 수탉이 때를 알리는 소리가 들려왔다. 마지못해 눈을 떠보니 반대편 벽 위에서 커다란 톱니 모양의 뿔이 나 있는 북미산 뿔사슴 머리가 나를 내려다보고 있었다. 방은 유리창을 통해 비친 햇살로 인해 환하게 밝아졌다. 머리가 지끈거리는 데다가 입 안은 말랐고 혀에는 백태가 낀 것 같은 느낌이었다. 나는 눈을 감고 다시 잠들어 머리가 좀더 맑아져서 깨어났으면 하는 생각이 들었지만 이미 해는 중천에 떠 있었다.

후들거리는 두 다리로 방바닥을 짚고 일어섰다. 아직도 어질어질해서 방 안이 흐릿하게 보였다. 두 번 다시 포도주는 쳐다보지도 않을 거야! 아래층 부엌에서 덜거덕거리는 소리가 났다. 안개 속 어딘가에서 휴와 패트의 목소리가 희미하게 들려왔다.

나는 비틀거리며 목욕탕에 들어가서 거울 속에 희미하게 비친 덥수룩한 몰골을 물끄러미 바라보았다. 샤워기를 틀고 입을 벌려서 입 속에 남아 있는 지독한 술 냄새를 없애버리려고 안간힘을 쓰면서 입 속에 물을 흘려보냈다.

“이런, 다들 생기 있어 보이지 않는데!” 패트가 노래를 불렀다. 나는 부엌의 식탁 끄트머리에 있는 의자에 시선을 고정시키고는 그 의자에 털썩 앉을 때까지 아무런 관심도 기울이지 않았다.

“숙취 때문에 눈이 퀭해 보이네요!” 휴가 쾌활하게 덧붙였다. 그는 소시지 끄트머리를 한 입 베어 물고 나서, 달걀 두 개가 곁들여진 스테이크를 썰고 있었다.

“거기 있는 소시지와 베이컨을 좀 가져다 먹어요, 데이브. 계란 프라이도 두어 개 해줄까요?"

"아뇨, 괜찮아요, 패트. 속이 메스꺼워 아무것도 먹을 수 없을 것 같아요. 아직도 술이 덜 깬 것 같은데요."

"오늘 아침에 데이브 몸이 힘들 것 같아 걱정이 됐어요. 내가 잠을 자러 들어갈 때, 당신과 휴이가 그때까지도 거기에서 자리를 바꿔 앉아 있더군요. 당신이 술을 더 담아오기 위해 방을 가로질러 가지 않도록 휴이가 다른 술병을 더 가져다 놨더군요."

나는 휴이가 더 많은 베이컨을 자신의 접시에 쌓아올리는 것을 보고는 눈을 감고 말았다. "달걀 하나 더 먹어도 되겠죠, 어머니." 그가 말했다.

샐모-크레스턴의 정상까지 차를 몰고 가는 길은 고문을 당하는 것처럼 가혹했다! 길에서 눈을 떼지 않으려고 운전하는 내내 계속해서 눈을 가늘게 치켜뜨고 몇 차례나 꾸벅꾸벅 졸기도 하면서 갖은 애를 써보았다. 차를 잠깐 호수 옆 길가에 붙여놓고, 눈이 부시도록 푸른 하늘과 반짝이는 물을 물끄러미 바라보았다. 머핏이 나를 빤히 쳐다보며 뒷좌석에 만족스럽게 앉아 있었다. 녀석의 눈은 초롱초롱 빛났고, 혓바닥은 기분 좋게 늘어져 있었다.

"아마도 몇 분간만 잠을 자면 모든 일이 순조롭게 풀릴 게야, 귀여운 아가씨!" 아마도……

소중한
친구

"오, 이런," 나는 신음하는 듯한 소리로 말했다. "또 하루의 일요일이 사라져가는구나!"

전화는 생각했던 것보다 훨씬 더 내 생활을 지배하기 시작했다. 상대편에서 먼저 포기할 때까지 울리게 놔두고 싶었지만, 경험상으로 내가 얼마나 가책을 느끼게 되는지를 알고 있었다.

"여보세요." 마음의 반은 누군가가 전화번호를 잘못 눌렀기를 바라면서 마지못해 전화를 받았다.

"페린 선생님 부탁합니다. 이 전화는 페린 선생님을 지명하는 통화입니다."

"제가 페린인데요."

"계속하시려면 돈을 넣으세요, 손님."

동전이 벨을 치며 나는 금속성의 소리가 들렸다. 그러고 나서, "여보세요, 의사 선생님이십니까?”

“네, 제가 페린입니다만.”

“하이디가, 녀석의 상태가 안 좋습니다. 저는 영어를 잘 못합니다.”

“하이디가 어디가 잘못된 건가요?”

“하이디가 아픕니다!” 나를 여전히 아무것도 모르는 상태로 놔두고 그는 몇 분 동안 독일말로 얘기를 계속했다.

“하이디가 아프군요. 어떻게 아픈가요?” 마치 아이에게 말하듯이 나는 차근차근 짚어가며 물어보았다.

“며칠 동안 먹지 않았습니다. 비쩍 말랐고 일어서지를 못합니다.”

“하이디가 개인가요?”

“네, 개입니다!” 그의 목소리는 화가 나 있었다.

“그 개를 이곳으로 데리고 오시겠습니까?”

“네, 좋습니다.”

지금 시간은 9시고 적어도 오늘만은 잠시라도 사무실에서 벗어나고픈 맘이었다.

“지금 바로 개를 병원으로 데려오실 수 있나요?”

“네, 좋습니다. 그레이 크리크에서 갑니다. 차는 없어요.”

“될 수 있는 대로 빨리 오시면 좋겠는데요.”

눈앞에서 나의 휴일이 녹아 사라져가고 있었다. 나는 전화를 끊고 몇 시간 내에 그를 보지 못할 것을 알게 됐다. 그가 만약 자신의 차로 개를 싣고 온다고 해도 여기에 도착하려면 적어도 한 시간은 걸릴 것이다.

그레이 크리크는 크레스턴에서 43마일 떨어진 곳으로 브리티시 컬럼비아 주에서도 가장 꼬불꼬불한 도로였다. 이곳은 쿠트네이 강 선착장으로 가는 관광객에게 구불구불하고 좁다란 고속도로 3A구역에서 길 표지판이나 다름없는 역할을 해주었다. 만약 그가 아주 천천히 온다면, 어쩌면 차도와 강 사이에 샌드위치가 되어 있는 기이한 상품을 파는 가게와 요트 정박지를 알아볼 수도 있을지 모를 일이었다.

그 지방 사람들에게 그레이 크리크는 그들만의 특징과 역사를 가진 공동체였다. 1947년까지 그곳은 외륜선의 선착장이었고 캐나다를 가로지르는 중요한 고속도로였다. 주변의 산에서 광물을 캐내는 광부들과 온화한 기후인 그곳에서 채소와 과일을 키우기 위해 배를 대려는 농부들에게 중심지 역할을 했다.

현재는 강 후미까지 감아 돌아 험한 산악지역까지 나 있는 비포장 도로망과 상점 하나가 있는 공동체다. 그레이 크리크에 거주하는 사람들은 고집스런 농부들과 벌목꾼, 은퇴자, 징병기피자, 히피, 그리고 모든 것들로부터 철저히 격리되고 싶어 하는 사람들이었다. 나는 슈미트 씨가 어떻게 이런 그림과 조화를 이룰지 궁금했다.

그가 도착하기를 기다리며 사무실 주변을 몇 시간째 서성거리고 있었다. 오후 2시였지만 그에게서는 여전히 아무런 소식이 없었다. 분명히 그가 곧 나타나야 했다. 지금쯤이면 시내로 걸어 들어올 수 있을 시간인데!

결국 나는 대기실에 있는 긴 의자에 앉아 창 밖을 바라보고 있었다. 크레스턴 호텔의 소유자인 키 크고 마른 존 시언이 바삐 호텔 입구 계단을 내려가고 있었다. 찻길 건너 호텔 맞은편으로 이사를 온 이후로 거의 매일, 나는 그가 계단에 나 있는 풀덤불을 밀어 넘어뜨리는 것을 보았다. 다른 때와 같이 일상적인 오후라면 계단의 작업을 모두 끝내고 건물에 덤불더미를 기대놓고는 시든 장미를 잘라내기 위해 바로 옆에 있는 정원을 돌아다니고 있을 터였다. 그가 주머니에 가지치기 도구를 벌써 집어넣었는지가 궁금해서 계단을 내려가는 것을 유심히 지켜보았다. 그가 맨 아래 계단에 거의 다다랐을 때 내 사무실 앞으로 택시 한 대가 섰다

땅딸막하고 단단하게 보이는 60대 후반의 남자가 택시의 뒷문을 열어젖히더니 우리 건물 쪽으로 성큼성큼 걸어왔다. 그의 걸음걸이는 활기가 있었고 문을 두드리는 소리에는 전혀 머뭇거림이 없었다. 그는 두꺼운 모직 옷을 입고 있었고 숲에서 꽤 오랫동안 지낸 것 같은 행색이었다. 입은 옷은 비록 낡았지만, 깨끗했고 잘 기워져 있었다. 들어오는 순간, 그에게서 독특한 나무 연기 냄새가 났다.

"페린 선생님?" 그가 손을 내밀었다. "브루노 슈미트라고 합니다."

"데이브 페린입니다. 뵙게 돼서 반갑군요."

손아귀가 단단했다. 거칠고 못이 박힌 손에서는 신뢰와 권위 같은 기운이 풍겨왔다. 그는 아무 말도 하지 않고 쇠꼬챙이처럼 똑바로 선 자세로 나를 위아래로 쳐다보았다. 마침내 그의 눈이 내 눈과 마주쳤고 그가 나를 응시하는 강도가 내 맘을 뒤흔들어놓을 정도였다.

"지금 하이디를 옮겨올까요?"

"네." 나는 고개를 끄덕였다.

슈미트 씨는 택시 뒷문으로 몸을 숙여 들어가더니 두꺼운 모직 담요 한 꾸러미를 들고 나왔다. 하이디의 머리 부분만 비죽 나와 있었지만, 비참한 모습이었다. 녀석의 얼굴은 초췌하고 굶주린 짐승의 형상

이었다.

"여기 테이블에 놓으세요, 슈미트 씨." 나는 황급히 그를 안쪽 방으로 안내했다. 그가 담요를 아래로 펼쳐놓자 나는 날카롭게 그 개를 바라보았다. 슈미트 씨의 눈길이 하이디와 나를 번갈아 스쳐갔고 어떻게 해서든 내 감정을 보이지 않으려고 애를 썼지만 그는 내 생각을 알아챌 수 있었다.

"좋지 않군요." 하이디에게서 시선을 거두고 바닥에 있는 자신의 발치를 바라보며 말했다.

하이디는 골든 리트리버의 잡종견인 듯 보였다. 건강했을 때의 털 색깔은 아마도 불그스름한 금색으로 거의 구릿빛이 돌았을 텐데 지금은 진흙 같은 갈색으로 광택도 없고 흐릿해 보였다. 몸에 있는 모든 뼈는 툭 튀어나와 있었다. 배는 아래로 처져서 부풀어 있었다.

얼굴과 두개골에는 근육이라곤 전혀 찾아볼 수 없었고 눈 밑과 두개골 상단부에 돌출된 부분 때문에 녀석의 몰골은 더욱 끔찍했다.

내 손이 하이디의 야윈 몸을 살펴보며 지나가는 동안 슈미트 씨가 주의 깊게 지켜보고 있었다. 녀석은 테이블에 똑바로 누워 있었지만 너무 힘이 없어서 그 자세로 있기도 여간 힘겨워 보이는 게 아니었다. 머리와 목의 근육은 많이 약해져서 거의 그것들을 지탱하고 있을 수가 없는 상태였다. 조금 더 편한 자세로 바꾸려고 아랫다리를 움직이자 녀석이 그만 쓰러지고 말았다.

"잘했어, 하이디! 우리 귀여운 강아지! 우리 애기, 우리 애기." 녀석의 머리를 부드럽게 톡톡 치면서 그가 나지막하게 속삭였다.

"오랫동안 색깔이 이랬나요?"

"색깔이요?" 그가 양손을 옆으로 들어 올리고 어깨를 으쓱해 보였다. 그가 대답을 못하는 것은 질문을 이해하지 못했기 때문이다.

하이디의 머리를 손으로 잡고 입술을 아래로 말아보았다. 점액질의 얇은 막이 황달로 인해 창백한 오렌지색을 나타냈다. 피부 점막의 질감이 탈수증과 오랜 기간 영양부족으로 가죽처럼 뻣뻣해졌고 입술은 마치 접혀진 마분지처럼 뒤쪽으로 말려 붙어 있었다. 그 입술을 찬찬히 제자리로 해놓고 흰자위에서 아까와 같은 노리끼리한 오렌지색을 드러내 보이려고 눈까풀을 올려보았다.

"아," 애처롭게 머리를 끄덕이며 그가 말했다. "황달이군요."

나는 녀석의 꼬리를 들어 올리고 체온계를 집어넣었다. 하이디는 아무런 표정의 변화도 없이 누워 있었고 몸속에 체온계가 들어오는 것도 알아채지 못하는 것처럼 보였다.

"녀석이 마지막으로 무언가를 먹으려고 했던 게 언제인가요?" 나는 손을 입으로 가져가서 먹는 시늉을 했다.

"먹는 거요, 삼일 동안 아무것도 먹지 않았습니다." 그는 입술을 오므리고 천천히 머리를 흔들었다. "잘 먹지 못했습니다. 오랜 동안." 손짓을 써가며 그는 자신을 가리키고 나서, 하이디의 입 쪽으로 손짓을 했다.

"네, 네. 녀석에게 억지로 먹이려고 했군요. 전에 토한 적은 있나요?" 나는 구역질하는 것 같은 몸짓을 만들어 보여주었다.

"네, 네." 그는 열심히 고개를 끄덕였고 내가 알아들을 수 없는 말로 계속 설명하는 것이었다. 다시 한 번 더 설명이 있었고, 나는 그제야 알아듣고 고개를 끄덕였다.

청진기를 귀에 안전하게 꽂고서, 빠르게 뛰고 있는 녀석의 심장소리를 들어보았다. 그리고 조심스럽게 폐 부위를 체크해보았다. 슈미트 씨의 눈이 나를 뚫어지게 쳐다보고 있는 것을 느낄 수 있었다. 그는 어디가 이상이 있는지 알 수 있도록 내가 뭔가를 말해주길 기대하며 기다리고 있었는데 아무런 언급도 없이 진찰기구들을 옮겨서 테이블 위로 치워놓자 실망하는 것 같았다. 개의 몸에서 체온계를 꺼내 불빛 쪽으로 집어 들었다.

"체온이 정상보다 거의 2도 정도 낮군요."

그가 알아듣지 못했다는 듯이 어깨를 으쓱하자, 나는 체온계를 그에게 보여주며 38.5도를 가리키고 난 후에 36.8도를 가리키고 설명을 해주었다. "여기가 정상인데, 녀석의 체온은 여깁니다. 이 선을 보세요." 체온계를 돌려서 그가 불빛으로 반사된 수은주를 볼 수 있도록 해주었다.

그는 고개를 끄덕였고 시선은 다시 마룻바닥의 어느 가상 지점을 바라보았다.

하이디는 여전히 모로 누워 있었고, 나는 녀석의 복부를 톡톡 두드리고 나서 물침대 속의 물이 이리저리 움직이는 듯한 모습을 두려움에 사로잡혀 꼼짝 않고 바라보았다. 그런 다음, 왼손을 복부 아래쪽에 밀어 넣고 의심되는 것을 촉진해보았다. 그것은 커다랗고 울퉁불퉁했으며, 복부 안쪽의 전 부분을 차지하고 있었다. 뭔가를 말해주기 전에 손가락으로 그 부분을 가로질러 그리고 그 둘레를 이곳저곳 여러 차례 만져보았다.

"슈미트 씨, 제 손이 있는 이쪽 밑으로 당신의 손을 넣어보세요. 다른 쪽 손은 이쪽 위로 놓구요."

내가 하는 지시에 혼돈스러워하는 것 같아 보여서 내 손으로 그의 손을 잡아서 개의 복부에 가져다 놓아주었다. 그의 손과 함께 내 손을 이리저리 움직였다. 그의 표정에서, 내가 느끼는 것을 그도 느끼고 있다는 것을 알 수 있었다. 그가 마치 뜨거운 난로에서 빼내는 것처럼 하이디한테서 손을 빼냈고, 내가 말을 하자 마룻바닥의 한 지점을 내려다보았다.

"암입니다. 슈미트 씨? 암이라는 말을 알아들으셨나요?"

그는 시선이 나와 마주칠 때까지 눈을 올리고 나서 천천히 고개를 끄덕였다.

"네, 진짜 암이군요."

"종양이 간을 비롯해서 제 손이 닿을 수 있는 곳까지 위쪽으로 전이돼 있습니다. 암이 비장이나 창자나 장간막 같은 다른 기관에 퍼져 있을 때는 수술해서 제거해낼 수 있지만 간에 퍼져 있는 경우에는 어찌해볼 도리가 없습니다."

나는 그가 알아듣지도 못하는 말을 내던지다시피 했다. 슈미트 씨는 더 이상 내 말을 이해하려고 애쓸 가치가 없다고 느끼는 것 같았다. 그의 얼굴이며, 풀이 죽은 눈, 구부정한 어깨를 보면서 이번엔 무슨 말을 꺼내야 할까 생각하고 있는데 그의 태도가 갑자기 돌변했다. 그의 얼굴에 단호하고 결연한 표정이 스쳤다.

"엑스레이요! 엑스레이 있습니까?"

"네, 있는데요. 하지만 종양이 너무 크고 뚜렷하기 때문에 우리가 미처 알지 못하는 것을 더 알려주지는 못할 겁니다. 솔직하게 하이디의 증상을 봐서도 그렇고 우리가 만져봐서도 알 수 있었듯이 엑스레이를 찍어보는 것은 돈 낭비라는 생각이 듭니다."

"엑스레이!" 턱이 튀어나오도록 그가 소리치며 말했다. "엑스레이!"

"좋습니다, 엑스레이를 찍어보도록 하지요." 나는 설득하는 것을 포기하고 대답했다. "녀석을 저쪽 방으로 옮깁시다."

슈미트 씨가 개를 담요로 감싸서 들어 올렸다. 그가 옮기자 녀석은 마치 깜짝 놀란 듯이 몸을 움직였다. 비록 깊은 잠에서 깨어났지만 녀석은 자신이 어디에 있는지조차도 전혀 알지 못하고 있었다. 엑스레이 테이블 위로 올려놓자 녀석은 머리를 위아래로 막 움직이더니 잡고 있는 손에서 벗어나려고 발버둥치며 다리를 마구 벌려대는 것이었다.

"녀석이 좀더 편한 자세로 있게 그냥 옆으로 누운 상태로 두시죠."

그는 알아듣지 못한 표정으로 어깨를 으쓱하며 나를 쳐다보았다. "무슨 일입니까?"

나는 개를 들어 올리고 슈미트 씨에게 담요를 옮겨달라는 몸짓을 했다. 그러고 나서 천천히 녀석을 옆으로 눕혔다. 조심해서 테이블 위에 옮겨놓자 녀석은 깊은 숨을 들이쉬었다. 내 손을 빼기 전에 녀석의 몸을 타고 흐르는 떨림이 느껴졌다.

두께를 알아내기 위해서 하이디의 복부를 재고 나서, 나는 세팅을 하기 위해 조견표를 살펴보고 기계의 눈금을 조절했다. 방사선이 나오는 부분을 하이디의 배 위에 적당히 자리 잡도록 해놓고 녀석 밑으로 커다란 엑스레이 판을 밀어 넣었다.

슈미트 씨는 개의 머리를 다독여주었고 이따금씩 몸을 굽혀 뭐라고 속삭이면서 녀석의 옆에 조용히 앉아 있었다.

"준비됐습니다, 슈미트 씨." 녀석의 위치를 바꾸는 것을 도와줄 때 방사능 노출 방지를 위한 납 성분이 들어간 무거운 가운을 그에게 건네주었다.

"양 팔을 통과시켜서 이렇게 묶으시면 됩니다." 내 가운으로 시범을 보여주었다. 슈미트 씨는 가운을 입고 하이디 쪽으로 돌아섰다.

옆으로 누워 있는 상태로 먼저 첫 번째 엑스레이를 찍었다. 엑스레이 판과 기계의 눈금을 새로 바꾸고 나서, 최대한으로 척추가 선명하고 아주 뚜렷하게 드러나도록 녀석의 몸에 균형을 맞추어 몸의 앞쪽과 뒤쪽 면을 엑스레이에 노출시켰다.

15분이 지나고 나서, 나는 아직도 물방울이 뚝뚝 떨어지는 엑스레이 필름이 달린 집게를 들고 암실에서 나왔다. 슈미트 씨의 얼굴에는 기대감이 가득했고 강철 빛 눈은 길고 가늘게 뜬 채로 집중해 있었고 이마는 걱정으로 주름이 잡혀 있었다. 그는 내가 엑스레이 사진을 뷰박스에 가져가서 걸어놓고 관찰하는 동안 주의를 기울이고 있었다. 기대감을 가지고 사진을 주시하고 나더니 시선을 내게로 돌렸다.

"이 그림자 부분 보이시죠, 슈미트 씨?" 나는 사진의 위에서 아래 부분까지 걸쳐 있는 불규칙하고 흐릿한 선을 가리켰다. "이 부분이 간의 윤곽선입니다. 정상적일 때는 이보다 더 선명합니다. 하지만 하이디의 경우엔 물이 가득 차서 명암 대비가 선명하지 않군요."

그는 내가 한 말을 한마디도 알아듣지 못했다. "이걸 잡고 계세요." 그에게 필름 집게를 건네주었다. "책이요! 가서 책을 가져올게요!"

내가 자리를 뜨자 슈미트 씨는 어리둥절해하는 것 같았지만 영어와 독일어로 쓰여 있고 해설이 돼 있는 방사선 화보를 가지고 돌아오자 그는 병원을 방문하는 동안 처음으로 미소를 지어 보였다. 그림책에서 개의 복부가 나온 페이지까지 넘겼다.

"이 선이 보이나요, 슈미트 씨?" 나는 책에서 간의 가장 멀리 바깥쪽으로 윤곽선이 그려진 어두운 부분을 가리켜주었다. "정상적인 간은 이 앞쪽으로 윤곽선이 있게 됩니다." 나는 엑스레이 사진에 있는 가장 아래 열세 번째 갈비대 부분을 가리켰다.

"하이디 사진을 보면." 그에게 하이디의 엑스레이 사진에서와 똑 같은 선을 보여주었다. "간이 굉장히 크고 울퉁불퉁합니다." 그 덩어리의 가장자리를 따라 윤곽선이 그려진 불규칙한 그림자는 마지막 열세 번째 갈비뼈의 끝부분 너머 저만치까지 가 있었고 복부 안쪽의 3분의 1을 차지하고 있었다. 몇 개의 혹같이 생긴 커다란 덩어리가 그곳으로부터 퍼져 나와 있는 것이 보였다. 우린 둘 다 오랜 동안 아무 말도 없이, 나란히 서서 뷰박스의 불빛을 등지고 하이디의 사진에 나온 그림자를 응시하고 있었다.

"암이군요." 슈미트 씨가 말했다. 그건 질문하는 말이 아니었다.

"암입니다." 내가 확인해주었다.

그는 분명 고통스러워했다. 그는 하이디에게 희망이 없다는 것을 아주 잘 알고 있었지만 어쨌든 아직 기적이 일어나리라는 희망은 가지고 있었다. 또다시 그가 독일어로 말했는데 목소리가 너무 가라앉아서 거의 알아들을 수가 없었다.

나는 그가 하는 말을 이해하지 못했다는 것을 알려주려고 머리를 절레절레 흔들며 팔을 들어 으쓱해 보였다.

"수술!" 그가 힘을 주어 말했다. "수술!"

"아, 수술, 수술하자는 말이군요." 몇 분 동안 현재 상태에서 하이디 수술에 대한 위험성을 설명할 방법을 생각하느라 애를 먹었다. 모든 징후가 간에 심한 병이 들었음을 알려주고 있었다. 만약 그렇지 않다면, 며칠 동안 정맥에 링겔 수액을 주사해서 수술을 충분히 진행할 수 있고 복부의 상태를 살펴볼 수 있을 정도로 녀석에게 힘을 키울 수 있는지를 알아볼 수 있을 텐데. 어떻게 하면 그에게 하이디의 간이 고치기 힘든 상황이고 분명히 수술이 불가능하다는 것을 이해시킬 수 있을까?

"암이 너무 많이 진행된 상태입니다." 마침내 손으로 종양 부위를 이리저리 만져보면서 말문을 열었다.

슈미트 씨가 독일 말을 두서없이 쏟아냈다. 그는 내 말을 못 알아듣겠다는 뜻으로 머리를 흔들었다. 그의 얼굴 표정이 뭔가 다른 방식으로 표현해주었으면 하는 것 같았다.

"너무 허약해진 상태입니다! 너무 병이 심해졌구요! 마취를 견디기 힘들 겁니다." 나는 단호하게 머리를 저었다.

"하이디를 저세상으로 보내야 합니까?" 슈미트 씨가 맥없이 물었다.

"그게 최선일 것 같군요. 만약 제 갤러면 그렇게 할 겁니다."

"그럼 그렇게 해주시오."

나는 고개를 끄덕였다. 슈미트 씨가 돌아서서 하이디 쪽으로 걸어갔다. 녀석의 머리를 안고 귀에 대고 뭔가를 속삭였다. 그가 개와 함께 있는 모습을 보니 눈물이 왈칵 흘러나왔다. 나는 지금 그에게서 유일한 우정의 원천인 녀석을 떼어내려 하고 있었다. 잠겨 있는 캐비닛 으로 가서 안락사 약물이 들어 있는 병을 꺼내 12밀리리터 짜리 주사기에 채웠다.

　슈미트 씨가 하이디에게 작별인사를 하고 있는 동안 나는 대기실로 돌아왔다. 하이디의 생명을 앗아갈 액체가 가득 찬 주사기를 손으로 만지작거리며 수의과대학에서 이런 상황에 닥쳤을 때 현명하게 대처할 준비를 거의 시켜주지 않았다는 생각이 들었다. 내 삶의 매일매일이 잔인한 멜로드라마 같았다. 고통스러울 때도 많았다! 어려운 결정을 내려야 할 때도 많았다! 똑같은 상황인데 다른 식으로 처리해주었으면 하는 사람들도 많았다! 누가 나를 전지전능한 신으로 만들어버린 거지?

　"준비되셨나요, 슈미트 씨?"

　그가 고개를 끄덕이고 나서 입술을 하이디의 귀에 갖다대고 속삭였다. "내 소중한 친구, 하이디. 내 소중한 친구."

　녀석의 앞발을 알코올로 닦아내고 정맥 속으로 주사바늘을 밀어 넣었다. 주사기의 피스톤을 뒤로 살짝 빼자 맑은 용액 속으로 혈액 한 줄기가 솟구쳐 나왔다. 천천히 조심스럽게 주사를 놓았다. 하이디는 깊은 숨을 들이쉬었다가 조용히 내쉰 다음 가만히 누워 있었다. 바로 전까지 녀석의 눈에서 깜박였던 뭐라고 말로 형용하기 어려운, 고통과 사랑과 기쁨을 주고자하는 바램이 뒤섞인 '빛'이 사라져갔다.

　슈미트 씨가 뭔가 물어보려는 듯 나를 돌아보았다. 그러고는 내게 독일어로 부드럽게 소곤거리듯 말했다, 마치 하이디가 깰까봐 조심스러워하는 것처럼.

　"하이디는 죽었습니다." 나는 작은 목소리로 말해주었다.

　그의 얼굴이 점점 고통스러운 표정으로 변해갔다. 몸은 경련으로 떨렸고 전에 들어본 적 없는 가장 처절한 울음을 토해냈다. 하이디의 몸 위로 자신의 몸을 던지듯이 엎고 울음을 주체하지 못하는 것이었다. 잠시 동안 나는 그의 어깨에 팔을 올려놓고 있다가 개와 함께 있도록 그를 남겨두고 나왔다.

대기실에 앉아 있는 동안, 슈미트 씨가 그레이 크리크에 있는 한 칸 짜리 오두막집에 돌아가서 장작 난로 앞에 홀로 앉아 있는 모습을 떠올려보았다. 라디오도, 텔레비전도, 전화기도 없는데, 이제는 가장 친한 친구마저 잃은 것이었다. 나는 눈을 감고 머리를 돌려 눈물이 뺨을 타고 흘러내리는 것을 내버려두고 있었다.

15분 후에 슈미트 씨가 대기실로 걸어 나올 때쯤에는 어느 정도 평정을 되찾은 듯 보였다.

"택시 있습니까? 콜택시 있습니까?" 그가 낮은 소리로 말했다.

택시가 도착하기를 기다리는 동안, 슈미트 씨는 감정을 억누르고 있었다. 그가 치료비를 계산했다. 하이디를 그의 집에 데려갈 수 있도록 준비하는 동안 그는 대기실에 앉아 두 손에 얼굴을 묻고 있었다. 나는 하이디를 모직 담요로 감싸고 커다란 플라스틱 가방 안으로 밀어 넣었다.

"제가 밖으로 옮겨드리겠습니다." 택시가 도착했을 때 내가 말했다.

"아닙니다. 제가 합니다." 그는 손가락으로 자신을 가리키면서 말했다. "감사합니다. 의사 선생님."

그는 마치 뭔가 잘 이해되지 않는 것을 알아내려는 듯이 나를 바라보았다.

"가겠습니다." 그는 단호하게 발길을 돌려서 하이디에게로 돌아갔다. 그를 위해 병원 출입문을 열어주었다. 택시 운전사 빌이 그가 들고 가는 짐을 보았다. 좌석에서 커다란 몸집을 빼내더니, 트렁크를 열어 주려고 성큼성큼 뒤쪽으로 걸어갔다. 슈미트 씨는 똑바로 차 뒤쪽으로 걸어가서 한 손으로는 하이디의 몸을 차 쪽으로 기대놓고 다른 손으로는 문을 열었다. 빌이 있는 쪽으로는 조금의 관심도 두지 않고 그는 하이디를 뒷자석에 밀어놓고 자신도 따라 들어가 앉았다. 오로지 옆자리의 검은색 가방만 바라보며 그는 차문을 닫았다.

열린 트렁크 옆에 잠깐 동안 서 있었던 빌은 벗겨진 머리를 긁적였다. 슈미트 씨에게 개의 사체를 트렁트 안으로 옮겨달라고 하려는 생각을 하고 있는 것 같았다. 그는 나를 보더니 멋쩍다는 듯이 눈썹을 치켜올려 보였다.

결국, 어깨를 한번 으쓱하더니 트렁크를 닫았다. 사무실에 돌아와서 물건들을 정리하고 청소를 하러 이리저리 돌아다니는 내내 난 우울했다. 하루의 대부분이 이제 다 지나갔고 이제 나머지 시간에 무엇을 하며 보낼지 정하려고 애를 써보았다. 진찰대와 엑스레이 테이블에 소독약을 뿌리고 나서 물로 씻어낸 다음 철재 개장이 놓여 있는 방으로 가서 입원해 있는 환자들을 살펴보았다.

30분 후에 사무실을 나오려고 하는데 문을 두드리는 소리가 들렸다. 놀랍게도 슈미트 씨였다. 그는 한마디 말도 없이 들어오더니 문을 닫는 것이었다. 뭘 두고 갔는지 대기실과 카운터를 죽 둘러본 후 내가 물었다.

"뭘 잊고 가셨나요, 슈미트 씨?" 그가 결심한 듯이 몇 발짝 앞으로 걸어오더니 입을 열었다.

"어린애가 아닙니다!"

"다시 한 번 말씀해주세요, 슈미트 씨, 무슨 말인지 모르겠습니다." 나는 더듬거리며 말했다. 반 발자국을 더 가까이 내게 다가오더니, 내 눈을 거의 똑바로 올려다보면서 반복해 말했다. "어린애가 아닙니다!"

난 그가 괴로움에 좌절한 나머지 마음이 줄달음치고 있다는 것을 알 수 있었다. 하지만 다시 택시를 타고 먼 길을 되돌아오도록 만들 만큼 중요한 것이 무엇인지 상상할 수는 없는 일이었다! 도대체 무엇이 그를 이렇게 혼란스럽게 만들었을까? 내가 말한 내용 가운데 뭔가를 잘못 이해했는지도 모를 일이었다.

그가 독일어를 마구 쏟아냈다. 한마디도 알아들을 수는 없었지만 그가 얘기하려는 열정만은 분명했다. 좌절감으로 그는 문장으로 말하기를 그만두고 마치 머리카락을 뽑을 것처럼 머리에 손을 갖다대었다. "빌어먹을!" 그가 독일 말로 소리쳤다.

마침내 그가 마음을 가다듬고서 깊게 숨을 들이쉬고 자기 자신을 가리켰다. "나 30…… 독일…… 군대." 그리고 말을 알아듣고 있는지 보려고 내 눈을 골똘히 들여다보았다.

여전히 무슨 일인지 알지 못한 채 나는 고개를 끄덕였고 그가 말을 이어나갔다.

"나는 싸웠습니다. 3년. 죽였습니다. 나는 울지 않습니다! 나는 어린애가 아닙니다!"

바로 그거였다! 슈미트 씨가 극도로 흥분한 것은 내가 그의 우는 모습을 보았기 때문이다. 그는 내가 자신을 나약하다고 생각하는 것을 바라지 않았던 것이다. 그가 어린애 같다고 생각하는 것을 말이다.

"걱정하지 마세요, 슈미트 씨. 당신을 어린애라고 생각하지 않습니다! 만약에 하이디가 저의 개였더라도 저도 그렇게 느꼈을 겁니다. 제게는 당신이 단지 녀석을 좋아하는 걸로 비춰졌을 뿐입니다."

그는 내 말에 전혀 진정이 되지 않았다. 내 말을 이해하지도 않았고 자신이 너무 혼란스러워서 내 말을 한마디도 들으려고 하지도 않았다. 그가 계속 말하려고 단어를 찾고 있는 동안 내가 도대체 그와 무슨 짓을 하고 있는지 의아해졌다.

"나는 싸웠습니다!" 그는 큰 소리로 외치고 있었다. 말하고자 하는 단어를 생각해내려고 애쓰다가 또다시 독일 말이 튀어나왔다.

그의 말에 대답을 하지 않음으로써 내가 그의 말을 알아듣지 못하고 있음을 알려주었다. 그가 잽싸게 셔츠의 단추를 풀더니 배를 가로질러 난 기다란 톱니 모양의 상처를 가리켰다.

"부상당했습니다! 부상당했습니다!" 그는 내가 알아들었는지 살피려고 나를 쳐다보았다.

"부상당했다구요?"

"네, 네, 부상이요! 울지 않습니다! 울지 않습니다!"

나를 이해시키려고 천천히 그리고 힘을 주어 말했다. 내가 다시 잘못 알아듣고 있다는 것을 알게 되자 그는 머리를 흔들더니 눈알을 이리저리 굴렸다.

"병원, 병원." 갑자기 그의 눈이 커지더니 사무실 창문에 스텐실 된 글씨를 가리키는 것이었다. "병원이요, 병원이요! 3개월, 병원."

"병원에 삼 개월 있었다." 내가 확인해주었다.

"맞습니다, 네, 3개월이요."

제스처 게임이 다시 한 번 시작되었다. 그는 같은 단어를 여러 번 반복하면서 양손을 한데 모으고 자신 쪽으로 가져갔다. 내가 이해하지 못하는 것을 알고는 자신의 뜻을 전달해줄 단어를 찾으면서 "내 부대, 내 부대"라고 말하는 것이었다.

"동료라구요?" 내가 추측해서 말했다. "당신의 부대요?"

"맞아요! 내 형제…… 내 친구…… 부대……." 그는 내가 이해하도록 기다렸다.

"당신 형제와 친구가 같은 부대에 있었다." 계속되는 말에 끼어들면서 떠오르는 말을 던져보았다.

"네, 네, 형제, 친구, 같은 부대……." 계속 말을 하면서 그는 그 전보다 더욱 심각해 보였다. "부대가 러시아에 갑니다." '러시아'라는 단어의 발음이 그에게는 어려웠다.

그가 말을 멈췄다. 이번에는 단어를 찾지 않았다. 그가 이 자리에 없는 것 같았다. 나는 그에게서 겨우 2피트만큼 떨어져 서 있었고, 그가 자기 자신을 괴롭히는 것도 바라지 않았지만 자신의 얘기를 그만두는 것도 바라지 않았다. 그가 다시 말하기 시작할 때의 목소리는 거의 속삭이는 것 같았다.

"러시아 사람들 나쁩니다." 그는 자신의 모국어로 단조롭게 말했지만 내가 이해하지 못하는 것에 대해 이번만큼은 전혀 개의치 않는 듯 보였다. 나는 그가 전에 썼던 단어를 몇 개 알아차렸고 그가 무슨 말을 하고 있는지 이해하려고 필사적으로 노력했다. 그가 한 말에서 내가 건질 수 있었던 유일한 것은 목소리에 나타난 변화였다. 그의 감정이 누그러져 있었다. 완전히 초연해진 것이었다.

마침내, 그가 작은 목소리로 중얼거렸다. "러시아 지옥…… 러시아 사람들 많이 쓰러졌습니다. 친구들 죽었습니다." 그런 다음 마치 무아지경에서 걸어 나온 것처럼, "울지 않습니다. 부대원들…… 러시아 사람들…… 울지 않습니다"라고 하고 나서 말을 중단했다. 그가 손을 앞으로 재빠르게 내밀더니 극적으로 원을 만들어보였다. 양 손가락을 서로 깍지 끼고 원 모양을 없앨 때 그의 얼굴이 고뇌의 상징처럼 보였다.

다시 말을 이어나가는 동안 그는 존경을 담아 얘기했다. "많이 죽었습니다. 많은 죄수들."

오랜 침묵이 흐르고 나서 그가 말했다. "나는 죄수…… 나는 죄수."

독일어로 말을 하고 있었지만 나는 그의 말을 알아들을 수 있었다. "열심히 일했습니다…… 죄수들 죽었습니다…… 먹을 것 없습니다. 나무뿌리 먹었습니다…… 곤충 먹었습니다…… 꽃도."

그는 마치 기운을 다시 차리려는 것처럼 적어도 1분 동안 말을 멈췄다. 목소리는 겨우 속삭이는 것을 벗어난 상태였다. "겨울 지옥입니다. 죄수들 죽습니다."

"나는, 하이디 좋아합니다," 손가락으로 자신을 가리키며 그가 말했다. "내 형제 죽었습니다. 내 친구 죽었습니다. 죄수들 많이 죽었습니다."

그는 내 눈을 올려다보며 쉰 목소리로 말했다. "울지 않습니다…… 산더미…… 시체…… 나무." 장작더미처럼 시체들을 쌓아올렸다는 것을 보여주려고 자신의 팔을 가로로 겹쳐가며 반복했다.

"형제…… 친구……." 독일 말로 계속해서 나는 또다시 이해할 수 없었지만 그의 형제와 친한 친구의 머리와 머리를 맞대어 쌓았다는 것을 보여주려고 자신의 머리를 가리키며 한 팔을 다른 쪽 팔 위에 올려놓았다. 손과 팔로 마구 몸짓을 해가며 재빠르게 말했다. 확실히 뭔가 일종의 절정에 다다른 것 같았다.

내가 다시 알아듣지 못하고 있다는 것을 알고는 열심히, 참을성 있게, 컨테이너에서 무언가를 붓는 동작을 계속하고 나서 천천히 말했다. "가솔린." 양손을 위쪽으로 올리면서 큰 불이라는 걸 말하는 것 같았다. "독일 사람들 불에 탔습니다! 독일 사람들 불에 탔습니다!"

그는 잠깐 말을 멈추더니 아래를 내려다보며 거의 들릴 듯 말 듯한 목소리로 말했다. "연기가 많이 났습니다, 악취도 많이 났습니다. 울지 않았습니다."

그는 얼마간 아무 말도 하지 않고 내 눈을 올려다보았다. 얼굴에는 긴장감과 긴박감이 사라졌다. 마침내 그가 미소를 지으며 다시 한 번 손을 내밀었다.

"고맙습니다, 의사 선생님."

"안녕히 가세요, 슈미트 씨."

나는 기다리고 있던 택시 쪽으로 그가 곧장 꼿꼿하게 걸어 나가는 모습을 가만히 바라보고 있었다.

피는
못 속여

렘플 씨의 두 소년은 키도 크고, 금발에, 푸른 눈을 가진 잘생긴 형제였다. 그 아이들은 일란성 쌍둥이였다. 평소에 내가 알고 있던 아이가 둘 중 누구인지 정말 구분해내기가 힘들 정도로 둘은 닮아 있었다. 아버지는 윈델 지역에서 소규모로 돼지 매매상을 운영했다. 그리고 그 아이들이 아버지의 동물들 문제로 상의하러 올 때마다 수도 없이 그들을 대했다.

그 아이들이 백신주사를 맞히러 생기발랄한 노란 래브라도 강아지를 데려왔을 때 문자 그대로 아이들의 얼굴엔 희색이 만연했다. 노란 솜털 덩어리에 대한 그 아이들의 숨김없는 애정과 10대 소년들이 그렇게 책임감 있다는 것에 대해 나는 무언가 진귀함과 만족스러움을 느꼈다. 아이들은 강아지의 모든 움직임 하나하나에 푹 빠져 있었고 돌아갈 시간을 기다리는 동안에도 번갈아서 강아지를 이리저리 쓰다듬었다.

내가 진찰실 일을 다 마쳤을 때 도리스가 그들의 진료 기록을 받아냈다. 그애들이 처음 태어난 아들을 자랑하듯이 그 새끼를 그녀에게 내보이고 있는 것을 볼 수 있었다.

"드디어 새 아기가 생겼구나." 그애들이 강아지를 자랑스럽게 데려와서 진찰대 위에 조심스럽게 맡기자 내가 말했다.

"맞아요! 폴과 제가 어제 넬슨에게 가서 버디를 데리고 왔어요. 우리는 애와 친해지고 싶어서 계산을 치르자마자 곧바로 와서 백신을 맞히려는 거예요. 그 사람들은 애를 2주 동안 수의사에게 맡기고 검사해본 다음에 괜찮은지 확인해야 한다고 했거든요. 뭔가 이상한 점이 발견되면 우린 다른 개를 가져갈 수 있댔어요."

내가 바라던 기회를 얻게 됐다. 이제 누가 폴이고 누가 배리인지 구별할 수 있다. 그애들이 자리만 바꿔 앉지 않으면 난 그애들을 이름으로 부를 수도 있다. 아이들은 내가 그들의 새 친구를 검사하는 동안 주의 깊게 지켜봤다.

내가 눈이며 귀와 구강을 검사하는 동안 내 어깨 너머로 뚫어져라 쳐다보기도 했다.

"만일 지금 애에게 뭔가 잘못된 게 있다고 해도 다시 돌려보낼 일은 없을 거예요."

폴이 말했다. "그러니까 아무 이상도 없다고 얘기해주셔야 해요."

"이가 아주 잘 맞물렸는데." 그애들에게 윗니와 아랫니의 배열이 앞쪽에서 얼마나 서로 잘 맞물렸는지 보여주었다. "사냥개에게는 아주 중요한 거란다."

“얘의 이빨이 얼마나 좋은지 얘기하지 않으셔도 돼요.” 상처투성이의 손을 뻗으며 배리가 말했다. “치열이 너무 좋아서 탈이죠!”

나는 탈장도 방지하고 또 그밖의 선천적으로 비정상인 부분을 찾아내려고 조심스레 촉진을 해봤다. 그러고 나서 가슴에 귀를 대고 심장 박동을 들어봤다.

“심장과 폐 소리가 좋구나.” 나의 일거수일투족을 주시하고 있는 애들에게 말했다.

“너희들, 아주 멋지고 튼실한 강아지를 고른 것 같구나.”

나는 살균통에 들어 있는 체온계를 꺼냈다. 강아지의 직장에 윤활제를 주입하고 체온계를 넣자, 그 아이들은 서로 눈짓을 주고받더니 폴이 천천히 대기실로 물러났다. 배리가 활짝 웃으며 동생에게 뭔가 의미심장한 눈빛을 보냈다.

“체온도 정상이다.” 내가 이야기했다.

나는 도리스가 카운터에 올려놓은 백신 두 병을 쥐고 주사기의 캡을 연 다음 희석액이 들어 있는 병에 찔러 넣었다.

“폴, 지금이 네가 기다렸던 부분이야!” 그의 형이 외쳤다.

“서둘러야 해. 안 그럼 주사 놓는 걸 보지 못할걸.”

나는 백신을 다시 희석하고 재빨리 주사를 놓았다.

“지나갔어, 폴! 우린 여기 와서 이 모든 치료비를 다 냈는데 넌 그 멋진 장면을 놓쳤다구.”

폴은 배리가 자기한테 퍼부은 가시 돋힌 말들을 무시한 채 생각에 잠긴 듯이 대기실 창문을 바라보았다. 형이 그에게 개를 건네는 동안 그애는 아무 말도 하지 않았고, 도리스와 치료비를 정산했다.

　다음번에 내가 그애들을 본 것은 두 번째 백신을 맞히러 버디를 데려왔을 때였다. 나는 그애들이 둘 다 뾰루퉁해 있고 강아지에 대해 이러쿵저러쿵 얘기하거나 안달복달하지도 않았기 때문에 둘이 서로 뭔가 의견이 안 맞고 있다고 짐작했다. 한 아이가 대기실에서 우울하게 앉아 있는 동안 다른 한 명이 강아지를 데리고 들어왔다.

　"자, 지난번에 본 뒤로 그동안 어땠니? 강아지에게 무슨 문제라도 있니?"

　"괜찮은 것 같아요. 그애는 우리 집 가산을 다 탕진할 것처럼 먹어치우면서 잡초처럼 잘 크고 있어요."

　나는 조용한 가운데 그 강아지를 점검하고 나서 백신을 희석하고 있었다. 그때 내가 배리라고 추측한 아이가 대기실을 향해 소리쳤다.

　"서두르는 게 좋아, 폴. 너 주사 맞는 거 꼭 보고 싶어 했잖아!"

　"너 주사를 그다지 좋아하지 않는구나, 폴?" 그애가 창밖으로 눈을 돌리고 강아지에게서 멀어졌을 때 내가 물었다. 폴은 그의 형이 이 말을 전했을 때 막 대답하려고 했다.

　"폴은 주사에는 젬병이에요. 그애는 항상 주사기만 보면 기절해요. 만일 여기 있었다면 벌써 기절했을걸요. 그애는 학교에서 주사 맞을 때도 매번 그랬어요. 주사도 맞지 않았고 주사를 보는 순간 기절해요."

　폴은 뭔가 대답하려는 듯 입을 열었지만 곧 입을 다물어버렸다.

　"그게 바로 재가 밖에 앉아 있는 이유예요." 배리는 계속했다.

　"의자에 가까이 있으면 쓰러지지는 않아요."

　폴은 안에서 무슨 일이 일어나고 있는지 확실히 예상하면서 창문을 무감각하게 계속해서 바라보고 있었다.

“농장에서도 똑같아요.”배리가 계속했다.

“폴에게 피 한 방울이든지 메스나 주사기를 보여주면 결국 그애를 바닥에서 끌어내야 돼요. 우리가 어렸을 때 서커스에 간 일이 있었어요. 거기엔 눈알을 쏙 빼서 자기 손 위에 꺼내놓는 사람이 있었죠.”

“세상에나!” 도리스가 불쑥 끼어들었다. “나도 그걸 보면 분명히 기절했을 것 같은데!”

폴은 이제 정말 이도저도 못할 상황이란 걸 알고 나자 눈알을 굴렸다. 그의 형은 흥분해서 온 힘을 다해 말했다.

“그때는 구경꾼들 모두가 보는 한가운데서 쓰러졌어요. 마치 커다란 나무가 쓰러지듯이 말이에요.”

배리가 기절하는 모습을 손으로 묘사했다. 그리고 강조하기 위해 아주 커다랗게 “쿵!” 소리를 냈다.

그 뒤로 여러 달이 지나도록 렘플 씨네 아이들과 버디, 그 누구도 볼 수 없었다. 길모퉁이에서 한두 번 그들을 지나쳤는데 버디는 강하고 건강한 놈으로 자라고 있었다.

어느 토요일 오후, 아침 진료를 막 마치려던 참에 그 소년들 중 하나가 도착했다, “우리가 강아지를 데리고 올 때까지 꼭 여기 있어주세요.” 그 아이가 말했다. “이미 문 닫을 시간이 지났다는 건 알고 있어요. 버디가 발을 베었어요. 그애를 데리고 도랑 위를 달리고 있었는데 그때 녀석이 길 옆 배수구로 뛰어들었어요. 그러고는 절뚝거리며 땅바닥에 온통 피를 흘리며 돌아왔어요. 물론 폴은 그 모든 상황을 나에게 떠맡겼죠. 그애는 피 흘리는 광경을 차마 볼 수가 없으니까요. 피가 꽤 많이 나서 트럭에 있던 양말로 덮어준 다음에 그 둘레를 테이프로 둘러줬어요."

배리는 밖으로 뛰어나가더니 몇 분 후에 폴과 그의 발치에 바싹 따라오는 버디와 함께 돌아왔다. 버디는 심하게 절뚝거려서 옴짝달싹 못하는 것 같았다. 걸음을 옮길 때마다 상처에 댄 양말이 끌려 바닥에 핏자국을 남기고 있었다.

폴은 천천히 조심스럽게 움직였다. 얼굴은 창백했고 버디의 온몸 전체를 뒤덮은 듯한 그 피를 보지 않으려고 시선을 천장에 두고 있었다.

"오늘의 진정한 영웅은 폴이에요." 진찰대 위로 버디를 옮기는 동안 배리가 짓궂게 놀렸다.

"오늘은 전에 보다 훨씬 많은 피를 봤는데도 여전히 제 발로 서 있잖아요."

방으로 들어오며 난 버디의 발자국을 보자 도리스의 눈은 휘둥그레졌다. 개가 바닥을 밟을 때마다 피가 흥건하게 카펫을 적셨다.

"배리야, 빨리 강아지를 테이블로 옮겨야지, 안 그러면 도리스하고 내가 밤새 여기서 카펫을 빨아야 할 것 같은데."

배리가 재빨리 몸을 굽혀 녀석을 들어 올리고 테이블 위로 옮겼다. 버디는 발이 스테인리스 표면에 닿자 잠시 발버둥 쳤지만 곧 주인의 품 안에서 잠잠해졌다.

버디의 옆구리 쪽을 부드럽게 누르고 오른쪽 앞발을 움켜잡았다. 그리고 테이프를 자르고 피에 젖은 양말을 끄집어 당겼다.

"폴, 이쪽으로 와봐." 배리가 조롱하듯 큰 소리로 말했다.

"상처를 볼 순간이야. 넌 어떤 장면도 놓치고 싶어 하지 않았잖아!"

폴은 침울하게 창 밖을 응시하며 배리가 좋아할 만한 대답을 주지 않은 채, 자기가 선택한 자리만 고수하고 있었다.

"그래, 착하지 버디." 나는 낮게 중얼거렸다. "많이 아프진 않을 거야."

개의 앞발에는 바닥에서 바로 뒤까지 상처가 심하게 나 있었고, 말 그대로 두 동강 나서 핏기 없는 피부 조직이 드러나 있었다.

발에 난 상처는 피로 엉겨 붙어 있었고, 상처는 넓게 벌어져서 오물과 풀로 채워져 있었다.

"이런, 버디야, 발에 뭐가 많이 붙었구나!" 나는 거즈 조각으로 상처 바깥쪽에 묻은 부스러기를 닦아냈다. "너 밖에 나가서 큰 유리 조각을 찾아낸 게 틀림없구나."

"많이 심각한가요?" 배리가 내 어깨 너머로 벌어진 상처를 쳐다보며 물었다.

"버디가 완치 될까요? 아님 남은 생을 절름발이로 보내게 되나요?"

"너도 보다시피, 상처가 꽤 깊단다. 하지만 관절이나 힘줄을 다치지는 않았으니까 상처가 나으면 절름발이가 될 이유는 없단다."

"오, 세상에!" 도리스가 물이 가득 든 스테인리스 그릇을 들고 들어오며 말했다. "정말 끔찍한 상처네요!"

나는 카운터에서 3밀리리터짜리 주사기를 가져다가 리도카인(국소마취제)으로 채우고 브리딘(소독약) 병과 거즈 스펀지를 손이 쉽게 닿을 수 있는 곳에 놓았다.

버디는 꽤 협조적으로 조용히 배리의 품에 누워 있었다. 피가 상처 틈으로부터 계속 흘러나와서 테이블 표면으로 계속해서 방울, 방울, 방울 떨어졌다.

나는 발 가장자리 둘레의 피를 닦아내고 버디의 발 사이 틈으로 풀 찌꺼기를 먼저 제거하면서 치료를 진행했다.

그릇의 물은 새빨간 색으로 물들고 어마어마한 양의 피가 테이블 위에 젤라틴질의 작은 덩어리로 모아졌다. 배리는 말을 멈추었고, 이제 더 이상 처음만큼 집중하지 않았다.

나는 그가 동생이 있는 쪽으로 고약스럽게 퍼부어대고 난 지 몇 분이 지났다는 걸 알아챘다.

"깨끗한 물을 한 그릇 더 가져다주겠어요, 도리스? 우리가 고정시키기 전에 상처가 스스로 잘 소제가 되었으면 좋겠는데."

상처가 더 잘 보이도록 수술용 램프의 초점을 다시 막 맞추었을 때, 배리의 얼굴이 꽤 수척해 보였다.

그애의 얼굴이 창백했고 버디를 잡은 손아귀는 훨씬 힘이 빠져 보였다.

"괜찮니, 배리? 너 앉아서 좀 쉬어야겠다."

"아뇨, 제 걱정은 하지 마세요! 이런 일 따위로 흔들릴 사람은 폴이지 저는 끄덕 없다구요."

그는 자신을 추스르려고 애쓰며 희미한 미소까지 지어 보였다. 하지만 도리스가 신선한 물을 가지고 올 때쯤 분명히 그애에겐 공기가 필요해 보였다.

"도리스, 당신이 버디를 좀 붙잡고 있는 게 낫겠어요. 배리가 많이 안 좋아 보여요."

"선생님이 발을 치료하시는 동안 내가 잠시 도와줄게." 도리스가 요령껏 아이의 옆으로 가며 말했다.

다시 버디의 상처를 씻어내기 시작했지만 배리의 창백한 안색에 마음이 혼란스러웠다. 그애의 얼굴이 굉장히 창백해졌다. 눈썹엔 땀방울이 송글송글 맺혔다. 나는 상처를 넓게 벌리고 브리딘 비누용액을 상처의 깊이만큼 부었다. 거즈 스펀지로 상처에 길을 내면서 나는 풀 한 가닥과 갈라진 발에 딱 달라붙어 있는 조그만 자갈 두 개를 제거했다. 반대쪽에 묻은 더러운 오물들을 쳐내자 이제 지저분한 것들이 다 떨어져나갔다.

대동맥은 감아놓은 붕대의 압력으로 봉해져 있었지만 응혈을 깨끗이 닦을 때 그곳을 건드리고 말았다. 상처가 시작되는 부분에서 선홍색 피가 간헐천처럼 분출하더니 내 이마를 때리고 수술용 램프를 뒤덮었다.

나는 지체 없이 혈관을 조이기 위해 소형 집게를 움켜쥐었다. 그러나 피는 이미 테이블 가장자리에 있는 배리의 손과 팔을 향해 안개처럼 뿜어져 나온 뒤였다.

소년을 한 번만 봐도 상황을 알 수 있었다!

"폴, 이리로 들어와! 빨리! 배리를 여기서 데리고 나가거라!"

배리는 버디를 잡은 손을 좀 늦추고 똑바로 서려고 버둥거렸다. 눈동자를 보니 완전히 의식을 잃은 듯했다. 나는 피할 수 없는 기절을 막아보려고 테이블 쪽으로 돌진해서 그애를 붙잡았다. 완충시킬 어떤 것도 없었다. 결국 배리가 바닥에 머리를 부딪히며 쓰러졌다.

폴과 내가 동시에 배리에게 다가갔다. 그애는 계산대 밖에 나가 있었는데 얼굴이 완전히 질려서 핏기가 하나도 없었다.

"형이 살았나요?" 폴이 아주 약한 미소를 지으며 물었다.

"애, 그애는 완전히 기절한 것 같구나. 그렇지?"

"예, 그랬어요. 그리고 머리를 정말 세게 부딪혔어요."

내가 찬 물수건을 가지고 돌아올 때쯤 해서 배리가 눈을 떴다.

폴은 쓴웃음을 지으며 그의 옆에 서 있었다.

"잘 돌아왔어, 형." 폴이 환호성을 질렀다. "별로 좋아 보이진 않는데!"

폴은 쌍둥이 형이 똑바로 일어날 수 있도록 도와주었고 배리는 금방 대기실에 앉아서 두 손에 얼굴을 묻고 있었다.

도리스와 나는 버디의 발을 계속해서 봉합했다. 반창고를 붙이고 개를 형제에게 되돌려줄 때쯤 배리는 의식을 좀 회복한 상태였다. 그애는 머리가 좀 지끈거린다고 말했지만, 시간을 더 지체할 만큼 그렇게 나빠 보이진 않았다.

형제가 치료비를 지불하고 문 밖으로 걸어 나갈 때 폴이 나를 돌아보며 함박웃음을 지어보였다.

"페린 선생님, 오늘이 저에게 얼마나 큰 의미가 있는지 선생님도 아셨으면 좋겠어요. 우리 둘 모두에게 정말 영원히 잊지 못할 날이에요!"

그 말의 의미는 수줍은 미소로 응답하는 배리에게도 마찬가지였다.

그때 폴이 작별의 인사를 날렸다.

"페린 선생님, 선생님이 봤을 때 배리가 마치 큰 나무 쓰러지듯 넘어졌다고 말씀해주시겠어요?"

두 소년은 병원 문틀에 걸쳐 서서 하나는 분해서 씩씩거리고 하나는 의기양양해 하고 있었다.

"그래, 폴. 내 생각에도 그 표현이 아주 적절한 것 같구나. 큰 나무가 쓰러지듯 넘어졌지!"

소와의
한바탕 소동

가랑비가 쉬지 않고 계속해서 내렸다. 몸을 덮고 있는 얇은 면 가운이 완전히 젖어버려서 살갗에 착 달라붙었다. 머리도 흠뻑 젖었다. 작은 물줄기가 얼굴을 타고 등과 가슴까지 흘러내려왔다. 코와 머리 위에는 작은 물방울들이 맺혔다. 수술 부위와 암소의 복부에 물방울이 떨어지지 않도록 몸을 자주 뒤로 젖혀서 그것들을 떨궈내야 했다.

이른 아침의 추위가 온몸을 파고들었다. 암소의 자궁에 닿을 때 내 몸에 발작적으로 경련이 일어났다. 나는 스스로에게 어서 서둘러서 빨리 끝내라고 계속해서 말했지만 마비된 손가락이 말을 듣지 않았다. 겨우 정해진 순서에 맞춰 수술 부위를 당겨가면서 꾸준히 한 땀 한 땀 봉합을 진행해나갔다.

복부 봉합이 완전히 끝날 때쯤, 아침은 이미 밝았고 그 암소는 활기를 찾은 듯 보였다. 녀석에게 허리를 굽히고 있어서 그랬는지 등이 뻐

근했다. 똑바로 서 있기도 힘들었다. 비틀거리면서 수술도구 상자 쪽으로 걸어가서, 셔츠와 조끼를 집어 들고 소매 안으로 팔을 억지로 끼워 넣느라 애를 먹었다.

열악한 수술 환경을 고려해봤을 때, 이번 수술은 정말 잘된 것이었다. 수술에 접어들면서 나는 송아지가 죽었을 거라고 생각했다. 내 추측이 틀려서 얼마나 기쁘던지. 그 샤롤레 잡종 암소는 우연히 새끼를 뱄는데 일곱 달 만에 새끼를 낳게 되었다. 주인은 그 소가 임신한 사실과 앞으로 있을 어려움을 알고는 있었지만, 새끼를 낳기까지 아직 여러 주가 남아 있다고 생각했다. 녀석이 아침먹이를 먹으러 나타나지 않자 주인은 목장이 있는 꾸불꾸불한 언덕을 찾아보았다. 그는 자신의 목장 뒤편에서 녀석을 발견했다. 거기서 밤새도록 진통을 하고 있었던 것이었다.

내 차에서 그리고 내가 손쉽게 힘을 쓸 수 있는 범위에서 반 마일 정도 떨어진 산 어디쯤엔가 그 암소가 있다는 소리를 들었을 때 난 기운이 쭉 빠지는 느낌이었다. 우리는 목장의 담장 너머 구불구불 이어진 좁은 오솔길을 따라 고개를 올라갔다. 멋들어지게 걸린 나뭇가지에서 물방울이 떨어지고 있었다. 100야드도 미처 가기 전에 내 작업복이 완전히 젖어버렸다. 빗물이 부츠 안으로 새어 들어왔고 다리에 바지가 자꾸 스치면서 살갗이 쓸려 벗겨지는 것 같았다.

오솔길 끝에 다다라서 녀석을 발견할 때까지 또 몇백 야드를 더 숲속을 헤쳐나갔다. 녀석은 새끼를 낳기 위해 커다란 바위 바닥에 조그만 장소를 골라놓고 있었다. 쌀쌀한 산 공기 속에 그 암소의 등에서 김이 솟아오르고 있었다. 녀석은 너무 힘을 써서 지친 나머지, 이따금씩 앞쪽으로 나가려고 미약한 시도를 하면서 옆구리에 머리를 묻고 누워 있었다.

암소의 벌어진 질 입구 너머로 송아지의 머리도 다리도 보이지 않았다. 보이는 거라고는 검은 종잇장같이 변색된 얇은 막뿐이었는데 그 단단하고 둥그런 것은 송아지의 혀였다.

제왕절개 말고는 다른 방법이 없었다. 수술용구와 물을 가져오려면 다시 산을 내려가야 했다. 우리가 다시 산에 올라왔을 때쯤 내 몸은 온통 젖어버렸다. 겨우 면도날을 이용해서 어렵사리 소의 털을 깎아내고 드디어 수술을 하게 되었다.

수술의 매 단계마다 애를 먹었던 힘든 과정이었지만, 이제 수술은 모두 끝났고 나름 보람도 있었다. 늦은 아침의 공기 속에서 김이 올라오고 있는 갓 태어난 생기 넘치는 송아지를 보고 있노라니 엉망이 된 내 몸을 씻어낼 힘이 생기는 것 같았다.

손가락을 움직일 수 있을 정도로 몸이 덥혀지자, 나는 암소의 젖을 짜 복부용 튜브를 이용해서 송아지에게 아주 적은 양의 초유를 먹여주었다. 송아지는 아마도 한두 끼를 더 이런 방법으로 먹어야 할 것 같았다. 하지만 하루 안에 혀가 정상적인 제 크기로 돌아와서 스스로 젖을 빨 수 있게 돼야만 하는 형편이었다. 녀석의 어미도 아직은 힘겨워 보이지만 내 짐작이 틀리지 않다면 며칠 안에 일어나서 돌아다니게 될 것이었다.

오늘은 시작부터가 힘든 날이었다. 아침에 잡힌 진료 예약의 대부분이 아직 끝나지도 않았는데 말이다! 도리스는 고객들을 만족시키기 위해 최선을 다하고 있었지만 응급 상황이 자꾸 쌓여갈수록 점점 당황하는 것 같았다. 다행히도 두 건의 예약은 병원에서 이뤄지는 수술이라 틈이 날 때 해낼 수 있었다. 물론 그것도 하루가 다 끝나기 전에 틈이 나느냐에 달려 있는 일이지만.

제왕절개 수술로 더럽혀진 몸을 깨끗이 닦고 나서 곧바로 다루기 힘든 작은 스패니얼 강아지에게 중성화 수술을 하려고 진정제를 놓아 안정시켰을 때 다시 전화가 방해를 했다. 도리스는 큰 동물 수술도구를 꾸리느라 애를 먹고 있었지만 일이 잘 진척되는 것 같진 않았다. 그녀가 전화기에 대고 말하는 모양을 보니 오늘 하루가 순조롭게 지나갈 것 같지 않다는 생각이 들었다. 그녀는 안경을 다시 고쳐 쓰더니 숨을 깊이 들이쉬고 나서 나를 돌아보았다.

“댄 허포드 씨인데요. 소 한 마리가 상태가 안 좋은가봐요. 지금 전화를 받아보겠어요, 아니면 전화를 드린다고 할까요?”

“지금 받아보죠. 제이크를 좀 붙잡고 있어주겠어요?” 야, 오늘 정말 엄청난 날이 될 것 같은데!

“안녕하세요 댄, 무슨 일이에요?”

“202번 소가 오늘 아침 젖을 짜는데 약간 이상해 보여서요. 그때는 별로 걱정을 하지 않았기 때문에 그냥 녀석의 번호만 적어놓고 내일 선생님에게 보이려고 했는데. 방금 전에 체온을 체크해보려고 외양간에 가봤더니 그만 바닥에 뻗어 있지 않겠어요. 정말 무시무시했답니다! 녀석을 일으켜 세우는 데 엄청 힘들었어요. 내가 그러고 있는 동안 녀석은 비틀거리며 격리 장소까지 가는 내내 뒷다리를 질질 끌었어요.”

“그 소가 얼마나 오랫동안 우유를 생산했나요?” 나는 생각나는 모든 가능성을 체크해나갔다.

"새끼를 낳고 나서 새로 젖이 나온 지 이제 약 25일 정도 됐고 오늘에서야 제대로 우유를 생산하게 됐는데, 물 같은 똥을 싸고 눈이 굉장히 움푹 들어가버렸어요. 지금 바로 진찰하러 오지 않으면 분명히 이 소가 죽고 난 후에나 부검을 하게 될 거라구요!"

"지금 당장 가보도록 하지요. 듣고 보니 더 이상 시간을 지체할 수가 없겠군요!"

사무실을 떠날 때 비가 오고 있었는데, 마구 퍼붓지는 않았지만 계속해서 쉬지 않고 내리는 비였다. 24시간 내내 내리는 비는 정말이지 엄청난 호우라고 말할 수 있을 정도였다. 차를 출발시키고 라디오를 틀었다. CBC에서 브리티시 컬럼비아 대학의 의과대 학장이 사직 인터뷰를 하고 있는 중이었다. 그 사람들은 의학 분야의 예산 삭감에 대해 얘기하고 있었다. 캐나다의 보건 정책 기준이 퇴보하고 있다는 것이었다.

그 유능한 의사는 동료들의 열악한 근로 조건과 부적당한 수술시설, 응급실 등에 대해 장황하게 얘기를 계속하고 있었다. 그에 따르면 그들이 진짜로 실제 응급상황을 다루고 있고, 열악한 환경에 처해 있는 외과의사들이 이런 상황에 대처하느라고 애를 먹고 있다는 것이었다. 나는 오늘 아침에 겪었던 경험을 생각해보았다. 그리고 만약에 그가 물이 흠뻑 젖어 있는 언덕에서 수술 부위에 끊임없이 내리는 가랑비를 보며 내 옆에 무릎을 꿇고 앉아 있었다면 그 자신의 근로 환경에 대해 어떤 관점을 갖게 될지 궁금해졌다. 하루만이라도 나와 같이 일한다면 그의 전망을 상당히 바꿔놓을 수 있을 거란 느낌이 확실히 들었다.

넓은 평지를 가로질러 허포드 농장 쪽으로 내려가고 있을 때쯤 비는
진눈깨비로 바뀌었고 얼음부스러기들이 와이퍼 아래에 쌓여가고 있었
다. 한 해의 이맘때쯤의 날씨는 종잡을 수가 없어서 한 시간 동안에도
비나 진눈깨비나 눈이 번갈아가며 내렸다.

나는 마지못해 차에서 나와 거센 바람 속으로 발걸음을 뗐다. 진눈
깨비가 얼굴을 때려서 눈을 감고 겨우 볼 수 있게 실눈만 뜨고 있어야
했다. 뼛속까지 추위가 조금씩 엄습해 들어오자 몸이 떨렸다. 잠시 짬
을 내서 목에 스카프를 둘렀다. 바람을 정면으로 맞으면서 나는 주저
하며 착유실로 걸어가서 손잡이를 잡아당겨 문을 열었다. 댄이 커피
를 마시는 방에서 나를 기다리고 있었고 한 양동이의 물이 준비되어
있었다.

나보다 몇 살 아래인 댄은 야심찬 사람이었다. 그는 나긋나긋했고
잘생긴 데다가 에너지가 넘쳤으며 그들 가족의 농장을 이 지역에서 가
장 좋은 농장으로 만들려고 단단히 결심한 사람이었다. 그의 형과 함
께 사는 동생 데이비드도 밤의 유흥 생활을 놓치지 않으려고 최선을
다했는데 가끔 아침 유축을 준비하기 위해 압축기에 시동을 걸려고 시
간에 맞춰 파티에서 돌아오곤 했다.

"이 소에게 도대체 뭔 문제가 있는지 모르겠어요," 아픈 소를 격리해
놓은 울타리로 가면서 댄이 투덜거렸다. 그는 질색하면서 머리를 흔들
더니 옆문을 고정시켜둔 끈을 손으로 더듬어 찾았다. "제가 장담하건
데 시간이 지나면 점점 더 눈이 푹 들어가버릴 겁니다!"

덩치가 커다란 홀스타인 종의 소가 울타리 저쪽 끝에 누워서 머리를
쑥 내밀고 있었다. 혀가 앞으로 조금 나와 있었고 숨을 쉴 때마다 들릴

락 말락 하는 소리로 그르렁거렸다. 털은 헝클어진 상태로 곤두서 있었다. 녀석의 꼬리는 설사로 젖어 있었고 그 바로 아래에 있는 짚에는 거무스름하고 소화가 덜 된 대변이 약간 덮여 있었다.

"녀석이 일어날 수 있을까요?" 내가 물었다.

댄이 밧줄로 된 굴레를 녀석의 머리 위로 미끄러지듯 씌우고 나서 턱 아래쪽에서 매듭을 움직여 단단히 고정시켰다. "30분쯤 전에 여기에 데려다 놓을 때는 그다지 침착한 상태가 아니었지만 이 녀석은 평소엔 의지가 강한 놈이었어요. 다른 데 한눈 팔지 않고 열심히 일하는 소였답니다."

댄은 녀석 옆으로 바싹 다가가 무릎으로 재빠르게 갈비뼈 쪽을 서너 번 툭툭 쳤다. "자! 어서! 일어나야지! 어서!" 이렇게 외치면서 그는 손바닥으로 옆구리를 찰싹찰싹 때렸다. 202번 소는 땅에서 몸을 겨우 몇 인치 일으키면서 일어서기 위해 마지못해 몸을 움직였다.

"그래! 자, 한 번만 더!" 녀석이 짚 위로 주저앉자 댄이 몰아세우면서 소리쳤다. 이번에는 아까보다 좀더 마음을 다잡고 똑바로 일어서려고 애쓰는 것 같았다. 몸이 심하게 흔들리면서 한 발 한 발 불안하게 움직이더니 우리 앞에서 주저앉을 것같이 보였다. 우리는 각자 소의 양쪽으로 서서 옆으로 쓰러지지 않게 도와주었다. 마침내 소가 다리를 세우고 결연하게 일어섰다.

"이 소가 어떻게 이렇게 빨리 나빠질 수 있는지 믿어지지가 않아요!" 댄은 어찌할 바를 몰라 머리를 흔들었다. "녀석은 하루에 100파운드 가까이 우유를 생산해내는 데다가 어젯밤에도 건강해 보였다구요."

댄이 녀석의 엉덩이 뒤쪽에서 혹시 소가 움직이면 단단히 붙잡고 있으려고 서 있는 동안 나는 찬찬히 살펴보기 시작했다. 소의 젖에서는 우유가 나오지는 않았지만 촉감은 완벽하게 정상인 것 같았다. 소에게 유선염이 걸렸는지 알아보려고 양쪽 젖에서 필요한 양의 젖을 짜내느라 애를 먹었는데 테스트 결과는 생각했던 대로 깨끗했다.

심한 악취가 나는 꼬리를 최대한 바투 잡고서 직장 안으로 체온계를 집어넣고 끈기 있게 기다렸다. 더러운 냄새가 나는 물똥이 꼬리를 지나 바닥으로 뿜어져 나오는 것과 동시에 체온계를 재빨리 빼냈다. 체온은 겨우 37.3도밖에 나가지 않았다. 정상보다 1도 이상 낮은 수치였다.

가슴에서 나는 소리를 들어보았다. 폐는 정상이었다. 심장 박동은 비록 빨랐지만 특별히 이상한 점은 없었다. 왼쪽 옆구리에서 제1 위가 수축하는 소리가 들리지 않았지만 정상범위를 벗어난 것 같진 않았다.

청진기 머리를 오른쪽 옆구리로 옮겨놓고 갈비뼈 부위를 가볍게 치자 마자 극도로 팽창된 기관에서 울려 나오는 깊고 높은 소리가 들려왔다. 교과서에서 우유 깡통에 동전을 떨어뜨렸을 때 나는 소리 같다고 표현돼 있는 바로 그 소리였다.

그러니까 이렇게 급속도로 나빠지고 있는 것도 당연하지! 소에 있는 중심 위인 추위(반추동물의 제4 위)가 꼬여서 액체물질이 모여도 창자에서 더 아래쪽으로 재흡수되어 내려갈 수가 없게 되어 있었다. 말 그대로 혈류에서 수분을 가져와서 장에 모두 모아두고 있었던 것이다.

"댄, 소에게 위 염전증세가 있어요. 곧 바로 수술에 들어가야 할 것 같습니다."

"전위하고는 어떻게 다른 거죠? 그 증상을 가진 소는 많이 봤었지만 이런 증세는 처음 보거든요.”

“위가 그냥 자리만 바뀌었을 때는 순환은 지극히 정상적이고 좀더 불쾌감을 느끼게 되는데 위의 내용물이 정상적으로 잘 이동하지는 않지요. 염전증세가 있을 때는 순환이 완전히 차단되고 소에게 쇼크가 오고 몇 시간 안에 죽게 됩니다.”

댄이 소의 오른쪽 옆구리의 털을 깎아내는 동안, 나는 부족한 순환 기능을 개선시키기 위해 포도당 두 병과 소량의 덱사메타손(스테로이드의 하나)을 소의 경정맥을 통해 주입했다. 녀석의 옆구리를 문지른 후에 수술 부위에 통증을 없애는 주사를 놓아주었다. 피부의 절개 위치에 힘껏 찔러 넣었다. 찌른 구멍에서 핏방울이 뚝뚝 흘러내렸지만 소는 아무런 아픔도 느끼지 못하는 것처럼 보였다.

나는 윗옷을 벗어 허리까지 드러내놓고 어깨부터 팔 아래쪽으로 몸을 문지르기 시작했다. 오늘 아침에 있었던 바쁜 왕진 때문에 몸을 따뜻하게 녹일 기회가 없었다. 지금 이런 행동을 하는 것이 적절해 보이지는 않았지만 말이다. 짚더미 위에 저 따뜻한 옷들을 놔두고 있는 내가 얼마나 안돼 보였던지.

추운 날씨에 옷을 벗고 있는 행동의 유일한 이점이라면 농부들이 변함없이 나를 동정 어린 시선으로 바라봐준다는 것이었다. 내가 몸을 문지르는 것을 보고 댄이 자신의 스웨터 지퍼를 올리더니 쓰고 있던 모자를 벗었다. 그리고 내가 수술복을 입고 장갑 끼는 것을 도와주었다. 수술복이 겨우 홑겹 면과 고무층으로 되어 있었지만 잠깐이나마 위안이 되 주었다.

나는 재빠르게 수술 부위의 절개에 들어갔다. 얇고 붉은 선 모양의 가느다란 혈액이 소의 옆구리에서 흘러나와 짚 위에 떨어졌다. 멸균 천을 옆구리에 대고 다시 계속 절개를 하려고 할 때, 녀석이 기운을 잃어가기 시작했다.

"안돼, 202!" 댄이 갈비뼈 부위를 쿡 찌르며 소리를 질렀다.

"일어서, 일어서라구!"

소는 앉은 자세로 잠시 주저하다가 몇 번 버둥거리더니 다리를 세우고 무릎 관절을 펴서 꼿꼿이 일어섰다.

"잘했어, 잘했어. 그렇게 서 있어야지. 녀석이 쓰러지기 전에 수술을 시작하게 되서 다행이에요."

202번 소는 불안정하게 뒷발을 차례로 옮겨놓으면서 여러 차례 위험스럽게 몸을 기우뚱거렸다. 댄은 그때마다 옆에 서서 녀석이 비틀거리지 못하도록 왼쪽 엉덩이 쪽을 몸으로 밀고 있었다.

나는 단호하게 근육층을 찔러 절개하고 나서 가위로 그곳을 넓혔다. 복막층을 잘라내자 옆구리의 수축돼 있는 부분으로 공기가 몰리는 소리가 들렸다. 양쪽으로 절개 부위를 넓혀가면서 복부에 다다르자 머리 쪽으로 향했다.

거기에 부푼 비닐 공처럼 커다랗고 바람이 가득 찬 것이 있었다. 의심할 것도 없이 그것은 바로 추위(제4 위)였다. 그 바깥 주변에는 두껍고 허연 장간막이 위치하고 있었다.

"이제 문제가 있는 부위를 바로 찾은 건가요?" 댄이 농담 삼아 비꼬는 듯한 말투로 물었다.

"그럼요!" 나는 뒤로 물러서서 상처 가장자리 부위를 오므려두었다. "와서 한번 보세요!"

그는 소에게서 천천히 물러나면서 녀석이 비틀거리지 않을지를 확인하려고 몇 초 동안 기다리고 서 있었다. 쓰러지지 않을 거라고 안심하고 나서 내 쪽으로 와서 주의 깊게 소의 배를 바라보았다.

"선생님, 위가 전에 봤던 것보다 훨씬 큰데요. 색깔은 어때요? 거의 자주색이 나는 것 같은데."

"맞아요, 만약에 가스를 빼고 나서도 여전히 같은 색이 나면 아주 큰 문제가 되죠. 하지만 만약 분홍빛으로 다시 돌아오면 순환이 일어나고 있는 것이고 병을 이겨낼 수 있지."

고무관이 연결되어 있는 큼지막한 바늘을 추위의 가장 볼록한 부분에 찔러 넣었다. 바늘 끝에서 피식하고 바람 빠지는 소리가 났고, 시큼하고 독한 냄새가 순식간에 공기 중으로 퍼져나갔다.

그다음 10분 동안, 우리는 소를 가만히 둔 채 장의 공기가 다 빠져나갈 때까지 참을성 있게 기다렸다. 장 속의 압력이 대부분 제거가 되었지만 가엾은 202번 소는 나아질 기미가 안 보였다. 나는 복부로 손을 옮겨서 내용물이 들어 있는 기관을 따라 염전된 부위까지 갔다. 소가 고통스러운 울음소리를 냈다.

"분명히 뭔가 소가 싫어하는 곳을 건드린 것 같은데요!"

나는 위가 매달려 있는 위쪽 부분을 잡고 시계 반대 방향으로 돌렸다. 압력이 갑자기 누그러지더니 그 기관이 원래의 자연스런 위치로 돌아왔다.

"조심해요! 소가 쓰러지려고 해요!"

마치 총을 맞은 것처럼 202번 소가 자신의 가슴께로 무너져 내렸다. 소의 몸 안에 내 팔을 넣은 채로 복부에 있는 내용물들이 바닥에 쏟아

져 내리지 않게 하려고 나는 미친 듯이 무릎을 굽혔다. 소를 서 있도록
하려는 댄의 노력이 오히려 내 쪽으로 녀석을 더 기울게 만들었고 소
는 엄청난 힘으로 내게 털썩 쓰러지고 말았다. 녀석은 뒷발로 도리깨
질하면서 더 세게 나를 밀고 들어왔다. 말 그대로 나를 땅에 내다 꽂는
것이었다.

분출되는 내장에 압력이 더해져 밖으로 마구 쏟아져 나왔다.

"오, 이런 세상에!" 댄이 소의 뒷다리를 구부려서 몸 아래쪽으로 돌
려놓으려고 애를 썼지만 헛수고였다. "괜찮아요?"

"아니요!" 내 등과 장딴지가 고통으로 비명을 지르고 있었다. "소를
다른 쪽으로 돌려놔봐요!" 댄은 변이 흠뻑 젖어 있는 꼬리를 정신없
이 잡아당기면서 소를 다른 쪽으로 옮기려고 애썼다. 그 노력은 오히
려 소에게 더욱 고집스럽게 뒷발질을 하게 만들었고 수술의 절개 부
위가 바닥의 지저분한 곳에 쓸리게 되고 말았다. 엄청난 양의 창자가
내 가슴과 팔로 둥그렇게 만든 공간 안으로 쏟아져 나와 쌓였다. 나는
단지 뒤로 젖히려고 했는데 그만 소의 창자가 짚 위로 쏟아져 내리고
말았다.

"다리, 댄! 다리를 잡아요!" 녀석은 다시 한 번 몸부림을 쳤고 내 팔
안으로 더 많은 창자가 쌓였다.

소와 씨름을 하면서 댄은 녀석의 배 아래로 뒷다리가 움직이지 않
게 고정될 때까지 싸웠다. 내가 소의 척추 부위를 위로 향하게 하고
있을 때 댄이 녀석의 머리를 억지로 들어 올리고 오른쪽 앞 어깨를 힘
껏 밀었다. 처음엔 그 시도가 불가능해 보였지만 아까보다 더 천천
히, 소가 자기 몸 쪽으로 비틀거리며 쓰러졌다. 그 방향으로 내가 안

고 있던 창자들을 가지고 따라갔다. 놀랍게도 수술 부위의 피부를 덮고 있던 멸균 천과 수술 가운 덕분에 창자는 짚과 배설물로 오염되지 않았다.

"저 엉망진창인 꼴 좀 봐요." 댄이 역겹다는 듯이 소를 쳐다보았다.

"총을 가져올까요?"

"아직은 아닙니다." 경련이 일어나고 있는 내 다리를 어렵사리 똑바로 펴고 나서 녀석의 옆구리에 놓여 있는 내장들의 균형을 잘 맞춰놓았다. 그리고 손을 녀석의 배에서 빼내 내장들을 다시 안으로 집어넣기 시작했다. 천천히 시작해나갔고, 드디어 절개 부위로 마지막 내장이 사라져 뱃속으로 들어갔다.

다시 추위를 손으로 잡고 절개 부위로 옮겨왔다. 색깔이 거의 핑크빛에 가까웠고 위벽은 이미 상당히 줄어든 상태였다. 흡사 돼지의 귀처럼 생긴 두꺼운 장간막 부위의 위치를 확인하고 절개 부위 쪽으로 당겨놓은 다음, 수술 부위의 마감 봉합을 시작했다. 봉합선에 그것을 고정시키는 것은 앞으로 일어날지도 모를 전위를 막기 위해 기관을 제자리에 붙들어둔다는 의미가 있었다.

의외로 나머지 수술 뒷마무리는 아주 간단했다. 당연한 얘기겠지만 만약에 내가 복부의 내용물로 흠뻑 젖지도 않고 게다가 날씨도 춥지 않았더라면 수술은 좀더 빨리 끝날 수 있었을 터였다. 절개 부위는 마무리가 잘 됐고 복강의 오염도 최소한으로 유지할 수 있었다.

농장을 출발하기 전에 소에게 10갤런의 전해질 액을 주입했다. 댄은 녀석이 강한 소라는 것과 잘 호전되리라는 것을 확신했다. 나도 그의 생각이 맞길 바랐다.

“이제 하늘에 맞겨야겠네요, 데이브 선생님,” 사무실에 들어오자 도리스가 말했다, “정말 온몸이 엉망이군요! 빨리 가서 씻어야겠어요. 레이놀즈 부인이 곧 올 거예요.”

나는 수술상자와 더러워진 작업복을 안쪽 방의 카운터에 올려놓았다. 수술도구와 더러운 빨랫감을 보더니 도리스가 놀라서 눈알을 굴리며 머리를 마구 흔들었다. 그녀는 넌더리난다는 표정으로 팔을 걷어붙이더니 수술 가운을 잡아채갔다.

“어쩌다가 이렇게 오물을 묻히고 온 거죠? 외양간 바닥에서 한바탕 뒹굴기라도 한 건가요?”

대답을 하려고 입을 열었다가 미소를 짓고 나서 몸을 좀 씻고 옷을 갈아입으려고 위층으로 올라갔다. 깊고 오래된 욕조를 갈망하듯 바라보았다. 따듯한 물이 욕조에서 흘러넘치도록 그 속으로 뛰어 들어가서 코만 내놓고 물 속에 푹 잠기고 싶었다.

옷을 벗었다. 몸통 윗부분이 202번 소의 피로 얼룩덜룩했다. 양 팔에도 피가 묻어 있었고 꽤 넓은 부위에 거름 덩어리들이 묻어 있었다. 수술 후반부의 절반 동안 거름더미에 무릎을 꿇고 있었더니 무릎에 희미하게 푸른 물이 들었다. 게다가 허벅지 위쪽에는 복막의 점액과 피가 섞인 물질이 묻어서 입고 있던 팬티에 멋들어지게 물들어 있었다.

욕조에서 무릎을 구부리고 몸에 물을 끼얹었다. 샤워를 하는 게 더 좋았을 테지만 이런 거품 목욕이 필요했다. 따듯한 물에 온몸이 찌릿했고 살갗에 소름이 돋았다. 비누를 듬뿍 묻혀 굳은 피딱지를 불리고 한 손 가득 뜨거운 물을 끼얹었다. 기분은 좋아졌지만 만족하기엔 뭔가 부족했다. 욕조에 향기로운 온수가 채워진 모습을 계속해서 머릿속에 그려보았다.

꽤나 깨끗이 씻고 나왔다고 생각했는데도 물기를 닦고 보니 수건 색깔은 그렇지 않았다. 나는 얼른 팬티와 바지를 주워 입었다.

냉장고 앞을 지나면서 문을 열어보니 어제 레스토랑에서 먹은 근사한 식사를 생각나게 만드는 재료들이 눈에 들어왔다. 상추는 시든 상태를 넘어 물컹물컹한 모양으로 변해가고 있었다. 상추가 담겨 있는 플라스틱 팩에만 손을 댄 채 조심스럽게 들어 쓰레기통에 버렸다. 치즈와 빵은 그나마 쓸 수 있을 것 같았다. 곰팡이가 약간 핀 정도였다. 미혼남인 내게 곰팡이를 다루는 것은 식은 죽 먹기와 다름없었다. 통밀 빵 두 쪽에서 녹색 포장지와 빵 테두리를 뜯어내고 부지런히 치즈에 난 곰팡이를 잘라내고 있는데 도리스가 아래층에서 불렀다. 레이놀즈 부인이 기지트를 데리고 와 있었고 램세이어 형제 중 한 명이 아픈 소에 대해 물어보려고 다시 돌아와 있었다. 오늘 오후에 그 형제가 혼자서 아니면 두 명이 동시에 병원에 들른 게 이번이 세 번째였다.

말라버린 치즈 샌드위치를 입 안에 채워 넣고 나서 양말을 신고 셔츠를 집어 들고 아래층으로 급히 내려갔다. 도리스가 레이놀즈 부인과 기지트에 대해 바삐 얘기하고 있어서 나는 간신히 샌드위치를 한 입 씹어 삼킬 수 있었고 나머지는 카운터에 올려놓았다. 그리고 재빠르게 램세이어 씨에게 갔다.

"선생님." 밥은 양말을 신은 나의 발을 뚫어져라 보고 있었다. "우리 소가 꽤 오랫동안 누워 있는 것 같아서요."

"그럼 먹이도 안 먹나요?"

"아니요, 조금씩 먹고 있어요." 밥이 내 오른발을 넋을 잃고 바라보았다. 커다란 발가락이 우스꽝스럽게 삐져나와 있었다. “다른 놈들은 먹이를 먹으러 나갔는데 이놈은 그냥 이리저리 돌아다니다가 배가 부른 것처럼 누워 있기도 하고 너무 피곤해서 먹는 걸 귀찮아 하는 것 같기도 하거든요.”

“미안하지만 제가 미처 신발 신을 시간이 없어서요.”

“무슨 말씀이신지?”

“신발을 아직 못 신었어요. 마을에서 수술하고 방금 돌아왔거든요.”

“미안해요, 선생님 신발이…… 그렇군요.”

“잠시 들러서 소의 체온을 재봐야 할 것 같군요, 밥. 만약에 39.5도가 넘게 되면 한번 살펴봐야 할 겁니다. 그렇지 않고 체온이 정상이라면 하루나 이틀 정도 더 지켜보면서 녀석의 행동을 관찰해봐야 하구요.”

“좋아요, 나중에 전화해서 어떻게 할지 알려드릴게요.” 그가 병원을 나가려고 몸을 돌리는데 싱긋 웃는 모습이 얼굴에 스쳤다. “그리고 선생님의 발가락에게도 행운을 빌어요!”

나는 신발을 신기 위해 안쪽 방으로 서둘러 뛰어 들어갔다. 레이놀즈 부인이 내가 양말만 신은 모습으로 급히 지나가는 것을 봤고 그녀도 우스꽝스러운 내 발가락을 보았는지 궁금했다. 그녀는 밴쿠버에서 최근에 이사를 왔고 아직도 이곳의 시골 생활에 잘 적응하지 못한 것 같아 보였다. 그녀는 외출할 때마다 반드시 옷을 갖춰입고 나섰다. 그녀는 얼마 전에 미망인이 되어서 친구처럼 지낼 기지트라는 애완견을 구입했다. 그녀와 도리스는 같은 미용실에 다니는 사이여서 나를 기다리는 동안에도 미용사 톰이 최근에 한 재밌는 행동에 대해 얘기를 나누고 있었다.

비록 기지트가 단 하루도 아픈 날이 없을 정도로 건강한 녀석이었지만, 이런저런 이유로 녀석을 병원에서 계속 보게 되었다. 애완용 푸들이라서 그런지 녀석은 다루기가 재미났고 자신의 양엄마보다 훨씬 더 삶에 대해 현실적이었다.

나는 안쪽 방으로 들어가 거울을 비춰보고 옷차림새가 적당하다고 생각했다. 신발을 신고 진찰 가운의 단추를 단정하게 채우고 진찰실로 들어갔다.

"만일 누구든지 톰이 내게 말하는 것처럼 똑같이 말해준다면," 도리스가 말하는 중이었다. "아마 날 되돌릴 수 있는 길은 없을 거예요." 사실 두 여자가 격주로 미용실에 가는 약속을 하는 것은 톰의 매력적인 태도를 보기 위해서였다.

"페린 선생님." 레이놀즈 부인이 도리스를 보고 미소를 짓더니 나를 돌아봤다. "기지트가 딸꾹질을 해서 골치예요. 오늘 아침 그것 때문에 거의 미칠 지경이었답니다."

"다른 데는 이상이 없나요, 레이놀즈 부인?" 나는 말끔하게 몸치장을 한 작은 개를 어루만져주기 위해 몸을 굽혔다. 녀석이 내게 인사를 하려고 가만히 다가와서 복슬복슬한 꼬리를 마구 흔들어댔다.

"아, 네, 다른 데는 다 괜찮아요."

기지트가 내게 반가움을 표시하려고 달려들어서 가슴께로 옮겨 안았다. 레이놀즈 부인의 얼굴에 나타난 표정을 처음으로 눈치 챈 것이 바로 그때였다. 처음에, 나는 기지트에 대한 관심 때문이라고 여겼다. 그게 아니었다면 뭐가 더 있는 거지?

기지트가 내 얼굴을 핥고 있는 동안 여기저기 살펴보았다. 녀석의 머리 가운데에 양쪽으로 완벽한 균형을 맞추어 분홍색 리본이 달려 있는 모습을 보고 빙그레 웃음이 나왔다. 개의 표정은 밝아 보였고 난 아직 딸꾹질과 비슷한 어떤 증세도 찾아내지 못했다. 아주 정상적으로 보였다.

입을 열어 안을 들여다보고 손가락 끝으로 혀를 아래로 눌러보았다. 편도선도 정상으로 보였고 이상한 점을 전혀 발견할 수 없었다. 레이놀즈 부인에게 뭘 좀 물어보려고 하는데 또다시 그녀의 얼굴에서 아까와 같은 표정을 보았다. 그녀의 불길한 표정에 마음이 산란해져서 나는 그만 뭘 물어야 할지를 까맣게 잊어버리고 말았다.

말문이 막혔다. 도리스를 흘끔 쳐다보았다. 레이놀즈 부인의 뒤에 서 있는 유리한 위치에서 도리스가 곁눈질을 해가면서 팔을 들어 올리는 것이었다. 그리고 나서 다시, 대충 그녀의 팔뚝을 가리키고는 눈동자를 굴리는 과정을 되풀이하는 것이었다. 나는 천천히 기지트를 바닥에 내려놓고 팔을 올려서 뭐가 묻었는지 돌려보았다.

내 겨드랑이 밑에는 마치 뭔가 극적인 효과를 내려고 칠한 것 같은 '욕조의 최고 수위를 나타내는 표시'인 응고된 피가 묻어 있었다. 나는 당황스럽게 레이놀즈 부인과 도리스를 차례대로 쳐다보고 나서 기지트를 돌아보았다.

"오 이런, 기지트, 이것 좀 봐! 아까 마지막으로 치료한 소한테서 이렇게나 많이 묻혀오려고 했던 건 아닌데 말이야!"

내가 씻으려고 다시 들어가 있는 동안, 도리스는 레이놀즈 부인에게 오늘 내가 얼마나 정신없었으며 가엾은 페린 선생이 작은 동물과 큰 동물 치료를 요술 부리듯 하기 위해 얼마나 힘들었는지에 대해 장황하게 설명을 해주었다.

나머지 오후 시간이 무감각하게 지나가버렸다. 우리가 마지막 수술을 완전히 끝내고 개가 회복되기를 기다리고 있던 때쯤이 8시가 거의 다 된 시간이었다.

"중국음식 먹는 게 어때요, 도리스?" 개의 가슴팍이 아래로 가게 돌려놓았더니 일어서려고 힘없이 움쩍거렸다. "점심으로 슬쩍 갔다 먹은 거라고는 곰팡이가 핀 치즈 샌드위치 한 조각이었는데 그나마도 그 나머지는 아직도 카운터에 있다구요."

우리가 외투를 걸쳐 입자 전화벨이 울렸다. 도리스가 실망스럽게 머리를 저었다. 그녀는 어쩔 수 없다는 듯이 어깨를 으쓱하고 나서 전화를 받았다.

"네, 그런데요." 그녀의 대답이었다. "네, 굉장히 바쁜 날이었어요."

이것이 어쩔 수 없는 사회적 요구라고 믿도록 나 자신을 달래고 있는데 도리스가 돌아보며 시무룩한 표정을 지었다. "지넷 에번스 전화예요. 소가 새끼를 낳는 데 무슨 문제가 있는 것 같은데요. 밥 로저스가 도와주러 왔는데도 아직 새끼를 받지 못했다는데요."

도리스 쪽으로 몇 발짝 다가서서 나는 모든 걸 단념했다. "몇 분 안에 출발할 거라고 말해주세요." 윌리 에번스는 평생을 목장에서 보낸 경험이 풍부하고 철저한 사람이었다. 그는 새끼 낳는 것을 도와주고 농장 일을 돌봐주는 밥 로저스와 몇 년 동안 같이 일을 해왔다. 만약에 그와 밥이 이 송아지를 어미 뱃속에서 나오게 할 수 없다면 분명 문제가 생긴 게 틀림없었다.

"큰 동물 수술도구를 살균해놓았어요, 도리스?" 오늘밤 또 다른 수술을 할 생각에 나는 진저리가 났다.

"아니요, 씻어서 잘 두긴 했는데 소독할 시간이 없었어요. 소독이라면 다른 도구 팩들도 역시나 준비가 안 됐구요."

오후 내내 날씨가 아주 끔찍했고 도로는 진눈깨비같이 녹은 눈이 몇 인치나 쌓여 있었다. 운전하기에 지독한 조건이었다! 속도를 낼 수가 없었다. 크레스턴 방면으로 가는 페리 선착장을 지나는데 반대편 차선에 가던 여행용 차량이 내 차의 바람막이 유리 위로 진눈깨비 같은 물을 확 튕기며 물보라를 일으켰다. 나는 와이퍼를 작동시키고서 웨스트 크레스턴 언덕 쪽을 향해 차를 몰았다. 산을 오르는 도로가 미끄러웠지만, 그다지 어렵지 않게 월리 집으로 가는 길에 들어섰다. 앞마당에 차를 세워두고 집에서 나오는 지넷을 만났다.

그녀를 따라서 물막이 판자 건물로 들어서니 밥과 월리가 커다란 홀스타인 종 암소와 씨름하고 있는 중이었다. 소의 몸집을 보니 안심이 되었다. 또 수술을 할지도 모른다는 생각에 걱정을 하고 있었는데, 암소의 몸집이 꽤 커서 문제없이 송아지를 꺼낼 수 있다는 확신이 들었다.

"송아지 다리를 잡을 수 없을 것 같소, 데이브." 밥이 괴로운 듯 말했다. "공간이 넉넉한 것 같은데도 꼬리밖에 나오지 않았소. 게다가 뒷다리를 똑바로 펴려고 손을 넣는데 닿지가 않는단 말이오. 아무래도 선생의 긴 팔이 필요할 것 같소."

"당신 말이 맞길 바랍니다. 송아지는 아직 살아 있습니까?"

"그렇소, 분명히 살아 있다고 확신할 수 있소." 월리의 대답이었다. "이 녀석 자궁에 손을 넣었을 때 움직임을 느꼈으니까."

나는 팔을 걷어 올리고 수술하기 위한 소제로 팔에 비누거품을 칠했다. 질 입구를 닦아내고 나서 질 안으로 팔을 밀어 넣었다. 골반에 여유 공간이 많이 있어서 다리만 한번 똑바로 펴주면 새끼를 꺼낼 수 있을 것 같았다. 손을 앞으로 빼서 송아지의 꼬리와 직장을 만져보았다. 밥의 말이 맞았다. 진짜 송아지의 엉덩이였다.

요령은 송아지의 한쪽 발까지 손이 닿도록 하는 것이었다. 무릎 관절을 굽힌 후에 발을 뒤쪽으로 가져와서 질 밖으로 빼낼 수 있었다. 나는 37인치 두께의 팔을 가지고 있어서 수의 산파술에 아주 적합한 신체 조건을 갖추고 있었다. 난산을 바로잡는 데 팔이 닿지 않는 경우는 그리 많지 않았다. 송아지의 무릎 관절에서부터 아래쪽으로 다리를 따라갔는데 심각한 문제가 있다는 것을 알게 되었다. 송아지 복벽의 안쪽이 손에 닿았는데 더 아래쪽에 내 손가락 사이로 창자의 일부분이 만져졌다. 천천히 손을 밖으로 끄집어냈다. 두 남자는 내 표정을 보고 문제가 있다는 것을 알아차렸다.

"손이 안 닿소?" 윌리가 걱정스런 표정으로 말했다.

"그것 때문이 아닙니다. 문제는 자궁벽이 찢어져서 벌어져 있다는 겁니다. 자궁 안으로 들어가서 거기를 봉합해놓지 않으면 희망을 갖기가 어렵습니다."

윌리와 밥은 서로를 바라보더니 둘 다 아무런 말도 없었다. 결국 윌리는 소를 한번 흘긋 보더니 한숨을 지었다.

"저렇게 몸집이 좋은 녀석인데." 그는 암소와 밥을 번갈아 보고 나서 다시 암소에게로 눈을 돌렸다. "이 소는 제일 붙들기도 쉬운 녀석이오. 어디서든 겁 없이 가까이 다가갈 수 있다오."

"만약 선생이 수술을 하면 이 녀석은 어떻게 되는 거요?" 밥이 물었다.

"자궁 안이 어떤 상태냐에 따라 다릅니다." 되도록이면 내 추측에 여지를 두려고 했다. 확신과는 좀 거리를 둔 표현이었다!

"그럼 수술하도록 합시다!" 윌리가 결연한 표정으로 말했다. "녀석에게 기회를 주고 싶소."

"두 분은 소를 다룰 때 얼마나 손을 잘 씻으시나요?"

"글쎄……," 윌리가 주저하며 말했다. "녀석을 살펴보기 전 맨 처음에 한 번 비누로 닦는다오. 그리고 밥은 선생에게서 사온 갈색 비누를 여기 가져와서 닦소이다. 우린 아주 조심하고 있다오."

"지금 바로 소에게 항생제를 줄 겁니다. 그 찢어진 부위로 세균이 바로 들어와서 복강으로 침투할 수도 있거든요."

나는 차로 가서 주사기 가득 항생제인 클로람페니콜을 채웠다. 암소의 엉덩이를 손등으로 여러 번 때리고 나서 주삿바늘을 근육에 급히 찔러 넣고 시럽 같은 투명한 액체를 주입했다.

"혹시 압력솥이 있나요, 윌리?" 소의 엉덩이에서 주삿바늘을 빼내고 있는 내게 그가 궁금한 표정을 지어보였다.

"수술도구들이 제대로 소독되지 않았거든요. 죄송합니다. 평상시에는 바로 쓸 수 있도록 준비가 되지만 오늘은 하루 종일 수술을 해대는 바람에 제가 여기 오기 전에 도리스가 소독할 시간이 없었습니다."

"아내가 통조림 만들 때 쓰는 게 하나 있소이다만."

"그것도 괜찮을 것 같은데요. 30분에서 45분 정도만 김을 쐴 수 있는 온도면 됩니다."

월리가 수술도구를 집 안으로 가지고 갔고 그의 아내 지넷은 압력솥에 불을 켰다. 수술 부위의 털을 모두 제거하고 국부마취를 위해 신경차단을 마쳤을 때 그가 샌드위치와 뜨거운 커피 주전자를 가지고 돌아왔다.

"와, 정말 너무 적절한 타이밍이군요" 나는 음식을 향해 굶주린 눈길을 보냈다. "점심 먹은 지 꽤 오래됐거든요!"

샌드위치를 모조리 먹어치우고 마지막 남은 커피를 마셔버렸을 때 지넷이 수술도구 꾸러미를 들고 왔다. 아직도 김이 나고 있어서 커다란 수건으로 그것들을 감싸쥐고 와야 했다.

"솥에서 꺼냈는데도 뜨거워요. 그러니 데지 않도록 조심하세요." 그녀가 주의를 주었다.

처음부터 난 이 수술이 평상시와는 다른 수술이 될 거라는 걸 알 수 있었다. 소의 자궁은 하나의 본체와 뿔 모양의 두 가지로 되어 있다. 태아가 성장해가면서 일반적으로 그 두 개 가운데 한쪽을 차지하게 되어 있다. 제왕절개를 할 때 나는 늘 그 뿔 모양의 끝 쪽으로 절개를 해 들어가려고 했다. 그렇게 하면 절개 부분을 통해 자궁이 드러나도록 할 수 있고 수술을 쉽게 진행할 수 있기 때문이다. 하지만 이 소는 자궁의 찢어진 부위가 골반 뒤쪽까지 확장되어 있어서 아무것도 분간할 수가 없었다. 수술의 모든 과정이 단지 손의 감각으로만 진행될 수 밖에 없는 상황이었다.

나는 수술도구들을 잘 펼쳐두고 약품들을 소 옆에 있는 짚풀더미 위에 올려놓은 뒤에, 만족스러울 때까지 수술 부위를 닦아댔다. 그러고 나서 마지막으로 내 팔을 소제하고 있는데 월리가 더 이상 기다릴 수 없었던 모양이다.

"적당히 하시오, 선생! 만약에 그렇게 계속 염려스러워서 씻고만 있으면 살가죽을 이식해야 할지도 모르겠수다!"

"그 정도로 위험할 것 같지는 않은데요, 윌리. 제가 송아지를 꺼낼 때 도움이 필요할지 모르니 당신도 좀 씻어두는 게 어때요?"

그가 겉옷의 소매를 손목까지 걷어 올리더니 비누를 얻으려고 밥에게 손을 뻗었다.

"그보다 좀더 걷어 올려야 될 겁니다! 겉으로 늘어진 옷들도 다 집어넣어야 될 거구요. 이미 감염이 된 이 불쌍한 녀석에게 더 이상 감염의 원인을 제공할 수는 없으니까요."

윌리는 한번 주춤하더니 겉옷을 벗고 소매가 짧은 속옷이 드러나도록 했다. 그가 소제를 시작하자 나는 수술을 진행해나갔다. 왼쪽 옆구리 부위에서 최대한 뒤쪽으로 멀리 절개를 하면서 피부층과 그 아래에 위치한 근육조직을 잘라 들어갔다. 바로 복막층을 집어 올려서 찔러 구멍을 만들고 가위를 집으려고 몸을 돌렸다. 윌리가 자신의 엉덩이에 손을 얹고 서서 그의 눈앞에 펼쳐지고 있는 수술을 바라보고 있었다.

"윌리! 몸을 깨끗이 소제해서 제가 도움이 필요할 때 도와주기로 되어 있었던 것 같은데요."

"자, 준비됐소이다만!" 거만한 표정이었다. "도대체 몇 번씩이나 씻어야 하는 거요?"

"몇 번이나 씻었느냐가 중요한 게 아닙니다. 적어도 손이 마지막으로 있었던 곳만큼은 깨끗해야 하는데 이번엔 당신 손이 엉덩이 위에 올라가 있군요."

"아, 그런가." 그는 비누를 더 칠하려고 손을 쭉 뻗었다.

윌리가 다시 한 번 몸을 닦아낼 즈음, 나는 상처의 범위를 확실히 알아보기 위해 자궁을 살피고 있었다.

"생각했던 것보다 상태가 좋지 않군요!" 찢어진 부위를 따라 골반까지 가보았다.

"상처 부위가 제 손이 닿을 수 있는 곳에서 뒤쪽으로 멀리 나 있는데다 골반강 안의 지방 부위로 사라져버리는데요."

손이 복부 쪽으로 미치자 자궁 왼쪽 가지의 끝 쪽에서 송아지의 머리와 앞발이 보였다. 그것들을 위쪽으로 잡아 올려서 가능한 한 절개 부분 가까이로 옮겨놓았다. 그러고 나서 외과용 메스를 손에 쥐고 자궁벽을 잘랐다.

윌리가 걱정스런 표정으로 바라보고 있었다. "아까 소의 자궁 안이 이미 찢어져 있다고 하지 않았소? 벌써 큰 구멍이 나 있는데 뭐 하러 다른 구멍을 또 만드는 거요?"

"만약 그 찢어진 쪽으로 들어가서 송아지를 꺼내려면 자궁을 더 위쪽까지 완전히 찢어야 할 겁니다. 그것보다는 차라리 봉합하기가 쉬운 다른 쪽을 한 곳 더 절개해서 거기에서 송아지를 꺼내는 게 나을 것 같군요."

윌리가 송아지의 탄생을 도우려고 흥분해서 내 팔꿈치 쪽에 서 있었다. 그는 가슴 높이로 양손을 꼭 쥐고서 내가 솜씨 좋게 자궁벽을 넘어 송아지의 한쪽 발을 꺼내고 또 나머지 한쪽 발을 마저 꺼내는 것을 지켜보았다. 두 발을 왼손으로 잡고, 절개 부위로 송아지의 코가 잘 따라 나올 수 있도록 오른손을 뻗어 길을 내주었다. 모든 것이 순서에 맞게 잘 돼가고 있었다.

"제가 필요할 때 도와주실 준비가 됐나요, 윌리? 만일의 경우를 생각해서 새끼를 꺼내는 데 쓰는 분만 체인을 살균액에서 건져놓았으면 하는데요."

체인이 오염되지 않도록 주의를 주기도 전에 그는 그것들을 양동이에서 꺼내놓고 바지에 손을 닦았다. 그 모습을 보자 밥이 큭큭거렸고, 나는 도움 없이 할 수 있는 최대한의 노력을 기울여서 송아지를 꺼내고 있었다.

"아직 체인을 쓸 준비가 안 됐소이까?" 윌리가 들뜬 목소리로 물었다.

"그 체인이 없이 해내야만 할 것 같은데요." 나는 자궁의 절개 부분을 다시 2인치 정도 더 넓히고 송아지의 다리를 잡아당겼다. 다리가 더 보였고, 그 다음 코가 보이더니 이마, 그리고 귀가 나타났다.

"보시오! 새끼가 살아 있소!" 송아지가 깜빡 하고 눈을 뜨자 윌리는 거의 무아지경이 되었다. 검은색과 흰색이 얼룩진 송아지를 조금씩 자궁 밖으로 끌어냈다. 일단 어깨 부분이 빠져나오자 모든 걸림돌이 해결됐고 송아지는 자궁에서부터 쑥 미끄러져서 윌리의 발치께로 나왔다.

"이 녀석은 이제 당신 겁니다." 나는 외양간 바닥에 송아지를 편하게 있도록 두었다.

밥이 내게 절개 부위를 닫는 데 쓸 멸균된 봉합실을 건네주는 동안, 윌리는 송아지를 닦아주느라 정신이 없었다. 상처 부위를 한 겹의 봉합실로 재빨리 닫고 나서 그 부위를 따라 두 번째 봉합을 해놓아서 자궁벽이 자궁 위쪽으로 접혀 덮이도록 하고 밖으로 노출되지 않도록 했다. 그리고 자궁의 뿔 모양으로 생긴 가지 부분을 잡아당겨 살짝 방향을 틀어서 자궁과 경부의 상처 부위 모양을 바로잡아놓았다.

자궁의 찢어진 상처 부위는 복부의 절개 부위 높이에서 시작해서 시야가 따라갈 수 있는 먼 곳까지 나 있다가 뱃속으로 사라졌다. "한번 보세요, 밥."

"엄청나게 찢어졌구만." 밥이 머리를 절레절레 흔들었다. "대체 어떻게 저 반대쪽 끝부분까지 계속해서 꿰매나가겠다는 거요? 저렇게 멀리까지 손이 닿기나 하는 거요?"

"상당한 모험이 될 겁니다. 이 일을 다 마치기 전에 아마 제 손가락에 바늘구멍이 날지도 모르겠군요."

나는 첫 번째 매듭을 묶고 나서 상처 부위를 서로 같이 잡아당기는 지루한 작업에 들어갔다. 처음 6인치 정도까지는 수월하게 됐지만, 자궁을 뒤로 잡아당겨서 상처 부위를 나란히 붙잡고, 봉합하는 일련의 작업은 곧바로 성가신 일로 변해버렸다.

"여기 이 부분에서 도움이 좀 필요할 것 같은데요. 둘 중에 한 사람이 제가 봉합하는 동안 자궁을 잡고 있어야 하겠는데요."

"내가 한번 해보겠소." 윌리가 송아지를 옆쪽으로 옮겨놓고 수건으로 덮어주었다. 그는 수술용 세제 몇 방울을 대충 칠하더니 양손을 마구 닦아내고 나서 마치 자궁을 손으로 잡을 것처럼 다가섰다.

"잠깐만요, 윌리! 만약 도와줄 생각이 있다면 좀더 여러 번 씻고 와야 할 겁니다."

"무슨 말이요? 난 깨끗이 씻었다구! 이 손 좀 한번 보슈. 만약에 여기서 더 씻는다면 손이 다 녹아서 없어지고 말 거요."

"양동이 있는 곳으로 다시 가세요, 윌리! 적어도 서너 번은 더 문지르고 와야 합니다."

윌리는 손과 팔에 비누 거품을 내는 동안 계속해서 투덜거렸다. 그일이 다 끝나자, 시무룩해진 표정으로 와서 자궁을 잡아주었다.

"제가 봉합하는 동안 천천히 단단하게 소의 머리 방향으로 잡아당기고 있으면 됩니다."

자궁을 당겨주니까 처음과 상당한 차이가 나타났고 손쉽게 다음 부분을 봉합할 수 있게 되었다. 시간은 계속해서 흘러갔고, 다음 봉합 자리를 손의 감각으로 찾아 들어가서 상처 부위를 통과해 바늘을 찔러 넣었다.

찢어진 나머지 부위와 씨름하는 동안 밥이 윌리와 임무를 교대했다. 수술이 꽤 진행되어감에 따라 적당한 위치를 찾아 봉합하는 것이 점점 더 힘이 들었다. 찢어진 상처의 반대쪽에 바늘을 찔러 넣을 때마다 내 손가락 끝이 바늘에 찔렸다. 손은 껍질이 벗겨져 쓰라렸고 상처에서 피가 흘러나오고 있었다. 밥과 윌리는 이 괴로운 체험이 언제 끝날지 조바심이 난 것 같았다. 내가 다시 안으로 손을 집어넣을 때마다 두 사람의 얼굴에는 실망의 빛이 역력했다.

윌리는 힘겨운 수술 과정이 진행되는 동안 몇 번이나 움죽거리며 몸을 비틀어댔다. 그는 몰래 나를 슬쩍 보더니 여전히 풀이 죽어서 연신 온몸을 긁어대는 것이었다. 그때마다 그는 착실하게도 손을 씻으러 갔다. 더 이상 그의 도움이 필요하지 않을 때쯤이 되자 그는 앞으로 다시는 손을 씻지 않겠다고 맹세했다.

손을 아무리 멀리 뻗고 또 아무리 이 작업을 끝내려고 열심히 노력해도 모두 흡족하지 않았다! 그렇다고 만약 이대로 남겨두면 봉합선 사이로 수분이 스며들어 복강 안으로 들어와서 이 소는 복막염으로 죽게 될 게 거의 확실했다. 나는 소의 질을 통해서 상처의 나머지 부분을 봉합할 수 있기를 바라면서 황급히 복부를 닫았다. 만약 그렇게 되지 않는다면 지금까지의 모든 노력은 헛수고로 돌아갈 터였다. 내가 소의 복부를 봉합해 닫는 동안 밥과 윌리는 겉옷을 다시 입고 조용히 지켜보았다. 두 사람은 지난 세 시간 동안의 악전고투를 같이했기 때문에 내가 이 결과에 대해 기뻐하지 않고 있다는 것을 알고 있었다.

마지막 부위를 봉합할 때쯤 상당히 춥고 힘든 상황이 되었다. 마지막 봉합은 내가 늘 기쁜 마음으로 기다리는 순간이었다. 마지막 남은 한 바늘만 꿰매면 끝이었다! 이제 옷을 입고 몸을 따뜻하게 할 시간이 된 것이었다. 수술도구들을 상자에 집어 던져 놔서 도리스를 귀찮게 만들 시간 말이다. 하지만 오늘은 그런 마무리의 느낌이 달아나버렸다. 이번 수술이 영원히 끝나지 않을 것 같은 기분이 들었다.

암소의 질이라는 제한된 공간에서 봉합에 전력을 다하느라 그 다음 시간은 느리게 흘러갔다. 셀 수 없을 정도로 내 손가락 살 속에 바늘 끝이 파묻혀 있는 장면을 목격했다. 일을 중지했을 무렵에는 너무 피곤해서 자궁 안으로 찔러 넣을 수 있을 만큼 바늘을 꽉 쥐기조차도 어려웠다.

"이제 그만하고 닫아야 할 것 같습니다." 나는 한숨을 쉬고 나서 수술도구들을 모두 던져놓았다.

이번 수술과정은 만족스럽지 못한 가운데 끝을 맺게 되었다. 수의학에 입문하기 전만 해도 목숨을 살릴 수도 있고 잃게 할 수도 있는 초를 다투는 극적인 전투 같은 대담한 수술을 생각했다. 그리고 실제로 수의학에서는 그런 수술도 존재했다. 때로는 살아 있는 동물의 목숨을 잃게도 하지만 그것은 영광을 성취하기 위해 필연적인 부분이었다. 이번 수술을 돌이켜 보니, 그런 대담한 수술 사례의 특징을 다 가지고 있다는 생각이 들었다. 우리는 분명히 소가 죽게 될 수도 있는 상황에서 수술을 시작했지만 결국 건강하게 자라고 새끼도 잘 낳을 수 있는 한 마리의 송아지를 탄생시켰다.

나중에 나는 이날의 수술에 대해 여유롭게 평가를 내릴 수 있게 되었다. 고객들의 치료 케이스는 대부분 힘든 일이었고 내 컨디션이 좋을 때를 골라서 한다는 것도 좀처럼 쉬운 일은 아니었다. 그날 소를 수술할 때, 좀더 슬렁슬렁 먹을 것도 먹어가며 시간을 보낼 수도 있었지만, 난 여전히 그날의 수술이 만족스럽지 않았다.

마침내 병원에 돌아왔을 때, 대기실의 시계를 슬쩍 보았더니 새벽 3시 15분 전이었다. 말할 것도 없이 내 뱃가죽은 이미 등에 붙어버린 지 오래였다! 수술도구 상자를 카운터에 던지듯 내려놓고 가스난로를 뒤로한 채 바닥에 몸을 내던졌다. 그러고 나서 난로의 온도조절 장치를 올렸다. 난로에 불이 붙으면서 '훅' 하고 작은 소리가 났다. 몇 초도 안 지나서 팬이 돌기 시작했고 나는 따뜻한 공기 속에 온몸을 내맡겼다.

몸에 온기가 돌고 일도 다 끝마쳤다는 생각에 마음이 흡족했다. 내가 오기를 조바심 내며 기다리는 사람도 없었다. 숨쉬는 것에 집중하면서 내 배가 천천히 부풀었다가 꺼지는 모습을 물끄러미 바라보았다.

뱃속에서 꼬르륵 하는 소리가 들려왔다. 난 넋이 나간 채로 오늘 저녁에 먹으려다 놓쳐버린 근사한 중국요리를 떠올렸다. 김이 모락모락 나는 쌀밥 한 공기에 아몬드 소스를 바른 닭요리, 그리고 새콤달콤한 돼지갈비까지. 도리스가 오늘 저녁 혼자서라도 매씨의 레스토랑에 갔는지 문득 궁금해졌다.

만약 그랬다면 아직 샌드위치는 카운터에 그대로 있겠지! 연구실에 들어가보았더니 다행히도 거기 남아 있었다. 한 입 베어 물자 입 안에 침이 돌았다. 천국에 있는 듯한 행복한 순간이었다! 잠자리에 들기 전에 먹는 치즈 샌드위치만 한 게 세상에 또 있을까.

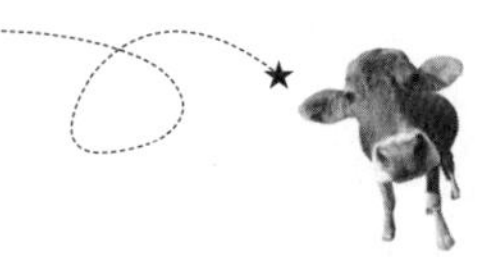

새 차
뽑던 날

처음 갖게 된 새 차다! 나는 차 열쇠를 손에 쥐고 폭스바겐 자동차 판매소에서 걸어 나오면서 내 선택에 대한 감탄을 멈췄다. 차에는 하늘색 페인트가 칠해진 스테이션 왜건(접거나 뗄 수 있는 좌석이 있고 뒷문으로 짐을 실을 수 있는 자동차)이 장착되도록 주문을 넣어두었다. 이 차는 자리에 앉을 때 머리를 숙이지 않고 몸을 똑바로 할 수 있는 충분한 공간이 나오는 몇 안 되는 차 가운데 하나였다. 겉보기가 좋아서라기보다는 수술에 필요한 장비들을 옮기는 데 필요한 공간이 넉넉해서 내게 적절한 차 같았다.

저녁 내내 비가 내렸는데 아침이 되자 거의 그쳐갔고 눈이 내리기 시작했다. 굉장히 질척거리는 진눈깨비였다. 자동차의 지붕과 보닛에는 벌써 얇게 눈이 덮여 있었다.

차가 서 있는 쪽으로 걸어가서 문을 열었다. 머리를 먼저 넣고 열려 있는 공간을 통해 솜씨 좋게 몸을 넣은 다음 자리에 앉았다. 깊게 숨을 들이쉬면서 차에서 나는 냄새를 음미해보았다. 만족스런 느낌의 새 차 고유의 특별한 냄새였다.

차에 시동을 걸고 마을로 향하는 도로로 방향을 돌렸다. 수술도구들을 이 차에 옮겨 실으려면 서둘러야 했다. 후드 목장과의 약속이 1시로 잡혀 있었는데 벌써 시간은 지나 있었다.

병원 뒤쪽 공터에 새 차를 몰고 들어가서 내 오래된 차 옆에 세워두었다. 마치 내가 낡은 차를 내버리려는 반역자가 된 기분이 들었다. 이 차는 6년 동안이나 믿음직한 서비스를 해주었고 그래서 난 차의 작은 특징까지도 모두 알고 있었다. 항상 나는 이 친구를 새 것으로 교체할 것 같은 가능성을 엿보였건만 나를 한 번도 곤경에 빠뜨린 적은 없는 차였다. 마음에 애잔한 향수를 가지고 나는 약품과 도구들을 낡은 차에서 내려놓았다. 뒷좌석의 팔걸이에 누워 있는 테디 베어를 보자 새스커툰의 병원에서 외로운 크리스마스를 보내던 때가 생각났다. 동료들이 내게 같이 있어줄 테디 베어를 가져다주었던 기억이었다. 이 녀석을 가져갈 수는 없었다. 어쨌든 지금은 아니다.

목장에 차를 세우자, 소 떼가 하릴없이 시끄럽게 울타리 주변을 떼 지어 빙빙 돌고 있었다. 뎀프시 후드는 벌써 소들이 가득 들어 찬 이동 통로로 이어지는 좁은 길을 만들어두고 있었고, 내가 마당에 들어서자 그를 돕고 있는 사람들에게 신호를 보냈다. 그러자 그들은 팔을 흔들어서 소들을 열두 마리씩 계류장 안에 몰아넣었다. 매섭게 생긴 외모에 회색 머리를 한 남자가 우리 문을 쓱 닫더니 문이 안전하게 고정되도록 볼트가 제자리에 들어갈 때까지 몸으로 문을 밀었다. 또 한 사람은 첫 번째 사람보다 더 젊어 보였는데 우리 담장에 올라가서 맨 꼭대기 가로막대 위로 다리를 내놓고 흔들고 있었다.

나는 재빨리 항문 촉진용 장갑을 잡고서 라텍스 고무 안으로 팔을 집어넣었다. 장갑을 늘려서 손가락이 꽉 맞도록 하고 있는데 뎀프시가 내게 다가왔다. 그는 몽톡하고 탄탄한 체격의 남자였다. 이마 깊숙이에는 험상궂은 주름이 패어 있어서 아주 강렬한 인상을 풍기는 외모였다. "자, 우린 만반에 준비가 됐수다. 오늘 날씨가 이렇게 엉망이 될 줄 알았겠수. 어제는 그렇게 화창하더니만. 해서 오늘도 좋을 거라 기대했는데 말이오."

짧게 자른 그의 금발 머리가 비에 젖어 이마에 착 달라붙어 있었다. 얼굴에서는 물이 뚝뚝 떨어졌는데 외투 소매를 훔쳐 흐르는 물을 연신 닦아내고 있었다. 붉은색과 검은색의 체크무늬가 들어간 겉옷은 물에 흠뻑 젖은 데다 양 어깨 위에는 진눈깨비가 얇게 덮여 있었다.

나는 낮게 내려 걸린 구름과 엄청난 눈발을 올려다보고는 머리를 흔들었다. "쉽사리 그칠 기세는 아닌 것 같은데요."

"안됐지만 선생 말이 맞는 것 같구랴. 그는 하늘을 한번 올려다보고는 소들이 있는 곳으로 눈길을 돌렸다. "이 일이 끝나면 정말 기쁠 거요. 이 소들이 곧 보고 싶어지겠지만 여기 있는 멜이 내게 거절할 수 없는 가격을 제시하고 있다오. 그 사람은 4월까지 새끼를 낳을 수 있는 암소만 찾고 있다오. 그래서 만약 선생만 문제없다면 그걸 기준으로 소들을 골라내줬으면 하는데."

"전혀 문제 없겠는데요. 어서 서두르는 게 좋을 것 같군요." 나는 장갑 낀 손에 윤활제를 바르고 소들이 밀집해 있는 우리의 문을 열었다.

안으로 들어가 물기가 흥건하고 분뇨가 묻어 있는 소의 꼬리를 움켜잡았다. 손끝을 소의 직장으로 밀어 넣자 마자 녀석은 별안간 머리를 돌리더니 좌우로 도리깨질을 쳐서 오래된 철제 울타리를 들이받으며 괴로운 울음소리로 저항했다. 녀석의 골반 가장자리를 지나 결장 안으로 손을 힘껏 밀어 넣었더니 물 같은 분뇨가 몇 번이나 분출돼 나왔다.

"아마 많이 나올 거요." 뎀프시가 주의를 주었다. "풀을 엄청 먹어댔거든."

"알 만하군요." 풀 색깔이 도는 분뇨가 내 작업복에 흘러내려서 부츠의 발가락 부분 위로 떨어지자 나는 그만 넌덜머리가 나서 얼굴을 찡그리고 말았다. 첫 번째 소에게서였다. 독자들은 내가 이보다는 좀 더 오래 깨끗한 상태를 유지할 수 있었을 거라고 생각했겠지만 말이다! 아직도 여전히 내 팔 끝에서 춤을 추고 있는 덩치 큰 헤리퍼드 종의 소에게 다시 주의를 집중하고 나서, 나는 송아지를 찾기 위해 곧장 손을 앞쪽으로 넣어보았다.

"임신 중인데요." 손 아래서 잘 자란 새끼소가 까불거리고 있는 것이 느껴지자 나는 확신에 차서 말했다. 주머니에서 푸른색 크레용을 꺼내 축축이 젖어 있는 소의 오른쪽 엉덩이에 표시를 해두었다. 뎀프시가 녀석의 뒤쪽에 막대기를 꽂아놓고 나서 문을 열어 녀석을 풀어주었다. 소는 앞으로 돌진하더니 모퉁이 쪽으로 사라졌다.

내가 통로로 나오자 작고 검은색 몸에 허연 얼굴을 한 소가 입김을 품으며 앞으로 다가왔다. 아까 그 헤리퍼드 소를 따라가려고, 녀석은 소 떼들이 모여 있는 뒤쪽으로 돌진하더니 열려 있는 문 쪽으로 가려고 발버둥을 쳐대는 것이었다. 뎀프시가 재빨리 가장 위쪽의 문을 다

시 철커덕 닫아놓아 녀석의 진로를 막아버렸다. 소는 큰 소리로 울부
짖으며 앞으로 더 나가려고 저항을 했다. 소들의 이동통로 뒤편에 있
는 디딤판을 지나며 몸부림을 쳐대더니 자신의 몸 뒤쪽 허공으로 분뇨
를 뿜어댔다.

녀석의 침이 내 볼에 튀어서 나머지 한 손으로 닦아내야 했다. "선
생, 출발이 아주 좋수다 !" 뎀프시가 놀리듯 말했다. 나는 뒤로 물러서
서 소가 진정되기를 기다리고 난 다음, 녀석의 뒤쪽으로 걸어갔다.

멜이라는 사람이 뎀프시의 옆에 서려고 앞으로 슬슬 걸어나왔다. 그
는 무심한 듯 소를 쳐다보았다.

"썩 좋아 보이는 놈은 아니네요, 안 그렇습니까?"

"자세히 보지 않아서 그렇수." 뎀프시가 반박했다. "그래 보여도 얼
마 전에 600파운드나 나가는 송아지의 젖을 떼고 지금도 분명히 뱃속
에 새끼가 있을 거요. 내 장담할 수 있수다." 내가 소의 엉덩이에 푸른
선을 그리고 별 다른 코멘트 없이 녀석을 보내자 그는 만족스러운 듯
빙그레 미소를 지었다. 멜이 뭔가 할 말이 있는 것처럼 입을 열더니 마
음을 고쳐먹은 듯 있던 자리로 돌아갔다.

스물다섯 마리의 소가 이 과정을 거쳤고 그 소들 모두 그럴만한 조
건을 가지고 있었다. 멜과 그의 아들 댄은 이동통로를 소로 다 채워놓
고 소들이 일정한 간격으로 오도록 했다. 뎀프시가 맨 위쪽 문을 열어
서 새끼를 배고 있지 않은 소를 몇 마리 추려냈고 나는 소의 뒤쪽으로
가서 그 소들이 임신했는지 알아보았다.

멜이 늙은 헤리퍼드 소 한 마리를 이동통로로 내려오게 하느라 애를
먹고 있었다. 소는 더 앞쪽으로 나가지 않으려고, 네 다리를 모두 똑바

로 세우고는 뒤에 서 있는 다른 소를 뒤쪽으로 미는 것이었다.

"망할 놈에 늙은 소 같으니라구!" 그가 버럭 소리를 질렀다. 그는 이동통로의 난간으로 올라가서 막대기로 소를 마구 때렸다. 늙은 소는 눈을 감은 채로 고집스럽게 서서 도통 움직이려 들지 않았다. 멜은 난간 위에서 발을 뻗어 소의 등뼈를 자극하면서 움직여보도록 했다. 여전히 아무런 반응도 없었다. 뎀프시가 전기막대로 한번 충격을 주자, 소는 고집을 꺾고 비틀거리며 앞으로 걸어나왔다.

임신 유무를 확인하려고 녀석의 직장에 막 손을 넣었을 때, 멜이 발을 구르며 소리를 쳤다. "임신했건 안 했건 상관없어요! 난 이놈을 사지 않을 겁니다. 너무 늙었어요. 이놈은 빼버려요!"

뎀프시의 얼굴이 붉어졌다. 푸른 눈에는 불만이 묻어났지만 그는 아무 말도 하지 않았다. 내가 촉진을 끝내고 늙은 소의 엉덩이에 푸른 표시를 그려놓는 것을 가만히 지켜보고 있었다. 그가 서서 멜을 노려보는 순간 잠시 긴장이 흘렀다. 그리고 나서 우리 문을 열고 추려낸 소들 속으로 녀석을 몰아넣었다.

"댄! 소를 몇 마리 더 보내라. 수의사 선생이 기다리고 있잖니!" 멜은 뎀프시에게서 등을 돌려 그가 있던 자리로 돌아갔다. 댄이 아주 흥미롭게 둘 사이의 대결을 지켜보다가 히죽히죽 웃으며 하던 일을 다시 했다.

엄청난 양의 진눈깨비가 계속 내리고 있었다. 목장의 울타리 난간은 눈이 쌓여 미끄러웠다. 이동통로의 땅바닥은 진흙탕으로 변해서 내 작업복도 오물과 진흙으로 완전히 젖어버렸다. 소를 따라 경사진 길로 걸음을 옮기자 내 부츠는 진흙탕에 묻혀 아예 시야에서 사라져버렸고 발을 빼는 것만도 여간 힘든 일이 아니었다.

멜은 임신 중인 소 두 마리를 더 퇴짜 놨다. 한 마리는 지독한 눈병이 시작되는 소였고 다른 하나는 그냥 보기에 좋아 보이지 않았다. 뎀프시는 마지못해 멜의 요구를 따랐지만 그때마다 그의 얼굴은 점점 붉어졌다.

"나는 전화기가 있는 데로 가서 운송업자가 여기까지 제 시간에 올 수 있는지 알아보겠습니다." 멜은 그의 아들이 마지막 열두 마리의 소를 넣고 문을 닫는 것을 도와준 후에 큰 소리로 말했다. 우리는 차근차근 일을 진행해나갔다. 시간이 생각보다 꽤 많이 흘러갔고 마지막 20분이 남았을 무렵 남아 있는 소들을 보니 마침내 끝이 보인다는 생각이 들었다. 여섯 마리를 제외하고 모든 소의 검사를 끝냈을 때, 댄이 뎀프시에게 소리쳤다.

"이 얼굴에 얼룩이 진 소도 데려가지 않을 겁니다!"

뎀프시가 쿵쿵 소리를 내며 울타리로 가서 난간에 기어 올라갔다. 나는 헤리퍼드 암소의 검사를 마치고 진흙탕을 벗어나서 마른 땅으로 가려고 애를 쓰고 있었다. 그와 댄은 한참 논쟁 중이었는데 뎀프시의 안색을 보니 별로 좋아 보이지 않았다.

"그건 단지 오래전에 유행성 감기에 걸렸던 흔적이요, 정말이라구!" 뎀프시가 외쳤다.

댄은 머리를 저으면서 울타리의 맨 꼭대기 난간에 두 다리를 벌리고 섰다. 그는 머리에 카우보이 모자를 눌러 쓰고는 단호하게 말했다, "안 됩니다, 아버지가 저놈은 원하지 않을 겁니다."

댄이나 나 어느 누구도 그다음에 무슨 일이 일어날지 알지 못했다.

눈 깜작할 사이에 그는 건방진 얼굴을 하고 난간 위에 올라앉아 있었다. 그러고 나서 바로 뒤에 그는 공중을 날아가고 있었다. 그는 자기가 그렇게 단호하게 퇴짜를 놨던 바로 그 소의 발치에 판자쪼가리와 함께 나가 떨어져버렸다.

"이런 망할 놈에……." 그는 흥분해서 마구 지껄여댔다. 진흙 구덩이에 납작하게 큰 대자로 뻗은 채로, 그는 서서 자신을 내려다보고 있는 육중한 몸집의 — 얼굴은 벌겋고 힘줄은 툭 튀어나온 데다 주먹을 꽉 움켜진 — 남자를 한번 쓱 올려다보더니 이내 조용해졌다.

댄의 눈은 둥그런 접시만큼이나 커다래졌다. 처음엔 두 눈에서 화가 드러나더니 그 다음엔 좌절의 빛이 보였고 그런 다음엔 두려움이 보였다. 그는 꼼짝도 하지 않고 진흙 속에 그냥 누워 있었다.

"저기 마지막 남은 소들도 진행할까요, 뎀프시?" 내가 끼어들었다. "그냥 같이 해치우는 게 좋을 것 같은데요."

"물론이요." 그는 이렇게 말하고 그 젊은 남자를 건너 넘어가더니 우리 문을 열었다. 댄은 진창에서 빠져나오려고 몸부림을 쳐댔다. 울타리 난간을 잡고 몸을 일으키는데 그의 뺨엔 모멸감으로 인해 눈물이 흘러내리고 있었다.

"자! 어서!" 뎀프시는 잠시 가둬둔 우리의 저쪽 끝에 무리지어 있던 소들에게 소리쳤다. 소들은 문 쪽으로 우르르 몰려가더니 진흙에 반쯤 잠겨 있는 카우보이 모자를 꺼내려는 댄을 밀치고 가버렸다.

뎀프시와 나는 댄과 그의 아버지의 어떤 도움이나 방해도 받지 않고 나머지 소들의 검사를 모두 끝마칠 수 있었다. 그 소들은 모두 임신 중이었고 뎀프시는 그들 하나하나를 구매할 무리 속으로 보냈다.

그의 집으로 터벅터벅 걸어가는데 부츠에 진흙이 덕지덕지 붙어서 무거웠다. 나는 정원용 호스를 찾아서 물을 뿌려가며 달라붙은 진흙을 최대한 떼어냈다. 작업복을 벗고 마른 옷으로 갈아입고 나서 차 뒷자리에 젖은 옷가지를 던져놓았다. 안됐지만 이 차도 그리 오랫동안 새 차 냄새를 풍길 팔자는 아닌 것 같군!

뎀프시 목장을 나와서 웨스트 크레스턴으로 차를 몰았다. 우회로가 얼마 전에 개통된 상태였다. 웨스트 크레스턴으로 가는 페리 호가 더 이상 운행을 하지 않게 되었기 때문이다. 윌리 에번스가 오늘 아침에 병원에 들렀고, 나는 몇 주 전쯤 제왕절개를 했던 소의 실밥을 제거해주러 가겠다는 약속을 해놓았다. 윌리는 소의 회복이 빨라서 매우 기뻐하고 있었다.

새 차는 내가 쓰던 차보다 훨씬 힘이 좋았다. 나는 들뜨는 마음을 가라앉혀야 된다 생각하며 운전했다. 주도로를 벗어나자 진행속도가 엄청나게 느려졌다. 길 위에 쌓인 4인치나 되는 눈은 녹아 질척거렸고 차들도 미끄러워서 똑바로 가지 못했다. 나는 웨스트 크레스턴 해안까지 굽이치며 연결되어 있는 옆길로 방향을 틀었다. 내 차를 한번 시운전해보기에 이보다 더 완벽할 순 없는 날이었다! 나는 어떤 날씨에도 끄떡없는 차가 필요했다.

약간의 머뭇거림도 없이 속도를 확 높여서 비탈길을 올라갔다. 차의 모든 무게가 뒷바퀴에 실린 채로 비탈길을 오르는 힘은 환상적이었다. 엄청나게 쌓인 눈만 아니라면 이 차와 나를 막을 수 있는 건 없을 것 같았다!

나는 만족스러운 미소를 머금고 윌리의 주차장에 차를 세웠다. 이렇게 성능 좋은 차를 운전하는 것만큼 즐거운 일이 또 있을까 싶었다.

윌리는 코트에 팔을 집어넣으면서 지붕이 쳐 있는 테라스로 걸어 나왔다. 그는 난간 위에 한쪽 발을 올려놓고 부츠 끈을 묶었다. "새 차 아닙니까? 근사한데요! 지금 선생을 차에서 나오시라고 하기에는 쉽지 않을 정도로 멋진걸요. 그렇게 멋지게 칠을 했으니 나중에 꽤나 큰 금액이 청구되겠습니다."

"그래도 차에서 뭔가가 떨어져 나가지나 않을까 하는 걱정 없이 달릴 수 있으니 좋습니다." 나는 말이 끝나자 마자 곧바로 입을 다물어버렸다. 그는 내게 직격탄을 날렸다는 것을 알고 만면에 미소를 지었다. 왜 내가 새 차를 산 것에 대해 방어적인 느낌을 가져야 하는 거지? 분명히 사람들은 내가 더 이상 10년이나 된 낡은 차를 타고 다니길 바라지는 않는다구!

"좋아 보이는데요." 윌리는 아직 이 차에 대한 얘기를 그만두려고 하는 것 같지 않았다.

"그래도 난 선생이 한 달 정도는 더 기다렸다가 차를 샀으면 좋았을 거란 생각이 드는군요. 아직도 지난밤에 여기 와서 저희 소를 수술해준 것에 대한 대금도 지불되지 않은 상태잖아요."

얼굴이 확 달아올랐다. 그리고 내 귀는 잘 익은 자두처럼 벌겋게 되고 말았다. 나는 봉합용 가위를 차가운 소독액이 들어 있는 그릇에서 꺼내 집어 들고 외양간으로 윌리를 따라 들어갔다. "자, 수술한 소는 잘 지내고 있죠?"

"그럼요, 바로 다음 날은 움직임이 아주 둔하더니 어떻게 그렇게 빨리 일어날 수 있는지 놀랐다니까요." 윌리가 이제는 내 새 차에 대한 주제를 떨쳐버린 것 같아서 무엇보다 기뻤다. 그가 외양간 문을 열자, 커다란 얼룩 암소가 우리를 보려고 칸막이 기둥 사이로 머리를 돌렸다. 입에는 건초더미를 가득 베어 물고 있었다. 녀석 가까이로 다가가는 동안도 계속해서 우적거리며 먹이를 씹어 먹고 있었다.

초롱초롱한 소의 갈색 눈을 보자 내 얼굴엔 미소가 떠올랐다. 만약 점을 치는 수정 구슬을 가지고 있었다면 아마도 치료가 훨씬 쉬웠을지도 모를 일이었다. 몇 주 전만 해도 누가 감히 소가 이렇게 좋아질 거란 걸 예측할 수 있었겠는가. 비관은 금물이다!

실밥을 잘라내는 동안 소는 얌전히 서 있었다. 상처는 아주 깔끔하게 아물었다. 경주에 나가도 될 정도였다.

"다시 새끼를 가질 수 있을까요?"

"월리, 지금 상태로는 아직 알기 어렵습니다. 대부분의 제왕절개의 경우 회복되고 다시 임신이 되지만 이 소처럼 상태가 안 좋았던 소는 본 적이 없거든요. 시간이 좀 지나봐야 알 것 같습니다."

월리의 집 앞 도로를 빠져나오는 동안 나는 공중에 떠 있는 것 같은 기분이었다. 누가 감히 이렇게 좋은 결과를 예상이나 할 수 있었을까? 그날 밤에 이 결과를 미리 알았으면 더 좋았을 텐데, 그랬다면 모든 것이 더 견디기 수월했을 텐데 말이다!

구름 사이로 태양이 얼굴을 내밀었다. 반짝이는 하얀 눈 담요가 덮힌 계곡이 눈앞에 펼쳐졌다. 흰 눈과 대조를 이루어 강은 짙푸른 빛을 드리우고 주변을 둘러싼 산들이 배경이 되어 마치 하얀빛과 회색빛과 푸른빛이 섞인 모자이크 같았다. 이 정도라면 내 인생도 그리 나쁜 것만은 아니지 않은가!

나는 2단 기어로 놓고 언덕을 조심스럽게 기듯이 내려갔다. 녹은 눈이 굉장히 미끄러워서 들뜬 마음을 조금 가라앉히고 내리막길 방향으로 차를 몰았다. 앞바퀴 쪽에 좀더 무게가 실리도록 보닛 아래에 모래 주머니를 좀 둬야 할 것 같았다.

언덕 아래쪽으로 거의 다 내려와서 기어를 3단으로 바꿨다. 모퉁이를 돌기 전에 다시 평지가 나타났다. 커브에 접어들어서는 시속 20마일의 속도를 넘지 않았다. 살짝 속도를 줄이면서 역시 난 감속운전을 잘하고 있다고 생각했다. 그런데 브레이크를 건드리는 순간 터보건 썰매처럼 차가 미끄러져버렸다! 나는 즉시 브레이크를 밟고 커브길 쪽으로 세게 방향을 돌렸다.

그 다음 몇 초는 마치 영화의 슬로모션처럼 지나가버렸다. 차의 반응이 완전히 둔해졌다. 차가 길 가장자리로 점점 더 가까이 미끄러져 가고 있는 게 보였다. 나는 아주 천천히 운전하고 있어서, 맹세하건데 분명히 끝까지 발을 떼지 않고 페달을 똑바로 밟을 수 있었다. 바퀴가 천천히 둑 위를 미끄러져 넘어갔다. 주여, 안 됩니다. 이 차는 새 차라구요!

마치 영원처럼 길게 느껴진 잠깐 동안 차는 모서리에 걸려 있더니 곧바로 천천히 옆으로 굴러서 둑 아래로 내려갔다. 검은색 수술도구 상자가 내 머리 옆을 치고 가더니 차 앞유리에 부딪쳤다. 차는 아주 우아하게 두 바퀴를 돌고 난 다음, 운전석이 육중한 전나무에 부딪히고 나서야 멈춰 섰다. 나는 뒤엉킨 잔해 속을 빠져나오느라 애를 먹었다.

내 새 차를! 내 차는 안 된다구! 마음을 수습하느라 거기에 그렇게 얼마 동안 앉아 있었다. 하는 수 없이 현실의 상황을 천천히 받아들이는 동안 어느새 눈물이 흘러내렸다. 머리는 지끈거렸고 어깨도 쓰라렸다. 옆구리에 처박혀 있던 송아지용 요람을 집어서 뒷좌석으로 던져놓았다. 안전벨트를 풀고 몸을 똑바로 일으켜보았다. 운전석 문을 밟고 서서 조수석 문을 열고 차에서 빠져나왔다.

나는 있는 힘껏 소리 질렀다. "왜 내 새 차냐구!"

도리스는 내 전화를 받고 곧바로 사무실로 달려 나왔다. 고든과 루스도 5분 후에 도착했다. 견인차가 와서 내 차를 뒤에 달아 끌고 가는 것을 보니 화가 치밀어올랐다. 눈을 감을 때마다 차가 부서지는 모습이 슬로모션처럼 되풀이 되어 나타났다. 오늘까지도, 나는 맹세하건데 페달에서 발을 안 떼고 차가 똑바로 가게끔 할 수 있었는데 차가 말을 듣지 않았다. 나중에 가서 살펴보니 바퀴자국은 길 가장자리를 따라 10~15피트 정도 나 있었고 그것은 차가 둑 아래로 미끄러지지 않고 길 위에 남아 있기에 아주 아슬아슬한 위치였다. 왜 차의 방향을 똑바로 할 수 없었을까? 왜 이 일이 내 낡은 차에게 일어나지 않았을까? 왜 내게 이런 일이 일어났을까?

"병원에 가지 않아도 정말 괜찮겠어요?" 도리스는 같은 질문을 벌써 두 번째 하고 있었다. 그녀는 진심으로 걱정하고 있었다.

"머리 옆쪽에 심한 상처가 있어요." 루스가 말했다. "한번 가서 검사 해보는 게 좋겠어요."

"나는 괜찮다구요! 만약에 내 차도 나처럼 멀쩡하다면 훨씬 기분이 나아질 텐데. 알겠어요? 내가 처음으로 산 새 차가 첫날 엉망이 돼버렸다구요!"

고든과 루스는 거실 입구에 서서 누워 있는 나를 내려다보고 있었다. 나는 솜이 빵빵하게 든 베개를 등 뒤에 대고 카펫 위에 몸을 쭉 펴고 누워 맥없이 천장에 매달려 있는 조명을 보았다. 여섯 개의 전구가 그을려 그늘이 져 있었다. 머리가 아파왔다.

"자네 유리잔을 어디에 두나?" 고든이 외투 주머니에서 갈색 봉투를 꺼내 들었다.

"싱크대 위에 찬장에 있는데 몇 개는 깨끗할 겁니다."

몇 분이 지나 그는 내게 누런 액체가 가득 담긴 유리잔을 건넸다. 한 번만 냄새를 맡아봐도 그것은 고든이 제일 좋아하는 글렌피딕 위스키가 분명했다. 그는 공손한 태도로 도리스와 루스에게도 잔을 건넸다.

"데이브를 위해서!" 그가 잔을 들었고 우리 모두 그와 같이 어울렸다.

그 자리에서 고든이 내 잔을 몇 번이나 채워줬는지 전혀 기억이 나지 않았다. 하지만 두통과 온몸의 통증을 잊게 됐고 내 차에 대한 괴로운 마음이 좀 누그러졌다는 건 기억할 수 있었다. 그리고 도리스와 루스가 부지런히 고든에게 이제 집에 갈 시간이 됐고 나도 잠자리에 들게 해야 한다고 알려주던 것도 기억이 났다. 내가 일어섰는데 머리가 조명에 부딪혔던 것도 생각났다.

모든 게 잘 기억나지는 않았지만 도리스 말에 의하면 내가 유리조각들과 함께 바닥에 나뒹굴었는데도 상처가 전혀 나지 않은 것은 기적이라고 했다.

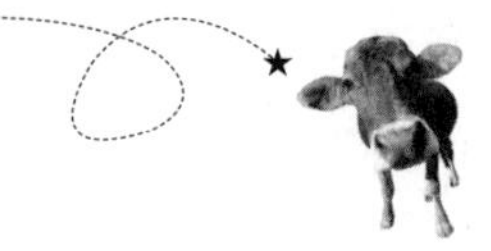

얼뜨기,
가족이 되다

"이런 개를 죽여 없애는 일은 정말 부끄러운 일입니다. 그리고 내가 그 일을 할 순 없어요."

"어떤 기분일지 잘 압니다." 나는 대답했다. "저도 정말 아파서 고통스러워하고 있는 게 아니라면 동물을 죽이는 일은 전적으로 반대합니다. 설사 그런 때가 오더라도 저는 제가 신의 자리를 대신할 자격이 있는지 스스로에게 물어봅니다."

크레스턴 지역에 근무하는 연방경찰관인 벤 파이프와 통화를 하고 있던 중이었다. 그의 임무는 야크 지역과 쿠트네이 강 선착장까지 나 있는 고속도로 3구역과 3A구역의 치안 관할이었다.

"그러면 이 개를 선생님 병원으로 데려가서 저세상으로 보내줘야겠군요! 이 녀석을 처리할 다른 방도가 없어서요. 거의 한 시간쯤 전에 크로퍼드 베이에 있는 쓰레기 하치장에서 이 커다란 녀석을 발견해서 여섯 번이나 녀석의 머리에 총을 겨누었습니다. 녀석이 슬픈 표정으로 저를 바라보는데 마치 무슨 일이 일어날지 알고 있는 것 같았습니다. 그래서 난 방아쇠를 당길 수가 없었습니다!”

“녀석에게 집을 찾아줄 수 있을 거라고 생각하고 일단 우리 집으로 데려왔는데 내가 기르는 개와 계속 으르렁거리는 바람에…… 더 이상 어떻게 다뤄야 할지 모르겠습니다. 오늘 아침엔 정말 심하게 싸웠는데 만약 내가 바로 제지하지 않았다면 한 놈이나 두 놈 모두 저세상으로 보내야 했을지도 모릅니다.”

“녀석을 제게 데려와보시죠. 그러면 제가 어떻게 하는 게 좋을지 한 번 보도록 하지요.”

한 시간 후에 그가 도착했다. 그의 외모는 사람들이 캐나다 연방경찰관을 생각할 때 머릿속에 떠올리는 그런 이미지와는 거리가 멀어 보였다. 둥글둥글하고 유쾌하게 생긴 얼굴과 살집이 좀 있는 체형으로 봤을 때, 차라리 지역의 목사님에 더 잘 어울린다는 생각이 들었다.

내게 가까이 왔을 때 그의 볼은 상기되어 있었고 양쪽 눈은 음푹 들어간 상태였다.

“이런 일로 귀찮게 해서 죄송합니다만 어떻게 할 수가 없어서요.” 그는 이렇게 말하면서 천천히 머리를 흔들었다.

전에도 몇 번 벤을 상대한 적이 있었다. 한번은 그의 개에게 예방접종을 해줬고 그가 근무 중에 만나게 되는 학대받거나 부상당한 개를 치료하러 여러 번 들르기도 했다. 그는 스스로 처리할 수 없는 아프거나 부상당한 개들에게 항상 뭔가 도움을 주려고 했다.

“괜찮습니다, 벤.” 나는 어깨를 으쓱해 보였다. “제가 당신 입장이었더라도 그렇게 할 수밖에 없을 거라고 생각합니다. 바로 개를 여기 사무실로 데려와서 한번 보도록 하는 게 좋지 않을까요?"

"고맙습니다. 저는 동물을 잘 다루는 사람은 절대 아닙니다만 이 일이 중요한 일은 아닐지 모르지만 저희의 공식적인 임무의 한 부분일 거라고 생각하고 있습니다."

나는 그를 따라 경찰차로 갔다. 덩치가 크고 검회색의 녀석이 뒷좌석을 차지하고 있었다. 벤이 차 문을 열자, 그 개는 주저하며 의자 가장자리 쪽으로 일어서더니 보도블록 위로 씩씩하게 내려섰다. 개의 털 색깔과 몸집을 보니 거의 순종에 가까운 독일산 세퍼드가 확실해 보였다. 단 하나 미심쩍은 부위가 얼굴 왼쪽으로 굼뜨게 펄럭거리고 있는 귀였는데 이것 때문에 약간 우스꽝스러운 인상을 풍겼다.

녀석은 경찰관을 따라서 조용히 보도를 걸어서 병원 문 앞까지 왔다. 하지만 문지방을 넘어오려고 할 때 녀석의 태도가 돌변했다. 당황하며 겁을 내는 것 같았다. 갑자기 네 다리로 버티고 서더니 다시 밖으로 나가려고 몸부림을 쳐대는 것이었다. 경찰관은 뒤꿈치를 바닥에 꽉 고정시키고 저항하는 녀석을 안쪽으로 끌어당겼고 그의 뒤에서 내가 문을 닫아버렸다.

"이 녀석 전에 분명히 동물병원에 와본 적이 있나봅니다. 바로 냄새를 맡고 알아버린 것 같군요."

벤은 발을 덜덜 떨고 있는 커다란 녀석의 머리를 톡톡 두드려주었다. "최근까지 보살핌을 아주 잘 받았던 것 같아 보입니다. 그런데 몇 주 동안 크로퍼드 베이를 마구 돌아다녀서 녀석에 대한 신고전화가 꽤 있었습니다. 한 여자는 캠페인을 벌이면서 실제로 일주일간 매일 전화를 하기도 했습니다. 분명한 사실은, 녀석이 그 여자의 애완견 푸들을 위협해서 무척 화가 나도록 만들었다는 겁니다. 그 여자가 전화를 너무 많이 걸어 더 이상 두고 볼 수만은 없었습니다."

"이리 오렴, 착하지," 내가 녀석을 구슬려보았다. "자! 이쪽으로 오라니까, 덩치도 큰 녀석이. 너를 해치려고 그러는 게 아니란다."

배를 단단히 바닥에 붙인 채, 녀석은 내게 조금씩 기어와서 내 손 안에 코를 박았다.

"잘했어. 너 정말 멋진 녀석이구나, 그렇지?"

소리 내서 칭찬을 해주고 자꾸 쓰다듬어주니까 녀석은 몸을 일으키더니 주저하며 나에게 몇 발자국 다가왔다.

"그렇지, 요 녀석. 정말 잘생겼구나."

녀석은 더 가까이 오더니 내 다리에 어깨를 기대고는 좀더 쓰다듬어 달란 듯이 머리를 들이대는 것이었다.

"이런, 당신이 맘에 드나본데요." 벤이 보더니 말했다. "저는 녀석의 눈치를 살피지 않고 쓰다듬어줄 수 있을 정도로 완전히 저를 믿게 하는 데 이틀이 걸렸습니다."

"벤, 여러 가지로 봐서는 제가 머지않아 녀석을 저세상으로 보낼까봐 걱정할 필요는 없을 것 같군요. 여기에 얼마간 데리고 있으면서 녀석에게 적당한 집을 찾아줄 수 있는지 알아봐야겠습니다. 저도 당신만큼이나 이 녀석을 죽게 하는 게 싫거든요."

내 말이 끝나자 벤의 얼굴에 갑자기 환한 미소가 번졌다. 고개를 끄덕이더니 그는 여기 머무는 것을 별로 좋아하지 않는 방문객을 남겨두고 차로 돌아갔다. 몇 분 더 살펴보고 나서, 나는 녀석을 잘 구슬려서 개장 안으로 들여보냈다. 비록 이 철창 안의 생활을 좋아하는 것 같진 않았지만, 녀석은 누군가의 사랑을 받으며 목에 끈을 달고 골목길을 산책하는 휴식을 기대하며 얌전히 자리를 잡고 누워 있었다.

처음 만났을 때부터 우리 둘 사이엔 뭔가 특별한 화학작용이 있었는지, 개장에서 꺼내자 마자 녀석이 내 옆으로 다가오는 것이었다. 나는 녀석을 누구에게 보여줄지에 대해 점점 더 까다로워지고 있는 내 자신을 발견했다. 이 개의 성격에 잘 맞는 주인이라고 생각되지 않는 사람은 피했다.

밤마다 나는 녀석을 개장에서 꺼내주고는 내가 저녁을 요리하거나 텔레비전을 볼 때 위층에 올라와서 있도록 허락해주었다.

"우리 귀한 하숙생에게 잘 맞는 가정을 찾아냈어요." 정신없이 바빴던 날이 끝나갈 쯤에 도리스가 말했다. "호수 아래쪽에 사는, 당신도 알고 있는 로스 부인 말인데요. 한 달 전에 여기 와서 중성화 수술을 받았던 세인트 버나드 혈통과 셰퍼드 혈통을 반반 물려받은 세바스찬이라는 개 주인 말이에요. 지난주에 그 개가 집 앞에서 차에 치어 죽었데요. 개가 곁에 없자 그 부인은 상심이 큰가봐요. 이번 주말까지는 여기에 올 수 없는데, 그 부인이 여기에 올 때까지 저보고 녀석을 돌봐달라고 하더군요. 녀석을 데리고 갈 때까지 드는 비용은 다 지불하겠다고 했어요."

"이 덩치 큰 시골뜨기에게는 정말 적당한 집인 것 같은데요." 나는 마지못해 인정했다.

"그렇게 기뻐하지 않는 것 같은데요." 도리스가 알아채고는 실망한 표정을 지었다.

"정말로 녀석을 보내고 싶은 거 맞아요? 개와 꽤 많이 가까워진 것 같이 보이던데요."

"물론, 보내야죠. 그렇게 커다란 개를 어떻게 여기에 데리고 있을 수 있겠어요?"

그날 밤에 나는 조금 울적한 기분이 들어 셰퍼드의 목을 조이고 있는 체인을 벗겨주고 현관 쪽으로 데려다 놓았다.

"로스 부인에게 전화해서 이미 다른 사람에게 개를 보내기로 했다고 말하지 않아도 괜찮겠어요?" 도리스가 뭔가 눈치 챈 듯이 물었다.

"그럼요, 물론 괜찮고 말구요. 여기 두기에는 너무 크고 성가신 데다가 다른 동물들에게 사용할 개장을 혼자서 너무 많이 차지하고 있잖아요. 오늘밤도 다 차버렸는데 만약에 다른 동물이라도 들어온다면 이 녀석을 어디에 둬야 할 방법이 없다구요."

골목길을 내려가면서 녀석은 목줄을 잡아당기며 행복해했다. 보도에 있는 기둥마다 발을 올려놓아보기도 하고 툭 튀어나온 건물 모서리에서는 여기저기 멈춰 서기도 했다. 가끔씩 말라죽은 풀섶이나 눈이 쌓여 있는 곳에 코를 박고 콧김을 내뿜고는 후각을 자극하는 또 다른 곳을 살피러 자리를 옮겼다. 골목길이 끝나는 곳에서 처음으로 나는 녀석의 목에 감긴 줄을 풀어주었다. 그리고 자유롭게 제 스스로 돌아다닐 수 있게 해주었다. 어쩌면 녀석이 도망갈지도 모른다는 생각이 들면서 나는 앞장서 달리는 녀석을 겁이 나서 움찔거리며 바라보고 있었다.

"이봐, 이 덩치 큰 녀석아! 이리 돌아오라구."

녀석은 마치 벌에 쏘인 것처럼 한 바퀴 휙 돌더니 다시 내게로 달려왔다. 콧등을 내 손에 들이밀면서 녀석은 내게 머리를 쓰다듬어달라고 계속해서 머리를 가볍게 쳐댔다. 내가 이마를 어루만져주고 귀를 마사지 해주자 기분이 좋아서 킁킁거렸다. 녀석은 내가 자신을 좋아하고 있다는 것을 알고는 흡족해서 주변에 남아 있는 것들을 살펴보면서 총총걸음으로 앞으로 걸어갔다.

집으로 돌아오는데 도리스가 골목길로 뛰어오고 있었다.

"데이브, 멜 그리피스가 방금 왔어요." 그녀가 헐떡이면서 말했다. "자신의 늙은 래브라도 개를 치었는데 다리가 부러진 것 같데요."

"이리와라, 녀석아!" 나는 큰 소리로 개를 불렀다. "당분간 외출은 끝났구나."

개 목에 가죽 끈을 연결하고 도리스를 따라 갔다.

"녀석을 완전히 믿고 있는 것 같네요, 그렇죠? 그 끈을 벗겨도 걱정이 안 되죠?"

"개가 가까이 있고 싶어 하는 것뿐이에요. 게다가 주인도 없는 것 같기도 하고. 이 녀석이 없어져도 아무도 찾지 않을걸요."

"그 말 진심이에요?" 도리스가 어깨 너머로 중얼거리듯 말했다. "내가 보기에는 이 녀석이 떠나가버리면 꽤나 실망할 것 같은데요."

"으흠." 나는 그녀의 말에 못마땅한 듯 대꾸했다.

"급하게 오시게 해서 죄송해요, 선생님." 늙은 개를 살펴보고 있는데 그가 사과를 했다. "빈 상자들을 트레일러에 실어서 창고에다 쌓아놓으려고 운반을 하던 중이었는데요. 늙은 제 개가 바퀴 아래에 누워 있는 걸 몰랐어요. 차를 출발하면서 녀석이 어디 있나 살필 생각도 전혀 못했지요. 그러고는 제가 트레일러로 녀석을 쳐버린 겁니다! 잘 듣지도 못하고 반응도 예전처럼 하지도 않는 걸 보면 아마 타이어가 자기를 치고 넘어갈 때까지도 일어나지 않았나봐요.”

내가 몸을 쓰다듬어 내려가자 누런색의 늙은 래브라도는 진찰대 위에 꼼짝 않고 누워 있었다. 머리를 쭉 빼고 있는 걸 보니 분명 어딘가 불편해 보였다. 혀는 앞으로 쭉 내밀고 있었는데 마치 몸에 열이 나는 것처럼 고통스러워했다. 잇몸은 핑크색이었고 몸의 어디에도 피가 난 흔적은 없었다.

“멜, 당신이 볼 때 개가 움직였나요? 아니면 사고가 일어난 후에 그냥 누워 있었던 건가요?”

“누워 있지 않았어요, 제가 가봤을 때 서 있었는데요.” 멜은 확신을 가지고 얘기했다. “하지만 뒷다리 한쪽을 들고 있었고 나머지 다리들도 아주 꼿꼿하게 서 있는 것 같아 보이지는 않았어요.”

나는 게이브의 왼쪽 뒷다리를 움켜잡고 발가락을 펴보았다. 녀석은 날카로운 소리로 킹킹거리고는 내 손을 핥으려고 몸을 돌렸다.

“거길 다쳤구나, 그렇지?”

“선생님, 죄송해요. 별 도움이 못 돼서요. 만약에 이 개가 늙은 개가 아니었다면 선생님을 바로 할퀴었을 겁니다.”

“괜찮아요, 지금 고통이 아주 심한 상태라 그래요. 이 녀석을 똑바로 세울 수 있는지 한번 봅시다.”

계속해서 발가락을 촉진해보니, 게이브의 발등 뼈 부분에 두 군데의 골절이 있었다. 다행스럽게도 대퇴골은 손상되지 않았고, 발목과 무릎을 만져봤는데 불편한 기색을 보이지는 않았다. 반대편 다리도 겉으로 봤을 때 아무런 이상이 없었고 늙은 래브라도의 반응을 봤을 때 어디

찔린 데도 없는 것 같았다. 내가 이곳저곳을 살피는 동안 녀석은 주인의 아낌없는 관심을 받으며 그의 손에 머리를 대고 쉬고 있었다.

개를 들어 올려서 양쪽 뒷다리를 뒤쪽으로 완전히 쭉 펴보았다. 두 다리의 길이는 일치했고 균형도 잡혀 있었다. 하지만 근육조직에 미세한 긴장감이 느껴졌고 그 통증으로 개가 낑낑거렸다. 내가 녀석을 들어 올릴 때, 이 늙은 녀석은 앞발로 몸을 쭉 일으키더니 뒷발을 앞으로 내밀면서 내게서 빠져나가려고 애썼다.

"짐을 나를 때 그 트레일러는 얼마나 무거웠나요, 멜?" 게이브를 진찰대에 내려놓으면서 물었다.

"글쎄요, 꽤 무거웠는데요." 멜이 어깨를 으쓱해 보이며 대답했다. "하지만 상자들이 모두 비어 있는 상태였기 때문에 아마 200파운드가 넘지는 않았을 겁니다."

잡고 있던 개의 뒷다리를 놓자, 게이브는 오른쪽 뒷발을 진찰대에 대고 다리가 셋 달린 모탕(나무를 패거나 자를 때 받쳐 놓는 나무토막)과 비슷한 모양으로 등을 둥글게 구부렸다. 앞발을 약간 더 뒤쪽으로 하고 있는 모습이 마치 몸무게의 대부분을 그 다리들로 지탱하고 있는 듯 보였다. 뒷다리 하나는 균형을 맞추는 데 사용하고 있었다.

"겉으로 봤을 때는 트레일러 바퀴가 뒷다리와 엉덩이 부분 위를 지나간 것 같은데요. 골반이나 복부에 출혈이 없는지 확인하기 위해 자세히 좀 봐야 할 것 같습니다."

"그러면 나을 수는 있을까요, 치료를 하고 나면 걷는 데 아무런 문제가 없을까요? 이 녀석은 정말 대단한 놈이었어요. 그냥 누워 지내면서 절름발이가 되는 건 볼 수가 없어요."

"서 있는 모습을 보면 골반에 문제가 있는 것 같아 보이는데 양쪽 엉덩이와 나머지 한쪽 뒷다리에 엑스레이를 찍어보는 게 좋겠어요. 만약에 엉덩이에 심각한 골절이 있으면 지금 서 있는 것처럼 많은 무게를 지탱하고 있을 수는 없을 겁니다."

"그렇군요. 만약 녀석에게 조금이라도 희망이 있다면 엑스레이를 찍어보고 필요한 조치를 찾아봤으면 합니다."

늙은 개의 고통을 좀 줄여주기 위해 약간의 진정제를 주사해주었는데 엑스레이를 찍을 때쯤 해서 녀석은 아무런 반항도 없이 몸을 앞뒤로 돌려볼 수 있게 가만히 있어주었다. 엑스레이 검사 결과 골반은 실제로 골절된 상태였지만, 골절의 위치와 뼈가 이탈하지 않은 것으로 봤을 때, 몇 가지 운동을 해주면 잘 회복될 것 같았다. 부러진 다리에는 부목을 대 놓아주었다.

멜과 도리스가 수술대 옆에서 일상적인 대화를 주고받는 동안, 나는 입원해 있는 동물들을 어떻게 다시 잘 배치해야 개장 안에 모두 수용할 수 있을지 골몰하고 있었다.

선택의 여지는 없었다. 공짜로 묵고 있는 독일산 셰퍼드를 개장에서 꺼내고 그 안에 게이브를 잘 뉘어놓아서 언제든지 내가 경과를 관찰할 수 있도록 해놓는 것이었다.

"너를 어떻게 하면 좋을까, 덩치 큰 녀석아?" 나는 개장을 열고 녀석을 쓰다듬어주며 말했다. 녀석은 발을 쭉 펴더니 뭔가를 기대하듯 꼬리를 흔들어댔다. "여기엔 식객이 머물 공간이 없구나."

나는 뒤로 물러나 앉아 있었는데 녀석이 조심스럽게 개장에서 한발 내려서더니 내 눈치를 계속해서 살피는 것이었다.

"자 어서 나와, 괜찮아." 녀석이 자연스럽게 나오도록 유도했다.

녀석은 꼬리를 흔들면서 한 번 더 밖에 나가고 싶어서 내 발 주변에서 춤을 추었다.

"이리 온." 녀석을 잘 구슬려서 병원 내부를 가로질러 계단을 올라 위층의 내 방으로 데리고 갔다. "너를 어떻게 해야 할지 알아낼 때까지는 여기 있어야 할 것 같구나."

문을 닫고 나서 나는 게이브를 넣어둘 개장을 청소하고 준비하려고 아래층으로 돌아왔다. 녀석은 약의 진정작용 때문에 여전히 기진맥진해 있었고 개장에 눕히자 마자 옆으로 몸을 뻗더니 바로 잠이 들어버렸다.

"좋아, 친구." 나는 계단 쪽을 향해 녀석을 불렀다. "이제 내려와도 좋아."

세퍼드는 처음엔 주저하더니 이내 거들먹거리며 계단을 내려와서는 문 밖을 보려고 사무실을 가로질러 갔다.

"아직은 안 돼, 욘석아. 산책 나가기 전에 몇 가지 더 청소할 게 남았다구."

"오늘밤엔 그 개와 뭘 할 건가요?" 진찰대를 닦고 남아 있는 것들을 치우고 있는데 도리스가 물었다. "만약에 상황이 된다면 이 개가 다른 개들과 또 싸우거나 고양이를 쫓아갈 거라고 생각해요?"

"솔직히 그러지 않을 거라고 장담할 수는 없어요." 나는 녀석이 앉아 있는 쪽을 무심히 쳐다보았다. "벤은 이 개가 다른 개들에게 공격적이라고 했는데 내가 본 바로는 정말로 아무런 문제도 일으키지 않았어요."

매 시간마다 게이브의 상태를 확인하기 위해 계단을 달려 내려갔는데 녀석은 개장에 몸을 쭉 펴고 누워서 코를 골며 자고 있었다. 아주 가끔씩 엉덩이와 발의 통증 때문에 신음 소리를 내기도 했다. 계단을 오르내릴 때마다 셰퍼드는 내 발 뒤꿈치를 졸졸 따라다녔다. 내가 게이브를 살펴보고 다른 동물들을 치료하는 동안 녀석은 내 뒤에 적당한 거리를 두고는, 철창 넘어 반대쪽의 동물들에게 아주 약간의 호기심만 보이며 앉아 있었다.

텔레비전을 끄고 게이브가 어떻게 하고 있는지 마지막으로 내려갔을 때는 11시가 넘은 시간이었다. 가보니 녀석은 조용히 휴식을 취하고 있었고, 잇몸 색깔을 확인하고 나서 나는 개장 문을 닫고 윗층으로 올라왔다. 셰퍼드는 그림자처럼 내가 가는 길마다 따라다녔다. 오늘 저녁 내내 녀석의 태도가 나긋나긋했기 때문에 나는 녀석이 아래층으로 내려가지 못하도록 제지할 생각을 하지 못했다. 나는 침대 옆 바닥에 녀석을 재우고 같이 잠자리에 들었다. 녀석은 아주 편안해 보였고 천천히 깊고 규칙적인 숨을 쉬고 있었다.

아래층 어딘가에서 심하게 짖는 소리에 잠을 깼다. 나는 침대에서 벌떡 일어나 불을 켜고 필사적으로 주변을 살피면서 셰퍼드의 흔적을 찾아보았다. 녀석이 없었다! 시계는 새벽 3시를 가리키고 있었다.

"이런 젠장!"

이 덩치 큰 얼뜨기 녀석이 분명 아래층에 내려가서 가엾은 래브라도를 물어뜯고 있을 터였다. 부엌을 지나 달려가면서 정신없이 바지를 주워 입었다. 아직도 지퍼를 찾느라 더듬거리면서 나는 맨발로 아래층으로 뛰어 내려갔다. 뒷방을 지나 수술방으로 향해 갈수록 그 짖는 소리는 더욱 크게 들려왔다. 만약에 저 빌어먹을 녀석이 개장을 열고 늙은 게이브를 물어뜯었다면 내 자신을 어떻게 용서할 수 있겠는가?

벌겋고 허연 모양의 경찰차 불빛이 번갈아가며 수술실 벽에 마구 번쩍거렸다. 세상에, 이 소동이 너무 오랫동안 벌어져서 누군가가 경찰에 항의 전화를 할 때까지 난 잠만 자고 있었단 말인가?

개장이 놓여 있는 방으로 가는 모퉁이를 돌면서 나는 유혈이 낭자한 대학살 장면이 나타나리라 예상을 하고 있었는데 소동은 그 너머에서 나고 있다는 것을 알게 됐다. 도대체 그 녀석이 저쪽에다 무슨 짓을 해놓은 거야? 내가 잠자리에 들 때 이 문들은 닫혀 있었는데 말이야.

어지럽혀진 뒷방으로 연결되는 좁은 복도를 정신없이 지나면서 나는 분명 뭔가가 잘못되었다는 것을 깨달았다. 보이는 거라고는 개의 뒷모습뿐이었는데, 사태를 봐서는 녀석이 성질이 나서 금방이라도 싸울 것 같았다. 마주 짖어대는 소음 너머로 누군가의 말소리가 들렸다.

"이제 됐어, 욘석아."

"자! 진정해, 덩치 큰 얼뜨기 녀석!" 개 짖는 소리 너머로 내가 큰 소리로 말했다. "괜찮아! 진정하라구! 도대체 무슨 일이야?"

"오, 선생님이 여기 있어서 다행이에요!"

나를 보자 커다란 셰퍼드가 꼬리를 마구 흔들어댔다. 녀석은 털이 아직도 쭈뼛하게 선 채로 내 손을 핥아 내려갔다. 그러고 나서 내 손바닥에 코를 박고는 자기편이 되어주기를 바라는 듯이 가볍게 툭툭 치는 것이었다.

"대체 무슨 일이 일어난 거니?"

자기 임무가 다 끝났다는 듯이 이 검은 덩치는 개장이 있는 방 쪽으로 어슬렁거리며 걸어갔다.

"세상에, 저 녀석이 방금 내 바지를 물어뜯으려고 했다구요."

"아, 벤이로군요! 무슨 일이에요?"

벤은 문 쪽으로 조심스럽게 걸어가더니 녀석이 안전하게 멀리 떨어져 있는지 확인하기 위해서 모퉁이 주변을 자세히 살펴보았다. 셰퍼드는 아무 일도 없었다는 듯이 사무실 앞에서 어슬렁거리고 있었다.

"캐니언 지역을 순찰하러 가고 있었는데 어떤 사내가 이쪽 길에서 뛰어나오고 있는 걸 봤어요. 굉장히 서두르는 것 같았는데 뭔가 이상한 예감이 들더군요. 저는 차를 세워두고 주위를 살펴보았는데 바로 그때 당신 사무실 뒷문이 열려 있더라구요."

"문은 마치 발로 차서 부서진 것 같더라구요." 아직도 문틀에는 부서진 나무 파편이 대롱거리고 있었다.

"그걸 보고 안으로 들어와보니, 왜 아까 그 사내가 그렇게 잽싸게 도망쳤는지 알 만했지요. 개가 막 제 다리를 잡아끌어 당기려고 하는데 머릿속에 그 사내가 분명히 도둑질을 하려고 했다는 생각이 들더군요."

"정말 운이 좋았네요! 이번이 녀석의 첫 근무 날이랍니다."

"딱 적절한 타이밍이었어요. 언제 녀석을 감시견으로 두기로 결정한 건가요?"

"2분 전쯤에요."

"저 녀석이 저를 알아보는 줄 알았는데 오늘밤엔 분명 절 푸대접하는 것 같은데요." 그가 투덜거리며 말했다.

내가 아는 한 도둑맞은 물건은 하나도 없었다. 부서진 문틀 말고는 문에도 그다지 손상된 곳은 없는 듯했다. 밤에 안전하게 해놓으려고 손상된 문에 몇 개의 못을 박는 데는 그리 오랜 시간이 걸리지 않았다. 세퍼드는 내가 문을 고치고 있는 동안 바로 옆에 앉아 있다가 침대로 돌아가는 내 발 뒤꿈치를 따라왔다.

"이 얼뜨기 덩치야." 녀석의 머리를 톡톡 두드리고 귀를 마구 비벼주면서 말했다. "너 이번주 밥값을 확실히 해냈구나. 결국엔 여기서 쓸모 있는 녀석이 된 거라구."

녀석은 내 손 아래로 코를 대고 있다가 이마를 쓰다듬어주자 기분 좋게 킁킁거렸다. 그러고는 내게 몸을 기대고 정신없이 들떠서는 눈을 이리저리 굴려대는 것이었다.

"네가 이곳에 남아 있으려면 이름이 있어야 할 것 같은데 말이야." 녀석은 내 말에 경청하듯이 앉아서 나를 빤히 올려다보았다.

"얼뜨기…… 이 이름 어떤 것 같니?"

만족스러워 하는 녀석의 표정을 보니 맘에 들어 하는 것 같았다. 어쨌든 분명한 사실은 이 얼뜨기가 충분한 애정을 받는 한은 어떻게 불리든 상관하지 않을 거라는 점이었다.

마우스

눈이 지독하게 퍼부었다. 방금 쓸어냈는데도 자동차 보닛엔 이미 하얀 눈이 수북이 쌓여버렸다. 휘몰아치는 눈보라 속을 응시하고 있는데 앞유리의 와이퍼가 이쪽저쪽으로 힘겹게 탁탁 부딪치는 모습이 보였다. 바스크 랜치에 가기로 한 약속에 늦게 돼버렸다. 진저 퍼거슨은 기다리는 것을 좋아하지 않는 사람이라서 제 시간에 도착하고 싶었는데 말이다.

그레이하운드 버스 뒤로 차들이 길게 늘어서는 동안 나는 초초하게 앉아서 버스가 얼른 방향을 틀어 터미널로 들어가기만 기다리고 있었다. 색이 바랜 푸른 픽업트럭이 지나가면서 밖이 보이지 않을 정도로 심한 눈보라를 일으켰다. 그 트럭 뒤로 차들이 신호에 걸려 길게 서 있었다.

가속 페달을 밟고 고속도로로 막 들어서려고 하는데 뭔가가 내 차

바로 앞을 휙 하고 스쳐 지나가는 듯한 소리가 들렸다. 픽업트럭 뒤로 30피트 정도 떨어진 곳에서 체인 끝에 붙어 눈이 덮인 채로 질질 끌려가는 물체가 보였다. 그 물체는 도로 가운데에 쌓여 있는 눈을 마구 들이받으며 트럭을 따라가고 있었다.

도대체 저 바보 같은 작자가 뭘 하려고 저러는 거지? 장난으로 저러는 건가? 뭘 끌고 가는지는 몰라도 하마터면 내 차랑 부딪칠 뻔했잖아! 내 옆의 늘 앉는 자리에 얼뜨기 셰퍼드가 일어서서 코가 유리창에 닿을 때까지 목을 쭉 내밀었다. 녀석은 유리창에 지저분한 얼룩을 묻혀가면서 머리를 이리저리 움직여서 앞유리의 와이퍼 사이로 밖을 내다보려고 애를 썼다.

형체를 알 수 없는 덩어리가 마치 썰매가 빠르게 지나가듯이 우리 앞에서 눈발을 날리며 지나갔다. 차가 그 트럭 바로 뒤로 가게 됐을 때서야 줄에 끌려가고 있는 것이 짐승의 시체일지도 모른다는 생각이 들었다.

말도 안 돼! 어떤 정신 나간 작자가 짐승을 끌고 마을로 들어온 거야? 뭔가 가학적인 성향을 가진 사람이 자신의 불만을 드러내려는 게 아닐까 하는 생각이 들었다. 그 짐승이 커다란 갤러는 확신이 들자 트럭 운전사를 저지하기 위해 가까이 가봤다.

"세상에, 빌 햄프턴이라니." 나도 모르게 불쑥 튀어나왔다. 그럼 저 쇠줄 끝에 매달려 있는 몸뚱이가 그의 개 마우스일 수도 있단 말인가? 나는 마음속에 떠오르는 가능성을 애써 지워버렸다. 그는 바로 지난주에 1년에 한 번씩 있는 진찰과 예방접종을 받으러 개를 데리고 우리 병원에 들렀다. 빌은 젊은 목수였는데 솜씨가 좋아서 무엇이든 잘 고치는 재간꾼이었다. 강 아래쪽에 살면서 학교에서 시간제로 일을 하고 있었다. 내가 알고 있는 한 그는 아주 예의바른 사람이었다. 그는 자신의 개를 애완동물이 아니라 가족으로 소중히 여기고 있었다. 사소한 일 때문에 고의적으로 개에게 상처를 줄 사람이 아니었다.

마구 경적을 울려대면서 빌의 주의를 끌어보려고 했지만 무슨 이유에서인지 그는 계속 운전에만 열중하고 있었다. 드디어 그의 트럭이 버스 터미널 앞에서 신호등에 걸려 잠깐 멈춰 섰다. 빌이 차 밖에서 무슨 일이 벌어지고 있는지 알아차렸을 거라고 확신하면서 나는 차에서 내려 개를 구하기 위해 서둘러 뛰어갔다.

걱정했던 대로 길 바닥을 내려다보니 세인트 버나드가 눈 위에 꼼짝 않고 누워 있었다. 마우스는 아무런 움직임도 없었고 창백하고 푸르스름한 혀만 축 처져서 입 밖에 나와 있었다. 어딜 봐도 목숨이 붙어 있을 것 같지가 않았다. 꽉 끼는 목줄은 바닥에 닳아서 너덜너덜하고 늘어난 상태였지만 아직 꽤 튼튼했다. 줄은 활시위처럼 팽팽하게 트럭에 연결되어 있었다.

가슴 옆쪽의 털을 움켜쥐고 앞으로 잡아당겨서 녀석을 트럭 뒤쪽으로 끌고 갔다. 목줄을 좀 느슨하게 해주려는데 신호등이 바뀌면서 빌이 그냥 트럭을 출발시켰다. 줄이 교수대의 올가미처럼 팽팽하게 당겨졌고 나는 필사적으로 목둘레 고리에서 손을 빼낼 수밖에 없었다. 빌은 트럭 뒤에 마우스를 끌면서 계속 운전을 했고 난 그만 길 한가운데 홀로 남겨진 채로 바보처럼 무릎을 꿇고 앉아 있게 되었다. 나는 곧바로 벌떡 일어서서 큰 소리로 그를 부르면서 뒤를 쫓아 찻길을 뛰어 내려갔다.

"빌! 비이이일!"

그가 마을을 지나서 오른쪽으로 계속 가려고 하는데 한 여자가 보도 위를 걷다가 쇼핑백을 떨어뜨려서 그의 차 앞 도로로 뛰어들었다. 트럭이 멈췄다.

마우스의 앞발을 잡고 목줄을 느슨하게 해서 벗겨주고는 녀석을 던져서 보도 위로 올려놓았다. 녀석은 온몸이 마비돼서 꼼짝도 하지 못했다. 심장 박동도 없었고 숨도 내쉬지 않았다.

혀를 잡아당겨보았다. 며칠 묵은 구정물 빛깔이었다. 혀 뒤쪽 기도를 살펴보니 약간의 점액질도 없이 아주 깨끗했다. 소매로 녀석의 목 주변을 깨끗이 털어내고 꽉 조여 있었던 목을 편하게 해놓았다. 심장 바로 위에 손을 올려놓고 반복해서 녀석의 앞다리를 들어 올렸다가 가슴을 눌렀다가 하면서 심폐소생술을 시도해보았다.

빌이 픽업트럭에서 뛰어내리더니 그의 개를 보고 큰 소리로 울부짖었다. "오, 마우스, 내가 너에게 무슨 짓을 한 거니? 오, 마우스…… 미안하다! 정말 미안해!" 빌의 얼굴에는 핏기가 사라졌고 트럭에 올려놓은 손은 바르르 떨고 있었다. "죽은 건가요?"

대답을 하기도 전에 한 여자가 우리를 보더니 미친 듯이 비명을 질러댔다. "어수선하게 하지 말아주세요! 다행히 수의사가 바로 옆에 있어서 아마 응급치료를 해주실 겁니다!"

"이 사람이 수의사래요!" 여자 옆에 서 있던 사내가 큰 소리로 말했다. "저리들 좀 비켜요! 그가 치료할 수 있게 해주자구요!"

나는 구경꾼들 속에서 적어도 5분 이상을 마우스와 씨름하고 있었다. 눈보라가 계속해서 휘몰아쳤고 내 작업복도 금세 진눈깨비로 덮여

버리고 말았다. 게다가 머리는 흠뻑 젖어서 물이 이마와 얼굴을 타고 흘러 응급처치 중인 젖은 개의 몸으로 떨어졌다. 개에게 더 이상 희망이 없는 것 같아서 거의 포기하려던 찰나에 반응이 왔다. 쿵! 단 한 번이었지만 심장이 뛰는 소리였다!

"심장이 뛰는 소리예요!" 구경꾼들 사이에서 웅성거리는 소리가 났다.

다시 한 번 또 쿵 하는 소리가 났다! 그리고 또 한 번!

1분도 지나지 않아서 심장 박동이 규칙적으로 돌아왔다. 한 번 깊게 숨을 쉬더니 다시 한 번 또 숨을 내쉬었다. 앞다리가 움직이더니 뒷다리도 움직였다. 눈을 뜨는데 그 모습이 꼭 녹고 있는 눈사람 얼굴에 붙어 있는 두 줄의 숯검정 같았다. 몸 아래쪽으로 네 다리를 모으더니 일어나보려고 했지만 아직은 역부족인 것 같았다. 술에 취한 사람처럼 바로 주저앉고 말았다.

"자, 녀석을 싣고 병원으로 데리고 가서 링겔을 좀 맞도록 해줘야 할 것 같은데요!"

마우스를 트럭 뒤로 옮겨 실었다. 구경꾼들이 힘을 다해 마우스가 트럭에 올라탈 수 있도록 도와주었고 빌은 곧바로 병원으로 향했다. 내 차를 세워두었던 곳으로 가봤더니 차량 정체로 꼼짝할 수도 없는 상황이었다. 고든이 내 차 옆에 서 있었다. 몇 가닥 안 남은 머리는 젖어서 이마에 착 달라붙어 있었고 코끝에는 물방울이 대롱대롱 매달려 있었다.

"자네 차를 길 밖으로 빼내려고 갖은 애를 써봤지만 저 망할 놈에 자네 개 때문에 어쩔 수 없었다네. 자네도 알다시피 저 녀석이 전에 날 본 적이 없지 않은가 말이야!"

"미안해요, 고든. 하지만 녀석은 이 차를 안전하게 지키려고 그랬을 거예요." 얼뜨기 녀석이 자리에 서서 유리창에 코를 바짝 대고 꼬리를 정신없이 흔들고 있었는데 침으로 얼룩진 조수석 쪽을 제외한 나머지 창문에는 모두 김이 서려 있었다. 작업복 소매로 창문을 닦고 나서 갓길 쪽으로 재빨리 차를 빼낸 후에 빌의 뒤를 따라 병원에 도착했다.

마우스는 자신을 잡고 있는 낯선 사람에게 으르렁거리고 있었는데 찰과상을 입은 네 다리에서는 피가 흘러나오고 있었다.

확실히 세인트 버나드는 적절한 치료가 필요한 상태였다. 정맥주사를 연결해놓고 중탄산염을 잔뜩 먹여서 혈액 속에 축적된 이산화탄소 수치를 조절해주었다. 스테로이드를 주사해서 앞으로 올 수 있는 쇼크를 예방하고 부상당한 몸에 산소가 결핍되지 않도록, 그리고 심한 외상이 개선되도록 했다. 상처에 붕대를 다 감아주기도 전에 녀석은 치료는 안중에도 없는 듯 병원을 나가려고 자신의 몸을 여기저기 체크했다.

빌은 개 주위를 떠나지 못하고 서성이면서 계속해서 이렇게 속삭였다. "미안하다 마우스, 내가 너무 미안해……."

마지막으로 마우스에게 링겔을 꽂고 나서 개장 안에 들어놓고 나니 빌에게 자초지종을 들어볼 짬이 났다.

"마우스가 옆집 정원까지 들어가서 뛰어다니니까 이웃 사람이 줄을 매놓는 게 좋을 것 같다고 했어요. 이웃과의 평화를 지키기 위해서 저는 30피트의 개줄을 사다가 마우스를 뒷마당에 묶어놓았거든요. 녀석은 힘이 워낙 센 데다가 묶여 있는 걸 너무 싫어해서 자꾸 개집 위로 뛰어오르더니만 줄을 끊어버렸어요."

빌은 눈을 감고 머리를 저으며 진저리를 쳤다. "녀석이 가장 마지막
으로 줄을 끊어버렸을 때, 저는 일하러 가느라 바빠서 그만 녀석을 트
럭 뒤쪽에 묶어두었거든요. 저는 계속해서 회사 트럭을 써왔고 일주일
동안 제 차를 운전하지 않았기 때문에 녀석을 그 트럭에 묶어놓은 것
에 대해서는 전혀 걱정을 하지 않고 있었어요. 일이 벌어진 건, 오늘
오후인데 밥이 회사 트럭을 가지고 가서 저는 제 차에 올라탔죠. 마우
스는 20피트쯤 떨어진 개집에 웅크리고 앉아 있었어요. 제 차에 줄이
연결된 사실을 까맣게 잊고 있었다구요!"

"당신 말은 차 뒤에 계속 그렇게 끌고 다녔다는 건가요?" 나는 그만
놀라서 고개를 흔들었다. "개를 그렇게 끌고 다녔으면 목이 부러졌거
나 후두가 나갔을지도 모릅니다."

"물론 선생님은 그렇게 생각하시겠지만 그 녀석이 개집 밖으로 줄을
끊고 도망치는 걸 못 보셔서 그럴 거예요. 운 좋게도 2주 전에 그 개줄
을 새로 사왔는데 만약에 예전 거였다면 너무 팽팽해서 아마 목이 부
러졌을지도 몰라요."

"그런데 녀석이 숨을 쉬지 못하는 상태에서 어떻게 그렇게 오래 견
딜 수 있었는지 상상이 가지 않는군요. 아치볼드 언덕을 올라갔다가
에릭슨까지 오는 내내 최소한 2, 3마일은 끌려왔을 텐데요. 4분에서 5
분은 족히 걸리는 거리인데 말입니다."

빌은 그런 일이 일어났고 거기서 마우스가 살아났다는 사실을 믿을
수 없다는 듯이 머리를 가로저으면서 병원 문을 나섰다.

농장에 왕진을 갔다가 돌아왔을 때쯤, 마우스는 많이 좋아져 있었
다. 바로 몇 시간 전만 해도 녀석은 말 그대로 죽은 몸이나 마찬가지

였다. 지금 녀석이 있는 개장은 앞발로 치고 긁어대는 바람에 마구 덜
컹거리고 있었다.

"가만있어, 마우스!"

"30분 전부터 계속 저러고 있어요." 도리스가 투덜거렸다. "아마도
집에 갈 준비가 됐다고 말하는 것 같은데요."

마우스는 완전히 흥분해서 설쳐댔다. 링겔 줄이 마구 엉키고 줄을
따라 피가 역류해 나왔다.

"해야 할 치료는 다 한 것 같은데," 나는 개장 문을 열어주었다. "이
제 더 이상 링겔을 맞고 있지 않아도 될 것 같구나."

녀석은 필사적으로 내게서 빠져나가려고 했고 그럴 때마다 매번 가
까스로 막아냈다. 결국 녀석은 포기했고 링겔 줄을 고정시켜놓았던 테
이프를 떼고 카테터를 제거하는 동안 가만히 앉아 있었다.

"가죽 끈하고 커다란 목줄 좀 줘요, 도리스. 저 용액을 모두 주사했
으니 아마도 오줌을 눠야 할 거예요."

조심스럽게 마우스의 목에 목줄을 씌우고 끈을 채우고 나서 뒤로 물
러섰다. 녀석은 화물열차처럼 내 옆을 지나 문까지 똑바로 튀어나갔
다. 그후 10분 동안, 녀석은 줄을 잡고 있는 나를 데리고 뒷골목을 이
리저리 끌고 다녔다. 한곳에 영역표시를 하고는 또 다음 장소로 가면
서 나를 마구 잡아당기는 것이었다. 기침도 하지 않고 입마개도 하지
않았다. 아팠던 표가 전혀 나지 않았다.

한 시간 후에 마우스를 퇴원시켰다. 내가 마지막으로 본 녀석의 모
습은 눈이 쌓인 보도 위를 마구 달려 내려가는 개와 그 뒤에서 팽팽하
게 연결된 가죽끈을 잡고 정신없이 끌려가고 있는 빌의 모습이었다.

우시는
정말 착해

오후의 업무는 웨스트 애로 크리크 지역에 있는 발먼 농장으로 가는 일로 시작되었다. 이곳은 브리티시 컬럼비아 지방의 풍경 속에 점점이 흩어져 있는 전형적인 주말농장 가운데 하나였다. 가로세로 각각 10에이커와 20에이커의 잔디로 덮힌 이곳은 주변의 숲과 나뉘어져 바위 언덕과 경계를 이루고 있으며 여기저기 돌덩이들도 흩어져 있었다.

잭은 이 지역의 페인트 공으로 농장에는 되도록 관여하지 않는 사람이었다. 그의 아내인 아이네즈는 자신의 토지와 동물들을 정말 사랑했다. 그녀는 크레스턴 밸리 지역의 비육농협회에서 비서로 일했는데 그 조직에 도움이 되는 사람이었다. 그녀는 또 계속적으로 내게 새로운 고객들을 보내주고 있었다.

차의 속도를 늦추자, 마치 목장 가운데에서 아이네즈의 개들이 바다에 떠다니는 조각배같이 낡고 오래된 오두막 뒤켠 주위를 빙빙 돌고 있는 광경이 눈에 들어왔다. 외양간 치고는 좀 어울리지 않게 그 오두막은 가장 가까운 농장 울타리에서 적어도 15야드쯤은 떨어진 위치에 있었다.

아이네즈가 오두막에서 나오더니 녹아 없어지고 있는 눈더미 가장자리를 따라오면서 내 주위를 끌려고 마구 손을 흔들어댔다. 그녀는 나를 향해 서 있었고 그 앞으로 두 마리 개가 마구 짖어대며 달려오고 있었다. 한 녀석이 귀를 뽐내듯 쫑긋 세우며 무섭게 노려보았다. 그 녀석은 목구멍 깊은 곳에서부터 으르렁거리는 소리를 내더니 여러 번 빠르게 컹컹거리고는 신나서 제자리를 빙글빙글 도는 것이었다.

"이렇게나 빨리 오시다니 반가워요!" 가시 돋친 철사 줄을 치워가면서 아이네즈가 조심스럽게 짧은 다리로 울타리를 지나 남아 있는 눈더미를 건너왔다.

"잭은 일하러 나갔고 저는 이 녀석들과 집에 있답니다." 그녀는 아직도 짖고 있는 개들에게 손짓을 했다. "우시가 지난주부터 저를 걱정시키고 있지 뭐예요. 이 소의 출산기록을 보고 날짜를 계산해보니 3일 전에 새끼를 낳았어야 하는데, 어제는 하루 종일 혼자 떨어져 있었어요. 그리고 제가 밤새도록 두 시간마다 한 번씩 가서 살펴봤지요. 오늘 아침 7시 30분에 봤더니 자궁 점막이 밖으로 나오고 있었어요. 그때부터 녀석에게서 눈을 뗄 수가 없었는데 꼼짝도 안 해요. 그 뒤로 계속 한 번도 힘을 주지 않고 있다구요."

"번식한 수컷의 종이 뭔가요?"

아이네즈는 손으로 자신의 회갈색 머리를 쓸어내렸다. "한니발이라는 이름의 키아나나 종이었어요. 그 황소는 새끼 낳기가 쉬운 품종이라고 들었는데 전에 교배시킨 적은 없어요. 송아지가 얼마나 커질지 누가 알 수 있겠어요?" 아이네즈의 목소리는 점점 작아졌고 엷은 갈색 눈은 걱정스럽게 외양간을 바라보고 있었다.

차의 좌석 사이에서 작업복을 집어 들고, 개를 문에서 뒤쪽으로 밀어 낸 다음 차문을 꽝 닫았다. 두 마리 가운데 더 어린 녀석이 아이네즈의 다리 뒤에 숨어 몸을 움츠리고는 내가 앞서 나가자 두려움을 느끼는 듯이 으르렁거렸다. 더 늙은 녀석은 자동차 뒤쪽으로 종종거리며 걸어갔다. 녀석은 낮게 으르렁거리면서 불안하게 균형을 잡으며 뒷다리를 들더니 내 차 타이어에 볼일을 보는 것이었다.

자동차의 흙받이에 기대서 신발 위로 작업복을 입고 팔에 촉진용 장갑을 꼈다. 이 작업을 막 마치려고 하는데 나이 많은 개가 낮은 소리로 으르렁거리더니 내 가랑이 사이로 코를 박는 것이었다. 그 녀석은 한번 킁킁거리고는 별로 흥미가 없다는 듯이 어슬렁거리며 사라져 버렸다.

"브루노! 예의를 지켜야지?" 아이네즈가 꾸짖었다. "걱정하지 마세요, 이놈들은 전혀 해를 끼치지 않는답니다. 게다가 이 녀석은," 그녀는 막 비틀거리며 도망가고 있는 늙은 녀석을 가리키며 말했다. "말뚝만큼이나 잘 듣질 못한답니다."

나는 도움이 될 만한 것들을 모두 모았다. 분만 체인, 손잡이, 그리고 소독용 비누를 양동이에 던져 넣고 아이네즈에게 건네주었다.

"이 양동이에 따뜻한 물이 가득 필요한데요. 만약에 양동이가 하나 더 있으면 거기에는 차가운 물을 채워주시겠어요?"

"아마 제일 먼저 소를 묶어야 할 거예요. 벌써 제가 한번 묶어보려고 했는데 목에 고삐를 채울 만큼 가까이 못 오게 해요. 녀석이 고삐를 망가뜨렸어요. 평상시에는 아주 유순한데 오늘은 협조하려들질 않네요. 곡식이 든 양동이로 녀석을 달래기도 하고 몰아보기도 하면서 우리 안에 들여놓는 데 한 시간이나 걸렸어요. 수풀을 하도 쳐대서 온몸에 덤불이 묻었는데 자꾸만 계속해서 그쪽으로 가려고 해요.”

나는 차 뒷좌석에서 약품상자를 꺼내 끌어내고 그 밑에 있는 올가미 밧줄을 집어 올려보았다. 찌부러지고 보기 흉하게 감겨 있는 밧줄 다발을 보니 한숨이 나왔다. 잔디 위에 그 밧줄 다발을 힘차게 내던지고는 잘 감아질 때까지 쫙쫙 폈다.

밧줄을 어깨에 메고 분만 기구를 손에 들고는 목장을 가로질러 아이네즈를 따라갔다. 외양간 뒤쪽의 삼각 오두막 가운데에 우시가 서 있었다.

“소 우리 같지 않아서 좀 죄송하네요. 잭은 농장을 돌보는 데 별로 관심이 없어서요. 그래서 어쨌든 제가 할 수 있는 대로 최선을 다해 만든 거랍니다.”

그 우리는 모서리를 서로 지탱해주는 지지대도 없이 통나무 하나 위에 또 통나무를 쌓는 식으로 만들어져 있었다. 내가 보는 한은 어떤 못도 전혀 쓰지 않은 것 같았고 단지 통나무만 길다랗게 겹쳐놓은 데다가 임시로 플라스틱 끈으로 서로 연결해놓은 구조였다. 아이네즈가 왜 우시를 묶어놓으려고 그렇게 고심했는지 알 것 같았다. 우리의 상태와 소의 몸집을 고려해보면 말이다. 녀석은 암소치고는 엄청난 덩치였다.

“이 암소가 몇 살이나 됐나요, 아이네즈?” 나는 이 다리 긴 짐승을 두려움을 가지고 바라보며 물었다. “아주 엄청난 녀석이군요.”

"5월 3일이면 세 살이 돼요. 우리 농장의 씨암소인 페니에게서 태어났는데 열여섯 번째 키아나나 종이에요. 이 소의 새끼를 순종으로 등록하려고 하는데…… 물론 아직 살아 있다면요."

아이네즈는 조심스럽게 우리의 난간을 올라가서는 맨 꼭대기 통나무 위에 놓아두었던 고삐를 손에 쥐었다. "저 곡식 양동이를 좀 주시겠어요?"

한 손에는 양동이를 들고, 다른 한 손에는 고삐를 들고, 그녀는 우시가 있는 곳으로 다가갔다.

"너는 엄마의 귀염둥이야, 그렇지? 착하지…… 착하지…… 엄마한테 오렴…… 이리 와서 먹이를 좀 먹어봐……. 여기 있단다, 예쁜아. 먹이 좋아하지. 그렇지 않니, 애야?"

아이네즈의 제안에 흥미를 느끼는 것처럼 우시는 머리를 낮추고 그녀에게로 한 발짝 다가왔다. "자 여기야, 예쁜아." 커다란 소의 목을 따라 고삐를 스치면서 아이네즈는 머리 쪽으로 조금씩 나아갔다. "너는 그냥 이 엄마가 네게 고삐를 걸게만 해주면 된단다."

마치 그 말을 알아들은 것처럼 우시는 목을 비틀어 빼더니 엉덩이로 아이네즈를 쳐냈고 그녀는 곡식이 든 양동이와 고삐와 함께 바닥에 나뒹굴었다.

아이네즈가 몸을 일으키고 있는데 거의 울 것 같았다. "녀석은 항상 다루기 부드러운 아이였는데. 전에는 결코 이런 적이 없었답니다! 기술자한테 데려가서 인공수정을 시킬 때도 내가 몸 위로 걸어 올라가서 고삐를 씌웠는데 말이에요."

우시는 행복해 보이지 않았다. 울타리에 갇혀 있어서 그랬고, 낮선 사람이 너무 가까이에 있어서 그랬고, 시간이 갈수록 주인이 자꾸만 이상하게 변해서 그랬다. 우시는 별안간 머리를 들어 올리고는 우리 가운데로 재빠르게 두 걸음을 내딛고 나서 마치 물 속에서 바위 위로 뛰어 오르는 해마처럼 통나무 위로 돌진했다.

나는 녀석이 반대쪽으로 넘어지기 전에 그 앞으로 가려고 애를 쓰며 우리 밖 주변을 뛰었다.

"뒤로! 뒤로!" 나는 손바닥으로 소의 코를 세게 때렸다. "뒤로 가야 해!"

우시는 우리 난간을 밀고는 재빨리 한 바퀴 돌더니 아이네즈의 옆을 지나 달려서 반대편 우리 난간 위에 곤두박질하며 뛰어들었다. 녀석의 몸무게를 이기지 못하고 난간은 우지끈하고 갈라졌고 우시의 몸은 앞으로 넘어갔는데 겨우 뒷다리 하나만 난간에 걸쳐져 있었다.

나는 올가미 밧줄을 더듬어 줄을 찾아내고는 소가 뒷다리를 빼내려고 할 때 던졌다. "고삐를 걸었군요!" 아이네즈가 기뻐서 소리쳤다. "녀석을 잡았어요!"

분명히 내 밧줄은 우시의 목에 걸려 있었다. 나는 다리를 똑바로 세우고 완고하게 녀석이 뒷걸음치려는 것을 늦추려고 애썼다.

처음에는 내가 녀석의 균형을 잃게 해서 머리를 내 쪽으로 당길 수 있었지만 열 내지 열두 발자국도 가지 못해서 녀석은 자신의 방향으로 나를 따라오도록 만들어버렸다. 녀석은 이제 속도를 냈고 내가 할 수 있는 거라고는 그냥 버티고 있는 것뿐이었다. 나는 필사적으로 옆에 지나가는 나무를 잡으려고 했다. 밧줄이 내 손에서 마찰열을 내며 빠져나갈 때 손바닥에는 끔찍하게 타들어가는 듯한 느낌이 들었다. 그런 다음 녀석이 도망갔다. 우리는 목장 반대편에 있는 배수로 쪽으로 사라져가는 우시를 지켜보고만 있었다.

"아이네즈, 물이나 준비하는 게 어떨까요? 녀석에게 잠시 시간을 좀 줘야 할 것 같은데요."

나는 기진맥진한 데다가 양손은 불이 난 것처럼 얼얼했다. 우시에게 평정을 되찾게 해줄 이상적인 시간이었다. 눈이 쌓인 작은 무더기에서 눈을 조금 떠서 공 모양을 만들어 손에 놓고 굴렸다. 그리고는 커다란 바위 옆에 앉아 등을 기대고 따스한 3월의 햇살을 즐겼다.

아이네즈가 양손에 양동이를 들고 집에서 나왔을 때에도 우시는 나타나지 않았다.

"울타리 옆에 양동이들을 그냥 내려놓으세요. 먼저 녀석을 상대하지 말고 내버려둬보자구요. 그러고 나서 다시 해봅시다."

"저 수풀 쪽으로 가요." 아이네즈는 가까운 지점을 가리켰는데 그 곳은 아직 잎도 나지 않은 나무들이 나란히 서 있는 곳이었다. "우리가 오늘 아침에 시작했던 곳이에요."

"아이네즈, 당신도 알겠지만 저 암소 같은 동물들에게는 가끔은 완전히 혼자 있도록 두어서 새끼를 낳을 수 있게 해주는 것이 최선일 수도 있어요. 당신이 항상 곁에 있으면 뭔가 다른 곳에 신경을 쓰느라 녀석이 집중하는 것을 방해할 수가 있거든요."

"저는 그렇게 두지는 못하겠어요! 만약에 송아지에게 무슨 일이라도 일어난다면 저 자신을 용서할 수가 없을 거예요."

"당신의 훌륭한 쌍안경인 두 눈으로 멀리서 잘 관찰해보세요. 그러다가 만약에 녀석에게 문제가 생기거나 막 새끼를 낳으려고 하거나 하면 거기로 곧장 달려가 볼 수 있잖아요.”

“저기 나타났어요!” 아이네즈는 내가 지금까지 한 말을 한마디도 듣지 않은 것처럼 우시가 있는 방향으로 냅다 달려가는 것이었다.

언덕 꼭대기에 가보니 우시는 도랑에 있었다. 나는 내심 녀석이 누워서 옆에 송아지를 반쯤 낳아놓고 있는 장면을 발견하기를 바랐다. 하지만 바람과 달리 머리를 쳐든 채로 귀를 세우고 막 달릴 준비가 돼 있는 놀란 엘크와 아주 흡사하게 그곳에 서 있었다.

“아마도 제가 가서 먹이가 든 양동이를 좀 가져와야 하는 거 아닌지…….” 자신의 제안이 쓸모없는 것이라는 걸 알고 있는 듯이 아이네즈의 목소리가 점점 기어 들어갔다. 그녀의 둥근 얼굴이 걱정으로 일그러졌다. 아랫입술도 바르르 떨려왔다. “하지만 송아지는 어떻게 하죠? 얼마나 오랫동안 저렇게 둬도 괜찮은 건가요? 그리고 아직 살아 있다는 희망은 있는 거겠죠? 양수가 터진 뒤로 일곱 시간도 더 지났다구요.”

내 직감으로는 만약에 우리가 곁에서 비켜준다면 우시 스스로 송아지를 낳을 것 같았지만 전적으로 그렇게 믿을 수만도 없는 노릇이었다. 혹시라도 송아지가 이상 위치에 있다면 어떻게 하지? 간단한 문제는 지금 바로 잡으면 송아지를 살릴 수 있지만 만약 혼자 내버려두면, 어쩌면 송아지가 죽는 결과를 초래할 수도 있고 내 평판에 해를 끼칠지도 모를 일이었다.

“아이네즈, 녀석은 당신에게 익숙해 있으니까 저기로 혼자 걸어 내려가서 저 밧줄을 나무 둘레에 감을 수 있는지 보고 오는 게 좋겠어요. 아마도 뒤쪽으로 멀찌감치 서 있으면 녀석은 당신이 목에 밧줄을 걸려고 한다는 걸 잊어버릴지도 몰라요.”

내가 안 보이는 곳에 앉아 있는 동안 아이네즈는 언덕 가장자리를 따라서 기어 내려갔다.

우시는 아이네즈가 가까이 다가가는 것을 보았다. 녀석은 머리를 더 멀리 빼고는 주인을 보기 위해 몸을 돌렸다.

"그만, 얘야." 아이네즈는 소가 있는 쪽으로 서둘러 걸음을 옮겼다. "이제 네 새끼를 내보내야지."

아이네즈가 솜씨 좋게 소 뒤에서 밧줄을 걸어보려고 애를 썼지만 그 커다란 덩치는 동상처럼 서서 그녀가 소의 정면 시야에서 사라질 때마다 그녀 쪽으로 얼굴을 돌리는 것이었다. 곧 밧줄의 끝부분이 우시의 뒷발에서 겨우 몇 인치 가까이까지 이르렀고 그 나머지 부분은 녀석의 몸에 둥글게 원 모양으로 감겼다. 녀석은 아이네즈의 움직임을 보면서 서 있었는데 자신을 절대로 혼자 두지 않으려고 작정한 이 여자를 좀더 감시하려고 머리를 위로 올렸다가 내렸다가 하고 있었다. 아이네즈가 밧줄 끝에 닿을 정도로 가까이 접근하자 우시는 빠른 걸음으로 도망쳤다.

"제가 도와줄게요, 아이네즈. 녀석이 확실히 우리 속셈을 알아차린 것 같군요."

발면 농장 여기저기에서 맹렬한 추격전이 계속되고 있었다. 그 게임은 순서에 맞게 잘 진행되었다. 우리가 20피트의 올가미 밧줄 끝에 난 작은 매듭을 쫓아가면, 그 녀석은 우리 손이 닿지 못하도록 도망쳐버리는 것이었다. 우리는 그 매듭을 손에 넣으려고 별의 별 전략을 다 써보았지만 녀석은 너무 영리했다. 실제로 나는 몇 번이나 매듭을 손에 넣을 수 있었지만 겨우 몇 초 동안이었고, 1500파운드의 무게로 빠르게 달아나는 소 때문에 내 손은 비틀어져버리고 말았다. 이 모든 에피

소드가 진행되는 동안에도 녀석에게서는 분만 중이라는 어떤 표시도 드러나지 않았다. 분만하고 있다는 유일한 증거는 녀석의 질에서 나오는 한 다발의 점막뿐이었다.

결국 농장의 가장 먼 구석에서 우시의 운은 바닥을 드러내고 말았다. 녀석은 울타리의 오른쪽 모서리에 아이네즈와 동시에 도착했다. 그리고 그 둘은 내가 뒤쪽으로 달려들어서 느슨한 밧줄을 잡아쥐고는 포플러 나무에 감아놓기에 충분하도록 얼마간 멈춰 있었다. 녀석이 아이네즈에게서 뒷걸음으로 도망치려 할 때, 느슨했던 밧줄을 모아서 몇 번 더 나무 둘레에 감아놓았다. 우시는 돌아서서 내게서 도망치려 했지만 결국 자신이 처한 상황을 깨닫고는 모든 걸 체념하고 서 있었다.

"제가 물을 가지러 갔다 오는 동안 이걸 붙잡고 녀석을 잘 감시하고 있어요." 나는 아이네즈에게 밧줄을 건네주었다.

"송아지에게 아직 아무 일이 없어야 할 텐데요." 아이네즈가 슬픈 목소리로 말했다. "너무 오랫동안 송아지를 방치해놓은 게 아닌가 하는 끔찍한 생각이 들어요."

양동이를 들고 돌아왔을 때까지 바뀐 건 거의 없어 보였다. 우시는 밧줄에 매여 주춤거리고 있었고 아이네즈는 끊임없이 녀석이 얼마나 착한 소인지 칭찬을 쏟아내고 있었다.

울타리 옆에 차가운 물 양동이를 놔두고, 나는 덩치 큰 암소의 뒤쪽으로 다가가서 꼬리 윗부분을 천천히 긁어주었다. "착하지, 우시. 잘했어…… 착하지…… 착하지."

손을 천천히 꼬리 쪽으로 옮기면서 나는 녀석의 질 위로 따뜻한 물을 조금씩 뿌려주었다. 마치 총에 맞은 것처럼 우시가 앞으로 돌진했다.

"우시! 우시! 진정해." 아이네즈가 나섰다. "진정하라구."

우시는 밧줄이 팽팽하게 되서 더 이상 남은 부분이 없을 때까지 나무 주위를 비틀거리며 돌고 돌고 돌았다. 녀석이 밧줄의 끝부분까지 말아왔을 때, 나는 물 양동이에서 비누가 든 용기를 찾아 녀석의 엉덩이 주위에 듬뿍 바르고는 재빨리 문질러주었다. 내 양 팔에도 비누를 듬뿍 바르고 거품이 잘 나도록 한 다음에, 한 손을 질 입구로 들여놓고는 골반이 있는 곳을 향해 밀어 넣었다.

우시는 밧줄을 당기며 저항했고 목구멍이 찢어진 것처럼 울어댔다. 그러고는 옆으로 몸을 던졌다. 녀석은 반대 방향으로 몸을 돌리더니 다시 나무를 한 바퀴 돌고는 나무에서 점점 더 멀어지도록 나무에 감긴 줄을 풀었다.

"뭔가 느껴지는 거 없어요?" 이제 아이네즈는 미쳐 날뛰고 있는 암소 앞에 있는 나무 주위에서 숨이 넘어갈 듯한 상태로 흥분해서 말했다.

"송아지는 정상적인 위치에 있군요. 두 앞다리와 머리가 모두 골반 안에 있어요."

"살아 있죠?"

"아직 그것까지는 알아볼 시간이 없었습니다."

나는 우시 앞으로 점프해 들어가서 가까스로 도는 걸 멈추게 해놓았다. 밧줄을 더 팽팽하게 당기면서 나는 녀석을 나무에 더 가까이 잡아놓고 밧줄이 더 멀리 풀어지지 않도록 한 번 더 묶어두었다. 손을 다시 씻고, 질 안으로 밀어 넣어 보았다. 송아지의 양쪽 앞발이 골반 가장자리에 나와 있었고 머리와 어미의 치골 사이에는 공간이 넉넉해 보였다. 나는 송아지의 앞발을 잡고 녀석이 불편하지 않게 발톱을 펴주었다. 생각했던 대로 발은 웅크려져 있었다.

"송아지는 살아 있어요, 아이네즈, 그리고 공간이 많아서 어렵지 않게 잡아 뺄 수 있을 것 같군요."

바로 분만 체인에 소독용 비누를 칠해서 송아지 다리에 걸치려고 하는데 우시가 다시 흥분했다. 녀석은 앞으로 돌진하더니 온몸을 흔들고는 반항하듯이 몸을 뒤로 빼고, 큰 소리로 울부짖으며 혀를 쭉 내밀었다. 너무 세게 내밀어서 기도가 막힐 지경이었다. 혀는 분명히 푸르스름한 색을 띠고 있었다.

"밧줄을 좀 느슨하게 해줘요, 아이네즈!"

산소가 모자라자 우시는 마구 버둥거렸지만 마치 자신의 목숨이 거기에라도 달린 것처럼 여전히 밧줄을 당기며 뒤로 몸을 버티고 있었다. 아이네즈는 여분의 고삐를 거의 다 풀어주고는 겨우 몇 피트 남아 있는 줄에 필사적으로 매달려 있었다.

"녀석의 주둥이에 걸어 맬 수 있을 때까지 밧줄을 느슨하게 해줘야 할 거예요." 나는 우시의 코뼈 부분을 붙잡고 발로 녀석의 머리 부분을 떠받친 후에 밧줄이 코에 걸릴 때까지 앞쪽으로 기울였다.

"조금만 더 기울여서 녀석의 코에 밧줄을 걸치면 질식하지 않게 해줄 수 있을 겁니다."

"더 이상은 안 돼요. 그러면 녀석을 잃게 될지도 모른다구요!"

내가 막 올가미 밧줄을 우시의 코에 걸려고 하는데 녀석이 머리를 마구 저으면서 뒤쪽으로 물러났다. 밧줄이 내 손바닥 위로 미끄러지면서 마치 바이어스처럼 단단히 걸러버렸다. 나는 필사적으로 손을 빼려고 했지만 계속 당기는 우시의 힘 때문에 더 단단히 조여졌다. 다른 손으로 코를 잡자, 녀석은 더 고집스럽게 내 손아귀에서 빠져나가려 했다. 녀석이 앞뒤로 마구 날뛰는 동안 내 몸은 무기력하게 녀석이 움직이는 대로 따라 당겨지고 있었다.

"밧줄을 풀어요, 아이네즈!" 고통이 심해져서 나는 큰 소리로 말했다.

"지금 놔주면 다시 붙잡을 수 없게 된다구요!" 아이네즈는 입을 앙 다물고 줄을 잡아당겼다. 그녀는 우시가 1인치도 발을 뗄 수 없게 만들었다!

우시는 밧줄에 모든 몸무게를 지탱하며 뒤로 버티고 있었는데, 숨이 점점 가빠지면서 고통스러워했다. 앞으로 돌출된 혀는 고통스러운 듯이 푸르스름한 흰색을 띠고 있었다. 여전히 내 손은 밧줄에 걸린 채 감각은 없어지고 거의 소의 혀와 같은 색깔로 변해가고 있었다.

"줄을 놓으라구요!" 나는 화가 나서 울부짖었다.

"그러면 소를 절대 붙잡을 수 없게 된다니까요!"

"아이네즈! 빌어먹을 그 밧줄 좀 놓으라구요!"

갑자기 밧줄이 풀어졌다. 우시는 뒤로 버둥거리더니 몇 발짝 비틀거리고는 건초더미 위에 쓰러졌다. 나는 손을 빼냈다. 손가락을 꼼지락거려봤더니 갑자기 화끈거리고 아픈 통증이 밀려왔다. 우시는 이제 숨을 제대로 쉴 수 있게 되었지만 여전히 쓰러진 곳에 그대로 누워 있었다. 손가락에 감각이 돌아오자 재빨리 올가미를 만들어 녀석의 코에 걸었다. 밧줄 끝을 잡고 나는 가까이에 있는 자작나무로 뛰어가서 나무 둥치에 가까스로 감아놓았다.

우시가 여유롭게 슬슬 발을 움직이기 시작했다. 녀석이 내 쪽으로 머리를 돌리자 나는 줄을 당겨서 나무줄기에 한 번 더 감았다.

"자, 다시 밧줄을 잡아요, 아이네즈. 녀석이 앞쪽으로 오면 밧줄을 팽팽하게 당겨요."

나는 양동이를 들고 물을 뿌려 우시의 엉덩이를 깨끗이 해놓았다. 손을 닦아낸 후에, 분만 체인을 씻어서 고리모양을 만들어 질 속으로 밀어 넣었다. 우시는 급히 몇 발짝을 옮기더니, 내 손이 자신의 몸 속으로 들어오는 것에 저항을 했다. 나는 재빠르게 그 고리를 송아지의 발에 걸고 단단히 조인 후에 다시 반쯤 더 걸어 맸다. 같은 과정을 다른 쪽 다리에도 되풀이 했다. 그러는 내내 우시는 내게서 벗어나려고 버둥거리고 있었다. "착하지, 우시." 아이네즈가 옆에서 도와주었다. "힘을 줘야지!"

나는 분만 체인에 손잡이를 달고 힘을 가하기 시작했다. 송아지가 앞쪽으로 쉽게 미끄러져 나오면서 발과 다리가 보이고 혀도 보였다. 어미 소가 힘을 줄 때에 맞춰서 같이 잡아당겼더니 곧, 거무스름한 코가 나타나고, 그런 다음 아주 연약해 보이는 머리가 나타났다.

"아주 건강해 보이는데요!" 아이네즈의 두 눈은 기대감으로 빛나고 있었고 흥분해서 거의 제정신이 아닌 듯했다.

단지 체인에 힘을 조금만 더 주었는데도 목과 가슴이 쏙 빠져나왔다. 분만 체인의 손잡이를 내려놓고 송아지에게 손을 뻗어서 적절한 시점에 맞춰 한 번 더 잡아당겼더니 우시가 자궁에서 송아지를 밀어내어 내 품에 폭 안겨주었다.

"와, 송아지가 정말 작아요!" 아이네즈가 외쳤다.

송아지를 풀 위에 눕혀놓고 어린 것의 얼굴을 비벼주고 입 속에서 나온 약간의 점액질을 깨끗이 닦아냈다. 콧구멍을 닦고 있는데 송아지가 엄청난 콧김을 내뿜으면서 머리를 마구 흔들어댔다.

나는 생식기를 확인해보았다. "암소군요."

"와, 정말 잘됐어요! 우시가 수놈을 낳을 줄 알고 있었거든요. 이 녀석처럼 제 날짜를 넘겨서 태어나는 놈들은 거의 예외 없이 수컷이었답니다."

"잠깐만요. 우시에게 새끼를 안아보도록 해줘야겠어요."

나는 다시 한 번 팔을 깨끗이 했다. "뱃속에 또 다른 송아지가 남아 있는지 확인해보구요. 저 녀석이 작아서 쌍둥이일 가능성도 있을 수 있거든요."

재빨리 살펴봤는데 자궁은 텅 비어 있었다. 자궁 안은 찢어진 곳도 전혀 없고 출혈도 없었다. 팔에 송아지를 안고서 어미 앞에 내려놓아 주었다.

"이렇게 힘들게 낳긴 했지만 네 아기를 좋아하길 바란다."

육중한 몸집의 암소는 얼떨떨해하면서 몸이 젖은 작은 동물을 빤히 바라보았다. 송아지가 주위를 살피려고 머리를 들어 올리자 우시가 빠르게 몇 번 코를 킁킁거렸다. 아기 소가 일어서려다가 팔다리가 쭉 미끄러지며 넘어지자 어미는 뒤로 물러나더니 이내 돌아와서는 새끼를 핥아대기 시작하는 것이었다.

내가 녀석의 옆구리를 밟고 코에서 올가미 줄을 걷어내서 밧줄을 푸는데도 우시는 전혀 신경도 쓰지 않았다.

"이 녀석이 예쁘다고 제가 말하지 않았나요?" 아이네즈는 깔깔 웃으면서 말했다. "우시, 넌 정말 착한 녀석이야!"

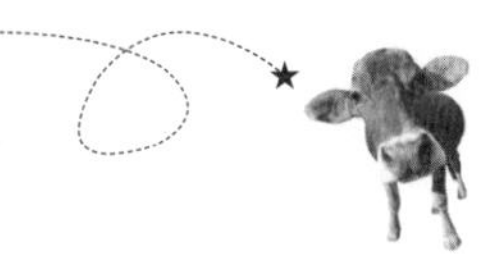

잔인한 달

너무 정신없는 일주일이었다! 봄철에 급격한 속도로 늘어나는 진료 건수는 내가 처리할 수 있는 범위를 벗어나는 것이었다. 믿기 어려운 얘기지만, 내가 크레스턴 밸리 지역으로 왔을 때만 해도 동물병원을 운영하기에 소들이 충분하지 않을 거라고 걱정했다.

고맙게도 드디어 거의 모든 암소가 새끼를 낳게 된 것이다! 나는 휴식을 즐긴다는 기분이 어떤 것인지 기억이 나지 않았다. 그냥 혼자 조용히 있으면서 머릿속을 완전히 비우는 것 말이다. 매일매일 정신없이 지나가는 데다가 밤새 푹 잘 수 있는 기회도 거의 없었다. 항상 갑자기 왕진을 나가야 하는 응급상황이 일어나거나 머릿속을 복잡하게 만드는 난처한 케이스가 생겼다.

이번주에는 일이 좀 줄어들어서 마음에 여유를 갖게 되길 바랐지만 벌써 토요일이 됐는데 오히려 평상시보다 더 정신이 없는 것 같았다.

제럴드 필립스의 전화가 왔다. 유열(혈중 칼슘농도가 비정상적으로 낮아지는 소의 대사성 질환으로 저칼슘증 또는 해산 마비증이라고도 한다)에 걸린 소가 한 마리 더 있다는 것이었다. 그는 2주 전의 경우처럼 '우스운 상황'이 되지 않기를 바라고 있었다. '우스운'이라는 말은 적절한 표현이 아니다. 만약에 그 마지막 녀석처럼 또 그런 일이 벌어진다면 나는 어디 도망이라도 가서 숨어버리고 싶은 심정이었다!

제럴드가 손에 총을 들고는 늙고 가엾은 거트 앞에 서 있었던 기억이 아직도 내 등골을 오싹하게 만들었다. 거트는 덩치가 커다랗고 늙은 건지 종의 젖소로 제럴드가 아끼는 놈이었다. 이른 아침에 아무런 어려움 없이 새끼를 낳았기 때문에, 그는 저녁에 젖을 짜려고 소를 일으켜 세울 수 없는 상황이 돼서야 녀석의 상태가 좋지 않다는 걸 알게 되었다. 나는 녀석에게 일반적인 유열에 대한 처치를 해주었는데 칼슘 주사에도 아무런 반응이 없자 당황스러웠다.

아주 적절한 양을 주었기 때문에 바로 즉각적인 효과가 나타나리라고 기대하고 있었는데 말이다! 완전히 뻗어서 거의 숨도 못 쉬는 소를 수도 없이 살렸는데. 항상, 칼슘을 처방하면 잦아드는 심장 박동이 되돌아오고, 몇 분 안에 원기를 되찾게 해주고, 한 시간 안에 일어설 수 있게 되었다.

거트는 그 처방 후에 약간 기운이 나는 듯했다. 몸을 떨더니 소변을 보았다. 나는 피하주사로 두 번째 병을 주입시키고 나서 곧 회복되리라는 확신을 가지고 돌아왔다. 그러나 녀석을 다시 와서 봐달라는 전화를 받자 당황스러웠다. 마치 도로에 납작하게 엎드린 두꺼비처럼 누워 있는 녀석을 보는 것은 정말 우울한 일이었다. 뒷다리는 몸 뒤쪽 바깥으로 뻗어 있었다.

소란 동물은 구조상 저런 자세로 누울 수 없는 건데! 수의사 노릇을 하면서 이런 결과는 처음 보는 것이었지만, 그래도 두려움을 가지고 지켜봐야만 했다. 피를 뽑아 연구실에 보내고 나서 칼슘을 더 주사했다. 나는 이 지역에서 소에게 셀레늄과 마그네슘, 그리고 인을 처방하는 수준에 대한 지침을 좀더 향상시키는 것에 대한 작업을 진행 중이었다. 다른 지역에서는 이러한 미네랄 성분들이 소 건강에 중요한 역할을 하고 있는 것 같았다. 그래서 이 지역 목장들의 상황분석표를 만들어보려고 하던 참이었다.

거트는 엄청난 소였다. 녀석을 옆으로 돌려놓는 일만도 무척 힘든 일이었다. 녀석의 다리를 제자리로 옮겨서 몸을 똑바로 세우기 위해 짚더미들을 아래에 받쳐놓고 날 때쯤 우린 완전히 녹초가 돼버리고 말았다.

녀석의 상태는 결코 나아지질 않았다. 내가 전화를 걸었을 때마다 녀석이 '가망이 없다'는 사실이 점점 더 확실해져가고 있었다. 사지를 펴주면 5분도 지나지 않아서 다시 그 두꺼비 자세로 돌아가버렸다. 우리는 자포자기하는 심정으로 어떤 고문도구보다 더 잘 조여주는 무시무시한 집게가 달린 리프트 기계를 쓰기로 했다. 큼지막한 나사로 엉덩이뼈를 꽉 조이고는 녀석이 제 스스로 일어서려는 노력을 하길 바라면서 소의 엉덩이 부분을 들어 올리도록 만든 도구를 장착했다. 거트는 이것을 간단히 무시해버렸다. 매번 집게를 죄었지만 녀석은 애처롭게 매달려서는 일어서려는 노력을 전혀 해보려고 하지 않았다. 연구실의 분석 결과, 칼슘과 마그네슘 수치는 매우 높았고, 인의 수치는 정상

 빨리요, 송아지가 나오려고 해요

을 아슬아슬하게 넘지 않는 정도였고, 셀레늄 수치는 낮게 나왔다. 녀석에게 인과 셀레늄 두 가지를 더 주사했다. 닷새 동안 잘못 틀어진 다리와 씨름을 하고, 그 리프트 기계와 소의 복부에 거는 끈으로 온갖 짓을 다 해보았지만 모두 헛수고였다. 거트를 옮겨보려고 했던 모든 시도는 결국 녀석을 마치 물에 흠뻑 젖은 곡식자루마냥 체인 아래에 매달려 있는 꼴로 만들어버리고 말았다. 전혀 회복되지 않으리라는 것이 확실해지자, 제럴드는 괴로운 마음으로 총을 꺼내들고 소의 고된 시련을 마감시켜주었다.

부검 결과를 보니 뒷다리에 엄청난 근육 손상이 있었고, 복부 전체에 타박상이 있는 데다가, 간에는 지방이 너무 많이 흡수되어 있어서 집게손가락을 집어넣어 잘라낼 수 있을 정도였다. 연구실에 샘플을 보냈더니 지방간이라고 확인해주었다.

좀더 세밀한 연구 결과, 젖소가 젖을 짜지 않는 기간 동안에는 적절한 보살핌이 절대적으로 필요하다는 것이 증명되었다. 양질의 목초를 먹이고 인의 수치를 높이고 칼슘 수치를 낮추는 것이 유열을 막는 비결이다. 몸속의 에너지 균형이 맞도록 적절하게 유지해서 소가 너무 살이 찌지 않도록 하는 것도 꼭 필요한 부분이다.

소들에게 주는 먹이를 줄이도록 제럴드를 설득하는 것도 쉬운 일은 아니었다! 나이가 60에 가까워지면서 그가 낙농업을 하면서 얻는 즐거움의 대부분은 자신의 '귀염둥이' 젖소들에게 건강을 망칠 정도로 많이 먹이는 것이었다. 소의 젖이 나오지 않는 기간 동안 먹이를 줄이라는 나의 제안에 제럴드는 고개를 끄덕였지만 ―그의 소들은 젖을 짜기에도 너무 살이 쪘다― 그가 받아들이지 않으리라는 것을 잘 알고 있었다.

제니를 처음 보자 나는 그만 움찔했다. 녀석은 몸집이 거대한 홀스타인 종으로 거트보다도 몸무게가 훨씬 더 나가 보였다. 마치 거대한 파도에 휩쓸려 해변에 올라온 고래처럼 건초더미 위에 쭉 뻗어 있었다.

"새끼는 잘 낳았나요, 제럴드?"

"전혀 문제가 없었소. 깨끗하게 해치웠지. 송아지도 아주 건강하다오." 쉰 목소리였다. 내가 그의 소 옆에 무릎을 구부리고 앉자 그는 내 주변을 서성이면서 강렬한 푸른 눈으로 나를 뚫어지게 바라보았다. 마른 몸매와 백발에 뚜렷한 이목구비를 가진 그의 모습은 매처럼 강한 인상을 풍겼다. "오늘 아침에 이 녀석이 쓰러져 있는 것을 보고 놀랐지 뭐요."

제니의 심장 박동은 아주 약하고 작게 들려왔다. 동공은 팽창되어 있었고 귀와 팔다리는 차가웠다. 열이나 붓기가 있는지 보려고 젖을 촉진해보고 나서 어렵게 양쪽 젖에서 우유 샘플을 채취했다. 우유 테스트 결과는 이상이 없었다. 유선염의 기미도 전혀 보이지 않았다. 전형적인 유열에 걸린 것 같았다. 전에 다른 소와 같은 결과가 나오지 않기를 바랐는데.

나는 칼슘 한 병을 주사하고 나서 50퍼센트 농도의 포도당 용액 두 병을 주입시켰다. 만약에 지방간이 걸릴 다음 후보자를 찾는다면 제니가 바로 그런 조건에 맞는 소였다! 지금 소의 몸에 당분을 많이 들여보내주면 에너지원으로 지방을 모아들이는 작용을 막아줄 수 있지 않을까 하는 희망을 가져보았다. 어쨌든 적어도 그렇게 해놓으면 케톤체(혈액이나 소변 미량 함유되어 있고 당대사 이상일 경우에 증가함)가 증가하는 것과 간의 지방성분 축적을 막을 수 있을 것이었다.

　나는 소의 고삐를 놓고서 소가 머리를 옆구리에 처박고 길고 성난 울음을 토해내는 모양을 괴로운 마음으로 지켜보았다. "어떻게 될 것 같소?" 녀석에게 처치를 해도 확실한 반응이 없자 제럴드가 나보다 더 괴로워했다.

　"또 한 마리가 더 죽어나가게 되지 않기를 바랍니다, 제럴드. 이 녀석은 너무 살이 쪘어요. 거트 다음으로 새끼를 낳은 소가 더 있나요?"

　"물론, 그렇소. 플로스와 팅커도 새끼를 낳았는데 젖도 잘 나오고 있소이다. 에스더와 일렌느도 거트와 같은 시기에 새끼를 낳았고 지금 건강하다오."

　제럴드가 슬픈 표정으로 나를 쳐다보았다. 그의 고통을 덜어줄 수 있는 말은 뭐든 해주고 싶었다. 제니가 다시 고통스러운 신음소리를 냈다. 녀석은 마치 유열에 걸려 아직 치료도 받지 못한 소처럼 뭔가 도움을 기다리고 있었다.

　리스터 지역에서 사무실까지 7마일의 거리를 멍하니 차를 몰았다. 얼뜨기 셰퍼드 녀석이 내 무릎에 머리를 파묻고 앉아 있었다. 녀석은 내 마음이 가라앉을 때면 항상 알아차리는 것 같았다. 제럴드의 상황 때문에 머릿속이 혼란스러웠다. 그냥 수동적으로 패배를 인정하기는 싫었다. 분명히 뭔가 다른 해결책이 있을 거야! 병원 입구에서 도리스를 만났다. 그녀가 무슨 말을 내뱉기도 전에 수술실에서 애처로운 울음소리가 흘러나왔다. 얼뜨기가 귀를 쫑긋 세우더니 소리 나는 쪽으로 총총거리며 갔다.

　"무슨 소리죠?" 그 소리는 염소가 매애 하고 우는 소리와 흡사했다. 그런데…….

도리스는 이번주 내내 독감과 씨름 중이었다. 코는 하도 풀어대서 벌겋게 돼버렸다. 완전히 녹초가 된 것 같았다.

"알렉스 쇼파가 왔었어요." 목소리도 쉬어버렸다. "그 사람이 앨버타에서 사온 또 다른 암소가 조산을 했는데 새끼는 살아 있어요. 그 사람이 그렇게 속상해하는 것을 본 적이 없어요. 여기서 잠깐 동안 안절부절못하고 있다가 갔는데 당신이 전화할 때까지 기다리고 있겠다고 하더군요."

나는 수술실로 뛰어 들어갔다. 난로 앞에 있는 담요 위에 축 늘어져 누워 있는 송아지는 몸무게가 40파운드도 안 돼 보였다. 생김새는 가냘퍼 보였고 털 길이도 겨우 반 인치 정도밖에 안 되었다.

"이렇게 덜 자랐는데도 숨을 쉬고 있는 송아지는 본 적이 없어요." 송아지는 입을 벌리고 있었는데 옆구리를 보니 약하게 숨을 내쉬고 있었다. 내가 살펴보려고 몸을 구부리자, 다시 한 번 애처로운 울음소리를 내고는 이내 꼼짝 않고 누워 있었다. 마지막 의식을 치르기에 아주 적절한 시간에 내가 도착한 것 같군요. 내가 꼭 죽음을 몰고 다니는 의사가 돼가는 듯한 기분이 들어요!"

"바보 같은 소리 말아요! 알렉스도 분명히 이 송아지가 너무 어려서 살릴 수 없을 거라고 했어요. 그 사람은 송아지가 왜 그렇게 일찍 나왔는지 한번 봐주기를 원한 거예요."

벨이 두 번 울리고 나서 알렉스가 전화를 받았다. 그의 목소리는 긴장해 있었다. 내가 송아지가 죽었다고 말하고 있는 동안 전화선 저편에서 냉정하게 듣고 있는 그의 모습을 상상할 수 있었다. 그는 담배를 피우고 있을 것이고 담배를 물고 있을 것이었다. 담배연기는 그의 머리 주변에 자욱하고 그는 가늘게 떨고 있을 것이었다.

"지난 이틀 동안 이번이 네 번째 유산입니다, 데이브 선생님. 첫 번째 송아지 한 마리가 잘못됐을 때는 어미 소가 배를 타고 오면서 받은 스트레스 때문이라고 생각했습니다. 선생님께 전화 걸 생각은 전혀 하지도 못했습니다."

"그 송아지 크기는 얼마나 됐나요?"

"거기 선생님이 데리고 있는 녀석하고 거의 같은 크기였는데 뱃속에 며칠 동안 죽은 상태로 있었던 것 같았습니다. 너무 신경을 안 쓰고 있었습니다. 거름더미 위에 그냥 던져두었거든요."

"나머지 소들은 어떤가요? 아직 먹이를 잘 먹고 있나요? 재채기를 하거나 눈에서 진물이 나는 녀석은 없어요?"

"몰랐는데 선생님이 말씀하시니, 소들 가운데 몇 마리가 재채기를 하기 시작했고 몇 마리는 눈에서 진물이 나는 거 같습니다."

"이런! 상태가 안 좋은 소들을 빨리 격리장소로 옮겨놓고 응급조치라도 해놓으면 좋겠는데요. 유산한 암소들에게서 태반이 나왔나요?"

"태반이 깨끗하게 나온 소는 없었습니다. 몇 마리는 조금 붙어 있었는데 왜 그러시죠?"

"한 배에서 출생하는 소를 관리하는 법에 대해 말했던 것 기억나나요? 목장에서 일하는 사람들에게 전염성 소 기관염이라고 불리는 바이러스가 있다는 문제에 대해 말한 적이 있는데요. 소가 다시 새끼를 낳자 마자 왜 바로 예방접종을 해야만 하는지에 대해서 말했죠. 아마도 당신 목장에 전염병이 발생한 것 같군요."

"말씀해주신 대로 했어야 했는데."

"그 전염병에서 절대 나타나지 않는 현상이 하나 있는데 송아지가 산 채로 유산돼 나오는 겁니다. 제가 알고 있기로는 늘 바이러스 감염으로 죽고 난 다음에 유산이 됩니다."

"그럼 저는 어떻게 해야 하는 건가요. 그냥 앉아서 송아지들이 죽어가는 걸 바라만 보고 있어야 합니까? 축산자금을 대출해주는 은행들만 좋아하겠군요!"

"임시 격리라도 시켜놓으세요. 그러면 제가 가능한 한 빨리 가보도록 하지요."

10분도 안 돼서 대기실에는 사람과 동물로 꽉 차버렸다. 도리스는 맥이 빠져 죽을 지경이었고 그녀를 쉬게 해줄 수 없는 내가 원망스러웠다. 마지막 손님을 보내고 나니 6시가 넘었다. 작업복을 입으면서 보니 도리스는 대기실 벤치에 시체처럼 앉아 있었다.

"저는 곧장 집으로 가서 자야겠어요." 그녀는 끙끙 앓는 소리를 했다. "이렇게 피곤한 적이 없었던 것 같은데요."

차가 세워져 있는 곳으로 가는데 거리의 가로등은 벌써 켜져 있었다. 쾌청한 3월의 저녁이었다. 기온이 떨어져가고 있었다. 오늘밤엔 목장의 진흙땅이 바짝 얼 것 같았다.

알렉스는 오래된 이층집 뒷문에서 나를 기다리고 있었다. 똑바로 서 있는 그의 찌푸린 얼굴에는 주름이 더 깊고 크게 져 있었다. 그는 담배를 길게 한번 빨고 나서 니코틴이 얼룩진 손가락 사이에 담배를 굴렸다. 마치 고민하는 문제에 대한 답이 그 안에 들어 있는 것처럼 그는 담배꽁초를 뚫어져라 바라보면서 천천히 고개를 가로저었다.

"이렇게 될 줄 몰랐습니다, 데이브 선생님. 조금도 이런 결과를 기대하진 않았다구요."

"소들의 체온이 높아졌나요?"

"잘 모르겠습니다. 동물병원에서 샀던 체온계는 섭씨온도계랍니다. 저는 화씨온도계 말고는 써본 적이 없습니다. 재채기를 하고 있는 소들의 체온을 재니까 거의 40도에 가까웠는데 한 마리는 41도에서 42도 사이였습니다. 그럼 체온이 올라간 게 맞는 건가요?"

"올라갔네요. 화씨온도로 104도와 106도거든요."

"그렇군요. 적어도 이 녀석들은 새끼를 놓치지 않을 것 같아 보였습니다. 아마 그냥 아픈 것 같은데 유산은 안 할 겁니다."

"아마도 그렇겠지요. 하지만 소에게 바이러스 감염은 흔히 일어날 수 있는 일입니다. 우리가 감기에 걸리는 것처럼 말이죠. 그렇게 되면 새끼도 어미로부터 감염이 됩니다. 만약 폐렴에 걸리지만 않는다면 바이러스로 소를 잃게 되는 일은 거의 없지만, 출산 전 마지막 3개월까지의 새끼소는 죽게 될 확률이 높습니다."

"제 목장의 소들이 모두 그렇게 될 수 있다는 거군요, 데이브 선생님. 그 녀석들은 2개월 안에 새끼를 다 낳을 예정인데!"

"자 그럼, 빨리 시작합시다. 이번 케이스는 연구실에 보내서 분석을 할 겁니다. 그러니 우리가 샘플을 빨리 얻을수록 소들에게 무슨 문제가 있는지 더 빨리 알 수 있게 되는 거죠. 먼저 유산했던 소들부터 살펴봅시다."

"그놈들만 따로 울타리 안에 모아놓고 문 옆에 이동식 전등을 설치해두었습니다."

가까이 다가가자 네 마리의 암소가 우리 근처에서 몹시 불안한 듯

떼를 지어 돌고 있었다.

"여기에 가둬놓을 때 이 소들의 체온은 어느 정도였나요?"

"제가 적어두었는데." 알렉스는 뒷주머니에서 구겨진 담뱃갑을 끄집어냈다. 그러고는 담뱃갑을 잡고 있던 팔을 쭉 펴고 읽기 시작했다. "38.6도, 39도, 38.5도, 39.2도."

"체온은 모두 정상이군요. 그 정도면 전염성 소 기관염에는 안전할 것 같은데요. 유산을 할 때는 감염 위험이 아주 높아지게 됩니다."

알렉스가 줄을 잡아당겼다. 격리 장소 뒤에 있는 철제 슬라이딩 문이 삐걱거리는 소리와 함께 위로 덜커덩거리며 열렸다. 나는 우리 난간에 올라가서 반대편으로 뛰어내렸다. 한 손은 소의 허연색 옆구리에 놓고, 앞쪽으로 가서 녀석의 머리를 톡톡 두드려보았다. 녀석은 마지못해 다른 소들로부터 한 걸음 떨어져 나와서 진찰장소를 향해 내려갔다. 그 뒤를 따라 뛰어가며 막대기로 난간을 탕탕 치면서 녀석을 몰아갔다. 뒷문이 철커덕 하고 내려오더니 소 위에 있던 시렁이 꽝 하고 닫히면서 소가 꼼짝 못하도록 만들어주었다.

그 어미 소는 몸부림을 치면서 빠져나가려고 마구 몸을 비틀었다. 내가 녀석의 꼬리를 옆으로 잡아당겨서 질 부위를 닦아내자 뒷발을 이리저리 밀치면서 반항했다.

"냄새가 고약할 겁니다!" 알렉스가 녀석의 꼬리를 잡으며 말했다. "수의사들은 항상 이렇게 지독한 냄새가 나는 녀석들과 같이 일을 하려면 거의 죽을 지경이 될 것 같더군요. 이 끔찍한 냄새는 정말 참을 수 없답니다."

뱃속에서 이미 죽어서 태어나 부패됐거나 출산 후에 죽은 송아지들을 처리해달라는 전화를 받을 때면 나도 종종 그와 같은 생각을 했었다. 나는 손에 촉진용 고무장갑을 끼고 나서, 소독 비누를 좀더 묻혀 손을 계속 씻어냈다. 깨끗한 물로 손을 헹궈내고 나서 회음부 입구에 손을 밀어 넣어 보았다. 자궁경부 쪽으로 더 진행했더니 회음부는 더 단단하게 조여졌고 소는 좌우로 몸을 뒤틀었다. 자궁경부를 둘러싸고 있는 근육도 이미 닫혀버려서 겨우 손가락 두 개만 통과할 수 있게 되어 있었다. 끈적끈적한 다발 모양의 태반을 손가락 안에 감싸서 잡아당겼다. 자궁 안쪽 깊은 곳에서 뭔가 찢어지는 듯한 느낌이 나더니 끈 같은 것이 따라나왔는데 거기에는 자궁막 조직들이 약간 붙어 있었다.

나는 자궁에서 손을 빼내고, 채취한 샘플에서 약간의 조직을 잘라내어 포르말린 병에 넣어놓았다. 장갑에 묻어 있던 부분은 배양을 위해서 남겨두려고 장갑을 뒤집어서 끝부분에 매듭을 지어 묶어놓았다. 알렉스가 녀석의 꼬리를 들고 있는 동안에 혈액 샘플을 받아두었다.

조직과 혈액 샘플을 다 모을 때까지 소들을 차례로 진행시켰다. 그런 다음, 네 마리의 소들을 집 뒤에 있는 격리 장소에서 데리고 왔다. 소들의 낯빛은 괜찮아 보였지만 이동 중에는 재채기를 하기도 했다. 무리 가운데 제일 앞서가던 늙은 헤리퍼드 종의 소가 열린 문을 지나 빠르게 앞으로 나가더니 울타리 주변을 한 바퀴 돌았다. 그 녀석의 왼쪽 뿔은 기린처럼 똑바로 위를 향해 붙어 있었고 양쪽 귀도 서 있었는데 귀에 붙은 노란색 꼬리표를 보니 82라는 숫자가 적혀 있었다.

"그놈 먼저 봅시다!" 알렉스가 궁둥이를 철썩 때리자 녀석은 진찰 장소로 날 듯이 뛰어 들어갔다. 목을 고정시키는 문이 철커덕 하고 내려 닫히자 녀석은 어깨로 문의 가로막대를 밀쳐댔다. 빠져나오려고 몸부림을 칠 때마다 녀석을 가두고 있는 시설이 모두 한꺼번에 덜커덩거렸다.

"이 목장에서 제일 난폭한 녀석이랍니다! 해마다 이놈을 팔아서 배에 태워 보내버리려고 해도 그때마다 아주 예쁜 송아지를 낳아주어서 아직까지 남아 있다니까요."

나는 머리 위쪽에 걸려 있는 이동식 전등을 내려서 소를 좀더 잘 살펴볼 수 있도록 했다. 녀석이 격렬하게 몸부림치면서 머리를 내게 들이댔다.

"조심하세요! 그 녀석은 아주 끔찍한 놈입니다. 선생님을 공격하려고 맘만 먹으면 그렇게 할 수도 있는 놈이라구요."

손에 든 전등 빛이 콧구멍을 바로 비추게 하려고 앞쪽으로 몸을 기울였다. 코 점막이 벌겋고 염증이 나 있었지만, 소가 가만히 있지 않아서 더 가까이 살펴볼 수 없었다. 길다랗고 허연 콧물이 코 깊숙이까지 가득 차 있었다. 나는 손가락을 집어넣어보려고 조심스럽게 다가갔다. 녀석이 콧김을 내뿜으면서 머리를 쳐들었다. 끈적한 점액질의 물질이 공중에 날리더니 내 작업복 바지 위로 떨어졌다.

"수의사 일도 화이트칼라 직업은 못 되는군요." 내가 오물을 떼내는 것을 보더니 알렉스가 키득거리면서 말했다. 늙은 소는 좁은 공간에서 앞으로 몸을 내밀면서 나를 찌르려고 뾰족한 뿔을 들이댔다. 코의 한 쪽 격막을 엄지손가락을 통과시켜 잡고 나머지 손가락으로 반대쪽을 잡았다. 녀석은 화가 나서 큰 소리로 울부짖으면서 내 손아귀에서 벗어나려고 발버둥을 쳐댔다. 녀석을 격리해놓은 장치들이 마구 흔들렸고 나는 있는 힘껏 꽉 잡았다.

"이 전등을 잡아줘요, 알렉스!"

그가 늙은 소의 얼굴에 전등을 비췄다. 콧구멍 속을 소제하려고 손가락을 막 밀어 넣는데, 소의 눈이 커지더니 얼굴 위로 눈물이 흘러내려왔다.

"여기를 봐요, 알렉스. 콧구멍 안이 온통 작고 하얀 것들이 나 있는데 보이나요? 콧등 주위에도 전부 보여요? 코 안이 아주 벌게진 데다 염증도 있군요."

"예, 보이는데 이게 뭘 뜻하는 겁니까?"

"전염성 소 기관염의 전형적인 증상입니다." 나는 82번 소의 목에 손을 대고 기관 부위를 꽉 쥐어보았다. 녀석은 짧게 기침을 하고는 다시 한 번 눈물을 흘렸다. "게다가 기관지에 염증도 있군요."

알렉스는 나를 따라서 갇혀 있는 소의 뒤쪽으로 와서 내가 혈액 샘플을 받는 동안 소의 꼬리를 붙잡아 올려주었다. 어둠 속에서 이동식 전등을 이리저리 움직여가며 나머지 세 마리의 소들도 이 진찰 과정을 다 끝냈다. 진찰해보니 모든 소에게 발열과 기침이 있었고 82번 소처럼 같은 증상을 나타냈다.

채취한 샘플들을 모으고 있을 때 알렉스의 낙심한 모습이 눈에 들어왔다. 집 쪽으로 터벅터벅 걸어가는 내 주머니 안에서 병들이 서로 부딪치는 소리가 났다. 저 멀리에서 개 짖는 소리만 제외한다면 으스스하고 고요한 저녁이었다. 알렉스는 계속해서 담배에 불을 붙이고는 깊숙이 빨아들였다. 그가 내뱉는 한숨소리가 내게도 들려왔고 담배가 타들어가면서 풍겨 나오는 냄새가 서늘한 밤공기 속으로 퍼졌다.

"이제 어떻게 해야 하는 겁니까? 그냥 이렇게 밖에 앉아서 소들이 죽어가는 것만 바라보고 있어야 하는 건가요? 뭔가 이 병을 요절 낼 방법이 있어야 한단 말입니다!"

우리는 알렉스의 부엌 식탁에 앉아 있었다. 8시가 넘은 시간이었다. 알렉스의 아내가 우리 앞에 컵을 내려놓더니 따끈한 커피를 채워주었다. 남편보다 꽤나 젊은 셜리는 두 아이의 엄마로 활동적인 여자였다. 그녀는 알렉스를 걱정스런 눈으로 바라보더니 의자를 꺼내 건너편에 앉았다.

"좀더 낙관적이길 기대했어요, 알렉스. 하지만 바이러스가 퍼졌다면 어쩔 도리가 없잖아요. 아침에 먼저 당신이 사온 소와 이상이 있어 보이는 모든 소들을 격리해놓는 게 좋겠어요. 그래야 전염병이 퍼지는 것을 늦출 수가 있을 것 같아요. 새로 사온 백신에 대한 설명서를 자세히 봤어요. 제약회사 말로는 임신한 소가 유산이 되지는 않는다고 하지만 전에 써본 적이 없잖아요. 약국에서 파는 다른 모든 백신들은 새끼를 가진 동물에게 사용하는 걸 금지하는데 말이에요."

알렉스는 슬픔에 잠긴 얼굴로 셜리를 바라보았다. 그는 담뱃갑의 뚜껑을 따고 한 가치를 집어 들었다. 입가에 아직 걸려 있는 담배꽁초를 이용해서 불을 붙이고 나서는 피우던 담배를 꽁초가 수북이 쌓여 있는 재떨이에 천천히 내려놓는 것이었다.

"뭔가 수를 내야만 합니다! 이번 여름에 소를 많이 사들이느라고 엄청난 돈을 썼단 말입니다. 게다가 그 소들을 돌보느라 허리를 펼 날이 없었는데."

나는 커피에 설탕과 크림을 넣고는 급하게 한 모금 마셨다. 나는 커피를 즐겨 마시지는 않았다. 사무실에는 커피를 늘 준비해두고 있기는 하지만 겨우 몇 달 전에서야 손님들과 대화를 나눌 때 커피를 같이 마실 수 있게 되었다.

"저는 낼 아침에 수의과대학에 전화를 해보려고 합니다. 큰 동물 파트의 과장이신 라도시티츠 교수님에게 의견을 들어보려고 하는데 아마도 교수님이 이 백신의 작용에 대해 잘 알고 계실 것 같군요."

"조금 더 주문을 해주셨으면 합니다. 뭐라도 해봐야 하니까요."

집으로 돌아오는 내내 내 머릿속은 시멘트 혼합기 속처럼 뒤죽박죽이 돼버렸다. 몇 달 전에 해결했던 치료 케이스들이 떠올랐다. 거의 대부분 나는 잘 해온 것 같았다. 어떤 케이스라도 치료하기 어려운 상황에서 다시 정상으로 끌어내올 수 있었다. 지난 몇 주는 정말 긴장의 연속이었다. 내가 잘못하고 있는 것일까? 아니면 단지 계속되는 불운 때문일까? 나 혼자 힘든 거라면 이렇게까지 맘이 괴롭지는 않을 텐데, 알렉스와 제럴드처럼 착한 사람들이 그런 곤란한 입장에 놓이는 것을 보는 게 정말 마음 아팠다.

사무실에 돌아와보니 9시가 넘은 시간이었다. 배가 몹시 고팠지만 병원 안에 먹을 게 전혀 없다는 걸 난 알고 있었다. 시계를 슬쩍 보았다. 오늘 채취해온 샘플들을 발송하려면 시간이 별로 없었다. 포장 재료로는 지난주 신문지와 구충제 내용물을 쏟아버리고 가져온 상자를 쓰기로 했다. 알렉스와 제럴드의 샘플을 같이 보내기 위해 내용을 지우고 서둘러 상자를 테이프로 봉했다.

아직 영업이 끝나지 않았기를 바라면서 역에 있는 화물 운송센터에 도착했다. 문은 열려 있었지만 건물 뒤쪽에 작은 사무실로 들어가는 문이었다. 점원이 뒤뚱거리면서 내게로 오자 마음이 놓였다. 키가 작고 뚱뚱한 여자였는데 둥근 얼굴에 짧은 회색 단발머리를 하고 있었다.

"또 늦으셨군요." 내가 들고 온 상자를 보자 그녀는 피곤한 표정으로 슬쩍 미소를 지어 보였다. 그녀가 코를 찡그리더니 상자를 저울 위에 쿵 하고 내려놓았다. 뭔가 상자에서 나오는 냄새를 맡고 그러는지, 아니면 내 옷에 달라붙은 고약한 냄새 때문에 그러는지 궁금했다. "6달러네요." 나는 10달러를 내고 그녀가 거스름돈과 영수증을 챙겨주길 기다렸다.

쿠트네이 호텔 식당 문이 아직 열려 있는지 보려고 거리를 천천히 걸어 내려왔지만 운 나쁘게도 이미 닫혀 있었다. 굶주린 채로 잠자리에 들게 생겼다. 나는 포기한 채 거리를 어슬렁거리면서 집으로 가다가 주간에만 문을 여는 식료품가게 앞을 별 생각 없이 지나갔다. 가게에는 불이 켜져 있었고 잭슨 부인이 뒤편에 있는 게 보였다. 문을 열어 보았지만 잠겨 있었다.

창문을 점잖게 두드리고는 그녀가 발을 끌고 와서 밖을 내다볼 때까지 기다렸다. 벨이 딸랑거리는 소리와 함께 문이 열렸다. "안녕하슈, 선생. 또 늦게까지 일했나보구려?"

"네, 또 늦은 데다가 집에는 먹을 게 하나도 없네요. 잠깐 들어가서 먹을 것 좀 사도 괜찮을까요?"

"들어오슈." 잭슨 부인은 가게 뒤편으로 비틀거리면서 걸어가더니 낡은 나무 위자에 걸터앉았다. 얼굴은 수척한 데다가 몸도 마르고 허약해 보였다. 내가 보기에 그녀는 늘 우울해 보였다. "어쨌든 오늘은 잠이 안 올 것 같으니까."

가게에는 사람들이 일반적인 구멍가게에서 살 수 있을 거라고 기대하는 거의 모든 것들이 없었다. 일회용 음식도, 냉동육도 없었다. 냉동 식품은 아예 없었다. 흡사 가게의 물건들이 팔리고 다시 들여놓지 않은 것 같았다. 천장 아래에 있는 진열대만이 이 아무것도 없는 곳이 가게라는 것을 유일하게 나타내주고 있었다.

나는 진열대 주변을 어슬렁거리면서 빈약한 물건들을 찬찬히 살펴보았다. 참치와 연어 통조림 몇 개와 외로운 흰 빵 한 덩어리가 전부였다. 가엾은 잭슨 부인. 그녀의 찬장도 내 것처럼 보잘것없군!

빵을 눌러봤더니 맷돌에 간 것 같은 질감에 딱딱하게 굳어 있었다. 잭슨 부인이 가든 제과점에서 날짜가 지난 것을 사왔을 거라는 생각을 하니 웃음이 나왔다. 참치와 연어 캔 몇 개를 손에 넣고 나서 마지못해 딱딱한 빵 덩어리를 집어 들었다.

"버터는 없나요, 잭슨 부인?"

"이를 어쩌나, 미안하지만 선생, 얼마 전에 동이 나버렸다우." 말하는 동안 그녀의 입술이 바르르 떨렸다. 나는 미소를 지어 보이고는 지갑을 꺼냈다. 그녀는 회계장부 바깥쪽 칸에 연필로 1974년 3월 12일이라고 꼼꼼하게 적어놓았다. 한번에 하나씩 가격을 보기 위해 캔을 돌리면서 그녀는 가격을 기입했다. 참치 캔을 뒤집으면서 그녀가 나를 보았다. 그녀의 수상한 손이 크레스턴 벨리 협동조합에서 붙여놓은 가격표를 뜯어내는 모습이 얼핏 보였다. 나는 회계장부를 슬쩍 들여다보았다. 가로 줄로 꼼꼼하게 적힌 메모를 보고는 놀라지 않을 수가 없었다. 그날 처음으로 거래한 내용을 적어놓은 것이었는데 가든 제과점에서 구입한 내용이 기입되어 있었다. 1974년 3월 10일, 내가 산 빵은 적어도 이틀이 더 지난 것이란 말이다!

병원에 들어오는데 전화벨이 울리고 있었다. 우리 얼뜨기가 젖은 코를 내밀며 반겨주었다. 자동 응답기가 켜졌고 나는 무슨 중요한 내용이 있는지 듣기 위해 기다려보았다. "망할 놈에 기계 같으니라구!" 남자 목소리였다. "론 미슬러인데요. 우리 개가 그만 차에 치었답니다. 될 수 있는 대로 빨리 저희 집에 전화해주십시오."

그가 전화번호를 막 남기려던 찰나에 수화기를 집어 들고 응답기를 껐다. "접니다, 페린."

"오, 정말 다행입니다! 난 이 빌어먹을 기계가 정말 맘에 안 든답니다. 지금 우리 신디가 차에 치어서 도움이 필요해요."

"제가 지금 사무실에 있으니까 여기 데리고 오셔도 됩니다. 얼마나 많이 다친 건가요?"

"의식은 있습니다. 제 아들이 개와 같이 길 옆에 서 있는데 개가 무척 고통스러워하고 있어요. 녀석을 좀 살펴보려고 했는데 그만 내 손을 물어버렸지 뭡니까? 그래서 또 물릴까봐 조금 조심스럽군요."

"개를 여기까지 싣고 오실 수 있으시겠어요? 만약에 또 물릴까봐 걱정이 되신다면 녀석을 잡기 전에 주둥이 주변을 거즈나 줄로 묶고 오셔도 됩니다."

"한번 그렇게 해볼 테니 저희가 거기로 갈 동안 기다려주십시오."

나는 위층으로 재빨리 뛰어 올라가서 병따개를 찾기 위해 그릇들이 쌓여 있는 곳을 뒤져보았다. 싱크대에 있는 물병에 반쯤 잠겨 있는 것을 찾아냈다. 참치 캔을 따서 입 속에 두어 번 집어넣고는 곧바로 빵 한 입을 베어 물었다. 이런, 완전 굳어버렸군! 마요네즈를 찾아보려고 냉장고로 서둘러 갔다. 어쨌든 뭔가 발라 먹어야 할 것 같았다.

병원 문을 세차게 두드리는 소리가 들렸다. 포크 하나 가득 참치를 찍어서 입에 넣고 아래층으로 급히 내려가보았다. 얼뜨기가 내 뒤를 따라왔지만 나는 녀석 앞에서 문을 닫아버렸다.

"페린 선생님, 안녕하세요. 기다려줘서 고맙습니다."

나는 바로 론 미슬러를 알아볼 수 있었다. 전화상으로는 누군지 생각나지 않았지만 직접 보자 그의 모습과 이름이 연결되었다. 30대 초반으로 보이는 그는 키가 거의 6피트 정도 되었고 건장한 외모의 젊은 이였다. 그는 아들과 함께 명랑한 성격의 누런색 래브라도 개를 데리고 여기 여러 번 온 적이 있었다. 녀석은 처음 건강검진을 하고 갔는데 그 뒤로도 예방접종 때문에 자주 왔다.

여기 올 때마다 그 아들은 강아지를 품에 꼭 안고 들어왔다. 열 살 된 소년이 갖고 있는 강아지에 대한 애정이 그대로 느껴졌다. 아버지도 아이의 강아지에 대한 애정에 매우 호의적이었다. 그 부자가 병원에 오는 것은 마지못해서 온다거나 또 비용을 아까워한다거나 하는 그런 것이 아니었다. 오히려 병원 방문이 아버지와 아들과 강아지의 유대관계를 돈독히 해주는 일종의 소풍 같은 개념이었다.

"별 말씀을요. 신디는 지금 어떤가요?"

"잘은 모르겠지만 조금 진정된 것 같습니다, 하지만 우리 모두 엄청 애먹었습니다. 녀석을 여기까지 옮겨오느라 아주 힘이 들었거든요. 그래서 제 아들 폴도 어찌할 바를 모르고 있답니다."

"어디 한번 봅시다." 론을 따라 푸른색 포드 자동차 뒤쪽으로 가보았다. 뒷문이 열렸고, 소년이 앉아 있었고 그 바로 옆에 강아지가 있었다. 폴의 길고 짙은 색 머리는 강아지의 피로 떡이 져 있었고 눈 가에는 눈물이 고여 있었다. 아이는 강아지를 팔로 감고서 정신없이 우는 소리로 강아지를 달래고 있었다.

"괜찮아, 폴. 페린 선생님이 잘 보살펴주실 거란다. 신디가 아주 훌륭한 수의사 선생님을 만났으니까 곧 예전처럼 좋아질 거야." 론은 피가 묻어 있는 손을 뻗어서 천천히 자기 쪽으로 아들을 끌어당겼다. "페린 선생님에게 신디를 보여줘야지, 애야." 론의 손등은 창백하고 부어 있었는데 개에게 물린 자국에서 피와 진물이 스며 나왔다.

"녀석이 제대로 물어놨군요."

"가엾은 녀석입니다. 너무 겁먹고 상처가 심해서 자기가 무슨 짓을 하는지도 몰랐을 겁니다." 론은 안전을 위해 묶어놓은 입을 통해 숨을 내쉬며 헐떡거리는 강아지를 바라보며 말했다. 폴이 차에서 내려 아버지의 손 안으로 자신의 손을 밀어 넣었다.

나는 신디 옆으로 다가가서 빛을 비춰보려고 강아지의 머리를 돌려보았다. 쇼크 상태인 것 같았다. 입 안 점막이 창백했다. "사고 후에 몸을 움직이거나 일어서려고 하던가요? 몸무게를 지탱할 수 있었나요?"

"전혀 일어서려고 하지도 않아서 그냥 옆으로 뉘여놨는데 움직여보려고 하자 마자 고통스럽게 울더군요. 그때 바로 저를 물었습니다."

신디는 머리를 반쯤 수그린 채로 누워 있었다. 입에서는 침이 길게 흘러나왔고 두 눈은 감고 있었다. 이마에는 옆으로 긴 상처가 나서 귀까지 이어져 있었다. 왼쪽 다리는 불편한 각도로 높이 쳐들고 있었다.

눈꺼풀을 한쪽씩 들어보았다. 양쪽 동공의 크기는 일정했지만 수축된 상태였다. 손으로 녀석의 등을 쓸어보았다. 근육의 긴장도 정상이었는데 꼬리 윗부분을 눌러봤더니 갑자기 큰 소리로 깨갱거렸다.

앞다리에는 별 이상이 없는 것 같았고 조심스럽게 만져봤는데 불편해하는 기색도 없었다. 복부 상태는 편안해 보였다. 가스가 차 있는 것 같지도 않았다. 왼쪽 발가락을 잡고 족근골을 굽혀보았다. 통증 없이 자유롭게 움직였다. 다리를 위로 올리고 손가락으로 찔러보았다. 그리고 천천히 무릎 쪽으로 이동시켜보았다. 엉덩이 깊은 곳에서부터 뼈가 부딪히는 소리가 들려왔다. 강아지는 울부짖으면서 나를 물려고 고개를 마구 휘저었다. 침으로 가득한 입의 가장자리로 내 손을 물었다.

폴은 그의 아버지 등에 머리를 파묻었다. 그리고는 어깨를 들먹이며 조용히 흐느끼는 것이었다.

"엉덩이 쪽에 골절이나 탈구가 있는 듯한데요. 쇼크 상태를 좀 진정시키고 나서 그쪽을 한번 엑스레이로 찍어봐야 할 것 같군요."

강아지를 병원 안으로 들여와서 수술대에 올려놓았다. 몇 분이 지나지 않아 정맥주사로 스테로이드와 진통제 데메롤을 주사했다. 신디의 호흡이 조금씩 규칙적으로 변했고 끙끙대는 소리도 잦아들어갔다. 15분 후에는 혈액순환도 좋아졌다. 잇몸 색이 핑크빛으로 되돌아왔다. 폴은 울음을 멈추긴 했지만 눈은 아직도 금방이라도 울 것 같아 보였다. 그는 아버지 옆에 딱 붙어 서서 손을 꼭 잡고 있었다.

엑스레이 기계를 돌려놓고 강아지의 골반 두께를 측정했다. 납으로 만든 보호용 앞치마를 두르고 나서 녀석의 밑으로 조심스럽게 커다란 판을 댔다. 론을 방에서 내보내고 강아지의 다리를 있는 대로 늘려서 첫 번째 사진을 찍었다.

"괜찮으시다면 이 다음 과정은 절 도와주셨으면 하는데요, 론. 이 가운과 장갑을 입으시고 녀석의 자세를 돌려놓읍시다.”

론이 강아지의 등이 위로 가게 돌리고는 앞다리를 제자리에 위치시
켜놓는 동안 나는 뒷다리를 붙잡아주었다. 신디가 불편해하며 몸부림
을 치는 바람에 우리는 앞뒤로 왔다 갔다 하면서 자리를 옮겨야 했다.
녀석이 잠시 동안 가만히 있는 틈을 타서 기계의 버튼을 작동시켰다.
엑스레이 기계가 철커덕 하고 환영의 소리를 내주는 것 같았다!

론과 폴 부자에게 신디를 봐달라고 하고는 나는 암실로 들어갔다.
필름 통을 꺼내서 더듬거리면서 장치 위의 사방에 필름을 고정시켜 놓
았다. 필름이 들어 있는 장치를 현상액에 담그고 뚜껑을 덮은 다음 타
이머를 맞추었다. 3분 동안 새 필름을 찾아서 필름 통을 다시 장착해
놓았다.

타이머의 벨이 울렸다. 필름에 묻어 있는 여분의 현상액을 제거하기
위해 헹굼 물에 짧게 여러 번 담갔다 뺀 후, 정착액에 담그고 다시 타
이머를 6분에 맞춰놓았다. 수술대의 불빛 안으로 다시 돌아오면서 슬
쩍 곁눈질로 보았더니 소년과 그의 아버지가 기대감을 가지고 나를 보
고 있었다.

“5분 안에 엑스레이 사진이 준비될 겁니다.”

나는 신디의 혈색을 체크해보고 나서 폴을 향해 윙크해주었다. “훨
씬 좋아진 것 같구나.” 아이는 마지못해 어색한 웃음을 지어 보였지만
그리 믿는 눈치는 아니었다.

타이머의 벨이 울렸고 나는 엑스레이 필름을 꺼냈다. 정착액 통 안
에서 필름을 들어 올리자 마자 신디가 그렇게 고통스러워 한 이유를
알 것 같았다. 엉덩이뼈가 탈구된 것이었다.

나는 대퇴부 위쪽을 가리키고 나서 비어 있는 공간에 손가락을 옮겨 놓았다. "관절이 얼마나 빠져나왔는지 보이시나요?"

"얼마나 심각한 겁니까?"

"지금 단계에서 알기는 어렵습니다. 부러진 곳은 없어 보입니다. 대부분의 경우 탈골은 회복이 잘되는 편이지만, 그 주변 조직의 외상이 얼마나 되느냐에 따라 상당히 달라질 수 있습니다. 모두 부드러운 조직이라 물론 엑스레이를 찍어봐도 상처가 잘 보이지는 않습니다."

우리 세 명은 뷰 박스에 걸려 있는 뼈 모양과 대퇴골 상단의 광범위한 탈골 사진을 보면서 말없이 서 있었다. 신디가 엑스레이 대 위에서 버둥거리며 고통스럽게 끙끙거렸다. 폴이 강아지를 한번 보더니 다시 아버지를 바라보았다. "아빠, 집에 가고 싶어요. 신디가 저렇게 아파하는 거 보고 싶지 않아요. 죄송해요. 아빠가 강아지 목에 가죽 끈을 채우라고 말씀하셨는데." 아이는 아버지의 가슴팍에 머리를 묻고 흐느껴 울기 시작했다. "신디는 길 반대쪽에 있었어요. 근데 왜 그 차 앞으로 뛰어갔을까요?"

론의 눈에도 눈물이 가득 고여 있었다. 그는 손가락으로 아이의 머리를 쓸어내리고는 꼭 안아주었다. "우리는 결코 알 수 없어, 폴. 무슨 일이 일어날 줄 말이야. 그리고 지금은 그 일을 돌이킬 수도 없단다. 페린 선생님이 최선을 다해주실 거야."

폴은 마지막으로 한 번 더 신디를 안아주었다. 론이 아들의 어깨를 감쌌다.

"만약 무슨 문제가 생기면 전화 부탁드립니다."

그들이 돌아가는 동안에도 폴은 흐느끼고 있었다. 아이는 여러 번 반복해서 말했다. "신디가 차로 뛰어들지 저는 정말 몰랐어요." 문이 닫히고 시동 거는 소리가 났고 나는 신디와 함께 혼자가 되었다.

다시 여기에 돌아왔다! 토요일 밤 11시, 무얼 해야 하나? 지독한 독감에 걸린 도리스에게 지금 여기에 나와달라고 전화를 걸 수는 없는 일이었다. 고든에게 나와달라고 전화해볼까? 하지만 이번주 내내 그를 본 적이 없었다. 젠장, 이런 늦은 시간에 전화를 하고 싶진 않다.

의자를 꺼내서 신디 건너편에 앉았다. 강아지를 밤새 개장에 넣어두고 잘 살펴본 후에, 내 몸이 회복되고 도리스가 도와주러 왔을 때 수술을 하라는 작은 목소리가 들려왔다. 내일은 일요일이다. 지난 3 주 동안 교회에 가지 못했다고 도리스가 볼멘소리를 했다. 이번주만은 꼭 교회에 참석하게 해주기로 결심했는데!

개 수술에 관한 책을 꺼내서 목차를 뒤져보았다. 지난 몇 달 동안 엉덩이 부위의 탈골에 관련된 수술을 여러 번 했지만, 그때마다 항상 '비방'을 찾아내야 했다. 그것은 대퇴부를 솜씨 좋게 다시 맞추는 기술이었다. 땀을 뻘뻘 흘려가며 뼈를 돌려서 마지막에 원 위치로 돌아오게 하는 데는 거의 10분 정도가 걸렸다. 결국에는 딱 하는 소리가 울리면서 맞아 들어가게 되지만 나는 그 뭔가 특별한 비법을 떠올리려 해도 그게 잘되지 않았다.

교과서에는 이렇게 나와 있었다. "탈골의 복위는 넓적다리 근육을 이완시키기 위해 계획된 일련의 통합적인 조정에 의해 이뤄지는 것으로 주변 조직의 유착을 없애고 대퇴골을 관절구 안쪽 가장자리로 밀어넣어서 최종적으로 관절구 속에 집어넣는 것이다." 말하자면 내가 했던 땀 흘리고, 돌리고, 제자리에 딱 들어맞을 때까지 밀어 넣는 방법이

나 같은 것이었다.

　나는 결심했다. 신디를 갖다 눕히고 엉덩이를 맞춰봐야겠다. 밤새도록 이렇게 두는 것은 책임을 회피하는 것밖에 안 된다. 아침이 되면 모든 근육이 굳고 엉덩이도 제자리로 돌려놓기가 더 힘들어질 것이다. 코멘소리는 이제 그만 두고 한번 해보는 거야!

　필요한 붕대를 모두 꺼내놓고 호흡용 마취기의 가스를 켰다. 마취용 이산화질소가 들어 있는 탱크의 압력이 올라갔고 산소가 반쯤 채워졌다. 짧은 마취 과정을 준비하기 위해서는 이런 많은 장치들이 필요하다. 반쯤 채워진 산소통을 잠가놓고 여벌의 탱크에 가스를 채웠다. 계량기의 바늘이 꼭대기까지 올라갔다. 꽉 채워진 것이다. 여벌의 탱크를 도로 열고, 호흡 마취기의 다이얼을 돌린 후에 신디의 코에 마스크를 채워놓았다.

　신디는 한번 신음소리를 내고는 약간 몸부림을 치더니 이내 몸이 이완되고 잠에 빠져 들어갔다. 호흡은 느리고 규칙적이었다. 입에 관을 삽입하려고 할 때쯤, 녀석의 턱은 완전히 이완된 상태였다. 입을 벌리고 기도 아래쪽으로 관을 밀어 넣었다. 마취약의 수치를 낮춰놓고 기관 내 관을 막아놓은 봉인을 제거한 후에 관의 끝을 마취기에 연결해서 고정시켜놓았다.

　강아지를 오른쪽으로 돌려 눕히면서 다리를 천천히 당겨서 다리 안쪽의 아래 부위를 돌리고 잡아 뺐다. 뼈끼리 맞닿는 느낌이 나더니 딸각 하는 소리가 났다. 다리를 앞뒤로 몇 번 구부려보았다. 이렇게 간단할 수가! 다리는 부드럽게 움직였다. 삐걱거림도 없었다.

　너무 간단해서 웃음이 났다. 가슴을 바닥으로 가게 돌려놓고 등 뒤에서 다리를 늘려보았다. 과연, 양쪽 다리 길이는 똑같았다! 옆쪽으로 등을 눕히고 한 롤의 테이프를 집어 들었다. 복부 둘레에 탄력붕대를 두 번 감아 고정시켜주었다. 뼈에 뭔가 움직임이 느껴진 것은 내가 녀석의 다리를 들어 올려 구부려봤을 때였다. 다리를 움직일 때 순간적으로 아주 미세하게 뼈끼리 맞닿는 느낌이 있었다.

다시 조심스럽게 다리를 매만져보았다. 삐걱거리는 느낌이 꽤 많이 느껴졌다. 젠장! 분명히 제자리에 들어맞은 게 아니었다. 아무래도 대퇴골이 골반뼈 위쪽에 그냥 올려져 있는 것 같았다! 다리를 다시 한번 펴보았다. 양쪽 길이가 족히 1인치 반 정도는 차이 나 보였다. 나는 한숨을 쉬고 나서 다리를 내려놓고 양쪽 엄지손가락으로 대퇴골 상단을 눌렀다. 그랬더니 애매하게 딱 하는 소리가 났고 다리는 정상적으로 구부려졌다.

느낌이 별로 좋지 않았다. 이와 유사한 다른 케이스에서는 딱 하고 들어맞는 소리가 들려서 뼈가 관절구에 들어갔다는 느낌이 확실히 들었었다. 뼈를 제자리에 맞추지 못한 것일까? 관절에 입은 외상이 너무 심해서 뼈를 지탱해줄 만한 근육조직이 남아 있지 않은 것일까? 왼손으로 대퇴골 상단 부위를 단단하게 붙잡고, 다른 손으로 다리를 잡고 이리저리 돌려보았다. 어느 방향으로 돌려봐도 다리는 매끄럽게 움직였다. 제대로 맞물린 게 틀림없었다!

엉덩이 부위가 눌리지 않도록 아주 조심스럽게 녀석의 몸을 돌려놓았다. 몸 아래쪽에 판을 대놓고 엑스레이를 찍은 다음에 다시 옆쪽으로 등을 돌려 뉘어놓았다. 조심스럽게 붕대를 감아주고 난 후에 필름을 현상했다. 그런데 만약에 정말로 뼈가 들어맞지 않았으면 어떡하지? 녀석이 마취에서 깨어났을 때 대퇴골이 관절 위쪽에 그냥 올려져 있는 거면 어떡해야 하나?

암실 쪽으로 몇 걸음 옮기다가 녀석을 저대로 혼자 놔두고 싶지 않다는 생각이 들었다. 다시 돌아와서 기계 상태를 체크해보았다. 모두 정상적으로 작동하고 있었다. 이제 어떻게 해야 할지 곰곰이 생각하면서 녀석의 다리를 몇 번 더 구부려보았다.

암실로 단숨에 들어가서 필름 카세트를 열고 홀더에 필름을 고정시켰다. 그리고 현상액에 담가놓았다. 타이머를 맞추고 현상액 통을 닫은 다음 수술실로 돌아왔다. 신디의 상태는 괜찮았다. 다시 급히 돌아와 알람이 꺼지기 전에 카세트를 열고 다시 필름을 끼워놓았다. 필름을 세척해서 정착액에 담가놓고 신디에게 가보았다. 규칙적으로 숨을 쉬고 있었고 아주 편안해 보였다. 그냥 이 녀석 옆에 누워서 한숨 잤으면 하는 생각이 굴뚝같았다.

알람이 울려서 필름을 꺼내보았다. 엉덩이는 제자리로 돌아왔지만 대퇴골 상단이 관절구멍에 충분히 들어간 것 같아 보이지 않았다. 대퇴골 상단부에 힘을 가하면서 다리를 앞뒤로 돌려보았다. 혹시나 관절구 표면에 있을지도 모르는 응혈이나 부드러운 조직을 확실히 제거하기 위해서였다.

다리를 구부렸다가 바깥쪽으로 날개를 펴듯이 가볍게 벌려보았다. 자세를 이렇게 해주면 대퇴골이 관절구에 더 단단히 안착된다고 수의학 교과서에 나와 있었다. 4인치 너비의 탄력붕대로 감겨 있던 부위의 대부분을 이렇게 해나가는데 갑자기 또다시 관절이 툭 빠지는 느낌이 들었다.

이제부터 뼈를 제자리로 돌려놓기 위한 싸움이 본격적으로 시작되었다. 얼마 안 있어서 현상대의 모든 공간이 사용되었고 물로 씻어낸 필름들이 줄에 걸렸다. 엉덩이를 맞추고 나서 매번 엑스레이를 다시 찍어보았다. 어김없이 맞춰놓은 뼈들이 다시 튀어나와 있었다. 그 때마다 다시 제자리에 맞춰놓느라 무척 애를 먹었다.

결국 나는 엉덩이를 제자리에 맞추고 붕대로 고정을 시켜놓았다. 만약에 이번에 또 어긋나면 녀석이 깨어난 후에 다시 수술 날짜를 잡아서 그 부위를 열고 치료해야 한다. 나는 발을 거의 끌다시피 하면서 마지막으로 암실을 향했다. 현상대에서 꺼낸 마지막 필름은 불에 태워 쓰레기통에 집어넣었다. 이미 물에 씻어서 걸어놓은 필름이 같은 것만 여섯 장이나 있었기 때문이다. 하품이 나오는 것을 억지로 참아가면서 타이머가 울릴 때까지 기다렸다가 필름을 정착액에 옮겨 담고 다시 신디가 있는 곳으로 향했다.

본능적으로 뭔가 문제가 생겼다는 걸 알 수 있었다! 녀석이 누워 있는 쪽으로 몇 발자국 다가갔지만 전혀 미동도 하지 않는 것이었다. 재빨리 달려가보았다. 혀는 시퍼렇게 변해 있었고 옆구리도 더 이상 움직이지 않았다. 정신없이 기계의 심장 박동 사인을 보고 나서 가슴에 손을 대보았다. 아무것도 느껴지지 않았다! 살아 있다는 신호가 전혀 감지되지 않았다!

호흡 마취기를 보는데 등에서 식은땀이 흘러내렸다. 이산화질소의 흐름을 나타내주는 파란색 바늘은 그대로였지만 산소를 나타내는 녹색 바늘은 영을 가리키고 있었다.

"오, 제발…… 안 돼!"

나는 마취 기계와 연결된 튜브를 벗겨내고 그 튜브 속에 입으로 바람을 불어넣었다. 엎치락뒤치락하면서 예비로 채워둔 산소 탱크의 밸브를 열고 다시 마취기에 연결한 후 밸브를 닫고 산소를 공급했다. 1분이 지나고 나서도 혈색이 돌아올 기미가 전혀 보이지 않았다. 혀의 색깔은 흙빛으로 전혀 변화가 없었다. 가슴에 손을 대보았지만 여전히 박동이 살아나지 않았다. 녀석의 양쪽 가슴에 손을 얹고 심폐소생술을 하기 시작했다.

번갈아가면서 가슴을 눌렀다, 마취기의 공기 백을 눌렀다 하면서 다시 살아나게 하려고 무진장 애를 썼다. 그렇게 15분이 지나고 나서야 나는 패배를 인정하고 말았다. 내가 신디를 죽게 만든 것이다!

나는 충격에서 벗어나지 못하고 대기실로 비틀거리며 걸어갔다. 폴이 슬픈 갈색 눈을 하고 추궁하듯이 나를 쏘아보는 장면이 떠올랐다. 눈가엔 눈물이 고인 채로 매우 고통스러워 하는 모습이었다. 나는 그의 가장 소중한 친구를 죽여버렸다! 나를 믿고 있는 그를 배신한 것이다.

"오, 하느님! 왜 제게 이런 시련을 주시는 거죠? 많은 사람들이 자기 애완동물을 잘 돌보지 않는데 왜 이 녀석이 죽어야 하냐구요?"

대기실 의자에 털썩 주저앉았다. 마치 눈물샘이 터진 것처럼 눈물이 주르륵 흘러내렸다. 지난주에 안 좋은 결과를 가져왔던 케이스들이 갑자기 한꺼번에 떠올라 나를 괴롭혔다. 어깨에 경련이 일어났고 너무 울어서 몸을 가누기가 힘들었다. 나는 지금까지 살았던 수의사 가운데 가장 골치 아픈 문제만 일으키는 사람이다. 어떻게 이걸 혼자 하겠다고 생각할 수 있냔 말이다. 도대체 내가 어떻게 수의사가 될 수 있다고 생각했을까? 나는 차라리 화물열차에 비료 푸대나 던져 올리는 일꾼이 됐어야 했다.

도리스에게 전화를 걸 때 거의 새벽 1시가 다 돼가고 있었다. 그녀의 목소리가 잠겨 있었다. 아직 잠에서 덜 깬 모양이었다. "월요일에 굳이 힘들게 일하러 나오지 않아도 돼요, 도리스. 병원 문을 닫을 거니까요. 이 마을을 떠날 겁니다." 나는 맥이 빠진 목소리로 말했다. 마음을 정했다. 나는 실패한 인간이다. 그것도 바닥까지 완전히 실패한 인간!

"도대체 뭔 소리를 하고 있는 거예요? 술 취한 거예요?"

"방금 론 미슬러의 개를 죽였다구요! 기계에 산소가 다 떨어져서 녀석을 죽게 만들었어요."

"이런, 데이브…… 왜 저를 부르지 않았어요?"

1분간 정적이 흘렀다.

"금방 갈게요."

"올 필요 없어요. 그냥 더 자요."

"지금 바로 갈게요!"

손에 전화기를 든 채로 아무런 움직임도 없는 신디의 몸을 바라보면서 멍 하니 서 있었다. 온몸이 마비된 듯 꼼짝 할 수가 없었다. 더 이상 눈물도 나오지 않았다. 모든 것이 사라지고 그저 텅 빈 것 같은 공허함만이 밀려왔다. 론 미슬러에게 전화를 해야 했다. 수화기를 집어 들고 망설였다. 내가 그의 가족을 죽였다는 말을 어떻게 꺼내야 할까? 전화기에서 흘러나오는 신호음이 괴로운 울음소리처럼 느껴졌고 나는 그만 수화기를 내려놓고 말았다.

마음이 방망이질 쳤다. 동물을 마취할 때는 늘 위험이 따랐다. 특히 차에 치여 다친 경우엔 더욱 그랬다. 산소가 다 떨어져서 그런 일이 일어났다는 말은 하지 말아야 할 것 같았다. 그 사실을 모르고 있는 게 오히려 그에게 더 나을 것 같았다.

다이얼을 돌리고 나서 신호가 가기를 기다렸다. 사람들에게 애완동물의 죽음을 알리는 일은 정말이지 괴로운 일이었지만 이번엔 조금 더 다른 느낌이 들었다. 이렇게 마음이 복잡한 적은 전에 없었다.

전화벨이 여섯 번 울리고 나자 그냥 끊고 싶은 충동이 일었다. "여보세요." 론이 전화를 받았다. 안 좋은 소식이라는 걸 알고 있는 듯했다.

머릿속이 다시 혼란스러워졌다. "론, 죄송하지만…… 신디가 그만 죽었습니다." 나는 머뭇거리면서 힘들게 다음 말을 이어나갔다. "제 잘못입니다. 혼자 치료 중이었는데 그러지 말았어야 했습니다. 탈구된 엉덩이를 어렵게 제자리로 돌려놓고 있었는데…… 엑스레이 필름을 현상하고 있는 동안에 마취 기계의 산소가 다 바닥나버렸습니다. 다시 살려보려고 애를 써보았지만 너무 늦어서 그만……."

"잘 알겠습니다, 선생님. 어쨌든 최선을 다해주셔서 고맙습니다."

"최선을 다하지는 못했습니다, 론. 신디가 죽지 않았어야 했는데요. 당신과 폴에게 실망을 드려서 죄송합니다."

"말이 좀 안 되는 얘긴 줄 압니다만, 데이브 선생님, 폴은 이미 알고 있었답니다. 아들은 계속해서 신디가 죽어가고 있다고 말했습니다. 제가 아들을 잘 위로하겠지만 아무튼 그애는 이미 이렇게 되리라는 걸 알고 있었습니다."

전화를 끊고 나자 도리스가 막 병원 문을 열고 들어왔다. "도대체 무슨……."

그녀는 수술실에 잠깐 들어가보았다. 그야말로 난장판이었다. 선반

위에는 수술도구가 담긴 팩들이 널브러져 있었고 그 옆쪽에는 호흡 마취기가 넘어져 있었다. 도리스는 이 놀라운 광경을 보고는 병원 여기저기를 더 둘러보았다.

"이걸 어떻게 혼자서 했어요? 정말 힘들었겠군요."

"이제 다 끝났어요, 도리스. 더 이상 못하겠어요. 꼭 총을 쏴서 죽인 것처럼 확실하게 그 강아지를 죽이고 말았어요. 눈만 감으면 항상 내 눈앞엔 어린 남자애하고 눈물이 가득 고여 있는 커다랗고 슬픈 눈이 떠올라요."

"당신은 신이 아니에요, 데이브 선생님!" 감정이 북받쳐올라 도리스의 목소리가 흔들렸다.

"당신은 인간이고 인간은 누구나 실수할 수가 있다구요!"

"병원을 그만둬야겠어요."

"어디로 갈 건데요? 무슨 일을 하려구요? 당신 친구들이 모두 여기 있잖아요!"

두 손에 얼굴을 파묻고 대기실 의자에 털썩 주저앉았다. 도리스는 접수실 바닥에 무릎을 구부리고 앉아 일일 장부에 구멍을 뚫어 다시 끼우기 시작했다. 장부를 묶는 끈은 이쪽 구석에, 겉표지는 저쪽 구석에 나뒹굴고 있었다. 영수증들이 바닥에 여기저기 흩어져 있었다.

전화벨이 울렸다. 도리스가 전화를 받기 위해 까치발로 쓰레기 사이를 지나갔다. 그녀는 작은 목소리로 통화했다. 그러더니 그녀가 급히 나를 보며 말했다. "알렉스 쇼파예요. 소가 새끼를 낳는 중에 문제가 생겼데요. 혼자서 어떻게 해보고는 있는데 잘 안 되는가봐요."

나는 아무런 대답도 하지 않았다. 유산된 송아지와 두꺼비처럼 바닥

에 납작 누워 있는 어미 소와 다쳐서 고통스러워 하고 있는 개의 모습
이 떠올랐다.

"선생님, 뭐라고 말해야 되죠?"

나는 깊은 숨을 들이쉬고 나서 말했다. "될 수 있는 대로 빨리 가겠
다고 말해줘요."

■ **(주)고려원북스**는 우리들의 가슴속에 영원히 남을 지혜가 넘치는 좋은 책을 만들겠습니다.

빨리요, 송아지가 나오려고 해요
신출내기 시골 수의사의 외양간 어드벤처

초판 1쇄 | 2012년 2월 20일

글 | 닥터 데이비드 페린
옮 긴 이 | 박상표
펴 낸 이 | 이용배
펴 낸 곳 | (주)고려원북스
편집주간 | 설응도

기   획 | 성장현
기획편집 | 안은주
편집디자인 | 최혜진
마 케 팅 | 이종진

판 매 처 | (주)북스컴, Bookscom, Inc.

출판등록 | 2004년 5월 6일(제16-3336호)
주   소 | 서울시 광진구 중곡동 639-9 동명빌딩 7층
전화번호 | 02-466-1207
팩스번호 | 02-466-1301

Copyright©Koreaonebooks, Inc., 2012, printed in Korea
이 책의 저작권은 저자와 출판사에 있습니다. 서면에 의한 저자와 출판사의
허락 없이 책의 전부 또는 일부 내용을 사용할 수 없습니다.

ISBN : 978-89-94543-42-0 03840

저자와의 협의에 의해 인지는 붙이지 않습니다.
잘못 만들어진 책은 구입처나 본사에서 교환해 드립니다.